CORAÇÃO E ALMA

CORAÇÃO E ALMA

Maeve Binchy

Tradução
Renato Motta

BERTRAND BRASIL
Rio de Janeiro | 2012

Título original: *Heart and Soul*

Capa: Raul Fernandes

Foto de capa: oonat/Getty Images
Foto da autora gentilmente cedida por sua agente, Christine Green.

Editoração: DFL

Texto revisado segundo o novo
Acordo Ortográfico da Língua Portuguesa

2012
Impresso no Brasil
Printed in Brazil

Cip-Brasil. Catalogação na fonte
Sindicato Nacional dos Editores de Livros. RJ

B497c Binchy, Maeve, 1940-
Coração e alma/Maeve Binchy; tradução Renato Motta. —
Rio de Janeiro: Bertrand Brasil, 2012.
560p.: 23 cm

Tradução de: Heart and soul
ISBN 978-85-286-1568-5

1. Romance irlandês. I. Motta, Renato. II. Título.

CDD: 828.99153
12-1666 CDU: 821.111(415)-3

EDITORA BERTRAND BRASIL LTDA.
Rua Argentina, 171 – 2º andar – São Cristóvão
20921-380 – Rio de Janeiro – RJ
Tel.: (0xx21) 2585-2070 – Fax: (0xx21) 2585-2087

Atendimento e venda direta ao leitor:
mdireto@record.com.br ou (0xx21) 2585-2002

Em memória de minha querida irmã mais nova, Renie.
E com muito amor e gratidão a Gordon, que torna suportáveis os momentos maus e mágicos os momentos bons.

Prólogo

Existem projetos que levam uma eternidade para decolar. Um deles foi o armazém desativado que pertencia ao Hospital St. Brigid. Aquilo não passava de um amontoado de depósitos em volta de um terreno baldio. Outrora, servira para guardar os suprimentos do hospital, mas situava-se num lugar inadequado e, por causa de mudanças no trânsito, era preciso fazer uma viagem incômoda pelas ruas de Dublin para ir de um lugar a outro.

Aquela era uma região da cidade que preservava os antigos chalés para trabalhadores e as fábricas que haviam sido transformadas em conjuntos residenciais. Um local que estava "se valorizando", como diziam os corretores de imóveis; em breve, os especuladores iriam olhar para o armazém e apresentar uma oferta irrecusável ao hospital.

Frank Ennis já esperava por isso e era exatamente o que queria. Considerava-se o cérebro financeiro por trás do St. Brigid, e era exatamente de uma boa oferta que precisava. Uma soma vultosa de dinheiro entraria durante sua administração.

Frank Ennis já via tudo isso acontecendo.

É claro que, quando o Conselho Administrativo do hospital se reunia para a assembleia anual, sempre surgia algum problema ou acontecimento para desviar a atenção, e Frank ficava impedido de se livrar daquele elefante branco e de investir no hospital o dinheiro que obteria com a venda. Num dado ano foi o lobby da reumatologia, que solicitou um setor exclusivo para seus doentes. Havia também o grupo de pneumologistas, que queria montar um centro permanente para o tratamento de doenças do tórax. Sem falar nos agitados cardiologistas, que alegavam haver pesquisas indicando que os doentes podiam ser mantidos fora do hospital, o que liberaria vários leitos, desde que os pacientes tivessem acompanhamento. Os cardiologistas pareciam cães lutando por um osso que nenhum deles queria largar.

Frank suspirou diante da perspectiva de enfrentar mais uma longa tarde em uma sala de reuniões lotada de gente. Os membros do Conselho estavam sentados em volta da mesa. Frank olhou insatisfeito para cada um. Estava presente o habitual grupo de pessoas que podiam ser vistas no Conselho Administrativo de qualquer hospital. Em um canto, deparou-se com o que chamava de "freira sem hábito". O hospital St. Brigid fora gerenciado, no passado, por freiras; agora restavam somente quatro irmãs. Pelo visto, novas vocações estavam em falta. Compareceram também altos funcionários do departamento de saúde e importantes empresários de outras áreas que já haviam provado seu valor, além de Chester Kovac, um simpático filantropo americano, que fundara um centro de saúde particular a muitos quilômetros dali, no sul do país.

A freira sem hábito sempre abria uma janela, o que fazia voar papéis para todo lado até alguém se levantar para tornar a fechá-la. Frank já assistira àquela cena vezes sem conta. Naquele dia, porém, sentiu que a vitória lhe sorriria. Recebera uma proposta de uma grande construtora, que solicitava a posse imediata do polêmico e desperdiçado terreno em volta dos depósitos, em troca de uma gigantesca soma em dinheiro, valor que deixaria qualquer membro do Conselho Administrativo surpreso e alerta.

Em seguida, viria a discussão sobre como a verba seria empregada. Talvez em novíssimos equipamentos de tomografia computadorizada? Ou em uma reforma geral na fachada do prédio? Como acontecia com muitas construções do início do século XX, o acesso ao hospital se dava por meio de um inadequado lance de escadas de pedra que levavam ao saguão. Uma rampa seria mais apropriada ou então qualquer outro meio que atendesse os doentes ou impossibilitados de caminhar.

Havia necessidade de novos leitos na ala cirúrgica feminina e de unidades para o isolamento de pacientes especiais. Muita pressão também vinha da UTI, que pedia mais espaço e mais equipamentos, e isso representava mais custos.

Pelo menos eles dariam uma resposta à construtora naquele mesmo dia e iriam parar de perder o precioso tempo cuidando dos interesses particulares de cada área, que só visavam ampliar seus respectivos impérios.

Foram servidos café e biscoitos, a agenda foi distribuída e deu-se início à reunião. Frank logo percebeu que havia algo de errado.

Os membros do Conselho Administrativo tinham sido tolamente influenciados por uma estatística que acabara de ser publicada, a qual mostrava que os irlandeses sofriam de problemas cardíacos em uma porcentagem acima da média de outros países. Fato possivelmente ligado ao modo de vida e à dieta que praticavam; além disso, a alimentação, a bebida e o cigarro certamente tinham sua parcela de culpa. De repente, todos na sala estavam discutindo as melhores maneiras de oferecer mais confiança aos doentes com insuficiência cardíaca. Como seria fantástico estar na linha de frente na guerra contra as doenças cardíacas, por meio de uma clínica especializada que ajudaria os pacientes a lidar com a doença em seu dia a dia! Frank Ennis sentiu vontade de xingar a organização que publicara aqueles números poucos dias antes da sua reunião com o Conselho Administrativo. Talvez isso tivesse sido armado de propósito, já que os cardiologistas do hospital St. Brigid eram muito arrogantes e se achavam onipotentes.

Olhou para Chester Kovac em busca de apoio. Normalmente, ele exibia opiniões sensatas em crises daquele tipo. Só que, dessa vez, a avaliação de Frank fora equivocada. Chester se animou, chamando a ideia de "criativa" e descrevendo o quanto seria maravilhoso se o St. Brigid estivesse à frente dessa revolução na área médica. Afinal, o único problema seria a grande soma de dinheiro necessária para as mudanças.

Frank ficou revoltado. Para Chester era fácil dizer que o *único* problema era de caráter financeiro, porque nadava em dinheiro. Certamente era um homem generoso, mas o que ele sabia? Não passava de um polaco-americano com descendência irlandesa por parte de seu avô facilmente influenciável.

Frank fumegava por dentro de raiva.

— Não se trata *apenas* de dinheiro, Chester. É muita grana que vai entrar, e ela devia servir para reformas em todo o hospital.

— Mas no ano passado você queria vender o terreno para uma empresa que iria transformá-lo num gigantesco estacionamento! — argumentou Chester.

— Só que agora essa oferta é muito superior. — Frank estava vermelho com o esforço de dissuadir tanta gente.

— Então, teríamos sido tolos se tivéssemos aceitado sua proposta de vender o terreno no ano passado, certo? — disse Chester de modo suave, porém firme.

— Passei semanas tentando elevar a oferta daquela incorporadora e...

— Frank, no ano passado, decidimos que não queríamos que aquele terreno fosse vendido para virar estacionamento.

— Mas *não será* estacionamento. É um projeto residencial de alto nível, com as mais avançadas especificações técnicas — explicou Frank.

— Construir residências não é exatamente a finalidade de um hospital — lembrou Chester Kovac.

— Já que temos a propriedade desse terreno, devíamos usá-lo para beneficiar o hospital — atalhou um dos empresários.

— Mas é o que estamos fazendo! — desesperou-se Frank. — Vamos receber uma pequena fortuna com a venda do terreno para investi-la no hospital! — Frank tinha a impressão de que falava com pessoas com pouca capacidade de compreensão.

A freira sem hábito se expressou de forma recatada, dizendo:

— *Gostaríamos* de algo que resgatasse o espírito da ordem religiosa que originalmente cuidava do hospital.

— Construir residências certamente não entra em conflito com o espírito religioso da ordem, não é mesmo, irmã? — perguntou Frank.

— Um projeto habitacional com as mais avançadas especificações para gente rica não é exatamente o que as boas irmãs da ordem original desejariam — comentou Chester com delicadeza.

— As boas irmãs não estão mais entre nós. Elas se foram. Estão todas mortas! — explodiu Frank.

Chester olhou para a freira em trajes comuns. Certamente ficara muito magoada com o que acabara de ouvir. Ele precisava consertar as coisas.

— O que o sr. Ennis quis dizer, irmã, é que o trabalho das freiras aqui chegou ao fim e foi magnificamente concluído. Elas deixaram um belo legado. Nossa comunidade obviamente precisa de mais recursos de saúde e menos apartamentos de luxo, cada um com dois carros na garagem que engarrafam cada vez mais nossas ruas e estradas. — Voltou-se para os outros. — O que precisamos aqui é criar um bom sistema de atendimento, algo que ajude as pessoas a seguirem suas vidas depois de acometidas de uma doença cardíaca. Para ser sincero, é o que eu desejaria ver na hora da decisão final, e é para isso que vai meu voto.

Havia algo de nobre em seu jeito de falar.

Frank Ennis ficou desapontado. Eles não se livrariam do problema, como ele esperava com tanta confiança pela manhã. O assunto voltava ao centro da discussão. Os cardiologistas tinham vencido. Haveria muitos meses à frente, com avaliação de custos, projetos de construção de novas alas, compra de mobiliário e equipamento. Precisariam escolher um diretor e montar uma equipe especializada. Frank suspirou fundo. Por que aquelas pessoas não demonstravam bom-senso? Poderiam obter tantos itens de sua lista de interesses se, ao menos, tivessem noção de como funcionava o mundo. Em vez disso, queriam complicar as coisas.

Ficou até o fim da reunião, mudando de um assunto para outro mecanicamente. Até que chegaram à hora da votação sobre o futuro do terreno conhecido como "o antigo depósito do St. Brigid". Como se esperava, foi unânime a decisão de que uma nova clínica de cardiologia deveria ser construída naquele local.

Frank sugeriu um estudo de viabilidade.

Foi imediatamente derrotado. Todos recusaram, para não perder mais seis anos debatendo o assunto. Todos votaram, todos concordaram. Era viável.

Entretanto, seria preciso convocar uma Assembleia Geral Extraordinária assim que a proposta fosse apresentada pela incorporadora, os custos fossem colocados no papel e a equipe de cardiologia determinasse o número de membros que comporiam aquela equipe a ser contratada.

As agendas foram consultadas e marcou-se uma data.

Frank sugeriu um prazo de seis meses. Chester Kovac discordou dizendo que apenas algumas semanas seriam suficientes para receber as propostas. Os construtores deviam estar ansiosos para colocar as mãos no terreno e dar início aos trabalhos. O representante dos cardiologistas afirmou que o serviço de cardiologia do St. Brigid ficaria tão feliz e grato com a novidade que aceleraria sua planilha de contratações.

— Planilha de contratações! — bufou Frank Ennis.

— E é claro que o cargo de diretor deverá ser escolhido por meio da análise de currículos — atalhou a freira sem hábito.

— Ah, sim, certamente. Provavelmente ele está agora ali fora no corredor à espera de um salário polpudo — resmungou Frank, ainda amargurado com a derrota.

— Ele ou *ela* — disse a freira, com voz firme.

— Meu Deus, esqueci as mulheres! — disse Frank, baixinho. Ele sempre esquecia as mulheres. No clube de golfe, mostrava-se revoltado no dia do campeonato feminino, que só servia para atrasar suas partidas. Frank se esquecera até mesmo de procurar uma mulher para se casar com ele. Talvez fosse melhor assim.

— Ele *ou ela*, claro — concordou Frank, em voz alta. — Desculpe por eu continuar vivendo nos velhos tempos, irmã.

— Isso não é nada bom, sr. Ennis — brincou a freira, abrindo a janela mais uma vez para que entrasse um pouco de ar fresco na sala.

1

O Conselho Administrativo tinha avisado a Clara Casey que o orçamento para mobiliar sua nova sala seria reduzido. Um administrador enfadonho e muito falante que usava cabelos desgrenhados e que tinha uma linguagem irritante ficara gesticulando de um lado para outro na sala sem nenhuma graça e um tanto esquisita, pintada de cinza e cercada de arquivos de aço que não combinavam em nada com o ambiente. Aquele não era o tipo de sala que uma consultora veterana consideraria um prêmio depois de trinta anos estudando e exercendo medicina, porém, não era sensato se mostrar negativa logo de cara.

Esforçou-se para lembrar o nome do homem.

— Sim, eu sei, ahn... Frank — concordou ela. — Mas certamente existe um bom potencial para fazermos algumas mudanças por aqui.

Aquela não era a reação que ele esperava. A mulher bonita, de cabelos escuros e aparência de quarenta e poucos anos, usando um elegante tailleur lilás, andava pela sala pequena tal como uma leoa enjaulada.

Ele começou a falar mais rápido.

— Em termos financeiros, creio não haver muita disponibilidade de recursos, dra. Casey, pois estamos no nosso limite orçamentário. Mas com uma boa mão de tinta aqui, algumas peças de mobília ali e um toque feminino, certamente faremos milagres. — Sorriu com ar indulgente.

Clara se esforçou para se manter calma.

— Sim, claro. Essa é a decisão que eu tomaria para decorar minha casa, por exemplo, só que estamos lidando com algo completamente diferente. Para início de conversa, não posso ficar em uma sala escondida a quilômetros de distância, no fim de um corredor. Se vou comandar a administração, preciso estar no centro de tudo para desempenhar minhas funções.

— Mas todo mundo vai saber onde fica sua sala. E seu nome estará afixado na porta — atalhou ele.

— Não pretendo me manter aqui, trancada e distante — afirmou ela.

— Dra. Casey, a senhora tomou conhecimento de que o orçamento era modesto e tinha consciência desse fato quando aceitou o cargo.

— Ninguém me informou onde ficaria minha sala nem citou o assunto. Isso foi algo que ficou para ser discutido depois. Agora é o depois.

Frank não gostou do tom que ela usou. Parecia uma professora de grupo escolar.

— E esta é a sala, dra. Casey — disse ele.

A nova contratada se viu tentada a pedir que ele a chamasse de Clara, mas se lembrou de que, se pretendia chegar a algum lugar, o administrador teimoso que estava ali teria de reconhecer sua posição de liderança. Conhecia aquele tipo de homem.

— Acho que não, Frank — disse ela.

— Então poderia me informar outro local onde sua sala poderá ser instalada? A sala das consultas da nutricionista é menor do que esta; a Secretaria só tem espaço para uma pessoa e os arquivos; o fisioterapeuta tem seu espaço, com seu equipamento instalado; as enfermeiras precisam do seu posto; a sala de espera tem de ficar perto da porta. Pode me informar, por gentileza, onde é que montaríamos outra sala para a senhora, já que esse espaço, totalmente funcional, não lhe agrada?

— Sentarei no saguão — disse Clara sem rodeios.

— No saguão? Que saguão?

— Aquele espaço do lado de cá das portas de vidro, onde as pessoas entram assim que colocam os pés na clínica.

— Mas, dra. Casey, seja razoável, isso não daria certo.

— Pode me dizer exatamente qual a razão, Frank?

— A senhora trabalharia diante de todo mundo — argumentou ele.

— E daí?

— Não teria privacidade, não pareceria nada profissional... Não seria correto. Ali só cabe uma mesa.

— É tudo do que preciso.

— Não, doutora, com todo o respeito, precisa de muito mais do que uma mesa para realizar o seu trabalho. Muito mais. Precisa de um arquivo de aço, por exemplo — disse sem muita convicção.

— Posso ter um desses na secretaria.

— Também precisa de um lugar para arquivar os prontuários de seus pacientes.

— Pode ser a sala das enfermeiras.

— A senhora vai precisar de privacidade para conversar com eles.

— Podemos usar esta sala, da qual você tanto gosta, para assuntos particulares dos pacientes e familiares. Vamos pintá-la com cores suaves e tranquilizadoras, instalaremos cortinas novas. Eu mesma posso escolher tudo. Umas cadeiras e uma mesa redonda serão o bastante, concorda?

Frank sabia que a conversa terminara, mas tentou uma última cartada.

— As coisas nunca foram assim por aqui, dra. Casey, nunca.

— Porque *não havia* um setor destinado unicamente à cardiologia, Frank. Não adianta comparar o que vamos fazer com algo que nunca existiu. Vamos montar este centro a partir do zero e, já que vou dirigi-lo, quero tudo do meu jeito.

Clara sabia que Frank ainda estava na porta, acompanhando-a com o olhar, certamente com ar de reprovação, quando chegou ao carro, mas manteve a cabeça erguida e um sorriso colado no rosto.

Apressou-se a abrir a porta do carro e se deixou escorregar para o banco do motorista.

Mais tarde, alguém certamente perguntaria a Frank como ela era. Sabia perfeitamente qual seria a resposta. "Um osso duro de roer, e daqueles grandes."

Se insistissem, certamente diria que estava sedenta de poder e que mal podia esperar para exercer todo seu peso e sua influência. Se ao menos ele soubesse das coisas... Ninguém, porém, poderia saber. Ninguém deveria descobrir o quanto Clara Casey *não desejava* aquele emprego. Mesmo assim aceitara o cargo por um ano e aguentaria tudo com naturalidade.

Embrenhou-se pelo trânsito da tarde e, quando sentiu que estava em segurança, deixou desvanecer o sorriso que grudara no rosto. Ia ao supermercado comprar três tipos de molho para macarrão. Não importava o que comprasse, já que uma das filhas iria reclamar, mesmo. Diriam que o queijo estava com um gosto forte demais, o tomate era sem graça, e o molho verde seria um modismo ridículo. Dentre os três, porém, um deles talvez prestasse. Tomara que estivessem de bom humor naquela noite.

Não aguentava mais Adi e seu namorado, Gerry, discutindo novamente por discordarem sobre a importância que se dava ao meio ambiente, ao destino das baleias ou aos perigos da agricultura em escala industrial. E não suportaria ver Linda enfurnada dentro de casa porque algum namorado bobo que conhecera na véspera não tinha aparecido para um novo encontro.

Clara suspirou.

As pessoas sempre lhe contaram que filhas eram terríveis na adolescência, mas melhoravam quando passavam dos vinte anos. Como sempre, Clara devia ter entendido errado. Suas filhas estavam mais terríveis agora, uma com vinte e três e a outra com vinte e um. Quando adolescentes, não eram tão desagradáveis. Claro que o canalha do Adam estava por perto na época, e isso facilitava as coisas. Mais ou menos.

Adi Casey entrou na casa onde vivia com a mãe e Linda, sua irmã. A *Mansão da Menopausa*, como dizia Linda. Título que considerava muito engraçado, realmente hilário.

A mãe ainda não havia chegado. Ainda bem, pensou Adi. Tomaria um banho demorado e agradável, com os novos óleos que comprara no supermercado, a caminho de casa. Também escolhera algumas verduras e legumes orgânicos, pois ninguém poderia imaginar que tipo de comida congelada a mãe traria para casa, cheia de aditivos e produtos químicos.

Para sua decepção, ouviu uma música vindo do banheiro. Linda chegara antes dela. A mãe andara comentando sobre construir um segundo banheiro. Pelo menos haveria outro chuveiro, mas havia algum tempo não falava mais nisso. E, como a mãe não conseguira o magnífico emprego que esperava, aquela certamente não era a hora certa para tocar no assunto. Adi ajudava um pouco nas despesas da casa, mas seu salário de professora não era lá grande coisa. Linda não ajudava em nada. Ainda era estudante, e nunca lhe passara pela cabeça procurar um emprego de meio expediente. Era a mãe quem dirigia tudo no lar e tomava todas as decisões.

Antes de Adi chegar ao quarto, o telefone tocou. Era seu pai.

— Como está a minha filha mais maravilhosa? — perguntou ele.

— Tomando banho, papai. Quer que a chame?

— Falava de você, Adi.

— Você fala isso para qualquer uma das duas que atenda, papai. É sempre assim.

— Adi, *não comece*. Estou tentando ser simpático, não precisa se irritar à toa.

— Tem razão, papai, desculpe. O que deseja?

— Não posso ligar só para dizer olá às minhas...?

— Você não costuma fazer isso; só liga quando precisa de alguma coisa. — A voz de Adi ficara mais firme.

— Sua mãe vai estar em casa hoje à noite?

— Vai.

— A que horas chegará?

— Aqui é uma casa, papai, não um escritório onde as pessoas entram e saem na hora certa, assinando ponto.

— Preciso conversar com ela.

— Ligue mais tarde.

— Ela não atende às minhas ligações.

— Então venha até aqui.

— Ela não gosta que eu faça isso, você sabe muito bem. Aí é o espaço *dela* e tudo mais.

— Estou velha demais para essas frescuras. Esse jogo entre vocês dois já foi longe demais. Resolvam o problema, por favor, papai.

— Você e Linda não se importam de sair de casa hoje à noite? Preciso falar algo importante com a sua mãe.

— Não, nós não vamos sair da nossa casa.

— Eu pago um jantar para vocês em algum lugar.

— Você quer pagar para sairmos do nosso próprio lar?

— Tente me ajudar, Adi.

— Por que eu faria isso? Você nunca tentou nos ajudar em todos esses anos.

— Por que vocês não me fazem nem ao menos um favor tão pequeno?

— Porque mamãe combinou que prepararia um jantar para comemorarmos seu novo emprego. Isso já está planejado há muito tempo e não pretendo cancelar nada. Desculpe, papai.

— Vou dar uma passada aí mesmo assim. — Ele desligou o telefone.

Linda saiu pingando do banheiro, envolta em uma toalha empapada. Adi lançou-lhe um olhar desconsolado. Linda, que comia *junk food*, fumava e bebia, era bonita demais. Seus cabelos, mesmo molhados e muito compridos, pareciam ter acabado de sair das mãos de um bom cabeleireiro. A vida era injusta.

— Quem ligou? — quis saber Linda.

— Papai. Acho que pirou de vez.

— O que ele queria?

— Falar com mamãe. Ofereceu dinheiro para não estarmos em casa mais tarde.

Linda resplandeceu.

— Está falando sério? Quanto?

— Eu recusei. Nem pensar.

— Uma resposta arbitrária, não acha? Você nem me consultou.

— Ligue para ele e renegocie sua parte. Não pretendo sair esta noite.

— Ele deve estar vindo para tratar do grande D — disse Linda.

— Por que tanta pressa *agora* para se divorciarem? Mamãe não o colocou para fora de casa quando deveria. Agora não estão bem desse jeito? Ele com aquela mulherzinha e mamãe aqui conosco? — Adi não via motivo para nenhuma mudança na estrutura do lar.

Linda deu de ombros.

— Aposto que a mulherzinha está grávida. Deve ser isso que ele vem contar.

— Céus! — exclamou Adi. — Acho que eu devia ter aceitado o suborno, se o motivo da visita for esse. Vou ligar para ele.

Acabou por deixar um recado: "A casa estará livre de filhas a partir das sete e meia da noite. Vamos ao Quentins. Depois mandamos a conta para você. Um beijo."

— Alan? Alan, a ligação está horrível. Dá para ouvir minha voz? Aqui é Cinta.

— Eu sei, querida.

— Você contou tudo a ela?

— Estou a caminho de lá neste exato momento, querida.

— Você não vai amarelar como na semana passada, vai?

— Não foi exatamente isso o que aconteceu...

— *Não repita* a dose, Alan, por favor.

— Tudo bem, querida, pode confiar em mim.

— Vou ter de confiar, não é? Desta vez não me resta escolha.

Clara entrou em casa. O ambiente estava estranhamente calmo. Esperava encontrar as filhas. Havia toalhas molhadas empilhadas no chão do banheiro, o que significava que Linda passara em casa para tomar banho. Encontrou folhetos a respeito de reciclagem de plástico sobre a mesa da cozinha. Portanto, Adi também passara por lá, mas nada de sinal delas. Foi quando viu o bilhete grudado na porta da geladeira.

Papai vai chegar por volta das oito para conversar com você. Insinuou que queria um encontro a sós, sem mais ninguém por perto. Aliás, afirmou isso claramente. Chegou a se oferecer para nos pagar um jantar em um restaurante; por isso, vamos ao Quentins.

Beijos das suas filhas,

Adi

O que será que ele queria precisamente naquela noite? Ainda mais depois de um dia interminável, cansativo e decepcionante, que incluíra conhecer o local totalmente deserto que seria o centro do seu trabalho durante o próximo ano?

Depois de ter aturado por várias horas um sujeito chato e burocrático da administração do hospital, bancando a durona e mantendo atitudes firmes, e depois de passar em três delicatessens para comprar molhos e massas para suas filhas exigentes. Agora, elas iriam a um restaurante badalado, e a mãe teria de enfrentar Alan, em mais um dos seus planos insanos para recuperar alguma coisa do acordo pós-casamento.

Clara guardou os mantimentos; não pretendia oferecer mais nada a Alan. Nunca mais. Aqueles tempos tinham ficado para trás havia muito. Pegou duas garrafas de água mineral com gás da geladeira e escondeu duas do *sauvignon* branco australiano bem no fundo, por trás dos iogurtes e do mar de produtos com poucas calorias. Alan nunca encontraria o vinho ali, e talvez ela precisasse muito da bebida depois que seu ex-marido fosse embora.

No restaurante Quentins, Adi e Linda já estavam instaladas, muito satisfeitas.

— A conta daquela mesa ali daria para sustentar um país pequeno durante uma semana — comentou Adi com ar reprovador.

— Sim, mas não haveria graça nenhuma nisso — replicou Linda.

— Será que somos mesmo irmãs de sangue? — perguntou Adi.

— Você sempre teve essa dúvida, lembra? — Linda bebericava lentamente seu *Tequila Sunrise.*

— A que horas você acha que ele vai embora?

— Quem, o cliente rico daquela mesa?

— Não, bobalhona! Papai...

— Ah, assim que conseguir o que deseja. Qual a diferença entre ele e qualquer outro homem? — Linda conseguiu que o garçom olhasse para ela. Resolveu pedir outro *Tequila Sunrise* antes de pedir a comida.

Clara pretendia vestir uma roupa confortável, mas, como o telefone não tinha parado de tocar, não teve tempo para se trocar. Primeiro sua mãe ligou, querendo saber da decoração de seu ambiente de trabalho.

— Tem tapetes em sua sala? — Como sempre, ela se restringia às coisas básicas.

— O prédio todo tem um piso moderno e prático.

— Já vi que não tem.

Clara imaginou a boca de sua mãe fazendo um bico de decepção. Como quando ela ficara noiva de Alan; como quando se casara; como quando se separara. Clara já vira muitos daqueles bicos ao longo dos anos.

Depois, sua amiga Dervla ligou para saber como era o astral do lugar.

— Cogumelo e magnólia — respondeu Clara.

— Como?! O que isso significa?

— São as cores das paredes.

— E você vai trocá-las?

— Ah, com certeza!

— Já vi que não foi só a cor das paredes que deixou você chateada.

— Quem está chateada?

— Pois é, quem será? Você já conheceu algumas das pessoas com quem vai trabalhar?

— Ninguém. Aquilo parecia mais uma cidade-fantasma.

— O problema é que nada conseguiria agradar você, acertei?

— Como sempre, sim, Dervla. — Clara suspirou.

— Escute: Philip saiu, foi a uma reunião e não vai me ocupar querendo comida. Ajudaria se eu fosse até aí com uma garrafa de vinho e meio quilo de salsichas? Isso sempre funcionava nos velhos tempos.

— Hoje não, Dervla. Alan pagou às filhas para irem jantar no Quentins, porque quer conversar comigo, me perguntar alguma coisa, sei lá. O que será que ele quer, a essa altura?

— Ontem eu participei de uma reunião, e um dos tópicos da agenda dizia A.C. Logo me veio à cabeça que significava Alan Canalha, pois você nunca se refere a ele de outro modo.

— E o que significava? — perguntou Clara, rindo.

— Não sei. "A contratar", "a comunicar", qualquer coisa. — Dervla não tinha certeza.

— É por isso que ninguém sabe que você tem um cérebro dentro da cabeça, Dervla. Você faz sempre esse papel de avoada.

— É assim que me dou bem.

— Queria ter esse *know-how*. Não sei o que ele quer, mas, seja o que for, não pretendo aceitar.

— Se for algo sem importância, ceda. Faça um estardalhaço antes, é claro, mas ceda e saia por cima de cabeça erguida.

— Mas o que *poderia ser*? Ele não pode querer a casa. Também não deve querer as meninas. Elas já estão adultas o bastante para ir aonde quiserem e, aliás, nem gostam de ficar com ele.

— Talvez esteja com algum problema cardíaco e precise de conselho.

— Não, nunca tratei dele. Desde o início sempre fiz questão de que ele se consultasse com Sean Murray.

— Talvez queira se casar com a garota e precise do divórcio.

— Não... há muito tempo que ele foge desse compromisso.

— Como é que você sabe?

— As meninas me contam, e ele também já comentou, quando acha que estou prestando atenção.

— E você presta?

— Não muito. Sei que todos acham que eu devia ter terminado isso há séculos. Quem sabe? Talvez devesse, mesmo. Ou talvez não.

— Boa sorte, Clara.

— Bem que eu *preferia* as salsichas e o vinho.

— Fica para outra noite.

Depois desse telefonema, Clara recebeu um e-mail da loja de tintas, informando que ela podia passar lá na manhã seguinte para pegar o catálogo de cores que pedira; outro e-mail era de sua prima que morava na Irlanda do Norte, avisando que iria a Dublin numa excursão do Clube de Senhoras; pedia sugestões de um lugar agradável, com estacionamento próximo para o ônibus, e onde elas pudessem almoçar, comprar lembrancinhas e respirar um pouco de ar puro, tudo isso por um preço bem barato, é claro; em seguida, bateu à porta um vizinho fazendo campanha para o boicote a um show de rock que aconteceria dali a três meses e certamente deixaria todos surdos. De repente eram oito horas, e Alan estava na porta.

Parecia bem-disposto. Demais, até. Aparentava muito menos que os seus quarenta e oito anos. Vestia um paletó escuro e uma camisa verde-limão aberta no colarinho. Roupa de boa qualidade, reparou Clara. Nada de colarinhos duros e punhos engomados para a mulherzinha. Trazia na mão uma garrafa de vinho.

— Achei que seria mais civilizado — disse ele.

— Mais civilizado do que o quê? — perguntou Clara.

— Do que nos sentarmos olhando um para a cara do outro e lançando fagulhas. Puxa, você está bonita. Bela cor dessa sua roupa. Malva? Ou magenta?

— Não sei ao certo.

— Claro que sabe. Você sempre foi ótima para identificar cores. Para mim, parece violeta, lilás ou...

— Lilás, talvez, Alan. Você quer entrar ou não?

— As meninas saíram?

— Sim. Você lhes pagou um jantar no Quentins, lembra?

— Prometi um jantar, apenas. Não pensei que fossem escolher o restaurante mais caro da cidade. Esses jovens de hoje em dia são muito folgados.

— Claro, Alan, você certamente sabe bem disso. Entre e sente-se, já que está aqui.

— Obrigado. Quer que eu pegue o saca-rolhas?

— Esta é a *minha* casa. Eu pego *meu* saca-rolhas e *meus* copos quando me der vontade.

— Ei, ei, Clara, cheguei com um cachimbo da paz. Bem, uma garrafa da paz, pelo menos. Por que essa irritação toda?

— Não consigo imaginar. Não consigo mesmo. Será que tem a ver com o fato de você ter me traído por tantos anos, mentido, jurado que seus casos tinham acabado, quando não tinham, para depois me largar e convocar todos os advogados do país para brigar comigo?

— Você ficou com a casa. — Para Alan as coisas eram sempre simples.

— Sim, fiquei com a casa pela qual eu mesma paguei. Não fiquei com mais nada.

— Já *repetimos* essa cena um monte de vezes, Clara. As pessoas mudam.

— Eu não mudei.

— Óbvio que mudou, Clara, todos mudam. Só que você não quer admitir.

— O que quer de mim, Alan? — De repente, ela se sentiu muito cansada. — O que você quer realmente? Seja sincero.

— O divórcio — ele disse.

— O quê?!

— Divórcio.

— Mas nós *estamos* divorciados, separados há quatro anos, pelo amor de Deus.

— Separados, mas não divorciados.

— Mas você me disse que não queria voltar a se casar. Que você e Cinta não precisavam de compromissos de longo prazo.

— E não precisamos mesmo. Mas ela acabou engravidando e daí... Entende?

— Não, não entendo.

— *É óbvio* que entende, Clara. Você simplesmente não quer admitir. Nosso casamento acabou. Há muito tempo. Porque não estabelecemos um limite e seguimos um para cada lado?

— Vá embora, Alan.

— O *quê*?!

— Caia fora e leve seu vinho da paz. Abra-o em casa. Você escolheu a noite errada.

— Mais cedo ou mais tarde isso vai acontecer, Clara. Por que você não consegue ser generosa e simpática?

— Eu me faço a mesma pergunta, Alan — disse Clara, levantando-se e rolando a garrafa ainda fechada sobre a mesa, na direção dele.

Ela bem que gostaria de sentir que o assunto estava encerrado e que aquela página fora virada. Era frustrante deixar tudo no ar daquele jeito, mas Clara não entraria no jogo dele nem seguiria o cronograma que *ele* traçara. Será que, no fundo, ela ainda não se convencera de que tudo tinha acabado realmente?

Não fazia diferença. Mesmo inacabadas, era assim que ela queria as coisas naquele momento. Ficou parada de pé diante dele por uma eternidade, até que Alan percebeu que realmente devia ir embora. E assim o fez.

— Cinta?... Querida?

— É você, Alan?

— Quantos homens chamam você pelo primeiro nome e a tratam de "querida"? — Ele riu meio sem graça.

— O que foi que ela disse?

— Nada.

— Ora, deve ter dito alguma coisa.

— Não, não disse.

— Você não foi lá, confesse.

— *Fui*, sim! — Alan se sentiu injustiçado pelos dois lados.

— Ela não pode simplesmente ter ficado calada.

— Tudo o que ela disse foi: "Vá embora."

— E você foi?

— Amor, isso não faz diferença.

— Para mim, faz — disse Cinta.

Clara sempre achou que as preocupações deviam ser postas de lado. Muitos anos antes, tivera um professor de clínica geral que servira de inspiração para todos os seus alunos. Seu nome era dr. Morrissey, que também era pai de sua amiga Dervla.

"Nunca subestime o poder terapêutico de se manter ocupado", aconselhava ele. O velho médico contava que a maioria dos seus pacientes se beneficiava mais com muitas coisas para fazer em um curto espaço de tempo do que o contrário. Alcançara a reputação quase lendária de curar insônia simplesmente aconselhando as pessoas a se levantarem da cama e a organizarem sua coleção de fitas cassete ou a passarem a ferro todos os guardanapos da casa. O que ele aconselharia a Clara num momento como aquele? O generoso dr. Morrissey sempre fora uma figura paterna mais presente para Clara do que seu verdadeiro pai, com aquele seu jeito distante e reservado.

Ele provavelmente teria lhe aconselhado: "Escolha algo que absorva todo o seu tempo. Qualquer coisa que afaste seu pensamento do canalha do Alan, do divórcio e da nova mulher dele, uma quase adolescente." Clara se serviu de vinho e subiu para o quarto. Resolveu ocupar cada recanto do seu cérebro com aquele maldito centro que aceitara administrar.

No Quentins, Adi olhava com ar desaprovador para a irmã. Linda enrolava seus cabelos louros compridos em torno dos dedos e sorria para um homem que estava do outro lado do restaurante.

— Pare de fazer isso, Linda — cochichou Adi.

— Fazer o quê? — Linda tinha olhos grandes, azuis e inocentes.

— Pare de paquerar aquele cara.

— Ele sorriu para mim e fui simpática. Isso é alguma ofensa grave, por acaso?

— Não, mas pode acabar mal. Quer *parar* de sorrir, Linda?

— Tudo bem, sua cara de ameixa enrugada. Que mal há em tentar ser simpática? — Aborreceu-se Linda.

Nesse instante, o garçom, visivelmente contrariado, veio à mesa delas e informou:

— O sr. Young pediu-me para cumprimentar as senhoritas em nome dele e deseja lhes oferecer um *aperitivo*.

— Por favor, avise ao sr. Young que não aceitamos, muito agradecida — disse Adi.

— Esse é o recado dela. Por favor, diga ao sr. Young que aceito um *Irish Coffee* com prazer — disse Linda.

O garçom olhou para uma e para a outra sem saber o que fazer. O sr. Young percebeu a situação de onde estava e, subitamente, se materializou ao lado da mesa. Era um homem alto, com quarenta e tantos anos. Vestia um terno bem-talhado e exibia um ar de quem saberia lidar com qualquer situação inesperada.

— Estava refletindo que a vida é curta e é triste desperdiçá-la falando de negócios com sujeitos bem-trajados — disse, com um sorriso calculando num rosto muito bronzeado.

— Oh, eu concordo — disse Linda, com um jeito afetado.

— Eu também — confirmou Adi. — Mas somos as pessoas erradas para o senhor ocupar o tempo da sua vida, sr. Young. Devemos ter mais ou menos a idade das suas filhas. Nosso pai nos pagou este jantar para poder contar à nossa mãe que quer o divórcio. Portanto, este é um momento tenso. O senhor certamente se divertirá muito mais com os homens de terno.

— Tanta determinação e força numa pessoa tão jovem e linda. — O sr. Young parecia encantado com a mais velha das irmãs.

Linda não gostou nem um pouco disso.

— Adi tem razão, *precisamos* ir para casa — disse.

O garçom se mostrou mais calmo. Problemas daquele tipo nem sempre se resolviam com tanta facilidade.

— E você simplesmente veio embora só porque ela disse "Cai fora"? — quis saber Cinta, incrédula.

— Por Deus, Cinta, o que você queria que eu fizesse? Que a esganasse?

— Mas você me disse que lhe pediria o divórcio.

— E pedi... Pedi o divórcio. E vou consegui-lo em algum momento. Essa é a lei.

— Mas não antes de o bebê nascer.

— Qual é a diferença? Nós dois estaremos juntos quando o bebê chegar. Não é isso que conta?

— Então, nada de casamento?

— Por enquanto não, mas poderemos montar o maior casório do mundo mais tarde.

— Tudo bem, fica para mais tarde então.

— O quê?

— Eu disse que está tudo bem. Sei o quanto isso é difícil para você, *não vou* pegar no seu pé. Por que não abrimos o vinho que você levou para ela e trouxe de volta?

— Deixei o vinho por lá.

— Você deu uma garrafa de vinho a ela e saiu sem o divórcio? Que tipo de palhaço você é, Alan?

— Na verdade, não sei — disse Alan Casey com sinceridade.

Clara conhecera Alan no primeiro ano da faculdade de medicina. Nessa época, ele fora recém-contratado por um banco.

A mãe de Clara sempre dizia que poucas pessoas no mundo não enriqueciam ao trabalhar em um banco. Contudo, Alan Casey foi uma delas. Ele confiava em demasia nos aspectos mais especulativos e selvagens do mundo dos investimentos. O casal nunca tivera bens materiais. Alan sempre estava preparado para se dar bem com a compra de uma casa ou de um terreno.

Enquanto isso, Clara poupava religiosamente parte do seu salário. Ignorava os conselhos inoportunos da mãe e das amigas. Sua vida e suas decisões pertenciam apenas a ela.

Alan sempre fora o mais ambicioso: o bastante sempre era pouco, e ele precisava de mais. Isso incluía as mulheres. Por algum tempo, Clara fez vista grossa quando ele pulava a cerca, mas a coisa piorou, e ela teve de encarar o problema.

Quando Clara e Alan se separaram oficialmente, ela fez questão de que cada um dos três quartos fosse mobiliado com estantes e escrivaninhas. Assim, ela e as meninas poderiam trabalhar em seu respectivo espaço sem atrapalharem umas às outras. O andar térreo era o espaço comum da casa. O quarto de Clara era discreto e elegante. Num dos lados do quarto ficavam a cama, uma penteadeira e um armário duplex. No outro estava instalada uma área de trabalho, com um computador e muitos arquivos, mas tudo era mobília de qualidade, nada de equipamento de escritório barato. Havia uma confortável poltrona de couro com uma boa luminária ao lado. Clara abriu uma gaveta e pegou uma caixa imensa com uma etiqueta onde se lia Centro. Há três semanas evitava olhar para essa caixa, pois ela representava tudo o que Clara havia perdido e lembrava que o novo emprego não passava de um prêmio de consolação. Mesmo assim, resolveu que mergulharia de cabeça na papelada naquela noite. Talvez depois do noticiário das nove horas.

Aproveitando uma grande promoção de tevês em uma loja de departamentos há algum tempo, Clara comprara três aparelhos. Na ocasião, as meninas comentaram que ela parecia uma milionária descontrolada e exibicionista, mas Clara sabia que o investimento valeria a pena. Agora, Adi poderia assistir aos documentários mostrando o planeta em perigo, Linda assistia a programas populares e Clara relaxava assistindo a filmes de época.

Procurou o controle remoto, mas se lembrou de que o dr. Morrissey sempre dissera que arranjamos desculpas para adiar as coisas que libertam nossa mente de preocupações, como se *não quiséssemos* perder o luxo de nos preocuparmos. Então, abriu a caixa grande e olhou com uma ponta de orgulho e satisfação para o seu bem-cuidado sistema de arquivos. Ali fora organizado todo o universo da clínica de cardiologia, o que deveria ser feito, como seria obtido o financiamento para sua implantação e tudo sobre o papel de Clara como primeira diretora da instituição. Ela anexara os relatórios das visitas que fizera a quatro clínicas de cardiologia na Irlanda, três na Grã-Bretanha e uma na Alemanha. Todas foram cansativas, horas intermináveis de avaliações do que não seria adequado ou relevante para o seu centro. Contudo também havia muitas anotações, boas ideias tiradas daqui, perguntas e observações genéricas dali.

Viu orçamentos que poderiam ficar enxutos e anotou desperdícios a serem evitados. Notou a falta de planejamento em alguns locais, excesso em outros e a possibilidade de se ajustar às estruturas existentes. Nada disso a inspirou. Viu coisas sem sentido, como, por exemplo, uma clínica de cardiologia instalada no terceiro andar de um prédio sem elevador e a inexistência de uma equipe permanente. Viu arquivos e relatórios em duplicidade, mas também viu confiança e esperança em pacientes que aprendiam a conviver com a doença, mas isso era comum em qualquer boa clínica com atendimento dedicado a pacientes de fora.

Clara anotara as coisas que tinha aprovado e as que não tinha com marcadores de cores diferentes para facilitar o resumo do que identificara. Depois, passou para o arquivo a que dera o nome de Pessoal, área em que lhe seria permitido buscar auxiliares. Clara precisaria dos serviços de um nutricionista e de um fisioterapeuta; no mínimo duas enfermeiras treinadas em cardiologia e um técnico em coleta de sangue. Mais um servente, homem ou mulher, trabalhando sob contratos semestrais, além de um sistema de referência para os médicos e para o hospital em geral. Sem falar no planejamento de uma campanha de conscientização pública e entrevistas na imprensa e na mídia.

Já passara por tudo aquilo no tempo em que chefiava um departamento e naquela época tinha uma meta. Ou pensou que tivesse. De qualquer modo, isso precisava ser feito, e ela faria do jeito certo. Por que outro motivo aceitara o cargo?

Começou por examinar os currículos enviados.

Lavender. Mesmo com o nome estranho para uma nutricionista, ela apresentou um belo currículo. Escolhera se especializar em alimentação saudável para o coração. Parecia ser cheia de vida, jovem e dedicada. Clara marcou seu nome e pegou o telefone. Era melhor começar logo. Já passava das nove da noite, mas aquele era o celular da jovem e certamente estava junto da dona.

— Aqui é Clara Casey, Lavender. Espero que não esteja muito tarde para ligar...

— Não, claro que não, dra. Casey. É um prazer ouvi-la.

— Talvez pudéssemos conversar amanhã se você puder ir à clínica. Nós nos encontraremos numa sala que adaptamos para as conferências. A que horas seria melhor para você?

— Amanhã estarei trabalhando em casa, qualquer horário é bom.

Marcaram a entrevista para as dez da manhã.

Agora ela precisava de um fisioterapeuta, mas não sabia para quantas horas por semana. Consultou os currículos para ver quem estava disponível para trabalhar em regime de meio expediente. Nas fotos, encontrou um homem que lhe pareceu forte e franco, com um ar honesto e confiável. Não era bonito, parecia um ex-pugilista, mas algo em seu currículo agradou Clara. Ela havia trabalhado muitos anos em academias no centro da cidade e resolvera voltar aos estudos depois de adulto. A palavra *maduro* não se aplicava a ele, e o rapaz entortava ligeiramente um dos lados da boca ao sorrir. Que maravilha, pensou Clara. Estou escolhendo meus auxiliares com base, unicamente, em fotos.

O candidato atendeu ao primeiro toque.

— Johnny falando — disse ele.

Clara Casey explicou o que pretendia, e ele confirmou que poderia comparecer para a entrevista às onze da manhã. Tudo estava indo bem. Clara escolheu duas enfermeiras e um candidato para o cargo de segurança. Tim era o seu nome. Ligou para o celular dele. Um sotaque americano informou que ele ligaria de volta. Já que decidira começar as reformas no dia seguinte, precisaria de alguém para manter o prédio em segurança.

Para sua surpresa, Clara ouviu a chave na porta e a voz das filhas descontentes que voltavam da rua. Elas entraram em seu quarto sem cerimônia e sem bater na porta, algo que a irritava ultimamente.

— O que ele queria? — perguntou Linda.

— Quem?

— Papai.

— O divórcio. Quer se casar com a belezoca.

As meninas se entreolharam.

— E você, o que disse?

— Coloquei-o para fora daqui. — Clara não parecia preocupada.

— E ele foi embora?

— Claro que foi. E vocês, tiveram uma noite agradável? Não? Ele deixou um vinho para vocês lá embaixo. Podem matá-lo se quiserem... O vinho, é claro.

Linda e Adi se olharam novamente, confusas. O celular da mãe tocou, e ela enxotou as filhas com um aceno.

— Ah, Tim, obrigada por retornar minha ligação. Nada disso, não está tarde. Você poderia se encontrar comigo amanhã para falarmos de um pequeno trabalho de segurança? Vou derrubar algumas paredes, e o local vai ficar vulnerável por alguns dias. Preciso de alguém lá o dia todo. Depois, será apenas vigilância de rotina. Ótimo, excelente. Então nos vemos amanhã. — Clara sorriu vagamente para as filhas.

Elas estavam atônitas. O jantar no Quentins não fora grande coisa, seu pai se casaria com uma jovem da idade delas, e agora a mãe parecia ter pirado de vez.

A manhã do dia seguinte passou voando. As entrevistas correram de forma satisfatória. Lavender se mostrou objetiva e prática. Era realista quanto ao número de horas necessárias para um sistema de aconselhamento dietético. Sugeriu uma aula de culinária semanal e disse que essa ideia funcionara muito bem em uma clínica londrina onde havia trabalhado. Muitos pacientes não faziam a mínima ideia de como cozinhar vegetais de forma correta ou preparar uma sopa saudável e ficavam espantados ao ver o quanto era fácil. Lavender era uma pessoa sensata, uma mulher solteira com quarenta e poucos anos. Tirava férias nos meses de janeiro e fevereiro, anualmente, para ir à Austrália, mas conseguiria uma substituta para esses períodos. Ajudaria Clara a montar a cozinha e se ofereceu para começar dali a duas semanas.

Clara se sentiu mais tranquila.

Johnny, o fisioterapeuta, era grande e franco, mas parecia ter inesgotáveis reservas de paciência. Disse que os cardiopatas se impressionavam com os filmes em que as pessoas levavam as mãos ao peito e caíam mortas em segundos. Isso, segundo ele, lhes provocava um pavor imenso de qualquer tipo de exercício forte que pudesse lhes causar um ataque cardíaco fatal e os deixava com a musculatura fraca. Ele perguntou se Clara poderia lhe fornecer um aparelho para eletrocardiogramas a fim de avaliar melhor a evolução dos pacientes.

— Duvido que o conselho libere um aparelho desses só para essa finalidade — disse Clara.

— Podíamos brigar com eles — propôs Johnny, já se sentindo parte da equipe.

Tim, o segurança, tinha morado dois anos em Nova York. Nesse período, trabalhara muito em hospitais e sabia o que era necessário para exercer suas funções. Podia trabalhar em horário integral nas duas primeiras semanas, mas planejava montar uma firma de segurança e precisava de alguns clientes satisfeitos para começar. Não queria pisar nos calos de ninguém e perguntou preocupado:

— Por que a senhora não usa os seguranças do próprio hospital?

— Porque quero gerenciar minha área pessoalmente — respondeu Clara de forma direta.

— E eles aceitarão pagar por fora pelos meus serviços?

— Sim se você nos oferecer algo que os executivos julguem ser um serviço diferenciado. Eles adoram pensar que estão poupando dinheiro. É sua única preocupação.

— Isso é igual em toda parte — disse Tim, igualmente direto.

— Por que você saiu de Nova York?

— Todo mundo que eu conhecia lá trabalhava quatorze horas por dia, e as pessoas que eu conhecia aqui na Irlanda começaram a usar ternos caros e comprar imóveis na Espanha. Foi por isso que eu resolvi voltar e aproveitar o bom momento que o país atravessava, apesar de não me sentir mais preparado do que os caras que usam terno.

— Está satisfeito por ter voltado?

— Não de todo — disse ele.

— Você ainda está na fase de readaptação. — Clara era prática e se sentiu à vontade com aquele homem tranquilo.

Barbara, a primeira enfermeira que Clara entrevistou, era exatamente o tipo de pessoa que teria escolhido. Sociável, direta e antenada em sua área de atuação. Respondeu às perguntas de rotina sobre remédios para o coração, pressão arterial e derrames.

A segunda mulher era mais velha, mas menos qualificada. Chamava-se Jacqui e fez questão de soletrar seu nome duas vezes para não deixar margem a dúvidas. Disse que aceitaria o emprego, desde que não fizesse plantões nem pegasse o turno da noite. Avisou que seus períodos de férias deviam ser respeitados e que precisaria de uma hora e meia de almoço para levar seu cão para passear. O animal, garantiu, poderia dormir tranquilamente dentro do carro, desde que soubesse que haveria o passeio extra. Comentou que, em seu emprego atual, se sentia trabalhando no Terceiro Mundo, pois passava a maior parte do tempo tentando se fazer entender por estrangeiros. Clara sentiu de imediato que aquela mulher não faria parte da equipe.

— Quando vou ter resposta dessa entrevista? — perguntou Jacqui num tom confiante.

— Tenho muitas e muitas pessoas para entrevistar — avisou Clara sem se estender. — Daqui a uma semana eu lhe aviso.

Jacqui olhou em volta sem demonstrar empolgação.

— Isso aqui vai ser uma trabalheira infernal! — exclamou, fungando de leve.

— Exatamente, mas o desafio é a melhor parte de tudo, não acha? — Clara pregou um sorriso genérico nos lábios.

O que Clara realmente precisava, conforme descobriu na manhã seguinte, era de uma auxiliar direta. Alguém que pudesse levar um formulário daqui para ali ou trazer outro de lá para cá e que fosse chamar a equipe de manutenção e os eletricistas do hospital para que se reunissem e fizessem planos, entre outras coisas. Só que essa auxiliar não aparecia, e Clara decidiu que teria de procurar uma por conta própria. Por acaso, acabou por encontrá-la no estacionamento. Era uma moça magra, com cabelos em desalinho e uma flanela na mão que se ofereceu para limpar o para-brisa de seu carro.

— Não, obrigada. — Clara foi amável, mas firme. — Aqui não é um bom lugar para oferecer seus serviços. A maioria dos funcionários não liga para carros, e os pacientes estão preocupados demais consigo mesmos para pensar na limpeza do veículo.

A jovem não entendeu. Parecia se esforçar para compreender o que Clara dizia.

— De onde você é?

— *Polski* — disse a jovem.

— Ah, Polônia. Está gostando da Irlanda?

— Acho que sim.

— Tem um emprego?

— Não. Sem emprego. Faço algumas limpezas. — Apontou para a flanela.

— Que mais? Que outro tipo de trabalho você sabe fazer?

— Vou à casa das pessoas para lavar os pratos e limpar o chão. Guardo as folhas secas em sacos grandes. Vi os meninos limpando para-brisas e achei que... — Seu rosto era pálido e tinha algumas espinhas.

— Você ganha o suficiente para se alimentar? — perguntou Clara.

— Sim. O apartamento onde moro fica em cima de um restaurante, que me dá uma refeição por dia.

— Tem amigos neste país?

— Alguns amigos. Sim.

— Mas precisa trabalhar, certo?

— Sim, senhora, madame... Preciso trabalhar.

— Como é seu nome?

— Ania.

— Venha comigo, Ania — chamou Clara.

A conversa com os operários que trabalhavam nas obras foi longa e cansativa. O responsável disse a Clara que o Conselho Administrativo jamais lhe permitiria fazer as reformas que planejava, pois os executivos detestavam mudanças, vetavam espaços amplos e preferiam saletas individuais onde as pessoas podiam conversar em particular. Clara escolheu tecidos para as cortinas que dividiriam os compartimentos e também as persianas para as janelas. Procurou catálogos de mobílias e marcou mesas e armários. Com isso, o tempo voou.

Enquanto lidava com a burocracia, Clara mandou a pequena polonesa circular por todo o hospital. Imprimiu um comunicado anunciando que Ania Prasky era a assistente temporária da dra. Clara Casey e informou os dados básicos e as qualificações que a jovem possuía. Ninguém do Conselho Administrativo lhe impediria de fazer isso.

Eram quatro da tarde e Clara não havia se lembrado de almoçar. Ania também não devia ter comido nada. Assim que Clara a chamou, ela veio correndo.

— Almoço, Ania — ordenou num tom firme. Percebeu uma sombra de ansiedade no rosto da jovem.

— Não, madame, obrigada, mas eu... estou... trabalho — disse ela, hesitante.

— Um almoço leve e um café forte nos farão trabalhar ainda melhor.

O temor desapareceu do semblante da jovem. Clara pagaria o almoço, e ela não precisaria gastar o salário do dia. Parecia uma criança feliz.

Quando Adi e Linda resolveram viajar pelo mundo, aos dezoito anos, pessoas bondosas muitas vezes lhes ofereceram uma refeição quente e um lugar para dormir, e Clara se lembrava disso. Era uma espécie de troca na vida: quando alguém era gentil com os filhos de outras pessoas, o mundo tratava melhor seus próprios filhos.

— Vamos, Ania, porque saco vazio não para em pé.

— Saco vazio? — Ania parecia espantada.

— Não existe saco nenhum, é apenas uma expressão. Você sabe o que ela significa?

— Para dizer a verdade, não, madame.

— Bem, vou tentar lhe explicar enquanto almoçamos — disse Clara pegando o casaco.

Frank não podia acreditar que aquela mulher tivesse feito tanta coisa em tão pouco tempo. Sua mesa estava cheia de formulários, requisições disso, daquilo e daquilo outro. Ele teria de passar a manhã toda verificando sua bandeja de entrada. E agora havia um problema a mais. Ouvira dizer que uma jovem polonesa de olhos arregalados fora vista correndo de um lado para outro sem parar, carregando papéis e requisições. Clara

Casey, pelo visto, estava demolindo, tijolo por tijolo, a estrutura antiga do lugar. Cada formulário ou requerimento vinha acompanhado por um recado pessoal redigido pela nova administradora, num papel timbrado com seu nome, que ela certamente mandara imprimir da noite para o dia. Todos os recados se referiam à "nossa conversa" ou ao "nosso acordo". Ela o estava tornando parte ativa do seu projeto expansionista. Precisava detê-la antes de ser arrastado. Ou talvez fosse melhor deixá-la ir em frente. Frank reconheceu que Clara não era o tipo de mulher que ele apreciava. Em termos de determinação e objetividade, porém, se mostrava uma profissional imbatível.

Assim, decidiu oferecer a ela um ou dois dias de liberdade antes de intervir. Certamente, em quarenta e oito horas, ela se empolgaria tanto com seus projetos que talvez se autodestruísse. Enquanto isso, ele prepararia uma carta cautelosa, com texto rebuscado, visando se proteger, comunicando a ela que todos aqueles planos deveriam ser previamente sancionados pelo Conselho Administrativo do hospital.

Barbara mordeu com vontade o hambúrguer gigantesco. Estava de dieta havia seis semanas e tinha perdido menos de três quilos. Prometera a si mesma um banquete se conseguisse o novo emprego na clínica de cardiologia. *Planejara* também comprar sapatos novos ou uma bolsa de mão de grife, mas o dia tinha sido longo, e ela estava sem forças para olhar as vitrines. Ia se encontrar com a amiga Fiona para comemorarem.

Fiona quase morreu de inveja. O novo emprego de Barbara parecia o tipo de ocupação que ela adoraria.

— Mas você não se candidatou. — Barbara parecia furiosa com Fiona. — Teria arrumado um bom emprego e trabalharíamos juntas, mas você nem se deu o trabalho de preencher o formulário.

— Não sabia que ela ia ser simpática, que o horário era conveniente ou que você teria tanto poder. Pensei que fosse um emprego do tipo "venha cá, faça isso, faça aquilo".

— Bem, agora já era. Provavelmente a dra. Clara já contratou uma megera que terei de aturar só porque você não quis preencher o formulário.

— Como ela é? — quis saber Fiona.

— Cabelo escuro, muito arrumada, bonita, mas de um jeito à moda antiga. Ela se parece um pouco com a mulher sentada naquela mesa ali — apontou. — Ei, espere um instante... *É ela!* — O hambúrguer de Barbara ficou suspenso no ar.

— Ela veio comer *aqui*? — Fiona estava pasma.

— Sim, e a jovem que está almoçando com ela é uma estrangeira chamada Ania. Que coisa espantosa! — Barbara balançou a cabeça para os lados, sem acreditar. — Bem, acho que ela precisa almoçar em algum lugar, mesmo...

Mas Fiona já se levantara da mesa e ia em direção a Clara.

— Volte aqui! — chamou Barbara entredentes, mas era tarde demais. Fiona já estava se apresentando.

— Dra. Casey, desculpe interromper sua refeição. Meu nome é Fiona Ryan. Trabalho com a Barbara, que está ali naquela mesa e vai começar a trabalhar com a senhora na semana que vem. Pensei em me candidatar a um emprego na clínica, mas desisti porque achei que seria um trabalho de rotina. Só que Barbara me falou da senhora, do lugar, e tudo me pareceu fantástico. Será que é tarde demais para eu lhe enviar meu currículo? Posso entregá-lo hoje à noite se a senhora ainda não tiver escolhido ninguém para preencher a vaga.

Clara ergueu os olhos e viu uma moça bonita, com vinte e poucos anos e um sorriso largo irradiando confiança e coragem.

Era exatamente o tipo de pessoa com quem gostaria de trabalhar. Na mesa ao fundo, viu Barbara tentando desesperadamente chamar a amiga de volta, mas Fiona nem prestou atenção.

— Barbara está morrendo de vergonha, mas achei que, se não viesse falar com a senhora, não saberia se a vaga estava preenchida.

A jovem tinha um ar inteligente e atento. Não custava nada analisar a possibilidade.

— Tudo bem — disse Clara. — Deixe seu currículo lá assim que puder, com um número de telefone para que eu possa contatá-la. A propósito, esta é Ania.

— Muito prazer, Ania. Vou deixá-las comer em paz. Desculpe a interrupção e muito obrigada. — Virou-se para voltar à sua mesa e se sentou. Barbara parecia reclamar muito do que a amiga tinha feito.

— Simpática, não é? — Clara parecia tratar Ania de igual para igual.

Ania concordou encantada.

— Tem um sorriso largo. A senhora vai contratá-la, madame?

— Certamente — confirmou Clara. — E agora, Ania, quer um sorvete? Ou devemos voltar para a clínica, já que há tanto a fazer?

— Voltamos agora, madame — disse Ania. — O almoço estava bom, mas é melhor não abusar.

Às sete horas, Clara pagou a Ania seu dia de trabalho.

— Até amanhã às oito e meia — disse ela.

Um grande sorriso pareceu dividir o rosto de Ania ao meio.

— Eu trabalho de novo amanhã? — perguntou apertando as mãos.

— Sim, se desejar. Você fez um bom treinamento hoje, mas

talvez amanhã tenha de fazer alguns serviços pesados de limpeza e arrastar móveis. Vou ajudá-la, é claro.

— Obrigada, madame, de todo o coração — disse Ania —, e também pelo jantar maravilhoso. A senhora é muito simpática, doutora.

— Não é o que dizem de mim lá em casa. — Clara suspirou. — Todos acham que enlouqueci.

Adi havia trazido o namorado, Gerry, para jantar. Eles estavam sentados à mesa da cozinha, tomando sopa e comendo uma salada quando Clara entrou. Adi se levantou para oferecer um pouco de sopa à mãe, mas ela fez que não com a mão.

— Só um café, querida. Comi muito no meio da tarde. Hambúrguer com batatas fritas.

Gerry manifestou sua desaprovação.

— Carne! Isso é ruim. Muito ruim, mesmo.

Adi se mostrou surpresa.

— Esse não é o seu comportamento normal, mamãe.

— Eu sei, mas estes dias as coisas estão muito longe da normalidade — disse Clara, levando o café para o andar de cima. Ao subir, bateu na porta de Linda.

— Pode entrar! — Linda estava na cama com uma máscara facial branca. Parecia um artista de mímica ou uma criança fantasiada de fantasma.

— Desculpe, não imaginei que você já estivesse na cama tão cedo — disse Clara.

— Que nada, estou é me aprontando para sair. Vou a uma boate nova que abriu. Pretendo sair lá pelas onze horas e quero estar mais bonita do que nunca.

Linda olhou para Clara como se esperasse reclamações ou uma menção aos seus horários estranhos. Certamente ela diria *alguma coisa* sobre a falta de livros e estudos na sua vida, mas Clara era sempre imprevisível.

— Quando é que você vai começar a trabalhar, Linda? — perguntou Clara sem se alterar.

— Eu *sabia* que você ia começar a reclamar. — O rosto de Linda mostrou uma expressão irritada por baixo da máscara.

— Quem é que está reclamando? Foi só uma pergunta.

— Talvez daqui a uns dois anos — respondeu Linda com má vontade.

— Você não se forma no ano que vem?

— Mãe, que *interrogatório* é esse? Está torcendo para eu deixar este quarto vago ou algo parecido?

— Nada disso, estou muito feliz por estarmos morando juntas nesta casa, mas conheci alguns operários hoje, eletricistas, bombeiros, e...

— E resolveu morar em uma comunidade com eles — completou Linda.

— Pensei em contratá-los para fazer outro banheiro aqui em casa — explicou Clara, ignorando a piadinha da filha. — É claro que o seu pai bom e generoso não vai financiar esse projeto, e não tenho como bancar tudo sozinha. Adi certamente vai colaborar, e espero contar com uma contribuição sua, a partir do ano que vem.

— Ando pensando em fazer um intervalo de um ano antes de começar a trabalhar.

— Ah, é? Um intervalo entre o quê exatamente? — quis saber Clara.

— Nossa, também não precisa descontar em mim só porque você teve um dia ruim — reclamou Linda, revoltada.

— Mas o meu dia não foi ruim; para ser franca, foi excelente. Contratei uma jovem mais ou menos da sua idade. Ela trabalhou das nove da manhã às sete da noite sem reclamar. Pedi que ela voltasse amanhã para repetir a jornada pesada, e ela quase chorou de gratidão.

— Aposto que não é irlandesa — disse Linda.

— Talvez se torne, um dia, mas por enquanto é polonesa.

— Viu só? — Linda exibiu um ar triunfante.

— Ah, Linda, cale essa boca, por favor. Você não sabe nada sobre trabalhar para ganhar a vida e ainda sonha com um ano de folga! Nem imagina a sorte que tem.

— Não me parece tanta sorte assim; está bem longe disso. Meu pai e minha mãe se odeiam, e ele vai se casar com uma garota da minha idade. Já imaginou como me sinto em relação a isso? Minha mãe é viciada em trabalho e vive reclamando por eu não ralar como uma escrava, embora tenha *concordado* que eu terminaria os estudos antes de procurar emprego. Eu estava aqui numa boa, cuidando da minha vida e pensando em tirar um cochilo, e de repente você entra e descarrega isso tudo na minha cabeça. Por que não me conta sobre os órfãos que passam fome na China, na Índia, na África, sei lá, e as polonesas que são *suas* escravas?

— Você é uma garota desagradável, Linda — disse Clara ao sair e bateu a porta do quarto com força.

— Que gritaria foi essa lá em cima? — perguntou Gerry a Adi.

— O mundo real, Gerry — disse ela. — O mundo onde as pessoas não se dão bem entre si, não pagam pensão alimentícia, não se compreendem e não respeitam o ponto de vista umas das outras.

— Isso tudo acontece por causa da carne vermelha — disse Gerry. — Comer carne vermelha não dá certo, muito menos no meio da tarde.

Na manhã do dia seguinte, quando Adi desceu para tomar café da manhã, Clara já tinha saído. Não havia sinais de que tivesse comido alguma coisa nem um bilhete sobre planos para aquela noite. A gritaria da véspera devia ter sido mais séria do que pareceu. Adi foi acordar Linda, que não estava em seus melhores dias.

— Nesta casa, basta a gente fechar os olhos que aparece alguém entrando sem licença, aos berros, reclamando de tudo — queixou-se, lutando para acordar.

— O que está acontecendo com mamãe?

— Eu, hein, como é que vou saber? Ela veio cheia de onda para o meu lado ontem à noite, reclamando por eu não ser polonesa, por eu não ajudar a bancar a construção do banheiro novo, por eu ainda ser estudante, e quase arrancou a porta das dobradiças quando saiu. Estava totalmente descontrolada.

— Mas qual é o *motivo* de tudo isso, Linda?

— Sei lá, não faço a mínima ideia. Talvez esteja chateada porque papai quer se casar com Cinta.

— Mas ela já não ama o nosso pai.

— Quem pode saber quem ela ama ou não? Mamãe está completamente transtornada. Agora, caia fora e me deixe dormir.

— E sua aula?

— Pelo amor de Deus, Adi, saia daqui. Vá envenenar as mentes das suas pobres criancinhas se não se importa.

Linda voltou a se ajeitar na cama, enroscando-se toda. Adi deu de ombros e saiu. Não obteria nenhuma informação adicional ali.

A jovem Ania estava sentada do lado de fora do prédio da clínica.

— A senhora falou sério quando me mandou voltar, madame?

— Claro, Ania. Hoje vou mandar fazer uma chave para você, e amanhã você poderá entrar sem precisar me esperar caso chegue antes.

— A senhora vai dar *para mim* uma chave desse lugar? — Ania parecia atônita.

— Claro. Assim, você poderá ir preparando o café antes de eu chegar.

— Vamos ter uma máquina de fazer café? — perguntou Ania, empolgada.

— Vamos, sim; vai chegar hoje. Enquanto isso, pegue esse dinheiro e vá comprar dois cafés grandes lá embaixo, na lanchonete do shopping, e mais o que quiser comer como café da manhã, de preferência algo com muito açúcar para nos dar energia: um croissant, um donut, qualquer coisa. Traga um de cada se quiser.

— Que emprego maravilhoso! — exclamou Ania e saiu depressa, muito obediente.

O dia passou voando novamente; os operários eram um grupo animado e trabalhavam com rapidez. O espaço logo começou a se parecer com o projeto de Clara. Sua mesa fora colocada no meio da sala, o que lhe permitia observar tudo que se passava à volta. A estação de trabalho das enfermeiras estava à espera do setor de abastecimento para ficar pronta. As camas especiais já haviam chegado e foram montados cubículos com cortinados de isolamento feitos com o tecido que Clara escolhera. A sala de espera foi pintada e equipada com prateleiras onde ficariam guardadas as informações do setor. Haveria um bebedouro e um bule térmico com café para os pacientes.

A sala de Lavender foi preparada para a nutricionista; a balança pequena ia chegar à tardinha junto com outra maior, que seria instalada na sala das enfermeiras.

O espaço para fisioterapia ainda estava vazio; o equipamento a ser instalado ali ainda dependia do que Johnny e Clara conseguiriam arrancar do Conselho Administrativo do hospital. Clara estava satisfeita por terem feito tantos progressos. Iria mostrar a Frank o seu valor. Ficou surpresa quando Ania lhe entregou um sanduíche e outro café na hora do almoço.

— Deixe-me pagar isso — ofereceu Clara.

— Não, madame. Ontem a senhora me deu muito dinheiro. Hoje é *minha* vez de trazer o almoço.

Ela parecia tão feliz e orgulhosa que Clara ficou comovida. E ainda mais aborrecida com a filha preguiçosa que provavelmente estava, naquele exato momento, tentando acabar com a ressaca.

— Já contratou todas as pessoas de que precisa, madame?

— Não, Ania, ainda estou em busca de um assistente administrativo. Alguém que cuide dos pagamentos e possa me dar cobertura.

— Possa cobri-la? Como assim? — A expressão era desconhecida para Ania.

— Alguém que me ajude a cuidar de tudo e me livre dos problemas.

— Ah... Uma secretária?

— Mais ou menos. Querem que eu contrate uma estagiária, mas isso de nada adiantará. Preciso de alguém que saiba enfrentar monstros como Frank Ennis e o seu bando. Uma estagiária não conseguiria essa proeza.

— Acha que vai conseguir vencê-los, senhora? — Os olhos de Ania dançavam de empolgação.

— Se aparecer a pessoa ideal, vamos instalá-la aqui antes mesmo que percebam. O difícil será encontrá-la.

— A senhora vai conseguir, madame. Tenho certeza.

— Você tem mais fé em mim do que eu mesma, Ania.

— O que seria de nós na vida se não tivéssemos fé? — filosofou Ania e saiu alegremente da sala para pegar uma vassoura para varrer a sujeira deixada pelos carpinteiros e, em seguida, lhes preparar umas xícaras de chá.

Quando a primeira semana estava praticamente terminando, Clara lembrou que precisava conversar com o farmacêutico do bairro. Seu nome era Peter Barry, um sujeito que lhe parecia meio presunçoso. Tinha cerca de cinquenta anos e sua farmácia ficava no pequeno shopping perto da clínica. Assim que o centro de cardiologia começasse a funcionar, era ele quem forneceria medicamentos para os pacientes. Clara precisava verificar se ele tinha um bom estoque de remédios para o coração e para a pressão, pois ela certamente os receitaria para muita gente. Descobriu que não precisava ter se preocupado.

Peter Barry era muito competente. Presunçoso ou não, informara-se sobre as mais recentes pesquisas a respeito de medicamentos, suas restrições e contraindicações. Por alguns instantes, pareceu a Clara que ela estava de volta aos bancos da faculdade de medicina, assistindo a aulas sobre vários assuntos.

— Eu lhe desejo todo o sucesso do mundo na nova clínica — disse num tom formal. — É importante fazermos algo que mostre às pessoas que elas podem controlar os próprios problemas cardíacos.

— Claro. Na verdade, elas já deviam saber disso há muito tempo — murmurou Clara. Essa era a resposta educada que ela sempre dava quando lhe diziam o quanto seu trabalho era fundamental e gratificante. Ninguém podia desconfiar do quanto ela se sentia mal trabalhando naquele buraco para onde a vida a levara. Planejava realizar seu trabalho muito bem e ir embora dali o mais rápido possível, mas manteve o sorriso resplandecente.

— A senhora tem razão. Precisa ver os doentes agarrados aos frascos de remédios, morrendo de medo de não terem entendido qual daquelas poções mágicas lhes garantirá que continuem vivos. Tento tranquilizá-los, mas muitas vezes eles sentem necessidade de falar, de fazer perguntas e aprender mais, só que nem sempre há tempo para lhes dar a atenção devida.

Clara estava impressionada. Aquele homem era mais humano do que ela suspeitara à primeira vista.

— Seu trabalho é pesado, eu imagino, sr. Barry. O senhor não tem um assistente?

Peter Barry voltou a ostentar um ar afetado.

— Temos sempre um farmacêutico formado presente na loja, dra. Casey, isso eu lhe garanto. Só que meu assistente trabalha apenas meio expediente. Tinha esperança de que minha filha Amy se juntasse a mim na farmácia. Mas, nossas filhas, sabe como é... — Encolheu os ombros.

Clara sentiu crescer uma onda de solidariedade.

— Em que Amy preferiu trabalhar?

— Ainda não decidiu. Anda em busca de si mesma. Vai ser uma longa jornada. — Anos de decepção transpareceram em seu tom de voz.

— Pois minha filha anda pensando em tirar um ano de folga depois dos estudos. Mais doze meses sem precisar tomar decisões importantes. — Clara se percebeu amarga. Torceu para não parecer tão fria e dura quanto sua própria mãe. Se bem que, pensando bem, talvez ela tivesse razão para estar desapontada com Clara. Analisando de forma objetiva, o que ela havia construído na vida? Tinha duas filhas ressentidas, um casamento desfeito e não conseguira o cargo de cardiologista que todo mundo pensou que estivesse garantido. Talvez sua mãe se sentisse tão desapontada quanto ela estava com Linda ou quanto aquele homem parecia estar com a *própria* filha.

Peter Barry não deixou a conversa morrer.

— O que a senhora faria se pudesse voltar e começar tudo de novo? — perguntou ele.

Clara sabia exatamente o que faria. Não teria se casado com Alan. Só que, nesse caso, as meninas não teriam nascido, e isso era inimaginável. É claro que havia momentos difíceis, mas elas eram suas filhinhas. Clara se lembrava com clareza do dia em que cada uma das duas nascera. Eram meninas boas e lindas; também eram divertidas e carinhosas. Não queria que elas não tivessem nascido. No entanto, se não tivesse se casado com Alan, agora teria conseguido o cargo de cardiologista que devia ser seu por direito. Contudo, Clara passara muitos anos escondendo sentimentos e disfarçando emoções e não pretendia baixar a guarda agora e falar dessas coisas com aquele homem que mal conhecia.

— Nossa, é difícil saber. O que o senhor faria? — perguntou, rebatendo a bola com precisão.

Peter Barry não hesitou.

— Teria me casado novamente para poder dar um lar adequado a Amy — confessou com simplicidade. — Sua mãe morreu quando Amy tinha quatro anos. Nunca soube o que era ter uma família.

— É difícil encontrar um novo amor e um casamento num estalar de dedos. — Clara balançou a cabeça. — Talvez seja uma questão de sorte, não acha?

— Não sei. Sinceramente, não sei. Acho que há muita gente no mundo que pode ser a pessoa certa, uma boa companheira, parceira, esposa, desde que nos concentremos nessa busca.

Clara murmurou sua concordância e saiu. Viu que recebera uma mensagem de Alan no celular, mas não quis lê-la. Sua cabeça já estava cheia de coisas que precisavam ser providenciadas ou evitadas. Pensar em Alan era uma das que deviam ser evitadas. No fim do dia, porém, sentiu-se confortável para saber o que ele queria dela. Clara conseguira mais do que julgara possível. O terrível Frank Ennis fizera uma visita inesperada, achando que veria desordem e confusão, mas encontrou uma estrutura quase pronta. O revestimento do piso já havia chegado, os construtores estavam alegres e empolgados, a mobília fora comprada e Tim mostrou, com orgulho, o sistema de segurança que escolhera. As duas enfermeiras, Barbara e Fiona, estavam ocupadíssimas, planejando o espaço em sua sala de trabalho.

Lavender tinha levado para a sala que lhe fora designada todos os seus cartazes sobre alimentação saudável. Johnny montara as máquinas para exercícios. E o melhor acontecera: Clara encontrara uma assistente.

Seu nome era Hilary Hickey. Ela aparecera na clínica para saber se precisavam de alguém para trabalhar em meio expediente. Era enfermeira formada, técnica em coleta e especialista em análise de sangue. Além disso, já havia trabalhado na administração de um hospital. Tinha quarenta e nove anos, era viúva e tinha um filho adulto. Em virtude de circunstâncias familiares peculiares, precisaria estar presente em casa durante alguns dias e não podia se comprometer com um trabalho em horário integral. Antes de terminar a conversa, Clara já sabia que Hilary era a pessoa ideal para ser sua assistente, mas precisou conter seu impulso, que era pular de alegria, e preferiu passar às questões práticas.

— Essas circunstâncias familiares que você citou têm relação com o seu filho? — perguntou.

— Não, com a minha mãe. Ela é idosa, mora conosco e precisa de alguém que fique de olho nela. Alguém que dê uma espiada de vez em quando para ver se está tudo bem.

— Sim, claro. Como ela está de saúde?

— Está ótima, tem uma saúde de ferro, vai viver mais do que o restante da família. Às vezes me parece um pouco confusa, mas nada de preocupante.

Hilary era uma pessoa cheia de energia e se virava bem em qualquer situação. Ajudou Ania, Clara e Johnny a carregar um equipamento enorme que parecia feito para fatiar frios, mas o fisioterapeuta garantiu que aquilo era para exercitar os braços. Ela mostrou que se relacionava bem com todo mundo e estava lá quando Frank apareceu para fazer sua inspeção. Clara não poderia sonhar com uma aliada melhor e apresentou Hilary ao representante do Conselho Administrativo.

— Prazer em conhecê-la, srta. Hickey. — Assentiu ele com a cabeça e lhe apertou a mão.

— O prazer é meu, Frank — replicou Hilary com ar descontraído, e Clara teve de tapar a boca com a mão para esconder um sorriso quando viu o semblante de Frank. Ele estava habituado a ser tratado como "sr. Ennis", sempre com muito respeito.

Frank olhou para Ania com perplexidade quando ela tornou a encher sua caneca de café.

— E você quem é... exatamente?

— Eu sou *exatamente* Ania Prasky — disse ela.

Ele a fuzilou com os olhos, mas estava claro que ela não tivera a intenção de zombar dele. Era apenas falta de familiaridade com o idioma.

— E você está empregada aqui?

Clara explicou:

— Estou pagando as diárias de Ania com o fundo para despesas extras, mas gostaria de contratá-la oficialmente.

— Para o cargo de quê?

— Auxiliar de serviços. — Clara nem piscou.

— Mas as auxiliares trabalham nas enfermarias, não na parte administrativa.

— Creio que haverá muita necessidade de uma auxiliar aqui também. Alguns pacientes usam cadeiras de rodas, outros precisarão de ajuda para ir e vir do ponto de ônibus, sem falar em servir café e manter o lugar sempre limpo. É importante manter a clínica agradável e atraente para os pacientes, Frank. Também precisaremos de alguém que vá à farmácia do sr. Barry, aqui perto, pois há pessoas que certamente não terão condições físicas de ir até lá. Além disso, precisaremos de alguém que vá e venha do hospital levando e trazendo raios X e mensagens diversas. Haverá trabalho para ela a cada minuto do dia, posso lhe assegurar.

— Mas receio que seja quase impossível que o conselho concorde com isso — afirmou Frank.

Clara viu as sobrancelhas de Hilary se franzindo de leve. A guerra começara.

— Sabe, dra. Casey, a senhora já *conseguiu* a srta... Hickey aqui para ajudá-la. Não temos uma mina sem fundo de onde tirar dinheiro para contratar mais funcionários e...

Hilary o interrompeu.

— Mas, Frank... Um homem persuasivo como você fará todo o Conselho comer na sua mão em um piscar de olhos. Certamente você não imagina que minhas pernas sejam tão ágeis quanto as de Ania. Eu não conseguiria nem me abaixar para limpar o piso. Aliás, isso seria uma perda de tempo, já que eu poderia ajudar a organizar o lugar. Tenho certeza de que você vai conseguir que Ania fique conosco.

O tempo pareceu parar, mas Clara sabia que só haviam passado três segundos quando ele replicou quase ladrando:

— E *quanto* vocês pretendem pagar a essa jovem estrangeira?

— O salário mínimo, mas, já que ela completou uma semana de experiência, pensei em...

— Um salário mínimo, então! — esbravejou ele, concordando com relutância, e saiu.

Ania abraçou as duas e pegou alguns biscoitos de chocolate. Depois de tantas boas notícias, Clara se sentiu preparada para enfrentar a mensagem de Alan. Ele queria se encontrar com ela. Sugeria um drinque depois do trabalho, talvez um jantar. Clara respondeu que ele poderia ir à casa dela, mas sem levar vinho. A conversa levaria apenas uma hora, não haveria discussões, e eles não envolveriam as filhas no assunto. Se Alan concordasse com as condições, poderia aparecer às sete da noite.

Sua mãe ligou logo depois, perguntando quando Clara apareceria para ajudá-la a escolher os tecidos para as novas cortinas. Clara sabia que isso seria um esforço inútil, pois a mãe adorava deixar assuntos pendentes. Não chegaria a conclusão alguma, e nenhum tecido seria escolhido.

— Não posso, mamãe, tenho um encontro com Alan — informou.

— Para se livrar dele de uma vez por todas, espero — disse a mãe num tom ríspido.

— Talvez sim, talvez não. Vamos ver. — Clara falava com toda a calma do mundo.

— Vamos ver?!... Mas nós já *vimos*! — exclamou a mãe. — E não gostamos do que vimos.

— É verdade, mamãe. — Clara desligou, desgastada com o assunto.

Hilary olhou para Clara, que havia trabalhado tanto o dia todo, e torceu, intimamente, para que ela tivesse planejado uma noite agradável, pois bem que merecia. Ficou surpresa com o comentário da médica.

— O chato do meu ex-marido vai lá em casa me pedir o divórcio mais uma vez.

— Tenho certeza de que vai concordar com a proposta para se livrar logo dele — disse Hilary, como se aquela fosse a atitude mais óbvia do mundo.

— Por que razão acha que eu deveria facilitar a vida dele? — quis saber Clara.

— Porque continuar grudada em seu ex-marido só vai tornar as coisas piores para você. Nossa, preciso ir embora. Só Deus sabe o que minha mãe pode ter aprontado em casa. — E saiu.

Dervla, amiga de Clara, ligou quando ela estava no carro, voltando para casa.

— Ele vai aparecer novamente lá em casa hoje — informou Clara.

Dervla nunca gostara de Alan e geralmente não dava palpites, mas resolveu que não seria assim daquela vez. Colocou tudo para fora assim que soube da nova visita.

— Há vinte e cinco anos ouço você contar que ele apareceu em casa ou que *não apareceu*. Clara, aceite logo essa porcaria de divórcio e encerre o assunto, pelo amor de Deus.

— Obrigada, Dervla. — Clara riu.

— Já imaginou que ele possa ter ficado de saco cheio da garota e queira voltar para você?

— Não. Sou muito velha e enrugada para o gosto dele.

— Mas você o aceitaria de volta se ele quisesse?

— Isso é como discutir a beleza de corvos brancos — disse Clara para encerrar a conversa. Não ia deixar o assunto seguir por aquele caminho.

Quando entrou, Clara ficou aliviada por não encontrar ninguém em casa. Isso tornava as coisas mais fáceis. Tomou uma ducha e lavou os cabelos. Acabara de secá-los e vestira uma blusa rosa quando Alan tocou a campainha. Ela ofereceu café e lhe serviu uma xícara, como boa anfitriã. Café bem forte, como ele gostava.

— Vim só para conversar, Clara, como nos velhos tempos — disse ele quase implorando.

— Como nos velhos tempos, não. Geralmente o que tínhamos nessa época era uma competição de gritos e acusações, se você está lembrado.

— Bem, então vamos voltar mais no tempo, para o início do relacionamento. — Alan tinha um sorriso bonito, isso Clara era obrigada a reconhecer. Também tinha um jeito de colocar a cabeça meio de lado, para convencer as pessoas de que estava certo, o que certamente funcionara com ela durante muitos anos.

— E sobre o que falávamos no início do relacionamento?

— Do trabalho, das crianças, de nós. — Ele era sempre rápido nas respostas.

— Bem, assunto de trabalho é o mais seguro. Como vai o seu?

— Está tudo ótimo. Claro que continua cansativo. O sistema bancário mudou, há muito mais pressão hoje em dia. E o seu trabalho? — Ele parecia realmente interessado.

Clara lhe contou sobre Ania, a jovem polonesa; falou da nova assistente, Hilary Hickey; das duas enfermeiras empolgadas com o novo emprego; do fisioterapeuta; de Lavender, a nutricionista; e de Tim, o segurança. Contou também do terrível administrador e de Peter Barry, o farmacêutico. Ele pareceu genuinamente interessado por tudo.

Se Alan não tivesse conhecido Cinta, aquela garota horrível, será que eles poderiam ter ido em frente, curtindo uma espécie de vida normal, juntos? Tentou afastar a ideia da cabeça, pois isso não iria acontecer. De qualquer modo, houvera outras mulheres antes de Cinta, e certamente haveria outras depois dela.

Alan perguntou detalhes sobre as pessoas que ela citara, perguntas que revelavam que estava prestando atenção a tudo. Clara se lembrava dessa sua característica. Quando moravam juntos, era fácil falar com ele a respeito do trabalho. Alan era um bom ouvinte. Clara sentira falta dele quando passou pela humilhação de lhe puxarem o tapete no último emprego. Tornou a encher sua xícara de café.

— Quem sabe você não conhecerá alguém nesse emprego?... — comentou com cuidado.

— Devo ter conhecido mais de uma centena de pessoas novas só essa semana — replicou Clara com um suspiro.

— Quero dizer conhecer alguém especial. Quem sabe, se interessar por alguém, entende? — Ele sorriu com entusiasmo. Queria que Clara estivesse bem e levasse a vida em frente em meio ao grande e assustador mundo dos relacionamentos. Ela o olhou consternada. Às vezes, Alan conseguia ser insuportavelmente insensível e estúpido.

— Acho que não devemos enveredar por essa possibilidade remota. Sei que você está tentando ser simpático, desejando o meu bem, mas estou achando essa atitude insuportavelmente condescendente.

— Condescendente, eu? Você deve estar de brincadeira! Clara, você sempre foi a mais inteligente de nós dois. *Sabe* que isso é verdade.

— Deixa isso pra lá, Alan. Só falta você me dizer agora que se casou comigo pela minha inteligência!

— E casei mesmo, de certo modo, mas também porque você era, e ainda é, uma das mulheres mais maravilhosas do mundo. — Ele se inclinou para a frente e fez carinho no rosto dela. Aquilo foi tão inesperado que ela recuou.

— Alan, *por favor*.

— Não venha me dizer que não sente mais nada por mim. Você é maravilhosa, Clara. Tem cabelos lindos, sedosos. Tem cheiro de flor. Chegue mais perto, deixe-me abraçar você.

Clara ficou tão atônita que não o afastou tão depressa quanto deveria. De repente, ele já estava com o rosto dela entre as mãos, beijando-a, antes de ela conseguir impedir.

— Você ficou maluco? — reagiu ela ofegante. — Já vai fazer cinco anos!

— Cinco anos desde que você me expulsou, mas eu nunca quis sair. Nunca, do fundo do meu coração.

— Isso é para me contar que Cinta também expulsou você? — Olhou para ele com ar incrédulo.

— Não, nada disso. Ela não tem nada a ver com isso. Com nós dois.

— Não existe *nós*, Alan, chega para lá. — Ela tentou se libertar, mas ele a segurou com mais determinação.

— Isso me faz lembrar muito os velhos tempos, Clara — disse ele num cochicho.

Por fim, ela conseguiu se libertar dele, correu para a cozinha e colocou uma cadeira entre os dois.

— O que você quer dizer com "Cinta não tem nada a ver com isso?" Você *mora* com ela! Ela vai ter um filho seu, pelo amor de Deus. Você veio até aqui porque quer o divórcio para poder se casar com ela. — Seus olhos cintilavam de raiva. — O que você quer *de verdade*?

— Estou tentando deixar você mais descontraída. Está muito tensa e ansiosa. Porque não relaxa e me deixa fazer você feliz, como costumava fazer? Em nome dos velhos tempos?

Ele sorriu para ela. O Alan bonitão, sempre habituado a ter as coisas do seu jeito. Não mudara nem um pouco. Alan, pelo visto, era tão infiel a Cinta como havia sido a ela. De repente, como se a cena estivesse entrando em foco, Clara começou a enxergar tudo com precisão. Alan era um homem que não merecia nem um minuto de atenção, muito menos críticas, análises ou compreensão.

— Muito bem — disse Clara, falando depressa. — Você conseguiu. Pode voltar para casa e dizer a Cinta que vai haver divórcio e, como prêmio, ela vai ganhar você. Não se esqueça de contar a ela também que você conseguiu essa façanha com a tática usual: sugerindo uma transa.

— A coisa não foi desse jeito, Clara — ele começou a reclamar.

— É a única forma de descrever o que houve, e vou contar tudo para quem quiser ouvir.

— Você não vai falar disso com as meninas, vai? — Ele demonstrou medo.

— Adi e Linda ficarão menos chocadas com você tentando me agarrar do que já estão por saberem que o pai terá um filho com uma garota da idade delas.

— Por favor, Clara...

— Vá embora, Alan. Vá embora, já!

— Você não deve se fechar para o mundo. Ainda é uma mulher bonita e...

— Vá embora, Alan, enquanto ainda é capaz de andar sem ajuda. — Clara levantou a cadeira como se fosse utilizá-la como arma. Ele deu dois passos para trás e saiu. Ela não se sentiu chocada nem insultada, nem sequer achou que ele estivesse sendo condescendente. Sentiu-se apenas vazia, tola e envergonhada por ter alimentado um fio de esperança de que aquele homem sem valor se fartaria da amante e voltaria para ela.

No dia seguinte, daria início ao processo de divórcio.

Alan conseguira, em poucos instantes, o que a mãe, as filhas, a boa amiga Dervla e a nova assistente Hilary não tinham conseguido que ela fizesse. Com sua tentativa desajeitada de fazer amor com ela, imaginando que ela o aceitaria, Alan acabou conseguindo exatamente o que queria: o divórcio. Ou talvez não quisesse, afinal. Ela nunca saberia, nem se importava com isso agora. Havia coisas mais importantes em que pensar. Pela primeira vez desde que aceitara o novo emprego, Clara sentiu que aquela era a parte mais importante de sua vida.

Tirou Alan da cabeça por completo e pensou nas coisas que devia providenciar para o dia seguinte. Ela receberia o novo médico para a clínica. Ele parecia ser um rapaz competente. Tinha um currículo excelente, cabelos ruivos e um jeito calmo. Tudo, enfim, que era importante para cuidar de pacientes com problemas de coração. Seu nome era Declan Carroll, e Clara pressentiu que ele seria uma excelente contratação para a clínica.

2

Era inútil tentar explicar à mãe que seu posto na clínica de cardiologia não era nada de especial. Molly Carroll já estava contando a todo mundo que seu filho arrumara um emprego excepcional como cardiologista-chefe. Declan já desistira por completo de convencê-la do contrário. De qualquer modo, os amigos e a família *queriam* pensar que ele era um jovem gênio. Seria triste, pedante e enfadonho explicar que, para ser um clínico geral, ele teria de trabalhar por um período com cardiologia.

Já completara os seis meses exigidos em pronto-socorro e o mesmo período num hospital pediátrico. Quando terminasse o seu tempo naquela clínica de cardiologia, ainda precisaria trabalhar na área de geriatria mais seis meses. Só então seria considerado suficientemente experiente para se dedicar à clínica geral.

Nunca soube se o pai entendia direito esse sistema. Paddy Carroll era um homem calmo, que trabalhava no açougue de um supermercado, tomava uma cervejinha no fim da tarde e três aos sábados. Sempre considerou um milagre o jovem filho Declan ter se saído tão bem.

— Sua mãe deve ter ido para a cama com uma pessoa muito inteligente para ter você — dizia brincando, com um ar de admiração.

Declan odiava isso. Gostaria que o pai não se rebaixasse tanto. Ficaria muito mais feliz se ele percebesse que o filho chegara tão longe simplesmente por ter se esforçado muito.

Molly estava preparando um desjejum capaz de saciar um elefante.

— Você não sabe quando conseguirá uma horinha para comer de novo, filho — dizia ela com ar preocupado. — O dia todo dando consultas, com gente pedindo sua opinião.

— Ou me ensinando a fazer as coisas — disse Declan olhando consternado para o gigantesco prato de comida à sua frente.

Paddy Carroll olhava com melancolia para Dimples, o grande cão que dormia ao lado.

— Declan, não se esqueça de levar o cachorro para passear antes de sair para o trabalho — lembrou seu pai.

Declan captou o recado. Não queria ofender a mãe recusando aquele café da manhã monstruoso, mas Dimples engoliria em dois tempos as salsichas e o chouriço. A mãe se aproximou para abraçá-lo e saiu rapidamente para abrir a lavanderia.

— Estou quase explodindo de orgulho de você! — exagerou ela.

— Mas, mãe... Eu devo tudo à senhora e ao papai, que fizeram horas extras a vida toda e pouparam tudo para os meus estudos.

— Quero contar a todos que aparecerem na loja hoje que meu filho vai começar a trabalhar como cardiologista em uma clínica — disse ela com o rosto radiante de alegria.

Declan Carroll sabia que era *exatamente* isso que a mãe iria dizer a todo mundo que colocasse os pés na lavanderia. Talvez até mostrasse aos desavisados uma foto da formatura. Declan vestido a caráter, de beca, capelo e tantas sardas no rosto emoldurado por cabelos cor de gengibre que parecia um impostor, na sua opinião. Havia ampliações daquela foto em três cômodos da casa pequena.

Dimples, uma mistura de labrador com outra raça indefinida, estava adorando o desjejum inesperado. Era estranho, mas Declan sentiu que até o cão tinha orgulho dele naquela manhã. Ainda bem que ninguém imaginava o quanto estava nervoso com seu primeiro dia de trabalho. Precisava chegar antes do horário marcado. Chegar atrasado logo no primeiro dia seria começar com o pé esquerdo. Deu uma palmadinha carinhosa na cabeça do cão alimentado em demasia e subiu na bicicleta a caminho da clínica de cardiologia. Enquanto guiava em meio ao trânsito engarrafado da manhã, desejou que estivesse indo ocupar o cargo de alguém recém-demitido ou que tivesse um superior hierárquico para controlar seu ponto. No entanto, trabalharia em uma equipe nova, seria o principal assistente e também o consultor, o servente, tudo ao mesmo tempo. Ou, como sua mãe diria a todo mundo... cardiologista-chefe.

Declan encostou a bicicleta do lado de fora da clínica e colocou o cadeado. Haviam pedido para ele chegar às nove e meia, mas ele chegou meia hora mais cedo. Uma mulher simpática, muito bem-vestida, chamada Clara Casey, lhe mostrara toda a sua área de trabalho quando ele foi lá conversar sobre o cargo. Viu espaços amplos e abertos. Ela fazia questão de não ter funcionários trancados em salas e consultórios. Ele teria apenas uma mesa, além, é claro, de um arquivo de aço; mas a ênfase da clínica seria em fazer com que os pacientes aprendessem a lidar com suas condições, e toda a equipe deveria estar entrosada nisso.

A dra. Casey era uma boa pessoa. Ela lhe contou que estivera para ser nomeada chefe da cardiologia de um grande hospital alguns meses atrás, mas isso acabara não acontecendo. Afinal, talvez ela nem quisesse o cargo, pensou Declan. De uma coisa, porém, teve certeza a respeito da médica: ela não demonstrava nenhum receio das pessoas que ocupavam postos superiores no hospital. Isso era muito importante, avaliou. Imaginou se algum dia seria assim tão corajoso. Provavelmente não. Era cauteloso por natureza, e os pais eram tão humildes que isso o deixava ainda mais receoso de dar um passo em falso. Lembrou-se do dia em que, quando trabalhava no pronto-socorro, um jovem motociclista sofrera um acidente e morrera literalmente em seus braços. Quando voltou para casa, ainda trêmulo, contou o que ocorrera à mãe e ao pai.

— Mas eles não podem culpar você por isso, Declan — disse Molly com firmeza.

— Ninguém pode apontar o dedo para você, filho. — Paddy explodia de lealdade.

Nenhum dos dois percebeu que nem lhe passara pela cabeça se achar responsável pela morte de um motoqueiro bêbado. Só queria que mostrassem alguma solidariedade por ele ter amparado nos braços um rapaz de dezenove anos que dera seu último suspiro. Queria que o tivessem agarrado pelo braço, dizendo: "Você é um rapaz bom, Declan; será um médico fantástico." Em vez disso, ficaram preocupados por ele ter alguma culpa pelo ocorrido. Era difícil ser corajoso e forte quando tudo o que o rapaz aprendia em casa era ter medo de que o supermercado fechasse a seção de carnes e o pai ficasse desempregado ou de que a lavanderia resolvesse empregar alguém mais jovem e mais bonita que a mãe.

Mas Declan era um bom ouvinte e aprenderia rapidamente a estrutura da nova clínica.

Torceu para não ter chegado cedo demais. Não queria parecer ávido ou ansioso, mas a jovem que lhe abriu a porta pareceu encantada por vê-lo.

— Meu nome é Ania. Estou preparando um crachá com seu nome. Pode me dizer como quer que o chamem? — Tinha um sorriso imenso, de menina, e um forte sotaque estrangeiro.

— Pelo meu nome completo — disse ele, surpreso.

— Estou preparando tudo à mão. Quer letras em estilo manuscrito ou simples, em negrito?

— Você é a calígrafa da clínica? — perguntou ele.

— Como assim?

— Desculpe... É especialista em tipos de letras?

— Não, mas Clara gostou do crachá que fiz para mim e sugeriu que fizesse o mesmo para todos. Disse que eram mais bonitos do que aqueles sem graça que o hospital mandou, com letras tão miúdas que os pacientes mais idosos não conseguiriam ler. Ela me deu canetas especiais para fazer traços grossos e finos.

— Tenho certeza de que o hospital adorou — disse Declan.

— Não, nem um pouco, mas Clara não se importa. — Ania parecia estar muito orgulhosa disso.

— Tudo bem. Eu gostaria muito de letras manuscritas em estilo celta, Ania.

— *Muito bem então.* Vou prepará-lo agora mesmo. Quando as outras pessoas da equipe chegarem, você já estará com seu crachá no peito e todos saberão seu nome.

Ela parecia gostar do seu trabalho. Declan não fazia ideia se era secretária, enfermeira ou faxineira, mas era bom sinal ela não ter precisado se apresentar. Significava que fazia parte de uma equipe. Declan se descontraiu um pouco e observou seus traços firmes e confiantes, enquanto ela escrevia o seu nome numa caligrafia belíssima. DR. DECLAN CARROLL. Sua mãe iria adorar aquilo. Talvez ele tirasse uma xerox para ela guardar.

Pouco a pouco, o restante da equipe começou a chegar.

Lavender, a nutricionista, deu parabéns a Declan por ele ter escolhido ser clínico geral. Muitos jovens preferiam um cargo de consultoria ou uma especialidade com nome pomposo, mas a clínica geral era muito mais útil para as pessoas normais como Kitty Reilly, que precisavam apenas de um bom médico.

Barbara, enfermeira simpática e cheia de vida, disse que a clínica era um lugar fabuloso. Contou que o lugar fora montado e inaugurado havia apenas duas semanas. Mesmo assim, no fim do dia, ela sentia ter feito algo prazeroso, o que era mais do que muita gente que via pela rua, a julgar por seus semblantes. Barbara disse que começava cada semana com três resoluções: naquela semana, por exemplo, queria perder dois quilos; obrigaria Kitty Reilly, a paciente mal-humorada, a decorar os nomes dos comprimidos e pretendia comparecer a um evento beneficente num clube de golfe muito na moda, pois ela e sua amiga Fiona ouviram dizer que por lá havia homens simplesmente maravilhosos.

Hilary Hickey, que se apresentou como assistente de Clara, deu-lhe as boas-vindas e garantiu a Declan que ele seria muito feliz ali. Havia uma espécie de magia em ver pessoas que se achavam acabadas para a vida ou com o pé na cova quando sofriam infartos e, de repente, descobriam que era possível lidar bem com a situação.

Havia um segurança chamado Tim, que informou a Declan que só trabalharia lá uma parte do expediente, basicamente para ver se as coisas estavam correndo bem. Perguntou se Declan tinha remédios especiais no seu armário porque, se fosse o caso, seriam necessárias medidas de precaução, listas de controle e trancas especiais. Declan disse que isso seria improvável, já que ele certamente receitaria medicamentos, mas as pessoas iriam à farmácia para comprá-los.

Conheceu Johnny, o fisioterapeuta, que afirmou, bastante confiante, que depositava muita esperança naquela clínica. Clara era muito mais corajosa do que a maioria dos homens da área. Não havia dinheiro nenhum para equipamentos, mas ela saíra para encomendar tudo. Johnny teve receio de desembalar as máquinas, pois achou que o Frank sei-lá-de-quê, do Conselho Administrativo, fosse mandar devolver tudo, mas não o fez... Clara era muito sagaz e fizera uma declaração para a imprensa dizendo que recebera equipamentos muito avançados, de primeira linha, e agradecera publicamente ao hospital pelo seu grande senso de compromisso. Frank, o pé-no-saco, não teve saída senão aceitar.

Declan reparou que todo mundo tratava a diretora da clínica pelo primeiro nome. Um ambiente totalmente diferente do último lugar no qual trabalhara, onde as pessoas eram "senhor" isto, "doutor" aquilo, e a norma era a forte hierarquia, com diferenças marcantes entre os níveis de funcionários.

— E os pacientes? — perguntou a Hilary. — Também os tratamos pelo primeiro nome?

— Geralmente perguntamos como querem ser chamados. Clara diz que todos preferem ser tratados pelo primeiro nome, mas muitas vezes são os filhos que torcem o nariz, achando que estamos querendo demonstrar intimidade demais.

Isso fez sentido para Declan.

Nesse instante, Clara chegou, alta, morena e muito bem-vestida. A primeira coisa que saltava à vista era que ela sabia cuidar de si mesma. A segunda era o seu sorriso. Ele fazia cada um se sentir a pessoa especial que a médica esperava encontrar.

— Declan Carroll! — exclamou ela. — Seja bem-vindo, muito bem-vindo. Lamento não ter estado aqui para recebê-lo. Tive uma reunião com um bando de neandertaloides lá no hospital. Tenho de participar de todas, senão eles tomam decisões absurdas quando não estou presente. De qualquer modo, estou aqui. Já conheceu todo mundo?

— Sim, sim, já fui apresentado.

— Está pronto para começar?

— Sim, prontíssimo. — Ele se perguntou se algum dia teria a confiança e a elegância daquela mulher brilhante.

— Ótimo. Vamos decolar. — E virou para a esquerda, onde ficavam os compartimentos para tratamentos, todos muito bem-iluminados e com cortinados alegres para separar os espaços, o que lhes conferia alguma privacidade. Havia cadeiras reclináveis que se transformavam em camas, caso o médico precisasse delas. Pararam no primeiro, onde uma senhora idosa olhou para eles de um jeito desconfiado.

— Apresento-lhe o dr. Declan Carroll, Kitty. Declan, apresento-lhe a sra. Kitty Reilly. Você vai ver a ficha dela. Está em ótima forma, mas precisa nos visitar a cada três semanas. Declan vai auscultar seu coração e avaliar sua respiração, Kitty. Vou deixá-la nas mãos dele.

— O que é que aconteceu ao outro médico, o que estava aqui na última vez que vim?

— Sulong? Ele só estava preenchendo o posto enquanto Declan não chegava — explicou Clara.

— Ele se formou e teve um bom treinamento no país de onde veio?

— Sim, claro. Era muito competente, qualificou-se na Malásia, mas só estava provisoriamente aqui, até Declan poder se juntar a nós.

— Como, está, sra. Reilly? Ou devo chamá-la de Kitty? Como prefere? — Ele não viu, mas sentiu o olhar de aprovação de Clara.

— Bem, já que você vai me auscultar sob o sutiã e em outros lugares, é melhor me chamar de Kitty — disse ela com alguma relutância.

— Muito bem, Kitty, que remédios está tomando?

— Por Deus, você é tão cruel quanto Barbara, a enfermeira mandona, que está sempre me testando para ver se eu sei que remédio é este e que comprimido é aquele. Estou tomando o que me receitaram.

— É importante para *você* saber o que está tomando, Kitty — afirmou Declan, com um sorriso persuasivo.

— Não vejo razão para isso. — A expressão de Kitty Reilly era a de alguém à espera de um motivo para gerar uma discussão mais longa. — Isso é trabalho da clínica, não é? Minha função é simplesmente tomar os remédios.

— Sim, mas você pode sentir falta de ar e nos ligar. Talvez a mandemos tomar um diurético, para eliminar líquidos, mas isso não vai adiantar nada se você não souber qual é o comprimido certo.

O olhar zangado de Kitty abrandou um pouco.

— Então, aprender a reconhecer os remédios é vantajoso para *mim*?

— Certamente, Kitty. Vamos lá, mostre-me sua bolsa de comprimidos. Vou falar deles um por um se assim você desejar.

— Não vai me ensinar a reconhecê-los como se eu fosse uma criança na escola, certo? — Kitty exibiu um ar defensivo e pareceu frágil e vulnerável.

— Claro que não! Vamos colocá-los em cima da mesa.

— E não estamos perdendo tempo em vez de partir logo para a ausculta e os exames? — Ela queria ter a certeza de que lhe dariam atenção.

— Não. Temos todo o tempo do mundo — garantiu Declan, tranquilizando-a de forma soberba.

— Mais uma coisinha... — Os olhos de Kitty ficaram brilhantes. — Qual é sua opinião em relação ao Padre Pio?

— Quem?! — perguntou Declan perplexo.

— Já *deve* ter ouvido falar nele. Padre Pio tinha os estigmas de Cristo.

Declan se lembrava vagamente de sua mãe falando daquele padre, que morara em algum lugar da Itália e tinha feridas nas mãos, nos pés e no lado do corpo, como Nosso Senhor.

— Era um verdadeiro cavalheiro — disse ele.

— Não sei se ele era cavalheiro. — Kitty seria capaz de lutar com a própria sombra.

— Mas era gentil. Não acha que era uma pessoa amável? Agora, vamos dar uma olhada nesses comprimidos. Temos todas as cores do arco-íris.

Clara saiu do compartimento. Tinha um sorriso estampado no rosto. Declan Carroll fora uma boa escolha, tinha todos os requisitos de um médico excelente, e ela adoraria lhe ensinar os segredos da cardiologia enquanto trabalhasse ali.

No compartimento seguinte, Barbara estava tirando a pressão do sr. Walsh. Tinha de ser "senhor" porque sua mulher dissera que era ofensivo ver pessoas jovens tratando-o por Bobby. O sr. Walsh era um homem calmo. Disse a Barbara que sempre quisera levar uma vida confortável e estava feliz por ter se aposentado. Tinha um filho, Carl, que dava aulas e adorava ser professor. Bobby pintava quadros, geralmente aquarelas; gostava de pescar e passava muitas horas felizes na biblioteca. Sua mulher gostaria que eles saíssem para noitadas elegantes e recebessem amigos em casa com mais frequência. Para alegria de Bobby, porém, o cardiologista que lhe recomendara aquela clínica o aconselhara a levar uma vida calma. Barbara suspirou. Cavalheiros bons e decentes como aquele eram sempre casados com velhas megeras e agitadas. Parece que os relacionamentos funcionam melhor desse jeito. Às vezes acontecia exatamente o contrário. Veja só o tempo e as lágrimas que sua boa amiga Fiona desperdiçara com o perdedor do Shane, que fora para a prisão por tráfico de drogas. Fiona nunca mais olhara para ele, felizmente. Na época, porém, a coisa fora muito assustadora.

Barbara nunca estivera apaixonada de verdade. Pelo menos, não no sentido de querer ficar para sempre com alguém. No entanto, isso mudaria quando elas fossem ao evento fascinante no fim de semana, um leilão cheio de celebridades. Os famosos iriam dar lances para um cantor de sucesso se apresentar em sua festa, para um chef premiado lhes preparar um jantar ou para um artista plástico decorar sua casa ou jardim.

Barbara ouvira dizer que o lugar era todo estilo. Um paciente seu, que trabalhava em um banco, lhe oferecera dois ingressos. Ela comentou o fato com o sr. Walsh, que afirmou que os jovens deviam ser cegos e loucos se não reparassem no quanto Barbara e Fiona eram lindas, e garantiu que elas iriam encantar a todos.

Fiona não estava no hospital. Clara resolvera mandá-la a uma conferência de farmacêuticos. Uma empresa convidara pessoas ligadas à cardiologia para um almoço em um hotel famoso. Fiona telefonou no instante exato em que Barbara voltara à sua mesa e pensava na amiga.

— Você está ocupada? — perguntou Fiona.

— Claro que não, estou recostada, com os pés sobre a mesa, tomando um *Tequila Sunrise* — disse Barbara.

— Já entendi. Você está atendendo alguém. Quem são os pacientes de hoje?

— Deixe ver... Temos o simpático sr. Walsh, a maluca da Kitty, algumas pessoas novas. Aquela senhora simpática com cães que latem alto também ligou. Vem amanhã.

— Ah, sim, a Judy. Pelo menos é melhor ela ter aqueles terriers do que não ter ninguém.

— Não sei — disse Barbara com jeito pensativo.

— E suas resoluções dessa semana? — perguntou Fiona.

— Só comi uma maçã no almoço. E tem uma coisa que você não vai acreditar. Lembra que eu resolvi ensinar Kitty Reilly a tomar os comprimidos ou então esganá-la?

— Lembro? Você conseguiu a façanha?

— Não, o novo médico fez isso por mim. Quando eu fui vê-la, ela já sabia distinguir os betabloqueadores dos comprimidos para o coração. Mostrou-me os diuréticos como se eu fosse uma idiota.

— Deve ser especial esse médico.

— É muito simpático. Chama-se Declan.

— Tudo bem, nos vemos amanhã. Agora tenho de ir. Vão servir lagosta no almoço. Não quero perder uma oportunidade dessas.

— Lagosta? — gritou Barbara. — Com maionese cremosa ou manteiga derretida? Meu Deus, adoraria comer lagosta.

Declan passava nesse momento e a ouviu falar.

— Nada disso, Barbara — interrompeu ele. — Você odiaria. Lagosta tem textura de borracha e vem nadando em gordura. Pense na sua resolução da semana.

— Meu Deus, quem disse isso? — murmurou Fiona.

— O médico novo. Amanhã você vai conhecê-lo.

— Mal posso esperar — disse Fiona e desligou.

Declan voltou de bicicleta para casa. O caminho que fez o levou por algumas áreas da cidade que mudavam rapidamente. Surpreendeu-se com novidades que nunca notara. Passou por uma feira ao ar livre que costumava vender repolhos e batatas, mas na qual agora pessoas de países longínquos vendiam sedas indianas e especiarias exóticas. Adiante, havia um enorme condomínio com apartamentos de luxo que surgira subitamente no lugar onde antes ficava... o quê mesmo? Não conseguiu lembrar. Sentiu a empolgação habitual de estar se deslocando mais depressa do que o trânsito quase parado. Finalmente chegou a casa, em St. Jarlath's Crescent.

Seus pais pareceram felizes por vê-lo tão cedo de volta e se sentaram à mesa para fazer perguntas sobre como fora seu dia. Para agradá-los, Declan fingiu que a função que desempenhava era mais importante do que realmente era. Perguntou à mãe sobre o Padre Pio, e ela lhe contou muito mais do que ele precisava saber. Depois, quis saber do pai como fora seu dia no açougue. Paddy Carroll encolheu os ombros. Tinha sido igual a qualquer outro dia: muita correria a certa altura da manhã, com uma enorme freguesia precisando ser atendida, e depois um tempo sem ninguém para comprar. Declan comeu suas duas costeletas de carneiro com ervilhas enlatadas. Pensou na enfermeira sorridente falando com a amiga sobre lagosta. Desejou ter uma vida social mais animada. Imaginou um futuro em que ele e os pais viveriam eternamente na mesma casa, com apenas uma diferença: ele prepararia as refeições para os três, pois seus pais já não seriam capazes de fazê-lo.

Na manhã seguinte, Declan foi novamente de bicicleta para a clínica. Dessa vez estava mais empolgado e menos ansioso, pois todos já o conheciam. Os doentes chegavam e já conversavam na sala de espera bem-iluminada e alegre.

Seu primeiro paciente foi uma mulher chamada Judy Murphy, que lhe disse que não estava nem um pouco preocupada com a saúde. Sabia que estava em boas mãos, mas os médicos queriam que ela se internasse no hospital por três dias para fazer alguns exames. Seu problema eram os cães. Tinha dois pequenos terriers, mas quem tomaria conta deles? Não tinha condições de pagar por um canil, já que não era nada barato, e, mesmo que tivesse, seus cães definhariam. Uma vizinha se oferecera para abrir latas de comida canina duas vezes por dia, mas não os levaria para passear. Os pobrezinhos precisavam do seu passeio diário e não poderiam ficar no hospital com ela. Talvez ela pudesse tomar remédios mais fortes e evitar a internação.

Afinal, ela se sentia ótima. Enquanto Declan lia seu histórico, reparou no rosto magro e preocupado que o fitava. Angina persistente e súbitas variações de pressão. Declan Carroll notou algo no endereço dela. Judy Murphy morava a dois quarteirões de sua casa.

— Pode deixar que vou levar seus cães para passear — ofereceu Declan.

— O senhor vai fazer o quê?

— Vou dar um passeio com eles no fim da tarde. Geralmente levo o cão lá de casa, Dimples, para passear. Podemos ir todos juntos. — Ele notou que um fio de esperança voltou ao olhar dela.

— Dimples? — quis saber.

— Um cão labrador imenso, adorável, castrado. Seus cãezinhos vão adorá-lo. Dimples parece um gato que cresceu demais.

— Doutor, o senhor está falando sério?

— Chame-me de Declan — corrigiu ele. — Falo sério, sim. Posso começar hoje à noite.

— Mas é para me internar no hospital hoje mesmo?

— Não, Judy, mas você deve se internar no máximo amanhã. Hoje à noite eu posso pegar seus bichinhos, e eles conhecerão Dimples. Passo na sua casa às oito da noite. Agora, vá preencher o formulário com Clara. Depois, Ania marcará tudo com o setor de internações. Vai dar tudo certo.

— O senhor é o máximo, dr. Declan! — elogiou Judy.

Clara também estava encantada com ele.

— Tenho pedido para Judy Murphy vir aqui três vezes por semana, só para ficar de olho nela. Agora você conseguiu fazer mais do que todas nós. Será que já existe um São Declan? Se não existe, você está pronto para ser o primeiro.

— Acho que existe um São Declan, mas nunca descobri nada sobre ele. O dicionário dos santos pula de David para Demétrio, já desisti do meu xará. De qualquer modo, minha mãe me batizou como Declan Francis só por garantia.

— Ela tem razão em se proteger por todos os lados — disse Clara, rindo, mas Declan não a ouviu. Olhava para uma jovem de calça preta e blusa branca, que era o uniforme da clínica. Devia ter pouco mais de vinte anos e estava agachada ao lado de um senhor idoso, ajudando-o a preencher uma ficha. Tinha cílios longos e um sorriso perfeito. Era a garota mais linda que ele já vira. Declan Carroll sentiu pela primeira vez na vida o que já lera, cantara e sonhara. Desejou conhecer melhor aquela garota belíssima que se chamava Fiona. Pela primeira vez desde os quatorze anos, desejou ser alto, moreno e com ar pensativo, em vez de ter um corpo comum, ser ruivo e sardento. Quem, no seu juízo normal, se interessaria por ele?

Fiona levantou os olhos da ficha de Lar Kelly e viu Declan fitando-a com lindos olhos castanhos. Só um cego não percebia a admiração estampada no olhar dele. Aquele devia ser o novo médico, o que conseguira que Kitty aprendesse a distinguir os comprimidos e que Judy concordasse em se internar para os exames. Será que era alguma espécie de guru?

— Olá, Declan — disse ela —, bem-vindo ao hospício.

— Isto é um hospício? — Lar olhou para ela preocupado. Era um homem atarracado e gordo, que tinha a cabeça calva em forma de ovo e usava gravata-borboleta.

— Desculpe, Lar, claro que não, foi apenas uma forma grosseira de me referir ao nosso local de trabalho. Declan, eu lhe apresento Lar Kelly. É um poço sem fundo de sabedoria e informações. Todas as vezes que vem aqui ele me conta algo novo. Gostaria que viesse todos os dias.

— O que contou hoje à Fiona, Lar? — perguntou ele.

— Sabe o meu nome? — Espantou-se ela. Havia se esquecido do crachá com o próprio nome em uma bela caligrafia.

— Para dizer a verdade, sei. Sei também o que você comeu no almoço de ontem: lagosta — afirmou ele.

— Você é fantástico. — Ela parecia satisfeita.

— Você não me contou que tinha comido lagosta ontem. — Lar parecia ofendido.

— Não, ainda não tinha chegado lá. Na verdade, a porção de lagosta era tão pequena que achei uma sovinice.

Declan teve vontade de ficar ali batendo papo para sempre.

— E, então, qual foi a novidade de hoje?

— O Lar me ensinou as regras do impedimento no futebol — disse Fiona.

— Você já ouviu falar de impedimento? — perguntou Declan, atônito. Quase ninguém conseguia explicar aquela regra com precisão.

— Lar disse que o impedimento foi criado para evitar que os jogadores fiquem perto do gol adversário, esperando por uma bola longa. O jogador fica impedido se ele, no momento em que a bola for lançada, estiver mais perto do gol do que o zagueiro adversário.

— Você devia ser comentarista de futebol — disse Declan, impressionado.

— Mas a memória dela não é assim tão boa — interrompeu Lar. — Não conhece nada de informática, nunca ouviu falar de URL ou html. Não sei como consegue trabalhar num computador. Nossas vidas ficam nas mãos de pessoas assim. É de apavorar qualquer um.

Fiona não ficou zangada com o comentário.

— Mas já aprendi o que é um arganaz. Nunca soube, quando me deparava com eles nos livros, se eram criaturas boas ou más. Acho que é um bicho que nem existe na Irlanda. Seja como for, Lar disse que arganaz é o nome que se dá a um rato grande com focinho achatado e orelhas curtas. O nome popular é ratazana.

— E o arganaz é bom ou mau? — perguntou Declan.

— Diria que é muito mau. Vamos em frente, Lar, senão nunca mais acabaremos de preencher essa ficha.

— Gosto de ler os documentos com atenção — retrucou ele.

— Faz bem, mas esse é apenas uma ficha para raios X, Lar, informando dos perigos da radiação para as grávidas. — Fiona dançou com os olhos, fitando os dois homens.

— Cautela nunca é demais — disse Lar.

Declan fez um grande esforço para ir embora.

Declan logo percebeu que Fiona era absolutamente encantadora, mas não tinha qualquer chance com ela. Olhou para si mesmo no espelho do vestiário da clínica. Um rosto grande e redondo, com um amontoado de cabelos ruivos no alto. Talvez houvesse alguma esperança se ele não tivesse cabelos tão medonhos.

No dia anterior, quando ia de bicicleta para casa, passara por uma fileira de lojas sofisticadas e vira um salão de cabelereiro muito caro. Ao voltar, parou lá para conversar sobre opções para um corte no seu cabelo. Decidiu que mal não poderia fazer.

O lugar era cheio de mármores pretos, cromados e vidros.

— Posso pedir um conselho? — perguntou.

— Claro, é comigo mesmo. Sou Kiki, uma das esteticistas — apresentou-se a jovem de cabelos e compridos pretos, maquiagem pesada e unhas roxas.

— Obrigado, Kiki. Devo me sentar? O que posso fazer com meu cabelo? — perguntou.

— O que *quer* fazer com seu cabelo?

— É esse o conselho de que preciso. Não posso deixá-lo como está.

— Por que não? — Kiki abriu a boca em um bocejo tão grande que deu para ver o fundo de sua garganta.

— Estou desesperado — disse Declan.

— Ele está caindo ou algo assim? — quis saber Kiki.

— Nada disso, é que ele parece um porco-espinho. É desanimador.

— Não vejo nada de errado — disse Kiki.

— A questão não é estar errado. É que meu cabelo é ridículo.

— Que nada, combina bem com seu rosto. É ótimo. — Kiki determinou que a consulta havia terminado.

— Pensei que vocês quisessem atrair clientes, e não recusá-los — disse Declan.

— Mas acho mesmo que você está ótimo assim. Estou sendo sincera. De que adianta lhe sugerir um tratamento especial, uma cor diferente, luzes ou permanentes que lhe custariam centenas de euros, se o seu cabelo me parece *excelente*? Estou falando sério!

O gerente, que não gostava que falassem alto, surgiu rapidamente.

— Está tudo sob controle? — perguntou.

— Está, sim. A Kiki foi muito útil. Volto semana que vem — disse Declan, dirigindo-se para a saída.

Kiki segurou a porta.

— Obrigada — disse ela. — É que detesto que arranquem dinheiro de pessoas como o senhor, gente que parece não ter um tostão.

Declan destrancou o cadeado de sua bicicleta. Será que ela o achou pobre por andar de bicicleta? Sua mãe achava que ele era um cardiologista-chefe, mas nada disso tinha importância, só importava realmente o que Fiona pensava dele. Outra coisa relevante era que ela não encontrasse ninguém atraente no evento beneficente na sexta-feira.

Os pequenos terriers de Judy Murphy não causaram problemas. Deram-se muito bem com Dimples, que os ignorou com altivez e fingiu que não estava com eles. Declan conversou com os cães quando os levou ao parque. Contou-lhes de Fiona e de como ela era linda, sagaz e divertida. Ela também viajara e morara algum tempo na Grécia. Dividia um apartamento com Barbara, mas sempre visitava os pais. *Parecia* gostar dele, disse Declan aos cães, mas com as mulheres nunca dava para saber ao certo. O problema era que, se falasse com ela logo, podia fazer papel de idiota e, se esperasse para falar depois, talvez ela conhecesse alguém no terrível evento beneficente. Declan garantiu aos animais que ser cão era muito mais fácil do que eles poderiam supor. Os *terriers* concordaram com ele por meio de animados latidos de apoio. Dimples olhava tudo com desdém. Então, Declan ouviu alguém chamá-lo com um grito.

— Deus poderoso! Você conversa com os cães e, em casa, não conta quase nada. — Era seu pai. Paddy Carroll ia a caminho do pub para sua cervejinha de fim de tarde. — Venha comigo e traga sua matilha, podemos nos sentar na calçada.

— Não quero atrapalhar você e seus amigos, pai.

— Ora, mas até parece que não tenho orgulho do meu filho, o "passeador de cachorros". — O pai riu. — Quem sabe você me conta dessa moça por quem está interessado?

— Que moça?

— Decco, meu filho... Sei que um homem com cinquenta e sete anos parece um matusalém para você, mas eu ainda não me esqueci de como as coisas são. Tentei de tudo na primeira vez que pus os olhos na sua mãe. — Declan torceu para o pai não lhe contar nada íntimo ou embaraçoso, porque não aguentaria ouvir. Paddy Carroll, porém, parecia estar caminhando alegremente pelas ruas do passado. — Estávamos em 1980, e eu conheci sua mãe. A canção de maior sucesso falava de uma mulher apaixonada. O nome era "Your Eyes are the Eyes of a Woman in Love". Sua mãe vestia uma saia de veludo vermelha e uma blusa branca.

Depois de dançarmos a noite toda, percebi que ela seria uma boa companhia para mim, talvez fosse a mulher da minha vida, então perguntei: "Você é?...", e ela perguntou "Sou o quê?". E fui em frente: "Uma mulher apaixonada?"

— O que mamãe respondeu? — Declan já estava envolvido pelo assunto sem perceber.

— Ela disse que talvez, que só o tempo diria e tínhamos uma longa estrada pela frente. Não consegui dormir por uma semana, Decco, não sei como não decepei os dedos no trabalho com o cutelo de carne.

— Quanto tempo ela demorou a perceber que estava apaixonada? — Declan mal acreditava que estivesse tendo uma conversa daquelas com o pai.

— Oito semanas — respondeu ele.

— E você fez jogo duro?

— Não, não sou bom nesse tipo de coisa. Todos leem tudo no meu rosto. Quer saber minha opinião sincera, Decco? Acho que você também é assim. A honestidade é nossa melhor característica. Somos pessoas decentes e confiáveis num mundo de tubarões.

— Talvez tenha razão, pai. — Declan não parecia nem um pouco convencido.

— Declan, para festejarmos sua primeira semana de sobrevivência aqui, aceita tomar um drinque comigo e com Hilary, mais tarde?

Declan ficou feliz com o convite, embora ainda tivesse esperança de conseguir uma entrada para o evento beneficente. Descobrira uma loja de aluguel de roupas a rigor que ficava aberta até tarde, e ele poderia pegar um smoking lá, se necessário. Sabia que aquilo era idiotice, mas tinha o terrível pressentimento de que Fiona encontraria o amor da sua vida naquele clube de golfe. E já a amava desde terça-feira. Sim, fora amor à primeira vista, como o que o seu pai sentira pela sua mãe. Algo que crescera tão depressa só podia ser verdadeiro.

— É muito simpático da sua parte, Clara. Posso ligar para meu pai e perguntar se pode levar os cães para passear hoje à noite?

— Você ainda sai com aqueles cãezinhos irritantes da Judy Murphy todas as noites? — Clara estava admirada.

— Depois de conhecê-los melhor, já não é tão mau. Deixam qualquer um meio surdo, mas é o jeito deles.

— Você é um rapaz muito tolerante — disse Clara com aprovação enquanto regressavam do almoço.

Barbara e Fiona foram ao cabeleireiro durante a hora de almoço. Quando Declan as viu na reunião do pessoal, desejou ardentemente enrolar os dedos nos pequenos cachos junto à orelha de Fiona. Concentrou-se e tentou se recompor. Só podia estar pirando. Pigarreou três vezes para limpar a garganta antes de se sentir confiante o suficiente para lhes desejar uma boa caçada no evento de gala mais tarde.

— Na segunda-feira vamos saber como foi — disse ele, esperando que o desejo não fosse óbvio no seu tom de voz. Fiona não devia perceber que ele não queria que ela fosse à festa.

— Eu lhe relato tudo em primeira mão — prometeu Tim, o segurança. — Vou trabalhar na festa e lhe conto tudo que rolar.

Declan se perguntou, por um breve momento de loucura, se não deveria implorar a Tim para que ele cuidasse que Fiona fosse para casa cedo, em segurança e desacompanhada.

— Também posso contar tudo — ofereceu Ania, rindo. — Também vou trabalhar lá, guardando os casacos. — Barbara e Fiona se mostraram empolgadas com a novidade e começaram a dar pulinhos de alegria.

— Talvez você também conheça alguém interessante — disse Barbara.

— Acho que não no balcão dos casacos. — Ania era realista.

De algum modo, Declan conseguiu passar o resto do dia trabalhando normalmente e foi com o coração apertado que saiu da clínica com Clara e seguiu em direção ao carro dela.

— Hilary precisou cancelar nossa saída. Foi algo a ver com sua mãe, mas você e eu podemos ir juntos — disse Clara.

Colocaram a bicicleta de Declan no carro dela e seguiram para um bar elegante.

— Muito obrigado por ter me convidado — disse Declan, tentando prestar atenção à mulher simpática diante dele.

— Não, é o contrário: eu é que agradeço por ter alguém agradável com quem conversar numa tarde de sexta-feira, em vez de ir para uma casa vazia — replicou Clara.

Ela pediu água com gás. Depois tomou um cálice de vinho branco e outra água com gás. Declan bebeu três cálices de um bom clarete. Clara lhe contou das filhas, Adi e Linda, do namorado natureba e esquisito de Adi e do estilo de vida problemático de Linda. Contou que impusera algumas regras em casa, para o seu bem e o das filhas. Elas precisavam aprender que não se pode passar por cima das pessoas a vida toda.

— Não creio que você tenha passado por cima dos seus pais, Declan — disse ela de repente.

— Mas talvez eu não tenha reconhecido por completo os sacrifícios que fizeram por mim — admitiu ele. — Acho que todo mundo foi assim. Você não foi?

Pronto! Lá estava ela novamente falando sobre o pai ausente que nunca se interessara por ela e sobre a mãe difícil e desapontada que preferia disparar críticas em vez de ter uma conversa amigável com a filha.

— Como você descreveria sua mãe em uma única palavra? — perguntou Declan.

— *Reclamona.* Essa é a palavra exata. Ela está sempre reclamando de alguma coisa. Diz que hoje em dia as pessoas não têm mais educação, reclama de como tudo aumentou de preço; queixa-se por eu ter me casado com Alan; queixa-se por eu ter largado Alan; reclama que Adi *tem* um namorado e se aborrece porque Linda *não tem* um. Não importa o que seja, está sempre errado. Sabe que eu nunca tinha percebido isso? — Ela se viu surpresa.

— Vai ver eu deveria ter feito psiquiatria — brincou Declan.

— Não fale isso nem brincando! Você é o tipo do clínico geral de quem sempre ouvimos falar, mas nunca encontramos.

— Combinado, então. Mas eu preferia não ser um cara tão desinteressante, tipo devagar-quase-parando.

— Não acho que você seja nada disso. Em menos de uma semana, ajudou um monte de pacientes, ajudou de verdade. Dá para ver que você realmente gosta das pessoas. Alguém como você nunca é desinteressante, muito menos devagar-quase-parando. — Ela transmitia sinceridade.

— As mulheres preferem homens safados, caras rudes e implacáveis. — Ele se segurou para não acabar com a leveza do papo.

— É verdade, as mulheres são assim. Mas só por cinco minutos e depois amadurecem.

— Espero que tenha razão. Não tenho muito jeito para falta de educação e grosserias.

— Sei o que estou dizendo, confie em mim.

— Vou pedir uma saideira para você — sugeriu ele.

— Nada disso, dr. Carroll. Nunca encoraje quem está dirigindo a tomar mais um copo.

— Certo. Esqueci — disse ele envergonhado.

— Tudo bem. Depois desses vinhos todos, acho que não devo deixar você voltar de bicicleta. Vou levá-lo até sua casa.

No caminho de volta, Declan viu a mãe fechar a lavanderia. Molly trabalhava duas vezes por semana até o turno da noite e continuava a juntar dinheiro para comprar um consultório para o filho.

— Aquela é minha mãe — disse ele. — Podemos dar uma carona para ela?

— Claro!

Declan teve de aguentar sua mãe descrevendo para Clara Casey, sua chefe, o cardiologista maravilhoso que ele era e como estava destinado a grandes conquistas na vida.

Na segunda-feira, enquanto examinava Bobby Walsh, Declan quis saber sobre suas pinturas. Ele preferia pintar aquarelas ou pintava a óleo? Bobby Walsh gostava de aquarelas.

— Por quê? — quis saber Declan.

Lar ouvia tudo no compartimento ao lado e resolveu dar seu palpite.

— Você devia exercitar o cérebro, Bobby, aprender sempre coisas novas — disse Lar com ar de reprovação. Até mesmo aquela enfermeira novinha, a Fiona, apesar de ser meio desmiolada, consegue colocar fatos novos na cabeça.

Declan sentiu uma onda de indignação por ouvir chamarem Fiona de desmiolada, mas não demonstrou. O dia mal começara, ainda era muito cedo para se aborrecer. Dali a pouco saberia das novidades sobre o comes e bebes no evento beneficente.

— Estou imaginando como foi a festa na sexta-feira — comentou com Bobby enquanto tirava sua pressão.

— Minha mulher esteve lá. Disse que o lugar fedia a álcool — disse Bobby, contente por ser útil.

Declan foi atender Jimmy, um homem baixo com jeito de quem está sempre alerta. Ele vinha do oeste da Irlanda. Tinha ido a Dublin assistir a uma partida de futebol, sofrera um infarto e fora levado para o St. Brigid. Lá lhe aconselharam monitoramento constante, depois da alta. Jimmy era muito reservado e preferia atravessar o país e ir à clínica a deixar os vizinhos descobrirem que ele sofria do coração. De repente, Declan ouviu Fiona conversando com Kitty Reilly a dois compartimentos de distância.

— Ora, Kitty, você é muito esperta. Preciso cuidar do meu emprego. Você sabe mais sobre os medicamentos do que eu — brincou. — Certamente o médico vai conversar com você sobre a falta de ar que você relatou, mas o sintoma desapareceu quando tomou o comprimido certo, não foi?

— Também bati um papinho com Padre Pio, *não foram somente* os comprimidos.

— É verdade, Kitty, nunca são só os remédios, há muitos fatores que influenciam. — Fiona era a diplomacia personificada.

Declan tentava pescar alguma novidade pelo tom de voz de Fiona. Teria passado o fim de semana na cobertura de um mulherengo qualquer? Será que a festa fora um fracasso? Era impossível adivinhar, porque Kitty estava a mil por hora.

— Vou seguir os conselhos daquele jovem médico de cabelos ruivos — resolveu Kitty. — Será que é casado?

— Ah, deve ser — disse Fiona. — Os médicos simpáticos sempre são casados, geralmente com mulheres insuportáveis que usam óculos e fazem pesquisas importantes.

A cara de Declan se desmanchou num sorriso sem tamanho. Fiona o considerava simpático e achou que era casado. Ah, bom Deus, ainda havia alguma esperança, afinal. Na hora do almoço, ele a convidou para sair, o que era espantoso. Declan Carroll nunca convidara oficialmente uma moça para sair porque nunca tinha dinheiro suficiente, tempo ou confiança para isso.

— Quer jantar comigo uma noite dessas? — Aquilo era algo normal de se perguntar, mas as palavras ecoaram em seus ouvidos como se ele estivesse em uma caverna. Provavelmente ela iria rir ou mandar ele se enxergar. Ou talvez simplesmente recusasse, agradecendo pelo convite e informando que estava saindo com alguém.

— Seria ótimo! — Foi a reação dela, e lhe pareceu sincera.

— Aonde gostaria de ir?

— Vamos a algum lugar que *você* curta — disse Fiona.

Deu branco. Onde ele gostava de ir? Não *conhecia* lugar algum. Todas as noites ele se sentava à mesa da cozinha da mãe e jantava sozinho. Que patético! Lera recentemente um artigo no jornal sobre um restaurante chamado Quentins. O artigo dizia que era *über* elegante. *Über*? Será que era elegante demais? Talvez significasse que o lugar era pretensioso, mas foi o único restaurante que lhe veio à mente no momento.

— Que tal o Quentins? — sugeriu, surpreso por sua voz soar normal. Por um instante pensou que fosse emitir um guincho rouco.

— Minha nossa! — disse Fiona impressionada.

— Isso quer dizer "sim"? — *Precisava* parecer casual.

— E não haverá nenhuma sra. Declan entre nós? — perguntou ela.

— Na-não... Vamos só nós dois — gaguejou ele.

— Não imaginei mesmo que você a convidaria para esse jantar — disse Fiona.

— Não, claro que não. Quer dizer, não há nenhuma sra. Declan. Não há mesmo. Puxa, claro que não.

— Ótimo! — exclamou Fiona e saiu para levar uns resultados de exames de sangue que deviam estar no hospital, mas haviam sido entregues ali por engano.

Nesse dia, Declan foi para casa de bicicleta por um caminho que passava na porta do Quentins. O restaurante parecia muito imponente. Declan se perguntou se não estava completamente louco por ter sugerido aquele lugar. Com um pouco de sorte, quem sabe o lugar estaria lotado? Ele poderia dizer a Fiona, honestamente, que tentara; mas, quando ligou para lá, na mesma hora soube que poderia reservar uma mesa para dois. Muito nervoso, fez a reserva. Talvez devesse entrar e examinar o local para demonstrar um *mínimo* de familiaridade com o ambiente que ele insinuara conhecer bem. Empurrou a porta devagar. Havia muita gente jantando cedo para ir ao teatro em seguida.

Uma mulher bonita, de meia-idade, talvez recepcionista, se aproximou para oferecer uma mesa, mas a torta de cordeiro de Molly Carroll já devia estar no forno, quase pronta para ser levada à mesa.

— Não, obrigado, vim só dar uma olhada. Nunca estive aqui, mas convidei uma pessoa para jantar. — Notou que devia estar parecendo doido. Aquela mulher certamente iria convidá-lo a se retirar, pois nunca mais iria recebê-lo. Que *idiotice* ter ido ali, aquilo não era lugar para ele, porém, a atendente pareceu considerar normal o seu comportamento.

— Claro, o senhor deseja conhecer o restaurante? Vou guiá-lo num tour rápido. Meu nome é Brenda Brennan. Meu marido, Patrick, é o *chef* daqui. Terei prazer em lhe mostrar nossas instalações.

— Sou Declan Carroll — disse ele, mal acreditando que ela estava tornando as coisas mais fáceis.

— Ah, sim, sr. Carroll, o senhor ligou agora há pouco; permita-me mostrar a mesa que reservei. — Ele a seguiu, atônito, passando pelo balcão de ostras sobre um monte de gelo picado, seguindo pela mesa das sobremesas, onde cascatas de frutas pendiam de pequenos pilares. Apontou para onde ficavam os toaletes e o levou até a cozinha para conhecer Patrick e seu irmão, que tinha um nome estranho: Blouse. Espantado com tudo, ele agradeceu a visita e disse que mal podia esperar pela quinta-feira.

— A senhora foi muito simpática em ter me mostrado tudo, sra. Brennan. Receio não ter muita experiência em jantares elegantes.

— Pouca gente tem, sr. Carroll, mas ninguém tem o bom-senso de admitir. Quinta-feira vai ser um dia especial?

— Para mim, vai. Convidei uma jovem muito atraente para sair. Espero que a noite seja um sucesso.

— Vamos fazer nossa parte para que assim seja. — Brenda Brennan foi com Declan até a porta como se ele fosse um cliente habitual e respeitável. Viu-o montar na bicicleta e enfrentar alegremente o tráfego de fim de tarde.

— Que rapaz simpático — comentou com o marido na cozinha.

— Por acaso ele é médico? — perguntou Patrick.

— Acho que não. Se fosse, certamente teria dito logo de cara, como os médicos sempre fazem. Além disso, não exibiu o excesso de autoconfiança que os médicos têm. Por que perguntou?

— É que me lembrei de que Judy Murphy disse que na clínica há um jovem médico ruivo que anda de bicicleta e leva aqueles cães horrorosos dela para passear.

— Dublin está cheio de passeadores de cachorros — disse Brenda, continuando com seus afazeres. Contudo, pensou em confirmar isso com Judy quando a encontrasse.

Declan se sentou à mesa para jantar. Molly olhou com preocupação ao vê-lo atacar uma montanha de comida.

— Conte como foi seu dia, filho — disse ela.

Aquilo não era pedir muito, ainda mais depois de passar a vida inteira negando tudo a si mesma para que o filho conseguisse chegar aonde chegara. Mas Declan não alegrou a noite da mãe com os casos corriqueiros na vida dos homens de branco. Respondeu a algumas perguntas, muito poucas, e parecia agitado.

— Blá-blá-blá — disse o pai de repente.

— O que quer dizer com isso, pai?

— Estava pensando se você e sua cachorrada não querem fazer seu passeio habitual e depois encontrar comigo mais tarde no pub para tomarmos um chope. É o que os condutores daqueles trenós puxados por cães fazem nos países gelados.

— Ora, Paddy, não venha com ideias de levar nosso filho a esses pubs decadentes. A partir de agora, ele só vai frequentar salões finos e bares de hotéis de luxo.

Declan olhou para eles sem saber como agir. *Jamais* poderia confessar que estava prestes a gastar numa refeição do Quentins mais do que o pai ganhava em uma semana de trabalho. Não conseguiria contar que acabara de passar lá para examinar as ostras locais e as variedades do Pacífico para fazer a escolha certa na quinta-feira.

Se ao menos soubesse o que tinha acontecido na sexta-feira anterior. Não queria perguntar a Barbara nem a Fiona para não parecer uma velha fofoqueira. Era melhor pedir a Ania, a moça polonesa, que lhe contasse tudo. Ou a Tim, que tinha trabalhado como segurança na festa.

Ania confessou que não se divertira muito.

— A esposa de Bobby estava lá, muito mal-humorada, e eu a cumprimentei pelo nome. Sou uma idiota. Ela ficou meio brava e disse "Meu Deus, há poloneses em toda parte, estão invadindo o país".

— Puxa, que mulher desagradável, Ania. Espero que você não tenha enfrentado muitas megeras como essa. — Declan estava solidário, mas queria saber detalhes. — Fiona e Barbara se divertiram?

— Acho que não. Ou melhor: *tenho certeza* de que não. Houve alguma coisa que não foi compreendida de forma correta pelos dois lados... Como se diz isso em sua língua?

— Um mal-entendido? — sugeriu Declan.

— Sim, acho que o nome é esse. Houve um mal-entendido grave com elas. — Mas Ania não disse mais nada.

Quando Declan encontrou Tim, soube que havia um monte de gente esnobe na festa e muitas drogas circulando. O segurança tinha ido ao banheiro, no meio da festa, e vira uma quantidade enorme de drogas pesadas à venda sobre um balcão, como se fosse um mercado.

— O que você fez, já que era o segurança do lugar? — perguntou Declan, pensando em como as pessoas gostavam de levar vidas complicadas.

— Fui até o chefe dos seguranças e contei o que vi. Ele mandou que eu ficasse na minha e fizesse vista grossa. Obedeci, Declan. Não sou um super-herói com a missão de limpar o país.

— E Fiona e Barbara? Elas estavam... Isto é, elas usaram...?

— Não, elas não tinham nada a ver com aquele ambiente. Foram embora cedo. Antes do fim da festa vieram me pedir para lhes conseguir um táxi.

— Por causa das drogas?

— Não, porque os organizadores da festa acharam que elas eram garotas de programa. Era isso que esperavam delas quando lhes ofereceram as entradas. Nossa, que noite!

Declan sentiu uma alegria quase insana ao ouvir isso. Tudo bem, enfim. Respirou fundo e, naquela noite, até os cães sentiram que ele estava mais calmo do que nunca, em paz consigo mesmo.

Na manhã do grande dia, quinta-feira, Declan acordou muito empolgado. Tinha uma sensação de que tudo daria certo. Resolveu se manter positivo e forte desde a hora em que acordou.

— Hoje não venho jantar em casa, mamãe — avisou logo cedo na mesa do café.

— E quem vai levar os cachorros para passear? — perguntou Molly, tentando esconder o desapontamento.

— Judy Murphy vai ter alta do hospital, e papai pode levar Dimples com ele até o pub.

— E aonde *você* vai esta noite, que não poderá vir para casa tomar seu chá noturno? — Molly estava determinada a saber de tudo.

Declan já preparara uma resposta. Se mentisse e dissesse que participaria de uma reunião ou algo assim, estaria apenas adiando o momento de contar à mãe que conhecera uma jovem interessante. Não havia nada de estranho nisso. Aliás, estranho era um rapaz de vinte e seis anos *nunca sair* com ninguém.

— Vou me encontrar com uma garota da clínica. Vamos jantar fora.

— Uma moça do trabalho? — perguntou a mãe, séria.

— Isso mesmo. Fiona Ryan. Ela é enfermeira da cardiologia na clínica.

— Uma enfermeira? — repetiu Molly.

— Ela é simpática, Declan? — quis saber Paddy.

— Muito simpática. — Sabia que estava sendo lacônico, mas tinha de ser assim.

— Aonde vocês vão? — A curiosidade de Molly era implacável.

— A um restaurante qualquer, não somos exigentes — mentiu Declan, torcendo para que suas palavras não soassem tão falsas quanto pareceram a si mesmo.

— Bem, espero que se divirtam. Preciso ir. *Alguém* precisa trabalhar nesta casa. — Molly se afastou com o corpo rígido, exibindo desapontamento e mágoa por ter sido relegada a segundo plano.

Fiona ficou de encontrá-lo no restaurante. Declan pensou se não teria sido melhor mandá-la pegar um táxi. Estaria sendo pão-duro? Mas Fiona disse que pegaria o ônibus no ponto perto de casa e saltaria na porta do Quentins.

— Não é todo dia que o Quentins recebe uma cliente que chega de ônibus — brincou ela.

— Pois ontem ele recebeu um cliente que chegou de bicicleta — contou Declan e na mesma hora sentiu vontade de se matar.

— Você vai ao Quentins *duas vezes* por semana? — Os olhos de Fiona se arregalaram.

— Não, não. Fui lá só fazer a reserva — disse Declan, envergonhado.

— Estou louca para anoitecer depressa — confessou Fiona, com a mesma empolgação de quem torce para chegar logo o intervalo para o café, o almoço, um programa de tevê favorito ou o evento da sexta-feira passada, sobre o qual ela não tinha comentado nada.

Era maravilhoso levar a vida com tanta animação, refletiu Declan. Torceu para não parecer muito sem graça para Fiona, muito devagar-quase-parando. Por outro lado, ela não tinha sido *obrigada* a sair com ele.

Apesar da ansiedade, Declan conseguiu enfrentar a rotina do dia de trabalho. Normalmente, ele não sentia o tempo passar, mas naquele dia descobriu a razão. Perguntou a si mesmo se Fiona estaria ansiosa pelo jantar à noite. Já estava na porta do Quentins quando Fiona saltou do ônibus. Ele nunca a vira arrumada, sem o uniforme preto e branco do hospital. Ela vestia uma jaqueta coberta de lantejoulas sobre um vestido de seda cor-de-rosa. Estava deslumbrante.

Brenda Brennan os recebeu de forma calorosa, como se fossem um casal de empresários, embaixadores ou políticos internacionais. Ofereceu-lhes um cálice de champanhe por conta da casa e lhes desejou uma noite agradável.

— Como é que ela consegue ser assim? — sussurrou Fiona maravilhada.

— As mulheres são ótimas nessas coisas — afirmou Declan com admiração.

— Nem todas. Eu não conseguiria ser tão descolada assim nem em um milhão de anos.

— Em compensação, ela não conseguiria realizar as *suas* proezas diárias. Você é fantástica para se relacionar com as pessoas. — Sua admiração era verdadeira.

O garçom ofereceu ostras. Fiona reparara no cardápio o quanto elas eram caras e pediu apenas uma salada leve.

— Coma as ostras se tiver vontade, Fiona. — Ele parecia tão ansioso que ela se sentiu muito bem.

— Para ser franca, só comi ostras uma vez, e foi como beber um pouco da água do mar — confessou.

Declan sorriu aliviado. As ostras tinham um preço astronômico. Conseguiu voltar a respirar normalmente.

Brenda Brennan, de longe, supervisionava o atendimento. Não interrompeu a conversa, mas estava sempre por perto para encher os copos de água e as xícaras de café ou substituir a cestinha de pães.

Quando Declan pagou a conta, Brenda Brennan disse:

— Muito obrigada, dr. Carroll.

— Ela sabe que você é médico? — Fiona estava impressionada.

— Eu não lhe contei nada. Sério — garantiu.

— Sei que não — disse Fiona. — É educado demais para isso.

O jantar chegara ao fim antes de se darem conta. Declan disse que chamaria um táxi para levá-la em casa, mas Fiona argumentou que isso era loucura. O ônibus a deixaria na porta de casa. Garantiu que tinha amado a noite e perguntou se Declan gostaria de jantar com os pais dela na semana seguinte.

— Não é melhor você marcar com eles antes? — Declan pensou na total impossibilidade de convidar alguém para ir à sua casa, em St. Jarlath's Crescent.

— Não, por que eu precisaria fazer isso? Por favor, aceite o convite. Você saberá como sou realmente e então, se gostar, poderemos continuar a nos ver.

— Gosto muito de você, Fiona — disse ele.

— E eu de você — afirmou ela.

Declan reparou que Brenda Brennan os observava de longe com um sorriso nos lábios.

Todos ainda estavam acordados quando Declan chegou em casa. Muttie Scarlet, amigo do seu pai, estava lhes fazendo uma visita.

— Declan chegou! — anunciou Paddy Carroll com ar festivo. Dimples, com o focinho sobre as patas, ergueu a cabeça em sinal de saudação.

— Ele levou uma enfermeira para jantar — fungou Molly com desaprovação, parecendo ressentida.

— Isso é fabuloso! — disse Muttie.

— O que vocês comeram? — quis saber o pai.

— Comemos salada de entrada e filé de linguado como prato principal.

— Então você deve estar morrendo de fome — disse Molly, já se preparando para pegar a frigideira.

— Não, estou ótimo. Comemos muito pão.

— *Isso* você podia ter comido em casa. — A mágoa de Molly era visível.

— Faremos isso um dia desses. Vou convidar Fiona para provar um dos seus maravilhosos jantares, mamãe. Aposto que ela vai adorar.

— Ah, com certeza! — aprovou o pai.

— Quero ser avisada com bastante antecedência antes de você trazer essa moça aqui. — Molly ficou vermelha de empolgação. — Antes, porém, precisamos pintar a cozinha e instalar um tampo novo sobre o balcão. Talvez devêssemos aumentar a sala da frente para transformá-la em sala de jantar.

— Não, mamãe, nada disso. Vamos comer aqui, como sempre. Está tudo ótimo desse jeito.

— Nada disso digo *eu*. Quem vai preparar e colocar a comida na mesa? Eu. A casa tem de estar arrumada antes de recebermos visitas.

Os três homens suspiraram. Era assim que as coisas aconteceriam.

Na manhã seguinte, Jimmy chegou em cima da hora da consulta, depois de uma viagem de trem que levou três horas, desde Galway. Estava com uma fisionomia ruim quando Declan o acompanhou até o compartimento.

— Está com dores? — perguntou.

— As de sempre.

Declan olhou o prontuário: não havia nenhuma menção a dores.

— Como são essas dores?

— É como se alguém tivesse colocado um cinto muito apertado em torno do meu peito e estivesse apertando ainda mais. — Jimmy estava meio encolhido.

— Volto em um minuto — disse Declan, chamando Fiona, que estava perto. — Clara já chegou?

— Não, está numa daquelas guerras sobre recursos financeiros. Só chega depois do almoço.

Declan falou depressa, mas em um tom calmo:

— Vou chamar uma ambulância na emergência. Por favor, feche a porta que dá para a sala de espera quando eles chegarem, para que ninguém veja o que está acontecendo. Importa-se de ir conversar com Jimmy? Você sabe tranquilizar as pessoas, mas tente descobrir quem podemos chamar em Galway, ok? — Fiona se agitou com rapidez. Independentemente de estar louco por ela, o fato é que Clara fizera muito bem em contratá-la.

Jimmy faleceu vinte minutos depois de dar entrada no hospital. Clara apareceu do nada, como por milagre. Teceu muitos elogios a Declan e Fiona. Fizeram tudo de forma perfeita. Fiona descobrira detalhes sobre um sobrinho de Jimmy e sua mulher intratável, que estavam de olho em sua propriedade. Soube que ele já fizera um testamento que não os deixaria nem um pouco felizes. Segurou a mão dele e o acalmou; foi com ele na ambulância e ficou ao seu lado até o fim.

Clara pediu que Declan e Fiona fossem à sua sala. Precisava fazer um relatório explicando como é que um homem que ela atendia regularmente tivera uma parada cardíaca nas dependências da clínica. Sabia que fora feito todo o procedimento de praxe, mas a comissão do hospital precisaria de mil explicações.

Ania foi à rua e lhes trouxe sopa e sanduíches. Estava prestes a sair da sala para deixá-los à vontade quando Clara a chamou:

— Fique aqui, por favor, Ania. Você faz parte da equipe tanto quanto nós. — Declan reparou que a jovem polonesa ficou vermelha de satisfação por pertencer ao grupo.

O funeral de Jimmy ocorreu na terça-feira seguinte, em uma pequena aldeia na costa rochosa do condado de Galway. Clara sugeriu que Declan e Fiona comparecessem, representando a clínica. Afinal, eles eram os únicos amigos que Jimmy tinha em Dublin. Apanharam o trem para Galway e depois seguiram de ônibus até a casa de Jimmy. Foi uma viagem tranquila. Sentiam-se como amigos de muitos anos. Fiona levara sanduíches, para o caso de não haver lanches no trem. Estavam felizes por ter o restante do dia livre e admiraram a paisagem que começou a mudar depois que o trem atravessou o rio Shannon e seguiu para oeste. Ali, os campos eram pequenos, os muros feitos de pedra talhada, e os carneiros olhavam com interesse o trem que serpenteava. Conversaram sobre Jimmy e se perguntaram por que motivo ele era um homem tão misterioso. É claro que ele podia ir e vir de trem para onde bem quisesse, mas era estranho enfrentar aquela distância só para evitar olhares curiosos.

Na pequena igreja havia uma quantidade considerável de pessoas. Fiona e Declan se sentiram alvo da atenção de todos, pois eram os únicos desconhecidos que haviam vindo de longe para o funeral. Conheceram o sobrinho de Jimmy e sua mulher antipática, a qual era exatamente como fora descrita.

— Como foi que *vocês* conheceram tio Jimmy? — perguntou a esposa emburrada.

— Ah, pois é... — Fiona foi maravilhosamente vaga — ... o mundo é extraordinário. É incrível como sempre conhecemos uma pessoa aqui, outra ali, não é verdade? — Eles não conseguiriam lhe arrancar mais nada.

O trem de regresso só partia às seis da tarde.

— Vamos voltar logo para casa — sugeriu Fiona.

Declan tinha esperança de que ainda pudessem caminhar pelos bosques ali perto e conhecer os penhascos próximos à casa de Jimmy, mas Fiona estava decidida.

— Tiramos o restante do dia para vir ao funeral, não para passear. Devemos agir com seriedade.

— Mas não fizemos isso, Fiona. Não dissemos às pessoas que ele frequentava nossa clínica.

— Nem poderíamos fazer isso. Jimmy estava determinado a manter suas consultas em segredo. Mesmo assim, foi importante mostrar a essa gente que ele tinha amigos na capital.

Declan concordou.

Comeram presunto com tomate no chalé que servira de lar a Jimmy.

Ele nunca se casara e morava sozinho naquela casinha apertada. Não havia quadros nem lembranças, nada pessoal. Havia apenas uma pequena sala de estar na frente, que parecia nunca ter sido usada. Fiona e Declan cumprimentaram todo mundo sem revelar sua relação com o falecido. Souberam que, no passado, ele se apaixonara por uma mulher chamada Bernadette, mas não o bastante para dar em alguma coisa, porque a casa era muito pequena e Jimmy não tinha condições para conseguir um lugar melhor.

De repente, alguém anunciou a leitura do testamento. Declan e Fiona fizeram um vago esforço para não se envolverem. Todos sabiam que nenhum dos dois fazia parte da família, e eles avisaram que pegariam o ônibus de volta para Galway. A essa altura, porém, todos já haviam conversado com eles e já os estavam aceitando como parte de tudo.

Os olhos de Fiona dançaram de alegria ao pensar na leitura do testamento e no quão chocados o sobrinho frio e a sua mulher antipática ficariam. O advogado informou a todos que Jimmy tinha pedido autorização para a construção de uma casa em sua pequena propriedade, e ela lhe fora concedida. Em razão disso, o terreno onde a casa estava valia agora muito mais do que se imaginava. O sobrinho e a sobrinha mal conseguiram conter a empolgação. Em seguida, foi lido que o falecido determinara que todos os seus bens fossem divididos igualmente entre um hospital em Dublin e a srta. Bernadette, que ele tanto admirara desde a juventude. Jimmy queria que a família dela soubesse que ele *conseguira* algo na vida, afinal.

Declan decidiu que eles deviam sair dali rapidamente, antes que alguém desconfiasse que eles trabalhavam em uma clínica de cardiologia. Já estavam na estrada antes de o choque atingir o sobrinho e a mulher, e antes que a conversa se transformasse em um grande alarido. Pegaram uma carona até Galway e passaram horas bastante agradáveis conhecendo uma galeria de arte, circulando por uma livraria e tomando um café ao ar livre.

Ao regressar a Dublin, Fiona adormeceu com a cabeça no ombro de Declan. Quando ele viu o pôr do sol, disse a si mesmo que não se lembrava de se sentir tão feliz em toda sua vida.

Declan estava muito nervoso diante da perspectiva de conhecer os pais de Fiona. Ela parecia absolutamente à vontade com a situação. Quando os dois seguiam no ônibus a caminho de sua casa, torceu para ter feito a coisa certa ao comprar uma orquídea para a mãe. Fiona garantiu que sua mãe adoraria o presente, mas isso não significava muito, pois Fiona achava que todos apreciavam qualquer gesto de atenção. Não estava acostumada à atmosfera de St. Jarlath's Crescent, onde tudo era sempre minuciosamente analisado e estudado por vários dias.

Declan receava pelo momento em que Fiona fosse visitar seus pais, isto é, supondo que esse dia chegasse.

O pai de Fiona, Sean, era um homem muito descontraído.

— Puxa, você é muito gentil e elevou nosso padrão de sofisticação ao trazer uma orquídea para esta casa — disse ele a Declan. — A partir de agora, um simples ramalhete com flores do campo comprado no posto de gasolina não vai impressionar Maureen.

— Espero não ter feito a coisa errada então — disse Declan, receoso.

— Nem um pouco, meu rapaz. Foi um belo gesto.

Fiona estava descontraída, muito à vontade. Ninguém parecia nervoso nem insistia para que o convidado fosse lavar as mãos ou se sentasse na melhor poltrona da residência, como sempre acontecia em sua casa. Fiona colocava uma salada sobre a mesa e distribuía guardanapos de cor viva ao lado dos pratos. Sua mãe, Maureen, chamou para a mesa as filhas mais novas, Ciara e Sinead, e lhes serviu uma imensa tigela com chili e arroz. Ninguém parecia prestar atenção a Declan, que tornou a imaginar o interrogatório ao qual Fiona seria submetida quando fosse à sua casa. *Por que* Paddy e Molly Carroll não podiam ser normais e descontraídos como todos ali, em vez de se humilharem e se sentirem inadequados, como o pai costumava fazer, ou de interromperem as conversas por causa de um detalhe e soltar indiretas e insultos involuntários, como sua mãe?

— Acha que gostaram de mim? — perguntou Declan, ansioso, quando eles caminhavam para o ponto de ônibus.

— Claro que gostaram. Mas eles gostariam mesmo, de qualquer maneira.

— Como assim?

— Bem... é que, comparado com o último rapaz que eu levei lá em casa, você mais parece um anjo, com asinhas e tudo — disse Fiona, como se isso explicasse tudo.

Declan resolveu adiar o problema de convidar Fiona para ir à sua casa em St. Jarlath's Crescent.

As coisas iam tão bem, para que estragar tudo agora? Também deixou em suspenso a questão do sexo. É claro que eles haviam trocado afetuosos beijos de despedida, e, na noite em que Declan jantou com Fiona no apartamento dela, Barbara estava fora. Talvez aquilo tivesse sido uma oportunidade ou, quem sabe, um convite, mas ele hesitara. Preocupava-se tanto com Fiona que queria tudo perfeito. Estaria sendo tolo por pensar assim? Fiona era uma jovem normal.

Declan já fizera sexo. Não tanto quanto gostaria, é claro, mas sabia o quanto tinha gostado. Possivelmente, Fiona também. Mas ele precisava ter certeza de que não faria nada errado. Talvez pudessem curtir uma pequena viagem juntos num feriado. A essa altura já se viam quase todas as noites depois do trabalho.

Os dias na clínica continuavam a passar voando. Declan aprendeu muitas coisas novas com Clara, que lhe ensinava sem dar a perceber. Faziam reuniões para discutir alguns casos, nas quais Clara sempre respondia mais do que perguntava, ajudando a todos. Declan passou a conhecer melhor os colegas. Já era uma lenda entre os pacientes por ter tomado conta dos cães de Judy Murphy enquanto ela esteve no hospital fazendo exames. Judy lhe dera de presente uma linda tigela de comida para cães com o nome Dimples pintado à mão, para seu imenso e amoroso labrador. A mãe de Declan decidiu que Judy era velha *demais* para se envolver com o filho, e o aconselhou a não cortejar uma mulher com idade para ser sua mãe. Paddy ergueu os olhos ao ouvir isso, torcendo para Declan não levar o assunto em frente.

— Vou seguir seus conselhos, mamãe, como sempre faço — prometeu.

Na clínica, Declan e Hilary haviam se tornado grandes amigos. Um dia, ela pediu que ele a substituísse durante o horário de almoço, pois precisava ir correndo para casa. Seus vizinhos haviam ligado dizendo que sua mãe estava passeando pelo jardim de camisola. Como todo mundo, Declan sugeriu com jeitinho que talvez fosse hora de a mãe de Hilary ir para uma casa de tratamento de idosos. Como sempre, Hilary replicou com gentileza que isso não seria necessário. Ninguém conseguiria compreender tudo o que sua mãe havia feito por ela ao longo da vida, pensava Hilary constantemente. Ela não poderia ficar marginalizada no fim da vida só para que a filha pudesse levar uma vida menos complicada.

— Se continuar assim, em breve você vai ter de abrir mão do seu trabalho, Hilary — disse Declan em um tom de voz calmo.

— Não, não vai ser preciso. Nick, meu filho, nos ajuda muito, está sempre em casa. Compõe músicas, faz companhia à avó e fica de olho nela.

Declan pensou que o rapaz não devia ficar tão de olho assim, já que a velha senhora saíra para o jardim de camisola. Contudo, simpático e cordato como sempre, disse a Hilary que ela não precisava se preocupar, pois ele tomaria conta da secretaria e atenderia a todas as chamadas durante o horário de almoço.

Nessa noite, Fiona iria à despedida de solteira de uma amiga, uma reunião só para mulheres, e Declan jantou em casa com os pais. A mãe armou um teatro e fez cara de muito espanto por vê-lo em casa. Ele aguentou com paciência o desfiar de indiretas sobre a alegria de Molly por ele considerar o lugar bom o bastante para ele, pelo menos por uma noite. Em seguida, ela serviu um belo bife e um bolo de batatas recheado com carne e bordas caprichosamente onduladas.

— Sua namorada faz um bolo de carne como esse? — perguntou Molly.

— A senhora sabe que não, mamãe.

— Será que algum dia conseguiremos conhecê-la?

Pronto! Aquela era a uma boa oportunidade para Declan.

— Eu gostaria muito de convidá-la para jantar aqui, mamãe. Quem sabe a senhora podia lhe preparar um bolo de carne igual a esse?

— Não posso oferecer apenas um bolo de carne à sua namorada. Se há convidados nesta casa, eles devem apreciar um lindo assado. Isso seria mais apropriado — sentenciou Molly.

— Então, podemos marcar uma noite? — pediu Declan.

— Só depois que seu pai pintar esta sala — afirmou Molly.

— Que coincidência! Eu tinha pensado em fazer isso neste fim de semana — informou Paddy Carroll. Declan olhou para o pai e viu a mesma expressão amorosa que deve ter enfeitado seu rosto ao ver Molly pela primeira vez no baile, com a blusa branca e a saia de veludo vermelho.

Levaram dois dias para esvaziar a sala e três horas para escolher a cor certa para as paredes. Paddy tinha pensado num tom areia, Molly queria um verde limão claro, e Declan disse que gostava de uma cor de pêssego que levava o nome de Verão Indiano.

Marcaram a data, e Declan perguntou a Fiona se ela gostaria de ir jantar em sua casa.

— Claro — disse ela, como se fosse algo simples. — Adoraria, Declan. Muito obrigada, e agradeça *também* à sua mãe.

— Ela vai ficar encantada com você — garantiu ele, num tom de voz meio inseguro.

— Será que sou melhor do que sua ex-namorada?

— Não tenho nenhuma ex-namorada. Quer dizer... Nunca levei nenhuma ex-namorada à minha casa — consertou a tempo, embora envergonhado.

— Que nada, aposto que sua casa está infestada da presença delas — brincou Fiona com ar divertido. — O que posso levar para sua mãe? A minha adorou a orquídea.

— Talvez uma caixa de biscoitos finos — disse ele, fazendo esforço para pensar. Será que havia *alguma coisa* que Fiona pudesse comprar que não se tornasse alvo de crítica? Era pouco provável.

Um dia, quando Declan fazia suas visitas regulares, Judy Murphy o surpreendeu ao contar que trabalhava em meio expediente cuidando da contabilidade do Quentins. Calculava os impostos do restaurante uma vez por semana e soube que um jovem médico muito parecido com o que havia passeado com seus cães havia jantado lá em companhia de uma loura belíssima.

— Será a nossa amiga? — Judy apontou com a cabeça para Fiona, que estava nos fundos da sala.

— Foi ela, sim. Como você soube?

— Todo mundo sabe — riu ela.

— Puxa! — Declan se mostrou alarmado.

— Ela é uma moça muito sortuda — disse Judy, sincera.

Barbara ia a um casamento em Kilkenny e passaria aquela noite fora. Fez questão de comentar a respeito com Declan duas vezes, para o caso de ele não ter escutado direito. Diante disso, ele se aproximou de Fiona, que estava junto de Lar.

— Você tem um minutinho? — perguntou ele.

— Por acaso, sim. — Ela pareceu louca para sair dali. — Obrigada, Declan. É claro que eu deveria saber quais são as principais cidades do estado de Tennessee, nos Estados Unidos, mas não me lembro de nenhuma. Será que uma delas não teria o nome de Tennessee, simplesmente por uma coincidência espantosa?

— Acho que não. Mas tem Memphis, Chattanooga e Nashville — informou ele.

— Mais uma, *por favor*, Declan.

— Acho que Knoxville fica nesse estado também.

— Adoro você — disse ela, beijando-lhe a ponta do nariz.

— *Espere*! — Ele a agarrou pelo braço. — *Espere* um instantinho só. Estive pensando, Fiona... Já que Barbara vai passar a noite fora, será que eu poderia, você sabe... Dormir na sua casa?

— Nossa, achei que você nunca faria esse pedido. — Foi essa a sua reação, e ele a ouviu recitando em voz alta os nomes das quatro cidades do Tennessee, enquanto tirava a pressão de Lar, ao mesmo tempo que garantia que ele viveria o bastante para conhecer todos aqueles lugares se gastasse menos em corridas de cavalos e economizasse dinheiro para viajar.

Declan ligou para seus pais e avisou que tiraria plantão naquela noite. Tinha de ser assim...

A princípio, estavam os dois nervosos, contando piadas, parecendo adiar o momento. Foi Fiona quem tomou a iniciativa.

— Vamos levar o vinho para o quarto — sugeriu ela. A partir daí, tudo correu muito bem. Mais tarde, deitado com Fiona, que dormia com a cabeça encostada em seu peito, Declan percebeu que a alegria imensa que sentira no trem não passara de uma preparação tênue para a felicidade arrebatadora que sentia naquele momento.

Acordaram tarde e tiveram de se apressar para apanhar o ônibus. Acharam que todos na clínica perceberiam que haviam passado a noite juntos, embora fosse impossível. Por outro lado, Declan não se importava que soubessem. Ficaria até orgulhoso disso. Dali a dois dias, Fiona iria à sua casa para jantar e conhecer seus pais. Nada poderia dar errado em sua vida agora.

Molly foi fazer um permanente nos cabelos e avisou Paddy, mais de cem vezes, de que ele deveria usar terno e gravata durante o jantar. Além disso, tinha engomado os guardanapos, um presente de casamento que raramente era usado.

Tim ofereceu seu carro emprestado a Declan por alguns dias.

— Ele tem seguro se outra pessoa sem ser você dirigir o veículo? — Declan gostaria de não ser sempre assim tão cauteloso.

— Claro, o seguro cobre, pois vou lhe entregar uma permissão para você dirigir o carro. Além do mais, você não é do tipo que dirige como um louco — riu Tim.

Declan imaginou todo o percurso que faria, para não parecer um amador. No dia do grande jantar, reparou que Fiona tinha ido ao cabeleireiro e fora trabalhar com roupas elegantes: um vestido de seda bege, combinando com um casaco da mesma cor. Sua melhor roupa. Talvez elegante demais, o que seria motivo suficiente para sua mãe reclamar. Em casa, Dimples já havia tomado banho; fora escovado, mas o proibiram de sentar em sua poltrona favorita. Muttie Scarlet, o amigo do pai de

Declan, recebera o aviso de que não deveria ligar convidando Paddy para "uma cervejinha". A mãe estava usando batom no café da manhã. Avisou que ia passar a se pintar, pois andava muito descuidada com a aparência. Declan teve vontade de encostar sua cabeça junto da dela, apesar da permanente, e lhe dizer que ela era maravilhosa, que a amava muito e nunca a abandonaria. É claro que não fez nada disso; simplesmente sorriu de forma tola e disse que aquela seria uma noite fantástica.

O dia parecia não ter fim. Bobby Walsh tinha sentido dores no peito, mas sua mulher avisou que não queria que ele colocasse os pés na enfermaria do hospital, pois ali havia gente de todas as regiões da Irlanda e só Deus sabia de quantos outros países. Seja lá o que tivesse, certamente sairia de lá muito pior do que entrara.

Declan lamentou que Carl, o filho deles, não estivesse com o pai, pois saberia como acalmar a mãe.

Pela segunda vez desde que fora trabalhar ali, Declan se pegou olhando para o relógio com impaciência. Finalmente chegou o fim do turno, e ele abriu a porta do carro de Tim, com muito orgulho, para Fiona entrar. Sua namorada. Enfrentaram o trânsito de fim de tarde conversando, e Fiona se mostrou alegre pelo dia de trabalho que, enfim, havia acabado. Afirmou que Lar era um homem maravilhoso, com a cabeça cheia de informações. E contou como a antipática sra. Rosemary Walsh, esposa de Bobby, dera suspiros e resmungara baixinho quando Lavender lhe entregara uma folha cheia de detalhes para a dieta do paciente.

— "Pelo menos você é irlandesa, e isso pesa em seu favor" foi o que ela comentou com Lavender na frente de Ania. Puxa, Declan, aquela mulher é um monstro!

Depois de algum tempo, Fiona reparou que Declan estava calado.

— Estou falando demais? Prometo calar a boca quando chegarmos lá — garantiu ela.

— Não, não fique calada, por favor. Simplesmente seja do jeito que você é. Você vai perceber que eles também são do jeito que são. — Ele parecia muito triste.

— Eles são sua mãe e seu pai, e vou adorá-los. Afinal, foram eles que fizeram você. Como não gostar deles?

— São meio desajeitados e tímidos. Não são normais e descontraídos como seus pais.

— Ah, por Deus, Declan! Pare com isso! Não existem pais normais, tudo vai dar certo.

Em St. Jarlath's Crescent, Molly e Paddy já estavam prontos. A cozinha brilhava com as paredes cor de pêssego e os portais brancos. O melão estava cortado, e cada fatia tinha uma cereja ao marrasquino em cima. O assado já estava no forno, e o corte fora escolhido por Paddy Carroll, o mestre das carnes, naquela manhã. Será que faltava alguma coisa?

— O cão vai pedir para fazer xixi na hora em que essa menina colocar os pés dentro de casa — previu Molly.

— Tudo bem, eu o levo para dar um passeio agora — ofereceu-se Paddy Carroll, dizendo a si mesmo que a noite parecia interminável.

— Volte logo! — gritou Molly.

Paddy pôs a coleira no cão e o levou para a rua. Assim que chegou no portão, porém, Dimples viu um gato desfilando pela rua com jeito desafiador. O cão não gostou daquilo e rosnou, mas Paddy não ligou. Não percebeu o quanto o rosnado era sério. Quando o gato atravessou a rua, Dimples se soltou com um puxão e correu atrás da presa, arrastando a correia atrás de si. Paddy viu tudo acontecer como em câmera lenta. O carro vindo pela curva, desviando bruscamente para não atropelar o cão e batendo violentamente no poste. Ouviu o som do vidro se estilhaçando e do metal que se amassava, e viu o sangue do seu único filho respingar por todo o para-brisa.

Nunca se sentira tão impotente ou chocado em toda a sua vida. Enquanto ele se mantinha imóvel, com os pés grudados no chão, Dimples voltou com ar arrependido e lambeu sua mão.

Do banco do carona saltou uma linda jovem loura com o rosto e os cabelos cobertos de sangue.

— Chame uma ambulância! — gritou. — *Depressa!* Avise a eles que a vítima sofreu uma lesão na cabeça.

Só então Paddy notou que era ela, a enfermeira, a moça que Declan dissera que era muito especial. Jantaria com eles naquela noite, mas agora Declan estava morto. Olhou para o ângulo em que a cabeça do filho ficara. Ele devia ter quebrado o pescoço.

Paddy voltou para casa como um robô e passou voando por Molly, que saíra para ver o que acontecera.

— Entre, Molly, por favor, eu lhe imploro — disse ele agarrando o telefone. No entanto, ela não atendeu o pedido e, quando ele estava informando o endereço à atendente, viu sua mulher levar as mãos ao rosto olhando, incrédula, para o carro onde Fiona, ajoelhada sobre os cacos de vidro, falava alguma coisa pela janela do motorista. Ela estava tranquilizando Declan, avisando-o de que a ambulância estava a caminho e dizendo que o amava.

Dimples notou que algo estava errado, mas não sabia exatamente o quê. Sentou-se triste junto do fogão e, com muito interesse, farejou no ar o assado que estava no forno.

Paddy trouxe uma manta, e as pessoas se reuniram na calçada.

— Ele não pode nos ouvir — Fiona explicava a Molly. — Por favor, acredite, está apenas desmaiado. O socorro vai chegar logo. — E realmente chegou.

Os homens da ambulância ficaram aliviados ao ver que havia uma enfermeira no local. Fiona acalmou a multidão, falando de forma tranquila, e manteve a situação sob controle. Garantiu aos paramédicos que sofrera apenas ferimentos superficiais na testa e se deixaria examinar assim que Declan fosse levado. Ela queria ir para o hospital em companhia dele, mas percebeu, quando os paramédicos removeram o corpo do rapaz pela parte da frente do veículo, que os pais dele precisavam mais dela naquele momento.

— Como ele está? — perguntou a um dos atendentes.

— A pulsação está fraca.

— Melhor do que nada — disse com um sorriso molhado. Em seguida se voltou para os policiais, que haviam chegado numa patrulhinha e já pegavam depoimentos.

— Podemos conversar lá dentro? — perguntou ela. — Estes são os pais de Declan. Eles precisam ir para casa descansar, pois sofreram um choque muito forte. — Fiona ajudou Molly a voltar para casa, colocou uma manta sobre seus joelhos e lhe aqueceu as mãos energicamente. Pegou o copo de uísque que um homem chamado Muttie lhe colocara na mão e ofereceu a Paddy Carroll, numa tentativa de lhe restituir a cor do rosto. Desligou o forno, onde um enorme assado cozinhava lentamente. Só então relatou a história do cão que tinha visto um gato e correra para o meio da rua e do filho deles que dera um golpe de direção para não atropelá-lo e batera no poste.

Fiona saiu várias vezes a fim de ligar para uma amiga que trabalhava no hospital e que poderia lhe dar mais informações que a telefonista da emergência. As notícias não eram muito ruins. Declan estava ligado a um respirador, mas tudo corria razoavelmente bem. Tinha sofrido traumatismo craniano e um dos braços estava quebrado, mas não havia lesões internas. Mesmo assim, não poderia receber visitas até o dia seguinte.

Às onze, cinco horas depois de ter chegado a St. Jarlath's Crescent, Fiona ligou pela última vez naquela noite para sua amiga e para a telefonista da emergência. As duas confirmaram que ele sobreviveria.

Fiona e Molly tiraram o assado do forno, e os três se sentaram para comer algumas fatias da carne com pão e manteiga. Fiona passou a noite em companhia dos pais de Declan, sob o teto em que ele nascera e fora criado. Chegou a cochilar um pouco ao longo da noite, deitada na cama que pertencia a ele.

No hospital, Declan dormia profundamente e sonhava com a clínica. Viu-se estirado no chão, tentando esticar o braço para alcançar o balcão, mas Hilary repetia sem parar para ele permanecer deitado quietinho ali, onde estava, a fim de que a natureza fizesse sua parte. Por fim, depois de algumas tentativas de se levantar, sem sucesso, permitiu-se relaxar. Hilary normalmente tinha razão.

3

Hilary Hickey vislumbrou sua imagem refletida na vitrine de uma loja e parou, chocada. Não só se achou com o rosto muito envelhecido como reparou que exibia uma aparência excêntrica. Os cabelos se eriçavam em pontas diversas, e suas roupas pareciam ter sido escolhidas de forma aleatória. Será que era desse jeito que as pessoas a viam? Hilary ficou espantada. Imaginava-se muito diferente daquilo que via. Se lhe pedissem para descrever a si própria, ela teria dito "pequena, limpa, bem-cuidada, em boa forma e com um sorriso largo e simpático", o mesmo que, tantos anos antes, havia feito Dan Hickey largar sua noiva rica na inauguração de uma galeria de arte para ficar ao seu lado.

Ninguém largaria outra mulher para ficar ao seu lado hoje em dia, refletiu Hilary com ar melancólico. Provavelmente até atravessariam a rua para evitá-la. Olhou para a loja atrás da vitrine e percebeu que era um salão de cabeleireiro. Talvez aquilo fosse um aviso, um sinal de que já estava na hora de tomar alguma providência com relação aos cabelos rebeldes. Resolveu entrar para ver se havia algum profissional livre para atendê-la. Se houvesse, seria prova de que parar ali tinha sido realmente um sinal. A jovem no balcão se chamava Kiki.

— Claro — disse ela. — Posso atendê-la já. — A jovem tinha um ar perigosamente juvenil e usava maquiagem pesada demais na avaliação conservadora de Hilary.

— Mas... Quem vai cuidar da recepção? — perguntou Hilary, visivelmente nervosa.

— A recepção sabe se cuidar sozinha — garantiu Kiki, pegando toalhas e levando Hilary para uma pia de lavar cabelos. Kiki falou sem parar sobre uma nova boate que seria inaugurada semana seguinte.

— É capaz de meu filho ir à inauguração — disse Hilary, animada. É o tipo ambiente que Nick apreciaria: uma boate barulhenta e colorida que abria as portas à meia-noite. Muitas vezes ela encontrava o filho voltando para casa de manhã, quando estava de saída para a clínica, mas aprendera a não comentar nada.

Em muitos aspectos, Nick era um filho perfeito. Um músico talentoso que dava aulas de clarinete à tarde e tomava conta da avó, na medida do possível. Claro que quando tinha de dar aulas em uma escola ou na casa dos alunos não havia ninguém para cuidar da mãe de Hilary.

Mordeu o lábio e ficou matutando sobre aquilo sem parar, enquanto Kiki passava xampu generosamente em seus cabelos. Hilary não se importava *com o que* os especialistas diziam. Sua mãe, Jessica, jamais seria colocada num asilo para pessoas sem noção das coisas. Ela *nunca* abandonaria a mãe desse jeito.

Hilary era filha única de pais muito dedicados. O pai era um homem muito bonito que vendia automóveis em uma concessionária. Adorava carros. Hilary ainda se lembrava de como ele acariciava os veículos e quase ronronava diante deles. Prometera à filha que, um dia, conseguiria economizar o suficiente para lhes comprar um automóvel maravilhoso, e os três passeariam de carro todos os domingos pelos campos.

Mas, antes de isso acontecer, o pai de Hilary conheceu uma senhora de cabelos muito louros e casaco de couro preto. A cliente fora comprar um carro novo e exigira vários test drives. Num deles, ambos descobriram que tinham sido feitos um para o outro e resolveram morar no sul da Inglaterra para constituir família.

Hilary tinha onze anos.

— Vou poder visitá-los no sul da Inglaterra e passar as férias lá? — perguntara. A mãe dizia que não e achava melhor não alimentar essas esperanças. Ela devia se dedicar aos estudos para arrumar um bom emprego. Era isso que o pai gostaria que acontecesse.

— Se era assim, por que ele não ficou para ver? — perguntava Hilary. A mãe nunca soube responder, e sua vida nunca mais foi a mesma. Só via o pai uma vez por ano, e sua mãe saía todos os dias. Ajudava as pessoas a cuidar de seu jardins e fazia bolos para as amigas. Sempre incentivou Hilary a convidar os amigos para irem à sua casa nas noites de sexta-feira, e havia tanto espaço vago com a saída do pai que destinaram dois quartos para locação. As hóspedes eram duas senhoras muito caladas, chamadas Violet e Noreen, que trabalhavam num banco e levavam uma vida sossegada. A vida de Hilary entrou numa rotina previsível: ia de casa para a escola, da escola para casa; bebia um copo de leite acompanhado por biscoitos caseiros e fazia os deveres da escola.

Foi por essa época que Violet começou a lhe dar aulas de contabilidade, e Noreen lhe ensinou datilografia numa máquina antiga com letras cobertas por adesivos. Ao terminar os estudos, Hilary alcançou o que esperavam dela: uma boa educação que a levaria, mais tarde, a conseguir um emprego de secretária. Adoraria ter frequentado a universidade, como muitas de suas amigas, mas, aos dezoito anos, descobriu que não havia dinheiro para isso. Sua mãe não cuidava de jardins e preparava bolos para fora como hobby, como ela imaginava. Fazia isso para ganhar a vida.

Hilary foi para um curso de secretariado e, como as duas hóspedes já haviam lhe ensinado muitas coisas, mostrou-se uma ótima aluna e aprendeu tudo depressa. Recebeu um diploma com mérito e estava pronta para trabalhar. Seu primeiro emprego foi na administração de um hospital, onde trabalhou por um bom tempo. Dedicava-se tanto ao trabalho que não pensava em rapazes nem em casamento, mas só até conhecer Dan Hickey.

Todas as suas amigas a alertaram sobre ele. Era bonito demais, diziam. Não era confiável. Se abandonara a noiva por causa dela, poderia muito bem tornar a fazê-lo. Não tinha profissão. Era um cavalheiro, mas precisava de uma mulher rica que o sustentasse. Só a mãe de Hilary achou que Dan era maravilhoso. Ansiosa e dividida, Hilary contou à mãe sobre as preocupações de suas amigas.

— Será que ele não é bonito *demais* para mim, mamãe? — perguntou preocupada.

— Ora, mas que bobagem é essa, Hilary? Você é uma jovem linda, tem um *bom* emprego *e* uma casa para oferecer a *ele*.

— Mas ele não pode vir morar aqui em casa — replicou Hilary horrorizada.

— E onde mais ele poderia morar? Trabalhei tanto, por muitos anos, para deixar esta casa para você, minha filha! Já não temos hóspedes. Construa um pequeno apartamento para mim lá nos fundos e estará tudo certo.

— Mas isso seria chutar a senhora para fora da própria casa...? — protestou Hilary.

— Não, nada disso. De qualquer maneira, não aguento mais essas escadas. Assim, terei companhia sem abrir mão da independência.

— Mas será que teremos condições de expandir a casa?

— Claro que teremos. Venho poupando mais que a formiga da história, esperando por esse dia.

— Que ainda não chegou. Dan não me pediu em casamento.

— Mas vai pedir. Você precisa estar pronta, filha — aconselhou Jessica.

Dan pediu a Hilary para se casar com ele na semana seguinte.

— Mas saiba que não sou um grande partido — desculpou-se ele.

— Você é o único partido que eu quero — garantiu Hilary, contente. Dan também se mostrou muito satisfeito por não precisar se preocupar em achar uma casa para montar sua família. Depois de um casamento discreto, ele se mudou para lá sem muito alarde.

Dan vivia conversando com pessoas sobre abrir um negócio e outras possibilidades, porém, nos doze anos em que esteve casado com Hilary, não ganhou um único centavo trabalhando. Em vez disso, foi Jessica quem voltou a cuidar de jardins, fazer bolos para fora e também passou a levar os cães da vizinhança para passear. Hilary pegava serviços extras, trabalhando como contadora para clientes particulares, pequenas empresas ou pessoas ricas, que pagavam bem.

Quando Nick tinha onze anos, a mesma idade em que Hilary perdeu o pai, Dan saiu das suas vidas. Contudo, não foi morar no sul da Inglaterra com uma mulher de casaco de couro preto. Morreu afogado num lago fundo e escuro durante uma viagem à Irlanda, onde fora se encontrar com um sujeito que lhe prometera emprego. Os policiais que tocaram a campainha para dar a triste notícia foram simpáticos. Entraram, prepararam chá para a família destruída e saíram dali sabendo tanto sobre o homem que se afogara quanto já sabiam, mas deixaram para trás três pessoas com o coração partido.

Havia uma pequena apólice de seguro, e Jessica insistiu para que elas preparassem um funeral elegante para Dan Hickey. Ele teria gostado muito disso. Hilary estava consternada e revoltada demais para se importar com a despesa. *Por que* ele tinha ido nadar em um lago desconhecido? *Por que* se fora antes de o filho ter idade suficiente para conhecê-lo de verdade?

Mais tarde, relembrando o passado, Hilary se sentiu profundamente comovida por sua mãe ter insistido no belo funeral. Lembrou-se dos delicados sanduíches servidos no hotel elegante e da presença dos seus muitos amigos e conhecidos. Nenhum deles havia conseguido um emprego, oferecido um contrato ou uma indicação para seu falecido marido, mas todos se sentiram satisfeitos em comparecer ao funeral. Tudo saiu exatamente como Dan gostaria, e Hilary não se arrependeu de nada, nem por um segundo.

Depois disso, Hilary se dedicou a fazer com que a infância de Nick fosse tão boa e feliz quanto a que Jessica lhe proporcionara. Quando o filho demonstrou interesse por música, ela lhe pagou aulas particulares sem nunca reclamar. Sabia que seus amigos riam dele e de sua casa maluca com duas velhas. Os jovens da idade do seu filho deviam achar que ela pertencia à mesma geração da mãe. E os anos foram se passando. Hilary nunca conheceu um homem suficientemente atraente ou interessante que a fizesse pensar em novo envolvimento amoroso, mas também não sentia falta de companhia. Era uma viúva batalhadora que tinha casa própria, boa renda, um filho adulto que compunha e ensinava música, e uma mãe alegre que levava a vida no andar de baixo, num apartamento só dela. Tinha muito pelo que agradecer. Ou pelo menos tivera.

Quando sua mãe começou a ficar mais frágil, mais esquecida das coisas e menos capaz de cuidar de si mesma, Hilary imaginou que ela simplesmente estava envelhecendo. Era difícil acreditar que Jessica poderia perder sua mente arguta, sua natureza generosa e sua percepção precisa.

No entanto, a seu modo, Jessica entendeu o que estava acontecendo. Percebendo o que o futuro lhe poderia trazer, redigiu uma carta curta na velha máquina de escrever.

Como estou envelhecendo, me vejo a cada dia mais esquecida das coisas; pode ser que um dia eu não saiba mais quem sou ou, o que seria pior, quem as pessoas são. Foi por isso que decidi escrever esta carta de despedida e de agradecimento enquanto estou lúcida e entendo tudo ou quase tudo que se passa à minha volta.

Tive uma vida muito feliz e espero que vocês não se ofendam caso minha cabeça fique confusa mais tarde. O meu eu verdadeiro, dentro da minha mente, vai se lembrar bem de vocês.

Em seguida, dedicou algumas palavras a cada um. Para Hilary, escreveu:

Você é simplesmente a melhor filha do mundo, nunca se esqueça disso. Faça o que tiver de fazer quando for necessário. Vou amar você do mesmo jeito...

Mamãe.

A mãe lhe estava dando permissão para colocá-la em um asilo. Era muito generoso de sua parte, mas ela não estava sendo sensata. Hilary jamais faria uma coisa dessas.

Viu o rosto refletido no espelho do salão de cabeleireiro sem muita satisfação.

— O que vai fazer com meu cabelo? — perguntou a Kiki.

— Vou dar a ele um pouco de forma e volume. Você quer o cabelo mais curto e brilhante, não quer?

Curto e brilhante... Era assim que Hilary sempre vira seu cabelo, até ver sua imagem refletida na vitrine, ainda há pouco.

— Sim, mas não o corte demais.

— Pode confiar em mim — garantiu Kiki, enquanto os tufos caíam sem parar, despencando dos seus ombros em cascata e cobrindo o chão.

Hilary perguntou a si própria por que havia confiado naquela garota com rímel demais nos olhos e unhas pintadas de verde Devia haver alguma razão para isso.

Clara soltou uma exclamação de pura admiração quando Hilary voltou à clínica.

— *Onde* é que você arrumou o cabelo, Hilary? Ficou parecendo dez anos mais nova! Vou lá agora mesmo.

Hilary mostrou o cartão.

— Pergunte pela Kiki. É a menina de unhas verdes.

— Não sei quanto às unhas, mas estou vendo que ela sabe cortar cabelo muito bem. Você está fantástica! Acho que devíamos sair juntas para badalar uma noite dessas.

— Estremeço só de imaginar quem poderíamos conhecer numa noitada desse tipo — riu Hilary, e havia uma expressão tensa em seu rosto.

— Nem adianta perguntar como andam as coisas na sua casa. Está tudo na mesma, não é? — Clara demonstrava solidariedade.

— Não, está ligeiramente pior. Ontem à noite minha mãe foi para a rua perguntar que horas eram a todo mundo que passava.

— E que horas *eram?* — quis saber Clara.

— Quatro da manhã, mas ela achou que eram quatro da tarde e avisava às pessoas que eu devia estar chegando para o chá.

Clara ficou calada.

— Vamos lá, Clara, pode falar.

— Não, *você* é quem deve falar, Hilary. Sabe tão bem quanto eu o que deve ser falado.

— Você acha que ela devia ir para uma clínica de idosos — disse Hilary.

— O que acho não vem ao caso.

— Aposto que você conhece o lugar ideal para ela. Se eu pedisse, você me daria o nome, o endereço e o telefone do lugar. — Hilary mordeu o lábio inferior.

— A decisão é sua, mas, se *pedisse* a minha opinião, realmente conheço um lugar muito bom chamado Lilac Court. A diretora, Claire Cotter, praticamente uma amiga, pois a conheço há muitos anos. Ela torna muito agradável a vida de quem mora lá.

— Não posso fazer *isso.* Pelo menos por enquanto.

— Certo, certo.

— Não me menospreze por isso, Clara. Você não imagina o que a minha mãe fez por mim. Não posso descartá-la da minha vida.

— Talvez fosse melhor pàra ela.

— Mais fácil, talvez, mas nunca melhor. Nem que eu precisasse desistir de trabalhar para ficar em casa.

— É o que você está fazendo, cada vez mais.

— Eu sei. Provavelmente você acha que fico tempo demais fora... — Hilary começou a dizer.

— Não, nada disso. Você compensa as horas que tira de folga. Acha que não reparo que você trabalha em sua hora de almoço e fica depois da hora quando Nick está em casa? No que me diz respeito você cumpre toda a sua carga horária aqui, Hilary, pode acreditar.

— E se fosse a *sua* mãe, Clara?

— Eu a internaria no primeiro asilo que a aceitasse, numa boa.

— Você diz isso da boca para fora.

— Não, estou falando sério. Minha mãe era e ainda é uma mulher descontente com a vida, criadora de casos, que enxerga o pior em tudo e em todos. Seu problema é que sua mãe sempre foi uma mulher boa, generosa, e isso deixa você cega quanto ao que é melhor para ela.

— Mas ter uma mãe boa não é um problema — argumentou Hilary.

— Não, realmente não. É a melhor coisa que poderia acontecer a alguém que não teve isso. Eu, sendo mãe, acho que não sou nenhuma maravilha. Minhas filhas vivem revoltadas comigo, parecem não achar nada de bom em mim, e sei disso.

Foram interrompidas por Barbara, que fazia uma arrecadação para o presente de boas-vindas pelo regresso de Declan. Não era uma tarefa difícil, pois Declan era muito querido entre os funcionários e os pacientes da clínica. As duas mulheres contribuíram com muitos euros.

— Fui vê-lo ontem à noite — disse Clara. — Está se recuperando muito bem. Na semana que vem já vai para casa terminar a convalescença.

— Gostaria muito de ter ido visitá-lo — disse Hilary.

— Um dia você terá todo o tempo do mundo, mas esse momento ainda não chegou, Hilary. — Clara tentava reconfortá-la.

— Puxa, obrigada! — Barbara ficou satisfeita com as contribuições polpudas. — Tim também colaborou com uma nota alta. Disse que pessoas boas como Declan deviam ser transformadas em heróis nacionais, imaginem só!

— Talvez ele tenha um coração de poeta romântico dentro de si — sugeriu Clara.

— Será? Bem, o que sei é que ele carrega um livro de frases em polonês, e ele anda treinando algumas palavras como *tak* e *Dzień dobry*, repetindo sem parar.

— O que significam? — Hilary pareceu interessada.

— Não faço a mínima ideia.

— Talvez ele esteja interessado na Ania — especulou Clara.

— Não, acho que ele está de olho na colega de quarto dela — disse Barbara, que sempre fazia questão de saber das novidades.

Ania estava tendo sua aula de inglês com Carl, filho de Bobby Walsh, na sala de espera. Suas cabeças estavam próximas, como se cochichassem, e Ania se esforçava para dar conta do seu exercício linguístico: explicar a alguém o caminho do hospital até o centro da cidade.

— Primeiro, vá pela rua principal e siga as placas de Trinity College até ver a universidade à esquerda. Continue a andar até encontrar um banco grande, no prédio onde já funcionou o Parlamento irlandês. Ali, vire à direita se quiser pegar a O'Connell Street. Se quiser ir às compras, vire à esquerda depois dos portões da universidade e você estará na Grafton Street, onde poderá dar compras.

— "Fazer compras", e não "dar compras" — corrigiu Carl com delicadeza.

— Por que não dizer que sou polaca e não sei onde fica nada? — perguntou Ania rindo.

— Porque não é verdade. Você *sabe* onde as coisas ficam, mas eu quero que fale tudo com perfeição. — Eles ainda riam quando Barbara chegou para recolher sua contribuição.

— Seu pai já colaborou, Carl. — Barbara queria ser justa.

— Não faz mal, fico contente por contribuir. Declan é um sujeito especial.

— Vou preparar uma faixa imensa com as palavras "Bem-vindo de volta" — ofereceu Ania, e Barbara pensou ter visto um jeito afetuoso no olhar que Carl lançou para a pequena polonesa.

Hilary percebeu que algo estava errado assim que virou a esquina da sua rua. Um pequeno grupo de vizinhos se reunira diante da sua casa, e uma fumaça escura saía da janela da cozinha. Hilary se sentiu quase paralisada pelo choque e mal conseguia movimentar as pernas. De repente, começou a correr para casa, gritando:

— Mamãe, mamãe!

Os vizinhos e os amigos a detiveram.

— Ela está bem, Hillary. Está ótima, sem um arranhão. Está ali, sentada em uma cadeira. — Hilary viu a mãe rodeada de pessoas prestativas, bebendo chá, até que todos voltaram para suas casas. O fogo já havia sido apagado, mas eles ligaram para os bombeiros, mais por garantia. Ao se aproximar da mãe, Hilary notou os estragos. As cortinas tinham sido destruídas, sobrando apenas alguns farrapos pendurados. A parede da cozinha estava negra. Sua mãe poderia ter sido engolfada pelas chamas bem ali. Teria morrido carbonizada dentro da própria casa.

Hilary sabia que devia agradecer a Deus por ela ter escapado. Jessica se mostrava inabalável com tudo aquilo.

— Não estou entendendo por que tanto movimento — repetiu ela várias vezes.

— Mamãe, a senhora podia ter morrido. Podia ter morrido lá dentro! — Hilary se sentia tão aliviada que gritava.

— Fiz isso pelo Nick. Ele disse que gostaria de comer um prato de batatas fritas como nos velhos tempos. Eu me ofereci para prepará-las. Ele foi a algum lugar e a frigideira começou a pegar fogo.

Hillary sabia que Nick nunca permitiria que a avó se aproximasse de uma frigideira.

— Não, mãe, a senhora deve ter entendido mal — ela começou a explicar e viu a silhueta do filho vindo pela rua carregando duas porções de batatas fritas. Ele fora comprá-las para a avó, que dissera que aquilo a faria se lembrar dos velhos tempos. Só então Hilary se permitiu chorar.

Mais tarde, ainda nessa noite, depois de a janela ter sido trocada e as prateleiras e utensílios chamuscados terem sido jogados fora, Hilary e Nick se sentaram para conversar.

— Acho que está na hora de decidirmos o que fazer — disse Hilary.

— Bem, os carpinteiros vêm amanhã de manhã. Pode deixar que dou uma volta com a vovó, enquanto estiverem aqui.

— Estou falando sobre o que fazer a longo prazo, Nick.

— Como assim, a longo prazo?

— Bem, sua avó, obviamente, não está conseguindo mais lidar com os problemas que surgem, não é? Ela achou que você tinha lhe pedido para *preparar* batatas fritas!

— Mas é você quem sempre diz que ela está ótima, mãe. Quase ataca as pessoas que se atrevem a dizer o contrário.

— É... Talvez eu esteja preferindo esconder a cabeça embaixo da terra a enxergar as coisas.

— Minha mãe, a avestruz. — Nick disse isso com um olhar carinhoso.

— Pois é. Por que será que as avestruzes novas não avisam às mais velhas que essa tática não funciona?

— Vai ver que tentaram, mas as mais velhas disseram que isso era um disparate e as novas acabaram desistindo.

— Você quer me falar alguma coisa sobre a sua avó?

— Não. Não vejo nada de errado com ela. Você é quem vive reclamando e estremecendo quando a vovó diz coisas esquisitas, mãe. Eu adoro, acho engraçado.

— Você não a conheceu no tempo em que era esperta como ninguém, Nick.

— Ainda é, de certa forma. Ela está na cama agora, bebendo uma caneca de chocolate, e nós estamos aqui nos matando de preocupação por ela. Quem é mais esperto, afinal?

— Detesto reconhecer que ela está começando a ficar caduca.

— Ela é uma avestruz idosa, mãe. Tem direito a uma ou outra caduquice.

— No meu trabalho, as pessoas acham que eu devia...

— Vamos conseguir lidar com o problema, mãe. Vou dar mais aulas em casa e sair um pouco menos.

— Não posso pedir a você que coloque sua vida em compasso de espera.

— Acha que estou fazendo isso? Tenho uma vida ótima à noite.

— Você conhece moças boas?

— Tenho contato com muitas garotas, claro, mas se são boas ou não... esse é o problema.

— Mas as boates que ficam abertas até de madrugada são lugares adequados para conhecer moças boas? Só pergunto isso por preocupação de mãe, não porque queira me meter na sua vida.

— Você nunca se meteu na minha vida, mãe. Sempre foi fantástica.

— Mesmo assim, você não pode passar cada minuto do dia tomando conta da sua avó — disse ela.

— Não se trata de cada minuto, só um pouco mais do que antes. Nunca mais vou deixá-la sozinha em casa. — Ele olhou com tristeza para a cozinha toda queimada.

— Você acha que vamos receber algum dinheiro do seguro? — perguntou Hilary.

— Não sei. As companhias de seguro são uns monstros quando a questão é proteger a si mesmas. Eles vão dizer que a vovó não é responsável pelos próprios atos. Para ser sincero, acho que nem devíamos procurar o seguro ou só teremos mais problemas.

— Você acha que vão exigir que coloquemos sua avó numa casa de repouso para idosos?

— Bem, isso cabe a nós decidir, não a uma simples seguradora. O momento para isso ainda não chegou.

Hilary sentiu uma onda de alívio. Morria de medo de que Nick se voltasse contra ela pedindo-lhe para ser realista ou lhe dissesse que a avó deveria ter cuidados especiais para o bem de todos. Pelo visto, Nick parecia tão desesperado quanto a mãe para que Jessica permanecesse em casa com eles.

Hilary olhou para a cozinha e sorriu. Na verdade, alguns armários novos e uma ou duas mãos de tinta resolveriam o problema. Ela poderia fazer alguns serviços extras de contabilidade para pagar a obra. O importante era a mãe não ter ficado ferida nem assustada.

Hilary teve vontade de pular de repente e dar um abraço no filho, mas ele diria: "O que é isso, mãe, você ficou maluca?" Em vez disso, manteve a conversa num tom leve.

— Sua geração tem muita sorte — disse ao filho. — Vocês podem fazer mais ou menos o que querem. Nós éramos muito reprimidos e estranhos. Tudo que você lê sobre a minha geração é verdade.

— No seu tempo as coisas eram apenas diferentes — Nick se mostrou indulgente. — Todos eram obcecados por sexo porque nunca conseguiam fazê-lo. Agora que ele está tão à mão, as pessoas o veem com mais naturalidade.

— E o sexo está *mesmo* tão à mão? — perguntou Hilary baixinho sem esperar resposta.

Hilary comprou uma echarpe em cores vivas para Ania, como presente de agradecimento.

— Por que está me agradecendo, Hilary?

— Porque você tem feito muito do meu trabalho por mim sem nunca reclamar. Você é tão brilhante que conseguiria fazer qualquer coisa, Ania.

A jovem polonesa corou de orgulho e acariciou a echarpe como se fosse feita do melhor tecido do mundo.

— Hoje à noite vou escrever para minha mãe. Vou lhe contar a respeito deste presente — disse ela.

— Você lhe escreve todas as semanas?

— Sim. Conto tudo do país novo onde vivo e de todas as pessoas que conheço.

— E você também fala de sua vida amorosa? — quis saber Hilary.

— Não, porque *não tenho* uma. Tive uma vida amorosa muito agitada quando estava na Polônia, mas agora não. Trabalho tanto que nem sobra tempo para o amor.

— É uma pena. — Hilary sorriu. — Você conhece a expressão *É o amor que faz o mundo girar*?

— Conheço, mas o amor fez meu mundo girar tanto que virou de cabeça para baixo. Acho que sou mais sábia sem ele. Vou juntar dinheiro agora e procurar pelo amor depois.

— Mas... e se ele aparecesse, o que você faria? Pediria para ele esperar dez anos? — perguntou Hilary.

— Dez, não, talvez cinco. Quero comprar uma loja pequena para minha mãe, com um apartamento para ela morar em cima e uma oficina de trabalho nos fundos. Ela é costureira. Se houvesse uma placa afixada com seu nome na porta e uma vitrine com alguns modelos para vender, ela seria respeitada e ninguém teria pena dela.

— Aposto que ninguém tem pena dela neste momento, Ania.

— Eles têm, sim. Têm pena dela por minha causa. Fui uma completa idiota. Se eu soubesse das coisas... Eu a fiz passar uma vergonha muito grande no meu país. Ela não podia mais levantar a cabeça para olhar as pessoas nos olhos.

— Minha nossa, o que você *fez*, Ania?

— Acreditei num homem que mentiu. Pensei que quando ele dizia que me amava estava falando sério.

— Em todo o mundo há mulheres assim. Homens também — acrescentou Hilary.

— Mas o seu marido *amava* você.

— Sim, mas as coisas eram diferentes, isso foi há muitos anos. O mundo está muito mudado. Ontem à noite mesmo eu estava conversando com meu filho sobre a facilidade de se encontrar sexo em toda parte hoje em dia.

— Você faz muito bem em conversar sobre essas coisas com seu filho. Minha mãe nunca falou de sexo comigo, nunca mesmo. Acho que ela sentia vergonha.

— E suas irmãs, elas conversavam com você sobre o assunto?

— Também não e, quando tudo aconteceu, elas morreram de vergonha de mim. Elas se casaram com dezessete e dezoito anos, as duas, com filhos de vizinhos nossos. Eu resolvi me apaixonar por um homem que veio de muito longe, um homem que foi para a nossa cidade a fim de abrir um negócio.

— E a coisa deu certo?

— Por algum tempo, sim, mas ele precisava de muito dinheiro e se casou com a filha de um homem rico.

— Em vez de se casar com você?

— Pois é. Uma filha de costureira com um pai que já tinha morrido? Nunca... Mas pensei que ele me amasse. — Os olhos de Ania se mostraram subitamente muito tristes.

— Talvez ele amasse você do jeito dele. As pessoas amam de formas diferentes. — Hilary tentava claramente consolá-la.

— Não, Marek nunca me amou. Ele mesmo me garantiu isso depois. Disse que tinha apenas passado bons momentos comigo, e os amigos dele riam de mim também.

— No meu caso, os meus amigos me acharam louca por me casar com Dan. Vários deles me disseram isso até na véspera do casamento.

— Mas você tinha certeza do que ia fazer?

— Sim, tinha certeza. E o que é melhor: minha mãe também tinha e me apoiou. É por esse motivo que não posso deixá-la ir para um lugar onde só lidará com gente estranha. Você entende isso, não entende?

— Claro que entendo e farei tudo o que puder para ajudar você — prometeu Ania.

Quando Hilary foi para casa na hora do almoço, pensou numa forma de aceitar a ajuda de Ania. Talvez a jovem e gentil polonesa pudesse tirar uma noite por semana para fazer companhia à sua mãe. Ou, quem sabe, ir até lá preparar o almoço de vez em quando. Hilary poderia ajudar Ania a conseguir o dinheiro de que tanto precisava para comprar a loja com o nome da mãe na vitrine. A loja que a faria ser respeitada.

Quando chegou em casa, um carpinteiro trabalhava na cozinha, serrando e martelando. Nick e Jessica estavam na sala da frente, folheando um velho álbum de fotografias.

— Essa foi tirada no dia do casamento da sua mãe, Nick. Veja como seu pai era bonito. Esse foi um dos melhores dias das nossas vidas. Na verdade, foi o dia *mais bonito* até você nascer. — Ali estavam os dois sentados, avó e neto, virando as páginas; sua mãe dizia coisas que faziam sentido, e Nick parecia contente em sua companhia. Por que ela se preocupava tanto? Sua mãe estava bem. Não precisaria da ajuda de Ania nem de cuidado especial. Hilary certamente não teria de contratar nenhuma auxiliar doméstica para tomar conta da mãe.

Quatro dias depois, Jessica arrumou a mala e chamou um táxi para levá-la à estação de trens. Nick tinha acabado de sair quando Hilary chegou, e não havia ninguém que lhe informasse o que motivara a mala pronta. Houve muita confusão quando o táxi chegou e se viu dispensado.

— Onde é que a senhora vai, mamãe?

— Para o sul da Inglaterra, tentar colocar um pouco de bom-senso na cabeça do seu pai. Vou trazê-lo de volta para casa comigo. Ele tem um ótimo filho aqui. Já está na hora de conhecer Nick da forma adequada.

— Mãe, o papai morreu, lembra? Há muitos anos. Ele morreu e a *segunda esposa* dele se casou com o vizinho.

— Mas ele precisa voltar para o filho.

— O Nick é neto dele, mamãe.

— Não, nada disso. Você acha que não conheço minha própria família?

— Nick é filho de Dan, o meu marido. Lembra, mamãe? Meu querido Dan, que morreu no lago?

— Pare de falar de toda essa gente morta. Nunca ouvi falar de Dan nenhum.

— Ouviu sim, mamãe, a senhora gostava muito dele, tratava-o muito bem. Outro dia mesmo a senhora disse a Nick que o dia do meu casamento foi o segundo dia mais bonito da nossa vida.

— Você está muito emotiva e confusa, Hilary. Acho que esse emprego não serve para você.

— Mamãe, não me abandone, por favor.

— Ora, mas como eu poderia abandoná-la? Você mandou o táxi embora. — Ela exibiu um ar contrariado.

— Espere um segundinho, mamãe, preciso fazer uma ligação.

Hilary foi para o quarto e ligou para o celular de Nick.

— O que aconteceu, Nick?

— Como assim, mãe?

— Sua avó. Aconteceu alguma coisa que a deixou aborrecida?

— Não, estava ótima quando saí de casa. Eu é que pergunto se aconteceu alguma coisa por aí?

— Ela está totalmente confusa. Arrumou a mala e estava pronta para ir até a Inglaterra de táxi.

— Puxa, essa corrida não sairia nada barato — brincou ele.

— Quer falar sério por um momento, Nick? Ela está balbuciando coisas sem sentido. Acha que você é filho dela, e não neto.

— Quer que vá para casa, mãe?

— Onde você está?

— Num café, tomando cappuccino com uma amiga. Planejamos ir ao cinema e depois a uma boate.

Hilary subitamente se deu conta de que não havia nada que Nick pudesse fazer. Já fizera o bastante pela avó naquele dia. Sentiu-se culpada por ter ligado e atrapalhado a noite do filho.

— Escute, Nick... Desculpe, sim? — começou a dizer. — Divirta-se, filho, está tudo bem por aqui.

Ao voltar para a cozinha, sua mãe estava sentada e olhando para ela, mas seus olhos se encontravam muito distantes dali.

Hilary passou a noite em claro. No dia seguinte, durante o café da manhã, tornou a se desculpar com o filho.

Nick encolheu os ombros. Não havia nada a desculpar, garantiu. Ficaria em casa o dia todo com a avó. Claro que Jessica já estava completamente calma e tudo voltara ao normal.

Ao chegar à clínica, Hilary sabia que parecia cansada, e Clara comentou isso com muito tato.

— Todo mundo por aqui anda muito cansado ultimamente. Deve ser por causa do frio e da proximidade do Natal — disse ela.

— Eu sei, Clara, não precisa dar indiretas. Não há maquiagem que disfarce as rugas e as olheiras do meu rosto.

— Problemas com a sua mãe? — perguntou Clara.

— E como! Ela tem momentos de desorientação, seguidos por dias inteiros em que aparenta estar perfeitamente lúcida. É um pesadelo.

— O que acha de levá-la para um centro de acompanhamento durante o dia, Hilary?

— Nick e eu damos conta da situação.

— Mas leve sua mãe ao médico, só para uma avaliação. Você sabe que é isso o que deve ser feito, Hilary.

— Como assim? Transferir meus problemas e minhas decisões para outra pessoa? Não concordo.

— Olhe, já lhe falei da minha amiga, Claire Cotter, e de Lilac Court. Os idosos residentes são muito felizes lá.

— Felizes porque não fazem ideia de onde estão?

— Não necessariamente. Eles têm um jardim lindo, e a comida é ótima. As pessoas lá se sentem seguras.

— Mesmo não sabendo onde estão?

— Mas elas sabem. Por que não faz uma visita a eles antes de rejeitar a ideia por completo?

— Estou rejeitando apenas a ideia de colocar minha mãe em *qualquer lugar*.

— Dessa vez vou lhe dar o endereço de lá — disse Clara.

Dois dias depois, Hilary chegou em casa e encontrou a mãe com um comportamento hostil. Aparentemente, tentava colocar Nick para fora da sala. Nick compreendeu a situação e saiu sem criar problemas.

— O que aquele homem estava fazendo aqui? — cochichou Jessica.

— Quem? Nick?! Estava lhe preparando o almoço enquanto eu vinha do trabalho, mamãe. — Hilary sentiu um peso no coração.

— Mas quem *é* ele? O que está fazendo nesta casa?

— É seu neto, mamãe. Nick é o meu filho.

— Não diga bobagens, Hilary, você não tem filho nenhum. O que aquele rapaz andava xeretando aqui?

— Mãe, a senhora não se lembra de Nick?

— Eu lhe digo do que me lembro. Lembro muito bem que ele fez um rasgo na minha bolsa com uma lâmina e levou todo o meu dinheiro. Centenas de libras desapareceram.

— Mamãe, agora usamos euros. De qualquer modo, a senhora não tinha centenas de libras *nem* de euros — protestou Hilary.

— *Agora* é que não tenho mesmo — confirmou a mãe.

Por causa disso, Hilary pegou o endereço e o telefone de Lilac Court e marcou uma visita ao local. Tudo lhe pareceu muito organizado e limpo. Ela foi recebida na recepção por Claire Cotter, que vestia uma roupa elegante e lançou sorrisos calorosos enquanto Hilary ouvia os detalhes. Na mesma hora, sentiu-se mais à vontade.

— Quero que as famílias se sintam tão felizes e seguras quanto os residentes — disse Claire. — Passeie pelas nossas instalações, sra. Hickey, e verifique tudo. Vamos lhe mostrar um dos quartos, que está vazio. A senhora verá tudo o que temos a oferecer e depois pode vir me procurar.

Hilary passou por uma ampla e arejada sala de refeições, onde vários residentes almoçavam. As mesas tinham pequenos vasos com flores; alguns dos muito idosos ou enfermos tinham auxiliares para ajudá-los com a comida. Havia uma atmosfera animada e um zumbido de conversa no ar. Ela inspecionou alguns quartos, todos com banheiro. Em seguida, fez um tour pela iluminada sala de estar, tão espaçosa que conseguiria acomodar uma orquestra, mas tinha cantinhos recuados onde amigos e familiares podiam se sentar e conversar em particular. Havia também uma pequena academia de ginástica, onde os residentes frequentavam as aulas e se exercitavam.

Hilary foi tomar uma xícara de chá com Claire Cotter, e ela novamente a tranquilizou. Hilary reparou que, apesar de Lilac Court oferecer todo o conforto aos residentes, a sala da sra. Cotter era muito simples. Nada de móveis sofisticados nem carpetes de luxo, apenas um espaço funcional com arquivos de aço e prateleiras para livros.

Claire Cotter viu que Hilary observava tudo.

— Preferimos gastar o dinheiro que recebemos no conforto dos nossos residentes para tranquilizar suas famílias — observou ela.

Hilary se permitiu o primeiro sorriso sincero do dia.

— Sabemos que essa decisão não é nada fácil, sra. Hickey. O momento nunca nos parece o mais adequado.

— Como é que as outras pessoas sabem quando é o momento certo? — quis saber Hilary com franqueza.

— Quando entendem que vai ser o melhor para a outra pessoa — disse Claire Cotter com delicadeza. — Mais ninguém poderá decidir, e as pessoas não devem pressionar.

— É que na maior parte das vezes minha mãe está perfeitamente bem.

— Qual é a opinião do médico dela?

— Ainda não conversei com ele. O problema só se tornou mais delicado nos últimos meses — admitiu Hilary.

— Entendo. Por que a senhora não o deixa falar com ela? Talvez ele consiga esclarecer melhor as coisas.

— Obrigada, farei isso — concordou Hilary.

Aquela mulher a deixara mais calma. Talvez fosse possível lidar com aquele assunto terrível. Ela não estava sozinha no mundo.

No dia seguinte, sua mãe estava calma e montava um quebra-cabeça quando o médico chegou. Ele não notaria nenhum sintoma e a consideraria completamente lúcida.

Jessica achou que o dr. Green fora ali para consultar Hilary.

— Ela vive com a cabeça cheia, doutor — disse Jessica quase num sussurro. — Preocupa-se com o trabalho, comigo e com coisas que nunca poderão acontecer. Sempre foi assim.

Hilary ergueu os olhos com rapidez. Algo na voz da sua mãe mudara. Não parecia estar em seu juízo perfeito. Já conhecia os sinais.

E tinha razão.

Hilary permaneceu sentada, ouvindo a mãe contar para o médico o quanto era triste Hilary nunca ter se casado. Ela era muito séria e exigente demais quando se tratava de namorados.

— E quanto a Nick? — perguntou o médico amavelmente.

— Nick? Que Nick? O senhor se refere àquele rapaz que viaja muito e é intrometido? Vou lhe contar o que ele roubou de mim. Não sei por que Hilary o deixa decidir tudo aqui em casa..

O relatório do dr. Green foi muito claro. A mãe de Hilary apresentava um quadro demencial grave e precisaria de cuidados especiais vinte e quatro horas por dia.

Naquele mesmo fim de semana, Hilary levou a mãe para visitar Lilac Court. Claire Cotter estava lá, reconfortante como sempre. Leu o relatório do médico e, em seguida, as três foram dar uma volta pelas instalações.

Jessica, com a voz clara que sempre tivera, disse que agradecia o chá e a visita, mas precisava voltar para seu canto, pois já tinha visto o bastante daquele lugar e das pessoas velhas e esquisitas que circulavam por ali. Queria ir para casa imediatamente.

A partir daquele dia, Jessica nunca mais ficou sozinha em casa.

Revezando-se em turnos, Hilary, Nick e Ania estavam sempre a postos. Gary e Lisa, o casal simpático que vivia na casa ao lado, também ficava de olho em Jessica. Nada de mal poderia acontecer.

Hilary voltou a respirar com facilidade. Não precisava fazer o que tanta gente fazia: colocar a mãe numa instituição de idosos por não haver lugar para ela junto da família.

Duas semanas mais tarde, Hilary acordou no meio da madrugada com o barulho de uma porta batendo contra a parede. Levantou-se para investigar. A porta do quarto da mãe estava fechada e a do banheiro também.

Era a porta de entrada que fora aberta e batia no rodapé de mármore com força. Sentiu um aperto na garganta. A mãe não podia ter aberto a porta, não é? Eles sempre trancavam a porta à noite e escondiam a chave numa jarra que ficava sobre a mesa do saguão. Vasculhou a jarra com as mãos trêmulas. A chave desaparecera.

Abriu a porta do quarto da mãe e a do banheiro.

Vazios.

— Nick, *Nick*! Sua avó saiu de casa! — gritou. Contudo, Nick não estava em casa, ainda eram três da manhã. Ele fora tocar em um clube e devia estar se apresentando naquele momento. Hilary enfiou um par de calças quentes e um casacão. *Por favor, Senhor*, rezou, pedindo para que sua mãe não tivesse ido muito longe.

Como não a encontrou em parte alguma, Hilary correu pela noite gelada rumo à rua principal. Quem eram todas aquelas pessoas que dirigiam os carros em alta velocidade àquela hora da madrugada como se fosse uma hora normal para se estar na rua? Ficou parada observando o tráfego. Para que lado ela poderia ter ido? Era impossível saber. Olhou de um lado para outro na rua, desesperada.

Foi quando viu, a distância, luzes coloridas girando e guardas na rua acenando para que os carros desviassem de um ponto específico. Acontecera um acidente.

Sentiu-se tonta e se encostou a um carro estacionado para não cair. Não podia ser sua mãe. Acidentes aconteciam a toda hora, em toda parte.

Começou a caminhar com passos apressados na direção do tumulto. Já havia uma pequena multidão reunida à espera da ambulância. Um casal de meia-idade fora acomodado em cadeiras trazidas da casa de alguém. O homem tremia sem parar.

— Essa senhora surgiu do nada e pulou na frente do carro vestindo apenas a roupa de dormir. Percebi seus olhos fora de foco, e ela parecia não saber onde estava. Meu Deus! Alguém, por favor, pode me dizer se ela ainda está respirando?

Os rostos das pessoas em volta não pareciam consoladores. Hilary se aproximou silenciosamente.

Havia uma manta sobre o corpo de sua mãe, mas ela conseguiu ver os chinelos de espuma que conhecia tão bem aparecendo por sob o cobertor. Agarrou o braço de um policial para se equilibrar.

— A vítima é a minha mãe — informou. — Sei que é. Aqueles são os chinelos dela. — Notou que ia perder os sentidos e se deixou deslizar lentamente para o chão.

Quando Hilary voltou a si, a multidão continuava lá. A ambulância havia chegado, e ela viu levantarem o corpo de sua mãe, colocarem-no em uma maca e o levarem para dentro do veículo. Várias mãos se estenderam para ajudar Hilary a entrar na ambulância. Ela precisava ser atendida, pois estava em estado de choque, ouviu alguém dizer.

Antes de partirem, Hilary pediu:

— Alguém pode dizer àquele pobre homem que a culpa não foi dele? Minha mãe sofria de demência, ele não deve se culpar pelo... — Entrou na ambulância e se sentou ao lado do corpo da mãe, que jazia sem vida.

Elas haviam passado por aquela mesma avenida duas semanas antes para visitar Lilac Court. Por que não ouvira os conselhos de todo mundo para internar a mãe lá? Jessica estaria viva agora, em segurança, e aquele pesadelo não teria acontecido. Era tudo culpa dela.

Sabia que seria perseguida por esse pensamento até o fim de seus dias.

O pai de Declan organizou uma festa de boas-vindas no dia em que seu filho recebeu alta e era esperado em St. Jarlath's Crescent. Tinham pintado a parte exterior da casa em sua homenagem, embora Fiona soubesse que Declan mal perceberia o trabalho árduo que todos haviam executado. Ela resolveu informá-lo a respeito; ele deveria comentar os canteiros de flores que Muttie Scarlet colocara nas janelas, sem falar nas cortinas novas e modernas que a mãe tinha preparara na máquina de costura, trabalhando todas as noites durante três semanas.

— Você foi muito bondosa por ter ido à minha casa tantas vezes, Fiona. — Ele a levava pela mão enquanto caminhavam pelo corredor do hospital. Ele já largara as muletas, mas ainda precisava de uma bengala.

— Adorei fazer isso, Declan. Sua mãe e eu nos tornamos grandes amigas. Estou falando sério.

— Ela se preocupa muito com coisas pequenas, achei que deixaria você louca.

— Como assim, me deixaria louca? Temos uma coisa que nos une: nós duas somos loucas, sim, mas é por você! — disse Fiona rindo.

— Ela não faz por mal, mas odeio quando ela explica às pessoas o quanto sou importante. — Declan se esforçava para não ser injusto.

— Oh, já esclareci tudo para ela. Contei que você é um zero à esquerda na clínica.

— Você disse isso a ela?

— Claro que não, seu bobinho. Falei a verdade: disse que você era um grande médico e que todos estavam ansiosos pela sua volta.

— Meu substituto não roubou os corações de todo mundo? — perguntou Declan, sabendo muito bem a resposta. O médico que ficara em seu lugar era arrogante, e ninguém gostava dele.

— Pare de tentar cavar elogios e ande com as costas retas. Você deve voltar para casa em grande estilo amanhã. E não se esqueça de elogiar a roupa nova que sua mãe comprou para receber você.

— Minha mãe gastou dinheiro comprando alguma coisa para *si própria*? — Declan estava perplexo.

— Bem, eu é que fui comprar numa loja popular, mas ela fez questão de me dar o dinheiro.

— E você não foi a uma loja popular, acertei?

— Fui, sim! — Fiona não sabia mentir. — Tudo bem, fui a uma loja de grife que estava em liquidação. A roupa ficou linda nela, mas sua mãe não aceitaria, a não ser que eu dissesse que era de uma loja humilde.

— Quem mais vai lá em casa?

— O pessoal da clínica, alguns amigos seus, Muttie, amigo do seu pai, a esposa dele, seus filhos e netos, que falam como se fossem extraterrestres.

— Maud e Simon, os gêmeos dos Mitchell. — Declan riu. — Eles sempre foram crianças extraordinárias. Devem estar com uns dezesseis anos.

— Dezessete. Estão economizando para viajar para o exterior nas férias de primavera; eles se ofereceram para servir as comidas e bebidas na festa, e Muttie quase lhes deu uns tabefes por pedirem dinheiro à sua mãe e ao seu pai. Agora vão ajudar de graça.

— Não podemos permitir isso, vou dar algum dinheiro para eles discretamente. Aqueles dois formam um par fantástico. Eles não têm nenhum grau de parentesco com Muttie nem Lizzie, sabia?

— Não. Pensei que fossem netos deles. Como é que os dois foram morar lá?

— Só Deus sabe... Essa história está perdida nas brumas do tempo. Parece que os verdadeiros pais deles não tinham condições de criá-los; eram primos do primeiro marido de Cathy... eu acho.

— Quem é Cathy?

— Filha de Muttie e Lizzie, disso tenho certeza. Ela também vai à festa?

— Não, ela está preparando uma encomenda imensa de um serviço de bufê para uma banda de rock em algum lugar. Ninguém pode dizer que St. Jarlath's Crescent não é o coração do universo!

— Nossa, estou me sentindo exausto e ainda nem voltei para casa. — disse Declan.

— Então é melhor voltar para a cama — disse Fiona.

— Mas eu queria...

— Nem pensar. Você está fraco como um pintinho recém-nascido. Não me ajudaria em nada e ainda atrapalharia. — Ela disse isso, porém, de um jeito carinhoso, sabendo que o momento da recuperação completa de Declan não estava longe.

Ania fizera uma grande faixa onde se lia *Bem-vindo de volta ao lar, Declan*, e a prendera entre as duas janelas do seu quarto. Os vizinhos estavam nos portões de suas casas, acompanhando o movimento, mas Paddy acenou para eles com empolgação, convidando-os para entrar.

— O rapaz vai adorar rever todos vocês — gritou.

A mãe de Declan estava resplandecente, com um vestido violeta-escuro de gola rendada. O cabelo estava diferente e, como não se via há tempos, ela parecia contente. Declan mal podia acreditar na mudança. Ela não estava correndo de um lado para o outro dizendo às pessoas para se sentarem aqui ou ali. Em vez disso, parecia tranquila com um cálice de vinho na mão. Declan balançou a cabeça para os lados, incrédulo.

Maud e Simon pareciam parte de um educado comitê de protocolo diplomático. Era quase como se pertencessem a outra civilização. Fiona acertara em cheio ao dizer que pareciam extraterrestres quando falavam: um começava e o outro acabava todas as frases.

— Todos em St. Jarlath's Crescent desejam que você seja muito bem-vindo... — Maud sorriu.

— ... De volta ao lar depois dessa imensa provação — continuou Simon.

— Queremos dizer também que todos lamentaram o acidente... — acrescentou Maud.

— ... Especialmente a dona do felino — completou Simon com ar muito solene.

Como sempre acontecia com as pessoas que conversavam com os gêmeos, Declan foi se sentindo cada vez mais desconcertado.

— O felino...?

— O gato que atraiu a atenção de Dimples e o fez sair correndo. — Maud explicou isso devagar, como se Declan estivesse desorientado, além de manco.

— Ah, eu tinha me esquecido do gato — declarou Declan com sinceridade.

— Que bom. A dona do felino *ficará* satisfeita em saber disso — garantiu Simon. — Estava com medo de entrar para lhe dar as boas-vindas...

— ... A dona do animal, é claro — esclareceu Maud. — O gato não se lembra de nada.

— Escutem, soube que vocês vão dar uma mãozinha aqui na festa. Gostaria de lhes agradecer. — Declan procurou por alguns euros nos bolsos.

— Não, Declan, não se preocupe; a questão financeira já foi resolvida... — informou Simon.

— Uma decisão muito inadequada na minha opinião — terminou Maud.

— Não, não, não podemos aceitar que vocês trabalhem de graça. Todo mundo deve receber pelo seu trabalho — protestou Declan.

— É uma gentileza entre vizinhos, não é um trabalho — disse Maud com firmeza. E a coisa ficou por isso mesmo.

Declan olhou atordoado para a pequena casa em St. Jarlath's Crescent. Sua mãe parecia muito à vontade, recebendo em casa as pessoas que trabalhavam na clínica. Era como se tivesse havido uma mudança de personalidade durante a estada de Declan no hospital. Ele ouviu a mãe contando a Clara Casey como ele queimava as pestanas estudando quando menino, e que ela já não alimentava fantasias de ele ser um cardiologista-chefe. Molly também concordou com Lavender, a nutricionista, ao ouvir sobre o quanto de proteínas havia numa boa peça de carne magra e ofereceu a Ania algumas horas extras trabalhando na lavanderia caso ela precisasse.

Tudo mudara desde que Fiona e a mãe se conheceram. Fiona conseguira fazer em poucas semanas o que Declan tentava fazer havia vários anos. Olhou para ela, no outro lado da sala, com orgulho. Fiona ria, muito à vontade, com os cabelos encaracolados presos com uma fita verde que combinava com seus olhos. Sua amiga Barbara a ajudava em tudo, até mesmo a manter o copo de vinho de Paddy Carroll sempre cheio.

Declan disse-lhe que gostaria de passar alguns momentos a sós com ela, mas Fiona encostou o dedo indicador em seus lábios e disse que eles teriam muito tempo para isso.

Mais tarde, quando a maior parte dos convidados já havia ido embora e Maud e Simon estavam muito ocupados lavando tudo, Declan e Fiona lhes perguntaram a respeito dos seus planos após o fim as aulas. Eles explicaram que queriam ir à Grécia para as férias de primavera e que esperavam conseguir trabalhos temporários em bares e restaurantes.

— Vocês sabem falar alguma coisa em grego? — quis saber Fiona.

— Ainda não, mas planejamos... — começou Maud.

— ... Aprender *in loco*, durante o trabalho — terminou Simon.

— Tenho um manual de grego que posso dar a vocês. Seria bom conhecerem algumas palavras básicas antes de irem para o país — ofereceu Fiona.

— Em que você trabalhou quando esteve na Grécia? — quis saber Simon.

— Bem, não fui lá para trabalhar exatamente...

— Foi de férias? — perguntou Maud.

— Mais ou menos. — Pela primeira vez, a confiante Fiona pareceu desconfortável com o rumo da conversa. — Olhem, vocês não vão querer saber de todas as coisas tolas que já fiz. Vocês precisam é de conselhos e de algumas indicações.

— Gostaríamos muito de receber alguns conselhos — disse Maud.

— Você pode nos dar algumas dicas? — perguntou Simon.

— Acho que devem escolher uma cidade ou ilha pequena, que ainda não tenha se transformado num centro de turismo internacional. Depois, devem tentar conhecer as pessoas e o lugar.

— Acha que vamos nos dar bem...?

— ... Apenas com algumas palavras básicas de grego?

— Vamos fazer o seguinte: vou entrar em contato com uma amiga que mora num lugar lindo em uma das ilhas e vou comentar com ela que vocês precisam de um emprego temporário.

— Faria isso por nós?

— Ela tem um restaurante?

— Não, a loja é de artesanato, mas ela tem um grande amigo chamado Andreas, que é gerente de uma taverna.

— *Taverna* — repetiram os gêmeos em uma só voz, com ar solene.

— O nome da ilha é Aghia Anna. Escutem, tragam-me um mapa que lhes mostro onde fica.

O coração de Declan quase explodiu de orgulho quando os gêmeos correram até sua casa para pegar um mapa detalhado da Grécia. Conhecendo Fiona tão bem quanto conhecia, não tinha dúvidas de que ela conseguiria ajudá-los.

Declan não tirava os olhos de Fiona, que acompanhava o mapa aberto sobre a mesa com o dedo. Ali estava a estrada que ia de Atenas até Pireu, a cidade portuária. A partir daí, eles deviam pegar as barcas para as chamadas "ilhas gregas". Precisavam aprender a escrever Aghia Anna em letras gregas para conseguir reconhecer o nome do lugar quando o vissem. Fiona se mostrou tão empolgada que pareceu que iria viajar com eles. Declan prendeu a respiração. Ela não era somente uma namorada, não era apenas uma enfermeira bonita, um romance rápido de hospital. Aquilo era uma coisa completamente diferente. Quando a viu afastar os cachos dos olhos e prendê-los atrás das orelhas, percebeu que não conseguiria viver sem aquela garota.

Fazia parte da sua vida ela estar ali naquele exato momento, interagindo, sorrindo e, às vezes, rindo às gargalhadas. Declan precisava da aprovação dela e da sua coragem. Tinha necessidade de saber sua opinião a respeito de tudo. Ela ergueu os olhos de repente para notar se as pessoas o estavam incomodando e o apanhou olhando fixamente para ela.

— O que foi, Declan? Estou sendo muito chata?

— Você não conseguiria ser chata nem se tentasse. Essa palavra não existe no seu vocabulário. — Sua voz subitamente ficou rouca, como se ele estivesse resfriado.

— Ei, não esqueça que estou aqui para cuidar de você — disse ela parecendo ansiosa. — Você está ficando sem voz?

— Não. É outra coisa completamente diferente.

— Diferente, como?

— O nome é *emoção*, já que você insiste. Sabe quando os autores descrevem nos livros "sua voz ficou rouca de emoção"?

— Ah, Declan, você é o máximo!

— Estou falando sério — disse ele com simplicidade. — Estava aqui observando você e percebendo o quanto é importante para mim.

Maud e Simon fingiram estudar o mapa com muita concentração.

Fiona se aproximou de Declan e o beijou de leve.

— Você também é muito importante para mim — disse ela. — Agora, vou ter de pedir o seu notebook emprestado. Deve haver algum voo mais barato do que o que os gêmeos descobriram.

Ele continuou segurando a mão dela e não tirou os olhos do seu rosto. Era como se a visse pela primeira vez. Nada mais importava, desde que pudesse estar com Fiona, em St. Jarlath's Crescent, na casa dos pais dela, no apartamento que ela dividia com Barbara ou à beira-mar. Em qualquer lugar. De repente, tudo se tornou claro para ele. Ela era, literalmente, o centro da sua vida. Em breve, ele voltaria para a clínica; trabalharia com ela todos os dias e a veria todas as noites.

Quando Declan voltou a trabalhar na clínica de cardiologia, todos lhe deram muita assistência, e ele se pôs a par das novidades de forma surpreendentemente rápida. Não estivera lá quando a mãe de Hilary falecera, mas sabia da história toda por intermédio de Fiona e aproveitou a primeira oportunidade para dizer a Hilary que lamentava muito.

— Agora ela está em paz — disse ele, tentando consolá-la.

— Obrigada, Declan. Talvez essa seja uma maneira delicada de lembrar que eu não queria que ninguém me falasse dela, me recusava a ouvir conselhos e, como resultado da minha teimosia, ela foi atropelada e morreu. — Seu tom de voz parecia sem expressão.

— Não avalie as coisas desse modo, porque isso não a trará de volta.

— Eu sei, mas a verdade é que, se eu tivesse dado ouvidos às pessoas, ela não estaria morta. Não posso me esquecer disso. Tenho o direito de me sentir envergonhada e triste.

— Você amava sua mãe. O que isso tem de errado?

— Como sempre, você está tentando me consolar, Declan, mas não há como amenizar isso.

— Tudo bem, concordo com você, costumo tentar amenizar os problemas. Mas uma coisa posso dizer com certeza: se eu não tivesse sofrido o acidente, Fiona não teria conhecido minha família tão bem, e agora eles a adoram. Se aquela noite tivesse se resumido a apenas um jantar, um assado, eles ainda estariam com cerimônias, sem nenhuma intimidade. Será que sou louco por achar que fomos feitos um para o outro? Será que é amenizar as coisas o fato de me sentir grato pelas coisas ruins que acabaram dando certo?

— Para mim as coisas não deram certo.

— Mesmo assim — garantiu Declan. — Vai chegar o dia em que você se sentirá conformada por sua mãe não ter passado anos a fio perdida nas névoas da memória. Por enquanto não, eu sei, mas acredite em mim: esse dia vai chegar.

— Fiona é uma moça de sorte — disse Hilary.

Declan foi fazer suas visitas levando as anotações na mão e um sorriso tranquilizador no rosto.

— Veja só, Joe! Você está em forma e com ótima aparência. Nada de palpitações?

Foi como se Declan nunca tivesse se afastado.

Hilary e Ania o observavam, muito satisfeitas por vê-lo de volta.

— Ele é tão importante para esta clínica — comentou Ania baixinho, com voz solene.

— Assim como você, Ania. Este lugar não poderia funcionar sem você. — Hilary transmitiu tanta sinceridade ao dizer isso que os olhos de Ania se encheram de lágrimas.

4

No dia em que Ania conheceu a dra. Clara Casey e arranjou um emprego na clínica de cardiologia, aquilo lhe pareceu uma intervenção pessoal da Mãe de Deus.

Ania era a filha caçula de sua família. Não conseguia se lembrar do pai, pois tinha apenas três anos quando ele morreu num acidente. Foi um dia terrível quando o pobre Pawel despencou do alto de uma pedreira com o novo caminhão, que era seu maior orgulho e alegria. Havia pagado apenas a primeira prestação do veículo e achava que ele mudaria sua vida financeira e profissional. Papai Pawel planejara trabalhar todas as horas que Deus lhe oferecesse, e sua família prosperaria em uma casa nova e feliz. Suas filhas se casariam com homens ricos da região em que moravam, e seu filho Józef o acompanharia nos negócios. Seu nome seria conhecido em todo o interior do país como o de um homem confiável.

Ania soube de tudo isso muitos anos depois. Essa história foi repetida tantas vezes na família que ela parecia se lembrar do dia em que chegara a notícia de que seu pai havia morrido e de que o caminhão ainda não fora pago. Duas notícias quase igualmente terríveis, pela forma como mudaram a vida da família.

Por isso, sua vida em casa nunca fora tranquila. Sua pobre mãe, sua Mamusia, trabalhava muito do nascer ao pôr do sol para colocar comida sobre a mesa. Seu irmão, Józef, não acompanhou os negócios do pai, foi para o norte, procurar trabalho em Gdansk. No início, ele escreveu contando que estava bem e que trabalhava nos estaleiros, e também enviou um dinheiro extra para a mãe. Mas, depois, conheceu uma mulher de Gdynia, de quem ficou noivo. Então, em virtude das despesas com a casa que estava montando para se casar, o dinheiro para a família logo parou de chegar.

As duas irmãs de Ania trabalhavam numa fábrica, onde conheceram os homens com os quais se casaram. Não havia mais nada em casa para elas, então era melhor começarem uma nova vida e uma nova família. De vez em quando, passavam para visitar a mãe e se queixavam das sogras e do excesso de trabalho.

— Tente se manter solteira o máximo que puder, pequena Ania — avisavam elas. Isso não seria difícil, pois Ania tinha pouca idade e, quando voltava para casa vinda da escola, lhe sobrava pouco tempo até para estudar. Não que ela não desejasse ser uma boa aluna, mas precisava ajudar a mãe a passar a ferro as roupas que ela consertava para fora. E não usava um ferro lindo e fácil de manejar como os elétricos de hoje em dia. Ania aprendera a passar roupas com ferros pesados que eram colocados no fogo para esquentar e precisavam de um pano úmido para não sujarem nem queimarem as roupas, o que seria uma desgraça.

Mamusia sempre dizia que, se devolvesse às pessoas roupas bem-passadas e limpas depois de consertadas, as clientes as achariam ainda mais bem-apresentadas do que antes e se sentiriam incentivadas a levar saias para serem alargadas, no caso de mulheres que tivessem engordado, ou outras peças para serem apertadas, no caso de uniformes de escola que seriam passados para irmãos menores.

Algumas jovens frequentavam os festivais que aconteciam na cidade, iam ao circo e se encontravam para tomar cappuccinos e drinques borbulhantes no café que ficava ao lado da ponte. Mas não Ania, pois sempre havia muito a fazer.

Mamusia se mostrava sempre alegre e esperançosa.

— Temos o nosso nome limpo, minha pequena Ania, todos têm boa impressão de nós. Seu pai era um homem muito respeitado aqui. Conseguimos pagar o que ele devia pelo caminhão. Somos pessoas honradas. Nada pode nos humilhar.

Mas Mamusia não sabia o que estava para acontecer e como mudaria tudo.

Quando Ania completou quinze anos, Mamusia lhe deu de presente um casaquinho de veludo verde-escuro. Uma cliente comprara tecido a mais, e Mamusia guardou alguns retalhos que haviam sobrado.

Ania adorou sua roupa vistosa. Seus cabelos pretos estavam muito brilhantes, e ela começou a achar que talvez não fosse tão feia. Fora sempre magricela e desengonçada em comparação às outras garotas e nunca imaginou que pudesse parecer tão bonita quando arrumada.

Havia poupado uma pequena quantia em dinheiro para ir ao café com sua melhor amiga, Lidia, a fim de exibir o novo estilo. As outras garotas se mostraram muito admiradas, e Ania reparou que um homem de cabelo preto olhava para ela com algum interesse.

Finalmente, ele se apresentou.

— Olá. Meu nome é Marek — disse ele. — Você é muito linda. — Ninguém nunca dissera algo parecido a Ania, nem de longe. Ela sentiu um agradável tremor de empolgação. Aquele homem realmente a achava bonita. Ela, a pequena Ania, a ajudante de cozinha e de costura de Mamusia.

— Obrigada — disse Ania suavemente.

— É uma pena que este lugar não tenha um *jukebox*. Se houvesse, poderíamos dançar — comentou ele.

— Não sei dançar muito bem. — Ania olhou para o chão.

— Eu poderia lhe ensinar — ofereceu Marek. — Adoro dançar.

— Pode ser que voltemos a nos encontrar... — Ania olhou para ele com ar inocente.

— Sim, talvez, mas não num lugar sem graça e decadente como este. Na aldeia aqui perto há um bom café chamado Motlawa. Vou lá quase todas as tardes.

E a pequena Ania, que nunca mentira à mãe, tramou uma longa história sobre uma amiga da escola que perdera a mãe e avisou que o enterro seria realizado na aldeia vizinha. A mãe lhe deu alguns trocados para a passagem de ônibus, e Ania foi sozinha ao café Motlawa. Lavara os cabelos e colocara o suco de meio limão na água de enxágue, pois Lidia lhe dissera que isso dava mais brilhos aos fios.

Quando saiu de casa, a mãe lhe deu uma moeda e pediu que acendesse uma vela na igreja da aldeia pelas pobres almas dos mortos. Ania nunca se sentiu tão culpada em toda sua vida. Gastou o dinheiro extra para comprar um batom e torceu para Marek aparecer no café aquela tarde.

Assim que entrou, ela o viu, e a música enchia o ambiente. Ele veio imediatamente ao seu encontro com os braços estendidos. Logo estavam dançando. Para Ania, pareceu a coisa mais natural do mundo estar encostada a ele e sentir seus braços em volta dela. Não conversaram muito. Não havia necessidade. Quando ela disse que precisava ir embora para pegar o ônibus, ele a acompanhou a pé até o ponto.

— Você fica belíssima com esse casaco verde — disse ele. — Parece um ser da floresta... uma ninfa talvez.

— É meu único casaco bom — confessou ela. — Você vai acabar se cansando de tanto vê-lo. — Em seguida, percebeu que fora longe demais. — Isto é, se voltarmos a nos encontrar... — Pareceu ligeiramente confusa.

Ele ergueu o queixo dela e a beijou gentilmente na boca. Ela continuou sentindo o contato dos lábios dele durante todo o caminho de volta no ônibus, enquanto tentava inventar uma história sobre o funeral ao qual supostamente comparecera, ao mesmo tempo que pensava em um pretexto para voltar ao café Motlawa.

O amor sempre descobre um jeito.

Ania tinha lido isso em algum lugar e constatou que era pura verdade. A professora local mandara fazer várias roupas, mas queria botões bonitos, mais sofisticados do que aqueles que o armarinho local vendia. Ania comentou que havia passado por uma loja interessante no dia em que fora ao funeral da mãe de sua amiga. Talvez pudesse ir até a aldeia para ver o que conseguia achar. Sentiu-se novamente arrasada quando viu a gratidão estampada nos olhos da mãe.

— Você é uma filha maravilhosa, Ania, uma verdadeira bênção para mim — garantiu a mãe. — Mesmo quando meu Pawel morreu e quando meu Józef foi para Gdansk, eu sempre soube que poderia contar com você. Obrigada, filha, muito obrigada.

Em poucos minutos, Ania achou uma loja que vendia os botões adequados. O velho atendente pediu que ela os escolhesse na caixa, porque ele era míope e não conseguia enxergar direto as miudezas.

Ania escondeu no bolso do casaco meia dúzia de botões minúsculos em forma de pérola antes mesmo de perceber o que fazia. Resolveu ficar com o dinheiro dos botões para gastar consigo mesma. Vestia um velho casaco azul marinho, muito gasto, mas que poderia ser valorizado com um toque mais requintado.

Por isso, gastou o dinheiro dos botões num broche esmaltado cor-de-rosa e branco, que prendeu no casaco na mesma hora.

Marek disse que ela estava lindíssima, e eles dançaram a tarde toda. Ania reparou que as pessoas olhavam para ela com admiração. Ninguém ali sabia que, à noite, ela passaria a ferro as roupas que a mãe fazia e, em seguida, prenderia em uma roupa antiga os pequenos botões em forma de pérola que roubara.

— O que você faz para ganhar a vida, Ania? — sussurrou Marek ao seu ouvido.

Aquilo era prova de que ele não imaginava que ela fosse apenas uma estudante.

— Ajudo minha mãe a desenhar e fazer roupas — disse ela.

— Ganha muito dinheiro com isso, pequena Ania?

— Não, muito pouco.

— Gostaria de ter muito dinheiro para comprar coisas bonitas?

— Sim, claro, quem não gostaria?

— Eu também gosto de roupas boas, por isso trabalho para ter dinheiro e comprá-las. — Ele era tão bonito, com um sorriso lindo, uma camisa branca como a neve, um casaco de couro preto e calças elegantes de lã cinza-escura. Só de olhar para Marek, dava para ver que era um homem muito rico. Se assim não fosse, como conseguiria frequentar cafés e dançar todas as tardes em vez de estar trabalhando?

Isso era um mistério.

Ela resolveu perguntar.

— Estou esperando para conseguir comprar um negócio só meu, Ania, um negócio que seja muito bom. Não me agrada trabalhar para outras pessoas. Um dia isso vai acontecer. Enquanto isso, observo tudo e aprendo o máximo que posso...

Ania começou a inventar desculpas esfarrapadas para ir até a aldeia. Depois de três meses, ele sugeriu a Ania que ela perdesse o último ônibus que a levaria de volta para casa.

— Não poderia fazer uma coisa dessas! — protestou Ania, chocada.

— Pensei em você passar a noite toda comigo. É isso o que nós dois queremos...

— Mas e quanto à Mamusia?

— Sua Mamusia será devidamente informada de que você perdeu o último ônibus. Você poderá lhe dizer que vai ficar na casa daquela amiga que perdeu a mãe, lembra? E amanhã volta no primeiro ônibus...

— Não, Marek, não posso fazer isso.

— Tudo bem — ele deu de ombros e Ania percebeu que ele estava, indiretamente, se despedindo dela para sempre.

— Posso fazer isso na semana que vem — disse ela depressa.

Ele exibiu seu sorriso lento e lindo.

Uma das razões para a sua recusa foi o fato de ela estar usando uma roupa de baixo já muito gasta, uma calcinha cinza desbotada que já tinha sido lavada tantas vezes que estava deformada e puída, sem falar no sutiã surrado que tinha pertencido às suas duas irmãs. Se aquilo fosse acontecer, teria de estar preparada.

Durante uma semana, Ania costurou sem parar em seu quarto, pregando uma renda aqui, pequenos botões de rosa ali. Também trabalhou muito para a mãe, tentando diminuir seu sentimento de culpa para quando ela descobrisse a verdade. Foi uma semana interminável. Ania faltou a várias aulas e levou sua costura para o galpão de bicicletas da escola para ter a certeza de que terminaria as peças de roupa para a mãe.

No sábado, vestida com suas melhores roupas, Ania entrou no ônibus tremendo. Perderia a virgindade. Passaria a noite inteira nos braços de Marek. Seu coração batia tão descompassado que ela se sentiu tonta.

— Tome muito cuidado, pequena Ania — gritou sua mãe quando ela saiu.

Por um instante, Ania sentiu o impulso de voltar correndo, chorar no ombro da mãe e lhe contar tudo. No entanto, essa vontade louca passou, e logo ela estava no ônibus.

A essa altura, já conhecia alguns frequentadores do café Motlawa. Eles a cumprimentaram com a cabeça, como faziam com os clientes habituais.

Marek a esperava, encostado ao bar.

— *Dzień dobry*, Ania — cumprimentou ele com ar formal.

— *Dzień dobry*, Marek — respondeu ela timidamente.

Logo estava nos braços dele, dançando, como sempre. Só que, dessa vez, não iria voltar para a casa da mãe.

Por favor, por favor, rezou ela, *faça com que tudo corra bem...*

Ela nunca tinha ficado no café até tão tarde; por isso, viu os atendentes colocarem velas em garrafas e apreciou as sombras lindas e românticas que dançavam nas paredes. Depois, dirigiu-se ao telefone e ligou para a sra. Żak, que era dona da loja de esquina perto da sua casa.

A sra. Żak mostrou-se horrorizada por Ania ter perdido o último ônibus.

— E o que eu digo à sua mãe, Ania? Onde você vai ficar?

— Na casa da Lidia, minha amiga da escola, sra. Żak. Amanhã volto para casa no primeiro ônibus. — Finalmente, depois do que lhe pareceu uma eternidade, a sra. Żak desligou.

Quando Ania virou para trás, viu que Marek olhava para ela.

— Você está linda, Ania, e eu amo você — declarou.

— Nunca fiz isso antes. Pode ser que não seja muito boa, entende? — começou a explicar.

— Você vai ser maravilhosa, e vamos ser muito felizes — garantiu ele, colocando o braço sobre os ombros dela. Foram para um quarto no andar de cima do café, onde havia uma cama com colchão macio, um lindo tapete no chão e também um jarro com flores que Marek levara. Não foi exatamente maravilhoso, mas Ania se sentiu muito feliz quando adormeceu nos braços de Marek. No dia seguinte pela manhã, ele desceu e trouxe para ela um desjejum com café e pãezinhos.

Nunca a vida parecera tão mágica para Ania.

Mais tarde, sorrindo para todo mundo à sua volta, ela pegou o ônibus de volta para casa.

A mãe não desconfiou de nada quando Ania chegou. Suas duas irmãs ligaram nesse mesmo dia, contando da possibilidade de uma delas estar grávida, e a empolgação com a novidade foi muito grande. Ania estava com a cabeça a quilômetros dali, no café Motlawa. Devia haver um jeito de voltar à aldeia de Marek, mas perder o ônibus era uma desculpa que não poderia ser dada duas vezes.

Ania costurou, consertou roupas e as passou a ferro, preocupada com tudo que parecia estar ao seu alcance, mas que, de repente, poderia lhe escapar facilmente por entre os dedos.

No dia seguinte, quando Ania foi à loja da sra. Żak comprar pão e verduras, ouviu dizer que o café junto à ponte estava à venda. Seu proprietário, um sujeito de poucos recursos, muito alto e magro, decidiu que não havia futuro em vender café e bolos apenas para pessoas idosas, já que os mais novos iam de ônibus à aldeia próxima, onde havia um café que tocava música. E, assim, resolveu vender a loja o mais depressa possível.

— Tomara que a loja não seja comprada por alguém que a transforme num lugar barulhento — comentou a sra. Żak.

— Nossa, Deus nos livre — concordou Ania.

— O pior é que quem comprar o imóvel poderá muito bem transformá-lo em um bar.

— Isso é verdade. Sra. Żak, a senhora poderia me vender um selo? — perguntou Ania.

Meu querido Marek,

Sabe o café junto à ponte na nossa aldeia? Bem, ele está à venda. Como você me disse que queria ter um negócio próprio, talvez possa comprá-lo, o que seria ótimo, pois poderíamos nos ver todos os dias. Gostaria muito que isso acontecesse.

Da sua querida Ania.

Ele chegou no dia seguinte. Levou o irmão e um amigo, e conversaram durante horas com o dono do café, um sujeito de rosto longo e lúgubre. Explicaram que queriam um negócio familiar sossegado e lembraram que não seria muito fácil ele conseguir compradores para um lugar completamente fora de mão. Depois de um dia inteiro de conversas e xícaras de café, quase de noitinha, chegaram a um acordo. Marek, seu irmão e o amigo iriam comprar e reformar o Bridge Café.

Marek e os seus sócios agiram muito rápido e conseguiram um bom preço. Quando outros compradores souberam da venda e mostraram interesse, tudo já estava combinado e assinado. O próximo passo seria conseguir uma licença para vender bebidas alcoólicas no local.

Quando o negócio foi fechado, Marek sabia que era melhor não ir à casa de Ania; sua Mamusia poderia ser uma adversária de respeito e, por isso, ele esperou. Sabia que Ania iria ao seu encontro, e foi o que ela fez.

Os olhos dela se iluminaram quando o viu na ponte.

— Marek! Você recebeu minha carta! — gritou ela.

— Que carta? — perguntou ele.

— Eu lhe escrevi para contar que este café está à venda.

— Já não está mais. Nós o compramos faz três horas.

— Oh, Marek, que maravilha! Rezei tanto para que isso acontecesse...

— E suas orações foram ouvidas, pequena Ania.

— Mas como foi que você soube da loja?

— Ouvi por aí — disse ele.

Ania se sentiu desapontada por um instante. Gostaria de ter sido a mulher que lhe indicara o caminho certo. Mas estava muito feliz por ele estar ali, e o resto já não importava.

— Imagine só... Nós dois tivemos a mesma ideia.

— Como assim?

— Pois então... Achei fantástico esse lugar estar à venda e quis que você fosse a primeira pessoa a saber. Minha carta só deve chegar amanhã, mas você já resolveu tudo! — Empolgada, entrelaçou as mãos nas dele.

— Você teve essa mesma ideia? Pensou em vir trabalhar conosco em nosso café? — Ele pareceu incrédulo.

Ania mordeu o lábio. Não tinha pensado nisso. Por outro lado... Por que não? Assim poderia ver Marek todos os dias. No entanto, havia um obstáculo a transpor. Mamusia não aceitaria isso. Certamente diria que Ania era muito nova para abandonar a escola e não gostaria de vê-la ligada a um café que vendia bebidas alcoólicas a jovens.

Ania pensaria nisso mais tarde.

— Não mencionei nada na carta sobre trabalhar para você — disse.

— Mas você vai trabalhar conosco, não vai, Ania?

— Sim, claro que vou.

Marek nunca saberia como as coisas eram difíceis para ela, e Ania sabia que Marek achava que tudo era simples. Quando alguém queria fazer alguma coisa, era só fazer. Ele não tinha pessoas como Mamusia, a sra. Żak, suas irmãs e professores em sua vida. No entanto, era melhor não pensar nesses problemas agora. Resolveu esperar para enfrentá-los no momento certo.

Esse momento surgiu mais depressa do que ela imaginava.

Marek caiu nas boas graças da formidável sra. Żak, colocando-se à sua disposição e dizendo-lhe que precisava de uma moça jovem e simpática, que viesse de uma família boa e respeitável, que morasse com os pais e pudesse trabalhar no novo café a fim de ajudar a formar uma clientela boa e saudável.

A sra. Żak foi conversar direto com Mamusia.

— É uma pena você ainda estar na escola — disse Mamusia para Ania. — Esse seria um emprego maravilhoso para você, ainda mais assim, tão perto de casa.

— Por falar em escola... — começou Ania, falando devagar. Aquele era o momento mais importante da sua vida, e ela não queria pôr tudo a perder. — Por falar em escola, Mamusia, a professora comentou comigo, na semana passada, que não vê muito sentido em eu continuar os estudos e...

— Ela disse isso? — Mamusia ficou chocada.

— Disse. No início eu fiquei preocupada, pois não via outra forma de ganhar a vida e continuar ajudando a senhora. Agora, porém... quem sabe?

— Você acha que o novo dono do café poderia lhe oferecer emprego? — Os olhos de Mamusia se encheram de esperança.

— Quem sabe? Só há um jeito de saber — afirmou Ania e correu até o café.

Nos primeiros dias, Ania vestiu uma blusa xadrez azul e branca e uma saia azul-escura. Serviu café com bolinhos a pessoas como a sra. Żak, sua Mamusia, dois padres da paróquia, o médico da aldeia e alguns vizinhos idosos. Aquilo era uma tentativa óbvia de conseguir apoio e afastar as críticas. As irmãs de Ania comentaram que ela era uma sortuda por arrumar um emprego tão perto de casa. Seu aniversário de dezesseis anos chegou e passou sem ninguém se dar conta, mas ela não se importou, pois não queria que Marek soubesse que era tão jovem.

Havia um pequeno apartamento no andar de cima do café, onde Marek, o irmão Roman e o sócio Lev tinham, cada um, o seu quarto. Ania fez cortinas, almofadas e um edredom para o quarto de Marek às escondidas. Comprou-lhe em um leilão na quermesse um quadro que mostrava flores do campo. Depois, descobriu uma velha cômoda abandonada nos fundos do prédio e resolveu lixá-la e envernizá-la, deixando-a como nova. Ela logo conseguiu fazer com que o quarto de Marek parecesse um pequeno palácio.

Ania estava louca para se mudar para aquele quarto e morar com Marek. Imaginava o quanto seria feliz o dia todo, saindo cedo para comprar pão e leite, cuidando dos fornecedores de mercadorias, talvez visitando a mãe todo dia durante uma ou duas horas, para ajudá-la a costurar e conversarem um pouco.

Contudo, isso era impossível.

Ania passava as primeiras horas da manhã costurando. Depois, ia para o Bridge Café, ajudava a arrumar a bagunça da véspera, abria as janelas para arejar o ambiente e tentava ser útil, enquanto Marek, Roman e Lev bebiam café e traçavam planos para atrair mais clientes. Um dia, resolveram comprar um *jukebox*. A máquina era cara, mas logo seria paga.

É claro que isso não aconteceria se a sra. Żak, a Mamusia de Ania e clientes desse tipo fossem os únicos frequentadores do lugar. Eles precisariam fazer um esforço para atrair gente jovem.

Quando o *jukebox* chegou, eles o rodearam, maravilhados, e, quando o aparelho ganhou vida ao ser ligado, os quatro dançaram à sua volta para celebrar. Ania nunca se sentira tão feliz, pois passara a fazer parte de algo maravilhoso.

Agora era o momento de atrair os jovens. Antes de mais nada, Ania precisaria se vestir de forma diferente. Com a roupa antiga, ela parecia uma colegial, e as pessoas iriam ao Bridge Café para esquecer a escola e o trabalho, na esperança de serem transportadas para um mundo mágico e empolgante. Ania teria de vestir uma saia preta franzida e um top vermelho bem curto.

— Onde vou achar roupas desse tipo? — perguntou Ania ofegante.

— Ora, você é costureira, pode muito bem fazer suas próprias roupas — explicou Marek parecendo impaciente.

Ania fez as roupas. Então, Marek disse que ela devia dançar para dar aos outros a ideia de fazer o mesmo.

— Ora, então vou ser paga para dançar com o patrão? Isso é ótimo! — brincou ela, feliz.

— Sim, você vai dançar comigo, é claro, e também com quem a convidar — explicou ele.

— Mas, Marek... Não quero dançar com estranhos, quero dançar apenas com *você* — protestou ela.

— Sei, também quero dançar com você, Ania, mas trabalho é trabalho, e negócio é negócio. Quando os clientes forem embora, poderemos dançar só nós dois.

— Mas não posso ficar até tarde. Preciso voltar para casa depois do expediente — explicou Ania com os lábios trêmulos.

— Você vai começar a reclamar e a me atazanar, Ania? — perguntou Marek. Ela morria de medo quando ele falava desse jeito. Havia impaciência em sua voz, que poderia se transformar em falta de interesse por ela.

— Eu, reclamando e atazanando? Nunca! — ela riu.

Marek a recompensou colocando o braço em torno da sua cintura e elogiando-a:

— Isso mesmo! Essa é a minha garota!

Era uma tortura ter de se sujeitar a dançar com homens desajeitados que a apalpavam toda, e ser admirada por outros que esperavam a música acabar para fazer o mesmo.

— Não há garotas em número suficiente para atender aos clientes — queixou-se Marek. — Bem que você podia ir até a escola onde estudava avisar às suas amigas que este lugar é ótimo.

Então, Ania foi à escola e, do lado de fora do pátio do recreio, contou às meninas sobre como o Bridge Café era animado. Lidia pareceu desconfiada a princípio, mas prometeu levar algumas de suas colegas de sala até lá para conhecer o lugar. Aos poucos, elas foram chegando; nervosas em um primeiro momento, sem saber o que esperar. Marek, Roman e Lev as receberam de forma calorosa e dançaram com elas. Para Ania, era uma tortura ainda maior ver Marek dançando com outras garotas, em especial com Oliwia, uma jovem muito mandona cujo pai era dono de uma grande padaria. Ela sempre fora arrogante na escola e agora se achava a rainha do pedaço.

Marek riu quando Ania reclamou da colega.

— Ela tem muito dinheiro, Ania, e sempre convida as amigas para virem aqui. Você não acha que o mais prudente é incentivá-la a continuar fazendo isso?

Ania achou que Marek se mostrava encorajador demais e sempre reparava no rosto afogueado de Oliwia quando saía da pista de dança. Não havia mais tempo para Ania dançar as músicas bonitas, suaves e lentas, em que ela se lançava de forma tão natural nos braços de Marek. O pior era não poder passar as noites com ele. Às vezes, conseguiam dar uma escapadela para o quarto de Marek no início da tarde, quando o movimento era menor, mas isso não era muito satisfatório. O casal ficava sempre na expectativa de que um dos outros sócios os chamasse lá de baixo a qualquer momento para que descessem.

Mamusia continuava sem suspeitar de nada. Uma das irmãs de Ania comentou com a mãe que o café estava começando a ter uma má reputação. Já não era segredo para ninguém na aldeia: os jovens bebiam demais naquele lugar.

Ania garantiu à mãe que não era nada disso. A sra. Żak ia lá todos os dias para tomar seu desjejum. Ela teria sido a primeira a reclamar se visse algo errado e, no entanto, continuava a frequentar o lugar. Ania não contou que se certificava de que tudo estivesse sempre limpo e impecável para quando ela chegasse, sem sinais que denunciassem os excessos da véspera. Havia muitas caixas nos fundos da loja, onde eram guardadas as garrafas vazias. Uma vez por semana, Roman levava tudo para um centro de reciclagem em sua caminhonete. Ninguém poderia imaginar a quantidade absurda de garrafas vazias que se acumulavam nos fundos do edifício.

Um dia, à tarde, quando conseguiram uma hora reservada sozinhos um com o outro, Ania encontrou grampos de cabelo na cama de Marek. O choque daquilo a atingiu como um soco, e ela os analisou horrorizada.

— Eu não uso grampos de cabelo, Marek. De onde será que isso veio? — gritou ela.

— Ora, às vezes os uso para fazer cachinhos nos meus cabelos — disse ele rindo.

— Não brinque com isso, Marek. Alguma outra garota esteve aqui?

O semblante dele se mostrou muito sério.

— Como se *atreve* a me fazer uma pergunta dessas? Como *ousa* me acusar dessa maneira? Você bem sabe qual é a única mulher que amo.

— Se é assim, como é que esses grampos vieram parar aqui?

— Ora, como vou saber? Talvez um dos rapazes tenha trazido uma garota aqui para cima. Não somos espiões, não tomamos conta da vida dos outros...

— Cada um tem seu próprio espaço. Este é o *nosso* quarto.

— Sim, tudo bem, deixe isso pra lá — afirmou Marek, descartando o assunto como algo sem importância.

Ania se sentou na cama, trêmula.

— Vamos lá, Ania, não temos muito tempo — insistiu ele.

Ania, porém, se levantou e se vestiu em silêncio. Desceu as escadas e foi para o seu lugar, atrás do bar.

— Uau, essa foi rapidinha — disse Roman.

— Você poderia carregar sua caminhonete com as garrafas vazias lá dos fundos? Há muitas, e estamos ficando sem espaço para guardá-las — pediu Ania.

— Tudo bem — disse ele. — Eu só quero paz.

— Alguma vez você dormiu no nosso quarto lá em cima, Roman?

— Claro que não. Tenho um quarto só meu. — Ele pareceu indignado.

— Foi o que pensei — confirmou Ania.

Roman percebeu que talvez tivesse dado a resposta errada.

— Bem, pode ser que eu tenha me enganado, subindo tarde e cansado uma noite dessas. Pode até ser que tenha dormido lá, sim. Talvez... — disse ele de forma pouco convincente.

Ania preparou a pequena *uszka* e a *golabki* que costumava servir. Preparou as almôndegas de forma incansável, picou o repolho e quando Marek surgiu, decepcionado e reclamando de alguma coisa, ela não lhe deu atenção. Só conversou com os clientes.

— Ania, venha cá e me escute, por favor — suplicou.

— Negócio é negócio. Você me disse para deixar os clientes sempre satisfeitos. É o que estou tentando fazer.

— Roman pode cuidar disso, só temos quatro clientes no café.

— Vão chegar mais daqui a pouco.

— Onde *está* Roman?

— Foi encher a caminhonete com as garrafas vazias lá dos fundos. Pedi que ele fizesse isso.

— Você está fazendo uma tempestade em copo-d'água, Ania.

— Já estou trabalhando sem parar há cinco horas. O trato foi trabalhar oito horas por dia. Quando você quer que eu complete as três horas que faltam do expediente de hoje?

Notava-se um ar de respeito por ela no rosto dele.

— Acredite em mim, Ania, eu só amo você — garantiu ele.

— Existem muitas maneiras de um homem provar que ama uma mulher. Levar outra para a cama, uma garota que usa grampos de cabelo, certamente não é uma delas.

— Eu não amo nenhuma mulher que use grampos de cabelo. Amo você. — Os olhos dele eram grandes e pareciam sinceros. Fazia muito tempo que não dizia que a amava. Ela suavizou um pouco a expressão irritada, mas não muito.

— Como ficamos com as três horas que faltam, Marek?

— Não é do seu feitio olhar para o relógio e anotar as horas trabalhadas, Ania.

— Não, você tem razão. E quanto às horas?

— Volte às sete da noite e poderemos dançar um pouco, juntos — propôs ele depois de pensar um pouco.

Ania foi para casa ajudar a mãe.

— Você está muito calada hoje, filha. Normalmente fala pelos cotovelos.

— Estou um pouco cansada, Mamusia, só isso.

A mãe começou a falar sem parar do bebê da irmã de Ania, que nasceria em breve. Disse que elas precisavam fazer algumas roupinhas para recebê-lo. Podiam colocar umas fitinhas azuis ou cor-de-rosa assim que soubessem se era menino ou menina.

Depois do jantar, Ania foi a pé, devagar, até o Bridge Café.

— Venha se sentar ao meu lado — chamou Marek.

— Estou em horário de trabalho — reagiu Ania.

— Não, não está. Venha comigo, vamos dar uma olhada no rio juntos. — Agarrou-a pela mão e lhe disse que nunca tinha amado outra mulher na vida, somente ela. Acariciou-a devagar e sussurrou-lhe coisas no ouvido.

— Vim morar na sua aldeia e não me incomoda que você volte toda noite para a sua Mamusia, mas queria você comigo o tempo todo. Danço com outras garotas para aumentar o movimento do café, e você dança com outros homens pelo mesmo motivo. O que isso significa para você? Nada, exceto pelo fato de nosso negócio estar prosperando. Quanto a mim, o que significa dançar com outras garotas? Nada também, e entendo que o momento em que poderemos ficar juntos todas as horas do dia e da noite está cada vez mais próximo.

Ela não disse nada durante um longo tempo, e ele continuou falando e acariciando-a.

— Você sabe que amo você, não sabe?— perguntou ele.

— Sei — disse ela com a voz sem expressão.

— Então, por que essa cara triste?

Ania exibiu um sorriso sem graça. Ele ainda não explicara os grampos de cabelo na cama, mas também não negara que alguém havia estado lá. Com uma pontinha de dor no coração, ela imaginou quem poderia ser. Talvez Oliwia, a garota metida que tinha pai rico. Lidia comentara alguma coisa com ela, mas Ania não havia prestado atenção.

— Onde está Oliwia hoje? — perguntou, pegando-o de surpresa.

— Sei lá! Ela não vem aqui todas as noites — disse Marek.

— Não, claro que não... — Ania se levantou, entrou e foi até a máquina de fazer café. Colocou no rosto um sorriso radiante para os clientes e, de soslaio, viu Marek erguer o polegar como quem diz "boa menina".

Roman e Lev trocaram olhares aliviados. A crise passara.

Oliwia frequentaria a escola até completar dezoito anos e planejava fazer faculdade depois. Pelo menos foi o que disse a todos no Bridge Café, mas seus planos mudaram. Poucos meses depois de o novo café da aldeia ser inaugurado, Oliwia parou de falar em ir para a universidade. Disse que as pessoas davam importância demasiada a isso, e tudo o que uma jovem precisava para viver também existia perto de casa.

Ania queria conversar a respeito disso com Marek, mas ele estava sempre envolvido nos negócios, tentando conseguir mais investimentos para o café. O *jukebox* ainda não conseguira cobrir seu custo, nem a cafeteira. Os salários pagos com o dinheiro do caixa, todas as sextas-feiras, eram cada vez menores.

Ania torcia para Marek arranjar logo alguém que investisse no café. Roman e Lev não pareciam dispostos a falar do assunto. Provavelmente estavam mais preocupados com as dívidas do que deixavam transparecer. De qualquer modo, em pouco tempo, Ania descobriria em que pé as coisas estavam.

Mamusia caiu de cama, com muita tosse, e Ania fazia malabarismos com suas horas de trabalho no café e a necessidade de tomar conta da mãe ao mesmo tempo. Naquele dia, deu um pulinho em casa para preparar pão quente e uma sopa. Sua mãe lhe pareceu um pouco mais saudável, mas Ania resolveu se sentar e lhe fazer companhia por algumas horas.

— A senhora me parece muito melhor, Mamusia. Logo, logo vai ficar curada — garantiu Ania, com voz alegre.

— Tudo o que peço a Deus e a Nossa Senhora é que eu viva o tempo suficiente para ver você encaminhada na vida, com um homem bom e uma casa própria. Depois disso, posso me despedir feliz deste mundo.

Às vezes, Ania tinha vontade de contar à Mamusia que estava muito bem-encaminhada e que já tinha uma casa à sua espera no Bridge Café, mas ela e Marek resolveram não contar nada a ninguém até que pudessem oficializar a situação. Voltou a pé para o café e percebeu, assim que entrou, que a casa estava cheia. Marek ficaria contente quando chegasse à noite.

Oliwia estava lá, junto com outros clientes, e era o centro das atenções; exibia seu anel de noivado por todo o salão. O diamante era pequeno, mas brilhava muito. Uma parte de Ania se mostrou satisfeita com a novidade. Aquilo significava que Oliwia deixaria de frequentar o café, sempre esperando que Marek dançasse com ela. Será que Marek daria pela falta dos clientes que Oliwia atraía? Será que Oliwia e seu marido continuariam a frequentar o café? Ou ela estaria ocupada demais mobiliando a imensa casa que seu pai certamente lhe compraria?

Ania já se preparava para atender ao grupo e apreciar o anel de perto quando Marek apareceu na porta.

— *Ali* está ele! — gritou Oliwia, e, como se tudo acontecesse em câmera lenta, Ania viu a noiva correr na direção de Marek e abraçá-lo pela cintura. Embora aquela cena parecesse impossível, Marek sorria de volta e aceitava os parabéns e os aplausos.

Ania pensou que fosse desmaiar. Devia haver algum engano. Talvez aquilo fosse uma brincadeira com ela. Logo todos começariam a rir muito por ela ser tão tola a ponto de acreditar naquela história. O problema é que nada daquilo parecia ser de brincadeira.

O salão começou a girar lentamente, e ela ouviu a voz de Marek falando com o irmão.

— Roman, leve-a lá para trás *agora mesmo.*

Ania sentiu braços fortes carregando-a para o pátio nos fundos do café, para em seguida virar para o lado da casa, longe da vista de todos. Ela se sentou em uma cadeira de ferro e olhou para o pequeno jardim que tentara plantar ali; observou as flores que regara e os canteiros que construíra com pequenas pedras roliças. Um dia eles pretendiam abrir uma porta do café voltada para aquele lado, fazendo um pequeno café-jardim para famílias e crianças. Haveria balanços e uma gangorra.

Bem, na verdade, fora Ania quem planejara tudo isso, Marek simplesmente concordara. Agora, isso jamais aconteceria. Ania viu Lev chegando com uma pequena dose de *slivovitz.* O cheiro forte do destilado de ameixa quase a fez vomitar, mas o sabor intenso e quente pareceu lhe devolver os sentidos. Aquilo não podia estar acontecendo. Marek não podia fazer uma coisa dessas com ela.

Tentou se erguer para voltar ao café, mas mãos fortes e gentis a forçaram a continuar sentada ali. Ainda confusa, ouviu Roman dizer:

— Fique aqui, é o melhor a fazer. Ele está vindo conversar com você...

Ela ouviu mais aplausos vindos do café.

— Por que, Roman? — perguntou. — Por que ele fez isso comigo?

— Shh... — disse ele baixinho para tranquilizá-la e limpou-lhe as lágrimas com um lenço encardido. Ele voltou a encostar o copo de bebida em sua boca, mas ela se debateu e afastou o copo. Logo sentiu que as mãos dele não a seguravam com tanta força.

Marek chegara.

Ania ergueu os olhos para ele. O rosto dela estava coberto de lágrimas. Roman e Lev voltaram para o café.

— Minha pequena Ania — Marek se ajoelhou ao lado dela e segurou sua mão.

Ania não disse nada, simplesmente desviou os olhos e fitou um canteiro que ficava onde antes corria uma sarjeta e onde ela escavara a terra e plantara as flores, regando-as todos os dias e livrando-as dos caracóis, das lesmas e dos insetos que promoviam verdadeiras festas em seu pequeno jardim.

— Ania, as coisas não vão mudar — disse Marek e repetiu mais de uma vez.

Finalmente, ela olhou para ele.

— Em que sentido, exatamente, você acha que as coisas não vão mudar?

— Vamos continuar a nos encontrar. É você quem eu amo, e você *sabe* disso.

— Como é que é?!...

— Você sabe que aquilo que nós temos é muito especial. É algo que nada pode substituir.

— Você vai se casar com Oliwia — disse ela friamente.

— Sim, mas isso não fará diferença para nós. Vamos continuar trabalhando juntos e teremos nosso lugar para fazer amor. — Ele olhava para ela como se nada tivesse acontecido.

— Por que você vai se casar com Oliwia? — perguntou ela.

— Você sabe o motivo.

— Não, na verdade não sei. Por quê?

— Porque ela está grávida, é claro — explicou ele como se aquilo fosse a coisa mais natural do mundo.

— Não acredito!

— Mas é verdade — confirmou ele encolhendo os ombros.

— E o bebê é seu filho? — Os olhos de Ania estavam arregalados.

— Ele ainda não é um bebê, e ninguém está falando do assunto. Só contei porque você perguntou.

— Claro que perguntei, Marek. Posso ser idiota, mas não sou uma imbecil completa. Claro que quero saber por que o homem que diz que *me* ama e que vai se casar *comigo* engravidou *outra* mulher e vai se casar com *ela*. Como não haveria de perguntar? E o que você *quer dizer* com "nada vai mudar"?

— Nada *precisa* mudar, Ania. Só depende de você.

— Mas se você estiver casado com ela...

— Bem, ela vai ficar em casa. O pai está construindo uma casa imensa para ela. Podemos continuar como antes.

— Você é louco, Marek. Louco e cruel.

— Sou apenas alguém que acabou de ficar noivo da filha de um homem rico para mantermos o nosso café funcionando. Isso tem tudo a ver com negócios e nada a ver com amor. Se você não acreditar nisso, vou me sentir perdido. Totalmente perdido.

— É exatamente assim que me sinto. Perdida. Totalmente perdida.

— O que você vai fazer?

— Ainda não sei. Talvez morra, talvez me afogue no rio. — Ela falava isso com toda a calma do mundo.

— Não, não, você não pode pensar assim.

— Não existe nada pelo que viver agora.

— Você vai ver, Ania... Tudo voltará a ser como antes — garantiu.

— Vou para casa.

— Amanhã você vem trabalhar?

— Não sei.

Vindo de dentro do café, ela ouviu os gritos das pessoas que chamavam por ele. "*Ma-rek! Ma-rek!*"

— É melhor eu entrar — disse ele.

— Os grampos de cabelo na nossa cama eram dela?

— Eram negócios, Ania. Isso não teve nada a ver com amor.

— Na *nossa* cama?

— Isso não voltará a acontecer — assegurou ele.

— Não, claro que não. Agora ela terá uma cama de casal só para ela — disse Ania com ar tristonho.

Ania não conseguia se lembrar de nada do que aconteceu nas semanas que se seguiram. Recordava apenas alguns pequenos incidentes aqui e ali.

A mãe recuperou a saúde e as forças. O filho de sua irmã nasceu, Ania voltou ao armarinho na aldeia próxima e comprou fitas azuis. O velho com vista fraca continuava no mesmo lugar.

— Você não tem aparecido ultimamente — observou ele.

— Não. Os motivos para vir a esta aldeia já não são os mesmos — explicou Ania.

— Está mais feliz agora? — perguntou ele inesperadamente.

— Não. Não sou feliz. Não tenho razão para seguir em frente.

— Também me senti assim quando minha vista começou a faltar. Quis ir para o norte, pensei em entrar na água fria do mar, nadar para longe e nunca mais voltar. Depois, achei que talvez conseguisse ser feliz mesmo sem uma boa visão.

Ela se lembrou dos botõezinhos em forma de pérola que roubara quando fora à loja pela primeira vez.

— Escute... Agora eu lembrei que levei alguns botões a mais por engano na primeira vez em que estive aqui e sempre me esqueci de contar. Preciso pagar por eles e posso fazer isso agora mesmo. Foram seis botõezinhos em forma de pérola...

Ele exibiu um sorriso descontraído.

— Eu sabia que um dia você se lembraria de pagar.

— Sabia? — Seu rosto ficou vermelho de vergonha.

— E agora você lembrou. — Ele se sentiu contente e satisfeito por confiar na bondade das pessoas.

— O senhor tem sido feliz desde... Desde que tudo aconteceu? — perguntou ela.

— Sim, minha filha, muito feliz. Seria um desperdício eu me perder no mar do Norte.

— Vou me lembrar disso — disse Ania. A verdade, porém, é que ela não recordava muita coisa além disso.

Não se lembrava se havia ou não continuado a trabalhar no Bridge Café nos dias que se seguiram. Nem se Oliwia voltara a pôr os pés lá. Nem se tornara a subir com Marek até o quarto que ela preparara com tanto amor para a vida que planejaram juntos. Ela não se lembrava de quando os operários chegaram para fazer as obras de ampliação no café nem do salão sobre o rio, um antigo projeto, mas eles deviam ter ido lá, sim. Alguns funcionários deviam ter chegado de caminhão para entregar os móveis novos também. Marek, Roman e Lev deviam ter contratado um chef e mais algumas garçonetes.

Parece que Oliwia havia entrado em trabalho de parto e teve uma filhinha, pois Ania se lembrava de uma grande festa de batizado no Bridge Café e também da menina que recebera o nome de Katarina. Ania provavelmente havia se encontrado com o pai de Oliwia, mas não se lembrava do seu rosto. Também não lembrava o motivo de Lev ter brigado com os sócios e abandonado a firma, dizendo que aquilo era assunto de família e era melhor ele se afastar.

Ania se lembrava apenas de se sentir anestesiada; ocasionalmente, dos lábios de Marek nos seus, enquanto ele dizia, sem parar, que ela precisava acreditar que ele a amava muito, muito e profundamente.

Se ela tivesse ouvido alguém contar essa história a respeito de outra pessoa, certamente teria achado que a mulher era completamente louca. Talvez isso fosse verdade: ela era louca.

Foi isso que sua família também pensou. Cada uma das irmãs a chamara à parte para dizer que ouvira muitas fofocas. Andavam dizendo que Ania tinha um caso com Marek, um homem casado.

Quando Józef soube dessa história, decidiu que era hora de vir do norte com a esposa para fazer uma visita à mãe. Ele falou com Ania na primeira noite em que chegaram. Tudo o que lhes restava era um bom nome, explicou à irmã. Felizmente, ninguém disse à mãe o que estava acontecendo, mas aquilo precisava acabar imediatamente.

Ania não se lembrava muito bem da visita de Józef. Sua mulher, Zofia, foi visitar o café e, mais tarde, procurou Ania para conversar.

— É fácil entender por que você gosta dele — disse Zofia, depois de inspecionar Marek pessoalmente. — É um homem muito bonito, mas está só brincando com você.

Ania se pegou perguntando por que ela dizia isso.

— Ele é um homem casado — respondeu Zofia com franqueza.

— Mas não ama a esposa — explicou Ania.

— Sim, eu sei, tenho certeza de que é verdade. Mas também não ama você, Ania. Se ao menos você entendesse isso, seria uma pessoa livre.

— Não quero ser livre. Quero estar perto dele todos os dias — replicou Ania, visivelmente atormentada.

— Um dia você vai amar outra pessoa e ficará contente por termos falado disso abertamente.

— Não estou chateada por falarmos do assunto, mas sei que nunca mais vou amar outro homem, e mais ninguém vai me amar...

— Eu desejo o seu bem — disse Zofia com carinho. — Se um dia você tiver férias ou quiser tirar uns dias de folga, venha nos visitar, a mim e ao seu irmão. Józef é muito tolo na maneira de ver e falar das coisas, mas adora você. Sempre me conta histórias de quando você era menina.

Ania imaginou que era ela quem fazia as refeições da casa naquela época, mas era difícil lembrar. Todos sempre agradeciam a Zofia por uma ou outra refeição. Mamusia sorria e se mostrava claramente radiante por ver o filho, e se dava muito bem com a nora.

— Eu me sinto solitária sem a presença deles — reclamou Mamusia quando eles partiram.

— Mas eles prometeram voltar todos os anos — respondeu Ania.

A sra. Żak avisou a Ania que as pessoas da aldeia estavam tão escandalizadas com o seu comportamento que não dariam mais os trabalhos de costura que costumavam dar à mãe.

— A senhora também vai abandonar minha mãe por causa do que as pessoas falam de mim? — perguntou Ania.

— Não, porque minha amizade com a sua mãe é para a vida toda. Ela foi uma mulher forte e batalhadora desde que seu pai morreu de forma tão trágica. Não é culpa dela você não conseguir respeitar os votos do casamento de outras pessoas.

— Talvez mais gente também pense assim, sra. Żak.

— Gostaria de concordar com você. Sou uma mulher de negócios, uma pessoa objetiva. Há muitas mulheres aqui na aldeia que não trabalham fora. Têm tempo de sobra para fofocar, julgar e condenar os outros. Pode anotar o que estou dizendo: sua mãe vai acabar perdendo encomendas por causa disso...

— A não ser que...?

— A não ser que você desista desse comportamento desvairado, Ania.

— Obrigada, sra. Żak.

Ania provavelmente voltou a falar várias vezes com a dona da loja; mas aqueles meses continuavam envoltos em uma névoa, e ela não se lembrava de nada com precisão.

Um dia, encontrou a amiga Lidia, que ia para a Irlanda trabalhar. Ela contou que o país estava oferecendo muitas oportunidades para quem estivesse disposto a arregaçar as mangas e pegar no batente. Quem sabe Ania não gostaria de ir com ela? Poderiam viver grandes aventuras, construir uma nova vida e ganhar dinheiro. Os irlandeses eram católicos assim como os poloneses, então a mudança não seria tão grande assim. Lidia ouvira dizer que eles eram simpáticos e muito receptivos com os estrangeiros.

— Oh, mas isso só serve para você, Lidia, que estudou inglês e vai conseguir falar com eles. Eu me sentiria completamente perdida.

— Eu ajudo você no início — ofereceu Lidia.

— Não, eu a atrapalharia.

— Você simplesmente não quer deixar Marek para trás, não é isso?

— Não, o problema não é esse.

— Claro que é, Ania.

— Ainda não estou pronta para ir embora.

— Então vou lhe informar meu endereço em Dublin assim que chegar à Irlanda. Quando você estiver pronta, poderá me procurar.

— Você parece ter certeza de que eu vou.

— Porque um dia você vai.

— Talvez isso não pareça amor para você, Lidia, mas é — assegurou Ania com olhar triste.

— E se você descobrisse que ele tem outra pessoa?

— Mas, Lidia, é claro que ele tem. Tem uma mulher e uma filha.

— Não, estou falando de outra mulher, além da esposa.

— Ora, não seja ridícula!

— Ele tem outra mulher, Ania, acredite em mim — garantiu Lidia.

— Por que diz isso?

— Ela é amiga da minha irmã e garante que é amor, igualzinho a você.

— Não acredito.

— E por que eu diria uma coisa dessas se não fosse verdade?

— Para eu ir com você para a Irlanda e você ter companhia para se estabelecer lá. Não posso ir, Lidia. Não posso deixar Mamusia, nem esta aldeia, nem minhas irmãs...

— Nem Marek. — Lídia terminou a frase para ela. — Sei que um dia você irá e vou lhe informar meu endereço assim que chegar lá.

— Qual é o nome dela?

— Quem?

— A amiga da sua irmã.

— Julita.

— Tudo bem — disse Ania.

A partir desse ponto, as coisas começaram a ficar um pouco mais claras. Era como se a imagem no visor de uma câmera fotográfica tivesse entrado em foco. Ania se lembrava de ter ouvido falar de Julita nas semanas seguintes, mas nada fez com a informação que recebera; simplesmente a deixou arquivada no fundo da mente, em uma região raramente usada. Mamusia, porém, começou a se queixar de que algumas das suas clientes mais antigas pareciam estar arranjando desculpas para não lhe pedir mais serviços de costura. Suas irmãs lhe contaram que Ania se tornara o grande alvo das fofocas da aldeia. O jovem e simpático padre lhe perguntou se alguma coisa a perturbava e lembrou que era sempre um bom ouvinte, mesmo que não pudesse ajudar em muita coisa.

Um dia, Ania foi procurar Lev, que trabalhava em uma fábrica de sorvetes desde que saíra do Bridge Café. Ania foi propor um contrato para a mãe fazer os macacões e uniformes da fábrica.

— Como vão os negócios no café? — perguntou ele.

— Acho que vão bem. Marek não fala muito dessas coisas.

— Ele devia ter sido mais honesto com você, Ania, sempre achei isso — Lev balançou a cabeça para os lados. — Afinal de contas, foi você quem nos deu a dica de que o café estava à venda.

— Não, eu escrevi para Marek contando a novidade, mas ele já sabia.

— Ele não sabia, Ania. Simplesmente não quis que você pensasse que era a responsável pela descoberta do lugar.

— Então deve ter havido algum mal-entendido... — disse ela.

Por fim, Ania recebeu uma carta de Gdansk, enviada por sua cunhada.

Querida Ania,

Não sei por que estou lhe escrevendo esta carta, mas confesso que gostei de você logo de cara quando Józef e eu estivemos aí para visitá-las.

Na semana passada, fomos a uma feira daquelas em que as pessoas compram equipamentos para restaurantes. Vimos Marek lá. Estava pesquisando o preço de um equipamento caríssimo para preparar panquecas e crepes. Conversamos um pouco, mas ele não se lembrou de nós, e também não dissemos quem éramos. Ele estava acompanhado de uma jovem linda chamada Julita.

Seja lá o que você faça da sua vida, Ania, eu lhe desejo muita sorte e felicidade.

Józef acha que não devíamos nos meter mais no assunto nem lhe contar nada, mas achei que você devia receber pelo menos essa informação para ajudá-la a fazer sua escolha.

Com amor,

Zofia.

— Onde é que o Marek esteve na semana passada? — perguntou Ania a Roman com ar casual.

— Ah, ele foi a uma feira de equipamentos. Há muitas máquinas interessantes nesses lugares. Espero que tenha comprado algumas para o café.

— E ele tem dinheiro para tudo isso? — Há muito tempo eles deixaram de chamar o lugar de "nosso café". O negócio pertencia a Marek agora, e todos sabiam disso.

— Bem, ele tem muito apoio do sogro — explicou Roman.

— Sim, desde que não se meta em encrencas — disse Ania.

— Como assim? — Roman pareceu tenso.

— Não sei — disse Ania sinceramente.

Quando Marek chegou naquela noite, Ania ouviu Roman avisá-lo de que ela estava de mau humor. Certamente foi por isso que ele se mostrou muito simpático e charmoso ao chegar perto dela.

— Querida Ania, você está linda. Vai dançar com os clientes hoje à noite para deixá-los com sede e fazê-los gastar dinheiro com nossas bebidas?

— Para quê? Para você pagar a máquina de fazer crepes mais depressa? — perguntou ela.

— Como é que você soube dessa máquina? — perguntou desconfiado.

— Como eu soube? Ora, consigo enxergar a alma das pessoas e sei que você se interessou por uma máquina de fazer crepes.

— Ah, é? E consegue enxergar também que você vai precisar encurtar sua blusa para animar os rapazes a dançar mais?

— Não, isso eu não consigo ver, não. Que estranho...

Ele se virou e foi falar com Roman.

— Você tem razão, ela está esquisita hoje — ela o ouviu dizer.

Ania foi passear no quintal para colher flores. Colocou-as em um jarro e já ia levá-las para cima.

— Aonde você vai? — quis saber Marek, impedindo-a de subir.

— Colhi algumas flores para enfeitar o quarto. Vou levá-las.

— Não, não suba agora, porque está tudo muito desarrumado.

— Então está como sempre, não é?

— Você está bem, Ania?

— Sim, estou ótima.

— Que bom. Pode deixar que eu levo as flores lá para cima depois.

— Quer que eu passe a noite aqui?

— Escute... Esta noite talvez não seja uma boa.

— Entendo...

— Entende o quê? — Ele parecia perturbado.

— Tudo. Provavelmente, Oliwia está ficando desconfiada e você precisa da amizade do pai dela para pagar as máquinas que encomendou na feira.

— Como é que você sabe que estive numa feira?

— Você mesmo me contou, não lembra?

— Não, não lembro.

— Ora, pois contou, sim. Roman também disse que você esteve lá. Por quê?

— Por nada.

— Tenho razão sobre o pai de Oliwia?

— Mais ou menos.

— Não foi uma sorte você ter descoberto a tempo que este lugar estava à venda, Marek? — perguntou ela.

— Sim, claro que foi.

— E quem foi mesmo que lhe deu essa dica?

— Eu nem lembro, faz tanto tempo... — Marek pareceu meio desconfortável. Era estranho vê-lo daquele jeito. Sempre foi Ania que se mostrava apreensiva, mas naquela noite era o contrário.

Ela trabalhou até tarde. Não dançou com ninguém, mas trabalhou sem parar e ajudou a servir as mesas. No fim do expediente, vestiu o casaco e saiu, na direção de casa. Marek correu atrás dela.

— Há algo de errado, Ania? Você esteve muito estranha o dia inteiro — disse ele.

— Não, nada de errado. — Ela continuou a andar.

— Você sabe como é a situação. Dependemos muito, financeiramente, do pai de Oliwia, e não há nada que você ou eu possamos fazer a respeito por enquanto. Além do mais, a pequena Katarina está crescendo, observa as coisas, então não pode ficar muito tempo no café. Com isso, preciso passar mais horas em casa. Mas você conhece já os meus problemas.

— Sim. — Ania não diminuiu o passo.

— E você entende que eu amo você e apenas você?

— Claro.

— Então, por que essa atitude hostil?

— Vá embora, Marek. Volte para o café. Julita vai querer saber o que aconteceu com você.

— Julita? — Ele parou de repente, como se tivesse sido atingido por um tiro. — Você quer dizer Oliwia.

— Não, é Julita mesmo; ela deve estar de bom humor, já que ganhou um lindo arranjo de flores, mas vai querer saber por que você não subiu para ficar com ela.

— Não sei do que você está falando — replicou ele quase gritando.

— Adeus, Marek.

— O que significa isso? — quis saber, começando a parecer derrotado.

— Exatamente o que a palavra sugere. Adeus.

— Você vai sair do café?

— Já saí.

— Mas não pode fazer isso! E o seu emprego, o salário... e... todo o resto?

— Já peguei meu salário da gaveta do caixa e deixei um bilhete explicando.

— O que vai fazer?

— Não sei.

— Você vai superar essa fase, tudo não passa de uma bobagem, não significa nada.

— Não, não vou superar.

— Mas você superou meu casamento com Oliwia. E voltou para a minha cama depois disso.

— Eu sei. Isso não foi espantoso? — perguntou Ania.

Já estavam perto da casa dela, e Marek percebeu que não conseguiria ir mais adiante naquela noite.

— Amanhã, quando tudo estiver mais calmo, conversaremos a respeito. Existe um ditado que diz: "A manhã é mais sábia do que a noite." Talvez seja isso mesmo.

— É... talvez.

— Vejo você amanhã, Ania.

— Adeus, Marek.

Ela passou a noite em claro, o que foi bom, porque havia muito a fazer. Terminou trabalhos de costura de sua mãe, deixou as roupas todas passadas, dobradas e etiquetadas. Então, sentou-se e escreveu uma longa carta para a mãe. Depois de conseguir ultrapassar o bloqueio das primeiras linhas, foi fácil ir em frente.

Minha querida Mamusia,

Tenho sido uma filha péssima para a senhora, mas pretendo compensar tudo. Fui tola, incrivelmente tola, Mamusia, enxergando o amor onde ele não existia, acreditando em palavras que eram falsas e fazendo papel de idiota.

Preciso ir embora. Pretendo compensar a senhora por tudo, Mamusia, pode acreditar. Vou para a Irlanda procurar Lidia. Antes disso, porém, vou lhe contar toda a história. Não quero mais mentiras, Mamusia. Quero que a senhora conheça uma história triste de estupidez e burrice...

A partir desse ponto foi fácil. Na verdade, Ania se perguntou por que nunca contara nada à mãe. Fez a mala com algumas roupas e colocou o restante das suas coisas em uma caixa grande de papelão para o caso de serem úteis para as irmãs. Deixou o casaco verde por cima de tudo, o casaco que a mãe fizera com retalhos de veludo, a roupa que Ania usara para atrair Marek.

Numa caixinha, de presente para a mãe, deixou o broche de esmalte cor-de-rosa e branco que comprara para chamar a atenção do homem com quem se envolvera. Um pouco antes de amanhecer, levou o café da manhã para a mãe na cama. Pão quente com mel e café com leite.

Mamusia se sentou na cama, maravilhada com a atenção da filha.

— Mas hoje não é o meu aniversário, Ania. Por que fez isso?

— Preciso pegar o ônibus agora cedo, Mamusia. Não tenha pressa para se levantar. Está tudo pronto e arrumado lá em baixo.

— Você é a melhor filha do mundo.

— Volte a dormir, Mamusia.

— À noitinha vamos nos ver, minha pequena Ania.

— Adeus, Mamusia — disse ela.

Ania havia limpado e esvaziado o quarto, e deixou um envelope com todas as suas economias sobre a mesa da cozinha, onde Mamusia certamente o encontraria. Olhou para a casa à sua volta uma última vez e fechou a porta ao sair, sem fazer barulho.

Da aldeia próxima, pegou um trem para a cidade e depois um avião para Dublin. Não havia sobrado quase dinheiro nenhum quando o avião aterrissou. Ania devia muito à sua Mamusia, que a partir de agora teria de enfrentar a vida sem ela. Quanto a Ania, começaria uma nova poupança do zero.

A Irlanda era um país rico, muito rico, com empregos por toda parte. Quando Ania lhe telefonou naquela manhã, Lidia ficou contente e informou seu endereço. O apartamento onde Lidia morava ficava em cima de um restaurante polonês. Ania só chegaria a Dublin à noite, e Lidia avisou que, se ainda não estivesse de volta quando Ania chegasse, a amiga poderia esperá-la no andar de baixo tomando um café. Lidia iria avisar no restaurante que Ania estava chegando.

Sentada no ônibus que a levaria do aeroporto de Dublin para a rua onde Lidia morava, Ania olhou espantada para as imensas autoestradas, os belos edifícios novos, os guindastes altíssimos que se elevavam em direção ao céu. Ao chegar perto do centro, viu casas grandes, muitos prédios de apartamentos e edifícios comerciais iluminados contra o céu noturno. Havia centenas de jovens circulando por ruas de calçadas largas que davam em praças elegantes. Será que ela havia chegado num dia de feriado local ou, quem sabe, durante algum festival?

Ania mostrou a algumas pessoas do ônibus o endereço manuscrito, e elas lhe indicaram a direção certa. Logo ela estava no restaurante polonês, comendo um prato de sopa e conversando com as pessoas simpáticas que lá trabalhavam.

Lidia estava quase voltando, informaram. Ela trabalhava em vários bares e restaurantes, e ninguém sabia ao certo em qual deles estava naquela noite. Logo depois, Lidia chegou; houve muitos abraços, lágrimas de alegria, e os donos do restaurante serviram uma dose de *slivovitz*.

— Onde você vai trabalhar, Ania? — perguntou-lhe um dos garçons, em polonês.

— Não sei... Acho que ainda estou me sentindo na Polônia — ela riu.

— Quem sabe você poderia lavar e passar nossas roupas aqui mesmo? — sugeriu um dos garçons.

— Puxa, eu ficaria muito feliz...

— Ela ficaria muito feliz em ver vocês todos bem-vestidos e elegantes — completou Lidia antes que Ania aceitasse um emprego de lavadeira.

— Por que vocês duas não vêm trabalhar aqui? — propôs o mesmo garçom, com um sorriso imenso.

— Porque, se quiséssemos trabalhar para um bando de polacos sem futuro que bebem um balde de cerveja toda noite, não teríamos nos dado o trabalho de viajar tanto. Na Polônia, tínhamos isso em cada esquina — informou Lidia, rindo muito, e empurrou Ania para cima.

O apartamento era pequeno e antigo. Havia um quarto minúsculo para cada uma.

— Você não divide o apartamento com ninguém? — perguntou Ania, admirada.

— Não...

— Sabia que eu acabaria vindo para cá?

— Sim. Sabia que você viria quando se sentisse pronta — disse Lidia.

Não era difícil conseguir trabalho em Dublin, desde que a pessoa estivesse disposta a fazer faxina, lavar pratos, cuidar de idosos ou repor produtos em prateleiras. O problema é que o inglês de Ania não era bom.

— Não frequente apenas locais onde há um monte de poloneses, senão você nunca vai aprender a falar a língua deste país — avisou Lidia.

— Eu poderia procurar uma agência de empregos.

— Não! Lá você vai conviver com imigrantes o tempo todo, e a agência ainda vai ficar com a maior parte do seu salário. Tudo o que precisamos fazer é perguntar por aí. Só que eles não vão aceitar você em um pub, pelo menos enquanto não aprender o que é uma tulipa, um chope, um meio a meio, uma cerveja black and tan. Dá para montar um dicionário só com os nomes das bebidas desta terra — afirmou Lidia

— Obrigada por não me encher de perguntas, Lidia.

— No momento certo você vai me contar tudo.

Ania escrevia para a mãe todas as semanas. Queria saber tudo sobre a saúde da sua Mamusia e do bebê, seu sobrinho. Perguntava como estava a sra. Żak e se os pedidos de uniformes para a fábrica de sorvete onde Lev trabalhava estavam chegando. Nunca mencionou o Bridge Café nem as pessoas ligadas a ele. Contava histórias sobre Dublin, sobre como a Irlanda era rica, comentava as roupas maravilhosas que via, os jovens que tinham carro próprio e iam dirigindo para a escola e a universidade. Tudo era como no cinema. Parecia Hollywood, Ania não se cansava de repetir.

Recebeu cartas que a fizeram sentir saudades de casa, apesar de a mãe nunca mencionar Marek. De vez em quando, chegava um ou outro cartão-postal enviado por suas irmãs. Às vezes, sentia falta de morar em um lugar pequeno onde as pessoas conheciam todo mundo que passava nas ruas.

Um dia, recebeu uma carta de Zofia, sua cunhada.

Muito bem, Ania. Você é uma jovem de muita coragem. Estou contente por você ter tomado essa decisão e espero que as coisas corram bem em sua vida. Tenho certeza de que vão correr.

Gostaria de lhe contar um segredo. Antes de conhecer seu irmão, eu também me envolvi com um sujeito como Marek; um homem desses que recebe, recebe e não oferece nada em troca. Só quando conheci alguém bom e decente consegui enxergar o quanto o primeiro era péssimo. Vai acontecer o mesmo com você. Boa sorte nesse país novo e estranho...

Zofia

Durante as primeiras semanas, aquela lhe pareceu realmente uma terra estranha.

Ania fazia faxina em consultórios e escritórios assim que o dia raiava: isso lhe exigia acordar às quatro da manhã. Também trabalhou num salão de cabeleireiro, lavando as toalhas e limpando o chão, mas esses eram "bicos", só para os dias em que alguém saía de férias ou ficava doente. Ania precisava de um emprego só seu. Sonhava em conhecer uma costureira ou mesmo uma lavanderia a seco onde ela pudesse trabalhar fazendo consertos e alterações nas roupas. Seu inglês, porém, continuava muito fraco. Quem aceitaria pagar um salário fixo para alguém que só sabia dizer *por favor, desculpe* e *poderia repetir o que disse?*

Estudou com muito afinco um livro de frases prontas e frequentou aulas de inglês num centro paroquial, onde conheceu o padre Brian. Fez cortinas novas para o salão e, de vez em quando, passava a ferro as roupas do religioso. Nunca faltava à missa aos domingos.

Naturalmente, Ania também aceitou passar a ferro as roupas dos garçons do restaurante acima do qual ficara seu apartamento.

Lidia balançou a cabeça, lamentando aquilo.

— Eles vão tirar proveito do seu trabalho. Não têm muito dinheiro, como é que vão conseguir lhe pagar...?

O fato é que eles pagavam Ania em refeições. Ela nunca passou fome e guardava os euros que ganhava em uma caixa debaixo da cama. Agora, porém, ela havia conseguido um emprego realmente fabuloso em uma clínica de cardiologia. Depois de conseguir seu lugar ao sol, progrediu de forma espantosa. Já era uma pessoa com autoridade, um verdadeiro membro da equipe. Tinha novos amigos que a ajudavam a aprender inglês. Ania sempre lhes pedia que eles a corrigissem sem pena quando ela falasse errado. Se não fosse assim, como aprenderia o idioma? Clara a tinha levado para almoçar em um belo restaurante logo no primeiro dia e várias vezes depois. Ela se tornara amiga das enfermeiras Fiona e Barbara. De vez em quando ia com elas ao cinema. A mãe do dr. Declan contratara Ania para trabalhar algumas horas por semana na sua lavanderia. A pobre Hilary, que recentemente perdera a mãe de forma trágica, também era sua amiga. Ania a ajudou a carregar uma infinidade de sacolas com roupas da sua falecida mãe para bazares de caridade. Hilary tinha um filho caloroso e simpático chamado Nick, que incentivava Ania o tempo todo; a cada semana, ela se sentia um pouco mais forte.

Um dia, Hilary comentou com Ania que ela era uma pessoa pacífica e serena para se ter como companhia.

— Serena! — Ania repetia as palavras novas muitas vezes para aprendê-las.

— Não se importe com os termos que uso, Ania. Comigo você só vai aprender palavras esquisitas.

— Mas eu gostei dessa palavra, *serena* — disse Ania. — É exatamente o que eu gostaria de ser.

Em pouco tempo, as cartas que Ania escrevia à mãe passaram a falar mais das pessoas com quem ela convivia do que da riqueza e do brilho da capital da Irlanda. Já não se sentia alguém de fora que olhava para dentro; estava integrada ao lugar. Contou como tinha ajudado Judy Murphy a dar banho em seus divertidos cães da raça terrier e de como conhecera um simpático pároco polonês, o padre Tomasz, que convidara a todos na clínica para um piquenique no santuário de Santa Ana, em Rossmore. Também contou sobre o dr. Declan, o terrível acidente que sofrera e seu regresso ao trabalho.

Mencionou um homem muito simpático chamado Carl, filho de um dos pacientes da clínica. Ele estava dando aulas de inglês a Ania e ensinando muitas coisas sobre a Irlanda. Carl era professor em uma escola e levara Ania para assistir a uma peça sobre o nascimento de Jesus. Era espantoso como as crianças de todo o mundo aprendiam a história do Menino Jesus da mesma maneira.

"Se a senhora me visse agora, ficaria orgulhosa de mim, Mamusia", escreveu. "Aprendi a andar de cabeça erguida, a cumprimentar as pessoas olhando-as de frente e nunca fiquei sem trabalho. Estou fazendo economias e daqui a um ano pretendo voltar à Polônia para lhe entregar todo o dinheiro que poupei."

Mamusia respondeu que sempre se orgulhara de Ania e não queria que ela poupasse seu dinheiro. Disse à filha que ela devia gastar o que ganhava consigo mesma. Quem sabe ir ao teatro, comprar uma roupa bonita ou até mesmo uma joia que a agradasse. Era isso que Mamusia realmente queria para sua filha.

À medida que a Irlanda se tornava cada vez mais real para Ania, a Polônia começava a se dissolver no passado. Com exceção das cartas da Mamusia, dos deliciosos bate-papos no restaurante debaixo de seu apartamento e das garotas que conhecera no centro paroquial, Ania já quase não falava nem pensava em polonês. Chegou a contar a Lidia, com orgulho, que até sonhava em inglês. Por tudo isso, levou um verdadeiro choque ao voltar para casa certa noite e encontrar Marek no restaurante.

À sua espera.

Ania estava muito cansada. Aquela fora uma noite longa, sem muitos clientes na lavanderia, o que resultou em poucas gorjetas. Tudo o que ela queria era comer um sanduíche, tomar um copo grande de leite e ir para a cama.

Um confronto com Marek, depois de todo aquele tempo, não era em absoluto o que ela planejava para aquela noite.

— Que surpresa! — reagiu ela em inglês.

Ele respondeu em polonês:

— Que bom voltar a ver você. Puxa, Ania, ansiei tanto por esse momento.

— Imagino que sim — respondeu ela ainda em inglês. — Tenho certeza de que mal conseguia esperar.

Ele desistiu e começou a falar em inglês para acompanhá-la.

— Fale a verdade: você sente o mesmo?

— Vou falar a verdade, Marek. Estou muito cansada. E é só isso.

— Mas não está contente por me ver? — Ele não conseguia acreditar na frieza de suas respostas.

— Ora, Marek... Todas as pessoas ficam sempre contentes por ver você. Como vai Oliwia? E Julita?

— A Julita não está mais comigo.

— Ah, não? Mas tenho certeza de que já foi substituída — disse Ania com um tom amargo.

— Você sabe que nunca houve ninguém importante, a não ser a minha pequena Ania.

— Sim, claro que sei disso — Ania concordou, exibindo um sorriso cansado. — Para onde Julita foi?

— Tenho certeza de que aquela intrometida da Lidia já lhe contou a fofoca completa, tudo que aconteceu no café.

— Não. Lidia e eu nunca conversamos sobre o Bridge Café — disse ela de forma simples e franca.

— Acha que vou acreditar nisso? — perguntou ele.

— Volte para casa; volte para sua esposa, Marek.

— Oliwia também não está mais comigo. Tivemos muitos problemas. O pai dela ouviu boatos e ficou muito zangado.

— Puxa, isso é triste, mas não tem nada a ver comigo — afirmou Ania.

— Tem sim. Quero recomeçar a minha vida. Do zero, desde o princípio — Marek tinha um olhar ansioso e nostálgico no rosto.

— Você está louco? — perguntou Ania.

— Bem... A verdade é que você voltou para a minha cama, mesmo depois de me casar com Oliwia — argumentou ele, ofendido com a reação dela.

— Sim, eu fiz isso, e não faço a mínima ideia do motivo. Continua sendo um mistério na minha vida. Eu é que estava louca durante aquele tempo todo.

— Você ficou lá porque me amava — explicou ele pacientemente, como se falasse com uma criança pequena.

— Você veio passar férias na Irlanda? — perguntou Ania, mudando subitamente de assunto.

— Não. Ouvi dizer que há muitas oportunidades aqui e vou abrir um clube noturno com dois amigos.

— Você vai abandonar o Bridge Café?

— Não posso abandoná-lo, porque o lugar já não me pertence.

— E a sua filhinha, Katarina?

— Ela não vai se importar com a minha ausência, pois tem a mãe e um avô rico.

— E por que veio me procurar?

— Quando inaugurarmos o clube noturno, quero que você venha trabalhar comigo. Tudo vai ser como antes.

— Não existem clubes noturnos desse tipo na Irlanda — avisou Ania.

— Vai ser um clube de striptease. Eles existem em toda parte. E você dança muito bem, Ania.

— Mas Marek... Eu jamais dançaria nua agarrada a um poste ou em cima das mesas dos clientes, olhando para eles. — Ania estava chocada.

— Mas iria se sair muito bem. Continua linda; não ficou gorda e balofa como Oliwia.

— Boa-noite, Marek. — Fez menção de subir as escadas, mas ele a segurou pelo braço.

— Deixe eu subir com você — pediu.

— Vá para casa, Marek. Volte para a Polônia e limpe toda a sujeira que deixou para trás. — Dessa vez ele a segurou com mais força, impedindo-a de subir. Por trás dele, Ania reparou que os garçons já se aproximavam para protegê-la.

— Está tudo bem, ele já está saindo — Ania avisou aos rapazes.

— Você me deve isso. Devemos muita coisa um ao outro, Ania. Temos um sonho inacabado.

— Que não passou disso, Marek: um sonho. De minha parte, pelo menos. De sua parte não sei. A única certeza que tenho é que você nunca me amou. Nunca. Acredita que me senti aliviada por, finalmente, entender isso? Durante muito tempo achei que você me amava e eu, de algum modo, tinha feito algo de errado para perder seu amor. Agora me sinto muito melhor. Já não tenho medo de você. Não me preocupo mais se vou ou não desagradar você... — Ania percebeu que Lidia havia acabado de entrar e se colocara ao seu lado, oferecendo-lhe um apoio silencioso.

Marek se virou para Lidia, enfurecido, e lhe perguntou:

— Então, sua vadia, por que não contou a ela o que aconteceu lá?

— Não contei porque não queria que ela tivesse um pretexto para sentir pena de você, Marek. Receei que ainda o amasse e dissesse algo em sua defesa.

Marek se aproximou de Ania, mas ela o rejeitou. Ouviu o dono do restaurante perguntar:

— O que devemos fazer agora?

Lidia não sabia o que dizer. Era a vez de Ania se pronunciar.

Ela levou dez segundos. Por fim, disse:

— Ele já está indo embora. — Estufou o peito, como disse à sua mãe que fazia agora. Olhou fixamente, com orgulho, para todos em volta. Não precisava pedir desculpas a ninguém.

Naquele momento, todos reconheceram isso, em especial Marek. Ele se desvencilhou das mãos que o haviam agarrado por trás.

— Tudo bem, vou embora — reagiu com raiva. Então, virou-se para Ania e sussurrou: — Eu amei você por algum tempo. Amei de verdade.

— Adeus, Marek — disse ela, como tinha feito tantos meses antes, na noite em que deixou a Polônia. Só que dessa vez sentiu em si que era sério.

Ania percebeu que havia recebido uma nova chance na vida, um novo começo. Era como se tivesse sido lavada por dentro, mais ou menos como se sentia ao sair do confessionário, muito tempo atrás. Seu inglês estava quase tão bom a ponto de poder se confessar, agora em seu novo país. Talvez ela fosse procurar o simpático padre Flynn. Resolveu que faria isso ainda naquela semana.

5

Brian Flynn não sabia o que esperar quando o novo padre polonês chegou a Rossmore. Certamente não imaginou que estava entrando em contato com o homem que se tornaria seu melhor amigo.

Tomasz era jovem, alegre e otimista, ansioso por fazer tudo o que pudesse para ajudar na paróquia. Era o tipo de sacerdote que Brian achava que ele próprio costumava ser há vinte anos: alguém que acreditava que tudo podia ser alcançado com determinação e boa vontade. Só que Brian já não acreditava nisso. As pessoas não pareciam mais *precisar* da Igreja hoje em dia, e era comum ele se perguntar de que adiantava tentar servir de elo entre Deus e os fiéis.

Com exceção de alguns idosos, não havia quase ninguém na missa das dez da manhã. Em outra época, aquela era a primeira atividade do dia para muitas mulheres, antes mesmo de irem às compras. Ou para balconistas e atendentes de lojas, que costumavam dar uma passadinha na igreja por quinze minutos durante o horário de almoço. As meninas de escola apareciam para acender velas e rezar por um bom emprego ou um namorado bonito. Os pais de crianças doentes apareciam em busca de consolo e ajuda, e os ansiosos e atormentados vinham em busca de paz.

Onde estavam todas essas pessoas agora? Ou lá em cima, na parte norte do país, junto ao poço sagrado, conversando com Santa Ana ou levando a vida em frente com recursos religiosos próprios. Padre Brian Flynn sabia que, se isso fosse verdade e as pessoas *realmente* dessem conta da própria espiritualidade, ele deveria se alegrar por elas, e certamente Deus também estaria satisfeito. E, já que era assim, para que manter a tradição de rituais vazios se ninguém precisava deles?

Por outro lado, essa era a rota que levava à heresia. O passo seguinte seria achar que a Igreja católica não desempenhava papel *nenhum* na salvação das almas, um caminho pelo qual o padre Flynn não estava disposto a enveredar. Por isso observava, com uma ponta de inveja, o trabalho constante do jovem padre Tomasz, que marcava procissões para os poucos que as acompanhavam e organizava quermesses que eram solenemente ignoradas.

Os dias se passavam. Todas as manhãs, o bom padre visitava a mãe, que morava na casa de Neddy Nolan, um lar feliz onde Neddy e Clare, mesmo com uma filhinha recém-nascida, conseguiam tomar conta não só de sua mãe, mas também do padre já idoso e de mais dois irmãos com vida complicada. Os irmãos costumavam trabalhar num centro de jardinagem antes de o novo traçado da estrada mudar a cidade. Eles haviam reformado o jardim de Neddy e Clare, transformando-o no orgulho de toda a aldeia de Rossmore. Enquanto isso, Clare continuava a dar aulas na escola do convento local.

"São pessoas como essas que preenchem com outras coisas a necessidade de frequentar a igreja", comentava Brian Flynn com Tomasz durante as partidas de xadrez que jogavam à noite. Tomasz argumentava que tipos como os Nolan não haviam "substituído" a igreja. Pelo contrário, somavam seus valores aos dos religiosos, o que era motivo de celebração, e não de lástimas.

Tomasz fazia questão de aprender três novas palavras todas as noites. Apreciou, em especial, a palavra *beócio*.

— O que significa exatamente ser um *beócio*, Brian? — perguntou.

Como era frequente naqueles dias, Brian Flynn se mostrou sem graça.

— "Aquele sujeito é um beócio", por exemplo? Significa que não raciocina direito.

— Retardado? *Beócio* quer dizer retardado?

— Não, não — apressou-se a explicar o padre. — Quer dizer que se comporta de forma idiota.

— Como se tivesse um colapso nervoso?

— Não. Faz parte da sua natureza fazer idiotices. Deixe ver se consigo explicar melhor. É um sujeito ligeiramente mané.

— *Mané!* — exclamou Tomasz, adorando aquilo. — Que palavra maravilhosa! O que é um *mané*?

Foi um alívio mudar de assunto e falar sobre a conferência em Dublin, um dia inteiro de palestras e seminários sobre a Igreja e os novos irlandeses, o auxílio comunitário aos imigrantes, as políticas que começavam a se tornar relevantes para as paróquias de todo o país.

Brian e Tomasz pegaram o trem para Dublin a fim de participar da conferência. Em certo momento da reunião, o bispo procurou Brian e explicou que havia grande necessidade de padres enérgicos e batalhadores para trabalhar nos bairros pobres de Dublin.

— Por favor, Sua Graça, não me prive da presença do padre Tomasz. Ele é empolgado, ativo, uma força incomparável em Rossmore — implorou Brian.

— Mas quem está falando do padre Tomasz? Eu estava pensando em você! — replicou o bispo. A coisa foi simples assim. O processo já tivera início. Dali a três meses, o padre Brian Flynn seria transferido para uma paróquia em Dublin.

Ninguém parecia se importar com o lugar onde ele residiria. Houve um tempo em que a casa do sacerdote era um assunto importante e prioritário. Agora, não... Esperavam apenas que ele encontrasse um lugar para morar de uma hora para outra. Ele começou a fazer perguntas a várias pessoas, e Johnny, um sujeito grande, tão franco que chegava a ser rude, com aspecto de lutador de luta livre, informou que estava para vagar um apartamento no prédio onde morava. Nada sofisticado, é claro, mas com excelente localização. Havia um bom pub na esquina e uma loja de conveniência aberta durante todo o dia, logo adiante. O senhorio não morava no prédio, o que era sempre uma vantagem. Se bem que, analisando melhor, o padre Brian certamente não planejava dar festas agitadas. Por fim, a negociação ocorreu rapidamente, e o padre Tomasz contratou uma caminhonete para levar os poucos bens de Brian Flynn até Dublin. E seguiu junto.

— Fique com a minha manta, porque ela aquece mais. Aqui em Dublin, no inverno, faz um frio de lascar — ofereceu Tomasz.

— Nada disso, essa manta pertence à casa paroquial de Rossmore — disse Brian tentando ser justo.

— *Santo Cristo*, vocês parecem um casal de velhos corocas dividindo os bens depois de quatrocentos anos de casamento — brincou Johnny. Ele tinha opiniões fortes e definidas sobre o casamento, todas negativas. — Não entendo o motivo de toda essa agitação sobre o celibato — disse ele, abanando a cabeça de espanto. — Vocês estão muito melhor longe do casamento, são uns sortudos.

— Você só diz isso porque ainda não encontrou a mulher certa — replicou Brian.

— Não existe mulher certa, são todas iguais. Quando vejo sujeitos que pareciam normais limpando vômito dos próprios ombros, trocando fraldas e sendo atormentados por trouxinhas que esperneiam e berram "buááá" durante horas sem fim, eu me pergunto se o mundo não enlouqueceu de vez.

— Ora, mas se todos pensassem como você o mundo já teria acabado há muito, pois ninguém se casaria nem teria filhos.

— O que não faria mal a ninguém — resmungou Johnny.

O apartamento de Johnny, no primeiro andar, era cheio de equipamentos para musculação. Parecia uma academia de ginástica com máquinas, extensores e esteiras. Os únicos livros à vista eram manuais de condicionamento físico. Na geladeira, havia bebidas saudáveis e, no peitoril da janela, ele deixava sempre uma tigela com frutas frescas. Johnny era um jovem descontraído com quem era fácil conviver e se mostrava muito generoso com seu tempo e suas habilidades. Dava aulas de musculação todas as semanas em um centro social e incentivava as pessoas a correrem com ele nos parques. Até mesmo Brian.

— Precisamos acabar com essa sua barriguinha de padre sedentário — brincava ele. — Se pretende sobreviver na cidade grande, precisa ficar mais esbelto.

Tomasz tinha ensinado a Brian algumas frases básicas em polonês. Era muito melhor explicando o significado das palavras em polonês do que Brian com o inglês. À medida que as primeiras semanas se passavam, Brian descobriu que seu trabalho era mais de natureza social do que propriamente ritualístico ou sacerdotal.

Até que não era mau. Se, no fim do dia, ele tivesse conseguido alojar alguém, dar apoio a alguma criança ou influenciar um empregador a pagar o salário mínimo, seria melhor do que rezar a Deus por coisas que certamente nunca aconteceriam. Se ele tivesse a atitude jovial e prazerosa do padre Tomasz, enxergaria valores e virtudes em ambos os casos.

Brian pegava o trem todas as semanas para visitar a mãe em Rossmore. À medida que o tempo foi passando, porém, ela deixou de reconhecê-lo. Neddy assegurou que ele não devia se preocupar com isso, pois ele chamaria o dr. Dermot na mesma hora se algo acontecesse a ela. Enquanto isso, a sra. Flynn parecia contente em viver no passado, no tempo da sua juventude, esperando que o rapaz simpático que conhecera na excursão à ilha de Man ligasse para ela.

— Esse rapaz que ela espera foi seu pai, Brian? — perguntou Neddy, sorrindo com ar gentil, sempre em busca de um final feliz.

Brian sabia que o pai nunca tinha ido à ilha de Man, mas a bondade era uma lei superior.

— Ele mesmo — confirmou, e o sorriso de Neddy se abriu ainda mais.

Brian sempre recebia notícias de Neddy sobre sua mãe. Sabia, por exemplo, que ela passara a gostar muito do poço de Santa Ana e fora informado de que sua irmã Judy se casara com Skunk Slattery. Às vezes recebia cartas de antigos paroquianos agradecendo por tudo que ele fizera por eles e informando-lhe a respeito de milagres recentes, curas de maridos bêbados, recuperações de casamentos falidos e crianças rebeldes que haviam voltado a estudar. No entanto, a maior parte do crédito por tudo isso geralmente era dada a Santa Ana e seu estranho poço.

Brian absorvia mais coisas sobre Dublin durante suas corridas com Johnny do que aprenderia em qualquer outro lugar. A cada vez que parava para recuperar o fôlego, descobria alguma estátua pouco conhecida ou monumento ao qual ainda não havia prestado atenção. Descobriu também que mesmo em uma cidade grande, rica e brilhante como Dublin, cheia de luzes e agitação, as pessoas ainda se sentiam solitárias. Seu coração sofria pelos jovens do leste europeu que ficavam sempre juntos em busca de companhia naquela terra estranha. Aprendeu a comer todo tipo de comidas exóticas e com temperos fortes, além de fazer descobertas sobre repolhos e almôndegas que o deixaram absolutamente estupefato. Brian Flynn, um homem acostumado a comer apenas duas fatias de carne e duas batatas cozidas com cenouras, se tornara muito mais ousado gastronomicamente. E já não era difícil fazer amigos.

Johnny o apresentara a Ania, uma jovem polonesa que trabalhava na clínica de cardiologia onde Johnny fazia fisioterapia com os pacientes. Ania providenciou cortinas novas para o apartamento de Brian e disse que não queria ser paga pelo trabalho, pois era uma honra prestar um pequeno serviço a um bom padre. Brian lembrou a Ania que Nosso Senhor ensinou que quem trabalha merece ser remunerado, e Ania comentou, com simplicidade, que Deus era verdadeiramente bom. Contou como conhecera uma médica num estacionamento e como essa médica lhe arranjara um emprego com ótimo salário e um cargo importante. Em razão disso, Ania agora achava que poderia fazer ou ser qualquer coisa que desejasse. Às vezes aparecia nas reuniões noturnas que Brian organizava, especialmente quando ele convidava personalidades irlandesas para falar um pouco sobre o país, que recebia tantos estrangeiros.

Ania explicou que as pessoas adoravam aquelas reuniões por diversos motivos. Havia gente realmente interessada na realidade do país onde fora morar, mas outras pessoas esperavam conhecer gente que lhes oferecesse emprego. Muitas tinham frio, sentiam-se sozinhas e adoravam a chance de compartilhar uma sala quente e ter companhia. Brian se preocupava com esse último motivo de comparecimento e providenciou para que sempre houvesse algo para comer e um bule de chá. Instalou uma lareira, que todos adoraram, e decorou o salão com fotos de tesouros irlandeses, castelos antigos e lugares belíssimos. Sua preocupação era que todos ali se lançassem ao trabalho com determinação demais e acabassem por desconhecer o país que os acolhera.

Foi na noite do réveillon que Brian conheceu Eileen Edwards, uma irlandesa. Ela já ouvira falar do centro social e queria participar das atividades. Brian lhe informou que aquele era um lugar para promover encontros e dar as boas-vindas aos imigrantes recém-chegados, mas Eileen insistiu em comparecer.

— Ouvi o senhor falar sobre o centro paroquial durante a missa, padre. Frequento a igreja e queria participar disso, se entende o que quero dizer.

Brian não entendia exatamente o que ela queria dizer. Era uma loura bonita, com vinte e poucos anos, cabelos encaracolados, muito bem-vestida, sempre com casaco de couro. Morava em um apartamento caro alguns quarteirões adiante.

— Sou escritora freelance — informou a Brian —, mas o problema é que recebo uma mesada polpuda do meu pai, não passo *fome* o suficiente para escrever, se é que me entende.

Novamente, Brian não entendeu o que ela queria dizer. Para ele, aquilo era uma coisa simples: ou você é escritor ou não é. Contudo, o que ele poderia conhecer a respeito dessas coisas? Ali estava uma paroquiana simpática oferecendo ajuda. Ele tinha de encontrar alguma coisa para ela fazer.

Aos poucos, Eileen Edwards se tornou parte da rotina no centro paroquial do padre Flynn. Ajudava muito nas aulas de conversação em inglês e vivia por lá, servindo chá a todos, sempre vestida como se tivesse uma festa elegante para ir depois dali. Às vezes, permitia que as garotas do centro experimentassem seus casacos caros e lhes contava do seu belo apartamento, onde havia um closet só para sapatos.

— Isso é papo furado, Brian. Ela quer apenas circular entre os pobres para ver como é ou quem sabe para arrumar um namorado rude.

— Ah, o velho Johnny e sua língua ferina — disse Brian balançando a cabeça.

— O que mais poderia ser, Brian? Ela vive aqui, analisando as pessoas dos pés à cabeça.

— Ela já flertou com você? — perguntou Brian, interessado. — Afinal, não conseguiria arranjar nenhum namorado mais rude por aqui, com direito a nariz quebrado e tudo.

Johnny não se ofendeu. Ficou refletindo seriamente sobre aquilo.

— Não, ela não me paquerou, não. E, se fosse o caso, não se daria bem. Nada disso, acho que é de *você* que ela gosta, Brian.

— De mim?! — Brian se mostrou muito espantado. — Um padre gordo de meia-idade?

— Claro que você teria de desistir de toda essa história de sacerdócio, celibato, e virar uma pessoa normal como nós — completou Johnny.

— Normal? E você é normal por acaso? Você pirou de vez, Johnny, está completamente maluco.

— Vai ver que estou mesmo — concordou Johnny. — E a única cura para a insanidade, como todos sabem, é um bom chope.

— Vai ver é por isso que você me arrasta para aquelas caminhadas masoquistas e depois me entope de cerveja — resmungou Brian.

— Alguém precisa cuidar da sua vida social antes que aquela filhinha de papai desencaminhe você — explicou Johnny.

Brian riu. Johnny transformava tudo em drama e enxergava mulheres predadoras em cada esquina.

No entanto, não era o único que estava contra Eileen Edwards. A irmã do padre Flynn, Judy Slattery, também não gostava da jovem.

Judy se casara em Rossmore com um homem que todo mundo conhecia como Skunk, embora Judy sempre se referisse a ele como Sebastian. Conhecera o marido em uma visita ao poço sagrado de Santa Ana e não aceitava que falassem mal da santa nem das superstições populares sobre o santuário. Sua obsessão era trocar o nome do marido — que sempre fora conhecido como Skunk — para Sebastian. Skunk, além de ser o nome em inglês para um animal fedorento e repulsivo, também era uma droga pavorosa, derivada da maconha. Sebastian não devia ter seu nome associado a essas coisas.

Às vezes, as conversas de Judy com Brian se tornavam agressivas, mas Skunk Slattery era um grande pacificador.

— Deixe o pobre do seu irmão em paz, Judy! Ele é um pároco confuso que não sabe se está indo ou vindo. Deixe-o expressar seus delírios e indignações com o poço de Santa Ana. Isso o faz se sentir ousado.

Mas Skunk não estava por perto para manter a paz quando Judy foi a Dublin visitar seu irmão.

— Por que você permite que essa garota circule livremente por aqui? Isso vai acabar em encrenca — garantiu Judy.

— Mas ela nos ajuda. É voluntária — explicou Brian de forma vaga.

— Acho que ela se ofereceria como voluntária para *qualquer coisa* — contrapôs Judy com ar de desaprovação.

— Por que você não gosta dela, Judy? Ela é inofensiva e provavelmente se sente solitária.

— Humm, você vai ver... Não gosto do jeito como ela se refere a você... "Ah, estou ensinando Brian a digitar mensagens no computador; oh, acho que Brian precisa aprender a enviar e-mails; ah, acho que Brian está fazendo um trabalho *maravilhoso* com essa gente.

— Imitar o jeito de falar dos outros é muito cruel, Judy. — Agora Brian estava irritado. — Ela não tem culpa de ter um sotaque arrogante.

— Não estou me *referindo* ao sotaque dela, mas sim às coisas que diz — Judy estava a fim de briga.

— Pois é tudo verdade. Ela *está* me ensinando a enviar e-mails e me *ensinou* a mexer no computador. Saber essas coisas é muito útil hoje em dia.

Judy fungou com tanta força que deu para ouvir do outro lado do rio Liffey.

Poucos dias depois, Eileen apareceu no apartamento do padre Flynn.

— Olá! — cumprimentou ele, pego de surpresa.

— Você está bem? Pareceu-me solitário em seu e-mail.

— Meu e-mail?— perguntou Brian, atônito.

— Sim, aquele que me enviou há duas horas — disse Eileen.

— Mas eu não lhe mandei nenhum e-mail, Eileen.

— Mandou, sim, Brian, veja só... — ela pegou na bolsa uma folha impressa.

— Vou pegar os óculos — disse ele.

— Mas, antes, me convide para entrar, em vez de me deixar plantada aqui na porta.

A contragosto, ele a convidou para entrar no seu apartamento muito humilde. Quando viu o espaço onde ele morava, Eileen gritou horrorizada:

— *Brian,* você não pode usar um tapete desses. Ele está velho demais!

— Não reparo nessas coisas — disse ele.

— E não existem duas cadeiras iguais em sua casa. Isso aqui parece o apartamento de um estudante do primeiro ano. E olhe aquele sofá cheio de buracos e caroços no estofamento! Francamente, Brian, você merece mais do que isso — ela balançou a cabeça.

— Estou muito bem-instalado aqui, obrigado, Eileen — disse Brian, e ela notou uma ponta de ressentimento na voz dele.

— Não era minha intenção criticar nada. Queria apenas que compreendesse o quanto você é *importante* para as pessoas daqui. Precisa cuidar melhor de si mesmo, Brian, permita-se um pouco de conforto. Aposto que você não tem sequer uma cozinha apresentável... — Sem esperar ser convidada, entrou na cozinha e olhou em volta com ar tristonho, estalando a língua. — Olhe só essas superfícies irregulares e esse chão frio, com linóleo furado... — Antes de ele conseguir impedi-la, ela entrou no quarto e viu a cama por fazer e as roupas penduradas em um cabide de pé que servia de guarda-roupa. As paredes estavam cobertas por pôsteres de times de futebol, certamente colocados ali para esconder as partes úmidas ou manchadas do papel de parede.

Ou, pelo menos, tentar esconder.

Alargando o colarinho com o dedo, Brian se sentiu pouco à vontade. Será que Johnny tinha razão? Empertigou a coluna para se recompor. Eileen Edwards era uma bela mulher de vinte e cinco anos, e ele era um padre gordo de meia-idade. Seria loucura achar que ela poderia gostar dele?

Eileen pegou um bloquinho de anotações da bolsa e começou a fazer uma lista. Brian sabia que aquilo devia ser cortado pela raiz imediatamente.

— É muita gentileza sua, Eileen. Sei que sua intenção é boa, mas a verdade é que você não está me ajudando em nada. Para ser franco, não dou a mínima para meu ambiente, e tanto o tapete quanto o restante do apartamento me parecem ótimos. Por favor, deixe tudo como está.

— Mas, Brian, suas camisas nem sequer estão passadas. Como é possível uma coisa dessas?

— Eu as coloco para secar penduradas no cabide, e elas ficam como que passadas a ferro — explicou com ar de lástima.

— Não ficam, não — replicou ela. — Estão muito enrugadas e amarrotadas. Você precisa de uma jovem bondosa que venha aqui lhe passar as roupas toda semana.

— Por favor, Eileen.

— Confesse: quando você era padre em Rossmore, alguém passava sua roupa a ferro?

— Anna, esposa de Józef. Acho que era ela quem cuidava das minhas roupas.

— Você acha? Nem tem certeza de quem fazia isso? — Ela se mostrou surpresa.

— Isso não me parecia assim tão importante.

— Mas *é* fundamental agora, pois você tem contato com muita gente, pessoas importantes que podem ajudá-lo e também o centro paroquial. O que pensarão se você aparecer esmolambado diante delas? Quem vai lhe oferecer dinheiro ou apoiar seus programas?

Ele estava torcendo para ela ir logo embora.

— Não quero atrasá-la, Eileen. Como disse, obrigado pelo seu interesse. Prometo *pensar* sobre isso tudo, mas não posso permitir que você passe minha roupa a ferro e...

Eileen soltou um grito de susto.

— *Eu?* Você achou que eu estava me oferecendo para passar sua roupa a ferro? Eu, hein, que ideia!

Ele sentiu que seu rosto e seu pescoço ficaram vermelhos.

— Desculpe. Pensei ter ouvido você comentar que eu precisava de uma jovem bondosa que me fizesse isso.

— Mas não disse que *eu* faria o serviço. O centro paroquial está cheio de garotas que fazem faxina, e elas aceitariam ajudar você num piscar de olhos.

— Sim, é claro. Desculpe — resmungou ele.

— Vim lhe fazer essa visitinha porque seu e-mail parecia insinuar que você precisava de companhia.

— Já disse que não lhe enviei nenhum e-mail, Eileen.

— Então o que é isso?

Brian tinha diante de si uma mensagem impressa que parecia realmente ter sido escrita por ele. Dizia que suas noites eram longas e solitárias e que uma companhia agradável certamente lhe faria bem.

— Ao ler isso, o que mais eu poderia pensar? — Eileen arregalou os olhos muito azuis, intrigada.

— Desculpe, Eileen, mas não fui eu que escrevi isso — garantiu ele.

— Mas a mensagem tem o seu nome e o endereço do seu e-mail.

Era verdade. A mensagem fora enviada por "padrebrian", seu endereço de e-mail.

— Tudo bem, Brian, esqueça essa história — concedeu Eileen, parecendo compreensiva, cheia de perdão e sabedoria.

— Mas não existe história nenhuma! — replicou ele desesperado.

Ela simplesmente olhou para a folha de papel na mão dele como se tivesse desistido de argumentar.

Brian Flynn não dormiu muito bem nessa noite. Refletiu sobre todas as explicações possíveis. Nenhuma delas lhe pareceu boa ou plausível. Na manhã seguinte, celebrou a missa, como de hábito, e apertou afetuosamente as mãos das pessoas que compareceram.

— Seria maravilhoso se houvesse um padre polonês para nos dar o sermão de vez em quando — comentou a pequena Ania. Ela e Lidia estavam lá, como de costume. Ania sempre conversava com o padre antes de ir embora. Foi nesse dia que Brian pensou em convidar seu amigo, o padre Tomasz, para dar um sermão ali uma vez por mês. Tomasz certamente adoraria, e as pessoas também gostariam muito. Seu rosto cansado pareceu se acender de alegria ao pensar em como tudo poderia ser arranjado.

— Mais uma coisa, padre... Eileen me disse que o senhor precisava de alguém para passar sua roupa a ferro. Isso seria uma honra para mim...

— Não, Ania, obrigado. Eileen deve ter entendido alguma coisa errada.

— Mas ela me disse que jantou ontem à noite em seu apartamento e o senhor comentou que suas roupas estavam muito amarrotadas, nem pareciam as roupas de quem lida com pessoas importantes, e me perguntou se eu não poderia...

— Não, Ania, muito obrigado, sinceramente, mas não. Outra coisa: Eileen *não jantou* comigo em meu apartamento, nem ontem nem em nenhuma outra noite. Simplesmente me apareceu com um e-mail estranho que parecia ter sido enviado por mim.

— Ela me contou que o senhor aprendeu a mandar e-mails muito bem e que lhe escreve muitas cartas. — Ania gostava de elogiar quem merecia.

— Ania, *nunca* escrevi carta nenhuma para Eileen. Por Deus, por que estou gritando com *você*? Tudo isso não passa de um mal-entendido.

— Entendo, padre Brian. — Os olhos acinzentados de Ania pareciam bondosos e solidários. Não eram os olhos frios, azuis, vidrados e ligeiramente loucos que Eileen tinha.

Brian Flynn continuou com suas atividades do dia, mas sentia um peso no coração.

Tomasz ficou muito empolgado com a chance de conversar com seus compatriotas poloneses. Pôs-se a pesquisar onde poderia ficar em Dublin, mas todos os lugares lhe pareciam caros demais.

— Você pode ficar na minha casa de graça — ofereceu Brian. — O sofá está cheio de buracos e calombos, mas, com algumas almofadas, é possível dormir lá.

Tomasz achou a ideia ótima e eles marcaram uma data.

Por e-mail, Tomasz mandou para Brian algumas ideias, em polonês, sobre os assuntos que gostaria de abordar. Brian foi a um cyber café para imprimir a mensagem. Aproveitando a oportunidade, perguntou ao atendente se era possível alguém ter enviado um e-mail fingindo ser ele.

— Só se alguém souber sua senha — explicou o atendente.

Brian sabia que ninguém conhecia sua senha. Nesse caso, o que poderia ter acontecido? Será que, num momento de loucura, ele enviara aquele e-mail para Eileen? Será que estava perdendo contato com a realidade?

O padre Tomasz adorou Dublin, com suas ruas antigas pavimentadas com paralelepípedos e os pequenos restaurantes que se espalhavam pelo bairro onde Brian Flynn mantinha sua paróquia. Tomou meia tulipa de chope com Johnny e Tim, seu colega da clínica de cardiologia. Deu uma volta pelo centro paroquial, refletindo sobre a missa do dia seguinte e, ao voltar para a casa de Brian, foi a um restaurante indiano barato que havia ali perto.

— Este lugar é fantástico, aqui você tem tudo do que precisa — comentou muito empolgado. Brian sentiu um nó na garganta. Era isso que precisava ouvir, que não era um perdedor patético. Os dois se sentaram e conversaram animadamente sobre Rossmore, o pároco Neddy Nolan, a nova livraria que Skunk e Judy pretendiam abrir e as novidades sobre o asilo Ferns and Heathers.

À meia-noite, Brian Flynn recebeu uma mensagem pelo celular que dizia: "Não, Brian, já está muito tarde, e não seria sensato eu ir até aí ver você. Amanhã nos encontraremos. Tente se animar, procure dormir bem e não volte a entrar em contato comigo. Seja um bom menino." Na última linha, vinha a despedida: "Com amor, Eileen."

Brian mostrou a mensagem a Tomasz.

— O detalhe é que *não enviei* mensagem nenhuma pedindo para ela vir me ver — disse ele com a cara triste de um cão sem dono.

Conversaram a respeito daquilo pela noite adentro. Tomasz tinha várias teorias. Quem sabe o jeito bondoso de Brian tivesse dado a Eileen uma espécie de falso estímulo? É claro que isso não explicava os e-mails e torpedos que ela afirmava ter recebido dele. Talvez Eileen fosse uma dessas pessoas que gosta de modificar o comportamento das outras, o que explicaria o fato de ela se sentir à vontade para examinar a casa dele, fazendo comentários e críticas não solicitadas.

Mesmo assim, os torpedos continuavam sem explicação.

— Talvez ela seja louca — disse Tomasz por fim.

— Sim, é bem provável — concordou Brian com tristeza.

Beberam outra xícara de chá e suspiraram, pensando no assunto.

— Talvez você deva entrar em contato com os parentes dela — sugeriu Tomasz.

— Acho que ela não mantém contato com a família. Diz que o pai lhe dá uma mesada, mas nunca fala sobre ninguém da sua casa.

— Mora sozinha?

— Sim, acho.

— Você não sabe muita coisa a respeito dela, não é, Brian?
— Tem razão, Tomasz. Não sei praticamente nada.

Johnny estava na clínica de cardiologia, fazendo exercícios cardiorrespiratórios com alguns pacientes. No grupo estava Kitty Reilly, que insistia que qualquer melhora em sua saúde só aconteceria por intervenção direta de algum santo e culpava tudo e todos que ignoravam os santos nos momentos em que ela não se sentia bem. No mesmo grupo estava a simpática Judy Murphy, que vinha se recuperando tão depressa que se tornara uma espécie de assistente de Johnny, ajudando braços e pernas descontrolados de pacientes como Lar a ficarem um pouco mais estáveis. Bobby Walsh, com seu rosto tristonho e ansioso, garantiu que faria tudo que fosse preciso para ganhar mais força nos membros superiores, e Johnny resolveu deixá-lo por mais tempo no aparelho de exercícios próprio para os braços. Tudo corria bem nas várias atividades que aconteciam simultaneamente no instante em que Clara entrou.

— Há uma ligação urgente para você, Johnny — disse ela.

Johnny ficou surpreso. Quem poderia querer falar com ele na clínica logo cedo? Verificou o celular: estava ligado. Era melhor pedir para ligarem depois.

— Desculpe, Clara, não sei quem pode ser. Peça para a pessoa ligar mais tarde por favor.

— É um padre, ele mesmo se apresentou. Padre Flynn é o seu nome, e me pareceu muito abalado. Vá falar com ele, Johnny, eu fico supervisionando os pacientes.

— Excelente! Assim, vamos poder relaxar um pouco enquanto o sargentão dá uma volta — disse Lar com certo alívio.

— Nada disso... — avisou Clara. — Vocês ainda não me viram em ação. Sou o demônio das esteiras e aparelhos. Vocês vão rezar para Johnny voltar bem depressa, podem se preparar.

— Olá, Brian, como vão as coisas?

— Nada bem, Johnny. Eileen veio falar comigo depois da missa, agora de manhã, e disse que, já que a convidei para sair, ela vai comprar um pretinho básico que fique colado ao corpo.

— O quê?

— É um vestido, eu acho.

— Eu *sei* o que é um pretinho básico. Mas você não a convidou para sair, certo?

— Claro que não! O que devo fazer, Johnny?

— Para mim, esse é um sinal claro para você desistir de ser um druida de uma vez por todas. Caia dentro!

— Estou falando sério, Johnny.

— Eu também. Se consegue atrair gatas como ela mesmo sendo padre, *imagine* como vai ser sua vida quando você se livrar do celibato.

Um silêncio profundo reinou sobre a conversa.

— Desculpe a brincadeira, Brian. Essa menina tem um parafuso a menos, só isso.

— Deve ter mesmo.

— Trate-a da forma certa, ou seja, ignore-a.

— Isso não me parece a melhor maneira de lidar com pessoas perturbadas.

— Não? Então vista um pretinho básico também e vá se divertir.

— Desculpe incomodar você no trabalho, Johnny. — A voz de Brian pareceu ríspida.

— Por Cristo, Brian, eu lhe pago uma cerveja na hora do almoço e você já vem dando suas patadas.

— Certo. Tudo bem — disse o padre Brian Flynn e desligou.

Ania observou Johnny quando ele colocou o fone no gancho.

— O pobre padre Brian está com problemas? — perguntou ela.

— Sim, alguns. — Johnny não queria contar nada para não dar início a um rosário de fofocas.

— Ele é muito bondoso e vive com muita simplicidade. Passo as roupas dele a ferro e sei que não tem quase nada em seu apartamento.

— Você toparia passar as *minhas* roupas a ferro, Ania?

— Claro, mas você precisaria me pagar pelo serviço, Johnny. Trabalhar para um santo padre é uma honra e um privilégio, mas no caso de uma pessoa ligada a ginásticas, como é seu caso, a coisa é bem diferente.

— Seu inglês está melhorando a cada dia, Ania — elogiou Johnny.

— Pois é... Se você morasse num lugar onde apenas se fala polonês, também aprenderia o idioma rapidinho — disse Ania.

— Ah, mas não aprenderia *mesmo*! Sua língua é cheia de Ws e Zs.

— Desculpem a interrupção — disse Johnny ao voltar para a sala de exercícios. Bobby não tinha tropeçado em nada e alguns pacientes trabalhavam em ritmo acelerado.

— Seu amigo padre está bem? Ele me pareceu muito estressado — comentou Clara.

— Está tenso, sem dúvida. Há uma mulher que anda perseguindo-o, uma louca varrida. Anda espalhando que ele a convidou para sair. O pobre Brian não faria isso nem em um milhão de anos. Deve ser o único padre do mundo que sempre seguiu à risca as regras.

— Realmente, são poucos — concordou Clara.

— Ele me perguntou o que deve fazer — disse Johnny.

— Há uma coisa que ele devia fazer. — Para Clara, a solução era simples. Precisa denunciá-la à polícia.

— Você enlouqueceu? Procurar a polícia? — espantou-se Brian, no pub onde eles tomavam uma cerveja e comiam um sanduíche.

— Pelo menos isso acabaria com essa palhaçada. O que ela anda aprontando agora?

— Está mostrando a todo mundo as mensagens e e-mails que, supostamente, lhe enviei.

— Mas esses torpedos foram enviados pelo seu celular afinal? — Johnny parecia desconcertado.

— Aparentemente, sim. Ela me mostrou as mensagens. Vinham do meu número de celular. Não sei como essas coisas modernas funcionam. Ela poderia ter enviado esses tais torpedos a partir do celular de outra pessoa?

— Acho que não. Será que pegou seu celular "emprestado" e o usou?

— Não tem como, ele está sempre comigo.

— E os e-mails?

— Foram mandados do cyber café perto de casa, de onde eu envio meus e-mails.

— E ela sabe a sua senha?

— Não. Quando me ensinou a mexer no computador, fez questão de repetir que eu não devia informar minha senha para ninguém. Sempre olhava para o outro lado quando eu a digitava no teclado.

— Vai ver que ela não olhou *tanto assim* para o outro lado. Brian, essa menina é desequilibrada. *Precisamos* levar esse caso à polícia.

— Não posso fazer uma coisa dessas. Antes disso, devo conversar com ela, é uma questão de justiça.

— Ela não está sendo justa com você.

— Não, mas isso é diferente. — Como sempre, Brian inventava desculpas para as pessoas.

— É porque é maluca?

— Mais ou menos. De qualquer modo, preciso avisá-la de que vou fazer isso. Quem sabe assim ela para?

— Sim, quem sabe? E quem sabe veremos porquinhos voando felizes, com suas asinhas, sobre as montanhas de Dublin — disse Johnny, que não era exatamente uma pessoa otimista.

Não foi difícil encontrar Eileen Edwards. Ela estava tomando café no centro paroquial e conversava, muito animada, com as outras garotas, contando sobre a bolsa que tinha comprado. Só trinta e seis delas haviam sido fabricadas em toda a Irlanda, e ela teve de esperar na fila da rua Grafton para comprá-la. As jovens a ouviam fascinadas. Eileen parecia vir de outro mundo, um lugar no qual todas dariam o que fosse para entrar.

— Podemos trocar umas palavrinhas? Houve uma confusão envolvendo um encontro — disse Brian, sentando-se a uma mesa diante de todos. Assim, Eileen não poderia dizer que eles tiveram um encontro secreto ou algo desse tipo.

— Oh, bem, se é *particular*... — começou ela com um sorriso afetado.

— Não, não é particular. É que você se enganou. Não combinei de me encontrar com você hoje à noite.

— Mas tenho a sua mensagem. — Exibiu o telefone com uma expressão de triunfo.

— Pois é exatamente disso que estou falando. Alguém deve estar brincando conosco, porque não enviei a mensagem que você me mostrou de manhã.

— Mas ela veio do seu telefone, Brian — replicou ela com os olhos dançando de alegria.

— É exatamente isso que precisamos investigar. A polícia vai nos ajudar a rastrear a ligação.

— Polícia? — Os olhos dela se arregalaram.

— Sim, eles têm técnicos para rastrear ligações de celular e envios de e-mail. Precisamos descobrir o que está acontecendo.

— Você está disposto a falar com a polícia sobre o nosso... relacionamento?

— Nós *não temos* nenhum relacionamento, Eileen.

— Não? Pois eles certamente ficariam surpresos ao ver como sei tudo sobre o seu quarto, os pôsteres do Real Madrid e do Sunderland nas paredes, o banheiro com um aquecedor imenso, muito antigo, e o sofá cheio de calombos da sala de estar. Como eu poderia saber disso tudo se você não tivesse me convidado para visitar seu apartamento?

— Eileen! — O rosto grande e honesto de Brian estava perplexo com a esperteza dela.

— Não adianta você pronunciar meu nome desse jeito, Brian. Você me disse que eu era especial e que abriria mão dos seus votos para se casar comigo. E me apresentou ao seu amigo, James O'Connor, um padre que largou a batina...

— Fiz isso porque você se plantou ao lado da nossa mesa no Corrigans por tanto tempo que não tive saída senão apresentá-la a ele. Escute, Eileen, pare com seus planos, sejam quais forem, antes que a coisa piore. Você é uma jovem linda. Pode ter o futuro que quiser, *deve* ter uma vida própria.

— Você sempre me diz que sou linda — disse ela com ar sonhador —, mas não é isso o que quero ouvir. Quero saber *quando* poderemos tornar público o que temos.

— O que temos? Não temos *nada,* Eileen. Caia na real, pelo amor de Deus.

— Você assumiu um compromisso comigo, agora não tente sair pela tangente.

— Eileen, você sabe que isso tudo é um disparate e... — começou ele.

— Pois, se é isso que acha, conte tudo à polícia, estou pouco me lixando. — Ela pareceu ainda mais jovem e vazia ao falar.

— Vou contar mesmo, Eileen, tanto para seu bem quanto para o meu. Você precisa de ajuda.

— Mas não da polícia. De qualquer modo, não vão acreditar em você. Vão achar que você não passa de mais um padre amedrontado.

— Ah, é? Pois suponha que acreditem em mim e lhe ordenem que mantenha distância de mim — retrucou ele.

— Nesse caso, eu procuraria os jornais. A forma como fui tratada é vergonhosa. Você alimentou minhas esperanças, prometeu o sol, a lua e as estrelas. Depois, quando conseguiu o que queria, recuou covardemente.

— Eileen, eu lhe imploro... Procure ajuda, você não está bem.

— Não, claro que não estou bem. Você está tirando o corpo fora, jogando mentiras na minha cara e roubando meu futuro.

— E quanto aos seus pais, Eileen? Sua família, o que vão pensar? Não podem ajudá-la? Se eu puder me encontrar com eles, poderei explicar tudo.

— Nada do que você diga fará diferença para eles, pois enxergariam apenas um padre que abusou da sua posição. E agora? A que horas vamos nos encontrar e onde você vai me levar hoje?

— *Não vamos* nos encontrar e não vou levar você a lugar nenhum.

— Então tudo bem, faça como quiser. Mas, se encontrarem meu corpo sem vida no rio Liffey, pode ter certeza de que descobrirão também a explicação completa no meu apartamento. Detalhes, fotos, tudo!

Brian suspirou.

— Eileen, a polícia não vai deixar *vazar* essa história para os tabloides sensacionalistas. Tudo isso são apenas delírios de uma pessoa mentalmente perturbada, completamente transtornada.

— Nesse caso é melhor eu ir direto para os jornais — ela avisou alegremente.

— Não existe *nada* entre nós, Eileen...

— Tem razão. Agora não existe mesmo. Apenas muita mágoa e decepção — declarou ela.

— Nunca *houve* nada, Eileen. Absolutamente nada.

— Sim, estou vendo. Você já arrumou o seu lado e pretende que eu faça o mesmo.

Ele resolveu mudar de tática e disse com gentileza:

— Não havia nada para *arrumar*. Eu lhe imploro, Eileen. Reflita com calma e tente pensar com clareza.

— Está tudo muito claro, obrigada. Claro como cristal. Você caiu fora, foi em frente, deve ter conhecido outra pessoa. Mas eu devo tornar público o que você fez, pelo bem dessa pessoa e de outras que você venha a conhecer.

Pegando a bolsa de grife, foi embora do cantinho do café do centro paroquial.

Brian voltou para seu apartamento. Sentia-se mortalmente cansado. Precisava se deitar um pouco e descansar. Talvez lhe surgisse alguma ideia. Sentou-se à mesa e ficou por um longo tempo meditando. Não era triste ter vivido tantos anos e não ter ninguém a quem recorrer num momento desses? Sua própria mãe já não o reconhecia. Sua irmã diria apenas: "Eu bem que avisei!"

Ele não podia perguntar ao bispo como proceder, pois Sua Graça certamente acharia que Brian, de algum modo, havia se comportado de forma inadequada.

De repente, Brian se lembrou de James O'Connor, que fora ordenado com ele há tantos anos. James sempre fora muito objetivo e seguro de si. Desejava ser padre missionário na época, mas então conheceu uma mulher com quem quis se casar. Logo que percebeu que era isso o que queria, foi em frente sem olhar para trás. Conseguiu convencer até os pais de que estava agindo de forma correta quando largou a batina. Era James quem Brian precisava consultar.

Johnny também, pois era um homem dotado de um grande bom-senso. Johnny não perdia tempo com absurdos. Uma vez tinha contado a Brian que nunca alimentara sonhos na vida. Na verdade, não conhecia esse conceito e estranhava quando as pessoas comentavam que sonhavam com isso ou aquilo. Ele provavelmente sabia o que era o mais aconselhável a fazer. Talvez, juntos, descobrissem uma saída. Enquanto pensava se devia ou não ligar para Johnny, recebeu um telefonema de Neddy Nolan.

— Aconteceu uma coisa extraordinária, Brian. Muitas vezes sua mãe tem dificuldades para se lembrar das pessoas, não é verdade?

— Isso mesmo, especialmente quando são Judy e eu.

— Pois então!... Ela está convencida de que você largou a batina e se casou. Disse que alguém ligou para ela avisando que seu casamento vai acontecer em Dublin no mês que vem, e ela pretende comparecer.

— Meu bom Deus Todo-Poderoso!

— Escute, Brian, só estou lhe contando isso porque ela comentou o assunto com o padre Tomasz, e ele subiu pelas paredes. Tentei explicar ao padre que a pobre sra. Flynn tem dificuldade para distinguir os sonhos da realidade, mas não adiantou nada. Ele passou a manhã toda aqui me perguntando se alguém de fora tinha ligado para sua mãe. Depois começou a dizer "ela é uma mulher má, muito má" e fez questão de explicar que não se referia à sua mãe. Fiquei sem saber o que fazer, entende?

Brian Flynn entendia perfeitamente que o pobre Neddy estava confuso e tentava fazer o melhor.

— Perguntei a Clare, e ela me disse que eu devia confirmar tudo com você diretamente. Porque, se você *estivesse* realmente planejando se casar, não se importaria de nos contar e, se não estivesse, poderia nos dizer o que devemos fazer.

— A resposta para as duas coisas é *não*, Neddy. Eu não vou me casar e não faço a mínima ideia do que deve ser feito.

— Tomasz?

— É você, Brian? Já soube da novidade?

— Ela realmente ligou para conversar com a minha mãe?

— Sim, deve ter ligado. A enfermeira atendeu o telefone e o levou até a sra. Flynn. Isso não pode continuar.

— Sim, é claro que não pode.

— Você já se convenceu de que deve procurar a polícia?

— Já — respondeu Brian. O fato, porém, é que não estava pronto para enfrentar isso sozinho. Precisava de um amigo. E pensar que ele devia ser um sacerdote de Deus, um homem com força e confiança. Onde estavam essas qualidades quando ele mais precisava delas? Quem diria agora que ele um dia achou difícil e complicado morar em Rossmore?

Pegou o trem e foi visitar a mãe. Segurou a mão dela com força e garantiu que ele era padre e, uma vez padre, sempre padre. A moça ao telefone devia estar confundindo-o com alguém. Era uma moça, não era?

— Sim, uma jovem chamada Eileen. Ela me disse que casaria com você. Contou que os papéis de Roma já haviam chegado e que você não me contou antes para eu não me preocupar.

— O que a senhora respondeu, mamãe?

— Eu disse que estava feliz por você ter largado a batina, mas avisei que você já estava noivo *de mim*, já tinha até me comprado um anel de noivado, e era melhor *ela* tirar essa ideia de casamento da cabeça.

Brian Flynn exibiu uma expressão de derrota. Percebeu que, em uma única frase, sua mãe mostrou que sabia quem ele era, mas logo o confundiu com o pai. Não conseguiria saber mais nenhum detalhe sobre a ligação de Eileen e sentiu um profundo ressentimento. Eileen era uma inimiga da família agora. A ameaça que poderia arrastar seu pai, falecido há tantos anos, para fora do casamento.

Muito cansado, voltou para seu apartamento em Dublin e entrou lentamente. A luz do quarto estava acesa. Ao abrir a porta, viu sobre a cama um buquê de rosas vermelhas. E um bilhete. Ao lado, uma foto de Eileen deitada na cama em meio às almofadas, com os pôsteres dos times de futebol na parede. A foto fora tirada em seu quarto, sem dúvida nenhuma. O bilhete dizia simplesmente o seguinte:

Obrigada por me permitir ser parte da sua vida, do seu coração e da sua cama. Sempre ansiei com esperança e alegria por um futuro para nós dois. Talvez isso ainda venha a acontecer, afinal.

Com amor, sempre,

Eileen

Já não havia tempo para esperar pelos amigos. Brian Flynn saiu do apartamento e foi direto, a passos largos, à delegacia de polícia. Aquilo não seria fácil, mas precisava ser feito. Como ele imaginava, a coisa foi meio complicada. O sargento de plantão era um homem baixo com cara de raposa velha, um sujeito que, ao longo da vida, já tinha visto de tudo. Padres que se desviavam da boa conduta eram o que havia de mais comum hoje em dia, afirmou. Muitas vezes era sinal de que a vocação terminara e uma nova fase da vida tivera início.

Quase desesperado, Brian ouviu o homem recitar tolices.

— E qual é a sua posição, sargento, quando não existe uma única palavra de verdade nas alegações? Essa mulher contou mentiras aos meus amigos, a todo mundo no centro paroquial e até à minha mãe, que sofre de demência senil e mora em Rossmore. Disse que ela e eu temos um caso, um relacionamento e um casamento por acontecer. Nada *disso* é verdade!

O sargento olhou de relance para a fotografia de Eileen Edwards na cama do padre. Viu o e-mail que o padre teria mandado à mulher, a lista de nomes e endereços eletrônicos: padre Tomasz, James O'Connor e Johnny Pearse.

Seu jeito desconfiado dizia tudo e sugeria que, apesar da ficha que preencheria, nada seria feito. Seu olhar dizia que aquela era a história de um padre que tivera uma aventura e depois mudara de ideia. De repente, Brian Flynn sentiu vontade de chorar. Há muito tempo não chorava, mas agora tudo lhe pareceu distante e inalcançável, como se ele fosse um homem que nadasse em direção à praia sem nunca chegar a ela por estar muito longe. Não conseguiria chegar. Talvez ele *tivesse* realmente incentivado aquela mulher sem pretender fazê-lo. Uma lágrima caiu sobre a mesa do sargento.

O policial não era completamente insensível.

— Talvez seja melhor ir para casa, padre. Pense no assunto e, se isso o continuar atormentando, procure um advogado e denuncie a moça...

Brian recolheu seus pertences e os guardou na sacola que usava para fazer compras. Nela estava estampada uma frase: *Cuide do planeta Terra*. Ao sair da delegacia de polícia, Brian pensou que, apesar de estar fazendo o possível para cuidar da Terra, as coisas não estavam dando muito certo.

— Ania, você está com vontade de tomar um chope no Corrigans hoje à noite? — perguntou Johnny quando Ania entrou na sala de exercícios com os formulários que os pacientes deviam preencher a cada sessão.

— Estou, mas só se você não me pedir para conversar com o padre Brian — respondeu ela.

— Por que essa restrição, Ania? Ele é um sujeito ótimo sob todos os aspectos, considerando-se que é um druida.

— Um druida?— perguntou Ania, intrigada.

— Esqueça o que eu disse. Chamar um padre de druida é uma espécie de insulto.

— Certo, entendi. Druida... É isso que ele é?

— Não. Escute, essa história de druida não é importante. O que você deve lembrar é que ele é um bom sujeito.

— Não é não, Johnny. Eu também pensei que fosse, mas não é.

— Por que diz isso? Alguém falou mal dele?

— Não, mas vi a namorada deitada na cama dele com cara de entretida a besta.

— *Metida* a besta — corrigiu Johnny.

— O quê?

— Você disse "entretida a besta", mas o certo é "metida a besta". Ela falou com você?

— Claro que sim.

— Essa mulher que você chama de namorada dele é Eileen Edwards, aquela que chamamos de Cachinhos Dourados?

— Você sabe que é ela mesma, Johnny. Todos protegem o padre. Você é tão depravado quanto ele.

— Mas é tudo mentira, Ania, a história toda é falsa.

— O que eu vi não era falso. Nem mentira. Ela estava deitada na cama dele fazendo a maior pose, Johnny.

— E como foi que ela entrou?

— Ele deu uma cópia da chave para ela.

— Ele jura que aquela porta só tem duas chaves: uma fica com ele e a outra com você — disse Johnny.

— Certamente você não está insinuando que *eu* a deixei entrar, está?

— Não, mas ela poderia ter usado a sua chave.

— Não, não poderia. Ela fica o tempo todo na minha bolsa.

— E você acha que ela não mexeria na sua bolsa? Ela é completamente maluca, sabia?

— Não, ela nunca ficou sozinha com a minha bolsa... — Ania parou de falar. — A não ser...

Johnny deu um pulo.

— A não ser o quê?

— Não, seria impossível. Ela esteve lá um dia, quando eu estava passando roupa. Padre Brian não estava em casa. Ela me pediu uma xícara de chá e eu...

— E você a deixou sozinha na sala com a bolsa?

— Só por um instante.

— Mas você a deixou lá, ao lado da bolsa?

— Não imaginei que ela pudesse mexer na minha bolsa.

— Não, ninguém imaginaria isso. Provavelmente ela a devolveu no dia seguinte sem você saber depois de mandar fazer uma cópia.

— Ela me pareceu muito à vontade na casa do padre.

— Na cabeça dela, estava realmente à vontade, Ania. Ela é completamente alucinada.

— Perigosa eu sei que ela é — disse Ania.

— Isso também, claro — concordou Johnny. — Por favor, apareça no pub hoje à noite. Brian precisa dos amigos.

— Mas hoje é dia de aprender inglês — lembrou Ania.

— Até parece que você não está falando inglês melhor do que qualquer um de nós. Vá até o Corrigans, *por favor* — pediu ele.

Ania disse que telefonaria a Carl e pediria para transferir a aula de inglês. Ele certamente compreenderia.

— De qualquer modo, hoje aprendi uma palavra nova — disse com ar alegre.

— Qual?— quis saber Johnny.

— Dru-i-da, uma palavra que significa *padre* — disse ela cheia de orgulho.

Johnny colocou as mãos na cabeça, desolado.

Naquela noite, no Corrigans, todos se mostraram atônitos, quando o padre Brian contou a história desde o início, mostrou a foto a todos e, de repente, caiu numa crise de choro tão forte que chegou a balançar os ombros. Johnny foi correndo pegar uma bebida forte. Para problemas assim era necessário mais do que cerveja. Ania o acompanhou nas lágrimas, diante das injustiças da vida, e também por vergonha de ter duvidado dele. James O'Connor disse que, como professor, sabia que a primeira coisa a fazer em qualquer situação era organizar um planejamento.

Todos secaram as lágrimas, beberam os drinques e se puseram a planejar o que fazer. Poderiam contratar um detetive particular para seguir Eileen, ver aonde ela ia e, quem sabe, descobrir sua família. Desse jeito, eles saberiam mais coisas a respeito dela.

Contudo, onde iriam encontrar um detetive? Nos classificados dos jornais? Talvez o responsável pela segurança que trabalhava com Johnny e Ania na clínica conhecesse alguém. James escreveu "perguntar a Tim sobre um contato nesse ramo". Contudo, isso poderia custar muito caro, uma quantia que ninguém tinha. E eles não poderiam segui la por conta própria porque ela os conheceria.

— A amiga que divide o apartamento comigo *conseguiria* fazer isso. Ela se chama Lidia e trabalha num bar. Ela é muito autoconfiante — garantiu Ania, com uma pontinha de inveja. Sabia que Lidia seria capaz de enfrentar qualquer obstáculo que a vida colocasse em seu caminho. James escreveu no caderno de notas: "Discutir o assunto com Lidia." Havia muitas opções: "Falar com o bispo"; "procurar alguém mais graduado na polícia"; "abrir um processo"; "apresentar a história a um jornalista que conte a versão do padre"; dizer a todos que Eileen é louca e ignorá-la. O problema é que nenhuma dessas ideias parecia muito boa. A maior esperança era Lidia.

A amiga de Ania ficou perplexa quando a pequena polonesa chegou ao bar onde trabalhava acompanhada por três homens. Ficou ainda mais atônita quando, durante um intervalo do seu turno, sentou-se com eles e soube o que queriam que ela fizesse.

— Isso é alguma pegadinha, Ania? — perguntou ela em inglês, por cortesia aos demais que estavam à mesa, mas Ania respondeu em polonês para mostrar que o assunto era muito sério.

— Você é nossa única esperança de salvar um homem bom. Precisa nos ajudar, realmente precisa.

— Mas... — argumentou Lidia — ... Se as coisas não forem como vocês imaginam e...?

Brian a interrompeu.

— Por favor, acredite em mim, srta. Lidia. Sei que estou lhe pedindo muito, mas o fato é que sem a sua ajuda não teremos a mínima esperança.

— Mas e o governo, a Igreja, as leis? Eles não podem puni-lo se o senhor for inocente.

— Se as coisas fossem assim tão simples, srta. Lidia, acredite, não estaríamos aqui desperdiçando seu tempo. — Brian parecia completamente arrasado.

— O que preciso fazer? — quis saber ela.

A primeira coisa que o pequeno comitê lhe pediu foi que seguisse Eileen quando ela voltasse para o prédio elegante onde morava. Ela havia contado que o porteiro do edifício era maravilhoso, um doce de pessoa, muito prestativo. Eileen comentou que tinha amizade com muitos vizinhos e costumava frequentar coquetéis e festas que promoviam.

Ela também tinha descrito a belíssima vista que tinha do seu apartamento, que se desdobrava até as montanhas de Dublin; sempre elogiava o serviço de manutenção e limpeza do condomínio. Uma vez, contou que o pessoal da faxina chegava às quatro da manhã para limpar as escadas e corredores, e era muito discreto e silencioso. Contava tudo isso às jovens do grupo paroquial que pegavam pesado no trabalho, e muitas delas talvez fizessem parte do grupo de faxineiras do seu prédio. Eileen parecia não achar inapropriado descrever sua vida privilegiada para pessoas com recursos tão escassos. Sempre dizia que elas adoravam ouvir as histórias sobre o seu dia a dia de princesa de conto de fadas.

Lidia não pôde deixar de se perguntar por que Eileen buscaria a companhia de imigrantes e pessoas menos favorecidas pela sorte, ao mesmo tempo que costumava usar uma estilosa capa com capuz sobre os jeans de grife, tudo isso complementado por uma boina preta colocada meio de lado. Lidia teria de usar uma roupa bem comum para conseguir seguir aquela mulher sem ser percebida.

Logo na primeira noite em que Lidia seguiu Eileen, ela a viu se dirigir à entrada de serviço do prédio onde morava em vez de entrar pela portaria principal. Estava linda, muito bem-vestida. Lidia gostava de roupas e sabia que as que Eileen usava deviam ter custado uma fortuna. O que ela pretendia da vida? O que teria em comum com o porteiro da entrada de serviço; um rapaz de cabeça um tanto oval que abria a garagem para os carros entrarem e saírem? Para sua surpresa, Lidia viu Eileen esvaziar a bolsa e colocar o conteúdo numa sacola de plástico. O porteiro pegou a bolsa vazia e a guardou sob o balcão. Eileen saiu dali apressada e entrou num ônibus parado do outro lado da rua.

Para onde estava indo?

Lidia saiu correndo e também pegou o ônibus, que já estava de partida. Quase foi atropelada, pois atravessou a rua sem demonstrar o mínimo de cuidado.

— Boa-noite. Para onde vai? — cumprimentou o motorista com olhar cansado.

Lidia não sabia o que dizer. Não fazia a mínima ideia do ponto em que Eileen saltaria.

— Vou até o fim da linha, para a estação terminal, por favor — respondeu.

— Por acaso você é da Lituânia? — quis saber o motorista.

— Por que a pergunta?

— É que eu conheci uma garota lituana lindíssima em uma boate e gostei muito dela. Talvez a conheça.

— Dublin é uma cidade muito grande — explicou Lidia.

— Eu que o diga! Eu costumava andar a pé por toda esta região quando era menino. Naquela época, só havia campos verdejantes.

Lidia se sentou e observou, pela janela, as fileiras intermináveis de casas que foram construídas no bairro onde, outrora, o motorista conhecera campos verdes. Acompanhava Eileen pelo reflexo do vidro, pronta para saltar a qualquer sinal de que ela fosse saltar do ônibus. De repente, Eileen se levantou e olhou em volta como se tivesse receio de ser vista.

Lidia saltou logo atrás dela e seguiu deliberadamente na direção oposta. Então, tirou o chapéu preto que usava, colocou na cabeça a echarpe vermelha, esperando parecer uma mulher completamente diferente, e se virou para seguir Eileen Edwards.

Caminhou durante cinco minutos e viu Eileen parar diante de uma casa caindo aos pedaços, na Mountainview Road, uma rua muito pobre e malcuidada. Antes de entrar na casa, Eileen olhou novamente de um lado para outro.

Lidia tirou uma foto da casa com o celular que Johnny lhe emprestara. Depois, pegou o ônibus de volta até o prédio elegante e fotografou o sujeito que ficava na portaria de serviço. Exausta, voltou ao apartamento que dividia com Ania, em cima do restaurante polonês. Ania estava sentada na cama. Estudava um livro de inglês que Carl lhe dera.

— Antigamente eles eram muito religiosos aqui na Irlanda — comentou Ania.

— Ah, é? Hoje em dia não são — disse Lidia, descalçando os sapatos e massageando os pés.

— Você descobriu alguma coisa interessante?

— Descobri, sim. Eileen é uma *tremenda* mentirosa. Nada do que ela disse às pessoas é verdade. — Lidia mostrou as fotos.

— Vamos ligar para o padre Brian — propôs Ania empolgada.

— Está tarde, ele já deve estar dormindo.

— Aposto que não, pobrezinho, e vai ficar muito feliz quando souber que conseguimos uma prova contra ela.

— Espere um pouco... Que prova conseguimos, Ania? Que ela entrou em uma casa num bairro pobre? Isso não é crime.

— Mas é prova de que mente — insistiu Ania, muito feliz, já teclando o número de Brian.

Ele não disse nada ao ouvir a história.

— O senhor não ficou mais feliz, padre? Agora nós *sabemos* que ela está mentindo.

— Pois é, mas disso eu já sabia — disse Brian, parecendo triste.

O Comitê dos Amigos de Brian conseguiu que várias pessoas seguissem Eileen a fim de levantar mais informações. Johnny pedira a Tim que os ajudasse. Tim disse que investigaria o porteiro do prédio e perguntaria por ali se alguém sabia algo a seu respeito. Também se ofereceu para seguir Eileen quando ela fosse fazer compras. Tim era um homem discreto, um pouco solitário, mas estava acostumado a enfrentar jornadas de trabalho longas e difíceis. Afirmou que estava feliz por poder ajudar o padre.

Conversou com alguns colegas que trabalhavam em outras firmas de segurança como vigilantes em lojas de departamentos. Aliás, nem precisava ter mostrado as fotos. Todos conheciam Cachinhos Dourados. Ela estava proibida de entrar nas lojas do centro e nos shoppings de Dublin. Era uma ladra de lojas muito conhecida e escapara várias vezes da condenação porque alegava que só estava levando o item supostamente roubado para fora da loja para examiná-lo melhor à luz do dia. Sua representação era tão boa que conseguiu enrolar delegados, juízes e até promotores com fama de implacáveis.

Agora, o trabalho dos seguranças era simplesmente impedi-la de *entrar* nas lojas. Cachinhos Dourados sempre lhes lançava um sorriso magnânimo ao ser barrada, como se soubesse que o trabalho deles era insano. Disseram a Tim que ela era muito cara de pau, e informaram que isso era herança de família: seus parentes eram infratores conhecidos, e seu pai era um homem violento. Tim guardou essa última informação para si.

O padre Brian era um sujeito decente, que tinha pena de todo mundo e poderia até mandar suspender as investigações se soubesse que o pai de Eileen era assim tão violento. Na opinião de Tim, porém, Cachinhos Dourados devia ser trancafiada o mais rápido possível.

James O'Connor era o próximo da lista a entrar em ação. Esbarraria em Eileen "sem querer", diria que já a havia visto no Corrigans e a convidaria para um drinque. No encontro, tentaria descobrir mais sobre sua vida e repassaria as informações ao comitê na noite seguinte. Quanto mais informações eles pudessem fornecer à polícia ao entrar com um pedido de prisão, melhor seria. Tudo correu bem, e Eileen se lembrava de James.

— Sim! Você estava com meu querido Brian naquela noite, no pub — confirmou ela.

— Sim, isso mesmo. O pobre Brian anda passando por maus bocados no momento.

— E como! — Eileen tinha um ar solidário e compreensivo.

— Vocês *realmente* tiveram um caso? — quis saber James.

— Você *sabe* que sim, James — aliás, continuamos tendo, só que Brian não é capaz de enfrentar a situação.

— Ele nega tudo.

— Sim. Como acha que me sinto? Já foi difícil acreditar, no início, que ele não considerava de grande valor os seus votos religiosos. Dizia que os *nossos votos* de amor eterno seriam muito mais importantes.

— Ele disse isso? — James se mostrou espantadíssimo.

— Disse. Você deve saber o quanto ele é um romântico incurável. Agora, só Deus sabe por quê, resolveu me chutar para fora de sua vida. Isso é terrível para mim.

James olhou com atenção para aquele rosto redondo com inocentes olhos azuis. Pensou em como seria terrível se aquela garota tivesse sentido alguma atração por *ele* e resolvesse contar à sua mulher e aos seus filhos que estavam romanticamente envolvidos. Quem duvidaria dela? Estremeceu só de pensar.

— Não seria melhor você tocar a vida, Eileen? Esqueça o padre e bola para frente.

— Sim, é claro que isso seria o ideal, James. Eu daria esse conselho a qualquer garota que estivesse passando o mesmo que eu, só que as coisas não são assim tão simples, entende? Estou grávida. Não é só em mim que tenho de pensar. Preciso levar em conta Brian e o bebê que está chegando.

James contou tudo a Brian quando os dois estavam a sós.

— Imaginei que você não gostaria que eu contasse essa história na frente de todo mundo. Acertei?

— James, meu amigo... Você acha que isso pode ser verdade, foi por isso que me contou em particular.

— Não, é claro que *não acho* isso! — James fez cara de indignado.

— Então, por que o segredo? Por que razão não podemos contar a todos até onde vão as loucuras e os delírios dessa mulher?

— Claro, Brian, desculpe, não pensei nisso.

— Pensou sim, mas do jeito errado. Se essa jovem está grávida, isso não tem nada a ver comigo. *Nada*.

— Escute, isso até seria uma vantagem para nós — disse James, ansioso por consertar as coisas. — Você sabe... Exames de sangue, DNA, esse tipo de coisa.

— Obrigado, James, eu lhe agradeço, de verdade. — A expressão de Brian, porém, era sombria. Ele parecia perturbado por James ter duvidado dele daquela forma. Ainda que tivesse sido apenas por um minuto.

Na clínica de cardiologia, era dia de folga de Hilary, mas ela já treinara Ania muito bem. Ania desempenhou seu trabalho com segurança, fazendo anotações, preenchendo fichas e checando itens. Depois, foi verificar se havia cadeiras em número suficiente na sala de espera.

Rosemary Walsh estava lá acompanhando o marido, Bobby. Reclamava de tudo, como de hábito. Bobby, por sua vez, sorria como sempre, alegre e educado. Era impressionante como Carl era parecido com o pai e diferente da mãe esnobe. Ania suspirou. Aquele não era o momento adequado para pensar em Carl. Talvez devesse deixar de pensar nele de uma vez por todas. Afinal de contas, era péssima para fazer um juízo dos homens e ainda lhe doía lembrar o papel de tola que fizera por causa de Marek. Aquilo não tornaria a acontecer.

A campainha tocou na porta da clínica. Devia ser algum paciente novo: todos os outros sabiam que bastava abrir a porta e entrar. Ania foi atender.

Viu uma mulher idosa, com mais de setenta anos, apertando contra o corpo o casaco fino que vestia. Tinha cabelos encaracolados e olhos grandes, muito assustados. Ela se apresentou como Kathleen Edwards, moradora da Mountainview Road, n. 34.

Ania preencheu a ficha com cuidado, perguntou o nome do médico de família da sra. Edwards, quis saber quem era o seu cardiologista e tirou uma cópia da alta que recebera no hospital.

— Preciso assinalar o nome do seu parente mais próximo, sra. Edwards. É só uma formalidade, sabe como são os hospitais... Isso é para o caso de a senhora não se sentir bem em alguma das sessões e precisarmos ligar para alguém. Posso colocar o nome do seu marido?

— Não, minha filha, ele não presta para ninguém, seja Deus ou o diabo — disse a sra. Edwards com tristeza. — Quando não está bêbado, está sempre furioso com alguém ou alguma coisa. Coloque o nome da minha filha.

— E ela se chama...?

— Eileen Edwards. Espere que lhe informo o número do celular dela. É a melhor forma de encontrá-la. — Ania anotou tudo na ficha com muito cuidado.

— Onde sua filha trabalha?

Torceu para a mulher não escutar seu coração, que disparou no instante em que fez a pergunta. A sra. Edwards parecia ter, no mínimo, vinte anos a mais do que informara.

— Ela trabalha para uma importante agência de publicidade que fica numa casa antiga, em estilo georgiano. Eles lhe dão roupas lindas. Ela precisa estar sempre bem-vestida para lidar com o público.

Ania percebeu, nesse momento, que nenhuma das roupas que Eileen roubara nem o dinheiro que ganhara vendendo bolsas de grife roubadas havia chegado às mãos daquela mulher. Sentiu um nó na garganta. Talvez todas as mães fossem daquele jeito: sentiam orgulho das filhas, não importa o que fizessem. Ania se lembrou de sua mãe na Polônia, dizendo a todos como sua filhinha estava indo muito bem na Irlanda, como visitava lojas famosas e experimentava casacos que custavam mais do que o salário de vinte semanas de trabalho!

Ania estava com a cabeça a quilômetros de distância dali quando percebeu que Rosemary Walsh tinha chegado perto dela e lhe dizia alguma coisa. Parece que estava lhe oferecendo um serviço de faxina ou algo parecido.

— Porque Bobby é literalmente incapaz de fazer *nada* em casa. Vou precisar de uma pessoa para trabalhar duas horas por dia lá em casa, à noitinha, lavando, passando e limpando. Mas você não precisa polir a prataria, não, pois não deve estar acostumada a lidar com prata de boa qualidade e acabaria manchando minhas peças.

— Para quando precisa dessa ajudante, sra. Walsh?

— Assim que você puder. Esta noite mesmo se for de seu interesse.

Ania refletiu se deveria aceitar o serviço. Poderia ver Carl mais vezes, estaria em sua casa, talvez ele até lhe desse aulas de inglês lá mesmo. Não, melhor não. A sra. Rosemary Walsh não gostaria de ver seu filho e único herdeiro de amizade com a criadagem, ainda mais criadagem *polonesa*. Era melhor recusar a oferta imediatamente. Quem mandou comentar em voz alta, na frente dessa mulher, que ela precisava ganhar mais dinheiro?

— Lamento, sra. Walsh, já estou com meu tempo todo tomado, não poderia lhe dedicar a atenção que a senhora merece. Posso sugerir uma amiga minha, Danuta? Ou outra, que se chama Agnieszka? O que acha? Posso pedir que passem na sua casa?

— Tudo bem... Isto é, se *elas* estiverem livres. Se não *tiverem sugado* todos os trabalhos disponíveis em Dublin.

— Trabalhamos duro, sra. Walsh, e estamos felizes por estar em seu país. É bom saber que somos tão bem-recebidas nesta terra — disse Ania, tentando esconder as lágrimas de raiva e humilhação.

Para seu espanto, a sra. Edwards, mãe de Eileen, estendeu o braço e apertou-lhe a mão, dizendo:

— Boa menina! Forte e corajosa. Onde você arranjou essa coragem?

— Não sei — respondeu Ania com muita sinceridade.

— Aposto que você nunca permitiria que um homem a espancasse como permiti que fizessem comigo.

E Ania, pela primeira vez na vida, confessou o que nunca havia confessado para ninguém:

— Permiti que isso acontecesse uma vez, sra. Edwards, para nunca mais.

Quando o comitê de ajuda ao padre Brian se reuniu no Corrigans, nessa mesma noite, todos ficaram atônitos com o que ouviram sobre a mãe de Eileen.

— Uma sofisticada agência de publicidade onde os patrões lhe *fornecem* roupas. É mole? — exclamou Johnny. O sujeito na portaria do prédio chique era, conforme Tim descobriu, um conhecido receptador de produtos roubados, sempre objetos de alta categoria. James disse que talvez Eileen guardasse as mercadorias roubadas em sua casa na Mountainview Road. Se ao menos eles pudessem entrar na casa... Ania comentou que sabia que estava sendo irritante, mas se sentia muito mal usando uma pobre mulher para servir de isca e pegar Eileen. Afinal de contas, ela era uma paciente da clínica onde Ania trabalhava.

— Isso destruiria o pobre coração dela — lamentou.

Todos ficaram calados. Só Brian Flynn pareceu compreender e concordar com ela.

Não aconteceu nada importante durante uma semana. O padre Tomasz veio de Rossmore e foi colocado a par de tudo o que estava acontecendo. Disse que aquilo parecia uma história de ficção, só que ninguém conhecia o desfecho. Eileen continuava frequentando o centro paroquial como sempre, mas nunca permanecia por muito tempo. Nada mais disse a respeito do padre Flynn, com exceção de alguns comentários misteriosos de que, no momento certo, a verdade viria à tona. Em breve, todos a constatariam com os próprios olhos.

Na segunda visita à clínica, Kathleen Edwards saiu do prédio meio descuidada e acabou tropeçando num dos lajotões da calçada. Felizmente, o tombo não teve grandes consequências. O pessoal da emergência a tratou do choque e da desorientação causados pela queda, além de um corte na testa, mas os paramédicos quiseram saber o que deviam fazer e pediram à clínica o telefone de contato do parente mais próximo. Johnny estava lá quando o pedido chegou.

— Que tal eu levar a paciente para casa de carona? Tenho um compromisso para aqueles lados, pertinho da Mountainview Road — ofereceu-se.

— Como é que você sabe que esta paciente mora lá? — Clara estava de posse da ficha de Kathleen Edwards.

— Hum... Acho que Ania comentou. Escute, está na hora do almoço de Ania também. Que tal nós acompanharmos esta senhora até sua casa?

Normalmente, Clara detestava facilitar as coisas para Frank Ennis e seus "mandarins" do hospital, como ela os chamava, mas aquela lhe pareceu uma ideia sensata.

— E vocês mesmos entrarão em contato com a filha dela na agência de publicidade? — quis saber Clara, só por garantia.

— Claro! Pode deixar que ligaremos para a filha — garantiu Johnny.

No n. 34 da Mountainview Road, eles encontraram uma casa muito decadente e sem manutenção. Duas vidraças quebradas haviam sido substituídas por placas de madeira compensada, em vez de vidro.

Ania foi preparar um pouco de chá, e Johnny olhou em volta, na sala de estar.

— A senhora precisa descansar do tombo e do choque — disse ele.

— Sim — concordou Kathleen Edwards. — Posso me deitar um pouco no sofá.

— Nada disso. Vamos colocá-la na cama.

— Mas ele pode voltar para casa a qualquer momento e não ficaria satisfeito de me ver na cama.

— E não há outro quarto? — perguntou Johnny.

— Sim, o quarto de Eileen, minha filha. Nunca entramos lá. Está trancado.

A velha senhora apontou para uma porta no fundo do corredor que unia a cozinha e a sala de estar. Johnny se lançou de ombro contra a porta, que cedeu e se escancarou, muito danificada.

— Pronto! Agora o quarto está destrancado — mostrou.

Eles olharam todo o interior. Viram dois cabideiros grandes com casacos, jaquetas, vestidos pendurados e muitas peças ensacadas. Bolsas e sapatos estavam enfileirados sob o peitoril da janela; ao longo de uma das paredes, prateleiras guardavam muitos suéteres, blusas e jeans dobrados. Kathleen Edwards ficou parada na porta do quarto, com a mão na garganta.

— O senhor arrombou a porta! — exclamou a sra. Edwards com voz ofegante.

— Foi uma emergência — disse Johnny. — Sua filha não vai se importar. Vamos ligar para ela e explicar tudo.

Eileen atendeu no primeiro toque.

— Sua mãe sofreu um acidente leve, um tombo. Ela está bem, mas a trouxemos para casa e ela vai precisar de alguém que cuide dela e lhe faça companhia.

— Mas, se ela está bem e há pessoas com ela, não precisa de mais ninguém.

— *Venha para casa, sua vadia. Venha neste minuto!* — disse Johnny devagar, falando baixo, entredentes.

— Quem está *falando*? Que diabo de história é essa?

— O diabo da história é você, Eileen. Estou no seu quarto. Venha agora mesmo para casa.

— Isso é um trote. Você *não pode* estar no meu quarto! — desafiou com a voz esganiçada.

— Quer que eu descreva as mercadorias que estão diante dos meus olhos? Posso começar da esquerda para a direita.

— Quem é você? É da polícia? — Seu tom pareceu incerto.

— Não, mas estou prestes a ligar para a delegacia. Os policiais podem chegar aqui em menos de dez minutos.

— Mas eu não consigo voltar para casa tão depressa. Os ônibus estão...

— Pegue um táxi.

— Escute, não sei quem você é, mas não tenho dinheiro para pegar um táxi.

— Tem, sim. Use um pouco daquele dinheiro que recebeu do porteiro para quem você repassou a bolsa.

— *Quem está falando?* — Sua voz se transformara em um sussurro.

— Venha para casa e você vai descobrir — convidou Johnny.

Ania e Johnny fizeram de tudo para acalmar a sra. Edwards. Garantiram a ela que seu coração estava ótimo, sua pressão, quase normal, e o mal-estar que sentia era fruto do choque. Queriam afastá-la do quarto e de tudo que lá estava. Ela se sentou à mesa da cozinha e lhes contou o quanto estava assustada com a possibilidade de seu marido chegar a qualquer momento bêbado. Ele se comportava de maneira completamente diferente quando estava bêbado. O problema é que ela nunca sabia de que maneira ele entraria pela porta.

— Não se preocupe, pois eu estou aqui.

— Ele vai ficar muito chateado por causa da porta arrombada — avisou ela.

— Tudo bem. Sei lidar com pessoas chateadas — assegurou Johnny.

Ania ergueu a cabeça, com os olhos arregalados.

— Johnny, não vá fazer nada... Você sabe.

— Não farei nada, prometo — garantiu Johnny. — Está na hora de você voltar para a clínica.

— Não, preciso ficar aqui para tomar conta da sra. Edwards.

— Mas você não é enfermeira, Ania. Volte para Clara.

— Como vou saber o que aconteceu?

— Vamos todos nos encontrar mais tarde no Corrigans.

— Se minha pobre mãe soubesse que vou a um pub todas as noites da semana... — resmungou Ania, mas Johnny estava certo. Ela precisava voltar ao trabalho.

O táxi parou diante do n. 34 da Mountainview Road, e Eileen saltou. Johnny reparou que ela vestia um elegante casaco curto lilás e saia preta com botas também em tom lilás. Pelo visto, ela furtava roupas das lojas seguindo um plano de cores específico. Ao pescoço, trazia uma daquelas echarpes caríssimas de seda, que as socialites costumavam usar nas corridas de cavalos. Eileen Edwards certamente parecia pertencer mais a cenários sofisticados do que àquela casa caindo aos pedaços que abrigava o pai violento, a mãe nervosa e um quarto trancado cheio de mercadorias roubadas. Johnny se fez de implacável. Nada de compreensão nem de piedade. Aquela mulher estava pronta para destruir Brian Flynn, um dos poucos amigos decentes que ainda existiam no mundo ocidental.

Kathleen Edwards ergueu os olhos temerosos ao ouvir a chave girar na fechadura. Pareceu aliviada quando viu que era Eileen.

— Você não precisava vir correndo para casa. Eu estou bem — afirmou sua mãe.

— Parece-me que tinha de vir, *sim*. Onde está ele?

— No seu quarto. Diz que vai consertar a porta.

— É bom que conserte mesmo. Quem é esse homem?

— Não sei. Apareceu para me ajudar logo depois do tombo.

No quarto, ouvindo tudo com atenção, Johnny reparou que Eileen não ofereceu à mãe uma única palavra de solidariedade ou consolo. Ela entrou no quarto e viu Johnny sentado em sua cama com ar casual. Reconheceu-o imediatamente. Ele era um cliente habitual do Corrigans, um homem que, de vez em quando, também aparecia para ajudar no centro paroquial e morava no mesmo prédio de Brian.

— Eu devia ter desconfiado de que ele era o responsável por isso — disse ela olhando para a porta arrebentada.

— Brian não faz a mínima ideia de que nós dois viemos até aqui.

— Nós?

— Ania e eu. Trouxemos sua mãe para casa depois do acidente. Aliás, ela vai ficar ótima, se é que lhe interessa saber.

— O que é do *seu* interesse saber, Johnny, é o que o *meu* pai vai fazer quando voltar para casa e descobrir que você arrombou a porta do meu quarto. — Sua voz mantinha-se tranquila. Não mostrou medo nem parecia em pânico com a situação.

— Claro, mas também vai encontrar a casa cheia de policiais e a filha presa por roubo. Aliás, ele próprio será levado para a delegacia por violência doméstica.

— Minha mãe nunca deu queixa contra ele. — Eileen olhou com ar de desdém para a cozinha e para a mãe fraca que nunca se defendera contra a violência do marido e certamente não seria agora que faria.

— Ela prestou queixa, sim — garantiu Johnny com um jeito casual, quase preguiçoso, como se não desse a mínima.

— Não acredito nisso.

— Ela deu um depoimento a Ania e a mim. Pode acreditar que dessa vez ela vai falar com a polícia.

— Nem em sonho.

— Quem mais nesta casa poderia ouvir suas queixas? — perguntou Johnny. Eileen se manteve calada.

— Afinal, o que você quer, Johnny? — perguntou ela finalmente.

Michael Edwards voltava para casa. Vinha do pub, onde fora almoçar. Acontecera algo esquisito. Enquanto estava lá, alguém lhe mandou uma mensagem estranha dizendo que ele deveria ir à loja de ferragens de Finn Fitzgerald a fim de pegar madeira, parafusos e uma fechadura reforçada para fazer consertos urgentes em sua casa. O material já estava todo pago. Ele ficou intrigado, pois não se lembrava de nenhum quebra-quebra em sua casa na véspera. Ao chegar à loja, Finn Fitzgerald já estava com o material realmente embrulhado e devidamente pago.

— Que história é essa, Finn? — perguntou Michael.

— Vá para casa assim que puder, Mick. Não gostei do jeitão do sujeito que esteve aqui ainda há pouco com sua filha. Parecia um halterofilista.

— Ele pagou por tudo isso?

— Não, quem pagou foi sua filha e em dinheiro vivo. Muito estranho, Mick. Vá logo para casa.

Michael entrou no n. 34 da Mountainview Road fazendo o estardalhaço de costume e colocou o pacote com as madeiras e a fechadura no chão do saguão.

— O que está acontecendo aqui? — quis saber.

— Sua esposa sofreu uma queda, sr. Edwards. Felizmente não se feriu muito, mas ficou em estado de choque. Ela está na cozinha, se o senhor quiser verificar tudo.

— Quem é você para me mandar verificar coisas na minha própria casa? — Michael Edwards estava vermelho e zangado.

— Quem sou eu? Amigo da sua filha. Por acaso, também trabalho na clínica onde a sra. Edwards foi atendida. Isso responde à sua pergunta?

— E por que está aqui? Minha mulher voltou para casa. Está bem. O que você ainda está fazendo aqui?

— Para ajudá-lo a consertar uma porta que infelizmente se quebrou durante a confusão.

— O quê?

— Pois é. Acho que, se começarmos logo, conseguiremos consertar tudo em dois tempos.

— Pois achou mal. Eu estava tomando uma cervejinha, cuidando da minha vida e, de repente, recebi uma mensagem me dizendo o que devia fazer.

— Podemos começar o trabalho retirando a porta lascada — sugeriu Johnny.

— Quem arrombou essa porta? — perguntou.

Eileen, que estivera calada o tempo todo, resolveu se manifestar.

— Faça o que ele diz, pai. Numa boa. Vai ser melhor para todos nós.

— Não admito que ninguém venha me dar ordens em minha própria casa...

— A casa é da mamãe, pai, você não se lembra? Ela a herdou do pai dela.

— Dá no mesmo — afirmou ele.

— Agora não. As coisas mudaram. — Eileen falou mais depressa.

— Para você, devem ter mudado mesmo, pelo modo estranho como esse seu namorado se comporta.

— Ele *não é* meu namorado. — As palavras saíram da sua boca como projéteis.

— Bem, o fato é que isso não tem nada a ver comigo. — Michael Edwards fez cara de quem ia voltar para o pub naquele instante.

— Papai, seja razoável. Mamãe vai contar tudo à polícia. Finalmente.

— Ela não tem uma única prova contra mim.

— Tem, sim. Tem esse sujeito intrometido, tem Ania, essa garota polonesa e tem a mim.

— Você vai armar uma armadilha para si mesma?

— Dessa vez, sim.

— Mas... Por quê?

— É a condição para eu não ser presa.

— E quanto a mim?

— Conserte a porta, papai. Depois, Johnny vai conversar com o senhor.

— E o que *você* vai fazer enquanto isso, posso saber?

— Vou preparar uma sopa para mamãe e algumas torradas.

— Mas você nunca fez isso na vida!

— Pelo visto vou passar a fazer a partir de agora. — Lançou um olhar cheio de ódio para Johnny.

O pai de Eileen tirou o casaco. O que quer que estivesse acontecendo ali, a coisa era séria. Olhou para dentro do quarto da filha. Os cabideiros estavam cobertos com mantas. Não dava para ver nada. Não que ele estivesse interessado.

— Essa porta não vai ficar grande coisa remendada com madeira e pregos — resmungou.

— As janelas também estão mal, várias vidraças estão quebradas. Semana que vem, Eileen vai chamar um vidraceiro para consertar tudo; não é, Eileen?

— Isso mesmo — disse Eileen com um tom sombrio.

Levou cerca de uma hora para consertar a porta e instalar a nova fechadura. Havia duas chaves. Eileen ficou com uma e Johnny guardou a outra.

— Voltarei daqui a uma semana para ver em que pé estão as obras — avisou Johnny. Quem sabe teremos até janelas novas?

Michael Edwards voltou para o pub depois de limpar a sujeira do saguão, sempre sob a supervisão de Johnny.

— Detesto mistérios — resmungou ele olhando para Johnny por cima do ombro. — Você é um sujeito misterioso demais para o meu gosto.

Kathleen Edwards não estava nem um pouco acostumada a ser bem-tratada e paparicada pela filha.

— Você não precisa voltar para o trabalho, Eileen? — perguntou preocupada.

— Não, mamãe. Tirei o restante do dia de folga.

— E o restante da semana também — lembrou Johnny, para o caso de ela ter esquecido. Por fim, a mãe de Eileen foi se deitar, deixando Johnny e a filha sozinhos na cozinha. Ele se serviu de outra caneca de chá, sentindo-se tão à vontade quanto um visitante habitual ou um velho amigo da família.

— Você não vai escapar assim tão fácil dessa situação — avisou ela.

— Já escapei — rebateu ele com simplicidade. — Eu lhe fiz uma oferta e você aceitou. Simples assim.

— Não foi uma oferta. Foi chantagem.

— Pedi três coisas: que você doasse suas mercadorias roubadas para uma instituição de caridade; que sua mãe fosse bem-tratada e se sentisse segura e confortável em sua própria casa; e que comunicasse ao Brian que a farsa acabou.

— E você vai contar a ele tudo o que aconteceu aqui? — Os lábios dela estremeceram.

— Não se você cumprir sua parte.

— E, se eu não cumprir, você chama a polícia.

— Tem um sargento que é grande amigo meu e vai pular sobre você com o peso de uma tonelada de tijolos.

— Não vai ser fácil levar essas "mercadorias", como você as chama, para instituições de caridade — afirmou Eileen.

— Aposto que você dá um jeito. Conseguiu roubá-las de um monte de lojas sofisticadas.

— Mais uma coisa: se meu pai tornar a se embebedar, não posso ser considerada responsável por isso.

— Dei o número do meu celular ao seu vizinho e lhe informei que trabalho no Serviço de Assistência Social.

— Ele não deve ter acreditado.

— Lancei um olhar muito expressivo para o pitbull com focinheira que ele mantém em casa. Ele acreditou em mim.

— E Brian?

— Vá ao Corrigans hoje, às sete da noite, na parte dos fundos.

— Não sei se estou preparada para isso.

— Acho que está, sim, mas você pode escolher: ou o Corrigans ou o meu amigo sargento.

— E se eu não conseguir colocar tudo para fora?

— Já ensaiamos duas vezes. Vamos repetir uma terceira vez para termos a certeza de que você tem tudo na ponta da língua.

A sala nos fundos do Corrigans estava cheia: James O'Connor, o padre Brian, Johnny, Tim, Ania, Lidia e o padre Tomasz, que viera de ônibus de Rossmore para não perder o espetáculo.

Brian achou que aquela fosse uma reunião normal. Pareceu surpreso ao ver que James não só deixara o caderno de anotações em casa como também ofereceu um drinque a cada um. Em seguida, pigarreou e disse:

— Eileen vem se juntar a nós esta noite. Tem algo a dizer — começou.

Brian tentou pôr-se de pé.

— James, o que está *fazendo*? Não vale a pena lhe perguntar nada. Pensei que você já sabia isso.

— Ninguém vai lhe perguntar nada. É ela quem quer dizer uma coisa a todos. Vejam, acabou de chegar!

Eileen entrou.

Já não parecia Cachinhos de Ouro ao olhar para seis pares de olhos hostis e para o semblante preocupado do padre.

— Padre Brian — começou ela —, tenho uma coisa para dizer, e não é fácil. Passei uma vida difícil e tenho propensão a viver num mundo de fantasias. Por isso, finjo que tenho um belo apartamento, para melhorar a minha imagem, em vez de contar que moro na casa dos meus pais, na Mountainview Road, que está caindo aos pedaços. Finjo ter muitos amigos da alta sociedade, mas, na verdade, tenho um pai violento e alcoólatra que espanca minha mãe. Não tenho nenhum fundo de poupança nem mesada, ou o que quer que eu tenha dito. Roubo roupas e artigos de moda. Estou proibida de entrar na maioria das lojas da rua Grafton e da rua Henry. Por isso, agora tenho de ir fazer meus furtos em lojas dos subúrbios. Vendo algumas dessas coisas para ganhar dinheiro... — Fez uma pausa, olhando só para o padre. Em seguida continuou, dirigindo-se a todos.

— Como não tinha ninguém que me amasse, inventei uma pessoa para me amar. Fingi que tinha um relacionamento com o padre Brian. Compreendo agora que o que fiz foi uma coisa perigosa, burra e errada. Mas me sentia muito solitária! Tentei pensar em como seria reconfortante ter alguém. Inventei todas aquelas histórias. Vi você digitar sua senha, padre, e depois mandava e-mails para mim mesma, no cybercafé. Também peguei emprestado seu celular no centro paroquial para mandar um torpedo para mim mesma. Peguei a chave de sua casa da bolsa de Ania e fiz uma cópia para ter acesso ao seu apartamento.

O silêncio era constrangedor. Todos estavam com uma expressão chocada pelas coisas terríveis que ela fizera.

— Lamento muito, Brian, de verdade. Você pode me perdoar?

O padre Brian estava sem palavras. Literalmente, não conseguia dizer nada. Por fim, gaguejou:

— Por que fez isso agora, por que depois de todo esse tempo?

Johnny falou com a voz calma e suave:

— Eileen teve um grande choque esta manhã quando a mãe levou um tombo. Entende agora que algumas coisas na vida são mais importantes do que outras. Modificou suas prioridades. Não é verdade, Eileen?

— Sim, é isso mesmo. Agora entendo melhor o que importa e o que não importa.

O rosto grande e generoso do padre Brian estava prestes a lhe dar novamente as boas-vindas como amiga, mas Johnny tinha outros planos.

— Como, obviamente, é muito embaraçoso para Eileen lidar com pessoas que conhecem esses detalhes de sua vida, ela vai deixar de frequentar o centro paroquial. Quer se despedir de Brian esta noite e garantir a ele, diante de todos nós como testemunhas, que, se Brian a perdoar e não levar o caso aos tribunais, ela nunca mais se colocará no seu caminho.

— Sim. Isso é o melhor a fazer — garantiu Eileen.

— Mas é claro que perdoo você — disse Brian. — Foi muito corajosa. Vir até aqui de livre e espontânea vontade...

— Ela teve de vir — Johnny interrompeu o discurso de Brian. — É uma pessoa comum, decente, que não poderia conviver por muito tempo com essa fraude, e vai respeitar seu compromisso até o fim. É a única coisa que pode fazer.

Quando Cachinhos de Ouro saiu do Corrigans e da vida deles, Ania reparou que ela não trajava botas elegantes como era de costume nem elegantes sapatos de salto alto em couro de boa qualidade. Seu lenço não era daqueles que se usavam nas corridas de cavalos. Ania também reparou que Tim dava muita atenção a Lidia e lhe perguntava de que tipo de música ela gostava.

Brian enxugava os olhos, de onde brotavam lágrimas de alívio e de felicidade.

— Você é um bom druida, padre Brian.

— Bom o *quê*? — perguntou ele.

— Agora vou ter de *lhe ensinar* inglês? É uma palavra afetuosa para dizer padre.

— Não, não é, Ania.

— No mundo encantado de Ania, essa palavra é afetuosa, sim, padre. Talvez você tenha levado um susto tão grande que esteja preparado para sair do *seu* mundo encantado e entrar no mundo real.

— Ah, Johnny, Johnny... Afinal de contas, o que sabemos sobre as coisas do mundo? — perguntou o padre Brian, dando um soco carinhoso no braço do amigo.

6

Apesar de o nome agradável indicar um lugar com rota para as montanhas, Mountainview era uma das zonas mais barras-pesadas de Dublin. Algumas das grandes propriedades do lugar eram ocupadas por traficantes de drogas, e aquele certamente não era o lugar mais indicado para se passear sozinho à noite. A escola apresentava altos e baixos, mas tinha a sorte de contar com Tony O'Brien, um diretor que conseguia resolver os problemas assim que eles apareciam.

Alguns dos professores mais antigos achavam a mudança no comportamento dos alunos algo difícil de aturar. Antes, as coisas eram diferentes. O bairro era pobre e decadente, mas havia respeito por parte dos alunos. Os jovens vinham de lares onde o dinheiro era curto, mas todos se esforçavam muito para conseguir boas notas. Agora, só se preocupavam com dinheiro e, se o irmão mais velho de algum deles tinha um automóvel caro ou vestia dispendiosos casacos de couro, era difícil algum dos outros se interessar em arrumar emprego num banco ou num escritório onde poderia nunca conseguir dinheiro suficiente para comprar uma casa própria ou um carro, e um casaco daquele tipo seria eternamente um sonho. Não era de admirar que tantos deles acabassem envolvidos com gangues. Afinal, o que havia acontecido com o respeito?

Aidan Dunne conversava muito a respeito com Nora, sua mulher.

Os alunos maiores o empurravam, derrubando os livros que carregava. Depois, riam e falavam que o professor estava ficando desajeitado por causa da idade já mais avançada. Aidan ainda se lembrava do tempo em que, se um livro lhe escapasse das mãos, todos correriam para apanhá-lo no chão. Agora não era mais assim. Todos se referiam a ele como Careca e lhe perguntavam se ele se lembrava da Primeira Guerra Mundial.

O mesmo acontecia com as professoras. Se não eram casadas, alguns dos alunos mais grosseiros perguntavam a elas se eram frígidas ou lésbicas. E, quando *eram* casadas, eles lhes perguntavam quantas vezes por noite transavam com o marido.

— E o que você diz disso? — perguntou Nora.

— Eu os ignoro, tento me convencer de que são jovens inseguros, como sempre foram, e que simplesmente se expressam de modo diferente. Mesmo assim, isso não torna a jornada de trabalho mais fácil.

— E como as mulheres lidam com o problema?

— As mais novas os enfrentam e dizem coisas como "Ora, você nunca conseguiria me satisfazer tanto quanto meu marido" ou então dizem que sim, são lésbicas porque a única opção na cidade são rapazes medonhos com espinhas na cara e unhas imundas. — Aidan balançou a cabeça para os lados. — Quando eu entro em sala, já estou cansado — comentou com tristeza.

— Por que não desiste? — perguntou Nora subitamente. Ela dava aulas de italiano à noite e organizava todos os anos uma excursão à Itália para sua turma. Trabalhava em outras atividades, como bico, mas não se interessava em ganhar muito dinheiro nem em fazer um pé de meia para quando se aposentasse.

Sentou-se numa das cadeiras de segunda mão, em ratã, que havia comprado e tentou convencer Aidan a imitar seu estilo de vida mais despreocupado.

No entanto, ele se atormentava demais. Achava burrice abandonar a escola agora, quando faltavam poucos anos para encerrar a carreira. Isso resultaria numa aposentadoria menor, e ele precisava sustentar a casa, sua mulher Nora e a primeira família que ele constituíra.

— Ora, mas você já lhes deu tanta coisa! — disse Nora com ar casual. — Deu a Nell quase todo o dinheiro obtido com a venda da casa. Grania está casada com o diretor da escola de Mountainview. Brigid se tornou sócia da agência de viagens. Pensando bem, elas é que deveriam sustentar o pai e o ex-marido.

— Mas e quanto a você, Nora? Quero tomar conta de você e lhe dar um pouco de conforto e prazer.

— Você já me dá — disse ela.

— Mas quero dar *segurança* também, Nora — argumentou ele.

— Nunca tive segurança na vida, e não será agora que vou querer.

— Preciso completar meu tempo para poder me aposentar na escola onde dou aula.

— Só se quiser isso. O que me diz daquela vida maravilhosa que prometemos um ao outro e que temos conseguido manter até agora?

— Isso depende de eu ter um emprego seguro, Nora — disse ele.

— Não, não depende. Principalmente se você estiver preocupado e viver em pânico por causa desses pivetes grosseiros. Não precisamos disso, Aidan. Ainda mais se estiver comprometendo sua saúde.

— Nora, não estou com a saúde comprometida — garantiu Aidan com firmeza.

Uma semana depois, Aidan e Nora foram a uma de suas lojas de sebo favoritas; estavam longe um do outro, procurando livros interessantes, quando ela, de repente, olhou para ele. Com a mão na garganta, Aidan parecia ter dificuldade para respirar.

— Aidan? — chamou ela.

— Desculpe, mas você não acha que aqui está muito abafado?

— Nem um pouco... Está até soprando um ventinho vindo do canal.

— Um ventinho? — perguntou ele com ar distraído.

— Sim, um daqueles tão fortes que nem se preocupa em desviar e parece atravessar a gente... — Nora sorriu.

Ele não sorriu de volta.

— Há algo errado com você? — ela perguntou alarmada.

— Parece que não consigo respirar direito — respondeu Aidan. — Nora, querida, tomara que eu não desmaie aqui, logo na loja.

— Não, claro que não, sente-se aqui — propôs ela, com jeito direto e prático, e perguntou imediatamente ao dono do estabelecimento: — Qual é o hospital mais próximo?

— St. Brigid's. Há algum problema?

— Acho que meu marido está tendo uma convulsão, um derrame ou algo parecido. Onde fica o ponto de táxi mais próximo?

— Não se preocupem, eu os levo até lá de carro — ofereceu-se o dono da loja.

Nora não recusou a oferta. Mais tarde haveria tempo para lhe agradecer.

— Pronto, Aidan, Dara nos ofereceu uma carona — disse ela.

— Para onde? — perguntou ele ofegante.

— Para um lugar onde vão ajudar você a respirar direito, querido — disse ela.

Ele fechou os olhos aliviado.

Na Emergência do St. Brigid's, as enfermeiras o encaminharam rapidamente para um dos compartimentos para o devido atendimento. Colocaram-no no oxigênio e chamaram o médico de serviço.

— Tirem as calças dele — pediu o médico.

— Para quê? — Nora foi pega de surpresa.

— Por favor, minha senhora — o médico chinês foi muito delicado. — Ele está com muito líquido nos pulmões, precisamos drená-lo por meio de um cateter...

Nora explicou tudo a Aidan.

— Isso é estranho. Não estou com vontade de ir ao banheiro nem nada — disse ele.

O oxigênio estava ajudando, e ele parecia mais calmo. Nora olhou para o enorme recipiente e o viu encher rapidamente com o que lhe pareceu litros de fluido.

— Como é que isso pôde acontecer? — perguntou ela.

— Seu coração não estava conseguindo bombear o sangue direito — explicou o médico chinês. — Ele está com insuficiência coronária.

Nora sentiu as forças lhe faltarem. O homem bom e simpático que ela adorava e que também a amava tanto estava com o coração falhando. Toda sua vida lhe pareceu prestes a acabar.

Cerca de uma hora depois, Aidan estava tão melhor que se sentiu pronto para voltar para casa. Ficou surpreso quando soube que estavam lhe conseguindo um leito no St. Brigid's.

— Mas estou perfeitamente bem — protestou.

Nora foi a casa buscar um pijama para ele, um roupão e uma nécessaire com artigos de higiene. Mantinha-se aparentemente calma e segura, mas, lá no fundo, sentiu que tinha perdido a vontade de viver.

Os dias seguintes passaram voando: visitas de equipes de médicos experientes, seus assistentes mais novos com pranchetas, enfermeiras, auxiliares, pessoal da limpeza e carrinhos com as refeições. Todos pareciam ansiosos. No meio deles, parecendo um autômato, estava Nora Dunne: alta, de olhos espantados, com o longo cabelo ruivo e mechas grisalhas presas numa fita preta.

Sentava-se sempre ao lado da cama de Aidan, e jogavam xadrez com ar alegre. Se as pessoas os observassem de perto, certamente perceberiam que nunca falavam de coisas da casa, contas, consertos ou compras. Não falavam dos vizinhos, da família, nem dos amigos. Viviam apenas um para o outro. E, se as pessoas observassem com *muito* cuidado, notariam que Nora realmente se comportava como um robô. Mantinha as aparências só para Aidan.

Antes de Aidan receber alta, depois de uma semana, os médicos perguntaram a ele sobre o nível de estresse em sua vida. Quando contou como era sua rotina na escola, o cardiologista o aconselhou, com ar sério, a sair do emprego.

Aidan nem quis discutir o assunto. Tomaria os remédios e descansaria bem todos os dias, mas não desistiria do emprego. Era a única coisa que tinha para oferecer à esposa: estabilidade. Não era um bom provedor no lar, pois havia outras exigências em sua vida financeira. Havia outra família, que formara antes de se casar com Nora. Não, ele seguiria em frente até sua aposentadoria estar assegurada.

Os médicos também conversaram com Nora, mas as maneiras da mulher os confundiram. Ela repetiu à equipe médica várias vezes que não estava nem de longe interessada em posses nem no dinheiro da aposentadoria do marido. Viviam em um pequeno apartamento alugado. Ela poderia perfeitamente trabalhar para pagar o aluguel, pois as necessidades do casal não eram grandes.

— A senhora vai incentivá-lo a se aposentar? — sugeriu o cardiologista.

— Não se ele não quiser, doutor. Por que deveria me colocar entre ele e aquilo que deseja? Aidan sempre adorou dar aulas e se sentiria um fracasso se alguém o afastasse daquela escola.

— Mas ele não poderia dar suas aulas em casa? Aulas particulares, talvez?

— Não. Aidan não aceita que as pessoas tenham de pagar por fora para ter uma educação aprimorada. Não podemos lhe pedir que vá contra seus princípios.

— Mas a senhora tem uma personalidade muito forte, sra. Dunne. Certamente conseguiria convencê-lo.

— Certamente, se eu tentasse... Mas não seria honesto obrigá-lo a desistir do que realmente deseja fazer.

— Mesmo que isso acabe por matá-lo?

— Ele vai morrer um dia de qualquer modo, não é verdade?

— Sim, todos nós vamos, mas, com algum cuidado, ele ainda terá muitos anos pela frente para aproveitar.

Nora ficou absolutamente apática. Por fim, disse:

— Uma vida de medo e ansiedade, imaginando que poderá ficar sem ar a qualquer momento.

— Nós vamos ajudá-lo para que isso não aconteça mais, pode ter certeza.

— Mas o senhor não pode me oferecer essa certeza, certo? — perguntou com voz firme.

— Não. Do mesmo modo que não posso lhe garantir que vocês dois não serão atropelados por um ônibus ao voltar para casa. Mas temos uma boa taxa de manutenção da qualidade de vida para os pacientes depois de um infarto. O seu marido fará parte dessa estatística. Vamos enviá-lo para uma clínica cardiológica, que ele deverá visitar regularmente. Ela funciona no anexo deste hospital. Os doentes sempre vão lá para monitoramento, exames de sangue e acompanhamento da medicação.

— Por que o senhor falou em insuficiência coronariana?

— Porque esse é o nome dos problemas causados por uma cardiopatia, ou seja, são problemas que não deixam os corações funcionarem corretamente.

— Então, Aidan vai ter que vir aqui todas as semanas, é isso?

— No início, sim. Depois, à medida que for progredindo, virá com menos frequência. Ele vai se sentir muito mais tranquilo.

Nora se manteve calada.

— Vai mesmo, sra. Dunne — assegurou o médico. — Todas as nossas pesquisas mostram que as pessoas se sentem mais confiantes e positivas, e é exatamente do que precisam em um momento desses.

— Essa clínica foi implantada por um laboratório farmacêutico? Eles fazem experiências com os pacientes?

— De modo algum. Funciona sob o apoio financeiro deste hospital, e temos muito orgulho dela. — O médico pareceu se ofender com aquelas suspeitas.

— Desculpe, doutor. Para o senhor, Aidan é apenas um paciente em tratamento; para mim, representa toda a minha vida. Será que não estou raciocinando direito?

— Ele vai precisar que a senhora raciocine melhor do que nunca a partir de agora — disse o médico. Era evidente que aquela mulher precisava de conselhos. — Vá com ele à clínica de cardiologia e conheça as pessoas que trabalham lá; ambos lucrarão com isso.

Pela primeira vez, a expressão de dor e as feições contraídas se abrandaram no rosto de Nora Dunne. O médico reparou que ela era uma linda mulher.

— Vamos tentar então — disse ela sorrindo de leve.

Barbara visitou Aidan no hospitaı para lhe explicar o funcionamento do sistema. O professor que virara paciente escutou a jovem atraente e animada. Com acenos de cabeça, mostrou que compreendia tudo. Pelo visto, ali havia tudo o que era necessário: aulas de exercícios, controle da pressão arterial e do peso.

Ainda havia um telefone de urgência para ser usado à noite.

— Por que o paciente não pode ir direto para a emergência no caso de passar mal? — perguntou Aidan.

— Bem, claro que ele pode ir, mas esta clínica funciona como um atalho. Às vezes, é necessário apenas um novo diurético. Depois de meia hora, ligamos de volta e verificamos se a falta de ar melhorou. Muitas vezes é apenas esse o problema, e isso poupa o paciente de vir de novo aqui. — Barbara era alegre e prática. — Você vai adorar as pessoas que trabalham aqui, Aidan. A equipe é excelente — garantiu.

A viagem de ônibus do apartamento de Nora e Aidan até a clínica de cardiologia era rápida. As pessoas usavam agasalhos pesados por causa do frio de fevereiro, e uma névoa começava a subir do canal. Antes de saírem de casa, Nora colocou um elegante cachecol de lã em padrão xadrez em Aidan. Ele já se sentia bem novamente, mas a sombra do que se passara pairava sobre ele.

O ônibus parou junto ao portão da clínica. Nora e Aidan sabiam que naquele terreno funcionara um galpão que servia de depósito e sabiam que o local quase havia virado um grande estacionamento até ser resgatado pelo hospital St. Brigid's para virar uma clínica. Do lado de fora, havia uma enorme placa em que se lia *Clínica de Cardiologia*. Por dentro, o lugar era cheio de luz e muito aconchegante.

Nora e Aidan foram recebidos por uma jovem polonesa chamada Ania, que lhes mostrou as instalações. Perto da entrada ficava a sala de exercícios. Johnny tinha muita força nas mãos e acreditava que os músculos podiam fazer tudo. Ele lhes mostrou as várias máquinas de ginástica e disse que estava louco para ajudar Aidan a entrar rapidamente em forma.

Depois, Ania os levou para conhecer Lavender, na sala da nutricionista, onde eles receberam uma lista de alimentos saudáveis e a programação das aulas de culinária que Lavender oferecia, para as quais seriam muito bem-vindos.

Aidan reconheceu Barbara, a alegre enfermeira que o atendera da primeira vez. Esta, por sua vez, lhes apresentou Fiona, uma bela jovem.

— Aidan, caso você venha aqui num dia em que eu não estiver, Fiona saberá atendê-lo com muita competência.

— Não ligue para o que ela diz, Aidan — disse Fiona. — Sei que você vai ligar às escondidas para saber os dias em que ela *não está*. Todo mundo faz isso — brincou ela.

Havia um jovem médico chamado Declan, uma administradora cujo nome era Hilary, que lhes informou todos os pormenores e processos relacionados com o hospital. Por fim, conheceram a bela dra. Casey, que gerenciava tudo aquilo.

— Podem me chamar apenas de Clara — disse ela com simplicidade. Tinha à mão as anotações sobre o atendimento de Aidan no hospital e, quando Barbara o encaminhou para um dos compartimentos para tratamento, Clara pediu a Nora que se sentasse ao lado. Olhou para as anotações e notou um recado misterioso na margem: *Trabalhe a esposa*, era a mensagem escrita ali, de forma enigmática.

Clara achou que Nora tinha um aspecto marcante. Era incomum ver uma mulher com mais de cinquenta anos usando cabelos com fios muito longos, em que se alternavam mechas grisalhas e ruivas, e percebeu que aquilo era obra da natureza, não de um cabeleireiro habilidoso.

Nora tinha o dom de se manter praticamente imóvel. Devia ser muito tranquilo conviver com uma pessoa assim. Clara se perguntou o que deveria "trabalhar" naquela mulher.

Logo descobriu.

Nora Dunne não acreditava que seu marido fosse melhorar, o que certamente traria problemas para o tratamento dele.

No seu habitual tom otimista, Clara falou da clínica e dos seus poderes de manter os pacientes fora do hospital, mas sentiu que estava malhando em ferro frio. Resolveu empregar uma tática diferente.

— Descobrimos que, quando os pacientes vêm de um ambiente positivo, de alto astral, de uma família que verdadeiramente acredita na melhora, eles melhoram *mesmo* — disse.

— Poder da mente sobre a matéria? — Nora não parecia convencida

— Não exatamente. Apenas uma afirmação, um objetivo pelo qual vale a pena viver.

Nora continuou cética.

— Acha que as pessoas religiosas se recuperam mais depressa, doutora?

— Não faço a mínima ideia. Certamente uma firme convicção religiosa ajuda muito, mas não dá para medir essa possibilidade.

— E seria *possível* medir uma atmosfera doméstica luminosa, alegre e o bem que ela traz? — Nora pareceu sarcástica.

— Você já viu as instalações que temos aqui na clínica, Nora. Conversou com pessoas que lhe asseguraram que a medicação cuidadosa e verificada regularmente, os exames de sangue, a monitoração, o exercício e a nutrição de boa qualidade ajudam a salvar e prolongar vidas. Por que não se junta ao nosso grupo nessa visão positiva?

— Porque as vidas que vocês salvam e prolongam aqui não serão boas, não terão qualidade — argumentou Nora, desolada.

— É espantoso que você tenha tanta certeza disso! — Clara parecia muito zangada. — Há muitos anos exerço medicina e não vejo verdade em seu ponto de vista.

— Sou a pessoa menos confiante que a senhora já conheceu na vida, doutora — assumiu Nora tristemente. — Faria tudo neste mundo para ajudar Aidan a melhorar, mas a senhora está me pedindo para acreditar em um conto de fadas. Acho muito difícil.

— Acredita em compromisso? — perguntou Clara subitamente.

— Antigamente não acreditava, mas atualmente sim. Por que pergunta?

— Vou lhe pedir seis semanas, Nora. Finja que acredita que está tudo indo muito bem e que seu marido está melhorando. Se, depois desse período, você continuar achando quc tudo não passa de conversa fiada e otimismo falso, volte aos seus princípios. — Clara abriu a agenda. — Por que não escolhemos uma data em abril para conferirmos como se sente? Não investiria seis semanas nisso? Um mês e meio? É pelo Aidan.

— Como posso recusar? — Nora tinha um sorriso lindo. Sua cooperação certamente seria essencial para a recuperação do marido.

Assim, durante seis semanas, Nora Dunne cumpriu sua parte do acordo e falou a todos, com muito entusiasmo, sobre a clínica de cardiologia onde Aidan recebia tratamento.

Contou detalhes sobre o caso às suas duas irmãs, Helen e Rita, que nunca demonstravam interesse por nada. Nora as encontrava uma vez por semana no asilo para idosos onde a mãe das três residia. Rita e Helen achavam que Nora era uma excêntrica em quem não se podia confiar, e não escondiam isso de ninguém. Afinal, ela fugira para a Itália havia alguns anos para correr atrás de um homem casado que agora era seu marido. Ao voltar para casa, provavelmente despejada do apartamento onde morava, passou a se vestir de forma muito esquisita. Alugara outro apartamento num bairro violento e dava aulas de italiano numa escola frequentada por muitos marginais. Havia se "casado" com o tal homem, que era professor da escola, mas obviamente aquilo não era um casamento de verdade, pois ele já tinha sido casado legalmente e se divorciara. Essa nova união era apenas um daqueles "arranjos" aceitos pelos cartórios. As irmãs de Nora torciam o nariz para tudo isso, insinuando que um infarto era uma punição que Aidan Dunne já devia esperar como castigo por cometer adultério.

Nora e Aidan foram a uma das aulas de culinária de Lavender. Aprenderam a reduzir o sal em todas as refeições e a preparar nuggets de peixe. Diante de todos, Lavender cortou pequenos quadrados de papel de alumínio e colocou sobre eles pequenas porções de bacalhau; em seguida, acrescentou rodelas de alho-poró, feijões-verdes e tomates-cereja. Depois, regou tudo com uma gordura de baixo valor calórico e dobrou o papel de alumínio em forma de envelope. O prato especial levou cerca de vinte minutos para cozinhar. Enquanto isso, Lavender deu alguns conselhos sobre como comprar carnes magras.

Ela não usava ingredientes caros: mostrou-se prática e útil. Todos provaram o bacalhau depois de pronto e concordaram que estava delicioso. Para a semana seguinte, Lavender prometeu uma aula sobre sobremesas pouco calóricas.

Aidan observava a expressão de Nora para sentir o que ela achava de tudo aquilo. Nora disse que tudo era fantástico e perguntou por que as pessoas preferiam comprar comida pronta, muito gordurosa, quando podiam preparar, rapidamente, pratos como aquele! Aidan parecia aliviado por vê-la tão empolgada. Saíram dali satisfeitos em busca de uma peixaria.

Lavender os aconselhara a comprar várias postas de uma só vez e congelar uma parte.

Nora e Aidan, porém, não tinham freezer, e essa dica não funcionaria para eles.

— Tudo bem, vai nos fazer bem caminharmos todos os dias para fazer compras — disse Nora ao sair da clínica de cardiologia.

Clara ouviu isso e sorriu consigo mesma. Nora estava certamente cumprindo sua parte no acordo.

Brenda Brennan, gerente do restaurante Quentins e grande amiga de Nora, lhes fez uma visita nessa mesma noite para saber como estava Aidan.

— O que vai acontecer com aquele luxuosíssimo restaurante em que você trabalha sem ninguém para tomar conta das coisas? — perguntou Nora. Ninguém conseguia imaginar o Quentins sem Brenda presente, muito calma, sempre controlando tudo.

— Estou aprendendo a delegar funções, Nora — disse ela. — Estamos com uma loura de pernas compridas que veio da Letônia, tem um inglês impecável e é muito estilosa. Pode ser que tenha ocupado o meu lugar de vez quando eu voltar.

— Temo que o mesmo aconteça na escola — disse Aidan. — Há um jovem professor muito competente por lá, ensinando latim. Por que alguém iria me querer de volta? — Ele pareceu preocupado.

— Porque você sabe mais latim do que esse rapazinho vai aprender em toda sua vida. — Nora era muito leal.

— Mas eu devia voltar logo. Estou me sentindo muito bem e...

— O diretor da escola aconselhou você a ficar de licença pelo tempo que fosse necessário — lembrou Nora.

— Sim, mas esse diretor é meu genro — declarou Aidan com ar melancólico.

— Ora, Aidan, isso não tem nada a ver — interrompeu Brenda Brennan. — Tenho certeza de que não. Conheço Tony O'Brien há muito tempo e, se ele diz isso, é porque sente de verdade.

— Sinto-me completamente inútil. — Aidan continuava muito preocupado com tudo aquilo.

— Você, Aidan, inútil? Essa ideia é simplesmente ridícula. Curta essas semanas de folga. Aposto que você vai lamentar não ter aproveitado o tempo livre quando voltar ao batente.

— Mas, se estou bom o bastante para me divertir, por que não estaria para trabalhar?

— Aidan... Leve Nora de trem até a praia. Dunlaoghaire é uma praia maravilhosa, com as ondas arrebentando sem parar. O inverno é a melhor época do ano para ir lá. Vocês também poderiam ir até Sandycove ou a Dalkey, em que há pubs fantásticos com refeições excelentes... — Brenda conseguia pensar em centenas de programas para o casal. Tinha a energia que faltava a Nora. Em pouco tempo, convenceu-os a preparar uma lista de vinte coisas para fazerem durante a convalescença de Aidan.

— Ele está com ótimo aspecto. A cor já voltou às suas bochechas — disse Brenda quando Nora a acompanhou à porta.

— O tom cinzento vai reaparecer rapidinho no rosto dele assim que voltar a dar aulas — garantiu Nora.

— Mas então...?

— O que acha de tudo isso, Brenda? Ele tem esse sentimento ridículo de macho protetor que deve enfrentar tudo, ganhar a vida e batalhar até conseguir sua aposentadoria. Não posso ir de encontro a isso.

— Pois é exatamente o que eu faria se fosse você — garantiu Brenda. — Nem que fosse preciso me atirar aos pés dele, implorando-lhe que não voltasse a trabalhar. Era exatamente o que faria se isso acontecesse com Patrick.

— Somos diferentes, Brenda. Você e Patrick se conheceram quando jovens. Éramos de meia-idade quando encontramos um ao outro. Nos respeitamos muito, e nenhum dos dois quer modificar o parceiro.

— Espero que você saiba o que está fazendo. — Brenda parecia não acreditar muito nisso.

—*Signora?*

Nora Dunne ergueu os olhos, surpresa. Todos a chamavam de *signora,* claro; era um termo afetuoso hoje em dia. Daquela vez, porém, era o diretor da escola que tinha ido procurá-la depois da aula de italiano.

— Olá, Tony! Não tinha visto você por aqui. Tivemos muitos alunos hoje, mesmo numa noite fria de fevereiro.

— Aidan tem passado bem?

— Está ótimo, Tony. As filhas dele têm sido muito boas. Brigid está lhe fazendo companhia agora à noite, e Grania, sua esposa, combinou de ficar lá em casa amanhã quando eu for visitar minha mãe no asilo para ele não ficar sozinho. Aidan está com ótimo aspecto.

— Pensei em visitá-lo hoje, só que... — Tony O'Brien fez uma pausa.

— Entendo você, entendo perfeitamente. Se você fosse lá, ele acharia que você o está apressando para voltar ao trabalho.

— Não quero que ele volte para aquele lugar difícil e tumultuado, *signora.* Vou tentar conseguir para ele uma espécie de auxílio-doença, uma pensão, sei lá...

— Ah, Tony, você conhece o Aidan — suspirou ela.

— Era por isso que esperava que a *signora* me pudesse ajudar — declarou ele.

— Aidan não é um bebê que usa fraldas, é um homem adulto; todo mundo quer que eu o trate como se ele estivesse sofrendo de insanidade, e não como um homem com os ventrículos dilatados. Seu cérebro funciona normalmente, e ele está decidido a voltar ao trabalho.

— E a *signora* vai deixá-lo agir desse modo?

— Não pretendo lhe causar mais estresse com discussões em casa — disse Nora, aborrecida.

— Eu poderia cuidar de tudo — tentou Tony mais uma vez.

— Você conhece bem o Aidan, Tony. Ele sente o cheiro de piedade e de caridade até onde não há.

Para Nora Dunne, tudo era simples. Seu marido teria de voltar ao trabalho.

Quando Tony O'Brien voltou para casa naquela noite, Grania parecia muito entusiasmada com alguma coisa.

Ele imaginou que sua mulher estivesse planejando um lugar exótico para passarem os feriados da Páscoa. Torceu para que não fosse isso. Ele tinha muitas coisas para resolver em Mountainview durante esses dias.

Grania colocara sobre a mesa uma jarra de flores. Meu Deus... será que era alguma data especial? Não, não, claro que não. Ele não se esquecia dessas coisas. Olhou para ela sem expressão..

— Sente-se, Tony — ela disse.

Ele obedeceu.

— Tenho ótimas notícias — continuou ela. — Estou grávida. Já é certo Tony. Vamos ter um bebê!

Para sua grande surpresa, Tony O'Brien começou a chorar. De repente, soluços enormes lhe agitavam os ombros.

— Você não ficou feliz? — Grania se mostrou ansiosa e o envolveu em seus braços.

— Feliz? Estou *atordoado* de tanta felicidade — soluçou.

Brigid havia conhecido um rapaz e contou isso ao pai. Bem... Na verdade, ainda era muito cedo para falar a sério sobre o assunto. Pela primeira vez, porém, conhecera uma pessoa com quem não se importaria de passar o restante de sua vida.

Aidan mostrou-se animado.

Brigid conhecera Kato numa festa para pessoas da imprensa, alguns meses antes, e logo começaram a conversar. Ambos estavam trabalhando no local em que acontecera a festa. Ela lhe contou tudo sobre suas férias de inverno. Kato era o encarregado do bufê da recepção. Depois de todos terem ido embora, eles continuaram no salão vazio conversando. Ele estava montando uma loja para vender objetos africanos. Desde que se conheceram, Brigid e Kato haviam saído todas as semanas. Gostavam dos mesmos gêneros de filmes, de peças de teatro, de tudo. Já estava chegando a hora de Brigid levar Kato até sua casa para conhecer Nora e seu pai.

— O que sua mãe acha dele? — Aidan sabia que, de vez em quando, as filhas visitavam a mãe, Nell.

— Mamãe ainda não o conhece — disse Brigid com firmeza.

— Ah, não? Por quê?

— Kato é marroquino, papai — disse Brigid, como se isso fosse a coisa mais óbvia do mundo. — Imagine só, apresentar à mamãe alguém de origem africana!

Quando Nora voltou da aula de italiano, eles lhe contaram toda a história.

— De que cidade do Marrocos ele é?— perguntou Nora, interessada.

— Marrakech — respondeu Brigid parecendo surpresa.

Nora apertou as mãos uma contra a outra, muito empolgada.

— Que maravilha. Poderemos ir até lá para visitar vocês!

— Mas Kato vai morar *aqui*. Está montando uma loja, como eu disse.

— Eu entendi, mas ele vai ter de ir lá para comprar coisas e fazer encomendas. Talvez seu pai e eu pudéssemos ir com vocês numa dessas viagens. Vocês poderiam nos mostrar a Jemaa el Fna, aquela praça gigantesca no meio de Marrakech, onde vendem todos os tipos de produtos. É um grande mercado, com encantadores de serpentes, músicos... Seria maravilhoso ir com alguém que conhece o lugar.

Brigid ficou toda sorridente só de imaginar essa viagem.

— Você tem alguma foto do Kato? — perguntou Nora.

— Claro que sim. — Pegou várias fotos mostrando um bonito rapaz marroquino com o braço sobre os ombros dela.

— Mas ele é lindo! — exclamou Nora, sem comentar o fato de ele ser *estrangeiro*, nem sobre o problema que seria para Brigid se *habituar às muitas diferenças culturais*. Disse apenas que ele era bonito e que seria maravilhoso visitar seu país.

Aidan olhou de forma afetuosa para Nora. Era um felizardo em tê-la como esposa. Precisava enfrentar aqueles marginais na escola de Mountainview para poder lhe dar uma vida digna e conseguir uma aposentadoria que, depois, ficaria para ela. Era o mínimo que sua mulher merecia.

Era o dia de demonstrações dos exercícios na sala de Johnny. Nora e Aidan estavam sentados, acompanhando tudo pelo manual enquanto Johnny explicava os vários movimentos. Um homem de cadeira de rodas participou alegremente dos exercícios para os braços e o pescoço. Olhou com certa inveja para Aidan quando este fez quatro minutos na esteira ergométrica.

— Quem me dera poder fazer o mesmo — lamentou. — Fico sem fôlego logo nos primeiros segundos. Então, não vale a pena. — Ele se apresentou como Bobby Walsh e informou que era dono de uma grande empresa, mas se aposentara depois do infarto.

— Não achou ruim se aposentar mais cedo?

— A princípio, achei, mas havia muitas coisas que nunca tinha tempo para fazer antes. É difícil para a minha mulher que eu esteja sempre em casa pegando no pé dela.

— Sua esposa veio com o senhor hoje?

— Não. Rosemary tem sempre milhares de coisas para fazer, além de pessoas com quem se encontrar...

Aidan se sentiu realmente um felizardo e muito amado por Nora ter ido com ele. Nora estava perguntando a Johnny sobre os pesos que Aidan poderia levantar. Johnny disse que todo mundo devia ter em casa duas latas grandes de ervilhas para se exercitar.

— O senhor não tem um filho que possa substituí-lo à frente da empresa? — perguntou Aidan.

— Não. Meu filho Carl nunca se interessou por ela. Nunca. É professor em Mountainview, numa escola muito problemática. Consegue lidar bem com os alunos, mas comenta que alguns dos professores mais velhos têm dificuldades de lidar com essa situação.

— Eu sou um deles — disse Aidan. — Sou professor de latim lá, isto é, quando consigo entrar na sala de aula.

— Ora, então o senhor é Aidan Dunne! — Bobby sorriu ao reconhecê-lo. — Carl me fala muitas vezes do senhor e diz que os meninos adoram latim, o que é não é pouca coisa.

— Como se chama seu filho?

— Carl Walsh.

— Sim, claro que o conheço. É um jovem muito simpático, professor de inglês, não é isso?

— Exato.

— Bem, vou trabalhar com ele novamente daqui a algumas semanas.

— O senhor vai voltar a dar aulas? — Bobby parecia surpreso.

— Sim. Eu preciso — disse Aidan.

Clara estava satisfeita com a forma como Nora Dunne dera seu apoio incondicional ao marido. Talvez aquilo durasse apenas seis semanas, mas ela percebeu que era sincero. Nora parecia interessada em tudo, e Clara achou isso ótimo.

Nora pegou um pequeno atlas na bolsa para ver o mapa da Polônia, onde Ania vivia. Voltou a pegá-lo para que Fiona lhe mostrasse a pequena ilha da Grécia onde passara um verão. Nora conversava com os outros pacientes e discutia com Judy Murphy as vantagens e desvantagens dos cãezinhos terrier da raça Jack Russel, que não paravam de latir. Descobria "uma coisa nova" todos os dias para Lar. Discutia seriamente as dietas com Barbara. Nora Dunne, com sua compleição parecida com a de um galgo esguio, matutava sobre os motivos de a sopa de aipo ser tão saudável, enquanto uma batata com um bocado de manteiga mais parecia o demônio encarnado. Graças à sua personalidade, nunca se sentiria sem ocupação ou estímulo na vida, e isso era um dom muito melhor do que ter dinheiro.

— Você se importa em não contar nada sobre o bebê ao seu pai por enquanto? — pediu Tony O'Brien a Grania.

— Por quê?

— Só por algum tempo.

— Mas por quê? Planejava ir até lá essa noite só para lhe contar.

— Pensei em esperarmos até domingo, já que eles vêm almoçar conosco.

— Mas Brigid vai trazer Kato, seu namorado, e não vai querer que lhe roubemos a cena.

— Acho que Brigid e Kato não se importarão de perder a luz dos holofotes por alguns instantes.

— Mas eu estava louca para contar a eles!

— Assim é melhor. Poderemos aproveitar a chance para pedir que tomem conta do bebê de vez em quando. Talvez isso seja um jeito de fazer seu pai desistir de dar aulas.

— Eu não contaria muito com isso, não — disse Grania. — Ele é igualzinho a você: vive para aquela maldita escola.

Nora e Aidan apanharam um ônibus para ir almoçar. Na verdade, estavam ansiosos por isso. Era ótimo Brigid ter, finalmente, conhecido um rapaz de quem gostasse de verdade. Muitas vezes eles a imaginavam solitária demais em seu pequeno apartamento do centro. Grania serviria comida com pouco sal e, certamente, com pouquíssimas calorias. A sobremesa seria fruta fresca, em vez da sua maravilhosa torta de maçã. Aquela seria uma tarde agradável.

Antes de chegarem, Brigid começou a se preocupar com o namorado.

— Você não deve se incomodar se eles falarem alguma coisa que não devem — avisou a Kato.

— A única coisa ruim que poderiam me dizer é que não posso mais sair com você — garantiu ele.

— Não, isso eles não vão dizer — garantiu Brigid.

— Então não haverá problemas.

Kato ficou em pé no saguão da entrada. Era um jovem alto, com belas feições e um sorriso enorme e caloroso.

— Olá, sr. e sra. Dunne — cumprimentou. — É um prazer conhecê-los, finalmente.

— Dizemos o mesmo, Kato — Nora lhe deu um beijo no rosto e Aidan lhe apertou a mão. Brigid ficou atrás dele, sorrindo. As apresentações haviam sido feitas e o almoço teria início.

Durante a refeição, todos, com exceção de Aidan e Kato, beberam um cálice de vinho. Kato serviu mais água mineral com gás a Aidan e brincou, dizendo que, no dia seguinte, eles seriam as duas únicas pessoas dali com a cabeça limpa. Tony bateu com o garfo no cálice e disse que Grania tinha uma notícia para dar a todos. Brigid torceu para que sua irmã não tivesse sido novamente promovida no banco; não queria ofuscar Kato com todos os êxitos de sua família logo no primeiro encontro. Aidan desejou que Tony e a filha estivessem de mudança para outra cidade, para outra escola. Nora imaginou que talvez ela propusesse uma viagem ao exterior para celebrar o aniversário de Aidan e torceu para que não fosse isso. Seu marido ainda estava muito debilitado.

Foi então que Grania contou a novidade. Houve tal explosão de entusiasmo e felicidade na pequena casa que foi um espanto o telhado não ter explodido. Começaram a chorar e a se abraçar.

As palavras mais bonitas foram ditas por Kato enquanto limpava as lágrimas.

— Obrigado por me permitirem estar presente para ouvir essa notícia. Agora me sinto realmente um membro desta maravilhosa família.

Grania sorriu para Tony. Ele estava com a razão ao lhe pedir para adiar a notícia. Ele sempre tinha razão nas coisas que propunha. Só em relação ao pai desistir de ensinar é que, certamente, ficaria desapontado. Grania desejou que tudo já tivesse acabado. De qualquer modo, eles perderiam aquele belo momento, e era melhor passar logo ao ponto seguinte da conversa.

Não precisou esperar muito. No meio de toda a emoção, de todos quererem saber o dia em que haviam descoberto a bela novidade, para quando era o bebê e se eles queiram saber o sexo antes do nascimento, Nora perguntou:

— Grania, você vai largar o emprego no banco para cuidar do bebê?

— Apenas durante a licença-maternidade. Depois, pretendo voltar — disse Grania, com ar alegre.

— Mas como vai fazer isso? — perguntou Brigid.

— Vou deixar o bebê todas as manhãs na sua agência de viagens para você tomar conta, pode apostar. Você poderá arquivá-lo na letra B — brincou Grania.

— Claro, adoraríamos isso. Agora, falando sério. Como vocês *vão* fazer?

— Bem, estávamos pensando em pedir a alguém que viesse para cá durante o dia. Uma artista ou talvez uma escritora. A pessoa teria um ambiente calmo e silencioso para trabalhar o dia todo, bastaria dar uma mamadeira ao bebê e lhe trocar a fralda de vez em quando. Não deve ser difícil encontrar alguém que...

— Mas uma pessoa assim não seria pouco confiável, talvez boêmia? — perguntou Aidan com ar preocupado.

— Não precisa ser necessariamente uma poetisa ou pintora. Poderia ser uma professora, entende? Alguém que quisesse dar aulas particulares.

Aidan escutou atentamente.

— Não, Tony — disse ele.

— Escute essa ideia com cuidado — pediu Tony. — Vocês nos fariam um favor duplo, matariam dois coelhos com uma só cajadada. Sairíamos para trabalhar muito mais descansados, sabendo que você e a *signora* estariam aqui. — Ele falava de coração.

— Eu não precisaria arrumar a casa todos os dias para recebê-los — acudiu Grania.

— Existem vários alunos na nossa escola que precisam de aulas particulares — informou Tony.

— Mas eu poderia fazer isso na própria escola — rebateu Aidan. — Ficarei até depois da hora nos dias que forem necessários.

— Não vai funcionar, Aidan. São garotos sossegados, que morrem de medo das gangues na rua. Não podem ficar até mais tarde, pois saem da escola em grupo, por questões de segurança. Seria perfeito eu ter um lugar seguro para onde enviá-los.

— Foi uma boa tentativa, Tony, mas não aceito, obrigado.

— Papai, com quem eu me sentiria mais segura, a não ser com você e com Nora? Todos sairão ganhando. Você receberia o mesmo dinheiro para ensinar os alunos necessitados, e nosso bebê ficaria sob o cuidado de pessoas especiais.

— Já agradeci, mas não posso aceitar — repetiu Aidan.

— *Signora,* qual é sua opinião? — perguntou Tony.

— O Aidan é quem sabe — disse ela com simplicidade.

Tony se sentiu perdido.

— Não quero atrapalhar um almoço de família colocando mais pressão, mas... — Tony olhou para o namorado de Brigid. — Kato, você tem algum conselho sábio para nos dar?

Kato olhou para o rosto de cada um deles.

— Bem, é claro que um pai de família deve decidir o que acha melhor, e, por respeito, nenhum de nós deveria tentar obrigá-lo a mudar de opinião — afirmou.

Aidan lhe lançou um olhar de gratidão, como se dissesse que ele poderia se casar com sua filha Brigid no dia seguinte se assim resolvesse.

— Suponho que você preferia que eu tivesse concordado com Tony — disse Aidan quando ele e Nora chegaram em casa.

— Quero que você faça o que tem vontade de fazer — disse Nora com toda a calma.

— Mas acha isso uma boa ideia?

— Acho que devemos alguma coisa àqueles jovens. Ficariam felizes se os ajudássemos a resolver esse problema. Têm sido bons para nós ao longo dos anos. Tony me aceitou como professora de italiano e encarregou você das aulas no turno da noite. Grania sempre me recebeu muito bem. Tanto ela quanto Brigid sempre foram maravilhosas; outras garotas teriam se ofendido por eu me mudar para sua casa. Eu adoraria poder ajudá-los.

— Não, Nora. Não me faça sentir culpado. Trata-se de uma tática, um simples esquema para me arranjarem um trabalho alternativo.

— Ah, sim, agora você descobriu tudo — disse Nora. — Eles já sabiam por antecipação que você ia ter um infarto e fizeram de tudo para encomendar o bebê no momento certo!

— Não, não foi isso que eu quis dizer. Eles simplesmente se aproveitaram das circunstâncias.

— Ora, Aidan, deixe de achar que o mundo é uma grande conspiração. Você não é paranoico normalmente. De qualquer modo, já disse que você tem meu apoio no que decidir. Farei o que você quiser que eu faça.

— Você *gostaria* que nós dois ficássemos tomando conta do bebê?

— Bem... Certamente poderíamos ir juntos para lá, teríamos a chance de conviver com o bebê, e ele nos conheceria melhor. Sim, de certo modo, gosto muito da ideia.

— Por favor, me ajude, Nora. Quero fazer o melhor.

— Então, faça o melhor para você, Aidan, não para mim. — Nora seguiu rumo à pequena cozinha. — Esta noite não precisaremos comer muita coisa, depois daquele almoço maravilhoso, não é? Que tal só um ovo mexido e uma torrada mais tarde?

— Ajude-me, Nora — repetiu ele.

— Ajudarei sempre em cada passo que você der. Mas, se já decidiu voltar a dar aulas, por que razão eu lhe causaria mais estresse? — Ela estava calma e serena.

— Mas, no fundo, você preferiria que eu desistisse de trabalhar.

— Um dos motivos de amá-lo é o fato de você nunca ter tentado me modificar, me pedir para eu pintar os cabelos, vestir roupas mais convencionais nem nada desse tipo. Pretendo fazer o mesmo com você.

— Mas estou precisando de uma orientação...

— Não, meu amor, não está. O que você quer é meu apoio total, e isso você já tem — disse ela.

— Aidan Dunne está na sala de espera — anunciou Fiona —, mas ele não tem consulta marcada para hoje.

— Pode ser que eles tenham vindo para uma das aulas. Johnny e Lavender estão fazendo demonstrações agora pela manhã — disse Barbara.

— Talvez. A mulher de Aidan é especial, não acha? Ela é uma figura! — disse Fiona.

— Será que conseguiremos ser assim quando formos mais velhas? — questionou-se Barbara.

— Bem... Se tivermos maridos tão loucos por nós como Aidan Dunne é por ela, isso já seria ótimo — disse Fiona.

— Mas você *já tem* uma pessoa assim... — Barbara parecia sombria. — As outras mulheres se esquecem de se cuidar e não arranjam namorado — lamentou, pensando em si mesma.

— Fiona, será que eu conseguiria uma consulta para hoje? Sei que não é meu dia de vir, mas... — pediu Aidan timidamente.

— Não é para isso que estamos aqui? — Fiona falava num tom alegre. Levou Aidan para o compartimento apertado e o colocou sentado na cama.

— Primeiro nós vamos tirar sua pressão — disse ela.

— Está normal? — perguntou ele depois de alguns instantes, ansioso.

— Um pouco alta em relação à semana passada. Suba na balança — continuou Fiona, descontraída e com ar tranquilo. — Não, seu peso não mudou, e não vejo sinais de retenção de líquidos. Você passou por alguma experiência estressante nos últimos dois dias?

— Não. Descobri que vou ser avô, mas isso é bom.

— Claro que é, parabéns! Acho que não foi isso que fez sua pressão subir. — Fiona parecia contente por ele.

— Pois é... Por que será que não me sinto muito bem hoje? — perguntou ansiosamente.

— Sua mulher veio com você, Aidan?

— Sim, você sabe como a Nora é... Vem sempre comigo; foi falar com a Lavender enquanto eu vinha aqui.

— Acho que vou pedir ao Declan que lhe faça um exame rápido, que tal? — sugeriu Fiona.

— Seria ótimo — disse Aidan.

Declan também se mostrou calmo.

— A pressão realmente está muito alta — confirmou ele. — Vamos ver se descobrimos a razão de ela estar assim.

— Vou ter outro infarto?— perguntou Aidan.

— Duvido muito. Pode ser efeito dos medicamentos. Está com alguma preocupação recente?

— Sim. Estou *muito* preocupado com uma coisa, mas não é o suficiente para fazer minha pressão subir — respondeu Aidan.

— Pode me dizer do que se trata para vermos se você tem razão ou não?

Declan estava sendo franco e direto com ele, mas Aidan não podia se abrir com um rapaz que tinha a mesma idade das filhas. Precisava de alguém de sua própria idade.

— Será que eu poderia conversar com Clara sobre o problema, Declan? É assunto de pessoas de mais idade.

— Claro que sim, mas você conhece Clara. Considerá-la idosa não é exatamente a melhor forma de lhe expor o problema, seja qual for.

— Vou ter um pouco mais de tato — prometeu Aidan.

— Quer que Nora esteja presente? — perguntou Declan.

— Não exatamente, se for possível.

— Deixe tudo comigo — ofereceu-se Declan.

Clara usou uma das salas de consulta e se sentou diante de Aidan. Enquanto isso, Declan insistiu para que Nora fosse conversar com Hilary. Eles estavam precisando de bons quadros nas paredes para enfeitar um pouco mais a clínica. Será que Nora poderia ajudá-los a escolher gravuras ou pôsteres?

— Mas... e o Aidan? — perguntou ela.

— Está fazendo um check-up — disse Declan com firmeza.

— De que se trata, Aidan? — perguntou Clara.

— Qual a sua idade, dra. Casey?

— Aidan, já lhe pedi que me tratasse por Clara, e você geralmente faz isso. Já passei dos cinquenta e imagino que essa pergunta tenha algum motivo muito relevante.

— Não me senti muito à vontade para falar com o Declan. Ele é... Bem, é muito mais jovem do que eu.

— Ele é um bom profissional, Aidan.

— Sim, eu sei, mas não entenderia meu dilema sobre deixar ou não de trabalhar.

— Conte-me tudo então — ofereceu Clara.

A médica era uma excelente ouvinte; assentiu com a cabeça e o incentivou. No fim, toda a ansiedade de Aidan desapareceu. Ele *tinha medo* de alguns dos marginaizinhos que haviam alterado a rotina da escola onde era tão feliz. Sentia-se ansioso e perdia a autoconfiança quando zombavam dele publicamente. Contudo, não podia desistir da sua carreira de professor por causa de um problema cardíaco.

Não podia deixar Nora sem nada para ela se manter, no presente e no futuro.

Não podia permitir que alguns jovens desfavorecidos de dezesseis anos lhe estragassem a vida. Não aceitaria caridades, nem queria que o genro fizesse malabarismos financeiros, despindo um santo para cobrir outro.

Clara o escutou com atenção e respeito, mas não lhe ofereceu nenhuma solução. Aquilo era uma questão que Aidan teria de resolver por si. Ele certamente precisava de alguma coisa ou fato novo que o ajudasse a tomar uma decisão.

E a salvação veio da forma mais inesperada.

Frank Ennis escolheu exatamente esse momento para fazer uma inspeção não agendada, a fim de mostrar a clínica a um dos seus colegas do Conselho Administrativo, Chester Kovac. Clara rangeu os dentes, aborrecida. Era típico dele chegar no momento mais inadequado. Não teve sequer a cortesia de lhe telefonar ou de marcar um encontro. Nada disso, nem pensar. Frank considerava aquela clínica de cardiologia uma parte menor e pouco importante do seu grande império. O que poderia estar querendo ao trazer um filantropo para inspecionar as instalações logo naquele dia, entre tantos outros?

O sr. Kovac era um homem muito charmoso. Elogiou todas as instalações. Apertou a mão de Aidan Dunne e pediu desculpas por interromper a consulta. Frank Ennis não repararia que estava interrompendo o que quer que fosse. Chester Kovac também conversou com Ania em polonês, porque seu pai nascera no "velho país", como ele o chamou. Disse que acabara de conhecer uma senhora muito interessante chamada Nora e que conversara sobre arte e quadros com ela. Pretendia aproveitar algumas das suas ideias para seu próprio centro de saúde em Rossmore.

— Nora é minha mulher — informou Aidan orgulhoso.

— É mesmo? Estão casados há muito tempo? Vocês têm filhos?

— Não. Eu e ela nos conhecemos já na meia-idade, estamos casados há, relativamente, pouco tempo. Mas somos muito felizes — acrescentou Aidan com simplicidade.

— Então temos algo em comum, sr. Dunne. Somos homens de sorte. Eu também me casei tarde e tenho uma mulher maravilhosa chamada Hannah. Esta clínica tem sido de muita ajuda para o senhor?

— Nem posso lhe expressar o quanto. Todos foram fantásticos ao lidar comigo, e estou muito mais tranquilo agora.

— Sim, reparei nisso pelos relatórios. Para ser franco, planejo montar um lugar muito similar a este onde eu moro, no campo. Não são apenas as pessoas da cidade que sofrem de ansiedade e estresse.

— Não, mas na cidade as coisas são mais difíceis por causa do trânsito pesado, das gangues e dos marginais.

— Eu que o diga! Por que acha que desisti de morar em Nova York? Só venho a Dublin uma vez por mês para essas reuniões da administração do hospital St. Brigid. Às vezes, Hannah também vem. Vamos ao teatro e pernoitamos aqui, mas é bom voltar para a quietude e a paz da nossa casa.

— Então, o senhor já está mais ou menos aposentado, sr. Kovac? — perguntou Aidan.

— Sim, pretendo me aposentar de vez, mas ando mais ocupado do que nunca. Tivemos um golpe de sorte há dois anos. Orla, a sobrinha da minha mulher, teve um bebê não planejado e estava com problemas para cuidar dele. Então, preparamos um quarto para ele em nossa casa. Durante o dia, Hannah e eu tomamos conta da criança enquanto Orla assiste às aulas em Rossmore. Na saída das aulas, ela pega o bebê.

Clara fitou o chão com ar imparcial. No outro lado da sala, viu a figura atarracada do padre Brian Flynn, que viera buscar o amigo Johnny. Sentiu um desejo enorme de falar com ele e lhe dizer que decidira voltar a frequentar a igreja. Existia um Deus pessoal, e ela acabara de vê-lo em ação.

Chester Kovac estava relatando como ele, Hannah e seu cão Zloty faziam longas caminhadas pelo bosque Whitethorn, empurrando o carrinho de bebê. Agora que a menininha já tinha idade suficiente para caminhar ao lado deles, tudo ficara ainda melhor.

— Quando se tem tanta felicidade na vida, parece mesquinho não compartilhá-la com os outros — disse ele. Nesse momento, percebeu algo no semblante de Aidan que o fez parar de falar. — Desculpem, estou aqui jogando conversa fora, contando coisas sem sentido para a vida de vocês.

— Não, por favor, elas não são sem sentido, pelo contrário, sr. Kovac. Minha filha vai ter um bebê. Ela e o marido querem que eu e minha esposa cuidemos da criança, mas eu não sei se... — hesitou em continuar.

— Entendo o que diz. Eu me sentia exatamente assim antes de a pequena Emer nascer. Pensei que teria de aturar um rostinho vermelho enrugado, muitos choros e fraldas sujas, mas não foi nada disso. Na verdade, é até fascinante!

— Receio que estejamos velhos demais para...

— Nós também pensávamos assim — disse Chester. — Mas acabamos por nos sentir mais jovens.

— Achei que isso fosse apenas um tipo de caridade, para nos arranjarem uma ocupação, além de terem um pretexto para nos oferecer dinheiro. — Aidan contou toda sua história a Chester.

— Pois pode acreditar em mim: o senhor é que fará uma caridade. Será um membro da família que dará amor e cuidados a um recém-nascido.

Aidan viu Hilary e Nora vindo em sua direção. Quando viu o semblante do marido, Nora percebeu na mesma hora que Aidan tomara uma decisão e parecia feliz.

Houve muitas despedidas, trocas de endereços, apertos de mão com Chester Kovac e promessas de que Aidan e Nora iriam um dia a Rossmore para ver *in loco* as coisas. Nora não fazia ideia do que veriam, mas conseguiu mostrar-se entusiasmada.

Declan apareceu no instante exato em que Nora e Aidan estavam saindo.

— Escute, alguém deveria tirar mais uma vez a pressão de Aidan — alertou ele.

— Não é preciso, Declan — garantiu Clara. — Eu diria que ela está normal agora.

— Ué, você vai ficar dando chutes agora? — perguntou, rindo.

— Escute... Se você tivesse testemunhado o que acabei de ver, estaria de joelhos agradecendo ao Todo-Poderoso por cuidar de nós — disse Clara.

— Eu sempre soube que este lugar era bom demais para ser verdade — refletiu Declan. — É um lugar de culto religioso desde o início, e ninguém teve coragem de me contar.

Num shopping ali perto, Aidan e Nora se sentaram numa lanchonete. Ficaram ali, de mãos dadas, e o café que pediram acabou por esfriar enquanto conversavam com muita empolgação sobre os anos que teriam pela frente. Falaram da criança que os conheceria desde o nascimento; dos dias livres que Aidan teria para dar aulas a quem, de fato, tivesse interesse em aprender latim; de um local adequado para a *signora* dar pequenas aulas de conversação em italiano para executivos. Grania e Tony poderiam sair de casa para o trabalho sem se sentirem culpados e sem preocupações, todos os dias.

A vida não poderia ser melhor.

Pela primeira vez em sua vida frugal, sempre com dinheiro contado, Nora e Aidan deixaram o café pela metade. Sentiram-se ansiosos para pegar o ônibus e contar a novidade aos futuros pais do bebê. Já estavam impacientes pela chegada da criança. Como conseguiriam esperar até setembro?

7

Peter Barry sempre fora cauteloso e metódico, o que era essencial para um farmacêutico, profissional que nunca deveria ceder a negligências nem agir por impulso. Seu orgulho era manter todos os aspectos de sua vida sob meticuloso controle.

Sua filha, Amy, não herdara nenhuma dessas qualidades. Era muito mais parecida com a mãe: indiferente, casual e despreocupada com as coisas. Laura se mostrara tão completamente incapaz de cuidar do próprio orçamento e controlar o dinheiro que Peter tivera de assumir o controle das finanças da casa. Mantinha religiosamente em dia os lançamentos das despesas da família num livro de contabilidade. O contador e o auditor da loja diziam que não havia necessidade de ninguém conferir suas contas, pois ele mantinha tudo na mais completa ordem.

Entre os dois componentes do casal, Laura sempre dera um toque de arte nas coisas. Era capaz de cobrir o encosto de um sofá comum com um pano de algodão indiano e fazê-lo parecer sofisticado. Sempre preparava as vitrines da farmácia. Costurava roupas maravilhosas para Amy quando menina. Nenhuma das suas amiguinhas de quatro anos tinha vestidos tão bonitos.

Peter olhou para as fotos antigas. Amy parecia uma princesinha. Claro que, nos últimos anos, mais parecia uma terrorista ou um membro da família Addams, com seus cabelos desgrenhados, maquiagem branca e roupas pretas desmazeladas.

Era impossível saber como as coisas seriam se Laura ainda estivesse viva. Será que as duas, mãe e filha, seriam boas amigas e cúmplices, juntando-se contra o pai velho e tolo? Ou será que seus clientes tinham razão ao comentar que as filhas adolescentes odiavam as mães ainda mais do que os pais? Nunca saberia.

Amy estava no último ano da escola, mas já o avisara de que não contasse com boas notas da parte dela. Não conseguia estudar porque tudo que havia na escola era simplesmente "um lixo". Se o pai estivesse na turma dela, reconheceria que todas as matérias não passavam de inutilidades sem o mínimo significado.

Peter se sentira completamente inadequado, um peixe fora d'água, na reunião de pais e mestres. Todos os professores de sua filha explicaram que Amy não causava problemas nas aulas, mas também não se interessava por nenhuma disciplina, pois passava o tempo todo olhando para fora da janela.

Peter sugeriu que sua filha frequentasse um cursinho preparatório para se qualificar melhor e entrar numa boa faculdade.

— Para quê? — perguntara Amy. — Para aprender mais porcarias em um ritmo ainda mais acelerado?

Tudo parecia a Amy um esforço sobre-humano. Era um martírio se levantar para ir à escola, uma dificuldade extrema colocar as roupas na máquina de lavar.

Pai e filha moravam num pequeno apartamento em cima da farmácia. Fazia parte da política comercial da Prefeitura concentrar as áreas de habitação com as áreas comerciais, a fim de humanizar mais a região e evitar a proliferação de bairros inúteis, sem vida. Amy reclamava sempre por eles não terem um jardim.

— E quem cuidaria do jardim se tivéssemos um? — perguntou Peter com razão.

Amy encolhia os ombros quando ele lhe dizia isso. Era boa nesse tipo de atitude. Com cara amarrada e ar de derrota, passava rapidamente para outro assunto que, naquele dia, era nada mais do que ter a vontade de passar alguns dias numa pousada junto ao mar na ilha de Chipre para comemorar o fim do ensino médio.

— Mas você acabou de dizer que não existem motivos para comemoração, Amy.

— Mais uma razão para ir até lá, pelo menos para me animar — argumentou. A verdade, porém, é que nada a animava.

Eram oito horas da manhã, e Amy estava mostrando ao pai um folheto com pacotes turísticos para Chipre que custavam um preço astronômico. Peter foi intransigente. Não financiaria duas semanas de estada da sua filha em um hotel onde havia competições de camiseta molhada e festas que avançavam noite adentro.

— Então para que trabalhar tanto e fazer tudo *isso*, pai? — perguntou ela, observando-o com os olhos maquiados demais com delineador preto, como se nunca o tivesse visto.

— Fazer o quê? — quis saber ele.

— Ah, sei lá... Você fica de guarda-pó na loja, em pé o dia inteiro, olhando para as receitas, agitando um monte de coisas e passando horas sem fim de papo com representantes da indústria farmacêutica.

— Mas esse é o meu trabalho, ora. — Peter estava abismado.

— Sim, pai, mas para quê serve tudo isso se não sobrar nada para mim?

— Eu *trabalho* para você, mas não para que você vá passear na ilha de Chipre.

— Então está bem. Essa é sua última palavra?

— Sim, Amy. Agora, vou trabalhar.

— Para ganhar dinheiro e me dar apenas quando eu for velha demais para aproveitá-lo?

— Ninguém pode ser velho demais para aproveitar o dinheiro — disse Peter.

— Claro que pode, pai — retrucou Amy. Não disse mais nada, mas era óbvio que achava que o pai era um exemplo perfeito do que afirmava.

Depois disso, ela praticamente não conversou mais com o pai naquele dia. Mostrou-se educada, mas distante. Agradeceu quando ele lhe serviu o jantar e avisou que sairia com uma amiga da escola. Na manhã seguinte, leu uma revista durante o café da manhã, lavou a tigela de cereais e saiu de casa quase ao mesmo tempo que Peter.

— Isso é uma tolice, Amy. Aonde você vai agora? — Peter demonstrava preocupação. Um período de silêncio da filha nunca durara mais de vinte e quatro horas.

— Procurar emprego! — declarou Amy, olhando para trás com certo desdém.

Ele a viu atravessar o pequeno shopping com a bolsa pendurada no ombro. Parecia que pouco tempo se passara desde que ele a havia segurado pela mão, no funeral da mãe, e prometido à esposa falecida que cuidaria bem da menina. Não conseguira cumprir a promessa. Até que tentara, mas a filha olhava para ele como se fosse uma estranha.

Tudo era muito mais simples quando Peter tinha a idade da filha. Seu pai simplesmente supôs que seus dois filhos cursariam a faculdade de Farmácia, e foi exatamente que fizeram. Naquela época, como nos dias de hoje, havia muita disputa por uma vaga no curso. Embora os farmacêuticos brincassem o tempo todo uns com os outros dizendo que não passavam de balconistas supervalorizados, sentiam orgulho da profissão. Eram pessoas com personalidade forte.

Claro que no tempo do pai era diferente. Numa cidade pequena, com uma única farmácia, o sr. Barry Pai conseguia fazer muito mais do que Peter fazia hoje. Ninguém dizia isso alto e bom som, mas todos sabiam que o sr. Barry Pai era tão bom quanto um médico. Sabia tratar uma criança com o pulmão congestionado com o antibiótico certo sem precisar de receita médica. Sabia extrair um caco de vidro enfiado num dedo com muita habilidade ou dizer se um tornozelo inchado tinha uma torção ou uma fratura. Preparava seus próprios elixires e xaropes, e pessoas de longe vinham comprá-los, pois levavam muita fé nos seus produtos. Tinha um xarope para a tosse que curava rapidamente, como se fosse mágica.

O pai sabia que não haveria mercado em uma única farmácia para os dois filhos. Viu-se numa terrível indecisão sobre qual dos dois ficaria com ela, mas acontece que Peter quis se mudar para Dublin, e seu irmão, Michael, foi morar em Cork.

Problema resolvido.

No entanto, nunca esquecido.

Em Cork, Michael muitas vezes lamentava não ter apresentado uma oferta pelo negócio da família. Em Dublin, quando subia para casa depois de muitas horas em pé na farmácia, Peter sentia a mesma coisa.

Quando sua esposa morreu, o pai acabou vendendo a loja na cidade do interior para um empregado jovem e arrojado, que a transformou numa mina de ouro. Depois, o sr. Barry Pai foi morar num bangalô no oeste da Irlanda, local onde a pesca era boa, e acabou arranjando uma "companheira".

Peter ia visitá-lo uma vez por ano.

A casa não era grande, mas era quente e confortável. Ruby, a namorada do pai, preparava refeições maravilhosas e sempre falava sobre a possibilidade de eles fazerem um cruzeiro.

Um cruzeiro!

Na última visita, Peter e Amy passaram a noite lá e, quando voltavam de carro para casa, no dia seguinte, Peter se sentiu perturbado por certo descontentamento. Tinha a sensação de que o pai, afinal de contas, se saíra muito bem na vida e nos negócios. Chegava a se gabar da antiga loja e falava com orgulho dos metros quadrados que haviam sido acrescentados às instalações originais da farmácia.

Amy olhava pela janela do carro enquanto atravessavam cidades, cruzavam rios e passavam por ruínas de velhos castelos a caminho de casa.

— Em que está pensando, Amy? — quis saber ele.

— Estava aqui matutando... Será que essas pessoas idosas ainda fazem sexo? — perguntou.

Peter considerou essa imagem tão perturbadora que resolveu nunca mais perguntar a Amy nem a qualquer outra pessoa em que ela estava pensando. Nem sempre era bom descobrir...

Ao observar Amy saindo em busca de um emprego naquela manhã, Peter não fazia a menor ideia do que estaria passando pela cabeça da filha. Será que estava arrependida por não ter estudado mais? Quem sabe se sentia ressentida por não ter mãe, apenas um pai rabugento e pão-duro que não compreendia sua necessidade de viajar e ficar bêbada por quinze dias em Chipre? Peter se perguntou quem seria capaz de oferecer um emprego a Amy e para fazer o quê.

Gostaria de ter uma amiga velha e meio maluca como Ruby, alguém com quem pudesse desabafar sobre Amy, mas não havia essa pessoa.

Exatamente nesse momento, Clara Casey, da clínica de cardiologia, entrou na loja.

— Peter, vim passar minha tigelinha de mendiga novamente — avisou ela logo de cara.

— Tudo bem. Minha grana vai para que boa causa dessa vez? — perguntou ele com um falso ar de martírio.

— Ora, mas que desaforo. Eu nunca lhe pedi dinheiro para *nenhuma* causa, sabia? É o seu tempo que quero, não o seu dinheiro. — Clara explicou que eles planejavam organizar uma série de palestras na clínica para os pacientes, suas famílias e também para o público em geral. Aquilo era parte de um programa que visava oferecer a todos uma visão mais ampla de como o coração funcionava. Ela gostaria muito que o farmacêutico local fizesse parte do projeto e pudesse falar sobre os tipos diferentes de medicamentos: betabloqueadores e inibidores da angina de conversão da angiotensina, que eram, basicamente, anti-hipertensivos. Se ele conseguisse fazer isso usando termos leigos, seria muito melhor do que ter médicos ofuscando as pessoas com sua ciência e nomes complicados. As pessoas confiavam nos químicos e em seus farmacêuticos, explicou Clara, deixando-o lisonjeado. Seria melhor que as palavras viessem do homem que as pessoas viam usando guarda-pó a cada vez que entravam na farmácia.

Peter ficou satisfeito por ela pensar tão bem dele e de sua profissão.

— Você nunca me ouviu falar em público. Saiba que não sou o melhor orador do mundo — confessou.

— Mas é a pessoa com quem eles vão se encontrar, Peter. Na verdade, talvez até arranje novos clientes se conseguir tornar o assunto atraente e parecer acessível e simpático.

— Então, se é uma questão de melhorar os negócios, não posso recusar — cedeu ele com um sorriso.

Marcaram a data e o horário, e Peter disse que adoraria saber mais a respeito de todo o projeto. Será que Clara aceitaria jantar com ele uma noite qualquer? Ela fez uma pausa por um instante, mas acabou aceitando e comentou que seria maravilhoso. Aquele era *seu* assunto predileto. Geralmente, ela falava pelos cotovelos sobre o projeto, sem se cansar e, se ele puxasse outros assuntos, ela adoraria.

— Aonde você gostaria que fôssemos? — perguntou Clara.

Peter ia falar do café do shopping, mas aquilo não passava de uma lanchonete onde serviam basicamente hambúrgueres, não era exatamente um restaurante.

— Que tal o Quentins? — perguntou.

Ela esboçou um enorme sorriso.

— Isso seria um banquete — disse.

Marcaram a data, e Clara foi trabalhar.

Peter sorriu para si mesmo. Afinal, o dia havia começado muito bem.

— Você conseguiu emprego, afinal? — Peter perguntou a Amy naquela noite.

— Consegui, sim — disse Amy e voltou a ficar calada.

— Posso perguntar em que vai trabalhar? — Peter sentiu que parecia arrogante e paternalista, e certamente não era assim que conquistaria a confiança da filha.

— Um emprego parecido com o seu. Vou trabalhar em uma loja.

— Eu sou o *dono* da minha loja, Amy — disse ele.

— Pois é. Talvez um dia eu também seja dona da minha.

— E o que você vai vender exatamente?

— Meias-arrastão e sapatos de salto agulha.

— E há mulheres em número suficiente por aí que estejam interessadas nessas coisas?

— Quem falou em mulheres, pai? É uma loja de travestis, artigos para programas de tevê, roupas exóticas, fantasias e coisas do tipo.

— Ah, claro — disse Peter Barry, sentindo-se ligeiramente tonto.

Clara ficou surpresa quando Peter combinou que a encontraria na porta do Quentins às seis e meia da tarde. Achou cedo demais. Preferia ter tempo de passar em casa antes, a fim de tomar uma ducha e se vestir com calma. Afinal, fazia muito tempo que um homem não a convidava para jantar. Contudo, Peter parecia achar que aquela era a hora adequada, e ela concordou. Provavelmente ele precisava voltar para casa cedo, pois tinha uma filha jovem. Clara resolveu levar um vestido de noite para trocar na clínica. Assim, estaria pronta logo depois do trabalho.

Durante o dia, perguntou a si própria por que tinha aceitado o convite. Sua resposta padrão era comentar que tinha um trabalho tão cansativo que geralmente preferia ir para a cama cedo ou então deixava subentendido que havia um homem não especificado em sua vida, e isso a impedia de aceitar convites para jantar. No entanto, Peter tinha sido muito descontraído e casual. E, afinal de contas, um jantar elegante no Quentins era exatamente do que ela precisava numa noite agradável de primavera.

Brenda Brennan os conduziu até a mesa reservada. Poucas delas estavam ocupadas, e o ambiente era agradável e elegante. Clara olhou ao redor. Já estivera ali duas vezes. Uma delas com Alan, antes de descobrir a existência de Cinta. Ele saíra da mesa quatro vezes para atender a chamadas urgentes no celular, mas Clara não notara nada de estranho na época.

Depois, fora ao Quentins com sua amiga Dervla na noite seguinte à morte do pai dela, que era um respeitado professor de medicina. Dervla, muito abalada, dissera que nunca mais aconteceria nada de espontâneo ou inesperado em sua vida, e Clara sugerira jantarem num restaurante elegante. A noite acabou sendo terapêutica para a amiga, valendo o custo.

Peter Barry nunca estivera no Quentins. Ainda se sentia surpreso por ter sugerido um restaurante tão sofisticado e caro.

Havia em Clara algo de elegante e calmo. Alguma coisa nela tinha a ver com um lugar como aquele. Notou, assim que ela apareceu, que ela se vestira especialmente para a ocasião, com um casaco de brocado sobre um vestido de seda preta. Clara se mostrou animada com o cardápio e pediu sardinhas frescas seguidas por um guisado de carneiro.

A conversa foi fácil e descontraída desde o início.

Peter lhe contou como havia crescido em uma farmácia de cidade pequena. Falou sobre o romance do pai, apesar de ele já estar na terceira idade, e no quanto as coisas haviam se modificado no mundo, nem sempre para melhor. O pai tinha quatro cadeiras na farmácia. As pessoas mais idosas gostavam de se sentar ali. Hoje, em sua farmácia, havia apenas um banco, e isso para o caso de alguém passar mal.

Em seguida, contou a Clara que a mãe era bondosa, mas muito discreta e apática; ficaria espantada se tivesse vivido o suficiente para ver quantas mulheres farmacêuticas existem hoje em dia. No seu tempo, era raro uma mulher fazer faculdade de farmácia.

— Meu Deus, como seria bom eu ter uma mãe apática — disse Clara com ar esperançoso. — A minha achava que tinha razão em tudo e até hoje é assim.

— E normalmente tinha razão? — perguntou Peter.

— Nem sonhando — garantiu Clara rindo. — Por outro lado, reconheço que também acho que tenho razão em relação às *minhas* filhas, e elas não me dão a mínima. — Eles se viram falando com facilidade sobre as filhas e as dificuldades de ambos no relacionamento com elas.

Peter lhe contou que Amy fora trabalhar numa loja para travestis, onde vendia espantosos corpetes de cetim vermelho e sapatos de salto agulha. Clara garantiu que adoraria que sua filha Linda fosse assim tão aventureira ou que, pelo menos, arranjasse um emprego, não importando qual; a menina parecia achar que o mundo é que deveria sustentá-la, por algum motivo. Falaram sobre a clínica de cardiologia e sobre como ela precisava ser acompanhada por um programa adequado de educação voltado para a saúde. Conversaram sobre como, nos dias de hoje, as farmácias dependem muito mais dos cosméticos para ter lucros. Peter disse que não tinha estudado durante tantos anos para acabar aconselhando mães sobre quais fitas de cabelo em veludo vermelho seriam mais adequadas para suas filhas de doze anos usarem em festas.

Clara concordou. Disse que também percorrera um longo caminho até ali, mas agora passava tempo demais conversando com Frank, o pé no saco do Conselho Administrativo do hospital, que passava os dias tentando sabotá-la e criava obstáculos para seus planos.

— Ele é tão avarento que segue as leis ao pé da letra em vez de procurar entendê-las. Gastamos nosso tempo tentando arrumar picuinhas para discutir com ele — confessou ela rindo. — Ania, Hilary e eu temos uma reunião de dez minutos com ele todos os dias para discutir quem deve pagar pelos rolos de papel higiênico e os saquinhos de chá. Não me importo que isso pareça criancice, só quero continuar a perturbá-lo.

Ele a olhou com admiração. Clara era cheia de paixão e entusiasmo pelo trabalho. Foi nesse momento que ele reparou que a maioria das pessoas já estava saindo, e a garçonete se aproximou da mesa deles.

— Preferem tomar o café no bar? — perguntou com ar gentil.

— Não. Estamos bem aqui — disse Clara antes de Peter ter tempo de responder. — Não estamos? — Olhou para Peter esperando confirmação, mas não foi o que viu.

— Acho que o bar seria ótimo — disse ele.

— Tudo bem então. — Clara pareceu surpresa.

— É que eu marquei o primeiro horário, e eles precisam da mesa para os clientes que a reservaram para as oito da noite.

— Ah, claro — respondeu ela apressadamente.

— Foi melhor assim, pois o jantar saiu quase pela metade do preço — explicou ele meio na defensiva. De algum modo, isso ofuscou um pouco o brilho da noite.

—Dervla, já é muito tarde para você conversar comigo?

— Claro que não, Clara. São só nove e meia. Pensei que você tivesse ido a um encontro.

— Fui, mas já voltei.

— Então foi um encontro a jato — brincou Dervla.

— E como!

— E então? Você se divertiu?

— Confesso que sim, pelo menos quase até o fim, quando descobri que tinha jantado no primeiro horário do Quentins porque saía mais em conta.

— Mas, Clara... Isso não é do seu feitio, julgar as pessoas por aquilo que gastam. De qualquer modo ele deve ter gastado os olhos da cara no Quentins, independentemente do horário.

— Não sei... É que achei isso meio... Não sei explicar...

— Já vi que você não gostou do cara. Ele acariciou seu joelho?

— Não. Gostei dele, sim, mas não houve carícias. Pensei em convidá-lo para almoçar aqui em casa no domingo; as meninas quase nunca ficam comigo nos fins de semana.

— E fez isso? — Dervla queria saber de todos os detalhes.

— Não, ainda não convidei. Acho que talvez seja melhor esperar um pouco.

— Só porque ele levou você para jantar no horário em que o preço é mais convidativo?

— Sei que é uma tolice. É por isso que estou ligando.

— Ora, mas convide-o de uma vez. Amanhã, logo cedo.

— Por que razão eu faria isso?

— Porque sempre nos arrependemos do que *não* fazemos e raramente daquilo que *fazemos.*

— Quem disse isso?

— Não me lembro. Talvez tenha sido Mark Twain.

— Será que eu não deveria sair do jogo agora, já que estou ganhando?

— Mas você não está ganhando nada, Clara, esse é o problema.

— Tem razão, Dervla, o que eu faria sem seus conselhos?

— Continuaria trabalhando até cair dura — disse Dervla e desligou.

— Então, a noite foi boa? — perguntou Ania na manhã seguinte.

— Muito boa, Ania, excelente. Comida ótima, tudo muito elegante...

— Mas...? — perguntou Ania.

— Só isso. Ele é muito charmoso, muito educado. Estou sendo tola.

— Foi aquele farmacêutico bonitão, o sr. Barry, não foi?

— Você o acha realmente bonito? Sério?

— Sim... Ele parece um ator de cinema.

— É... Pode ser.

— Vai se encontrar novamente com o sr. Barry?

— Acho que sim. Vou convidá-lo para almoçar no domingo.

— Que ótimo!

— Por que você acha ótimo?

— Porque viver um romance é sempre muito bom — disse Ania simplesmente. Pensou em Carl e sorriu consigo mesma.

Clara pegou o telefone antes de mudar de ideia.

— Peter, muito obrigada por ontem à noite.

— Que bom que você gostou, Clara. Eu também curti muito nossa noite.

— Queria convidá-lo para almoçar aqui em casa no domingo. Pode deixar que preparo o almoço.

— É muito simpático de sua parte me convidar... Suas filhas também vão estar presentes?

— Se tivermos sorte, não. Vou lhe enviar meu endereço por e-mail. À uma hora está bem para você?

— Sim. Muito obrigado, Clara — disse ele com voz calorosa.

Claro que Dervla tinha razão. Clara se sentiu satisfeita com a perspectiva de vê-lo novamente, em vez de reclamar de um jantar que fora pouco menos que perfeito.

— Pai?

— Sim, Amy? — Peter ficou satisfeito por ela ter ligado.

— Sabe quando você reclama de que não conto as coisas? — É claro que esse telefonema ocorreu no instante exato em que havia três pessoas esperando para serem atendidas com as receitas nas mãos.

— Sim. O que você quer me contar?

— Vou viajar no fim de semana.

— Podemos conversar a respeito mais tarde.

— Não dá, pai. Estou indo hoje, daqui a pouco. Volto no domingo à noite.

— E você vai para onde exatamente?

— Londres. Eles querem que eu assista a desfiles de produtos como os que nós vendemos aqui para que eu organize eventos como esse em Dublin.

— Você vai com quem? — perguntou com a voz baixa.

— Tudo bem, então, pai — desconversou ela. — Agora você já sabe onde estou. A gente se vê no domingo à noite — e desligou com jeito de quem tinha resolvido um problema e estava livre para ir para a Inglaterra a fim de explorar o mundo dos fetiches sexuais bizarros.

Adi e o namorado, Gerry, resolveram participar de uma marcha de protesto no fim de semana, algo a ver com preservação de árvores, e isso era um problema a menos para Clara. Só faltava, agora, ela descobrir os planos da outra filha.

Linda disse que ainda não resolvera o que faria e não tinha nada confirmado.

— Então pode confirmar agora, por favor? — pediu Clara.

— Por quê? — Linda percebeu que a mãe queria se livrar dela. Aceitaria comer num restaurante elegante, desde que Clara pagasse a conta. — Pensei ficar em casa mesmo — disse para testar o terreno.

— Tudo bem. Compre alguma coisa para você almoçar. Quem sabe você poderia comer no seu quarto... — sugeriu Clara.

— Comprar alguma coisa para *mim mesma*? — Linda estava horrorizada.

— Sim, por que não, Linda? Há duas semanas que você não contribui com um centavo sequer para as despesas da casa, apesar do nosso trato. Sei que você vai arranjar um emprego de meio expediente em breve e vai colaborar com as despesas, mas, enquanto isso não acontece, não espere que eu cozinhe para você.

— Ora, mas, se não tenho emprego, como é que posso comprar comida? — Para Linda, aquilo era um mistério.

— Ah, sim, isso é um problema — concordou Clara. — Tente se concentrar para encontrar uma solução.

— E quanto a *você*, o que planeja fazer no domingo? — perguntou Linda em tom de teimosia.

— Convidei uma pessoa para almoçar aqui em casa.

— Até parece que estou a fim de ouvir você e alguma fofoqueira trocando abobrinhas sobre a clínica de cardiologia.

— Ótimo... Então seus planos estão confirmados, certo, Linda?

— Tudo bem, patroa. Aliás, não precisa esvaziar a geladeira para evitar que eu beba o *seu* leite ou coma o *seu* bacon...

— Excelente, é sempre bom ficar longe de problemas — concordou Clara com um tom alegre.

Peter chegou com uma garrafa de vinho.

— Que gentileza a sua, Peter! Quer abri-la, por favor? — Clara lhe entregou o saca-rolhas.

— Esse vinho é daqueles com tampa de rosca. Estava na prateleira dos mais baratos, mas parece bebível — disse ele.

— Claro. Eu, pessoalmente, acho que todas as garrafas de vinho deveriam ter tampa de rosca — afirmou Clara, servindo fatias de pão integral cobertas com salmão defumado.

— Acho que, tratando-se de vinhos, há muita coisa que não faz sentido — disse Peter. — As pessoas geralmente compram tomando por base o preço. Se é caro, deve ser bom. É como a história da roupa nova do imperador. Alguns vinhos como este são muito bons, embora custem metade do preço dos chamados vinhos de "primeira linha".

Clara adoraria que ele parasse de falar em dinheiro. Ambos eram pessoas de meia-idade e pertenciam à classe média. Ela era médica; ele, farmacêutico. Tinham casa própria e certamente podiam comprar uma garrafa de vinho de vez em quando, por Deus! Contudo, ela sabia que devia evitar aquela pequena irritação.

Mais uma vez, a conversa se desenvolveu com facilidade. Ele admirou a casa dela. Era muito bem-iluminada, e o jardim, meio isolado, explodia em cores. Ela lhe contou que o truque para ter jardins atraentes era manter arbustos grandes e coloridos, que faziam muita presença e não precisavam de muitos cuidados. Pegaram os cálices de vinho e caminharam pelo jardim, enquanto ela lhe mostrava uma ou outra planta especial.

— Você cuida delas desde as sementes? — perguntou ele.

— Não. Não tenho estufa, claraboias de vidro especiais, nada dessas coisas importantes de quem leva a atividade a sério.

— Mas não sairia muito mais barato? — perguntou ele.

— Não se você precisar montar uma estufa e passar os dias e as noites esburacando a terra para plantar sementes — afirmou Clara num tom espirituoso.

— É verdade. — Peter ficou pensativo. Vários amigos já haviam comentado com ele que um jardim bem-cuidado só servia para sugar todo o seu dinheiro. Ele se consolava com essa ideia todos os dias ao subir as escadas do seu apartamento.

— Se você voltar aqui no verão, poderemos nos sentar aqui nesse recanto para almoçar — disse ela.

— Espero que continuemos a ser amigos no verão — respondeu ele com simplicidade.

Almoçaram um bife com empadão e comeram queijo na sobremesa. Clara abriu uma garrafa de vinho tinto. Quando perguntou onde ela a comprara e quanto havia custado, ela disse que não sabia, pois havia sido um presente. Não teve coragem de lhe contar que fora até uma loja de bebidas e pedira um vinho encorpado e com classe, talvez um borgonha, e pagara de acordo com a sofisticação. Peter Barry certamente teria considerado isso uma espécie de pecado, e não um gesto hospitaleiro e generoso.

Ele contou a ela sobre os representantes dos laboratórios farmacêuticos que apregoavam seus produtos.

Clara também falou do seu trabalho. Disse que era um incentivo enorme ver pessoas vivendo tão bem, apesar de seus problemas cardíacos. Pacientes que haviam chegado à clínica poucos meses antes em estado de pânico, considerando o lugar uma espécie de antecâmara do outro mundo, se sentiam confiantes agora, capazes de levar uma vida normal. Ele contou que naquela semana aparecera na farmácia um rapaz viciado em drogas. Estava completamente transtornado, exigindo morfina e antidepressivos. Empunhava uma perna de cadeira como arma. Era muito magro, com a pele coberta por cascas de feridas. Peter o levara até os fundos da loja e lhe mostrara o cofre e os armários trancados a chave. Explicou ao jovem que eram necessárias três chaves para abrir tudo aquilo, e um dos empregados estava em hora de almoço.

— O que ele fez?

— Acreditou em mim. Começou a chorar e a tremer. Eu sabia que os balconistas tinham chamado a polícia; por isso, tudo o que precisava fazer era mantê-lo ali. Dei-lhe alguns calmantes e conversei com ele. Ele pensou que estávamos esperando um dos empregados voltar do almoço, mas quem chegou foi a polícia. Foi muito perturbador.

— Como assim, perturbador? Você quer dizer que ele é o filho de alguém, certo? — perguntou Clara.

— Isso mesmo. Seus pais certamente depositaram grandes esperanças nele, alimentaram-no com mamadeiras nutritivas desde que era bebê, e veja como está agora... — Ele parecia genuinamente preocupado.

— Entendo o que quer dizer, mas não podemos ser como Deus. No outro dia, na clínica, apareceu um homem com tonturas e pulso irregular. Declan e eu decidimos que ele precisava usar um monitor de Holter, uma espécie de eletrocardiograma que funciona vinte e quatro horas por dia e controla o ritmo cardíaco do paciente. Colocamos o aparelho nele e pedimos que voltasse no dia seguinte. Ao imprimir o relatório, notamos que ele havia desligado o aparelho antes da meia-noite. "Por que fez isso?", eu lhe perguntei. "É que me dei bem ontem à noite, doutora. Conheci uma garota muito legal e voltei para casa com ela. Não dava para usar aquele troço a noite toda, entende? Ela me acharia um cara esquisitão."

— Ele não devia estar com o coração tão mal assim, já que conseguiu sair para a balada e levou alguém para a cama antes das onze e meia! — disse Peter.

— Pois é. Não sabemos se isso lhe fez bem ou mal. O pior é que ainda se mostrou ofendido com nossa reclamação. Foi embora e não voltou mais!

— O que vão fazer a respeito?

— Declan é o diplomata da equipe e vai arrumar um jeito de resolver o assunto, acredite.

Em seguida, conversaram sobre suas filhas. Falaram de Amy viajando para Londres a fim de aprender tudo sobre acessórios e roupas para sessões de sadomasoquismo, Adi abraçando as árvores e Linda de cara amarrada e revoltada com a vida. Não era o que nenhum dos dois esperava quando se tornaram pais.

— Quer ir comigo ao teatro esta semana? Há uma peça nova no Abbey — perguntou Peter subitamente.

— Seria ótimo. Hoje mesmo, de manhã, li as críticas — aceitou ela.

Dervla telefonou para Clara nessa mesma noite.

— Ele já foi embora? — murmurou.

— Há muitas horas — disse Clara.

— Ah, eu me esqueci de que ele gosta de dormir com as galinhas — disse Dervla.

— Bem, na verdade o convidei para o almoço.

— Tudo bem, tudo bem. E quanto ao terceiro encontro, já está marcado?

— Vamos ao Abbey na quarta-feira assistir a uma peça — disse Clara.

Dervla soltou um grito de empolgação.

— Então já é mais que um flerte?

— Não sei — disse Clara com cautela.

— É uma paquera declarada? Ou não se usa mais o termo *paquera*? — Dervla tentava definir o que estava rolando.

— Já estou velha demais para paquerar.

— Então *tá*. Vamos usar o termo *ficar*. Clara está ficando com Peter...

— Sabe de uma coisa, Dervla, você é uma idiota! — reagiu Clara, mas caiu na gargalhada.

— Você *ficou* com ele! — gritou Dervla. — Agora é oficial. Você *ficou* com ele...

Amy chegou exausta do aeroporto.

— Eram interessantes as roupas que você foi ver? — perguntou ele.

Peter e Clara decidiram que deviam demonstrar mais entusiasmo pelas vidas das filhas, senão as perderiam para sempre.

— Ah, pai, *dá um tempo, tá?* — Amy provavelmente o achava patético.

Ele, porém, insistiu:

— Você é minha filha, Amy. Abraçou uma nova carreira, será que é tão ruim que me interesse por ela?

Amy continuou desconfiada.

— Você vai dizer que foi uma perda de tempo e que eu sempre jogo minhas oportunidades pela janela.

— Não, não vou dizer nada disso. Estava só matutando se você encontrou alguma coisa interessante que possa importar aqui para a Irlanda, mas, se isso irrita você, esqueça. — A voz dele estava diferente.

Amy falou lentamente:

— Foi interessante, sim, mas acho que seria correr um risco gastar dinheiro em algumas das coisas que já têm, como muitas peças em couro, algemas, equipamentos de *dominatrix*, se você entende o que eu quero dizer.

— Entendo — assentiu Peter, com ar grave.

— Não é que não haja procura por aqui. Ela existe, mas acho que muitos dos nossos clientes *preferem* ir a Londres para manter o anonimato. De qualquer maneira, é apenas minha opinião. Posso estar enganada.

— Foi inteligente essa sua observação. Ainda assim, não foi uma viagem perdida, certo?

— Não, claro que não. Ainda conheci um carinha muito interessante no avião, na volta. Vamos sair juntos amanhã.

— Ele trabalha nesse ramo também?

— Não. Ben é embalsamador.

— Como assim?

— Um embalsamador, pai. Até você já deve ter ouvido falar nessa profissão. Quando alguém morre, para conservar a pele... Formaldeído, essas coisas...

— Sim, claro, um embalsamador desse tipo.

— Até parece que existem outros tipos — Amy foi buscar um copo de leite e biscoitos. O clima de hostilidade parecia já superado.

Clara estava sentada, lendo, no momento em que Linda entrou.

— Sua visita já foi embora? — perguntou ela.

— Foi sim, há muito tempo. Curtimos um almoço muito agradável. O empadão que sobrou está na geladeira, caso você queira esquentá-lo.

— Achei que não deveria comer, pensei que essa fosse a nova lei por aqui. — Linda estava obviamente magoada, sentindo-se injustiçada.

— Nada disso, o que quis dizer foi que você não deve esperar que eu alimente você na boquinha, mas posso lhe oferecer algo por conta da casa, certo? — Clara não precisou falar duas vezes. Linda já colocara um prato com empadão para esquentar no micro-ondas.

— Afinal, quem era ela? — perguntou Linda.

— Ela quem?

— A mulher que veio almoçar com você.

— Foi um homem, Peter Barry. Ele é farmacêutico.

— Ah, sim? E o que a sra. Barry achou desse almoço a dois?

— Nada. Ela morreu faz doze anos.

— Um viúvo, é? Humm...

— Isso mesmo.

— Então foi um encontro.

— Não necessariamente.

— Vai se encontrar com ele novamente, mãe?

— Sim. Quarta-feira vamos ao teatro.

— Não acha que eu e Adi devíamos conhecê-lo antes? — Linda estava balançando o dedo, imitando o jeito de Clara.

— Coma o empadão e lave o prato antes que os vegetarianos voltem e fiquem revoltados com o consumo de carne nesta casa.

Quando, na manhã seguinte, Clara entrou na clínica, viu que Hilary já havia chegado e parecia soterrada em meio a papéis e pastas. Ela se lembrou da brincadeira que haviam feito entre elas, certa vez, de que iriam arranjar um encontro entre Linda e Nick, o filho de Hilary. Certamente isso resultaria num casamento perfeito, mas eles não podiam saber dos planos e teriam de resolver tudo sozinhos.

Não valia a pena falar com Hilary a respeito desse assunto. Ela simplesmente olharia para o nada, inexpressiva, sem compreender a brincadeira. Desde a morte da mãe, ela parecia uma pedra. Não conversava com ninguém e respondia a tudo laconicamente. Hilary se culpava pelo acidente com a mãe e pelos ferimentos em um motorista inocente. As decisões e resultados da perícia não a satisfaziam. Trabalhava ainda mais horas do que Clara, mas sua alma não estava ali. Era como se trabalhasse para deixar de pensar na tragédia que se abatera sobre ela.

Mesmo assim, talvez se lembrasse do nome da cabeleireira com quem cortara o cabelo algum tempo atrás e que a havia feito parecer vários anos mais nova.

Clara certamente gostaria de parecer mais jovem na quarta-feira à noite.

Kiki olhou com certo interesse para os cabelos de Clara.

— Os fios são grossos e brilhantes para sua idade — disse ela depois de algum tempo.

— Obrigada — agradeceu Clara friamente.

— Isto é, a senhora é que pediu um estilo mais jovial, e estou dizendo que seu cabelo já está jovem o bastante. — Obviamente, a atendente estava sendo sincera.

Clara sorriu.

— Tudo bem, mas esse é um cabelo "de escritório", e eu quero um cabelo "de sair à noite".

— Vai a uma festa? — Kiki se animou.

— Vou ao teatro — respondeu Clara.

— Vai estar no palco?

— Não. Vou estar na plateia, mas gostaria de parecer mais jovem. Será que vou conseguir? — Clara sabia que havia um tom estranho na sua voz.

— A senhora tem orelhas ótimas — elogiou Kiki. — Tem brincos bonitos?

— Por acaso tenho, sim.

— Então, vamos colocar o cabelo bem mais curto, acima das orelhas, e mudar um pouco a forma. É isso que deseja, certo? Mudar?

— Acho que sim. Muito bem, vamos lá, vá em frente e me coloque de cara nova.

Kiki encolheu os ombros. As pessoas de mais idade eram muito loucas hoje em dia. Antigamente se contentavam com uma permanente a cada seis meses. Hoje queriam uma nova imagem, uma repaginada, tudo a que tivessem direito. E, como seu patrão dizia, isso era ótimo para os negócios.

— Vou lavar seus cabelos antes, dona — anunciou Kiki.

Mais tarde, trouxe um espelho para que Clara pudesse examinar seu novo estilo por todos os ângulos. Ela achou o trabalho ótimo.

— Obrigada, Kiki. O que quis dizer exatamente com aquela história de "orelhas ótimas"?

— Elas são bonitas, pequenas e bem coladas na cabeça — explicou Kiki.

— Mas a maioria das pessoas não tem as orelhas coladas na cabeça? — perguntou Clara falando mais baixo, ligeiramente preocupada.

— Nada disso, dona, está redondamente enganada. Algumas das pessoas que vêm aqui têm orelhas tão grandes que parecem prontas para levantar voo. Tenha orgulho das suas orelhas, minha senhora. Pode exibi-las sem medo!

— Obrigada, Kiki. — Clara perguntou a si própria por que razão nunca ninguém elogiara suas orelhas antes. As pessoas eram pouco observadoras.

Peter a elogiou quando a viu e disse que ela estava maravilhosa.

— Fez algo diferente? — perguntou.

— Cortei o cabelo — respondeu Clara com simplicidade.

— Você tem orelhas lindas — disse ele admirando-a.

Ela pensou em lhe contar a história divertida sobre as orelhas de algumas pessoas, mas notou uma expressão de admiração verdadeira no rosto dele e se conteve.

— Obrigada, Peter — disse com simplicidade, e se dirigiram para seus lugares.

E assim foi pelas semanas que se seguiram. Peter a convidava para sair duas vezes por semana, e Clara o convidava uma vez. Numa das vezes, ela o levou ao jardim zoológico, e noutra ele a levou ao circo. Desde o almoço na casa dela naquele domingo, evitavam os convites para ir à casa um do outro. Haveria muitos olhares jovens e curiosos por lá, e isso acabaria com o sossego dos seus encontros. Não prometiam nada um ao outro, não havia compromissos nem planos. Era, simplesmente, uma relação que agradava a ambos.

No entanto, o assunto sexo teria de ser abordado em algum momento.

Os beijos de despedida eram cada vez mais longos e ardentes. Eles já estavam velhos demais para aquele chove não molha. Ambos eram desimpedidos, mas nenhum dos dois queria ser o primeiro a sugerir nada de mais especial, receoso de que algo mudasse entre eles. Foi então que Amy anunciou que ela e Ben iriam a um congresso.

— Um congresso de embalsamadores? — perguntou Peter.

— Não, claro que não.

— Um congresso sobre fetiches?

— Temos outros interesses fora do trabalho, pai, sabia disso? Vamos participar de uma oficina de criação literária que vai durar um fim de semana inteiro, já que se interessa tanto em saber.

— Isso é ótimo! Você vai ficar fora o fim de semana? — Torceu para que ela não percebesse o tom de felicidade em sua voz. Aquela era a oportunidade, o momento certo de convidar Clara para passar o fim de semana com ele.

— Sábado à noite não vou dormir em casa — comunicou Clara às filhas.

— Ooh!... É o viúvo? — perguntou Adi.

— Vai ser *essa* a grande noite? — quis saber Linda.

— Não seja ridícula — reagiu Clara sem muita paciência. — Estou lhes contando meus planos por pura cortesia. Da próxima vez, não vou me dar esse trabalho.

— Também tenho uma boa notícia, mamãe — disse Linda. — Consegui um emprego e agora vou poder lhe pagar aluguel já a partir da próxima semana.

— Ótimo, Linda. Boa menina!

— Vou vender CDs e DVDs. Não é um trabalho de expediente integral nem nada desse gênero.

— Não, claro que não. Você vai curtir fazer isso?

— Bom, talvez não seja tão ruim — disse Linda relutante.

— Você não vai usar suas qualificações num trabalho como esse — afirmou Adi com cautela.

— Vou sim. Bacharelado em artes é uma grande habilitação. Você é que não conseguiria emprego se não tivesse acrescentado um diploma de professora às *suas* qualificações.

— Pelo menos fui para a rua trabalhar para ajudar a manter esta casa — reagiu Adi irritada.

— E vou fazer o mesmo agora; portanto, cale a boca.

Clara pensou que seria um grande alívio sair daquela casa e ficar com o tranquilo e pouco exigente Peter. Torcia para que tudo desse certo ao longo daquela noite. Já fazia um tempão desde que fizera amor pela última vez. Todos dizem que a pessoa nunca esquece, que é como andar de bicicleta, mas, que sufoco, ela nunca fizera amor na vida, a não ser com o canalha do Alan. Desejou ter aceitado algumas das ofertas que lhe fizeram ao longo dos anos. Teria sido uma espécie de ensaio...

Levou uma caríssima combinação de renda preta, em vez de uma camisola. Era ridículo se sentir tão ansiosa por isso na sua idade. Contudo, era exatamente assim que se sentia: nervosa.

Peter tinha trabalhado muito para arrumar o apartamento e deixá-lo perfeito. Encerara todos os pisos e superfícies e colocara duas jarras de flores sobre as mesinhas laterais. Para o jantar, preparara salmão defumado e um frango temperado com estragão. Tentara fazer o prato com estragão três vezes até acertar. Planejava servi-lo com um tipo de arroz selvagem, quase negro, e salada. Para sobremesa, frutas frescas e queijo.

Olhou ao redor, satisfeito com o que via.

Quando Clara chegou, deixou no saguão sua bolsa grande para o fim de semana e entrou elogiando tudo.

— Que lugar maravilhoso para se morar, perto de tudo, bem prático — comentou.

Ele serviu um xerez que acabara de tirar da geladeira. Clara reparou no quanto ele se esforçara para agradá-la. Era comovente.

— Que bom, fico feliz por você gostar de xerez. Estava pela metade do preço no supermercado, mas o sabor é ótimo — disse ele.

Por que ele precisava contar que comprara a bebida pela metade do preço? O mesmo aconteceu com o frango. A receita original pedia estragão fresco, mas o condimento era muito caro, e, como grande parte ia sobrar e acabar no lixo, ele usou o seco, que poderia ser guardado para sempre. O mesmo aconteceu com o queijo. Um pedacinho de brie francês custava uma nota preta, enquanto o irlandês era muito bom. Bastava deixá-lo curar um pouco.

Ela desejou, de todo o coração, que ele parasse de lhe dar tantos conselhos para economizar dinheiro, mas tudo bem... Quem sabe aquele era o jeito dele. Resolveu entrar no jogo. Ela comprara uma bolsa de couro caríssima, mas fingiu que custara uma pechincha.

— Eu a vi numa daquelas bancas que dizia "oferta do dia" — mentiu ela parecendo animada.

O rosto dele se iluminou, genuinamente feliz por ela, enquanto acariciava a bolsa.

— É perfeita — disse. — Não foi fantástico você tê-la visto? Vale a pena dar uma volta em toda a loja prestando atenção às oportunidades.

Clara sentiu que ganhara pontos extras com ele por algo banal e pouco importante. Sim, disse para si mesma, era exatamente isso que aquilo representava: algo banal e sem importância. Ela *não* permitiria que nada tão irrisório arruinasse o fim de semana.

A noite terminou muito bem, com toda naturalidade, como se já fossem amantes há muito tempo. Ele lhe disse que ela era muito bonita, e ela lhe confessou que ele era um homem excitante. Peter admirou a combinação de renda preta que Clara vestiu depois do amor, e ela passou o braço por sobre o peito dele, junto do pescoço, até ambos adormecerem. De manhã, Clara se surpreendeu ao acordar numa cama que não era nem de casal, nem de solteiro, mas sim algo intermediário. Peter pegou suco de laranja para ela na cozinha e também café, tudo servido na cama. Depois, fizeram amor mais uma vez.

Foram a um concerto ao ar livre e compraram coisas para fazer um piquenique. Percorreram as grades do St. Stephen's Green, o grande parque no centro da capital irlandesa, onde os pintores de domingo expunham seus trabalhos. Voltaram para o apartamento de Peter e fizeram outra visita ao quarto.

— Eu te amo, Clara — declarou ele quando ela foi para casa, no domingo de tardinha.

— Eu também te amo, Peter — respondeu ela.

Será que amava mesmo?, ela perguntou a si mesma ao regressar para casa no fim de tarde ainda ensolarado.

Provavelmente, sim.

Ela se habituara de tal modo a *não amar* ninguém depois de Alan que a palavra lhe parecia pouco familiar. Peter era um homem bom, caloroso, gostava dela e obviamente a admirava muito. Parecia feliz por passar todos os momentos em companhia dela, noite e dia. O que havia que não merecesse ser apreciado, ali?

Era melhor que Clara conhecesse a filha dele e o levasse para conhecer as filhas dela. E seus amigos. Era assim que as coisas deviam ser. Contudo, Clara preferia que tudo continuasse como estava, um mundinho só deles por mais algum tempo. Como uma espécie de refúgio. Um local pacífico no qual o restante do mundo não conseguiria se intrometer.

Ao voltar para casa, as meninas e o sempre presente Gerry estavam sentados à mesa da cozinha.

— Você se divertiu? — perguntou Adi.

— Namorou muito? — Linda queria que ela confirmasse.

— Sim, foi um fim de semana muito agradável, obrigada. E vocês, como foram por aqui?

— Estamos loucos para saber o que vocês dois aprontaram, mãe — disse Linda com um sorriso.

— Bom, uma coisa que *eu não fiz* foi piratear CDs como parece que você andou fazendo. — Clara olhou para o computador no qual Linda copiava discos para si mesma.

— Eu não estava exatamente...

— Isso não só é ilegal como também vai lhe garantir uma demissão — disse Clara bruscamente e foi até a geladeira pegar um pequeno jarro, que levou para o quarto. Lá, preparou uma caneca de chá e ligou para Dervla.

— Mal aguento esperar para saber — disse Dervla. — Philip está furioso comigo. Estive todo o dia a quilômetros daqui imaginando se vocês dois estavam se entendendo.

— Na verdade, estávamos numa boa...

— E, afinal, vocês...? — Dervla não completou.

— Nós o quê? — Clara resolveu obrigá-la a dizer.

— Você e ele, você sabe... Aquele lance?

— Meu Deus, Dervla, e dizer que criticamos nossos filhos por serem tão infantis!

— Fizeram, Clara Casey? Sim ou não?

— Fizemos, sim. Três vezes. Está feliz agora?

— Muito aliviada, posso lhe garantir. Já estava com medo de que você fosse virar freira.

— Nem acredito que estamos tendo esse papo — disse Clara.

— Nem eu. Quando vamos conhecê-lo?

Clara conheceu Amy antes. Peter a convidou para tomar um drinque.

Amy ficou surpresa quando soube que o pai havia convidado uma mulher para visitá-los. Ficou imaginando como ela seria. Provavelmente séria, com cabelos grisalhos e óculos. Conversaria o tempo todo sobre a importância da educação de nível superior e pareceria surpresa com o emprego de Amy e com o trabalho de Ben como embalsamador. Mesmo assim, o pai fora simpático e convidara Ben para aparecer por lá, embora se mostrasse pouco à vontade com ele. Era melhor Amy ser simpática com aquela mulher.

Ficou admirada quando a viu. Elegante, muito arrumada e bem-vestida. Nada de cabelos grisalhos nem óculos, e sim cabelos brilhantes e sedosos, com corte moderno e boa maquiagem. Aquela mulher saía com seu *pai*? Amy estava completamente confusa.

Preparara canapés de queijo, mas desejou ter feito algo melhor. Os aperitivos pareciam exatamente o que eram: fatias de queijo processado em cima de biscoitos de água e sal. Mas Clara pareceu adorar tudo e comeu vários.

O mais interessante é que se mostrou muito interessada na loja em que Amy trabalhava. Comentou que tinha uma amiga com pés um pouco avantajados e que talvez conseguisse sapatos elegantes nessa loja. Dervla sempre se queixava que só encontrava sapatos que mais pareciam botas ortopédicas.

Amy levou tudo muito a sério.

— Bem, certamente teremos alguma coisa que caiba nos pés da sua amiga, mas é bom avisá-la de que serão sapatos de salto de agulha e infinitamente altos. Os travestis não gostam de se vestir como beatas e precisam de muito glamour.

Clara assentiu com a cabeça e informou que Dervla era muito alta e talvez não se sentisse bem circulando por aí com sapatos de salto *stiletto*.

Clara também pareceu muito à vontade com Ben, como se passasse a maior parte do seu tempo conversando com embalsamadores. Ele explicou da necessidade de tirar os marca-passos dos mortos, em caso de cremação. Muitas vezes as pessoas esqueciam que os mortos usavam marca-passo, mas Ben disse que já estava habituado a procurar pela incisão específica na hora de preparar o corpo. Explicou que a maioria das pessoas achava que o cabelo e as unhas continuavam a crescer depois da morte, mas isso não era verdade. Simplesmente a pele se retraía depois da morte, e as unhas pareciam mais compridas.

Peter ficou atônito. Nunca tivera uma conversa assim tão longa e agradável com Ben. Afinal, o rapaz parecia bem-preparado para exercer sua estranha profissão e tratava os mortos com respeito e dignidade.

Então, Clara se levantou para ir embora.

— Preciso ir. Combinei de levar uma colega da clínica ao cinema hoje — explicou.

— Posso ir também? — perguntou Peter com ar meio tímido.

— Nem pensar! Minha amiga Hilary anda muito perturbada ultimamente com a morte da mãe. Vamos ver um filme açucarado, feito para mulheres. Você odiaria esse programa, Peter, pode acreditar. Durante a semana a gente se vê. — E deixou todos boquiabertos ao descer pelas escadas com um jeito garboso e sair quase correndo, com elegância, pela calçada.

— Convidei meu amigo Peter para jantar no sábado — anunciou Clara. — Vou preparar salmão e gostaria que vocês viessem.

— Haverá alguma declaração oficial? — perguntou Linda.

— Não creio... A menos que você tenha alguma novidade para nos contar, Linda.

— Muito engraçado! — reagiu Linda. — Só estava pensando em voz alta.

— Posso convidar Gerry? — perguntou Adi.

— Claro. Gerry já é membro da família.

— Você vai preparar coisas para ele comer, isto é, para *nós* comermos?

— Sim, vou. Para o restante de nós vai ser salmão, mesmo.

— Como devemos chamá-lo, mamãe?

— Peter. Afinal, esse é o nome dele.

— Não devemos chamá-lo de "papai" então? — Linda não desistia de implicar.

— Não, querida, nada de "papai". Você consegue se lembrar direitinho do nome da Cinta quando vai visitar seu pai. Seria simpático se lembrar do nome de Peter.

— Ele vai passar a noite aqui, mãe? — perguntou Adi.

— Não.

— E precisamos nos vestir bem para recebê-lo? — quis saber Linda.

— Não, filha. Apenas estejam em casa mais ou menos às sete horas e façam com que ele se sinta à vontade.

As duas ficaram de queixo caído quando viram Peter. Ele era muito mais bonito do que elas haviam imaginado. Um farmacêutico? Um químico? Ele deveria ser velho, meio corcunda. Em vez disso, era um homem alto e gatíssimo, com um sorriso maravilhoso.

Perguntou a Adi como iam as aulas, conversou com Gerry sobre legumes orgânicos e até conseguiu que Linda lhe prometesse ensinar a usar o iPad. Elas submeteram o pobre Peter a um verdadeiro interrogatório. Perguntaram sobre sua vida, e ele respondeu a tudo abertamente. Era viúvo fazia muito tempo, tinha uma filha que o considerava um velho quadrado, não costumava viajar muito, mas esse ano planejava tirar férias na Itália, alugar um carro, dirigir do lado errado da estrada e se divertir muito.

— Você está incluída nesses planos, mamãe? — quis saber Linda.

— Claro que sim! — declarou Clara com a maior naturalidade.

Na hora de ir embora, ele beijou Clara no rosto, disse que passara uma noite muito agradável e confirmou um encontro deles para o dia seguinte.

Elas esperaram até ouvir o portão do jardim fechar e deram uivos de alegria. Ele era fantástico, parecia um astro de cinema e muito divertido, ainda por cima. Como foi que a mãe conseguira fisgá-lo?

Clara foi para a cama muito satisfeita.

O pior ficara para trás. Eles tinham conhecido as filhas um do outro, e, a partir de agora, tudo ficaria muito mais fácil.

Depois das filhas, a mãe de Clara foi a primeira a saber. Ela ligara inesperadamente no domingo, e as meninas lhe contaram que a mãe estava saindo com um gatão, um cara que usava jaqueta de veludo cotelê, na última moda. E, pelo visto, tratava-se de um romance assumidíssimo.

— Por que não me contou nada sobre isso, Clara? — O tom de desaprovação de sua mãe surgiu, como era de esperar.

Clara tivera um dia muito ocupado, mas sabia que o melhor era não interromper a mãe.

— Pois é. Estava planejando almoçarmos juntas em um lugar interessante, com bastante tempo para conversar, em vez de despejar a história toda pelo telefone, mamãe — explicou esticando o braço para pegar a agenda. Agora ela *teria* de se encontrar com a mãe.

— Aonde está pensando em me levar para almoçar? — perguntou subitamente

— Achei que seria ótimo irmos ao Quentins. — Clara procurou uma tarde em que estivesse mais livre. — Que tal sexta-feira? Estou marcando na agenda, mãe. Sexta-feira eu lhe conto tudo — desligou sentindo um pesar estranho no coração.

— Está tudo bem, Clara? — perguntou Hilary.

— Mais ou menos. Marquei de almoçar com a minha mãe, e ela vai me fazer um interrogatório completo sobre a minha vida sexual.

— Será...?

— Claro que ela não vai ser assim direta; você sabe como são as mães... — Clara ficou com vontade de morder a língua. — Desculpe, Hilary, sou uma idiota. Falei sem pensar.

— Não se preocupe, Clara, não tem importância.

— Claro que tem! Sei que você faria qualquer coisa para almoçar mais uma vez com a sua mãe.

— Talvez não. Pode ser que ela estivesse em um dos seus dias conturbados, achando que eu era a tia dela, o carteiro ou alguém que tinha aparecido para consertar o encanamento — Hilary riu com ar triste.

Clara achou que ela já apresentava melhoras e já falava do assunto com mais naturalidade. Pelo menos um pouco.

— Obrigada, Hilary. Não mereço tanta compreensão sua.

Hilary notou que Clara tinha escrito QUENTINS na página de sexta-feira da agenda.

— Nossa, você vai gastar uma grana preta com a sua mãe! Nada mais, nada menos que o Quentins!

— É melhor nem comentar nada com Peter. Ele vai ficar louco só de pensar na despesa.

— Ele é controlado com o dinheiro, não é verdade? — quis saber Hilary.

— *Sensato*, é o que ele diz — respondeu Clara rindo muito.

— Você parece feliz — comentou Hilary, admirada.

— Quase tenho medo de admitir, mas acho que estou feliz, sim — concordou Clara.

Alan telefonou meia hora mais tarde.

— Será que já é chegada a hora de lhe dar os parabéns? — brincou Alan.

— Que clichê ridículo, Alan, o que está tentando dizer?

— Quero dizer que as meninas me contaram do seu namorado, e eu fiquei feliz por você, apenas isso. — Alan parecia magoado.

— Muito obrigada, Alan. Isso é tudo ou você quer mais alguma coisa?

— Bem, achei que você me contaria mais alguma coisa, quando tudo aconteceu e no quê o namoro vai dar.

— E por que, em nome de Deus, você achou que eu discutiria essas questões com você?

— Somos amigos, Clara... — começou a dizer.

— Nós *não somos* amigos, Alan. Brigamos por quase tudo.

— Porque geralmente você é pouco razoável.

— Tchau, Alan. — Ela desligou.

Ele tornou a ligar imediatamente.

— Não desligue o telefone na minha cara. Isso é intolerável.

— Exato, é para *ser* intolerável, mesmo... Estou tentando trabalhar, aqui, e não vou aguentar queixas nem choramingos seus só porque *você* não tem mais o que fazer.

— Não, por favor, me escute!

— Tem uma fila de pessoas lá fora esperando para falar comigo, Alan, preciso desligar. — Clara não sentiu nada quando colocou o fone no gancho.

Peter era o responsável por essa mudança. Conseguira afastar dela a enorme e esmagadora sombra de Alan Casey.

Clara conheceu o irmão e a cunhada de Peter e alguns dos colegas dele. Eles foram simpáticos e a receberam muito bem. Por sua vez, Clara apresentou a Peter sua amiga Dervla, Hilary, Ania e Declan, da clínica. Todos se habituaram a ver Peter aparecer por lá para pegar Clara depois do trabalho ou até para lhe levar o almoço, que compartilhavam na clínica mesmo. Todos sabiam que os dois viajariam para a Itália, e havia um sentimento geral de aprovação a respeito disso.

A mãe de Clara, contudo, se mostrou pessimista como de hábito.

— Há muito tempo que ele está sozinho, deve estar habituado à vida do jeito que leva, pode ter certeza — foi o veredicto dela enquanto apreciava as ostras do Quentins.

— Só o tempo dirá isso, mamãe — disse Clara com ar cansado.

— Não, não, o bom-senso dirá. Mas receio que você não seja muito bem-dotada nesse departamento.

— Este restaurante não é lindo? — perguntou Clara.

— Não faz mais do que a obrigação, pelos preços do cardápio.

— A senhora quer conhecer Peter ou não, mamãe? — perguntou Clara.

— Seria um mínimo de cortesia eu ser apresentada a ele, mas infelizmente você...

— Eu não sou muito bem-dotada no quesito cortesia também? Não é isso o que a senhora ia dizer?

— Clara, minha querida, pare de franzir a testa. Se esse jovem é tão charmoso, não vai gostar dessa cara irritadiça.

— Tem razão, mamãe. Aqui vai um sorriso luminoso...

Infelizmente, Clara estampou o sorriso no rosto no mesmo instante em que Frank, o pé no saco, diretor do hospital, entrou e a avistou do outro lado do restaurante. Obviamente, imaginou que o sorriso era para ele e logo se aproximou da mesa das duas.

— Ora, ora... Aqui está a adorável doutora Casey — disse estendendo a mão.

Clara não poderia ter ficado mais aborrecida. A mãe arregalou os olhos.

— O senhor é o Peter? — perguntou.

— Não, senhora, sou o Frank.

— Meu Deus... Outro namorado! — exclamou a mãe atônita.

Clara rangeu os dentes.

— Esta é minha mãe. Mamãe... este é Frank Ennis. Frank é um dos gestores do hospital e gerencia tudo com mão de ferro.

— Não é bem assim. — Frank sorriu, dando a entender que era exatamente isso que fazia. — Belo presente a senhora está dando à sua filha, oferecendo-lhe este almoço — disse ele à mãe de Clara.

Será que sua mãe poderia ficar muda num momento desses? Não, claro que não.

— Quem me dera, Frank. É Clara quem está oferecendo esse presente para sua velha mãe. Ela está nadando em dinheiro. Eu sou apenas uma pobre viúva.

Frank olhou para Clara, satisfeito. Agora tinha uma arma nova para usar contra ela. Clara lutava pelo seu salário, euro a euro, contando os cêntimos. Chorava miséria pelos seus funcionários, pelas suas despesas, e agora a própria mãe reconhecia, publicamente, que ela nadava em dinheiro. Clara sentiu uma vontade quase incontrolável de agredir a mãe e empurrá-la da cadeira. A vida, porém, exigia que se mantivessem as aparências, e ela conseguiu resistir à tentação.

Clara e Peter levaram a sério os planos de tirar alguns dias de férias e analisavam folhetos de viagem e um mapa da Itália quando Amy chegou. Ela conversou alegremente com eles durante algum tempo e pareceu interessada nos planos.

— Eu também vou ficar fora por alguns dias. Ben e eu vamos à ilha de Chipre — comunicou.

— Que ótimo! — disse Clara, e foram procurar em outro mapa onde ficava Ayia Napa.

— Sabe uma coisa, Clara? — Amy ergueu os olhos por baixo da enorme franja de cabelos compridos e frisados.

— Não, o quê?

— Se você quiser passar as noites aqui em casa com meu pai... Por mim não há problema.

Peter ficou vermelho como um pimentão. Clara percebeu que precisava salvar a situação.

— É muito simpático de sua parte me colocar tão à vontade, Amy. Agradeço muito e, se algum dia desses ficar muito tarde para eu voltar para casa, ficarei grata por passar a noite aqui. No momento, porém, isso não é necessário.

— Vocês é que decidem. No momento, talvez não faça diferença, mas quem sabe, depois que vocês voltarem da Itália, possam mudar de ideia, ainda mais depois de passar alguns dias compartilhando o mesmo quarto. Só queria que soubessem que, por mim, está tudo ótimo.

As férias foram maravilhosas, um grande sucesso. Eles passaram dois dias em Florença, mais dois dias em Veneza e, para encerrar, curtiram um fim de semana aconchegante à beira de um imenso lago. No último dia de viagem, Peter propôs casamento a Clara.

Ela não esperava por isso.

— Você se importa de eu esperar um pouco antes de aceitar? perguntou ela com jeitinho.

Peter se importava. Clara percebeu na mesma hora que ele esperava que ela dissesse "sim" logo de cara. Ela mal conseguiu olhar para o rosto dele, que ficara todo franzido. Tinha sido difícil para aquele homem modificar seus costumes de quase uma vida inteira, pois estava habituado às coisas do jeito que eram, como sua mãe predissera. No entanto, Clara não iria aceitar uma proposta de casamento só porque estavam sob uma pérgula italiana, cercados de flores, às margens de um lago azul. Precisava voltar para casa e imaginar a vida que eles compartilhariam. Nessa noite, ela o viu se levantar da cama para ir sentar junto à janela com o rosto triste e os ombros caídos. Não mencionaram o assunto durante a viagem de regresso.

Quando chegaram a Dublin, Clara disse que precisava voltar para casa a fim de preparar as roupas para trabalhar no dia seguinte.

— Isso não é tão importante. Você está fugindo de mim.

— Não, nada disso, *não estou* fugindo de ninguém. Você me fez uma proposta maravilhosa. Agora que voltamos à vida real, vou pensar nela com muito carinho e cuidado.

— E quando acabará de pensar? — quis saber ele.

— Em breve, Peter. Muito em breve. Prometo.

— Mas não podemos ao menos conversar sobre o que está impedindo você de aceitar logo? É o lugar onde eu moro? O trabalho? Nossas filhas?

— Não, nada disso. Só que preciso me habituar à ideia.

— Mas você já devia saber como eu me sentia.

— Nunca pensei que isso envolveria casamento. — Ela falava com franqueza, e ele conseguia enxergar isso.

— Sei que você saiu muito machucada do primeiro casamento, mas...

— Não. Não se trata disso. Já superei tudo.

— Então o que é? Diga-me, Clara, eu lhe imploro.

— Eu decido em breve — garantiu ela.

— Podemos levar Dimples para dar uma volta, um longo passeio? — sugeriu Fiona a Declan.

— Para onde? Um passeio por toda a Europa ou apenas uma viagem pelo Expresso Oriente? — perguntou Declan sorrindo para ela com um jeito afetuoso.

— Talvez um dia. Mas precisamos domesticá-lo aos poucos, antes. Que tal se começássemos pela praia, em Killiney?

— E como chegaríamos lá?

— De trem. Você topa? Podemos ir no sábado?

— Estava pensando em colocar a papelada em dia.

— Eu poderia preparar uns sanduíches de frango deliciosos. Prometo fazer um especial para Dimples. *Por favor?*

— Tudo bem, eu topo. Não posso me colocar entre um cão e um sanduíche de frango.

— Você é um homem muito cordato, Declan Carroll. Quando envelhecer, vai continuar sendo assim, tão simpático?

— Claro, e isso já está perto de acontecer — disse Declan.

Eles pareciam uma família feliz: o médico ruivo, a jovem lindíssima e o labrador brincalhão apreciando a paisagem da janela do pequeno trem. Dimples adorou a estação de Dalkey, onde saltaram. Havia muitas coisas interessantes para farejar por ali e pessoas com cãezinhos. O casal caminhou, apreciando as casas e os jardins.

— Você consegue imaginar Bobby Walsh e sua esposa Rosemary morando aqui durante tantos anos? — questionou Declan. — Seria natural ela ter ter ficado mais simpática só por viver aqui, mas isso não aconteceu...

— Essa mulher não tem uma única célula de simpatia no corpo — concordou Fiona. Logo em seguida avistaram o mar, e Dimples começou a latir de entusiasmo.

Desceram por uma trilha entre as pedras até a praia, em White Rock, e depois caminharam pela praia de Killiney. Montanhas rodeavam a baía numa vista belíssima. Algumas pessoas com seus cães haviam escolhido o mesmo lugar para passear. Elas atiravam gravetos para os animais recolherem e se cumprimentavam alegremente. Logo adiante, Declan e Fiona encontraram uma rocha, onde se instalaram e começaram a devorar os sanduíches. Dimples viu um pássaro e o seguiu até a beira da água.

— Nossa, ele quase conseguiu pegar o passarinho, você viu? — Fiona levou a mão à boca, espantada.

— Não, Dimples não; de qualquer modo, os pássaros são rápidos e muito espertos. Sempre escapam.

Viram Dimples latindo com muito entusiasmo à beira da água. O pássaro se lançou sobre o cão mais uma vez, talvez para se divertir diante do labrador gordo. Dimples se jogou na água, determinado a persegui-lo. De repente, viu-se em apuros: as ondas não o deixaram sair do mar, começou a se debater porque suas patas já não tocavam o fundo e entrou em pânico.

Fiona tirou os sapatos e se jogou na água. Berrou para Declan dizendo para ele nem pensar em se jogar na água, porque ela já estava com tudo sob controle. A verdade, porém, é que nada parecia sob controle ali. Fiona já estava com a água acima da cintura quando conseguiu agarrar Dimples pela coleira e puxá-lo para o raso, onde o deixou em segurança.

Dimples respingou todos em volta com suas poderosas sacudidas de pelos. Depois deu oito espirros em rápida sucessão.

Declan nem sequer molhou os pés.

— Não pude fazer nada. Eu não sei nadar — confessou.

Fiona lutara bravamente para salvar Dimples e parecia indiferente ao fato de estar ensopada até os ossos. Ela o protegeu até o fim. Declan nunca a amou tanto, mas nunca se sentira tão inútil.

— Você salvou Dimples! — disse.

— Pois é, essa ideia maluca me passou pela cabeça... Não podia deixá-lo simplesmente morrer, podia?

Ela tremia dos pés à cabeça e então, com um jeito completamente despreocupado, despiu as calças jeans, as meias, as calcinhas com babadinhos, tirou a camiseta e se embrulhou na toalha que eles haviam levado para estender sobre a pedra. Prendeu-a em torno da cintura com o cinto do jeans e se sentou, bebendo quase toda a garrafa de vinho que era para ser parte do piquenique.

— Acho que mereço esse vinho todo — disse ela alegremente.

— Fiona?

— Sim?

— Fiona... Parece uma coisa estranha para se dizer num momento como este, mas...

— Já sei... Eu não deveria tirar as roupas numa praia pública. Não pretendo fazer mais isso, só queria me livrar das roupas molhadas.

— Não. Não era isso que eu ia dizer. Não passou nem perto.

— Então o que era? — Ela olhou para ele com os olhos um tanto fechados por causa do sol, que estava fraco, sentindo-se seca e aquecida por dentro, pelo efeito da bebida e da toalha em que se embrulhara.

— Eu queria perguntar se você quer se casar comigo — disse ele depressa.

— *Casar* com você, Declan? — Ela parecia completamente aturdida.

— Bem... é exatamente isso. Não há nada no mundo que eu queira mais. — Quase receou fitá-la diretamente nos olhos, com medo de perceber neles uma expressão de piedade, deboche ou uma tentativa de dispensá-lo de forma gentil.

Ela permaneceu calada.

— Prometo ser um bom marido, tomar conta de você. Eu te amo, Fiona, com todo meu coração.

— Casar? — perguntou ela. — Você fala casar de verdade, como dois adultos?

— Por favor, diga que sim, me aceite. Por favor! — Declan olhava fixamente para a cauda que Dimples batia com força na areia da praia. Continuava com medo de encará-la.

— Declan... — ela começou baixinho.

Ele ergueu os olhos. Ela sorriu.

— Já estava achando que você nunca iria me propor isso. Eu *adoraria* me casar com você. Também te amo com todo o meu coração.

Ele se levantou num pulo e a abraçou. Beijaram-se por tanto tempo que Dimples começou a ficar preocupado e os rodeou em meio a latidos de ansiedade, altos e roucos. Se alguém em torno estivesse prestando atenção à cena, iria se divertir com o momento em que a toalha que envolvia a moça escorregou e os dois jovens a agarraram com rapidez e força, como se suas vidas dependessem disso.

De volta à clínica, todo mundo elogiou a aparência maravilhosa de Clara. Ela estava bronzeada e com ar descansado.

— Estou com pilhas novas, pronta para trabalhar como uma fera — ameaçou. — Vamos lá, contem-me o que aconteceu na minha ausência.

Eles lhe contaram várias histórias.

Claro que havia apenas uma novidade importante: Declan e Fiona se casariam.

No início, haviam tentado esconder, mas todos perceberam que estava rolando algo de novo entre eles. Por fim, Barbara conseguiu, mais ou menos, lhes arrancar à força o grande segredo. Afinal, eles tinham novos planos ou não? Quando hesitaram e disseram "mais ou menos", todos foram à loucura.

Declan e Fiona tentaram protestar em vão, dizendo que não haviam comprado nenhuma aliança nem marcado a data ainda. Nada disso importava. Aquele era o primeiro romance a nascer ali na clínica, e todos queriam curtir ao máximo as boas novas. Ania saiu correndo e foi comprar um espumante. Lar tirou do fundo do baú da memória alguns conselhos para as pessoas anotarem e guardarem sempre com carinho. Apareceu um cartão, que Clara deveria assinar. Eles esperavam a volta dela para entregá-lo. Hilary parecia melancólica, pois se lembrava de quando era jovem e estava apaixonada. Bobby Walsh considerou a notícia "magnífica" e declarou que Rosemary ficaria empolgadíssima quando soubesse, mas é claro que ninguém acreditou nisso. Johnny conseguiu, pelo menos dessa vez, *não dizer* que daquilo não poderia resultar nada de bom. Lavender se ofereceu para fazer o bolo de noiva e lhes pediu apenas que a avisassem a tempo quando tivessem marcado a data.

Depois disso, Bobby Walsh piorou um pouco e voltou a receber cuidados intensivos. Contudo, todos comentaram que ele era fantástico, pois conhecia a fundo cada um dos remédios que tomava e dava informações completas sobre eles a quem quisesse ouvir. Em pouco tempo, melhorou e voltou a frequentar a clínica todas as semanas.

— Isso tudo graças a Declan — disse Clara.

Kitty Reilly tinha descoberto um novo santo chamado São José de Cupertino, que parecia ser a última palavra para curar pessoas. Tinha folhetos sobre ele, que distribuía a todos na sala de espera. Fiona comentou, como piada, que o pobre Padre Pio devia estar lá em cima, no Paraíso, se sentindo abandonado, agora que a sra. Reilly o trocara por outro. Por precaução, Kitty não tardou a aparecer com um monte de medalhinhas do Padre Pio para distribuir, para que o santo não se sentisse ofendido.

Lar continuava a pedir às pessoas na sala de espera que aprendessem pelo menos um fato novo por dia, e isso as deixava irritadas. Um dos terriers da raça Jack Russell que pertenciam a Judy Murphy quebrara uma pata quando o portão de sua casa bateu, e a pobre Judy já se preparava para levá-lo ao veterinário quando encontrou Declan, que lhe pôs uma tala. Mais tarde, o veterinário disse que nunca vira um trabalho tão bem-feito. Afirmou que, se Declan, um dia, se cansasse dos humanos tediosos, aborrecidos e mal-humorados, haveria sempre um emprego para ele junto aos animais mudos, os melhores amigos do homem.

Lavender conseguira convidar um chef famoso para fazer uma demonstração culinária numa das suas "Tardes para conhecer melhor o coração". Johnny fora convidado para apresentar um quadro na tevê uma vez por semana, fazendo exercícios cardiovasculares. Tim, o segurança, se apaixonara por Lidia, colega de apartamento de Ania, e ela resolveu levá-lo à Polônia para apresentá-lo à família.

— E quanto a você, pequena Ania? — perguntou Clara.

— Nada de novo comigo. Continuo trabalhando pesado e agradeço todas as noites a Nosso Senhor por ele ter me feito conhecer você e mudar minha vida para melhor.

— Continua a poupar dinheiro para reformar a casa da sua mãe?

— Nem acredita no quanto já poupei, Clara. Trabalho na lavanderia da mãe de Declan e faço a limpeza naquele asilo para onde Hilary planejava levar a mãe. São tão simpáticos lá... Acho que a sra. Cotter é muito parecida com você.

— Que bom! — exclamou Clara. — Carl Walsh continua lhe dando aulas de inglês?

Ania olhou para o chão.

— Sim, continua — disse. — Mas não há qualquer esperança para mim nessa área. Nenhuma mesmo.

— Ora, mas seu inglês está *excelente*! — elogiou Clara.

— Ah, sim, o inglês eu estou aprendendo numa boa. Com relação a isso, tudo está ótimo — garantiu Ania.

Então, Clara percebeu que Ania queria dizer que não havia esperanças para ela e o belo Carl Walsh. A própria Clara não aguentaria a difícil Rosemary Walsh, mãe do rapaz. Bobby era um doce de pessoa, mas para aturar a sra. Walsh eram precisos nervos de aço.

— De qualquer modo, o jogo ainda está em andamento, e você ainda pode ter esperanças de marcar um gol.

— Gol? Como assim?

— É uma expressão. Significa...

— Eu sei o que significa... Que sempre há chances para todos — disse Ania.

— Isso mesmo. Mas por causa da mãe dele, o jogo certamente ficaria mais duro.

— De qualquer forma eu fico... satisfeita em saber que você achava que poderia haver esperanças — disse Ania.

Clara nunca fora uma mulher de discutir problemas pessoais com as amigas, analisando cada detalhe e esmiuçando tudo. *Gostava* muito de fofocar com Dervla O'Malley, mas, tirando isso, geralmente guardava para si os seus problemas. Não tinha contado a ninguém sobre os planos de se casar com Alan Casey quando era jovem. Talvez até devesse tê-lo feito. E por que será que estava com os nomes de Alan e Peter em mente? Eles eram completamente diferentes um do outro.

Dervla, porém, era uma boa confidente e muito esperta.

— Ele te pediu em casamento? — perguntou. Estavam tomando um café reforçado, fazendo as vezes de almoço, no clube de golfe que Dervla frequentava. Aquele era um dos poucos lugares onde era certo que elas não seriam incomodadas.

— Pediu, na última noite da viagem — admitiu Clara.

— Vou precisar arrancar mais informações na base do tapa ou você vai me informar sua resposta?

— O que *você* acha dele, Dervla?

— Bem... Não foi *a mim* que ele pediu em casamento, e desconfio que Philip não gostaria nem um pouco se ele o fizesse.

— Estou falando sério. O que *você* acha dele?

— Acho que Peter é tão perfeito que nem se quiséssemos conseguiríamos ter inventado alguém melhor.

— O problema é que eu não tenho aquela sensação de ficar sem fôlego quando estou com ele.

— Ah, pare com isso, Clara! Meu Deus, pense só na sua idade! Se você espera o coração disparar por ele a cada momento feito uma adolescente, não há dúvida que deve estar com algum problema sério.

— Então você acha que eu deveria aceitar?

— O que houve com você? Pirou? Quer que lhe dê conselhos? Conselhos *para você*, Clara? Tudo bem, vamos lá... Acho que se você se contentar com Peter vai ter um companheiro agradável, feliz, um cara com ótimo humor e que ama você. O que há de errado nisso?

— A expressão *se contentar*. Acho que é isso que está errado — disse ela.

— Clara Casey, nem o diabo em forma de homem agradaria você — brincou Dervla.

— E você?... Simplesmente "se contentou" com Philip?

— Ora, você sabe que sim. Não consegui segurar o homem incorrigível de quem eu gostava. Ele queria se casar com uma mulher rica e foi exatamente o que fez. Mais tarde, conheci o Philip e dou graças a Deus quando estou ao lado dele a cada dia desde então.

— Mas não sente um *zing zing* na boca do estômago? — sondou Clara.

— Não faço a menor ideia do que seja um *zing zing*! — respondeu Dervla rindo.

— Você *sabe exatamente* o que é — insistiu Clara.

— Tudo bem. Pelo menos eu sabia o que *era,* mas isso é algo que desaparece quando a gente completa vinte e cinco anos de idade.

— E depois disso devemos simplesmente "nos contentar" com uma pessoa?

— Claro! É muito cômodo, muito menos solitário e tem menos chance de acabar em lágrimas — disse Dervla.

— Pode ser que você tenha razão — concordou Clara, e não falaram mais do assunto.

Nessa tarde, Clara se viu conversando com Nora Dunne, a esposa alta e competente de Aidan Dunne, que fizera tanto para ajudar na recuperação e no fortalecimento do seu marido.

— Clara, vim aqui para lhe agradecer por ter feito tanta coisa por nós — disse ela. — Devia ter confiado em você desde o início. Aidan e eu temos uma vida totalmente nova. Também quero lhe pedir desculpas por tê-la feito perder tempo com minhas preocupações e queixas.

— Nada disso, por favor. Você é que estava em estado de choque — tranquilizou-a Clara.

— É que ele é o amor da minha vida, entende? Penso nele todos os dias, desde quando acordo até me deitar à noite. Fico me perguntando o que *ele* acharia de uma coisa ou outra durante o dia. Guardo coisas para contar para ele mais tarde. Acho que fiquei ligeiramente desorientada quando ouvi a expressão *doença cardíaca.*

— Hoje em dia isso é passível de ser controlado. Não devemos fingir que a doença desapareceu por completo, mas, com monitoramento constante, podemos ter grandes sucessos.

— Sei disso agora, dra. Casey. Receio que a possibilidade de uma vida sem Aidan me deixou completamente desestruturada. Sabe o que é?... Eu o conheci tão tarde na vida que a única coisa que fazia sentido para mim era se eu pudesse tê-lo ao meu lado por muitos anos ainda.

— Sim, compreendo.

— Acho que compreende, sim. As pessoas aqui da clínica me contaram que você encontrou um novo amor recentemente e foi para a Itália com ele. Não fique chateada com essa fofoca, doutora... É que eu estava tão ansiosa para vir lhe agradecer por tudo pessoalmente que deixei todo mundo louco. Foi por isso que acabaram me contando que você e um amigo estavam de férias...

— Não há do que se desculpar, Nora. Só estou surpresa por lhe terem contado que eu tinha saído de férias com um amigo.

Claro que é verdade, mas geralmente nunca comentam nada sobre minha vida privada.

— Foi culpa minha! Por favor, não os censure por isso. Insisti tanto em saber de você para vir lhe agradecer que acho que perderam a paciência.

Clara olhou para ela. Nora Dunne era uma mulher que vivia intensamente uma grande paixão. Por fim, Nora continuou:

— Fiquei muito feliz por saber que você também tinha encontrado um grande amor na vida, pois assim saberia o que é o terror da perda, a necessidade avassaladora de estar com alguém e que quase nos enlouquece. Se alguma coisa acontecesse com Aidan, eu não gostaria de continuar viva. Acho que meu coração também deixaria de bater, em solidariedade a ele. Não conseguiria passar um dia ou uma noite sem sua companhia, sem ver aquele rosto que amo tanto. E se você, doutora, esteve na *Bella Italia* com o homem que ama, certamente saberá me perdoar com o próprio coração.

Clara olhou para ela, mas não viu a mulher que tinha diante de si. Viu *através* dela. Viu a vida com a qual teria de "se contentar" se aceitasse Peter. Uma vida passada em busca de descontos, liquidações, promoções e ofertas especiais. Uma vida com companheirismo, mas sem riscos, sem espíritos livres e audazes.

— Você me fez um imenso favor em vir até aqui hoje, Nora, mesmo sem planejar. Eu tinha algo importante para resolver e estava empurrando o problema com a barriga. Agora tudo ficou claro, e tudo será resolvido ainda esta noite — disse ela.

Nora Dunne olhou confusa para Clara. De repente, a médica largou tudo, saiu do prédio e entrou no seu carro.

Peter atendeu assim que ela tocou a campainha. Pareceu encantado em receber aquela visita inesperada.

Clara subiu as escadas da frente com o coração apertado.

— Posso abrir uma garrafa de vinho para celebrar? — perguntou ele.

— Não... A menos que você queira celebrar o fato de se livrar de mim — disse ela com delicadeza.

Por alguns instantes, ele ficou sentido demais para responder. Depois, levantou-se da cadeira num pulo.

— Mas *por quê*, Clara? *Por quê?* A gente se dá tão bem! Amy gosta muito de você, e eu adoro as suas filhas.

— Peter, você sabe o que é *zing zing*? — perguntou ela.

— Não faço a menor ideia. O que é?

— Não importa.

— Posso aprender — disse ele com esperança. Ele era tão gentil. Ela devia estar completamente louca por deixá-lo escapar. Tão louca quanto estivera ao se casar com Alan.

Contudo, o amor louco e apaixonado *existia de verdade*, não era uma ilusão. Ela o vira na clínica menos de uma hora antes. Estava por aí, em algum lugar. Ela não precisava "se contentar" com ninguém nem com nada. Também não precisava de mais tempo para pensar. Peter disse que talvez fosse melhor eles esperarem antes de tomar uma decisão, mas Clara já resolvera.

— Podemos ao menos continuar amigos e amantes ocasionais? — perguntou ele.

— Não, isso não funcionaria — respondeu Clara. — Sente-se aí e pense nas coisas boas que curtimos e que não foram poucas. Ainda bem que fomos em frente, em vez de ficar nos evitando ou desviando de possíveis obstáculos; devemos nos arrepender apenas do que não fizemos, e não das coisas que *fizemos*...

— Então, talvez um dia você se arrependa por não ter se casado comigo — disse ele.

— Você vai se casar com outra pessoa, Peter, e será um marido fantástico.

— E quanto a você?

— Acho que não. Gosto demais da minha liberdade. — Abraçou-o como se fosse um irmão e saiu, deixando o apartamento um pouco mais triste.

Desceu as escadas e seguiu na direção do shopping, antes que ele tivesse a chance de dizer mais alguma coisa. Na joalheria da esquina, havia muitos anéis e alianças em promoção. Sem precisar perguntar, soube de imediato que ele já passara lá e talvez até já tivesse escolhido uma daquelas joias. Empertigou-se com dignidade e caminhou de forma determinada, como não acontecia havia muito tempo.

8

Quando Vonni foi pegar a correspondência, reparou que havia uma carta de Fiona. Aquilo era estranho, porque tivera notícias dela há pouco tempo, na semana anterior. Na outra carta, havia muitas novidades sobre um rapaz chamado Declan Carroll, que era médico na clínica de cardiologia em que ela trabalhava. Ele sofrera um acidente de automóvel recentemente, mas estava se recuperando muito bem. Talvez esta carta fosse para dizer que estavam noivos. Vonni torceu por isso.

Sua lojinha de artesanato estava vazia. Vonni sentou por alguns instantes, serviu-se de uma xícara de café grego, forte e muito doce, e abriu a carta. Não era sobre o noivado, embora dissesse que o romance continuava maravilhoso como sempre. Fiona queria lhe dizer que conhecera um casal muito especial de gêmeos com dezessete anos. Eles adorariam um trabalho de qualquer tipo para as férias de Páscoa.

Disse que nem os geneticistas nem os historiadores da cidade conseguiam explicar quem eram ou de onde vinham. Obviamente tinham pais verdadeiros em algum lugar e pareciam pertencer a uma família elegante. Durante muitos anos, porém, seu lar foi a casa de Muttie e de sua mulher, Lizzie, em St. Jarlath's Crescent.

Os jovens eram muito espertos e engraçados. O rapaz pensava em ser advogado, e a moça queria ser professora. Eram muito agradáveis, prestativos, perfeitamente capazes de carregar caixas ou ajudar Vonni com as compras no mercado. Poderiam também, quem sabe, lavar a louça ou fazer faxina para Andreas. Não queriam ganhar muito, apenas o suficiente para pagar as férias e conseguir experiência de trabalho.

A carta terminava assim:

Espero que consiga arranjar alguma coisa para eles, Vonni. Apesar de todos os meus dramas loucos e desastres pessoais quando estive aí, sempre me lembro do lugar e de vocês todos com enorme afeição.

Saudades.

Com amor,

Fiona.

Vonni pensou por alguns instantes. Depois, pegou o papel de carta e começou a escrever:

Querida Fiona,

Pode mandar os gêmeos para cá, eu adoraria conhecê-los. Minhas galinhas morreram de velhice, e eu ainda não tive tempo nem energia para substituí-las. Por isso, o espaço que você conhecia como galinheiro está vazio. Vou mandar limpá-lo, pintá-lo com capricho, colocar duas camas, e eles podem ficar lá. Sugira que eles peguem a balsa da noite no último horário — Aghia Anna parece gloriosa ao amanhecer. Dê a eles o meu endereço, e pode deixar que eu tomo conta dos dois...

Agora iria pôr a carta no correio, mas o sininho da porta soou, e ela foi ver quem chegara. Era Takis, seu advogado.

Ele entrou na loja e olhou em volta antes de perguntar:

— Estamos a sós, Vonni?

— Nossa! Você fala como se tivesse segredos de Estado para me contar.

— Não, mas é um assunto particular.

— Diga lá, Takis.

— Seu filho teve prisão preventiva decretada na Inglaterra.

— Meu Deus... Por quê?

— Uma fraude qualquer com impostos.

— E, agora, o que vai acontecer com ele?

— Não conseguiu sair sob fiança. O valor era muito elevado, entende? Eles têm medo de que fuja.

— Como sabe de tudo isso, Takis?

— Bem... Desde que fez o seu testamento há algum tempo, deixando tudo para ele, fiz questão de acompanhar o que ele andava aprontando. Se por acaso você morrer, tenho de saber como entrar em contato com seu filho. Não importa a minha opinião sobre o assunto, pois respeito a *sua* vontade...

— Stavros pediu que você entrasse em contato comigo? — Ela trazia esperança estampada no rosto.

— Não, Vonni. Ele nem sequer sabe que eu estou a par das circunstâncias.

— Ele nem perguntou por mim, então, certo?

— Não.

— Mas vou levantar o dinheiro para pagar a fiança dele, é claro.

— Receava que fosse esse o seu desejo.

— Receava?

— Meu contato me disse que ele vai fugir.

— Tudo bem. Se fugir, fugiu. Ele precisa ter essa opção. Eu devo isso a ele.

— Você não deve nada a ele, Vonni.

— Isso é o que você acha, mas não penso assim. Passei toda a infância daquele menino embriagada, fora de mim. Eu devo mais a ele do que jamais conseguirei pagar.

— Há muita coisa para enfrentar, Vonni. Talvez você tenha de ir à Inglaterra. Eles não aceitam depósitos anônimos vindos do exterior.

— Tudo bem, então eu vou. Claro que vou — disse ela.

Takis curvou a cabeça respeitosamente e saiu. Em sua opinião, aquele rapaz merecia era um chute no traseiro, mas as mães sempre pensavam diferente.

Fiona foi visitar os gêmeos com a carta de Vonni na mão.

— É um nome diferente... — comentou Maud.

— ... Para uma irlandesa — completou Simon.

— Acho que originalmente era Verônica — explicou Fiona — Ela nasceu no oeste da Irlanda.

— Você deve ter dito a ela que somos pessoas extraordinárias para ela ter aceitado nos oferecer um lugar para ficar. — Maud parecia um pouco espantada com tudo aquilo.

— É apenas um galinheiro, mas tem razão, Maud. Eu disse a ela que vocês eram muito bem-educados e confiáveis.

— Como sabe que somos confiáveis? — quis saber Simon.

— Porque o chefe de polícia de lá, Yorghis, é um grande amigo meu. Vai trancafiar vocês na primeira pisada de bola se achar que não são confiáveis.

— Então, tudo bem — disse Simon.

— Temos de ser confiáveis — concordou Maud.

— Além do mais, quando saíssem da cadeia, se algum dia isso acontecesse, eu iria até a casa de vocês para espancá-los até a morte por terem queimado meu filme.

— Caramba! — disse Simon.

— Céus! — exclamou Maud.

— Declan tem muito medo de você? — perguntou Simon.

— Espero que tenha — declarou Fiona com um sorriso. — Como planejam ir para a Grécia?

— Descobrimos um voo barato para Atenas...

— ... E soubemos que as barcas saem duas ou três vezes por dia...

— Depois, vamos pegar um ônibus até Pireus...

— Dali, pegaremos o barco para Aghia Anna...

— Por último, vamos a pé até o n. 26 da rua March.

— ... A loja de artesanato de Vonni fica à direita de quem sobe a colina...

Fiona olhou para eles admirada. Ficou se perguntando o que as pessoas em Aghia Anna achariam deles.

Vonni e Andreas estavam tomando café junto do cais.

— Talvez eu precise me ausentar por alguns dias — ela informou.

Ele sabia que não devia lhe perguntar por quê. Ela mesma diria a ele. Ou não. Ele conversou com naturalidade sobre seu filho, Adoni, que voltara de Chicago para ajudar o pai na taverna. Claro que, assim que chegou ali, o rapaz quis comprar metade da cidade. Andreas balançou a cabeça para os lados. Hoje em dia, nada era suficiente para os jovens. Queriam sempre mais, mais e ainda mais.

— Sei disso, Andreas. Sei disso bem demais até — comentou Vonni, mas logo se calou.

Ele perguntou a si mesmo se aquela viagem inesperada tinha a ver com o filho dela.

— Quer que eu dê uma olhada nos garotos irlandeses durante a sua ausência?

— Se eu tiver de viajar enquanto eles ainda estiverem aqui, agradeceria muito, Andreas. Basta uma olhadela paternal para ter a certeza de que eles não vão trazer gente de baixo nível para o meu galinheiro, que, por falar nisso, ficou lindo. Por favor, agradeça a Adoni, mais uma vez, por ele me emprestar seus operários para a reforma.

— Gostei mais de vê-lo ajudar você do que quando ele resolveu abrir um hotel com cinquenta quartos. Estou falando sério, pode ter certeza. — Andreas continuava atônito diante de um negócio tão ousado e com tantos riscos.

— Falei com Fiona. Ela me telefonou ontem à noite e disse que eles estavam loucos para nos conhecer. Imagine só... ter a idade deles e ver este lugar maravilhoso pela primeira vez... — Ela sorriu, olhou em volta do cais e fitou as montanhas cor de púrpura ao longe. — Fiona disse que um jovem a pediu em casamento. Ela está muito feliz. Ele me parece um bom rapaz.

— Quando você for, Vonni, não demore muito para voltar — pediu Andreas.

Foi um bom conselho ela sugerir que eles chegassem de madrugada. Maud e Simon estavam inclinados sobre a grade da barca quando, na manhã seguinte, chegaram ao porto. Apontaram para os vários pontos de referência sobre os quais Fiona falara. O edifício baixo, comprido e branco devia ser o Anna Beach Hotel. O imenso prédio encarapitado no alto do rochedo devia ser o hospital.

Muttie sugeriu que eles levassem de presente para Vonni uma garrafa de uísque. Fiona foi totalmente contra, explicando que uma bebida alcoólica era a última coisa que ela gostaria de ver. Em vez disso, levaram um bolo do tipo *porter*, com massa densa e recheio de frutas escuras.

Os gêmeos estavam um pouco receosos por conhecer Vonni. Fiona já parecia assustadora o bastante, mas Vonni era muito, muito mais velha e provavelmente maluca, pois pintara o galinheiro para recebê-los.

Fiona os alertou dizendo que eles deveriam fazer tudo o que Vonni mandasse. Isso certamente incluiria tarefas diversas, desde escolher tons de lã para deficientes visuais tricotarem até trazer travessas do mercado junto à colina. Talvez Vonni quisesse que eles distribuíssem folhetos da sua loja aos turistas que ficam apenas um dia, mas sempre visitam as lojinhas locais. Fiona garantiu que seria informada de tudo o que acontecesse, pois se manteria em contato direto com Yorghis, o chefe de polícia.

Eles mal se atreviam a pronunciar esse nome, de tanto medo que sentiam do homem.

No cais, acharam fantástico ver as mulheres de idade, todas de preto, transportando caixas com galinhas e retirando da barca os cestos com compras. Havia famílias à espera, que se cumprimentavam, e se escutava a música de um café.

— Puxa, isso parece um cenário... — começou Maud a dizer.

— Cenário de um filme! — completou alegremente Simon.

Com as mochilas nas costas, subiram até o n. 26 da rua March e chegaram à casa de Vonni. Bateram à porta imaginando que tipo de pessoa iria aparecer.

Vonni tinha compleição miúda e era magra, com o cabelo comprido preso numa trança atrás da cabeça; tinha rugas profundas no rosto, mas um sorriso alegre.

— Pelo visto, vocês precisam de um bom desjejum. O que gostariam de comer? — perguntou.

— *Avga* se possível — pediu Simon.

— Mas pode ser qualquer outra coisa — atalhou Maud delicadamente.

— Vocês conhecem a palavra *avga*? Já vi que andaram estudando grego.

— Até agora só aprendi umas dez palavras. A maioria delas se refere a comida ou a coisas que possamos comprar — admitiu Simon.

— Ah, se ao menos pudessem ter vindo no tempo em que minhas galinhas magníficas punham quase todos os dias, teriam maravilhosos *avga* — disse Vonni. — Mas conseguiremos nos ajeitar com os ovos da loja mesmo.

— Podemos ajudá-la em alguma coisa? — Maud queria mostrar o quanto eles poderiam ser úteis.

— Nem pensar! Vocês passaram a noite toda naquele barco. Vão lá fora e guardem suas coisas naquele quarto que preciso parar de chamar de galinheiro.

— Ele pode voltar a ser um galinheiro depois que formos embora — garantiu Maud.

— Não, acho que não. Meus amigos dizem que eu devia colocar o quarto onde vocês vão ficar para alugar no ano que vem. Estou mais lenta, e há outras lojas de artesanato na cidade, maiores e melhores do que a minha.

— Vamos ajudá-la em tudo o que pudermos... — ofereceu Maud.

— Sim, recolocaremos sua loja no lugar de destaque que ela merece — garantiu Simon.

Fiona tinha razão. Os dois formavam uma dupla interessante. Eram verdadeiras figuras!

Muttie apareceu na casa dos Carroll, em St. Jarlath' Crescent, quando Declan estava de saída para o trabalho.

— Diga à sua noiva que ela fez um ótimo trabalho quando arrumou um lugar para Maud e Simon. Eles ligaram para dar notícias. Chegaram bem e disseram que Vonni é uma pessoa maravilhosa.

— Que bom, fico feliz em saber. — Declan se sentiu satisfeito por poder levar a Fiona notícias tão boas.

— Disseram que o lugar parece o paraíso. Talvez você e Fiona possam passar a lua de mel lá — sugeriu Muttie.

— Ela ainda não quis marcar a data. Continua dizendo que ainda temos muito tempo.

— É uma jovem muito sensata — disse Molly Carrol com tom de aprovação. — Você foi abençoado no dia em que colocou os olhos nela, Declan. — Ela falava com um ar de muita satisfação, como se ela mesma tivesse tido o trabalho de andar para cima e para baixo até encontrar Fiona.

— Como foi que Fiona conheceu esse lugar na Grécia? — Muttie pareceu interessado.

— Ela esteve lá faz alguns anos com um grupo de amigos — disse Declan. Ele sabia, pela própria Fiona, que havia um antigo namorado nessa história. Contudo, as coisas haviam acabado muito mal, e ela parecia aborrecida e pouco à vontade quando falavam do assunto. Foi por isso que Declan deixou de mencionar o lugar. Sentia que, não importa em que lugar fossem passar a lua de mel, certamente não seria em Aghia Anna, cenário de tão boas amizades e de solidariedade, mas também de muito drama e dor para Fiona.

Fiona ficou feliz ao ser informada de que a aventura grega dos jovens estava correndo tão bem. Saber deles lhe trouxe recordações da ilha e de todos os amigos que fizera. Enviou dois cartões-postais, um para David, na Inglaterra, o simpático rapaz judeu que fora tão maravilhoso naquele verão. Seu pai havia falecido, e ele conseguira convencer a mãe a vender a loja da família, que ele nunca teve vontade de gerenciar.

Caro David,

Tenho dois amigos de dezessete anos que estão "trabalhando" com Vonni e se divertindo como nunca. Contaram que o antigo galinheiro foi reformado, e agora existem cinco cafés na beira do cais. Todos os nossos amigos continuam por lá. Isso não é fantástico?

Eu me apaixonei novamente, dessa vez pelo homem certo, e parece que a coisa é séria. Ele me pediu em casamento, e eu aceitei. Você já fez algo desse tipo?

Beijos,
Fiona

Queridos Tom e Elsa,

Não consigo deixar de pensar em Aghia Anna, porque tenho dois amigos adolescentes que foram para lá ajudar Vonni durante algumas semanas, e me lembro dos dias e das noites inesquecíveis que lá passamos. Imagino que a Califórnia também seja igualmente maravilhosa.

Estou com um namorado incrível, um médico da clínica de cardiologia onde trabalho. Vamos nos casar. Com relação ao amor, sinto como se estivesse conhecendo o produto genuíno agora somente depois de ter experimentado imitações baratas. De qualquer forma, quando marcarmos o Grande Dia, vocês certamente serão convidados.

Beijos,
Fiona

— Não sei como eu conseguia me arranjar antes de esses gêmeos virem para cá — comentou Vonni com Andreas e Yorghis. — São figuras muito interessantes, foram criados à moda antiga e se mostram sempre dispostos a fazer qualquer coisa de que eu precise. Levei-os a Kalatriada, e achamos alguns artigos interessantes em uma loja que estava para fechar. Compramos coisas demais para trazer de ônibus. Então Simon pegou um outro ônibus até aqui, procurou Maria, e voltaram até lá de carro. Antes de anoitecer, já estávamos de volta com tudo o que compramos. Ele é um rapaz esperto demais para ser advogado.

— Não deixe Takis ouvir isso — disse Andreas rindo.

Por acaso, Takis passava pelo local nesse exato momento. Dava seu passeio noturno pela aldeia.

— Não deixe que eu ouça o quê? — perguntou ele.

— Ela estava falando mal da sua profissão. — Andreas e o irmão, Yorghis, começaram a rir.

— Ah, Vonni! Exatamente a pessoa que eu esperava encontrar. Você se lembra daquela papelada sobre a qual eu lhe falei? Quer que eu leve tudo até sua casa hoje à noite?

— Não, Takis, estou com hóspedes, dois adolescentes irlandeses. Posso passar na sua casa?

— Claro! — disse ele e continuou o passeio.

Andreas e Yorghis trocaram olhares. Aquilo certamente tinha a ver com a tal viagem de Vonni, mas ela não ia lhes dizer nada, e eles também não iam perguntar.

— E agora? O que vai acontecer? — perguntou Vonni a Takis naquela mesma noite.

— Já avisei a eles que o dinheiro para a fiança está disponível.

— Não disse quem sou? — Ela parecia ansiosa.

— Não, e o problema é exatamente esse. Eles não podem aceitar uma quantia assim sem saber de onde vem. Poderia ser de lavagem de dinheiro ou dinheiro de venda de drogas. Por isso, teremos de dizer quem você é.

— Mas por que tanta confusão por uma coisa tão simples? Afinal, o dinheiro é *do meu filho*. Eu o remeti diretamente para ele — argumentou Vonni.

— Eles precisam fazer as coisas de acordo com a lei. Stavros nem sabia que *tinha* esse dinheiro, entende? Eles ficarão com suspeitas se essa quantia surgir do nada.

— Sim, acho que sim. Então o que vamos fazer?

— Há algumas formalidades a cumprir.

— Vou conseguir vê-lo?

— Humm... Não enquanto ele estiver preso. É claro que, depois que você pagar a fiança e ele for solto, poderá se encontrar com ele. Isto é... Provavelmente ele vai querer lhe agradecer — disse Takis com ar de dúvida.

— Não preciso de agradecimentos — declarou Vonni. — Estou fazendo o que qualquer mãe faria.

Vonni disse aos gêmeos que precisava viajar para tratar de alguns assuntos pessoais na Inglaterra.

Simon foi até uma lan house em Anna Beach e conseguiu, pela internet, um voo barato que saía de Atenas.

— A senhora não quer visitar a Irlanda também, já que vai estar lá perto? — perguntou ele.

— Não, obrigada, Simon. A Inglaterra é suficiente — disse Vonni.

— É melhor esperar que estejamos na Irlanda para recebê-la — disse Maud com ar de reprovação. — E a senhora vai ao casamento da Fiona e do Declan, não é verdade?

— Sim, mas ela deve ter amigos e parentes lá, não precisará de nós — disse Simon a Maud.

— Não tenho ninguém que valha a pena por lá — disse Vonni bruscamente.

— Quer que a ajude a fazer a mala? — ofereceu Maud. — Posso passar a ferro as roupas que quiser levar ou qualquer outra coisa.

— Não, obrigada. Vou levar pouca coisa. Só a bagagem de mão. O que você pode fazer por mim, e já seria de grande ajuda, é comprar o bilhete da barca e depois ir ao hospital para avisar que vou viajar por alguns dias, mas vocês darão uma mãozinha por lá.

— E devemos dizer a eles quantos dias a senhora vai ficar fora? — Simon queria estar preparado, caso perguntassem.

— Só uns dois dias. Não tenho certeza... — hesitou Vonni.

— Então nós vamos dizer apenas... — começou Simon.

— ... Que a senhora vai ficar o tempo que for necessário... — terminou Maud.

Vonni sorriu para eles, grata. Era muito mais fácil partir agora, sabendo que os gêmeos estavam ali para tomar conta da loja e da casa.

Os gêmeos foram até a barca para se despedir de Vonni. Andreas também estava lá, com as suas enormes botas de couro. Levou um pacote com queijo e azeitonas para o caso de Vonni se esquecer de almoçar.

— Vá com Deus e boa viagem, Vonni. Volte depressa — disse ele.

Maud e Simon olharam para ele com certo interesse.

— O senhor e a Vonni têm uma amizade especial? — quis saber Maud.

— Sim, é exatamente isso: uma amizade muito especial.

— Alguma vez o senhor já pensou em se casar com ela? — quis saber Simon.

— Sim, mas não foi no momento certo. Devia ter pensado melhor no assunto antes. Devia ter proposto casamento a ela mais cedo, mas o tempo passou e, quando pensei nisso, já era tarde demais. — Por alguns instantes, a expressão do rosto do velho pareceu muito distante dali, mas logo depois se alegrou.

— Tenho uma grande ideia. Meu irmão Yorghis vem jantar comigo esta noite depois de fechar a delegacia. Talvez vocês gostem de conhecê-lo.

— Yorghis?

— O chefe de polícia?

— Ele é seu irmão? — Os gêmeos falavam como se fossem criminosos internacionais foragidos.

Andreas olhou de um para o outro sem entender o espanto.

— Sim, ele é meu irmão. Mora sozinho como eu. Muitas vezes fazemos uma refeição juntos e olhamos lá para baixo, para as luzes da cidade.

— Por favor, Andreas, não fizemos nada de mal!

— Quando derrubamos a barraca das laranjas sem querer, passamos horas a recolhê-las de volta e limpá-las. O dono da barraca ficou muito satisfeito com o nosso trabalho...

— ... E, quando fomos tomar banho no cais, não sabíamos que isso não era permitido por causa dos barcos. Pedimos desculpas várias vezes, e o mestre do cais disse *To Pota*, que eu acho que significa "isso não tem importância"... — Simon parecia ansioso para explicar tudo.

— Por favor, não chame o Yorghis — implorou Maud.

— Não queremos que ele saiba que fizemos essas estripulias — acrescentou Simon.

— A Fiona vai nos matar se souber. Ela avisou que nos daria uma surra de vara até sangrarmos! — Maud arregalou os olhos.

— Fiona disse isso? *Fiona?* — Andreas pareceu muito surpreso.

— Sim. O senhor a conhece?

— Claro! Ela passou um verão aqui, mas não me pareceu o tipo de pessoa capaz de bater em alguém até a morte. Muito pelo contrário...

— Ah, é? — Maud estava muito surpresa. — Eu sempre a achei muito firme, decidida, meio assustadora.

— E Declan, filho do amigo do Muttie, parece sempre ansioso demais para lhe agradar.

Andreas perdeu o rumo da conversa em razão dos personagens que apareceram no diálogo dos gêmeos.

— Bem... Meu irmão vai chegar aqui lá pelas oito horas — disse, sentindo-se mais à vontade ao falar de alguma coisa que compreendia.

— Escute, se o senhor não se importa...

— Nós preferíamos...

— Prometemos ser mais cautelosos no futuro...

— Principalmente em relação às barracas de laranjas e a nadar no cais.

— Não faço a mínima ideia do que vocês estão falando — disse Andreas depois de alguns segundos. — Estejam na taverna às oito da noite.

Querida Fiona,

Estamos escrevendo para contar que conhecemos o Yorghis, seu amigo chefe da polícia, mas foi um encontro puramente social. Ele é irmão do Andreas, o dono da taverna. Jantamos lá ontem à noite, e o Yorghis foi muito simpático e não pareceu nem um pouco interessado no incidente da barraca de laranjas que nós derrubamos. O mestre do cais também não contou a ele sobre termos ido nadar no lugar proibido sem saber. Então, não houve problemas.

Estamos muito contentes de estar em Aghia Anna e imensamente gratos por você ter nos contado sobre este lugar. É difícil acreditar que nosso quarto tenha sido um galinheiro: ele tem uma claraboia, além de quadros e gravuras pelas paredes. As galinhas certamente viviam com muito conforto.

As pessoas dizem que quando você esteve aqui andou muito calada e reservada por algum tempo. Talvez todas as pessoas mudem com o passar dos anos. Todos ficaram muito contentes ao saber do seu noivado.

Não precisa se preocupar com nada. Nosso encontro com o Yorghis foi apenas social, e ele cantou algumas canções para nós depois do jantar, coisa que não teria feito se houvesse algum problema.

Vonni foi à Inglaterra tratar de assuntos pessoais, e estamos tomando conta da loja. Maria, que é uma jovem viúva, vem à loja todos os dias para falar grego de verdade com os clientes, mas na maior parte do tempo nós é que estamos cuidando de tudo.

Mais uma vez lhe agradecemos muito.

Beijos,
Simon e Maud

Fiona se esquecera completamente de que ameaçara os gêmeos com surras tremendas e com a ira do chefe da polícia de Aghia Anna, por isso ficou ligeiramente perdida quando leu a carta pela primeira vez. E, como quase toda a gente que mantinha contato com Simon e Maud, sentiu o chão oscilar de leve. Só estranhou uma coisa: Vonni fora tratar de assuntos pessoais na Inglaterra? Vonni não tinha assuntos na Inglaterra. O que poderia fazer por lá?

A pensão em que Vonni ficou era muito acolhedora. Ela contou aos donos que nunca estivera na Inglaterra.

— Imagine só! Pensar que estou tão perto da minha terra, a Irlanda! Eu me casei com um grego quando era muito jovem e fui para o Mediterrâneo. A Inglaterra nunca entrara na minha vida.

Os donos da pensão, um casal simpático, ficaram muito interessados na história de Vonni.

— A senhora teve uma vida cheia de aventuras! — declararam, encantados.

— Talvez até demais — disse Vonni com ar triste.

— Bem, podemos lhe indicar alguns passeios bonitos por aqui — ofereceu a mulher, percebendo a tristeza de Vonni.

— Não, obrigada. A única atração turística que preciso que me indiquem é a prisão — disse Vonni.

Disseram-lhe, então, que havia um ônibus ali na porta que passava pela prisão e não lhe perguntaram mais nada. Limitaram-se a encher mais uma vez a sua xícara de chá.

Eram pessoas sossegadas. Vonni percebeu que tivera sorte em achar aquele lugar.

Na manhã seguinte, ela ficou no ponto do ônibus, observando pessoas comuns fazendo coisas comuns. Algumas moças iam para seus empregos em lojas, mulheres levavam os filhos para a escola, homens com semblante preocupado olhavam várias vezes para os relógios.

Eram pessoas com família, homens, mulheres e crianças que levavam vidas normais. Não carregavam uma pasta cheia de cheques visados nem iam visitar um filho de quem se haviam afastado há décadas com a intenção de pagar uma fiança e tirá-lo da cadeia. Não tinham os corações pesados de ansiedade como o dela. Sabiam o que o dia pela frente lhes preparava, enquanto ela não fazia a menor ideia do que iria acontecer.

A clínica de cardiologia seguia em frente, com um sucesso atrás do outro. Frank Ennis passou por lá para informar que havia sido publicado um artigo maravilhoso sobre a estrutura da clínica em um jornal americano. Sem saber, eles haviam tratado a mulher de um jornalista americano que fora trabalhar durante três meses em Dublin. Sua esposa havia sofrido uma parada cardíaca e fora excepcionalmente bem-tratada na clínica. Frank Ennis apontava com entusiasmo para o artigo no jornal, dizendo que era uma publicidade maravilhosa, daquelas que não era possível comprar por dinheiro nenhum.

Clara se mostrou satisfeita, mas pouco impressionada. Tratava do mesmo jeito todos os pacientes. Não se sentia com mais valor só porque fizera um bom trabalho ao cuidar da esposa de um jornalista famoso.

— Pelo menos ele escreveu que a clínica é limpa, arejada e bem-equipada, Frank! — disse Clara. — Se ela estivesse do jeito que você e seu orçamento curto queriam, isso aqui seria um calabouço apertado e escuro...

Hilary observou a expressão de Frank ao tomar conhecimento disso: ele pareceu despencar do pedestal. Hilary começou a desconfiar que o interesse de Frank por Clara ia além do meramente profissional. Chegara a comentar isso com Clara, que quase engasgou de tanto rir.

— *Frank?* — exclamou, horrorizada. — Eu preferia virar freira para o resto da vida.

Hilary não desistiu.

— Ele sempre telefona para perguntar se você está aqui e não se dá o trabalho de aparecer quando você não está.

— Hilary, escute com atenção: você vai precisar de muita capacitação profissional, caso resolva trabalhar como detetive particular ou psicóloga! — disse Clara, ainda rindo.

Kitty Reilly passou pela sala nesse exato momento, embebida em fervor religioso.

— Acho que nesta clínica há gargalhadas demais — comentou ela em tom de reprovação.

— Nunca rimos na hora do trabalho, Kitty — explicou Clara, à guisa de desculpas.

— Só nesse momento livre vocês poderiam ter rezado umas dez ave-marias. Em vez disso, ficaram as duas aí rindo à toa. Pensem no bem que algumas orações não lhes trariam.

— Eu sei, Kitty, talvez tenha razão, mas *depois* das orações umas boas gargalhadas fazem muito bem, não acha? — Fiona levou a mão à boca para não cair na risada.

Estava contando essa história a Barbara em uma das salas de tratamento.

— Às vezes trabalhar aqui é mais divertido do que num circo — concordou Barbara. — Mas o que está deixando você preocupada, Fiona?

— Não sei o que Vonni está fazendo na Inglaterra. Não conhece ninguém no país, com exceção do David. Estou morrendo de curiosidade para saber o que ela foi fazer lá.

Stavros dividia a cela com Jacky McDonald, que viera da Escócia. Jacky também estava preso por causa de um mal-entendido. Os dois tinham pouca coisa em comum, a não ser a injustiça de terem sido presos e a falta de alguém para lhes pagar a fiança. Por isso, foi um choque para ambos quando Stavros soube que havia uma séria possibilidade de que chegasse, a qualquer momento, o dinheiro necessário para sua libertação.

— Como pode ser? Será que esse dinheiro veio do seu pai? — perguntou Jacky com inveja.

— Pode ser, mas não faço ideia de onde ele possa ter conseguido tanta grana. Talvez meu avô tenha morrido. Ele era dono de algumas barbearias. O dinheiro pode ter vindo daí, imagino.

— Mas você nem sabe se o seu avô morreu ou não? — Jacky parecia incrédulo.

— Não. Como eu poderia saber?

— E a sua mãe?

— Nossa, claro que não! Ela é uma bêbada sem esperanças, que provavelmente já morreu a essa altura da vida por causa da bebida. Mesmo que ela recuperasse o juízo, jamais me ajudaria.

— Por que acha isso?

— Porque recebi uma carta toda melosa dela, há muito tempo, pedindo desculpas e dizendo que me amava. Por Deus!

— E o que você lhe respondeu?

— O que qualquer um responderia. Eu lhe disse: "Vá viver a sua vida e, por favor, deixe que eu viva a minha em paz." Não, certamente não poderia ser ela.

Ao longo de todas as formalidades, as pessoas foram muito educadas com Vonni. Ela percebeu até mesmo sinais de solidariedade nos rostos quase impassíveis. Os funcionários estavam lhe tornando as coisas mais fáceis, e ela se sentiu grata por isso.

— Conseguirei vê-lo? — perguntou ela a determinada altura.

— Tínhamos instruções para não contar ao prisioneiro de onde veio o dinheiro. O advogado da Grécia foi inflexível com relação a isso — explicou, com muita delicadeza, um homem idoso com ar paternal. O tipo de homem que nunca compreenderia os anos de história entre Vonni e seu filho.

— Sim, eu entendo. Tudo bem — conformou-se ela.

— Agora que já confirmamos a legitimidade do dinheiro, como determina a lei, devo informar que ele acaba chegar da Grécia.

— Sim, sim, claro — disse Vonni.

— Portanto, assim que o rapaz for solto, ele provavelmente entrará em contato com a senhora.

— Não necessariamente. É que moro na Grécia e, já que estou aqui no mesmo prédio que ele, achei que talvez pudesse vê-lo.

— Se quiser falar com ele para lhe comunicar que vai pagar a fiança...

— Não! Isso pareceria uma chantagem emocional. Seria como dizer que ele me deve isso e *tem* de me receber.

— Mas, de qualquer modo, ele não gostaria de encontrá-la? Sua própria mãe?

— Fui uma péssima mãe para ele — explicou Vonni com simplicidade.

— Todos somos maus pais. Não existe treinamento para a paternidade e para a maternidade como acontece com os empregos, por exemplo.

— Mas tenho certeza de que o senhor se saiu muito bem nesse papel.

— Nem tanto. Meu filho queria ser músico. Eu o obriguei a fazer um curso para conseguir uma qualificação adequada. Achei que estava fazendo a coisa certa. Então ele conheceu uma jovem, ela ficou grávida e eles se casaram. Ele trabalha em um emprego que odeia, e a culpa é toda minha.

Vonni olhou para ele com a boca aberta. Os ingleses costumavam ser tão reservados em relação aos seus problemas pessoais. No entanto, aquele homem estava lhe contando toda a sua vida. E conhecia Stavros. Talvez a estivesse preparando para algum tipo de desapontamento.

Ela se sentiu comovida.

— Vou deixar com o senhor o endereço e o telefone da pensão onde estou. Quando ele pedir, o senhor poderia dar o papel a ele?

— *Se* ele pedir, é claro — disse o agente.

— Acha que ele talvez não peça?

— Nunca se sabe.

— Bem, de qualquer maneira, quando tudo estiver resolvido, informe a ele o endereço onde estou, mas é só para ele saber...

— Certamente — disse o agente e colocou o papel sobre a bandeja de entrada e saída de documentos em cima da mesa.

— Quer dizer que já está tudo assinado e resolvido? — Jacky olhou incrédulo para Stavros.

— Pois é, isso não é fantástico? Pena não ter acontecido o mesmo com você — lamentou Stavros.

— Quem pagou sua fiança?

— Não perguntei. Sabe como é... A cavalo dado não se olham os dentes.

— Mas é muito dinheiro!

— Mais um motivo para eu ficar na minha, com o bico calado. Vou simplesmente sumir.

Jacky olhou para ele confuso.

— É isso que pretende fazer?

— Claro! Por quê? O que você faria nessa situação?

— Você mesmo disse que tudo não passou de um mal-entendido.

— Claro que sim, mas não posso reestruturar os tribunais de justiça sozinho, certo? Boa sorte, Jacky — desejou ele e foi embora.

Na saída, entregaram-lhe um papel com um endereço.

— Quem deixou isso para mim? — perguntou.

— Uma senhora.

Stavros olhou para o nome e para o número de telefone.

— Por Deus, se você a tivesse conhecido há alguns anos, certamente não iria se referir a ela como "senhora".

— Mas ela me pareceu uma ótima pessoa, muito educada. — A boca do homem mais velho se fechou, formando uma linha fina de desaprovação.

— Deixa isso para lá... — Stavros rasgou o papel em pedacinhos e o jogou no cesto de lixo.

Na pensão, Vonni esperou.

E esperou.

Depois de dois dias, um homem ligou pedindo para falar com ela. Assim que atendeu, ela percebeu que não era Stavros, pois a voz era de um homem mais velho. Uma voz gentil, a mesma que ouvira dois dias antes.

— Não é meu trabalho e também não é da minha conta, mas achei que a senhora devia ser informada de que seu filho não pegou seu endereço.

— Mas por quê? O senhor não lhe entregou o papel?

— Entreguei, sim, mas houve um problema.

Vonni sabia que não devia perguntar, mas precisava saber.

— Que espécie de problema? Ele deixou o papel para trás quando foi embora?

— Sim, pode-se dizer que foi isso.

— Como assim?

— Ele não levou o endereço, senhora. E eu não quis que a senhora ficasse aí sentada, à espera depois de tudo o que fez por ele...

— Ele comentou alguma coisa? Qualquer coisa? Pode me contar...

— Não, minha senhora, não falou nada.

— Obrigada. De qualquer modo, é um alívio.

Vonni fez sua mala pequena e partiu para o aeroporto. Simon lhe avisara que quem viajava de avião em stand-by pagava muito menos pela passagem. Agora que ela ficara sem dinheiro, precisava levar essas coisas em consideração.

— Se Vonni pôde ir a Inglaterra, talvez também possa vir à Irlanda para assistir ao nosso casamento — sugeriu Declan.

— Claro que sim — disse Fiona com naturalidade. — E, quando começarmos a planejar tudo, certamente a convidaremos.

— Espero que seja logo — sugeriu ele.

— E espero pensar e planejar tudo com cuidado em vez de fazer as coisas correndo — brincou Fiona.

Por vezes, Declan se preocupava por ela não querer marcar logo a data do casamento. Gostaria de se casar com Fiona no dia seguinte mesmo, se assim fosse possível, mas não queria pressioná-la. Resolveu esperar com calma até ela se sentir preparada. Afinal de contas, ainda tinham toda uma vida pela frente.

Muttie, o amigo do seu pai, informou a Declan o endereço de Maud e Simon, e Declan lhes enviou, pelo correio, uma nota de cinquenta euros.

Se vocês encontrarem algo bonito, típico da região e que não seja muito pesado, gostaria que trouxessem de presente para Fiona. É surpresa; por isso, não lhe contem nada. Ela me disse que vocês estão praticamente tomando conta da loja sozinhos. Muito bem!

Aqui em St. Jarlath's Crescent está tudo na mesma: a primavera tem sido agradável, mas claro que não é nada que se compare com o que voces têm aí. Já voltei à rotina e só uso a bengala de vez em quando. Por isso, estou me sentindo novo em folha, o que não é pouca coisa. Boa sorte e mandem lembranças nossas a Vonni. Já sabem qual o motivo de ela precisar ir à Inglaterra? Fiona disse que ela nunca vai a canto nenhum!

Abraços,
Declan

Maud e Simon leram a carta com todo o cuidado.

— Um colar — sugeriu Maud. — Vi alguns muito bonitos, de filigrana, em Kalatriada.

— Pois é, mas esses colares não são exatamente dessa região. Quem sabe não seria melhor um trabalho em cerâmica daqui de Aghia Anna? — Simon tentava obedecer à mensagem da carta.

— Isso é muito frágil, pode ser que não chegue inteiro até lá. É uma viagem muito longa até em casa, Simon. — Maud sempre era mais prática.

— Quando Vonni voltar, podemos pedir uma sugestão a ela — propôs Simon.

— Esqueci de lhe contar. Encontrei o Yorghis, e ele me disse que ela estará de volta amanhã.

— Ele disse por que motivo ela...?

— Não, e eu também não perguntei — concluiu Maud.

— Claro. São assuntos dela — concordou Simon.

Os dois planejaram como recebê-la de forma especial.

— Continuo a pensar que deveríamos conseguir um pouco de vinho ou, quem sabe, champanhe — disse Simon.

— Mas Vonni é como a mamãe, bebida não combina com ela. — Não havia nenhum tom de reprovação na voz de Maud. — É melhor simplesmente prepararmos ovos com champignon e pão com mel. Estou achando que ela vai chegar na barca da manhã. É isso o que Yorghis está esperando.

— Então devemos ir recebê-la no cais — disse Simon.

Havia cinco homens e duas mulheres à espera de Vonni. Andreas e seu irmão Yorghis, o dr. Leros, o advogado Takis e Simon. Além de Maria e Maud.

Quando Vonni chegou ao porto, viu seus amigos do convés da barca e acenou emocionada. Todos decidiram tomar o café da manhã no Mesanihta e todos procuraram no rosto dela uma indicação de como as coisas transcorreram nos poucos dias em que estivera ausente.

Contudo, como não lhe fizeram nenhuma pergunta direta, ninguém pôde se queixar por ela não ter respondido.

Andreas queria saber se os ingleses eram simpáticos. Muito, garantiu Vonni, contando que eles a receberam muito bem. Yorghis perguntou se era verdade que eles falavam em um tom muito alto. Alguns turistas ingleses acabaram presos na delegacia depois de se comportarem de forma barulhenta e indisciplinada ao longo dos anos. No entanto, não, nada disso... Vonni não encontrara ninguém que fizesse barulho em demasia. Muito pelo contrário.

O dr. Leros quase confessou o que lhe passou pela cabeça e acabou perguntando se Vonni estava preocupada com a saúde e fora à Inglaterra para se consultar com um especialista. Vonni ficou muito espantada. Não, nada disso, sua saúde estava perfeita.

Maria quis saber como eram as roupas que as mulheres usavam na Inglaterra, e Vonni respondeu que, para ser franca, não sabia dizer porque não reparara. Takis, o advogado, lhe perguntou se os assuntos que ela fora resolver saíram conforme ela esperava. Vonni lançou para ele um olhar significativo e contou que tudo ocorrera de acordo com o planejado. Ele não conseguiu que ela dissesse mais nada.

Maud e Simon não fizeram perguntas de nenhum tipo. Contaram que tudo por ali havia corrido às mil maravilhas e que venderam muitas canequinhas azuis. Tinham resolvido colocar as canequinhas enfileiradas na vitrine, e as pessoas haviam entrado na loja só para vê-las. Também foram ao hospital para escolher cores adequadas de lã para os deficientes visuais. Também fizeram alguns trabalhos de babá no Anna Beach Hotel e conseguiram ganhar alguns trocados. Haviam guardado todo o dinheiro para pagar a Vonni pelo alojamento e pela comida. Estavam aprendendo dez palavras do idioma grego por dia e já sabiam executar uma pequena dança grega típica. Seus cabelos louros brilhavam muito no sol da manhã, e sua pele estava dourada. Pareciam muito mais saudáveis e menos esquisitos do que no dia em que haviam chegado.

Vonni sorriu para eles encantada. Nem todas as coisas haviam corrido bem, mas algumas delas, sim.

Era às coisas boas que ela precisava se apegar.

Simon e Maud levaram a pequena mala de Vonni depois de terem comido pão quente com mel no Mesanihta.

— É bom estar de volta? — perguntou Maud.

— ... À sua verdadeira casa? — explicou Simon.

— Sim, sim, é muito bom. — Vonni olhou ao redor, cumprimentando alegremente as pessoas aqui e ali.

— Temos muitos *avgas* comprados na loja, caso sinta vontade de comer uma omelete — disse Simon.

— Eu seria capaz de esganar alguém para conseguir saborear uma bela omelete — disse Vonni com um sorriso cansado. Foi mudar de roupa enquanto os gêmeos preparavam a comida.

Eles eram muito bondosos, prestativos e nem um pouco exigentes.

— Escutem bem, vocês dois — disse-lhes ela mais tarde. — Não posso aceitar que vocês trabalhem aqui durante todo o período das férias. Quero que se divirtam. Tirem uns dias de folga. Peguem o dinheiro que ganharam e vão conhecer mais lugares da ilha.

— Mas pensamos em lhe pagar uma parte pelo uso do quarto — disse Simon.

— Não é preciso. As coisas não estão muito bem assim? Gostaria que vocês fossem conhecer mais lugares bonitos, a garganta, as grutas e as belas praias desertas no norte da ilha. Quando forem profissionais atarefados e já estiverem trabalhando... Quando vocês forem advogados, professores ou qualquer outra coisa, poderão recordar essas férias com carinho. Isso me daria um enorme prazer...

— Se é realmente isso que a senhora deseja...

— Se tem certeza absoluta...

Vonni olhou para eles, pensativa. Os poucos euros que ganharam tomando conta de crianças durante a noite no Anna Beach Hotel seriam o suficiente para darem uma volta pela ilha.

— Tenho plena certeza, podem acreditar. Tem uma coisa que eu queria saber.

— Sim, Vonni?

— O que vocês imaginam que fui fazer na Inglaterra? Notei que não tentaram descobrir em nenhum momento. Por que acham que fui lá?

Eles fizeram uma pausa por alguns instantes e olharam um para o outro.

— Vamos lá, podem me contar. Se eu não quisesse saber, não perguntaria — incentivou ela.

— Eu acho que alguém morreu — disse Maud.

— Sim. Supomos que a senhora foi a um funeral — concordou Simon.

— Por que pensam isso?

— Porque seus olhos estão vazios. Um pouco diferentes.

— Mesmo quando sorri, tem um ar triste.

O tempo voou, as férias acabaram, e chegou o momento em que Maud e Simon, muito bronzeados, teriam de regressar à Irlanda. Vonni os ajudou a escolher o presente de Declan para Fiona: um bonito lenço pintado a mão.

— A senhora vai ao casamento de Fiona e Declan? — perguntou Simon na véspera da partida.

— Não, Simon. Já estou velha demais para essas viagens longas — respondeu ela.

— Mas a senhora acabou de voltar da Inglaterra! — Simon era sempre implacavelmente lógico.

— Foi porque ela precisou fazer um ato de caridade — Maud lembrou ao irmão.

— Um ato de caridade... — repetiu Vonni com ar intrigado.

— Eu disse alguma coisa errada? — Maud ficou preocupada.

— Não, claro que não. Na verdade, disse uma coisa maravilhosa. Vocês acham que aprenderam alguma coisa por aqui, algo que vai ficar no coração de vocês por toda a vida?

— Bem... Aprendemos um pouco de grego. Não o suficiente, é claro, mas sempre fica alguma coisa na cabeça.

— E aprendemos que não é preciso ter um monte de dinheiro para uma pessoa ser feliz — acrescentou Maud.

— Vocês têm razão. E onde aprenderam isso?

— Ora, em toda a parte. No alto das montanhas, onde as pessoas não têm quase nada. E aqui em sua casa. A senhora não tem muito, mas não parece desejar grandes salários nem nada desse tipo. Segue pela vida aceitando-a como ela é, não importa o que aconteça.

Vonni estava surpresa.

— Mas, então, vocês não acham que o dinheiro traz felicidade?

— Não, não achamos, mas conhecemos muita gente que pensa assim.

— Querem saber? Vocês são muito bons nisso, essa coisa de seguir pela vida não importa o que aconteça — elogiou Vonni. — Estão indo muito bem nesse caminho.

— Por favor, vá à Irlanda! Adoraríamos mostrar um monte de lugares para a senhora — sugeriu Simon.

— Tomaremos conta da senhora do mesmo jeito que a senhora fez conosco — declarou Maud.

— Vamos esperar que o Declan e a Fiona marquem a data do casamento e então veremos — disse Vonni.

— Quando as pessoas dizem "veremos", isso significa "não" — resmungou Simon.

— Você é muito observador, Simon. Certamente vai ser um bom advogado — disse Vonni. Estava se sentindo muito próxima daqueles jovens. Havia muito tempo que ela não permitia a si mesma uma aproximação daquele tipo com as pessoas.

Mais tarde, naquela mesma noite, Takis apareceu para fazer uma visita a Vonni.

— Onde estão os adolescentes irlandeses?

— Lá em baixo, pegando alguns *buziuki* no cais. Andreas, Yorghis e eu vamos nos encontrar com eles na hora da partida mais tarde. Quer ir também?

— Não. Quero falar com você.

— Lá vem coisa, meu Deus!

— Lá vem coisa mesmo. Pois é... Seu filho fugiu. Foi embora da Grã-Bretanha. Pela lei, ele não poderia fazer isso. Não se apresentou à polícia quando deveria. Provavelmente pegou uma excursão de um dia para a França e não voltou. Pode dizer adeus ao seu dinheiro, Vonni.

— O dinheiro era dele, Takis, você sabe disso. Era dele para fazer o que bem quisesse.

— Ele não chegou a se encontrar com você, não foi? Nem para lhe agradecer?

— Como sabe disso?

— As autoridades entraram em contato comigo. Falei com um homem, e ele me disse que se lembrava da sua visita.

— Isso não tem importância.

Takis suspirou longamente.

— Nunca vale a pena conversar sobre essas coisas com você.

— Mas há mais alguma coisa, não há?

— Ah, Vonni, você consegue ler o rosto das pessoas como se fosse um livro. Por que não conseguiu fazer isso com seu próprio filho?

— Já lhe disse que não tem importância e que o dinheiro era dele para gastar onde quisesse. O que mais você tem para me dizer?

— Ele dividiu a cela com um rapaz escocês chamado Jacky. Esse seu colega de prisão pediu que as pessoas de lá lhe enviassem uma carta. Ela chegou às minhas mãos, mas receio tê-la aberto.

— Sério? Você fez isso?

— Temi que fosse para lhe pedir dinheiro.

— E era, Takis?

— Até certo ponto, sim. Mesmo assim, achei que deveria lhe trazer a carta.

— Nossa, quanta generosidade, ainda mais considerando que era endereçada a mim, para começo de conversa.

— Leia, por favor, Vonni.

Foi o que ela fez.

Cara mãe do Stavros,

Dividi a cela durante muitas semanas com seu filho. Ele ficou muito feliz por ser posto em liberdade graças à sua generosidade. Acho que tive esperanças de a senhora ser uma mulher rica que, talvez, também pudesse pagar a minha fiança. O valor é muito menor do que o de Stavros. Eu trabalharia a vida inteira para lhe devolver o dinheiro e lhe ficaria tão grato que faria tudo o que a senhora desejasse neste mundo.

O Stavros não é mau rapaz, mas está muito confuso. Enxerga as coisas em preto e branco e não sabe que o mundo é cinza. Ele me contou que a senhora e ele tiveram muitos problemas quando ele era criança. A questão principal me parece que era a bebida, uma coisa que todo mundo tem em casa, mas ele não estava disposto a perdoar.

Stavros me telefonou uma única vez desde que foi solto. Queria o endereço de uma pessoa. Perguntei se ele tinha conversado com a senhora, e ele me disse que não. Perguntei se ele não se sentia grato pela sua ajuda, mas ele respondeu que a senhora devia estar cheia de culpa pelo seu passado, senão jamais teria levantado o dinheiro para a fiança dele. Comentou que estava começando a achar que tinha sido duro demais com a senhora, mas que o que aconteceu era a prova de que a senhora sabia que tinha sido a causadora da ruína em sua vida e a culpada de ele ser do jeito que é.

Só estou lhe contando tudo isso porque eu seria muito diferente do seu filho, senhora. Por favor, sra. Mãe do Stavros, acredite em mim. Eu lhe ficaria tão grato que tomaria conta da senhora quando chegasse a sua velhice.

Do seu amigo
Jack McDonald

Quando ela ergueu os olhos, Takis observava, pela janela, os telhados das casas na rua que ia dar no cais. Não queria fitá-la. Tentou colocar o corpo numa posição tal que o impedisse de gritar "Eu bem que avisei!". Tudo o que Vonni tinha na vida se fora, exatamente como ele previra.

— Muito bem. Obrigada, Takis. Agora sabemos em que pé estamos.

— Sim, de fato — concordou ele.

— Acho que devíamos ir até o *cais* agora, que tal?

— Consegue ir a uma festa depois de tudo o que lhe aconteceu? Você é uma mulher admirável, Vonni.

Ela sorriu para ele do mesmo modo que costumava sorrir para todos os seus amigos da ilha. Aquele era o sorriso de alguém que se sentia afortunado e livre. Uma mulher que, naquela noite, provou que pagara todas suas dívidas. Não esperava compaixão, queria solidariedade.

— *Pame*, Vonni. Vamos lá — convidou ele.

— *Pame*, Takis, vamos à taverna — respondeu ela.

9

Linda Casey bem que gostaria de ter nascido em outra época, num tempo em que seus talentos fossem mais reconhecidos. Poderia ter sido uma cortesã, uma mulher recatada num apartamento de luxo ou até mesmo esposa de algum grande proprietário que a incentivasse a decorar uma pequena casa em Dublin.

Mas não! Estava aqui e agora, num mundo em que todas as pessoas, tantos os homens quanto as mulheres, eram obrigadas a trabalhar para poder viver. Será que isso não seria a prova da culpa dos movimentos para libertação feminina? Um mundo em que os relacionamentos estavam cheios de concessões e os casamentos duravam pouco, um mundo onde se dizia que uma pessoa deveria agradecer todos os dias por ter um lugar onde morar e um bom nível de instrução, especialmente se ela ainda tivesse boa aparência?

Linda achava que isso não era suficiente, nem de longe.

No entanto, tente dizer isso a alguém e você não irá muito longe. A reação da sua mãe, por exemplo, não era nem um pouco agradável. Ela parecia ter se transformado em uma espécie de campanha publicitária em defesa do modo de vida de uma mulher de meia-idade elegante e com bom nível de instrução. Linda já vira a mãe esfregar casacos com sumo de limão e colocar formas dentro dos sapatos para eles não deformarem. Já a vira polir a bolsa com carinho e esfregar o pescoço com cremes gosmentos. Tudo isso para *quê*? No fundo, ela continuava a mesma pessoa triste e teleguiada. De que lhe servia sua boa aparência? No íntimo, sua mãe era como muitas outras mulheres: uma figura confusa e caótica.

Linda não se lembrava de os pais terem, algum dia, se dado bem. A irmã, Adi, com dois anos a mais, dizia que se lembrava disso. No fundo, porém, era sentimental demais. Segundo ela, as árvores tinham sentimentos, e não devíamos nos sentar em sofás de couro de pele porque um animal fora morto só para que tivéssemos onde acomodar nosso traseiro. Quanto ao namorado de Adi, Gerry... Era um maluco beleza! E Adi se tornara um capacho dele.

Linda nunca aceitaria uma situação dessas com um homem, por mais fantástico que fosse. A verdade, porém, é que conhecera poucos homens maravilhosos em sua vida. Para ser honesta, nunca havia conhecido nenhum. Onde estivessem, com certeza não seria em Dublin.

Saíra três vezes com um rapaz chamado Simon, e isso, pelos padrões de Linda, era quase um compromisso para toda a vida. Simon era atraente. Tinha um pai rico, uma mãe coruja e um emprego na imobiliária do tio, onde não fazia quase nada. Estava habituado a sair com mulheres que pagavam sua parte nas contas. Não que elas dividissem a conta em restaurantes, por exemplo, mas a verdade é que, muitas vezes, essas garotas saíam para uma balada regada a bebida por algumas horas no bar de um hotel ou levavam meia dúzia de amigos para almoçar num restaurante italiano. Linda não alimentava esperanças de acompanhar esse ritmo.

— No fundo, você é uma filhinha de papai, Linda. Está em busca de alguém que cuide de você — foi o que Simon lhe dissera um dia, antes de partir para novas conquistas.

Estava completamente errado, é claro. Ela não era filhinha de papai. Chamava o próprio pai de "Alan", por exemplo. Isso era prova de que não era, nem de longe, uma filhinha de papai.

Seu pai, sim, é que sempre fora egoísta e infantil.

A mãe fora uma *louca* por ficar tanto tempo ao lado de um marido como aquele. Linda teria dado um chute nele há muito tempo. O pai era tão imaturo! Certamente não iria largar Cinta, a quem elas chamavam de "aquela mulherzinha", sobretudo agora que um bebê estava a caminho. Era muito esquisito imaginar que ela ia ter uma meia-irmã ou um meio-irmão. E o pai provavelmente esperava que as filhas fizessem um monte de caras e bocas, dizendo "cuticúti" para a criança assim que nascesse. É claro que, no fim, o pai perderia o interesse pelo bebê, como fazia com tudo.

Sua mãe dissera certa vez com amargura que a filosofia de Alan era "até que a morte nos separe ou apareça alguém ligeiramente mais interessante". Até que ela era divertida de vez em quando. Na maioria das vezes, porém, parecia um sargentão exigente que cuidava da casa com o mesmo pulso firme com que dirigia a clínica.

Ultimamente, Clara andava com a mania de economizar. Quase nunca havia algo de bom para comer na geladeira. E ela vivia com essa obsessão de que Linda devia arranjar um emprego. Antes, isso não era importante. Ela pretendia tirar um ano de férias e viajar pelo mundo para depois sair à procura de emprego, mas a mãe forçara a maior barra: ou Linda saía para o mundo e deixava o quarto livre para ser alugado ou ficava e contribuía para as despesas.

Ela não podia decidir *nada*. Linda não tinha dinheiro para viajar nem os pais aceitariam bancar o passeio até a Tailândia, o Camboja e a Austrália que ela planejava fazer. Não queria arranjar um emprego de funcionária pública nem ser bancária, muito menos trabalhar numa seguradora. Não era como a mãe, que nutria uma paixão pela medicina, em geral, e pela cardiologia, em particular. Também não queria dar aulas, como Adi. Era tão diferente da irmã que Linda muitas vezes se perguntava se não teria sido adotada. Adi se contentava com pouco e adorava aquele bando de crianças gritalhonas da escola. Todos os meses doava parte do salário à mãe e depois contribuía para organizações do tipo "Salvem as baleias".

Adi e Gerry andavam poupando cada centavo para ir a algum lugar desolado a fim de protestar contra pessoas que matavam focas, assustavam cervos ou algo do gênero! Estavam *economizando* para isso! Linda não aceitaria ir a um lugar desses nem que lhe pagassem. Se arranjasse dinheiro, compraria sapatos ou iria a uma loja barata. Recentemente, comprara um maravilhoso casaco feito de cauda de raposa que, obviamente, era obrigada a manter escondido para que os dois "amigos da Terra" não o descobrissem e trouxessem para casa um grupo de manifestantes em protesto. Também o escondera da mãe. A roupa não fazia o estilo de Clara e, de qualquer modo, ela se perguntaria como é que Linda arrumara dinheiro bastante para comprar essas coisas, mas não para contribuir com sua parte nas despesas da casa.

Agora, porém, ela conseguira um emprego de meio expediente na loja de discos. Assim, pelo menos, a mãe não implicava tanto quanto antes. Às vezes preparava até mesmo um presunto tender ou deixava um cozido na geladeira e permitia que Linda o comesse.

Além disso, a mãe andou bem-humorada por causa de um namoro que engatou com Peter, um químico bonitão. Namoro era um bom jeito de descrever aquilo. Eles iam ao teatro, faziam piqueniques e recebiam um ao outro para almoços e jantares. Chegaram a passar férias juntos na Itália. Adi e Linda estavam achando tudo ótimo até que, do nada, o namoro acabou. Provavelmente, sua mãe andara forçando a barra para ganhar um anel de noivado. De qualquer modo, mesmo tendo levado um pé no traseiro, estava em excelente forma. Andava muito entusiasmada com um projeto para levantar fundos para a clínica. Linda tinha se referido ao evento como "quermesse" e sua mãe deu um chilique.

— *Não é* uma quermesse, Linda! É uma tentativa séria de conseguir fundos que o hospital deveria ter nos repassado logo no início. Queremos promover uma série de palestras e estamos convidando jornalistas e o pessoal que manda e desmanda na área médica e no mundo dos negócios. Todo mundo na clínica está dando o melhor de si, e *não vou* aceitar que você chame isso de quermesse!

Linda ficara atônita com a reação.

— Está bem, não prestei atenção, foi mal...

— Você nunca presta atenção a coisa alguma. Não se preocupa com nada nem com ninguém, só com você mesma.

— Ah, mãe, também não exagera, né!

— E não me venha com essa de "Ah, mãe, não exagera"! Você é uma mulher adulta, Linda, pare de falar como se fosse uma bebezinha.

— Está bem. Vou parar de chamar você de "mamãe", então. Vou chamá-la de "Clara".

— Pode me chamar do que quiser, só peço que diga alguma coisa inteligente! — Clara foi embora de casa batendo a porta e saiu de carro cantando pneu.

Linda a observou da janela. Por algum motivo, tinha chateado a mãe de verdade dessa vez. Encolheu os ombros com ar de desdém. Não adiantava nada tentar descobrir o que houve. Os velhos eram impossíveis de ser compreendidos.

Clara entrou na clínica pisando firme.

— Já vi que você está de mau humor — comentou Hilary.

— E como! — concordou Clara.

Ania também notara o jeito dela e correu para lhe preparar um café.

— Temos alguma coisa desagradável marcada para hoje de manhã? — perguntou Clara.

— Frank vem aí para o que ele chama de "papo das onze horas" — informou Hilary.

— Até parece que aquele sujeito sabe bater papo com alguém — suspirou Clara.

— O assunto do dia é o dinheiro que o pobre Jimmy, de Galway, deixou para nós no testamento — explicou Hilary. — Frank não concordou com isso e disse que há alguns problemas.

— Claro que há! — reagiu Clara. — Sempre que ele se olha no espelho, enxerga todos os problemas que existem na clínica.

Ania deu uma risadinha.

Clara simplesmente suspirou.

— Tudo bem. Conte-me o que mais temos de errado hoje — pediu com resignação.

— Hoje não é o dia de uma das demonstrações de culinária da Lavender? — perguntou Hilary.

— Isso mesmo. A apresentação começa às onze e meia. Todos nós devemos comparecer para dar uma força a ela. — Clara estava inflexível. — Precisamos nos livrar de Frank e levá-lo para fora das dependências da clínica antes de Lavender começar a aula. Vamos tentar fazer com que o papo termine de forma amigável. Ele vai ficar louco se sentir o cheirinho da cavala grelhada que ela vai ensinar a preparar hoje.

— É isso o que ela vai ensinar? — Hilary pareceu interessada.

Clara fez que sim com a cabeça.

— Ela sempre me passa todas as receitas. Parece ótimo. Poderíamos até almoçar mais cedo e comer tudo o que ela preparar.

— Sabe que nunca fiz cavala em toda a minha vida? — confessou Hilary.

— Cavala? Em polonês, o nome é *makrela*. Esse peixe é bom? — perguntou Ania.

— É um peixe pouco consumido hoje em dia — explicou Clara. — Minha avó costumava cozinhá-lo quatro ou cinco vezes por semana. Depois, as pessoas foram deixando de lado esse tipo de alimento. Acho que passaram a ter dinheiro para comer carne e frango.

— Nossa, eu descubro tantas novidades com você, Clara. — Ania continuou cuidando de suas tarefas, satisfeita por ter aprendido uma coisa nova.

— Meu Deus, *Ania* é uma menina encantadora! — comentou Clara voltando-se para Hilary. — Por que eu não consegui ter uma filha assim, em vez da menina teimosa como uma mula, sempre mal-humorada, que se refere ao nosso grande projeto e à recepção que vamos oferecer como "quermesse"?

Clara se mostrou tão indignada que Hilary chegou até a rir.

— Desculpe, Clara, mas se você visse a sua cara! Quem sabe... Se nos referíssemos ao projeto, a partir de agora, como "quermesse", isso certamente nos deixaria mais tranquilos. O que mais Linda fez para deixar você tão irada?

— Nem queira saber! Ele encolhe tanto os ombros para tudo o que falo que qualquer dia desses vai deslocá-los. Não tem garra, iniciativa, nem planos para a vida.

— Você está sendo muito injusta com a jovem que qualquer dia desses vai virar minha nora — disse Hilary.

Clara se esquecera por completo de que ela e Hilary planejavam unir Linda e Nick de um modo que não percebessem nenhum envolvimento das suas mães. Era bom ver Hilary tão recuperada a ponto de voltar a falar do assunto.

— Precisamos marcar um almoço só para pôr em ação esse nosso plano — disse Clara. — Agora me conte: além da receita de cavala, que é muito gostosa, e do papo de Frank, nada agradável, o que mais temos programado para hoje?

— Rosemary, a antipática esposa de Bobby Walsh, reclamou que um dos remédios que receitamos para seu marido foi retirado do mercado nos Estados Unidos.

— Ela disse qual deles?

— Sim. Fui procurar, mas não há nenhuma referência ao assunto. Até perguntei ao Peter da farmácia. Ele disse que teria conhecimento disso se fosse verdade, mas não ouviu nada.

— Ai, que droga. E ela vem aqui?

— Vai chegar às dez... e certamente vai tratar do assunto como prioridade — disse Hilary.

— Sei, e a minha prioridade é me livrar dos chatos antes de tudo — concluiu Clara.

A sra. Walsh apareceu com um recorte de uma revista que anunciava que um dos remédios que o marido tomava, inibidor da enzima de conversão da angiotensina, estava na lista dos medicamentos sob suspeita das autoridades norte-americanas.

Com muita paciência, Clara informou que o remédio servia para reduzir o espessamento do músculo cardíaco. Comentou que havia dezenas de medicamentos desse tipo no mercado e que os pesquisadores norte-americanos estavam investigando uma marca em particular, que talvez provocasse efeitos colaterais. Essa não era a marca receitada para Bobby Walsh.

— Se a senhora me permitir, gostaria de lhe explicar a ação desses medicamentos — ofereceu Clara. — Eles inibem a enzima de conversão da angiotensina a fim de...

— Por favor, não me trate como uma idiota que não sabe nada, dra. Casey. — A voz da sra. Walsh parecia uma serra elétrica.

Clara sentiu vontade de pedir que ela fosse embora na mesma hora e nunca mais voltasse, mas preferiu se conter. Era do coração de Bobby Walsh que ela estava tratando. Esse era o seu dever. Não ia permitir que aquela mulher monstruosa a fizesse perder as estribeiras.

— Longe de mim tratá-la como uma idiota, sra. Walsh. Só estou lhe explicando, e também a Bobby, que não há motivos para alarme. Os principais efeitos colaterais dessa substância são tonturas e tosse seca, e Bobby não sente nada disso. Posso ajudá-la em mais alguma coisa?

— Não gosto dessa sua atitude de "sabichona", dra. Casey. Pode acreditar: *vou procurar* informações a respeito com outra pessoa.

— A senhora está preocupada com a saúde do seu marido. Se isso os tranquilizará, a senhora pode consultar quem achar melhor.

— Ah, Bobby não está nem um pouco preocupado. Acha que vocês são todos uns bambambãs. — A voz da sra. Walsh vibrava de desprezo.

Clara se levantou para mostrar que a conversa terminara.

— Que bom saber disso, sra. Walsh. Deseja mais alguma coisa?

— A senhora vai ser a primeira a saber se houver algo mais, doutora. Ouvi falar de Frank Ennis, do Conselho Administrativo do hospital, e pretendo procurá-lo. Ele certamente vai querer ter uma conversa com a senhora sobre esse assunto.

Clara foi rápida e direta.

— Que ótimo, sra. Walsh! Ele vai chegar daqui a quarenta e cinco minutos para uma reunião. Se a senhora quiser, posso apresentá-la a ele, para vocês conversarem. — Clara curtiu a ideia de jogar aquela mulher horrível com voz de gralha no colo do pobre Frank Ennis.

— Não, isso não vai ser necessário.

— Ora, mas eu faço questão, sra. Walsh! Posso liberar uma das salas de consulta, onde vocês poderão conversar à vontade sem a minha presença, pois vou assistir à aula de Lavender sobre culinária saudável para o coração.

A sra. Walsh foi embora da clínica quase às pressas. Clara e Hilary levantaram os braços e bateram-se as mãos em sinal de vitória.

— Nossa prioridade é nos livrarmos dos chatos antes de tudo — disseram, felizes, a uma só voz.

Frank estava inflexível. O falecido James O'Brien deixara seus bens para o hospital. O nome do hospital fora citado em seu testamento. O dinheiro iria para o departamento de fundos e beneficência do hospital geral, onde seria gasto de forma sensata. Clara se opôs a isso com toda a tenacidade.

Jimmy frequentava *aquela* clínica especificamente. Nunca conheceu ninguém no hospital, a não ser as pessoas da emergência em sua primeira visita.

— Pois então!... — começou Frank com ar triunfante.

— Como Jimmy era um homem obcecado em manter a privacidade, recusou-se a informar o nome de seu médico de família. Procurou uma pousada para se hospedar aqui em Dublin. De lá, foi encaminhado para a emergência do hospital, que teve de passar o caso para outro departamento, ou seja, *nós*, a clínica de cardiologia. Ele gostava daqui e deixou isso bem claro no testamento. Jimmy nos agradeceu por cuidarmos de seus problemas cardíacos. Esse dinheiro vai ser usado aqui, Frank, nem que eu tenha de ir ao Supremo Tribunal Federal ou a alguma instância superior para conseguir isso.

— Não existe instância superior a esse tribunal — respondeu Frank com ar emburrado.

— Existe, sim. Posso levar o caso ao Tribunal Internacional dos Direitos Humanos! — respondeu Clara já com os olhos em brasa.

— Podemos assegurar que uma parte desse dinheiro seja disponibilizada para vocês... — propôs Frank, e Clara percebeu que o colocara contra a parede.

— Era para *esta* clínica que ele queria que seu dinheiro viesse. E é para *cá* que ele virá — garantiu ela.

— O segredo no mundo dos negócios é saber fazer concessões a ambas as partes envolvidas — argumentou Frank.

— Isso é conversa fiada! — declarou Clara com ar vitorioso. — As coisas ou são certas ou erradas, é muito simples. Eu não olho para um paciente e sinto que suas artérias estão entupidas e que precisa de uma angioplastia, mas, por outro lado, não me sinto capaz de providenciar a documentação para o procedimento; então proponho que façamos concessões e peço que ele volte daqui a três meses para começarmos a tratá-lo. Não é assim que as coisas funcionam no nosso mundo, Frank.

— Lamento que *seja* assim. — Ele decidiu aumentar para metade sua oferta de um terço dos bens de Jimmy. Como resposta, Clara simplesmente balançou a cabeça para os lados vigorosamente.

— Comparar burocracia com medicina não é justo — explodiu ele. — Você fez o juramento de ajudar as pessoas, Clara. No seu caso é diferente.

— Isso mesmo! Fiz um juramento e o estou respeitando.

— Mas eu não fiz juramento algum — disse ele.

Clara soltou uma boa gargalhada.

— Ah, mas é claro que fez! Você jurou que transformaria minha vida em um inferno e se armou com pão-durismo, picuinhas e burocracia ao máximo que lhe foi possível para cumprir esse juramento. Prometeu a si próprio que o sentido verdadeiro de um hospital nunca seria levado em consideração quando se tratasse de aplicar a lei ao pé da letra, mas escolheu a pessoa errada para enfrentar, Frank. Não vou me jogar no chão para você passar com seu rolo compressor.

— Eu não escolhi ninguém, para início de conversa. Você me foi imposta, Clara! — Pelo menos, Frank tinha um bom espírito de luta. — Devo lembrar a você que esta clínica nem existia e pode muito bem ser desativada quando você for embora. Você se refere a ela como se fosse em si uma entidade importante, em vez de ser a ninharia que é, comparada ao hospital geral.

— Ninharia é o que este lugar era e continuaria a ser se fosse administrado do seu jeito. Mas não é nem vai ser. O dinheiro que recebemos de Jimmy vai colocar a clínica em um novo patamar. — Clara estava irritada de verdade.

— Este lugar é financiado pelo hospital... — argumentou ele.

— Se você pensa, Frank Ennis, que vou gastar mais um minuto do meu precioso tempo discutindo com você sobre se devemos alugar cadeiras para as palestras ou se não é melhor comprá-las e deixá-las guardadas como patrimônio da clínica... Se acha que vou passar pela humilhação de implorar que você pague valores baixíssimos para uma série de palestras com especialistas... Se sonha que vou passar horas conversando com você e seus colegas cabeças-duras do Conselho Administrativo sobre a viabilidade... nossa, odeio essa palavra, *viabilidade*... de montar um programa para jovens no qual alunos de escolas públicas possam vir até aqui para aprender como funciona o coraçãozinho deles e como devem fazer para mantê-lo sempre batendo sem problemas... Se você acha...

— Ei! Você nunca mencionou essa ideia de trazer alunos aqui! — Frank já antevia milhares de problemas.

— Não disse nada porque estou cansada até a alma de tratar de qualquer assunto com você, e o dinheiro que Jimmy nos deixou vai nos dar tempo e liberdade para que estruturemos a clínica por conta própria. — Clara realmente parecia exausta.

— Mas você não pode...

— Posso e vou, Frank. Agora, se me dá licença, vou a uma demonstração de cozinha saudável. Temos mais de cinquenta pessoas na sala de Lavender, aquele espaço dietético que você disse que só precisava de uma mesinha e uma cadeira.

— Ela não vai cozinhar usando fogo, vai? — perguntou Frank, horrorizado.

— Espero que sim, Frank. Ela tem um fogão a gás de duas bocas e um espelho gigante atrás, disposto de modo que as pessoas possam ver o preparo.

— E quem pagou pelo espelho, se é que posso perguntar?

— Pode, sim, embora não seja da sua conta. Hilary e eu o compramos em um leilão. Johnny e Tim o instalaram na parede para nós. Não custou um centavo a você nem aos outros meninos e meninas do Conselho Administrativo!

Clara seguiu bem determinada para a aula de culinária. Frank notou que as outras pessoas da clínica se encaminhavam na mesma direção. Ali estava o médico com cabelos cor de gengibre que havia sofrido um terrível acidente de carro e conseguira se recuperar de forma milagrosa. Também viu as duas lindas enfermeiras, Fiona e Barbara, e o musculoso Johnny, que mais parecia leão de chácara de uma boate do que funcionário de uma clínica. Viu também Tim, o segurança caladão que Clara escolhera num momento de arrogância, em vez de pegar um dos funcionários da segurança do hospital. Aquele lugar estava começando, perigosamente, a se parecer com uma grande família. Era uma pequena província prestes a declarar independência e se autoproclamar uma nação. Era melhor ele verificar *in loco* as terríveis liberdades que Clara estava tomando em relação à saúde e à segurança ao promover uma demonstração culinária daquele tipo. Ficou desconcertado com o burburinho das conversas. Aquelas pessoas *haviam* criado uma pequena comunidade. Isso precisava ser vigiado com muito cuidado.

Lavender era uma apresentadora nata. Poderia ter seu próprio programa de televisão. Clara deixou a mente viajar. Talvez Lavender pudesse participar de algum talk show com um quadro chamado "Dedique cinco minutos por dia ao seu coração".

Houve uma pequena palestra sobre o sal e a obsessão irlandesa de exagerar no sal em todo tipo de comida. Lavender sugeriu que ninguém levasse o saleiro para a mesa. Se outros temperos, muito menos danosos, fossem usados, não haveria necessidade de sal. Pegou pequenos filés de cavala e os mostrou à plateia. Dava para comprá-los já prontos ou pedir ao peixeiro que os cortasse na hora.

— Num copo, misture o suco de uma laranja, uma lima-da-pérsia e um limão com uma colher de chá de óleo vegetal. Passe a mistura sobre a cavala e leve-a para grelhar — ensinou ela.

O aroma era fantástico, e, enquanto alguém passava o prato pelo público para que todos provassem um pouco, Lavender foi grelhar mais filés. Todos queriam provar, e alguns colocavam na boca um bom pedaço. Havia uma salada leve para acompanhar o prato, e Lavender garantiu a todos que seus corações agradeciam muito por aquela comida tão saudável.

Mesmo contra a vontade, Frank se sentiu impressionado. O salão era iluminado e alegre, Lavender dava conselhos sensatos e todos sentiam um ambiente de esperança, de estar no controle de suas vidas. Quando essa clínica fora planejada, isso tudo fora apresentado como uma espécie de missão, e Clara *conseguia* fazer com que tudo funcionasse à perfeição, apesar do seu jeito irritante.

Quando a demonstração terminou, Clara recebeu um recado de Adi e ligou de volta para ela.

— Desculpe, mãe. É que andei conversando com Linda, e ela me avisou que devemos passar a chamar você de "Clara" de agora em diante. Isso é sério ou Linda pirou na batatinha?

— Sua irmã definitivamente pirou, minha filha. *Ela* está me chamando de Clara. Eu concordei, desde que ela tivesse outras coisas úteis a dizer. Você sabia que ela chamou a recepção que estamos organizando para levantar fundos para a clínica de "quermesse"? — O rosto de Clara voltou a ficar vermelho de raiva.

— Sim, ela sacou a mancada. Nunca presta atenção às coisas, mãe, a verdade é essa.

— Pois vai ter que aprender a se ligar no mundo real qualquer dia desses — respondeu Clara.

— Linda pede desculpas e disse que vai preparar o jantar de hoje à noite para aliviar o clima pesado. Ela mesma vai comprar os ingredientes. Esse é um momento raro, mãe, acho que devíamos aceitar.

— Não vou ficar sentada vendo Linda fazer bagunça na minha cozinha para depois ouvir que estou organizando uma quermesse.

— Ela nunca mais vai falar isso, mãe.

— Não quero estar nesse jantar, filha. Para ser franca, não estou nem um pouco interessada. Veja só quantas vezes a Madame Linda fez ou deixou de fazer as coisas por estar ou não com vontade.

— Escute, mãe, o meu dia também está péssimo e eu *ainda* precisei convencer o Gerry a aceitar o convite.

— Exato! — Clara sentiu uma onda de carinho por Gerry, sempre caladão.

— Não, nada disso, mãe. Como é que poderemos ter paz naquela casa se quatro pessoas não conseguem se aturar nem para curtir uma rara refeição preparada por Linda?

— Preparem-se, porque ela vai preparar coisas que nem você nem o Gerry comem — avisou Clara.

— Não vai, não. Ela combinou comigo. O cardápio me pareceu ótimo: ervilhas, tomate, alho, coisas assim.

— Fantástico — disse Clara.

— Ela vai preparar um bife para você. Eu e Gerry prometemos não torcer o nariz nem falar de animais mortos, já até concordamos.

— Eu não *quero* bife. Posso comer a porcaria das ervilhas dela! — resmungou Clara batendo o telefone com força.

Para aumentar seu grau de irritação, viu que Frank Ennis a observava da porta com um sorriso nos lábios.

— Desculpe, Frank, problemas em casa — disse ela tentando aliviar o clima.

— Ora, esteja à vontade. Fico contente por saber que você perde a calma com outras pessoas também, não só comigo — disse ele e saiu.

— Não esquenta — aconselhou Hilary. — Ele só está tentando irritar você.

— Eu sei — disse Clara.

— Ania vai sair para buscar um almoço saboroso e saudável para nós.

— Não quero nenhum almoço saboroso e saudável. Quero que ela me traga um prato de batatas fritas, acompanhado por um gim-tônica, e vou tomar de sobremesa um sorvete.

— Por favor, lembre-se de onde trabalhamos, Clara. Você vai comer um sanduíche de pão integral com salada e uma fruta na sobremesa.

— Mesmo assim isso não vai baixar minha pressão — respondeu Clara. — A droga que pode combater Linda Casey ainda não foi inventada.

Clara levou uma garrafa de vinho para o "banquete" noturno em sua casa.

Linda pareceu muito agradecida, disse que não precisava, mas abriu a garrafa na mesma hora, pois, obviamente, aquilo era melhor do que se ela mesma tivesse comprado a bebida.

Clara teve de reconhecer que Linda se esforçara. Havia uma tigela de vegetais em cubinhos sobre a mesa, acompanhados de uma série de molhos. A própria Linda cortara tudo. Também esquentara um pão integral saudável, duro como pedra. Curvou-se, com o rosto afogueado e muito preocupado, sobre a jardineira de legumes que trazia como prato principal. Tudo estava surpreendentemente saboroso, e ela preparara café para servir no fim, com uma salada de frutas. Nem a cardiologista nem os vegetarianos tiveram nada a dizer e passaram a distribuir elogios e deram muito apoio.

Clara se viu prestes a contar uma história interessante sobre Hilary, da clínica, mas se lembrou a tempo de que o combinado era unir Linda e Nick, e eles não poderiam saber que suas mães eram amigas. Em vez disso, perguntou novidades sobre a loja de discos e ficou surpresa ao saber que Linda fora promovida e recebera a incumbência de ampliar a seção de jazz.

Esteve a ponto de comentar "Não sabia que você entendia de jazz ou de qualquer outro gênero de música". Em vez disso, porém, exclamou:

— Que bom! Fico feliz por ver seu interesse recompensado. — Notou que a filha mais velha sorriu com ar de aprovação. Criara-se a paz em sua cozinha, pelo menos durante algum tempo.

Depois do jantar, receberam um telefonema inesperado de Alan. Clara estava à espera de alguns telefonemas sobre a festa beneficente e atendeu o telefone.

— Oh, olá, querida. Você está sozinha? — perguntou ele.

— Não, Alan, estamos curtindo um jantar em família.

— Em família? — reagiu ele espantado.

— Sim, Alan. Nossas duas filhas, Adi, Linda e o namorado de Adi, Gerry. Você se lembra delas, não lembra? — Sentiu os outros rindo atrás dela.

— Não seja desagradável, Clara!

— Como assim?

— Nem metida a engraçada — ele insistiu.

— Tudo bem, desculpe, Alan. Você quer alguma coisa?

— Queria, sim, mas com você desse jeito nem pensar.

— Tudo bem, então... Fica para outra vez. — Ela estava a ponto de desligar.

— Clara, espere. Por favor!

— Que foi, Alan?

— Você poderia se encontrar comigo em algum lugar?

— Esta noite, não. Outro dia, talvez.

— Mas preciso falar com você hoje mesmo.

— Esta noite não pode ser. Nosso jantar ainda não acabou. Além disso, bebi um pouco de vinho e não posso dirigir. Ligue para o meu trabalho amanhã de manhã.

— Ela me colocou para fora de casa — disse ele.

— Cinta? Não pode ser!

— Receio que seja verdade.

— E o bebê? Está quase nascendo, não é?

— Daqui a duas semanas, mas ela vai dá-lo à irmã em adoção, porque ela não pode ter filhos.

— Mas, Alan, esse bebê também é seu.

— E você acha que isso faz alguma diferença para Cinta? Ela diz que não me divorciei a tempo de me casar com ela antes de a criança nascer. Então não tenho direito de dar minha opinião.

— Mas isso não é justo. Você deu início ao processo de divórcio assim que soube que ela estava grávida.

— Sim, foi mais ou menos por essa época.

— E vai permitir que ela dê o seu filho?

— Que escolha eu tenho, Clara? Cinta está com a faca e o queijo na mão.

— Ela está com outro homem?

— Não, nada disso. Vai estudar, segundo diz, e precisa se libertar.

— E tudo isso aconteceu assim de repente, sem mais nem menos?

— Para mim foi uma surpresa total — disse Alan com tristeza.

— Ora, e para quem não seria uma surpresa?

— Para os meus amigos, os *nossos* amigos, para quem a conhece bem. Houve um mal-entendido entre nós, faz umas duas semanas, mas eu achava que tudo ficara esclarecido e resolvido. Pelo visto, ela não tirou mais aquilo da cabeça. Como é que eu ia saber?

— Pobre Alan. — Clara estava realmente com pena dele.

— Por isso é que andei pensando...

— Não, Alan.

— Ainda somos marido e mulher. Essa aí ainda é a minha casa.

— Isso é um absurdo, Alan. Houve um acordo de separação, e o divórcio já está saindo. Você tem tanto direito de vir para cá quanto de dormir na casa do presidente da Irlanda, no Phoenix Park.

Fez-se um silêncio sepulcral do outro lado da linha.

— Boa sorte — disse Clara por fim.

— Não tenho lugar algum para ir, Clara.

— Boa-noite, Alan.

As meninas olhavam para ela com certa curiosidade. Com muito tato, Gerry se levantou para lavar a louça.

As perguntas pairavam no ar. Clara sabia que precisava explicar alguma coisa para as filhas. Afinal, Alan *era* o pai delas: Clara não devia ser tão dura ou indiferente.

— É muito complicado — começou ela. — O pai de vocês não muda.

— Ele foi pego no flagra? — sugeriu Linda.

— Pelo visto, sim — respondeu Clara.

— E você vai recebê-lo de volta, mãe? — perguntou Adi.

— Não, claro que não.

— E o bebê? — quis saber Linda.

— Vai ser entregue à irmã da mulherzinha.

— E será que papai não vai... — Adi mal acreditava no que ouvia.

— Não, querida, não vai... Com vocês, a coisa é diferente. Ele gosta das duas filhas de verdade. De um jeito engraçado, meio louco e complicado, mas a verdade é que ele gosta muito de vocês.

— E ainda gosta de *você*, mamãe? — perguntou Adi.

— Ele gosta da lembrança que tem de mim. Gosta do que eu era há vinte e tantos anos. É uma espécie de amor.

— Clara tem razão — disse Linda. — Alan é do jeito que é. Quanto mais cedo aceitarmos isso, mais rápido tocaremos a vida em frente.

Clara se levantou.

— Por falar em tocar a vida, sugiro bebermos um licor por minha conta. Acho que todos merecemos. — Fechou as cortinas com cuidado, para o caso de Alan dirigir até ali a fim de observar tudo pela janela. Ele era um tolo, mas Clara não queria que ele sofresse ao ver o que fora um feliz jantar em família ocorrendo numa casa que ele abandonara, causando muita dor e preocupação ao longo de vários anos.

— Está mais alegre hoje? — perguntou Hilary no dia seguinte.

— Muito mais, obrigada. Desculpe por ter me comportado tão mal ontem.

— Você estava rodando a baiana mesmo. A noite em família foi boa?

— Excelente! Alan me ligou no meio do jantar para contar que a mulherzinha dele o havia posto para fora de casa e vai entregar o bebê para adoção. Por falar nisso, Linda fez todo o possível para parecer normal e quase conseguiu. Curti muito a noite.

— Ora, vejam só! — Hilary mostrou-se surpresa com tudo.

— Gostei tanto que estou achando que o errado com Linda é o fato de não ter encontrado o homem certo até agora.

— *Clara!* — Hilary pareceu indignada. — Você e eu somos da velha guarda. Passamos muitos anos dizendo que uma mulher não pode ser vista em função do homem que fisgou. O que acontecerá à bandeira de liberdade das mulheres se você fraquejar agora? — Ela estava realmente revoltada.

— Não estou traindo nossa irmandade feminina, quero apenas ajudar Linda. Poderíamos ir a um restaurante italiano esta noite para combinarmos todo o plano.

— Esta noite?

— Vamos lá — incentivou Clara. — Nós duas não temos mais nada de interessante para fazer.

— Você tem um jeito especial de levantar o astral da gente — debochou Hilary. Então, as duas começaram a trabalhar.

Alan telefonou durante o dia, e foi Ania quem recebeu a chamada.

— Aguarde um momento, sr. Casey, que vou ver se ela *pode* atender. A dra. Clara está dando uma consulta. — Clara fez que não com a cabeça. — *Não*... Desculpe, o senhor vai ter de ligar outra hora. Devo informá-la da sua ligação?

— Não, deixe para lá, ela não se importa de qualquer modo. Se estivesse interessada no meu problema, teria ligado para *mim*. Obrigado — disse ele e desligou.

Ania repetiu tudo para Clara e bem devagar.

— Desculpe, Ania, por envolver você num comportamento tão infantil com pessoas que já deviam ter passado dessa fase há muito tempo.

— Oh, Clara, se você soubesse como é importante eu me sentir assim aqui... Fazendo parte da vida de cada um. Isso aumenta muito a minha... Espere, espere... eu sei a palavra... *Autoestima*.

— Seu inglês está cada vez melhor. Na sua terra, eles nem reconheceriam a antiga Ania!

— Pois é... Encontrei uma pessoa de lá. Ele nem quis acreditar, não sabia nada sobre a minha mudança. Fiquei muito feliz.

— Era um antigo namorado? — quis saber Clara.

— Sim, foi namorado uma vez ou talvez nunca tenha chegado a ser. Talvez fosse só imaginação minha. Mas agora não existe mais nada. A gente sabe quando as coisas acabam, não é verdade? — Olhou para Clara com olhar curioso.

— Sim, é verdade. O truque é não sentir pena da pessoa.

— Ah, no meu caso, isso nunca aconteceria — garantiu Ania, muito séria.

Clara gostaria de estar assim tão segura. Desde a noite anterior, começara a sentir uma perigosa pena de Alan. Ficou curiosa por saber onde ele tinha dormido e o que ele havia aprontado e Cinta descobrira.

— Vamos analisar tudo como se isso fosse um problema da clínica. Imaginemos que é algo que precisa ser resolvido antes de Frank meter o bedelho. — Foi Clara quem deu início à conversa no restaurante italiano.

— Nick é meio sonhador, muito relax, até *demais*. É preciso agitá-lo um pouco para ver se ele se mexe na vida. — Hilary abriu o jogo. — Não tem iniciativa. Agora, está tocando violão num clube noturno. Não quis ir para a universidade porque dizia que era muito cara para eu pagar, começou a ensinar piano e violão para jovens e acabou se acomodando nesse clube, um beco sem saída.

— O clube fica realmente num buraco ou é simplesmente um lugar aonde jamais iríamos? — perguntou Clara.

— Acho que é uma espelunca. Os donos vivem preocupados em não conseguir dinheiro suficiente para pagar o aluguel. Pouca gente frequenta o clube. Não há novidades no local, nada de glamoroso, como no cinema. Mesmo assim, Nick toca lá, noite após noite. É muito vago quando lhe pergunto quantas pessoas costumam ouvi-lo. Diz que aparece muita gente e que todos gostam da música. Ganha uma porcentagem do ingresso, cerca de vinte por cento quando a entrada é mais de cinco euros. O dinheiro é sempre pouco. O restante consegue dando aulas.

— Bem, agora vou ser franca com relação a Linda. Mesmo que tenha sido fantástica ontem à noite, no fundo é uma dondoca muito egocêntrica. Acha que um par de sapatos que custe o salário de uma semana está num preço bom! Um preço bom! De onde ela veio, Marte? Acha que o mundo lhe deve alguma coisa. Talvez não seja uma boa jogar esse estorvo em cima do seu filho, Hilary.

— Nick conseguiu fazer um monte de garotas sumirem da sua vida, não precisamos nos preocupar com ele se vier a se sentir sufocado.

— Mas como eles vão se conhecer? — especulou Clara, intrigada.

— Se apresentarmos um ao outro, a coisa acaba antes mesmo de começar — concordou Hilary.

— Então, como é que poderão se conhecer por conta própria? — perguntou Clara. — E se Linda ganhasse convites grátis para o clube do Nick?

— Ela não iria. Suspeitaria de alguma armação. E, se fosse, não se encontraria necessariamente com ele — lembrou Hilary.

Clara, porém, não pensava em desistir.

— O que podemos fazer então?

— Podíamos dar um vale-desconto ao Nick para ele ir até a loja de discos onde ela trabalha — sugeriu Hilary.

Não daria certo. Ele acabaria procurando a vendedora errada ou iria lá no dia da folga de Linda. São necessárias elaboradas operações matemáticas para calcular os turnos dela — disse Clara, ainda assombrada com o novo emprego da filha.

— A coisa deve acontecer de forma casual. Não podemos pedir aos dois que venham à clínica? O que você acha? — perguntou Hilary.

— Aposto que chegariam na hora exata em que nós duas estivéssemos tendo acessos de riso. Iriam embora na mesma hora e ainda por cima chateados — disse Clara.

— Mas... E se eles *não nos virem*? Imagine que eles cheguem em uma hora em que não estejamos lá. Vão acabar conversando um com o outro — insistiu Hilary.

— Ora essa, Hilary! Como é que podemos chamá-los para ir à clínica sem estarmos lá? Pense num jeito de fazer isso e talvez eu aceite.

— E se os convidássemos para a festa beneficente? — tentou Hilary.

— Não creio que seja uma boa... Eles considerariam isso uma obrigação. — Clara foi definitiva.

— Mas suponha que eles fossem as únicas pessoas da festa com quem teriam algo em comum. Poderiam acabar se encontrando.

— *Não podemos* apresentá-los — disse Clara.

— Claro que não, mas suponha que seja Ania que venha a apresentá-los?

— Ela não conseguiria fazer isso sem dar na vista — disse Clara.

— Se ao menos houvesse um jeito de ficarmos fora de cena por algum tempo...! — desejou Hilary.

— Já sei. Vamos ficar de porre! — propôs Clara com os olhos brilhando.

— Agora? — Hilary ficou alarmada.

— Não, sua idiota, durante a festa.

— Como assim? Será que ouvi você propor ficarmos bêbadas na recepção que estamos organizando há várias semanas e que está nos deixando malucas? *Bêbadas?* Foi isso o que você disse?

— Não exatamente. Não *completamente* bêbadas. Só fingindo um pilequinho.

Hilary acabou de tomar o cálice de vinho e refletiu.

— Acha uma boa ideia nos fingirmos de bêbadas na nossa noite especial, Clara? Bêbadas diante de pessoas como Frank Ennis e todo o Conselho Administrativo do hospital? Diante dos representantes do Ministério da Saúde? Na frente dos cardiologistas? Diante da imprensa? Clara, você enlouqueceu?

— Ninguém vai ver — respondeu Clara, divertindo-se com a ideia. — Todos vão pensar que estamos sóbrias. Só Nick e Linda vão achar que estamos bêbadas.

Hilary chamou o garçom.

— Poderia nos trazer outra garrafa de Pinot Grigio? — pediu. — As coisas aqui estão começando a ficar esquisitas.

Linda ficou satisfeita com a forma como o jantar transcorreu. Clara tinha sido muito agradável. Sua mãe desencavara de algum lugar uma garrafa de Cointreau e quatro cálices pequenos. Tratara Alan muito bem ao telefone. Depois, contou algumas histórias divertidas.

Se ela agisse sempre assim, daria para aguentar numa boa o fardo de morar naquela casa. Era estranho ela ter se mostrado tão interessada na loja de discos e no fato de terem pedido a Linda para cuidar da seção de jazz. Chegou a se mostrar surpresa com isso e pediu para saber mais. O esquisitão do Gerry fora útil e lavara a louça, o que foi bom quando a mãe, isto é, Clara, como era chamada agora, fez questão de dizer às filhas que seu pai as amava muito. E talvez amasse mesmo, considerando aquele jeito maluco dele.

— Nick, você sabia que estamos organizando uma grande recepção na clínica? — perguntou Hilary.

— Claro que sei, mãe. Você não fala de outra coisa.

— É importante para mim. Desculpe falar disso o tempo todo.

— Tudo bem. Só fico admirado de aquela médica... Como é mesmo o nome dela...? Clara... não demonstrar mais interesse no assunto. Esse não é um projeto especial?

— Ah, mas a dra. Clara se envolve do jeito dela, sim — disse Hilary.

— Você *gosta* dela, mãe? Como pessoa?

— Não a conheço muito bem, na verdade. É muito eficiente, sem dúvida — respondeu Hilary de forma neutra, reprimindo seus sentimentos de lealdade.

— Sim, como Átila, o Huno — sorriu Nick.

— Acho que sim.

— Então, o que você queria me contar sobre a recepção? — perguntou Nick.

— Não era nada de especial.

— Mãe! Fale logo! O que era?

— Só queria dizer a data e lhe pedir um favorzinho.

— Então diga. — Ele era um rapaz de bom temperamento, e Hilary detestava todos esses subterfúgios.

— Durante a noite toda, eu vou ter de conversar com um monte de gente, beber um pouco de vinho com essa ou aquela pessoa em especial. Não vou poder dirigir de volta, Nick. Será que você poderia me apanhar lá, digamos, às nove da noite?

— Tudo bem — concordou ele.

— Assim vou ficar muito mais à vontade — disse Hilary.

— Posso ir, sim, mas qual o problema? Você não poderia pegar um táxi de volta para casa ou algo assim?

— Claro que poderia, mas iria me sentir muito sozinha e triste. Gostaria que meu querido filho fosse me pegar.

— Está bem, então. Pode deixar que vou, mãe.

— Não quero atrapalhar seus planos. Você não tem um encontro ou algo do gênero?

— Você me conhece, mãe. É preciso uma garota correr muito para conseguir me pegar. — Ele riu.

— Estou falando sério. Todos querem conhecer alguém especial e não quero atrapalhar você em nada.

— Não está atrapalhando, mãe. Você nunca fez isso. Talvez eu não seja o tipo de cara com quem alguém se interesse em manter um relacionamento longo.

— Está bem. Quem sabe? — disse Hilary.

— Adi, não devíamos fazer alguma coisa para a recepção de Clara? — perguntou Linda.

— O quê, por exemplo? — quis saber Adi.

— Sei lá... Poderíamos mostrar um pouco de solidariedade. Vai ser uma noite muito importante para ela, conforme já descobri pelo jeito mais difícil.

— Linda, mamãe já perdoou você por se referir à festa como quermesse.

— Eu sei, mas queria fazer alguma coisa. Será que não seria uma boa nos oferecermos para servir as bebidas ou algo assim? Para ela economizar algum dinheiro?

— Podemos perguntar isso a ela — concordou Adi.

Elas se ofereceram, mas Clara não aceitou. Agradeceu a gentileza e explicou que estaria muito agitada e nervosa nessa noite. Elas não a veriam em seu melhor momento.

— *Nunca* vemos você em seu melhor momento — disse Linda com franqueza em demasia. — Quer dizer, vemos você sempre reclamando, com raiva de tudo, e mesmo assim sobrevivemos. — Algo no rosto da mãe a fez acrescentar de imediato: — Claro que você também *nos atura* nas situações desagradáveis. Sei que Adi é desastrada, tem cabeça mole e reconheço que sou meio confusa.

Isso não diminuiu a tensão como Linda esperava, mas Clara não tinha se ofendido, o que foi um alívio. Na verdade, pareceu comovida e surpresa por ver que Linda reconhecia seus defeitos.

— Vocês foram muito gentis em se oferecerem. Se eu precisar de alguma coisa quando chegar mais perto do grande dia, prometo chamar as duas — disse Clara. — Felizmente, já apareceu um monte de gente para ajudar. — Lembrou a si mesma de não mencionar que, sem Hilary, o projeto não teria decolado ou morreria antes de nascer. Era muito importante que Linda não soubesse que grande amiga Hilary era e sempre seria.

No dia da recepção, todos estavam muito empolgados na clínica. Prepararam as mesas para o vinho, os refrigerantes e o café numa das pontas da sala de Lavender. Na ponta do lado de lá, colocaram outra mesa, na qual os alimentos seriam preparados. Alinharam as cadeiras ao longo da parede para quem preferisse assistir a tudo sentado. Abriram as portas das outras seções da clínica. Colocaram o equipamento de Johnny encostado na parede dos fundos, mas mantiveram seus gráficos em destaque, pendurados nas paredes laterais. Os compartimentos para tratamento foram transformados em guarda-volumes muito razoáveis, com cabides para os casacos dos convidados. Duas jovens de uma escola vizinha penduravam os casacos para os convidados e lhes entregavam um tíquete colorido.

Foi grande a concorrência para organizar o evento, e correu o boato de que duas estrelas pop, um ator muito conhecido e diversas personalidades da televisão estariam entre os convidados.

Os pacientes também haviam sido convidados, bem como todos os membros do Conselho Administrativo.

— O que teremos de fazer? — perguntara a sra. Reilly, muito desconfiada, alguns dias antes. Todos sabiam o que ela *faria*, é claro. Certamente contaria a todos que a melhora das condições do seu coração se devia única e inteiramente à intervenção de algum santo e distribuiria folhetos sobre os poderes curativos desse santo. Se dependesse dela, a clínica não receberia nenhum testemunho de louvor. Contudo, eles não poderiam deixá-la de fora da lista de convidados. Felizmente, ela decidiu que tinha outro compromisso mais importante para essa noite.

— Nossa Senhora deve ter explicado a Nosso Senhor que a sra. Reilly estaria melhor longe da clínica — comentou Ania, empolgada. Clara e Hilary trocaram olhares. Costumavam dizer que os maravilhosos e piedosos poloneses que tinham ido à Irlanda prestaram um grande serviço ao país ao fazer o catolicismo irlandês parecer moderno e liberal comparado ao polonês. Nada disseram, porém, simplesmente concordaram com um ar de seriedade.

Outros pacientes certamente seriam de mais ajuda, como no caso de Judy Murphy. Ela certamente diria a todos que a clínica era essencial para quem quisesse levar uma vida independente. Ou a grande Nora Dunne, com os seus cabelos grisalhos e olhos muito vivos, cujo marido, Aidan, recuperara a vontade de viver. Nora se tornara uma peça viva de divulgação positiva, pois os convertidos são muito zelosos ao defender sua nova causa. Ela, que demonstrara absoluta certeza de que a vida com seu simpático marido terminara quando ele teve um infarto, parecia formar com ele, agora, um casal imortal.

Até mesmo Lar, com o seu desejo obsessivo de fazer todos aprenderem algo novo a cada dia, seria um bom embaixador do trabalho que desenvolviam ali. Lar era implacavelmente divertido. Quando alguém lhe perguntava como ia de saúde, dizia sempre que estava ótimo e que as pessoas geralmente falavam muitos disparates sobre os problemas cardíacos. Tudo que era preciso fazer era controlá-los profissionalmente. Se Clara tivesse contratado um relações-públicas para espalhar essa mensagem, não conseguiria ninguém tão bom quanto Lar.

Ania tinha preparado crachás para todos com sua caligrafia bela e cuidadosa: verdes para os pacientes, vermelhos para a equipe e amarelos para os palestrantes convidados.

— Você não fez um crachá com o seu nome — reparou Clara, surpresa.

— Ah, não mereço um crachá — disse Ania. — O que eu poderia dizer se alguém me perguntasse algo específico sobre a clínica?

— Mais do que a maioria de nós. Vamos lá, Ania, prepare um crachá para você neste instante, senão eu mesma vou fazê-lo!

— É muita gentileza sua, Clara.

— Johnny tem um amigo que é fotógrafo. Ele vai tirar uma bela foto de todo o grupo antes de começarmos. Todos devem estar com seus nomes, e cada um receberá uma cópia. Se a foto ficar boa, podemos ampliá-la e colocá-la na parede da sala de espera. — Clara estava obviamente empolgada.

— Posso enviar uma cópia para Mamusia, a minha mãe? Ela vai ficar muito orgulhosa por me ver fazendo parte de uma equipe desse nível.

Clara engoliu em seco. Havia algo nessa jovem que fazia as pessoas sentirem uma grande necessidade de protegê-la e também vergonha ao mesmo tempo. Vergonha por não se sentirem mais gratas por tudo o que tinham na vida, em comparação com Ania.

Clara comprara um novo casaco para essa noite, em brocado cor creme e detalhes em vermelho. O caimento era perfeito. Voltara a procurar Kiki, a cabeleireira, e parecia mais bela do que nunca. Antes de sair, foi desfilar diante das filhas na cozinha.

— Nem parece que você vai dirigir o próprio carro. Devia chegar de limusine — sugeriu a filha mais velha com admiração.

— Você passaria por uma mulher de cinquenta e poucos anos — elogiou Gerry, igualmente admirado.

— Eu *tenho* cinquenta e poucos anos, Gerry.

— Cinquenta e menos então — emendou ele, sem graça.

— Quarenta e poucos — completou baixinho.

— Pretende fisgar alguém? — perguntou Linda com interesse.

— Como assim?

— Está atrás de algum homem esta noite?

— Não. Na verdade, estou atrás de muitos homens e mulheres também, mas é trabalho. O que eu queria fisgar, de verdade, era reconhecimento e muito apoio para um trabalho que considero importante.

— Mas você está vestida como se fosse a um baile de gala — disse Linda.

— Tenho de passar essa imagem para pessoas bem-sucedidas, que não me dariam atenção se eu comparecesse à festa com calça de moletom, cabelos presos por uma piranha e casacão de náilon daqueles que parecem um edredom!

Essa era uma imagem tão diferente da que ela exibia naquele instante que todo mundo caiu na risada.

— Sabe do que eu realmente gostaria, Linda?... Se me empolgar muito e tomar uns cálices a mais, você poderia passar lá para me pegar?

— Tudo bem — disse Linda. — Mas tente não mergulhar na manguaça, senão vai estragar tudo.

— Claro, vou tentar não... ahn... mergulhar na manguaça — disse Clara e foi para a clínica.

— Eu não devia ter dito que ela parece ter cinquenta e poucos — lamentou Gerry.

— Tudo bem, amor, não há problema. Ela entendeu o que você quis dizer — consolou-o Adi.

Linda olhou para o teto, girando os olhos de impaciência, mas não disse nada. Era de dar medo o que as pessoas faziam por amor. Adi tinha uma cabeça boa e era muito independente antigamente. Agora, aquilo tudo acabara.

Tiraram a fotografia em grupo.

O amigo de Johnny, Mouth Mangan, era um homem simpático que compreendeu que aquela era a foto mais importante da noite para todas as pessoas envolvidas no evento. Arrumou todos de tal forma que os membros mais baixos da equipe ficaram sobre um estrado, e os outros não. Assim, todos pareceriam ter mais ou menos a mesma altura, e essa era sua intenção.

Mouth instruiu a todos e pediu que olhassem para algum ponto um pouco acima do ombro esquerdo dele, como se vissem algo interessante, e dissessem a palavra *giz*. Com isso, todos riram e ele tirou a foto. Depois, tiveram de dizer a palavra *simpatia* e tentaram ficar com um ar de mais seriedade. E isso foi tudo. Resolvido e acabado. Mouth desmontou o tripé e foi montar sua outra máquina para fotografar as celebridades.

— Você também faz casamentos? — perguntou Declan, num sussurro, a Mouth.

— É a minha especialidade — garantiu Mouth Mangan com ar confiante. — Costumo tirar as fotos oficiais em oito minutos no máximo!

— Fotos oficiais? — perguntou Declan, confuso.

— Sim, sabe como é... noiva sozinha, noiva com noivo, noiva com noivo e convidados, pais da noiva, pais dele, *todos* os pais. É mais fácil e rápido se não houver divorciados, segundos casamentos e outras famílias. — Olhou com ar de interrogação para Declan.

— Não, não temos nada disso.

— Depois eu me misturo aos convidados, tiro um monte de fotos e deixo um cartão. Vocês indicam as fotos que querem ver no álbum e as que querem que sejam colocadas no *site*. Quando é o casamento?

— Ainda não marcamos a data — disse Declan com ar melancólico.

— É melhor agitar isso logo — Mouth era prático e objetivo. — Não tenho muitos sábados livres pelos próximos dezoito meses.

O lugar começava a lotar. As pessoas da equipe, com seus crachás vermelhos, se apresentavam a cada convidado. Frank Ennis observava tudo, surpreso com o movimento.

— Também vou ganhar um crachá vermelho? — perguntou a Barbara.

— Acho que não, sr. Ennis. O senhor pertence ao hospital, não é? Não faz parte da equipe da clínica — respondeu Barbara.

— Não é nem mesmo *amigo* da clínica — acrescentou Clara.

— Está linda, dra. Casey — elogiou ele.

— Você também está com uma aparência limpinha, Frank. Bela gravata. Foi sua mulher que escolheu?

— Infelizmente, dra. Casey, não fui abençoado com uma esposa em minha vida — respondeu ele.

— Isso significa que está *disponível*? — perguntou ela em tom de deboche. — Nossa! Será que as muitas damas solteiras que vêm aqui essa noite sabem disso?

— Eu não disse que estava disponível — disse ele em voz alta.

Hilary levou a mão à boca para não cair na gargalhada.

Bobby Walsh chegou com a esposa, Rosemary, e o filho. Carl empurrava o pai numa cadeira de rodas. A sra. Walsh correu os olhos por toda a clínica e demonstrou certa surpresa. Mostrou mais espanto ao ver alguns rostos muito conhecidos. Será que aquele ali era...? E aquela outra mulher parecia uma estrela da tevê. O que estaria fazendo *ali*? Um empresário famoso conversava com um ator. Como foi que a mulher briguenta que dirigia aquela clínica conseguira atrair tanta gente importante? Aliás, a mal-humorada Clara Casey estava deslumbrante, justiça seja feita. Parecia ter feito um *lifting* no rosto. Rosemary lamentou não se ter vestido com mais luxo. Não sabia que o evento seria tão elegante.

Foi quando avistou Ania, a empregada polaca da clínica. Despiu o casaco e o entregou.

— Pendure-o com cuidado — disse a Ania.

Clara já a vira.

— Que *bom* vê-la por aqui, sra. Walsh. Está à procura do guarda-casacos? Fica bem ali — apontou.

— Mas eu julguei... — começou Rosemary.

— Pois é... Eu também julguei que todos conseguiriam ler os cartazes com facilidade, mas vejo que não. Da próxima vez, faremos as letras com tipos maiores. Venha comigo, Ania, quero que me apresente ao padre Flynn. — E se afastaram, deixando Rosemary Walsh soltando fumaça pelas orelhas de tanta indignação.

Os discursos foram curtos e diretos. Frank Ennis, que obviamente insistira em falar, foi muito simpático. Chegou a fazer graça ao falar da clínica e de sua elegante diretora, a dra. Casey.

Quando as formalidades terminaram e tudo parecia estar correndo bem, Clara ligou para Linda.

— Desculpe, querida, aqui é Clara falando — disse ela num sussurro.

— Já vi que está mamada! — disse Linda, orgulhosa por ter identificado a situação.

— Não diria tanto... Se bem que é exatamente isso que nós, bebedores inveterados, sempre alegamos. O fato é que não estou em condições de dirigir.

— Tudo bem. Quer que eu vá agora?

— Sim. Venha e você poderá beber alguma coisinha.

— Como estão as coisas por aí? — Linda se lembrou de perguntar.

— Surpreendentemente perfeitas. Você devia ver como todo mundo está estiloso! — acrescentou.

— Você não me parece tão mamada — reclamou Linda.

— Ah, pois é... Estou tentando manter as aparências.

— Vou até aí de ônibus — prometeu Linda.

— Não! Pegue um táxi. Você não deve desfilar de joias num ônibus. Venha de táxi que eu pago.

— Isso quer dizer que vou precisar me arrumar?

— Espero que não me apareça de jeans — disse Clara. Não se atreveu a falar mais nada para Linda não desconfiar. Conhecia a filha o bastante e já dera a entender que o traje era de gala.

Clara apresentou Bobby a um homem que já jogara rúgbi pela seleção da Irlanda; ele parecia muito animado com a conversa. Reparou também que Ania engatara uma conversa séria com Carl, filho de Bobby. Rosemary Walsh estava sozinha num canto com ar furioso, o que fez com que Clara se lembrasse de alguém conhecido... Ah, claro! O rosto amuado de Rosemary Walsh era igualzinho ao de sua própria mãe, sempre armada de mau humor e disposta a desaprovar qualquer coisa que lhe fosse apresentada.

A mãe de Clara não viera. Fora convidada, mas informou que já marcara um jogo de *bridge*, e Clara não podia esperar que ela apoiasse cada causa fracassada em que a filha se envolvesse. Foi um alívio ela não ter aparecido.

Seria também um alívio se Rosemary Walsh pegasse o casaco e fosse embora agora. Infelizmente, a vida não funcionava assim.

Clara pregou um sorriso de volta na cara e apresentou Rosemary a um gerente de banco.

— Não acredito que a senhora tenha problemas de coração — exclamou ele para Rosemary galantemente.

Era exatamente isso que Rosemary precisava ouvir, e Clara reforçou a ideia explicando:

— Não, não. O marido da sra. Walsh, muito mais idoso do que ela, é paciente da nossa clínica e está se recuperando muito bem. Não passou um único dia no hospital desde a primeira vez que nos procurou. Ele nos apoia muito e está bem ali, com o filho.

O gerente ficou impressionado, e Rosemary pareceu menos irritada.

Clara também apresentou o bem-humorado padre Flynn a um milionário, com as instruções de que ele não deveria convencê-lo a doar seu dinheiro ao centro paroquial em vez de doá-lo à clínica.

As coisas estavam correndo melhor do que ela poderia ter imaginado.

Nick foi o primeiro a chegar. Clara o viu conversando com a mãe e precisou se conter para não ir cumprimentá-lo. Viu quando Hilary pegou um cálice de vinho e apresentou o filho a um casal de colegas. Ele era alto e descontraído, e parecia tão à vontade ali quanto em qualquer outro lugar. Seria o homem certo para sua filha complicada?

Foi então que Linda chegou. Clara a observou olhando em volta, admirada com a agitação da festa. Clara sentiu uma pontada de orgulho por ser capaz de mostrar um evento como aquele à filha hipercrítica. Quermesse... Ela via só!

Clara percebeu que Hilary levou Nick direto para a sala de fisioterapia de Johnny e por isso se encaminhou para lá também, acompanhada de Linda.

— Você precisa ver os maravilhosos gráficos e planos de exercícios que ele tem nas paredes — disse ela. — Vou tentar não ficar aqui muito mais tempo.

— Você está se saindo muito bem na missão de esconder o pileque — resmungou Linda. — Pensei que fosse encontrar você de quatro, andando pelo chão.

Clara balançou alegremente o cálice de vinho. Era seu primeiro drinque da noite, mas Linda não precisava saber disso.

— Acho que já passei dos limites — disse com ar feliz. — Mas ainda bem que pareço sóbria. Falta conversar com mais duas ou três pessoas.

— Fique à vontade, Clara. — Linda estava se divertindo com tudo aquilo. Pelo menos, não teria de carregar a mãe até o carro. Ficou contente por ter vestido o seu longo preto e branco de seda. Sabia que ficava muito bem nele. Só lamentou que os sapatos fossem tão desconfortáveis, apesar de combinarem com o vestido. Por sorte, ela se lembrara de levar um par de tênis, que guardou na mala do carro assim que chegou. Seria impossível dirigir com aqueles sapatos. Linda olhou em volta para as pessoas presentes. Reconheceu um ou dois rostos da tevê. Viu políticos cujas fisionomias lhe eram familiares. Puxa vida! Como foi que ela teve a coragem de se referir a uma festa linda dessas como quermesse? Ficou curiosa por saber quem, dentre os convidados, seria Frank, o homem horrível que sua mãe detestava. Também gostaria de conhecer a garota polonesa, insuportavelmente angelical, que parecia ser tudo que a mãe esperava de uma jovem, ainda por cima com jeitinho de batalhadora.

Linda reparou num homem muito bonito no outro lado da sala, analisando os planos de exercícios. Ele não usava crachá. Devia ser um convidado à parte, como ela. Imaginou que ele tinha lhe lançado um olhar de admiração quando entrou, mas depois não pensou mais nisso. Em geral, as pessoas não mostravam interesse por ela, apenas a olhavam com curiosidade por causa de suas pernas compridas. Sua tristeza era achar que as pessoas sempre a admiravam quando, na maioria das vezes, nada havia para ser admirado.

Foi Fiona quem acabou fazendo a apresentação. Clara pediu que fizesse isso.

— Diga apenas "este é Nick Hickey, esta é Linda Casey". Por favor, Fiona, agora!

— Porque é que você ou Hilary não os apresentam?

— Se eu contar para você, terei de matá-la em seguida; então, é melhor você se limitar a fazer o que digo — insistiu Clara.

— Aahhh! Então é armação para um encontro sentimental? Será que vamos ter dois casamentos? — brincou Fiona.

— Se você mencionar alguma coisa sobre isso com alguém, mesmo remotamente, levo você para uma das macas de tratamento, retiro seu coração com toda a minha habilidade e o transplanto no peito de outra pessoa — ameaçou com tanta intensidade que Fiona recuou.

— Está bem, está bem, já entendi!

— Mais uma coisa: esse assunto acabou e esta conversa nunca aconteceu — disse Clara.

— Que conversa? Por favor, me dê licença, Clara, tenho umas coisinhas para resolver. — Fiona seguiu em direção à sala de Johnny para fazer o que lhe fora pedido.

A filha de Clara estava linda! Não precisava que a mãe lhe arranjasse companhia. Quanto a Nick, ele se mostrava tão à vontade que também não parecia desesperado em busca de alguém. Mesmo assim, aquela era sua missão, e ela a cumpriu.

— Vim buscar minha mãe porque ela mergulhou de cabeça nos drinques e ficou de porre — informou Linda.

— Eu também, de certo modo. Saúde às nossas mães! — ele riu.

— Quem é sua mãe bêbada? — perguntou Linda.

— Hilary Hickey — respondeu ele. — Ela trabalha na parte administrativa da clínica.

— Minha mãe é Clara Casey — resmungou Linda.

— Ah, a chefona — disse ele. — Entendo...

— Ela me pareceu bem sóbria, na verdade. — Linda se colocou na defensiva. Não queria que a gerente administrativa ouvisse do filho que Clara era uma alcoólatra.

— Hoje em dia, é sempre melhor prevenir — respondeu ele com ar de aprovação.

— Você tem algum envolvimento com a clínica? — quis saber Linda.

— Não o bastante — afirmou Nick com cara de decepção. — Para ser franco, eu nem tinha percebido, até agora, tudo que construíram aqui. Devo dizer que estou impressionado.

— Eu também — confessou Linda. Ele ainda não dissera em que trabalhava, mas tudo bem. Ela detestava pessoas que rotulavam as outras com base nas respectivas profissões. Simon, seu ex-namorado, dizia que devemos sempre perguntar à pessoa a quem acabamos de ser apresentados qual é sua profissão, para não perdermos tempo com um perdedor ou um joão-ninguém, mas isso era típico de Simon, não necessariamente uma filosofia construtiva.

Nick era muito simpático. Ele próprio revelou sua ocupação. Disse que não costumava se exercitar muito fisicamente, porque ensinava música, um trabalho que o obrigava a ficar quase o tempo todo em uma mesma postura. Tocava num clube, onde também passava muito tempo sentado e só se levantava na hora de tocar em meio à atmosfera enfumaçada típica de uma casa noturna.

Linda informou que trabalhava numa loja de discos e mencionou o endereço.

— Puxa, eles são fantásticos! — exclamou Nick. — Estão montando uma nova seção só de jazz.

— Sim, e sou a responsável por essa seção — contou Linda, orgulhosa.

— Não me diga! — Ele ficou muito impressionado.

— É sério. Já tenho uma estante com Count Basie, Duke Ellington e Miles Davis, e já consegui que me liberassem dinheiro para adquirir outros artistas.

— Você vai incluir Artie Shaw, não vai? — perguntou — E Benny Goodman?

— Claro! Estava pensando também em grandes damas do jazz. Tipo Billie Holiday, Ella...?

— E Lena! — gritou ele. — Você precisa ter um monte de álbuns de Lena Horne.

— Ah, sim, claro. Lena é minha favorita. Adoro "More Than You Know".

— A canção dela que curto mais é "At Long Last Love" — disse Nick.

Os convidados estavam todos saindo aos poucos. Clara e Hilary, as duas mães ostensivamente "ébrias", espreitavam os filhos de vez em quando pela porta.

Linda e Nick pareciam completamente à margem do restante do mundo.

Tudo o que as duas senhoras haviam planejado servira unicamente para preparar o terreno e acelerar um pouco as coisas. Agora, elas precisavam se afastar, prendendo a respiração. Nunca, jamais, enquanto vivessem, admitiriam ter sido as autoras daquilo para nenhum dos dois fãs de jazz que pareciam imersos em seu próprio mundo, em meio aos aparelhos da sala de exercícios de Johnny.

10

Fiona foi convidada para jantar em St. Jarlath's Crescent, na casa de Declan. Os gêmeos preparariam um prato grego e perguntaram se Molly se importaria.

— E ela se importou? — perguntou Fiona, pois sabia o quanto Molly Carroll se orgulhava das suas habilidades culinárias, dos seus assados e guisados.

— Na verdade, ela me pareceu encantada — afirmou Declan. — Está conversando com eles sobre almôndegas e kebabs como se tivesse passado a vida inteira numa ilha grega.

— Sua mãe é um amor — disse Fiona com carinho.

— Foi você que a transformou. Quando fui para o hospital, ela tinha um jeito complicado, era uma pessoa difícil de se lidar. Eu tinha medo de vocês duas se conhecerem. Agora, quem diria, são grandes amigas.

— E por que não haveríamos de ser? Já que somos loucas por você?

— Então, quando é que você acha que devemos dedicar um dia especial à minha mãe?

— Mas ela tem tido vários dias especiais, ultimamente — respondeu Fiona. — Não fomos ao Jardim Zoológico na semana passada, nós duas? Ela me disse que fazia muitos anos que não ia lá, e também adorei o passeio.

— Você sabe muito bem do que estou falando — disse Declan.

— Ah, um dia de *casamento*! — disse Fiona, rindo alto.

— Sim, meu amor, um dia de *casamento*...

— Mas temos todo o tempo do mundo para preparar isso, não temos? — perguntou Fiona. — Quarta-feira seria um bom dia?

— Para casar? — Ele ergueu os olhos esperançoso.

— Não. Para jantar com os gêmeos na sua casa, seu bobo.

Bobby Walsh contou a Declan que ele e a esposa iriam oferecer uma festa para celebrar bodas de rubi, quarenta anos de casamento. Ele suspirou de alegria ao contar a novidade, embora Declan não conseguisse enxergar o motivo de tanta empolgação. Imaginou como seria estar casado com uma mulher impaciente, revoltada com tudo e dona de uma língua afiada como Rosemary! Em seguida, imaginou como seria continuar casado com ela por quatro décadas! Vai ver que ela não era daquele jeito no início do relacionamento.

— Vamos receber cerca de setenta pessoas em nossa casa, e queria saber se o caro doutor e Fiona gostariam de se juntar a nós.

Declan foi pego de surpresa.

— Puxa, é muito gentil da sua parte nos convidar, Bobby, mas talvez não seja sensato juntar médicos terríveis e enfermeiras chatas ao seu seleto grupo de amigos.

— Muito pelo contrário. Devo tudo a vocês. Não estaria aqui planejando essa celebração se não fosse por todos da equipe. Além do mais, houve um pequeno mal-entendido entre Rosemary e Clara.

— Ah, houve? — Declan pareceu calmo e compreensivo. Ele já tinha ouvido tudo sobre o "mal-entendido" com Clara. Na verdade, o que houve foi uma manifestação, aos gritos, por parte de Rosemary, por causa de um medicamento, mas era melhor não mexer em vespeiro, pensou consigo mesmo.

— A festa vai ser no dia 21 deste mês, mas lhes enviarei um convite, como deve ser. Isso é muito bom. Vou me sentir muito feliz em recebê-los.

Ele parecia realmente feliz, reconheceu Declan.

— Rosemary veio com você hoje, Bobby? — perguntou enquanto terminava os exames e atualizava a ficha.

— Não. Foi se encontrar com o pessoal do bufê. Foi Carl quem me trouxe. Está de folga na escola.

— Ele é um filho fantástico, você deve sentir muito orgulho dele! — disse Declan.

— Sim, é um bom rapaz e adora ser professor. É claro que Rosemary acha que o magistério não é bom o suficiente para ele. Diz a todo mundo que ele está fazendo mestrado em artes, mas aquele rapaz só voltará para a faculdade no dia em que o saci cruzar as pernas. Aposto que vai trabalhar naquela escola até se aposentar.

— É fantástico quando uma pessoa encontra uma profissão que a faz se sentir realizada — disse Declan, ajudando Bobby a vestir o casaco.

— Se ele encontrar uma boa esposa como encontrei, então realmente poderá se considerar um homem de sorte — disse Bobby.

Secretamente, Declan torceu para o jovem Carl encontrar uma mulher melhor que Rosemary, mas não se permitiu nem mesmo insinuar isso.

— Esperamos mais de dez anos para ter esse filho — continuou Bobby. — Já estávamos perdendo a esperança de ter um herdeiro. E então ele chegou. — Bobby tinha uma boa natureza, empolgava-se com tudo e com todos, incluindo sua esposa de maus bofes. Foi uma bênção que o filho pelo qual haviam esperado tanto tempo tivesse herdado as principais características do pai, e não da mãe.

— Fiona vai ficar feliz pelo convite — disse Declan apertando a mão de Bobby.

— E quando é que vocês vão...? — começou Bobby.

— Ih, nem queira saber! — sussurrou Declan. — Isso é pior do que falar de guerra. Tudo está bem desde que ninguém especule sobre o Grande Dia ou algo do gênero. Quando isso acontece, é um inferno.

— Declan, você é um homem sensato — disse Bobby. — Vai correr tudo maravilhosamente bem, acredite em mim.

Declan achava difícil acreditar num homem que se sentia feliz por estar casado com uma mulher como Rosemary há quarenta anos, mas agradeceu o elogio como sempre fazia. Era mais fácil do que confrontações. Por vezes imaginava que Bobby era um tolo.

Ania percebeu que Clara e Hilary guardavam um segredo, mas não fazia ideia do que poderia ser. Às vezes, as duas davam risadinhas juntas, como se fossem adolescentes. Outras vezes se sentavam juntas, preparando listas, mas nunca lhe contavam coisa alguma. Ela não se importava. Afinal, ela também não havia comentado nada sobre a visita de Marek nem sobre como havia terminado definitivamente com ele sem pensar duas vezes, em pé no restaurante, enquanto ele imaginava que ela dançaria nua diante de homens para lhe trazer dinheiro.

Talvez o assunto entre elas fossem os filhos das duas, que se haviam conhecido na grande recepção. Aquela noite fora encantadora, recordou Ania com nostalgia. Carl ficou surpreso com sua bela aparência. Disse que seu inglês melhorava dia a dia com a velocidade de um corisco e riu de forma afetuosa quando ela parou para escrever num caderninho de anotações a palavra *corisco*, que ela ainda não conhecia. Aquela era uma palavra nova e muito interessante.

Ele chegou a beijá-la na ponta do nariz ao sair.

— Você é tão doce, Ania, e muito inteligente. Eu adoraria se tivesse mais alunos como você nas minhas aulas.

— Mas não sou muito inteligente, Carl. Não sou, não.

— Desculpe por discordar, mas do meu ponto de vista você é muito inteligente. E tem mais uma coisa: é muito talentosa em várias áreas.

— Ah, mas isso é porque preciso trabalhar duro para ganhar dinheiro, o que me faz desempenhar muitas atividades diferentes.

— É isso que estou dizendo. Um dia você está trabalhando numa lavanderia e, no dia seguinte, fazendo uma clínica como esta funcionar...

— Eu não chamaria isso de talento. Na minha cabeça, simplesmente trabalho aqui.

— Ouvi você falando da clínica a festa inteira. Você é uma ótima embaixadora do trabalho que se faz aqui. E, quando vai embora, ainda trabalha na joalheria...

— Lá eu só faço a faxina!

— E *também* no centro paroquial. *Além disso*, você toma conta de crianças. E *ainda por cima* trabalha nas casas das pessoas que promovem festas e jantares, limpando tudo depois.

— *Isso* foi uma boa ideia, e eu a tive sozinha. — Os olhos de Ania brilhavam. — É bom quando a anfitriã de uma reunião ou de um jantar pode ir para a cama sabendo que vai encontrar a cozinha impecável quando acordar.

— Pois é, mas quando é que você dorme, Ania? Quantas horas o seu dia precisa ter?

— Ah, todas as horas do dia realmente não são suficientes — lamentou. — Eu precisaria de um dia de quarenta horas para poder oferecer à minha mãezinha a vida que ela merece.

— Talvez ela apenas queira ver você feliz, Ania — disse ele. Em seguida, pôs-se a refletir consigo mesmo. Ele não teria dito tudo isso se não gostasse muito dela, teria?

Para o padre Brian, aquilo era uma corrida extenuante em companhia do seu amigo. Para Johnny, porém, não passava de uma caminhada casual. Haviam tomado o metrô de superfície que seguia para o sul até a costa, a partir de Dublin. Seguiram até a região costeira de Killiney e, em seguida, escalaram o que o padre Brian considerava uma montanha, mas que para Johnny era uma suave ladeira. Olharam para o cais de Dunlaoghaire, ao qual chegavam os barcos da Inglaterra e onde os ricos atracavam seus iates. Depois, desceram novamente a montanha, ou *ladeira*, até Dalkey, beberam duas cervejas num pub agradável e pegaram o metrô de volta para Dublin.

Brian ficou exausto e com o corpo dolorido por causa do passeio. Johnny, por ser dotado de músculos e articulações de outro tipo, não sentia dor alguma.

Enquanto estavam em Dalkey, conversaram sobre diversos assuntos. Brian estava com problemas para manter o centro paroquial. Alguém o aconselhara a torná-lo autossustentável, mas como poderia conseguir isso? Já havia convencido todos os seus amigos a colaborarem para a pintura do lugar. Pediu a Ania que fizesse novas cortinas e toalhas de mesa. Não podia aumentar os preços que cobrava pelas refeições e pelos serviços porque os jovens frequentadores enviavam tanto dinheiro para seus países de origem que lhes sobrava muito pouco para a subsistência.

Se ao menos houvesse algum jeito de ganhar dinheiro com as instalações do centro... Ali havia um imenso salão e alguns espaços em torno, onde pequenas reuniões poderiam ser organizadas. Chá, café, sopa e sanduíches geralmente eram servidos no salão. Ao lado, havia uma pequena capela. Depois da missa dos sábados à noite ou dos domingos de manhã, Brian dava as boas-vindas a muitos jovens do leste europeu, que ainda se sentiam perdidos na grande cidade e se mostravam contentes por ter um local para tomar café e bater papo uns com os outros. Ele não poderia aumentar os preços de tudo simplesmente para tornar o lugar autossustentável.

— Você não pode fazer uma discoteca, uma boate ou algo assim? — sugeriu Johnny.

— Ora, mas que ideia, Johnny! Isso não combina muito bem com a imagem de integridade de uma igreja, não acha?

— Bem, não seria nenhuma boate de striptease, é claro — Johnny pareceu ofendido.

— Não, claro que você não sugeriu isso. Apesar disso, com as coisas que vejo e que me chocam naquela vizinhança, não estaríamos muito deslocados.

— Deve existir alguma atividade lucrativa para você desenvolver naquele espaço — insistiu Johnny, recusando-se a aceitar a derrota.

— Ó, Senhor — invocou Brian. — Antigamente a vida era mais fácil para mim em Rossmore, onde as pessoas diziam que bastava ir ao poço sagrado e perguntar a Santa Ana o que fazer.

— Ora, mas sempre achei que você tivesse vindo para Dublin exatamente para fugir disso tudo! — Johnny estava intrigado.

— Sim, foi o que fiz. Só que, como todo mundo, começo a me perguntar se não haveria algum fundo de verdade nessas crenças populares. Todos voltavam daquele poço estranho maravilhados consigo mesmos.

— A santa lhes dizia que rumo tomar?

— Pelo visto ela plantava ideias nas cabeças deles. Nem me peça para contar as histórias que ouvi!

— E agora quem toma conta desse povo?

— Padre Tomasz. O homem mais bondoso que já conheci. Tem uma verdadeira obsessão pelo tal poço. E a fama do lugar está aumentando. As pessoas querem se casar diante do poço e tudo! — Brian parou de falar e ficou pensativo. — Santo Deus! — exclamou de repente.

— Que foi? — Johnny pareceu alarmado, achando que algo estava errado.

— Senhor!... *Essa* é a solução. Podemos celebrar os casamentos no centro paroquial. Primeiro, faço a cerimônia na capela, e o padre Tomasz pode vir a Dublin para fazer as cerimônias em polonês. Depois, oferecemos o salão para a bela recepção do casamento. Que ideia fantástica!

Clara estava espantadíssima com Linda. Ela já havia ido ao clube de Nick duas vezes para vê-lo tocar. E ele passava quase todo dia na loja de discos em que ela trabalhava. Ele a considerava genial e aconselhou o patrão de Linda a contratá-la em expediente integral.

Linda pensou durante quase seis minutos no assunto e acabou aceitando a proposta, desde que recebesse um salário razoável e tivesse um orçamento folgado para fazer promoções.

— Mas que tipo de promoções você pensa em fazer? — perguntou o patrão, como seria de esperar.

— Sua loja é um bom ponto de referência para artistas de jazz irlandeses e estrangeiros. Poderíamos promover um happy hour às quintas-feiras e quem sabe convidar alguém para tocar aqui a fim de atrair os fãs do gênero.

O patrão ouviu tudo com interesse. No princípio, achava que aquela funcionária nova não passava de uma menina mimada, frívola e sem cérebro, cujo maior atributo eram as pernas longas. Imaginou que ela fosse ficar na loja por, no máximo, três semanas. Agora, Linda planejava construir e gerenciar um império.

Hilary também estava admirada. Nick tinha cortado o cabelo. Passara a se arrumar com mais cuidado. Perguntou a Hilary se ela conhecia alguma sala para que ele pudesse alugar, pois queria um local para dar aulas de música. Por mais acolhedora que fosse sua casa, não era o lugar ideal para turmas numerosas, com até vinte pessoas. Havia conversado com alguém que lhe disse que era mais sensato ensinar violão a vinte crianças ao mesmo tempo, ao longo de seis sábados, e cobrar pelo curso completo. Alguém também lhe dissera que ele já estava quase com trinta anos e chegara o momento de mostrar a todos o quanto era talentoso. Como há vinte anos Hilary lhe dizia exatamente isso, abriu a boca de espanto ao ver que *uma pessoa* — que por acaso era filha de Clara — tinha conseguido, finalmente, convencê-lo.

Linda deixou de usar saias ridiculamente curtas acompanhadas de botas de cano alto. Nick comprou um suéter sem buracos nem fios soltos. Linda não falava muito de Nick em casa. Nick também não comentava nada sobre ela com a mãe. Na clínica, porém, as duas mulheres de meia-idade falavam deles o tempo todo e, pelo menos uma vez, foram vistas dançando felizes ao redor da mesa de Clara.

Na quarta-feira marcada para o grande banquete grego, os gêmeos chegaram cedo à casa de Molly Carroll.

— O mais importante é uma boa apresentação... — começou Maud.

— Sim... E a forma como os pratos são dispostos... — acrescentou Simon.

— Trouxemos umas tigelinhas de porcelana...

— Para colocar os aperitivos...

— É importante oferecê-los em ordem, primeiro para Fiona...

— Depois para a senhora e para Declan...

Molly ficou tonta só de ouvi-los falar, sempre em sequência. Precisava virar a cabeça para a esquerda e para a direita como se estivesse assistindo a uma partida de tênis. Contudo, eram absolutamente encantadores e tagarelavam sem parar, como se todos ali fossem velhos amigos.

A conversa dos irmãos estava cheia de referências a pessoas que Molly não conhecia: uma tal de Vonni, o Andreas e Yorghis, o irmão de Andreas, além do médico local, o dr. Leros, que retirara dos pés de Simon alguns estilhaços de um prato quebrado quando dançou com entusiasmo exagerado num restaurante. Durante todo o tempo em que conversavam, decoravam a mesa com tigelas de azeitonas, pão pita, porções de *homus tahine*, *taramasalata* e um prato grego tradicionalmente preparado com peixe e coisas como lulas, que Molly se perguntou se algum dia seria capaz de comer.

Prepararam o que parecia ser um simples empadão de carne de cordeiro, mas o nome era *moussaka*, e o recheio tinha assustadores vegetais roxos; a salada grega de tomate, pepino e queijo feta fora colocada em um tabuleiro, ao lado da sobremesa especial: uma massa que parecia preparada com papel pardo amassado, recheada com amêndoas e mel.

Molly suspirou. Poderia ter preparado algumas combinações bem melhores. Comida normal, nada daquelas tigelinhas ridículas. Paddy teria trazido o melhor lombo de cordeiro ou costela de vaca do açougue onde trabalhava. No entanto, Muttie, o tio dessas crianças, avô ou o que fosse, era muito importante na vida de Paddy, e eles estavam empolgadíssimos com o tal jantar.

Molly estava tentando não se intrometer e deixar que outras pessoas fizessem as coisas. Isso não lhe era fácil. Durante muitos anos, ela dirigiu a casa ao mesmo tempo que trabalhava na lavanderia. Todas as manhãs, engomava uma camisa para Paddy e outra para Declan. Estava sempre presente para recebê-los com o jantar pronto à noite. No entanto, agora tudo mudara.

Declan passava a maior parte do tempo livre com Fiona. Ela era uma jovem maravilhosa, é claro. Completamente apaixonada e muito boa para ele. Declan estava muito mais autoconfiante ultimamente. E Fiona fazia todo mundo rir. Acompanhava Paddy e Muttie ao pub e sempre bebia cerveja com eles. Além disso, levara Molly ao Jardim Zoológico, e aquele foi um dia maravilhoso. Fiona conversou com Deus e o mundo, e as duas passaram horas observando aves exóticas, embora mantivessem uma cautelosa distância dos leões.

Portanto, se Fiona apreciava essa comida gordurosa servida em pratos minúsculos, por que não? Molly embarcaria na história. Usava um vestido novo, em padronagem xadrez, e tentava desesperadamente entender os laços de parentesco entre as pessoas de quem os gêmeos falavam.

— Claro que Adoni diria que nossos tomates não servem para preparar um boa salada *horiatiki* — começou Simon.

— Mas Vonni disse que o tomate irlandês pode servir, desde que espalhemos um pouco de mel nele... — lembrou Maud.

— Certamente é um processo muito criativo preparar uma refeição completa... — Simon parecia surpreso com a ideia.

— Ora, mas Molly já sabe isso. Prepara refeições para Paddy e Declan há décadas. — Maud tinha mais tato ao falar.

Molly tentava absorver tudo, até que ouviu um barulho de chaves que vinha da porta da frente. Declan e Fiona haviam chegado. Haviam passado no pub para pegar Paddy a caminho de casa. O banquete já podia ter início.

Os gêmeos explicaram a composição de cada prato com muitos detalhes, como se eles próprios os tivessem inventado. Os Carroll ouviram, extasiados, as histórias que contaram sobre o café da meia-noite, o mercado na praça, a multidão que aparecia toda noite no Andreas. Contaram que sempre trabalharam lá no turno da noite e na loja de Vonni durante o dia. Adoni chegou mesmo a arrumar uma caminhonete que saía da praça de hora em hora para levar e trazer os clientes.

— Hoje em dia esses turistas têm muita moleza, não são durões como os de antigamente. No meu tempo, tínhamos de subir a pé até lá em cima — informou Fiona.

— Isso faz muito tempo? — perguntou Simon.

Fiona esperou educadamente que Maud terminasse a frase que o irmão começara, mas ela olhava para a toalha da mesa, meio sem graça.

— Ah, sim, desculpe. Não devemos mencionar *essa* época — explicou Simon.

— Vonni nos disse que esses não foram tempos felizes para você, Fiona — completou Maud.

— Não, não foram muito felizes mesmo, mas o local era fantástico e, apesar de eu estar tolamente apaixonada por um sujeito de lá, fiz muitos amigos na ilha e estou contente por vocês terem podido conhecer alguns deles.

A conversa não acabara em desastre, afinal. Simon expirou o ar devagar, com alívio, e disse:

— Todos foram maravilhosos conosco. Nunca conseguiremos agradecer o bastante a você, Fiona, por nos ter apresentado a eles — agradeceu Simon.

— Eu soube que vocês foram excelentes trabalhadores, além de uma companhia divertida. Vonni sente falta dos papos que batia com vocês — afirmou Fiona.

— Nós a ensinamos a usar a internet para mandar mensagens e e-mails, mas acho que isso não faz o gênero dela.

— Isso é verdade. Não consigo imaginar Vonni fazendo isso — concordou Fiona.

— Mas ela *está* pensando em vir para o casamento de vocês — garantiu Maud.

— Ainda não marcamos a data — lembrou Declan.

— Explicamos a Vonni que a data ainda não estava marcada em definitivo... — informou Simon.

— ... Mas que seria, provavelmente, antes do fim do verão... — atalhou Maud.

— ... Enquanto o tempo ainda está bom...

— ... E os dias são maiores.

— Que bom! — disse Fiona rindo. — Acho que vocês contaram os fatos principais, mas com relação a Vonni... Vocês acham possível que ela venha?

— Ela não pretendia vir, mas demos muita força. Dissemos que você a considerava uma grande amiga...

— ... E que essa amizade não poderia ser num só sentido...

— ... E ela pareceu entender a mensagem.

— Ela já sabe como comprar passagens de avião baratas pela internet...

— Fomos até o Aghia Anna Beach Hotel e lhe mostramos como fazer isso online. O gerente avisou que poderá dar uma força para ela na hora da compra.

— Então não deve haver problemas.

— O melhor de tudo foi que essa viagem nos ajudou a escolher uma carreira — informou Simon.

— Agora sabemos exatamente que profissão abraçar — concluiu Maud.

— E o quê pretendem fazer exatamente? — perguntou Declan, interessado.

— Vamos trabalhar no ramo de restaurantes — disse Simon com orgulho, como se naquela noite mesmo fosse inaugurar sua própria *trattoria*.

No dia seguinte, Fiona contou a Ania tudo sobre o banquete grego da véspera enquanto arrumavam as salas de tratamento.

— Eles parecem jovens maravilhosos — disse Ania.

— Vê-los ao vivo é mais divertido do que ir a uma peça. Na verdade, eles *são* duas peças! Decidiram trabalhar no ramo de restaurantes e bufês. Estão assistindo a palestras noturnas com aulas práticas e aprendem tudo o que podem, ao mesmo tempo que trabalham no ramo. Têm um primo que gerencia um bufê chamado Scarlet Feather, e é lá que estão tendo as aulas práticas.

— Scarlet Feather! É o bufê que está preparando a festa das bodas de rubi dos pais do Carl! — Ania estava satisfeita por fazer parte de tudo aquilo.

— Pode ser que você os conheça na festa então, a não ser que seja um evento muito importante para eles deixarem Maud e Simon soltos.

— Mas não fui convidada — disse Ania.

— Mas vai ser, é claro. Você é namorada de Carl.

— Sou apenas amiga, não namorada dele — afirmou Ania. — Não quero criar expectativas muito grandes.

— Mas ele vem aqui para lhe ensinar inglês uma vez por semana, Ania. Sempre fala de você com empolgação quando está aqui com o pai. Você e ele já foram a galerias de arte, a museus e ao cinema. — Fiona estava confusa.

— Isso tudo é apenas uma tentativa dele de me tornar menos tapada, menos inculta — garantiu Ania.

De repente, Fiona desejou que Declan não tivesse contado que eles iriam àquela porcaria de festa. Se Ania não fosse convidada, isso seria considerado uma espécie de traição. Na hora do almoço, Fiona viu Carl Walsh chegar. Hesitou sobre se deveria ou não lhe perguntar se Ania receberia um convite para as bodas de rubi dos pais. E se a resposta fosse não? De qualquer modo, ela não devia bancar o cupido. Não tinha nada a ver com o caso.

— O que as pessoas vão oferecer aos seus pais no dia das bodas de rubi? — perguntou Ania a Carl.

— Pelo visto, muitas coisas de cristal vermelho. Alguns vão dar presentes em grupo. Um deles vai oferecer um conjunto de garrafa e seis taças de vinho em cristal da Boêmia. Outro vai oferecer um conjunto de xícaras de chá também vermelhas. Outro, duas saladeiras enormes. Na verdade, acho tudo isso uma tolice. Eles já têm pratos, xícaras e cristais para durar toda a vida.

— Talvez os amigos deles queiram celebrar e deixar essa data especial marcada — sugeriu Ania.

— Você vive num mundo muito mais feliz e honesto — assegurou Carl. — Tudo isso não passa de ostentação: uma chance para exibir a casa, a comida, os garçons, a vista, tudo.

— Mas você não acha que as pessoas vão se divertir?

— Bem, eu... Espero que *você* se divirta...

— Vou ser convidada? — Os olhos de Ania se iluminaram de entusiasmo.

— Claro! Você é uma grande amiga minha, não é?

— Mas eu... Vou receber um convite de verdade, como os outros convidados?

— Claro, Ania, se faz questão. Sempre considerei que sua presença na festa era certa. Não vou aguentar tudo aquilo se você não estiver lá.

— Muito obrigada, Carl. Eu receava que... você sabe... Na realidade, não imaginei que...

— Pense só em como eu ficaria se você não estivesse por lá para conversar comigo.

— Mas você tem de receber os amigos dos seus pais, conversar com eles, cuidar da distribuição das bebidas, bater no papo.

— *Bater papo*, apenas, Ania, não se usa o "no"... — Ele a corrigia sempre com gentileza, e ela tentava lembrar o jeito certo de falar.

— Vai ser maravilhoso — disse ela, por fim, alegremente. — Vou bater muito papo com as pessoas e quero me vestir bem para não deixar você mal.

— Você *nunca* me deixaria mal — retorquiu ele, fitando-a durante muito tempo, enquanto segurava um sanduíche de tomate. Por fim, o encanto do momento se desfez, e Carl pegou o livro de gramática inglesa para continuarem a leitura interrompida na última aula.

Os dias passaram com uma rapidez espantosa. Ania conseguiu mais um emprego. Precisava de dinheiro extra para poder comprar um bom vestido. Não queria pegar um único centavo da poupança que estava destinada para sua Mamusia.

Enquanto tirava as mesas e recolhia os copos, deparou com um chinês que oferecia a um rapaz um emprego de quatro horas por semana para fazer um trabalho: retirar ervas daninhas e replantar mudas nos canteiros das janelas de um grande prédio. O rapaz disse que o horário não lhe servia, e Ania se ofereceu para a função. Ficou atônita com o luxo daqueles apartamentos com vista para o mar, e frequentar esse lugar tão impressionante passou a ser rotina. O prédio de luxo não ficava muito longe da casa dos Walsh. Na verdade, Ania passava em frente à casa deles sempre que seguia pela larga avenida de três pistas à beira-mar.

Usava luvas de algodão baratas e cobria as mãos com vaselina. Sim, aquele era um emprego, afinal de contas, e um bom emprego, mas não queria ir à fabulosa festa dos pais de Carl com as mãos e unhas sujas de terra. O chinês que lhe arranjara o emprego se chamava Chen e era muito reservado, mas prestativo. Ania aprendeu com rapidez a revirar o solo, a alimentar as plantas e a substituir por novas as que murchavam por desleixo. Também usava uma lata com tinta branca para fazer retoques nos canteiros mais desgastados.

Ania observava com muita admiração as mobílias estilosas que via nos apartamentos: as cadeiras elegantes e espreguiçadeiras estofadas junto às janelas, nas quais os donos podiam se sentar para contemplar o mar. Aquele era um mundo completamente diferente do seu. Quando acordava no seu pequeno apartamento, via apenas telhados ao olhar pela janela minúscula. Não havia canteiros nas janelas nem escadarias de mármore com samambaias ornamentais junto do primeiro degrau, mas Ania não sentia inveja de nada daquilo, pois desconhecia tal conceito. Todas essas pessoas, ou pelo menos seus pais, deveriam ter trabalhado muito para obter tamanha riqueza. Aquele mundo maravilhoso era acessível para qualquer pessoa disposta a trabalhar com determinação.

Foi então que Barbara e Fiona a levaram até suas lojas favoritas para que ela procurasse algo especial para usar na noite da festa. Moveram-se com desenvoltura e empolgação por entre as araras de roupas, pegando uma ou outra peça para melhor análise. Ania, porém, balançava a cabeça para os lados. As roupas eram curtas demais, muito apertadas ou muito ousadas. Era tudo parecido com as roupas que Marek queria que ela vestisse no Bridge Café para atrair clientes. Nenhuma das peças lhe agradava.

— Nossa, se eu tivesse o seu corpo, usaria aquele ali — apontou Barbara, olhando impressionada para um vestido de couro preto com acessórios dourados.

— Por que você não o experimenta? — perguntou Ania.

— Porque não conseguiria com que meu busto imenso entrasse num modelito desses — lamentou Barbara.

— Pois eu daria tudo para ter um busto avantajado — confessou Ania.

— É fato provado que nenhuma mulher está satisfeita com o tamanho do seu busto — disse Fiona com ar sábio.

— Mas... E quanto a você, Fiona? Certamente não preferiria um tamanho de busto diferente, não é? — perguntou Ania atônita.

— Para falar a verdade, gostaria, sim, e aposto que qualquer mulher desta loja diria o mesmo. Mas não vale a pena ficarmos encucadas com isso. O que acha desse vestido vermelho? Aposto que você ficaria fantástica nele, Ania.

— Ele não tem mangas, e meus braços parecem palitos de fósforo.

— Sabe o que seria fantástico? — Barbara olhava para o vestido, pensativa. — Se conhecêssemos alguém que soubesse costurar, poderíamos colocar nele mangas compridas feitas de renda vermelha. Ficaria perfeito!

— Costurar? Eu sei costurar — disse Ania.

Logo elas acharam uma antiga blusa vermelha rendada, e Ania disse que seria facílimo descoser para adaptar as mangas e colocá-las no vestido da loja.

— Vamos deixar aquela sra. Walsh com os olhos para fora e o queixo caído — disse Fiona triunfante.

— Nao, não, não diga isso, Fiona. Ela tem sido simpática, até me convidou para a festa. — Ania não se permitiria ficar de baixo-astral. Afinal, aquela foi uma tarde formidável, e a despesa foi mínima para um vestido que ficaria lindo. Ania ainda ficou com algum dinheiro de sobra para ir ao cabeleireiro. As coisas começavam então a melhorar.

Querida Mamusia,

É uma da manhã, e estou costurando mangas rendadas em um lindo vestido vermelho. Gostaria de estar ao seu lado, pois a senhora me ensinaria a melhor maneira de aproveitar o material que tenho.

Há um rapaz muito simpático, chamado Carl, que me está dando aulas de inglês. Já falei dele em outras cartas. O pai dele é paciente da clínica. Pois bem... Seus pais vão fazer quarenta anos de casados, o que aqui chamam de Bodas de Rubi. Eles me convidaram para ir à festa na casa deles, uma mansão perto do mar. Imagine só... Ser convidada para uma festa dessas! É tudo muito emocionante. Depois escrevo contando tudo. Faça uma oração por mim para que eu não aja de modo tolo nem diga nada de idiotice durante a recepção.

Padre Brian está reformando o salão de festas, aquele para o qual eu fiz cortinas e toalhas de mesa; ele pensa em promover festas de casamento lá. Um padre polonês virá realizar a cerimônia para os noivos provenientes da nossa terra, e nós forneceremos as comidas e a organização do evento. Quem sabe, se um dia eu me casar com um irlandês, o casamento poderá ser realizado lá. A senhora, Mamusia, e também a sra. Żak e todos daí poderão vir da Polônia para dançar na minha festa de casamento, embora não creia que isso vá acontecer tão cedo.

Eu a amo muito e penso na senhora todos os dias, Mamusia.

Sua filha que a adora,
Ania.

Cathy e Tom, os responsáveis pelo bufê, olharam à volta da casa. A bela residência era muito arejada e elegante, como parecia vista de fora. Contudo, estavam mais interessados em resolver as questões técnicas: onde estacionar de forma discreta as vans do bufê para não deixá-las à vista de todos e onde montar os balcões do bar. Não seria ótimo se os convidados pudessem tomar os drinques na ampla varanda da frente? Qual o melhor aposento para colocar os cabides a fim de guardar as roupas dos convidados? Verificaram todas as instalações elétricas, analisaram as tomadas e escolheram o aposento mais adequado para guardar os casacos.

A sra. Walsh era uma mulher de feições firmes, com um ligeiro tom de lamento na voz.

— Quantos empregados vocês têm?

O marido estava sentado numa cadeira, com uma bengala ao lado; sorria o tempo todo e parecia muito entusiasmado, o que quase compensava o jeito desagradável da esposa.

— Vamos estar nós dois aqui com uma pessoa para o bar e um garçom. A senhora vai gostar de um bônus: dois jovens aprendizes, excelentes pessoas, ficarão a postos, servindo de apoio. — Cathy conseguiu se mostrar tranquila e eficiente, mas Rosemary Walsh estava decidida a só ver defeitos.

— Pensei que estivéssemos pagando por um serviço profissional. — O tom de queixa em sua voz ficou mais pronunciado.

— Certamente o nosso serviço é altamente profissional, sra. Walsh. Os gêmeos Mitchell estarão aqui para observar nosso trabalho, mas ficarão de reserva, guardando os casacos e ajudando a estacionar os veículos dos convidados. Geralmente a anfitriã gosta de uma ajuda extra para servir os aperitivos no início da noite, pois isso ajuda a quebrar o gelo. Imaginamos que a senhora ficaria muito satisfeita por ter duas pessoas a mais trabalhando a custo zero.

Rosemary Walsh sentiu que estava sendo repreendida, ainda que de forma muito educada, mas mesmo assim ficou irritada.

— Sim, sim, está tudo ótimo. É que esta vai ser a última grande festa que ofereceremos — explicou.

— Ora, nunca diga isso, sra. Walsh. Ainda temos as bodas de ouro, poderá haver algum casamento na família ou um batizado. Sempre há bons motivos para celebrações.

— Humm... Duvido muito que cheguemos ao nosso quinquagésimo aniversário de casamento, srta. Feather. E, como só tenho um filho, caso ele venha a se casar, a festa será por conta da família da noiva... Supondo que ele consiga uma. Enfim... Vamos nos concentrar neste evento.

— Sim, é claro! Será um prazer ajudar em uma ocasião tão especial — disse Cathy Feather de forma apaziguadora. Ela se questionara inúmeras vezes, ao longo da carreira, por que razão mulheres como aquela conseguiam se casar com homens simpáticos, morar em mansões e ter dinheiro para oferecer festas para setenta convidados. Em vários anos organizando bufês, essa era uma observação constante.

Simon e Maud experimentaram seu uniforme: camisas com uma pena vermelha bordada, símbolo da empresa, e calças pretas retas e sóbrias. A dona do bufê lhes explicou que eles deviam limpar e aparar bem as unhas, e Maud deveria usar o cabelo preso atrás da cabeça. Eles ficaram ali pela cozinha, observando os aperitivos e canapés que iam sendo preparados. Vezes sem conta repetiam o que cada um deles continha para a dona do bufê.

— Este é um barquete de massa folhada com aspargos e molho holandês — explicou Maud.

— Estes são *choux pastry*, bolinhos com uma fatia de filé-mignon, molho de raiz-forte e creme de leite — informou Simon.

— E se alguém lhes perguntar quais ingredientes entram no Kir Royale? — perguntou Cathy. Eles olharam um para o outro sem saber o que responder.

— Acho que perguntaríamos à pessoa que está no bar — disse Maud.

— Eu diria que os ingredientes são secretos — disse Simon com firmeza.

— O melhor é *saber* o que é — sugeriu Cathy. — Vejam estas garrafas: este é um creme de cassis, e este, um champanhe de baixa qualidade.

— Mas não devemos *informar* a ninguém que é de má qualidade, certo? — perguntou Maud.

— Não, não precisam. Acho que vocês se sairão bem. Tom e eu vamos ter concorrência quando vocês abrirem o próprio bufê... — os gêmeos sorriram diante do elogio.

No dia das bodas de rubi, o tempo estava perfeito. Era um dia quente, com uma leve brisa vinda do mar.

— Fizemos a escolha acertada há quarenta anos, não foi, Rosemary? — disse Bobby Walsh no instante em que lhe deu de presente uma gargantilha de rubis.

— Sim, fizemos, Bobby. — Pelo menos uma vez na vida, a voz dela se mostrava amorosa e suave.

Carl estava chegando. Ia levá-los para almoçar num lugar especial. As pessoas encarregadas pelo bufê pareciam saber muito bem o que estavam fazendo, apesar de Rosemary achar a responsável pelos empregados um pouco arrogante. A cabeleireira chegou às três da tarde. Estava tudo correndo conforme o planejado.

Havia outras pessoas se preparando para a festa. Fiona e Declan fizeram um verdadeiro desfile de modas diante de Molly. Declan envergava um elegante terno verde-escuro, muito bem-talhado. Fiona também parecia muito chique com a roupa que escolhera, um vestido de seda laranja e vermelho vivo, acompanhado por um bolero preto. Ania fizera uma flor de seda na mesma cor do vestido e a pregara no bolero. Parecia um traje de alta-costura.

— Esses sapatos estão me matando, mas vai valer a pena — disse Fiona.

— Por que não usa um par mais confortável? — sugeriu Declan, mas nem a mãe nem a namorada se dignaram a lhe dar uma resposta.

Quando o táxi chegou, eles foram pegar Ania. Ela disse que estaria à espera na esquina da rua onde morava.

Assim que o carro dobrou a esquina perto do restaurante, Declan e Fiona viram uma pequena multidão. Johnny estava ali; também havia um padre, que eles haviam encontrado uma vez rapidamente; Lidia, a amiga de Ania, e Tim, o segurança, completavam o grupo. Ania estava recebendo um animado bota-fora.

Estava deslumbrante. Seu lindo cabelo preto, o olhar alegre e o vestido vermelho combinavam perfeitamente. As mangas compridas rendadas lhe deram um ar superfashion. Ania é tão talentosa em tudo que não devia estar esfregando o chão para ganhar a vida, pensou Fiona. Tomara que esta seja uma boa noite para ela. *Deus queira* que aquela mulher horrível não lhe diga nada desagradável ou imperdoável.

Nick e Linda participariam de um programa de rádio na noite da festa dos Walsh. Clara convidara Hilary para jantar. Já que o jovem casal estaria no estúdio de uma rádio, as amigas poderiam curtir uma noite juntas sem levantar suspeitas.

Sintonizaram o rádio na estação certa, e Clara preparou salmão grelhado e o serviu com uma salada de feijões-verdes.

— Nossa, Lavender teria orgulho de nós, não acha? — disse Hilary.

— Sim, certamente, mas só até descobrir os docinhos com recheio de rum que estão na geladeira para a sobremesa — concordou Clara. Elas já estavam tomando café, após o jantar, quando os filhos entraram no ar, participando de um debate sobre os grandes clássicos do jazz. Eles conversavam de forma natural e espontânea, sem afetação, partilhando seu entusiasmo, incentivando as pessoas a frequentar clubes de jazz e a visitar lojas de discos. Linda falou com tranquilidade sobre as apresentações ao vivo em sua loja nas noites de quinta-feira e anunciou que Nick iria tocar alguns temas clássicos na semana seguinte.

— Vocês formam um casal encantador — elogiou o entrevistador. — Foi a paixão pelo jazz que fez os dois se conhecerem?

— Bem, a verdade é que teríamos nos conhecido de qualquer maneira — respondeu Nick com muita segurança.

Clara e Hilary olharam uma para a outra chocadas. Como assim teriam se conhecido de qualquer modo? Claro que não!

Mesmo assim, mais uma vez, as duas mulheres juraram nunca revelar seu segredo.

Nessa noite, depois de Brian Flynn, Johnny, Tim e Lidia se despedirem de Ania, que seguia esplendorosamente para a festa, todos imaginaram que algum deles iria sugerir um chopinho. Quem fez isso, por fim, foi o padre.

— Tenho um assunto sobre o qual queria conversar com vocês — disse ele.

Todos o seguiram de boa vontade até o Corrigans.

— Qual é o problema? — quis saber Tim.

— Sou eu. Sou sempre um problema. — O padre Brian parecia deprimido.

— Não fique assim, Brian; normalmente você é a *solução* dos problemas, e não a causa — protestou Johnny, defendendo bravamente o amigo.

— Dessa vez, não. Eu estava tão entusiasmado com a ideia de realizar casamentos para financiar o centro paroquial que me atirei de cabeça, mas apareceu uma série de problemas. É preciso licença para isso, alvará para aquilo, autorizações do Departamento de Saúde, da Vigilância Sanitária. Tudo virou um pesadelo. Estou com profissionais pulando fora do barco antes mesmo de ele zarpar.

O padre parecia um cãozinho ferido, balançando o copo com força, o rosto estampando um retrato de tristeza genuína.

— Você não pode simplesmente alugar o espaço para uso privado? Isso não resolveria o assunto? — Tim tentava ajudar.

— Não. As exigências são muitas, o seguro é caríssimo. E não poderemos realizar casamentos lá se não tivermos seguro.

— Você se lembra de James, aquele seu amigo muito calmo? — perguntou Lidia. — Quando tivemos aquele outro problema, ele foi fantástico. Trouxe um bloquinho de anotações e anotou todas as possíveis soluções.

— Sim, acho que podemos fazer isso — sugeriu Johnny.

— O problema é que não somos bons nessa coisa de racionalizar. Vamos acabar divagando — disse Tim.

Brian pegou o celular e ligou para o amigo.

— James, sei que seria muito mais fácil para você se eu desistisse de vez da igreja, mas estamos com novos problemas e adoraríamos que você pudesse tomar um chopinho conosco para nos ajudar a pensar com mais clareza.

— Apareceu outra oportunista? — perguntou James.

— Não, nada disso, mas precisamos lidar com um problema novo de forma serena.

— Você está no pub de sempre?

— Sim, aqui nos fundos.

— Estarei aí em meia hora — disse James.

— Vamos fazer um brinde a Ania — sugeriu Lidia.

— Ela vai ficar bem — disse Johnny, que não entendia o motivo de Ania ter se preparado toda para enfrentar a terrível Rosemary em seu covil.

As primeiras pessoas que encontraram ao chegar à festa foram Simon e Maud, nos seus impecáveis uniformes da Scarlet Feather, segurando bandejas com canapés.

Maud se aproximou deles como se nunca tivesse visto Declan e Fiona em toda a sua vida.

— Posso lhes oferecer ovos de codorna, senhores? Temos um maravilhoso molho de ervas aromáticas para acompanhar o acepipe — informou ela.

— Ou quem sabe os senhores preferem fundos de alcachofra com molho de queijo? — acrescentou Simon.

Fiona teve uma vontade quase incontrolável de cair na risada, mas sabia que eles precisavam desempenhar bem o seu papel.

— Muito obrigada, tudo está com uma aparência maravilhosa — respondeu Fiona, piscando o olho, ao mesmo tempo que erguia o polegar.

— A casa é enorme — sussurrou Ania.

— Grande demais para apenas três pessoas — declarou Fiona.

— Ora, mas é um belo lar para uma família. — Ania se sentia na obrigação de defender a família de Carl. Segurava seu presente, uma pequena tigela de cristal para doces maravilhosamente embrulhada. Uma recordação adequada para a ocasião.

Fiona esperava que Rosemary fosse educada e agradecesse de forma apropriada, mas não levava muita fé nisso. Tentara convencer Ania a deixar o presente na sala de entrada, junto com os outros, mas ela não quis. Estava decidida a entregá-lo pessoalmente.

— Este lugar não é nem um pouco apropriado para um paciente com cardiopatia. É cheio de escadas e ambientes em níveis diferentes. Acho que Bobby precisaria morar numa residência mais plana — Fiona não pôde deixar de reparar.

— Talvez um dia — disse Ania.

— Madame Rosemary se mudar deste lugar? Impossível. Vamos lá, Ania, vamos explorar.

— Não quero parecer intrometida — disse ela.

— Coma um destes ovos de codorna com molho sofisticado, Ania; tão cedo não vamos tornar a ver um petisco desses. Depois, vamos até a varanda para apreciar a vista.

Declan estava conversando sobre rúgbi com um sujeito em um canto e parecia estar se enturmando bem. Carl estava do outro lado do salão. Acenou para eles, mas deu a entender que tão cedo não conseguiria chegar até onde estavam. Fiona guiou Ania, com delicadeza, até a varanda, onde os aquecedores discretos instalados no lugar contrastavam com a brisa noturna que vinha da enorme baía que se estendia abaixo delas.

Grupos de pessoas de meia-idade, muito bem-vestidas e falando alto, apontavam maravilhados para os diversos pontos de interesse que conseguiam identificar ao longe, na cidade. Ali era a igreja, mais adiante ficava o centro de Dublin. O porto ficava logo depois, e um transatlântico de luxo estava ancorado na baía. Que lugar maravilhoso para se morar. O coração da anfitriã devia estar satisfeito com a admiração e a inveja de toda aquela gente.

Rosemary caminhou na direção delas.

De repente, Fiona quis estar a quilômetros dali. Não suportaria ver aquela mulher, que sempre fazia pouco caso de Ania, diminuindo-a. Ela certamente ignoraria seu lindo vestido e mal agradeceria o presente.

— Olhe aqueles apartamentos ali adiante! Sou eu quem cuida dos pequenos canteiros das janelas — disse Ania. — Costumo ir lá com o sr. Chen. Na semana passada, plantamos um monte de mudinhas. Quase consigo vê-las daqui. Vou contar a ele que estive nesta casa.

Todos estavam imaginando o quanto estaria valendo a residência dos Walsh e se eles estariam pensando em construir um pequeno prédio de apartamentos no terreno ao lado que também lhes pertencia. Ania, porém, continuava a apontar com orgulho para o seu local de trabalho, onde plantava mudas em pequenos canteiros.

Fiona atravessou a sala, afastando-se discretamente. Ania estava contente por poder contemplar a vista. Imagine só, pensou, Carl cresceu aqui e teve contato com esse visual maravilhoso a vida inteira.

Rosemary não reconheceu a jovem que vestia um fascinante vestido de alta-costura e estava na varanda apreciando o pôr do sol. Devia ser filha de alguém importante. Ao se aproximar, percebeu que se tratava de Ania e ficou absolutamente perplexa. Quem diria... Aquela era a empregada polaca da clínica.

— Oh, sra. Walsh, desejo que a senhora e o Bobby tenham muitos dias e anos maravilhosos como este pela frente. Trouxe uma lembrancinha singela para celebrar suas bodas de rubi.

Rosemary se conteve do choque apoiando-se em um pequeno aparador lateral.

— Espero que lhe seja útil. — O rosto de Ania não demonstrava que gastara o salário de uma semana naquele presente.

— Que bom que você veio, Ania! — exclamou Rosemary com um pouco de incerteza na voz.

Com muita tristeza, Ania viu que ela pegou o presente e o colocou em cima do aparador, sem exibir a mínima intenção de abri-lo. Possivelmente, Fiona tinha razão: era melhor tê-lo deixado na sala de entrada junto com os outros pacotes.

— Sua casa é belíssima, sra. Walsh.

— É, sim, muito obrigada. Foi muito bom você ter vindo. É uma jovem muito prestativa, todos me dizem isso.

— Que coisa boa de ouvir! — Ania ficou levemente ruborizada de satisfação.

— Sugiro que você vá até a cozinha para dar uma mãozinha ao pessoal do bufê — disse Rosemary.

— Cozinha? — Ania se mostrou atônita.

— Sim, é por ali, no fundo do salão. — A sra. Walsh a empurrou com delicadeza, indicando o caminho.

Ania não queria deixar a pequena tigela de cristal vermelho em cima do aparador.

— Mas... E o seu presente, sra. Walsh? — disse estendendo a mão para o pacote.

— Vá logo, querida, não os deixe esperando. Eles devem estar precisando muito de ajuda.

— Como assim, precisando de ajuda? — Ania estava completamente confusa.

— Para lavar a louça, querida. Ande, vá logo.

Aquilo não estava certo. Ania tinha recebido um convite formal, impresso. Ninguém poderia imaginar que tinha ido lá para lavar louça. Será que foi para isso que Carl a convidou com tanta naturalidade para a festa dos pais? Foi isso que quis dizer quando falou que não poderia enfrentar tudo sem a presença dela? Estava falando em recebê-la para trabalhar na cozinha?

Sentiu que não tinha escolha, a não ser fazer o que lhe ordenavam.

Não havia ninguém na cozinha. Os garçons estavam todos lá fora, servindo coquetéis e aperitivos. Havia muitos copos sujos.

Vários pratos coloridos e travessas, usados para servir canapés, estavam em cima da mesa, vazios.

Com tristeza, Ania encheu a pia de espuma de detergente e começou a lavar os copos. Já os estava enxugando quando uma jovem entrou na cozinha.

— Olá, sou Cathy — disse ela. — Quem é você?

— Meu nome é Ania — respondeu ela baixinho.

— O que está fazendo aqui com esses copos?

— Ajudando vocês.

— Não, nada disso. Nós empilhamos a louça, os copos e talheres que usamos, colocamos na van e tudo é lavado na firma.

— Mas a sra. Walsh me mandou...

— A sra. Walsh é uma imbecil! — reagiu Cathy.

— O quê?

— Deixe para lá.

Nesse momento, entrou na cozinha um homem alto e atraente. Cathy foi direto falar com ele. Parecia estar muito zangada.

— Tom, esta é Ania. Aquela vaca a mandou aqui para lavar a nossa louça.

Ania estava chateada por causar toda aquela confusão.

— É que pensei que vim aqui como convidada, mas na verdade fui chamada para ajudar na cozinha — explicou ela.

Tom e Cathy trocaram olhares.

— Você vai voltar para o salão de festas agora mesmo! — ordenou Cathy.

— Não, *por favor, por favor*, não aborreçam mais a sra. Walsh. Eu já a incomodei muito por ter vindo aqui hoje. O filho dela me convidou, mas devo ter entendido alguma coisa de errado.

— Onde está o filho dela? Vou procurá-lo agora mesmo. — Tom era um homem de ação.

— Peço-lhe que não vá! — implorou Ania. — Por favor, eu lhe suplico. Isso só vai piorar as coisas. Simplesmente me deixem ficar aqui. Posso empilhar os pratos se me ensinarem. — Segurava o braço de Cathy enquanto falava.

— Mas e quanto ao filho dela, esse seu amigo? — quis saber Cathy.

— Ele me acharia mais burra do que sou. Fico feliz por poder ajudar e depois vou embora.

Suas lindas mangas rendadas estavam encharcadas por causa do trabalho na pia.

— Mas isso não está certo — argumentou Tom.

— Às vezes, é assim que as coisas funcionam — disse Ania.

Fiona rodou o salão procurando Ania, mas não a encontrou. Talvez tivesse ido ao toalete ou quem sabe tivesse encontrado Carl. No entanto, Carl continuava conversando com um grupo de convidados. Logo depois, foi cumprimentar Fiona.

— Onde está Ania? — perguntou ele.

— Eu a deixei na varanda — respondeu Fiona. Foram até lá à procura dela, mas não havia sinal de Ania.

— Ela está de arrasar, Carl! Quem não a conhece deve achar que é uma modelo — disse Fiona.

— Sim, ela é muito bonita. — Carl se esforçava por descobrir onde ela poderia estar. De repente, Fiona viu o pequeno presente ainda fechado sobre o aparador lateral.

— Deve ter sido aqui que ela esteve depois que a deixei. Vou pegar o presente para o caso de ela não ter tido chance de entregá-lo pessoalmente. Vamos procurar Declan para ver se conseguimos encontrá-la.

Ania, porém, não estava em parte alguma.

Depois de algum tempo, Carl e Fiona foram até à cozinha. Tom e Cathy estavam supervisionando os pratos de salmão e de lagosta, que já pareciam prontos para serem levados ao salão. Os gêmeos estavam servindo canapés. O responsável pelo bar estava abrindo duas garrafas de vinho de marcas diferentes, e a garçonete espalhava sobre uma mesa os pratos e talheres que seriam usados.

A festa corria muito bem, e a movimentação era grande.

Não haveria discursos nem bolo. Rosemary lera, em uma revista, que coisas desse tipo eram vulgares, típicas de novos-ricos. Bobby bem que gostaria de ter expressado a todos o quanto estava feliz por seus amigos estarem ali, mas Rosemary venceu essa queda de braço, argumentando que era muito mais chique deixar que as pessoas notassem por si mesmas a alegria do casal em vez de espalhar isso aos quatro ventos.

— Posso ajudá-los? — Cathy simpatizara com o filho da anfitriã no início, mas agora só sentia desprezo por ele.

— Estou à procura de uma amiga — disse ele.

— Ania?

— Sim, essa mesma — respondeu, empolgado. — Ela está bem?

— Acho que sim. Sim.

— Mas onde ela está? Já a procurei por toda parte.

— Voltou para casa — informou Tom.

— Para casa? Não estava passando bem?

Cathy encolheu os ombros.

— Parece que não. Arruinou as mangas do vestido ao lavar a louça.

— Mas por que, diabos, ela estaria lavando louça aqui na cozinha? — perguntou Carl, visivelmente irritado.

— Sua mãe pediu a ela que nos ajudasse na cozinha. Isso não era necessário, é claro. Quando chegou um táxi que chamamos para trazer mais gelo, aconselhamos Ania a ir embora para casa nele.

— *Não*, não! Ela não pode ter voltado para casa. Minha mãe certamente não pediria a ela para...

— Pediu, sim, sr. Walsh — disse Cathy. — Ania estava constrangida, mas implorou para que não fôssemos chamá-lo — acrescentou.

— Vou até o salão dar um murro tão grande na cara de Rosemary que ela só vai ver passarinhos cor de rubi! — exclamou Fiona, revoltada. — Tudo bem que ela *é* sua mãe, Carl, mas dessa vez foi longe demais.

O rosto dele mais parecia uma pedra entalhada.

— Não é necessário. Eu próprio farei isso — disse ele.

— Sério, Carl? — Agora era Fiona quem estava alarmada.

— Não fisicamente. Relaxe e curta a festa.

— Está lotado lá dentro. Talvez fosse melhor você esperar.

— Vá para casa daqui a pouco, Fiona, e leve Declan. Comente com todos, em voz alta, que já está muito tarde e saia. Isso seria de grande ajuda.

— Carl, não se esqueça de que o seu pai...

— Não vou esquecer. Por favor, Fiona, vá.

Ela e Declan foram para o salão e se despediram das pessoas com muita determinação, até que os poucos convidados que ficaram perceberam que a festa acabara.

As vans do bufê Scarlet Feather estavam cheias e preparadas para partir. Maud e Simon acenaram com entusiasmo. O táxi que Declan chamara já estava à espera.

— A noite foi boa? — perguntou o taxista.

— Não, na realidade foi uma porcaria! — exclamou Fiona.

— Pois é... Não se pode ter tudo — disse o taxista, encolhendo os ombros.

Ali estava um casal de jovens bem-vestidos, saindo de uma festa numa casa que valia pelo menos três milhões de euros e, mesmo assim, *não* se divertiram. A vida na Irlanda moderna era assim mesmo.

Ania ficou muito agradecida às gentis pessoas do bufê que a ajudaram a sair pela porta dos fundos, com rapidez e sem alarde. Pelo visto, houvera um mal-entendido com relação ao gelo para a festa. O bufê achou que os Walsh providenciariam gelo extra, enquanto os anfitriões julgaram que essa providência era da responsabilidade do Scarlet Feather. Cathy resolveu o problema pedindo a um táxi que entregasse quatro sacolas de gelo.

Aquele não fora o único mal-entendido da noite.

Como é que *pude* ser tão ingênua?, pensou Ania consigo mesma, sentada no banco traseiro do táxi. Carl estava apenas sendo simpático quando lhe deu um convite. No fundo, todos queriam que ela fosse à festa apenas para ajudar. Estava tão envergonhada que sentiu o rubor lhe queimando o rosto.

O táxi a deixou na rua onde morava.

— O senhor tem certeza de que não preciso pagar pela corrida? — perguntou, receosa.

Não se preocupe, o bufê tem um contrato mensal comigo — explicou o motorista. — Está tudo certo.

Tomara que não haja ninguém em casa, desejou Ania. Todo mundo no café sabia que ela fora a uma festa. Exibira a todos o seu vestido estiloso poucas horas antes. Conseguiu se esgueirar pela porta lateral e subiu as escadas sem chamar a atenção de ninguém. O apartamento estava escuro e silencioso. Ania se deitou na cama e começou a chorar, a ponto de soluçar até sentir as costelas doendo. Depois se levantou e despiu o vestido novo. Pendurou-o num cabide e reparou, arrasada, que as mangas estavam praticamente destruídas. Quando se sentisse com forças, haveria de tirá-las de vez, mas agora tinha outras coisas a fazer.

Vestiu um jeans, um suéter e um agasalho de náilon com capuz. Depois, apanhou debaixo do colchão uma grande carteira de plástico cheia de dinheiro. Olhou por olhar para as muitas pilhas de euros guardadas ali.

O último convidado já tinha ido embora. Carl ajudou o pai a se levantar da poltrona. Olhou para a longa escadaria em curva. Aquilo seria um grande desafio.

— Papai, o senhor não prefere dormir aqui em baixo em vez de encarar essa escadaria?

— Você bem sabe que prefiro, filho. — Bobby Walsh tinha um sofá-cama no seu escritório perto da cozinha. A ideia de usá-lo para passar a noite era tentadora.

— Vou lá em cima pegar seu pijama e seu roupão — ofereceu-se Carl.

Rosemary fazia um tour de inspeção pela casa, verificando se algum objeto, caixa de óculos ou talheres soltos haviam sido esquecidos. Examinou com muito cuidado as instalações da cozinha. Os empregados haviam cumprido o combinado; tudo estava imaculadamente limpo. A comida que sobrou fora embrulhada, etiquetada e estocada na geladeira ou no freezer. Pulou de susto quando o filho falou com ela, com voz firme:

— Mãe! A senhora pode vir até a sala da frente, por favor? Precisamos conversar.

— Não podemos falar aqui?

— Não. Papai está dormindo aqui ao lado, no escritório, e não quero incomodá-lo.

— Você não devia incentivar seu pai a optar pela solução mais fácil. Ele nunca vai melhorar das condições de saúde se não se esforçar.

— Na sala da frente, mãe! — insistiu ele.

Rosemary encolheu os ombros.

Carl se sentou numa cadeira de espaldar alto.

— Essa cadeira não é muito confortável, filho.

— Exato. Não me sinto muito confortável nesse momento — disse ele.

— Qual *é* o problema, Carl? Estamos todos cansados. Isso não pode esperar até amanhã? A festa foi um sucesso, você não achou?

Ele ficou calado.

— É claro que foi caríssimo contratar esse pessoal do bufê Scarlet Feather, mas eles fizeram um belo trabalho. E acho até que foram muito amáveis com os convidados, apesar da falta de cortesia com quem os contratou.

— Não trouxeram pessoas em número suficiente?

— Trouxeram, sim. Vieram até mais dois jovens, creio que estagiários. Não tivemos de pagar nenhum extra por isso e, o que é melhor, esses jovens conheciam os Mitchell, da família de advogados.

— Então, havia gente suficiente trabalhando na cozinha?

— Sim, acho que tudo correu muito bem. Você não acha?

— A senhora confirma que não havia necessidade de mais ninguém para ajudar?

Rosemary não estava percebendo o rumo da conversa.

— Não havia, não. Por quê?

— Estava me perguntando o que a levou a pedir a Ania que fosse para a cozinha lavar louça.

— Ora, querido, ela ficou chateada com isso? Eu simplesmente lhe sugeri que desse uma pequena ajuda.

— Por que a senhora haveria de pedir tal coisa?

— Porque ela se sentiria muito mais à vontade na cozinha, meu querido. Carl, sei que você acha que as pessoas são todas iguais, mas ela é apenas uma insignificante empregada polaca. Veio para a Irlanda por alguns anos para fazer um pé-de-meia em euros, mas daqui a pouco vai voltar para sua terra. Ela não é mais do que isso e certamente *sabe* da sua condição. Mostrou-se prestativa e disposta a dar uma mãozinha na lavagem da louça.

— Mas a senhora não pediu a nenhum outro convidado que ajudasse na cozinha, certo?

— Carl, por favor, seja razoável.

— Eu *estou* sendo razoável. Ela era uma convidada. *Minha* convidada, mãe! Nem cheguei a vê-la porque a senhora a colocou para fazer faxina sob suas ordens, mesmo reconhecendo que havia gente suficiente trabalhando na festa.

— Escute o que estou dizendo: ela estava se sentindo deslocada neste ambiente.

— Ela não estava *nem um pouco* deslocada. Tinha um lindo vestido. Estava com um belíssimo penteado. Gastou mais de uma semana do seu salário suado para lhe comprar um presente...

— Oh, Deus. Ela *realmente* me deu um presente. Onde é que está? Não sei onde foi parar.

— Seu agradecimento por tudo isso foi mandá-la para a cozinha, achando que ela se sentiria mais à vontade lá?

— Venhamos e *convenhamos*, Carl! Eu fui gentil com ela.

— Não, mãe. A senhora não é gentil com ninguém. Nunca foi gentil com papai nem comigo. Aliás, não consegue ser particularmente gentil com ninguém a quem imagine que possa dar ordens ou humilhar.

— Sei que você nutre sentimentos de amizade por essa moça, Carl, mas isso não pode continuar. Ela vem de um mundo diferente. Essa gente trabalha duro, eu sei, mas eles *não são* como nós.

— Por favor, pare de falar agora mesmo! — pediu ele.

— Estou sendo sincera. Você tem muitos amigos e poderia ter ainda mais. Esta moça não pode representar nada para você.

— Gosto muito dela. Na verdade, acho que estou apaixonado por Ania.

— Você *acha*! — debochou Rosemary.

— Sim, acho, pois ainda *não tenho* certeza. Não sei nada sobre o amor. Papai ama a senhora profundamente, mas nem imagino a razão de ele ser assim. Talvez seja por isso que não aprendi nada com ele sobre o amor. A senhora só ama posses, coisas materiais. Não consegue amar as pessoas. Como é que eu poderia ter aprendido algo sobre o amor com a senhora?

Rosemary ficou alarmada.

— Você não pode *amar* essa moça, Carl. O que você tem é *pena* dela e deve ter consciência disso. Ela atrapalharia sua vida.

— Por quê?

— Porque ela impediria qualquer possibilidade de uma vida social normal como a que tivemos esta noite. Não conseguiria estar à sua altura, nunca aprenderia nossas boas maneiras.

— E seu jeito de ajudá-la a lidar com nossas "boas maneiras" foi expulsá-la da festa para a qual tinha sido *convidada*? Será que, pelo menos uma vez na vida, a senhora não consegue prestar atenção aos seus absurdos?

— Só cuidei para que ninguém se sentisse constrangido. Apenas isso. — Rosemary era rebelde.

— Mãe, estou muito envergonhado da senhora. Estou com mais vergonha do que jamais senti em toda a minha vida.

— Carl, isso tudo é um disparate. É melhor irmos dormir.

— Não dormirei nem mais uma noite nesta casa — afirmou ele.

— Isso é papo de quem bebeu demais.

— Eu não bebi *nada*. Estava ocupado demais tentando ser educado com seus amigos, mãe. Pessoas com idade suficiente para lembrar que, quando estavam na Inglaterra, havia avisos nas vitrines que diziam: "Proibida a entrada a negros e a irlandeses." Conversei com um homem cuja mãe era empregada em Boston. Ela foi despedida da casa onde trabalhava por não se mostrar suficientemente humilde. No fim, casou-se com um bancário e o ajudou a subir na vida e fundar seu próprio banco.

— Ora, mas isso é completamente diferente...

— É exatamente igual. Talvez um pouco pior no nosso caso. Nós temos muito. Temos tanta abundância neste país que deveríamos ficar contentes com a chegada de pessoas jovens de outros lugares que venham nos ajudar. Mas não... Será pedir demais, não é verdade? Até para nós, que estivemos no fundo do poço até bem pouco tempo atrás.

Rosemary ficou vermelha de raiva.

— É fácil para você ter todos esses ideais morando numa casa como esta. Nunca lhe faltou nada!

— Não fale mais, mãe. Acabou.

— Deixe de ser *tão* petulante, Carl. Pode ser que você saia agora, batendo a porta com força, mas amanhã mesmo estará de volta. Não vamos passar por esse processo tolo e cansativo.

— Eu não pretendo voltar, mãe.

— Ah, não me venha com essa! Onde moraria? Você não ganha praticamente nada na escola. Como vai fazer para ganhar a vida, pelo amor de Deus?

— Tenho meu salário de professor. Deposito um quarto dele na conta bancária que você tem com o papai. Sempre depositei, desde que comecei a trabalhar. Deixarei de fazer isso, já que não vou mais morar aqui, e certamente conseguirei sobreviver.

Rosemary olhou para o filho. Ele parecia estar falando sério.

— Para quem você acha que eu e seu pai *construímos* tudo isto? — Ela acenou com as mãos em círculo para o ambiente elegante. — Tudo isso é para você, Carl. Não jogue tudo na nossa cara! O que mais você quer de mim?

— Queria que a senhora não expulsasse meus amigos de casa, para começo de conversa; nunca pensei que passasse pela sua cabeça fazer uma coisa dessas.

— Carl, por favor...

— Mãe... Tenho muita pena da senhora, pena de verdade.

Ele se preparou para deixar a sala.

— Tudo bem, tudo bem. Agora, vá se deitar. Vamos todos nos deitar agora. Pela manhã as coisas serão diferentes.

— Não sei como a senhora se sentirá amanhã de manhã e, para ser sincero, não dou a mínima — disse Carl, pegando as chaves do seu carro na gaveta sob a mesa da entrada e descendo as escadas com rapidez.

Ao olhar pela janela, Rosemary viu o filho entrar no carro que insistira em comprar com seu próprio dinheiro. Balançou a cabeça para os lados. Ele sabia ser muito cansativo e teimoso, mas amanhã tudo estaria resolvido e esquecido.

Ania morava no bairro mais barulhento de Dublin e, apesar de ser muito tarde, os cafés e os bares ainda estavam abertos. As pessoas que frequentavam esses locais falavam muitas línguas diferentes.

Carl nem imaginava o que poderia dizer a Ania. Não havia necessidade de ensaiar um pedido de desculpas pelo comportamento da mãe e explicar que havia saído de casa, tudo sairia de forma espontânea. Talvez ela o deixasse ficar pelo menos por aquela noite. O mais importante era encontrá-la e acariciar seu lindo rosto e seus cabelos.

Ele sabia o endereço dela. Nunca estivera em seu apartamento, mas já comera no restaurante algumas vezes. Ela lhe explicara a diferença entre os vários tipos de linguiça, e todos insistiram para que ele os provasse em sequência para poder escolher seu preferido.

Entrou no restaurante e perguntou:

— Vocês acham que Ania está lá em cima?

— Não, ela foi a uma festa. Estava vestida como uma estrela de cinema — informou um dos irmãos que dirigia o restaurante.

— Mas ela foi embora da festa — explicou Carl. — Achei que talvez ela tivesse...

— Lidia está bem ali. Ela deve saber.

Lidia estava falando ao celular. Parecia muito agitada e falava no aparelho:

— Mas é claro que estou preocupada, Tim. Ela só deixou um bilhete pedindo para não nos preocuparmos e dizendo que entraria em contato. E o pior é que levou o passaporte.

11

Molly Carroll recebeu um telefonema às oito da manhã. Era alguém avisando que havia três clientes à espera na porta da lavanderia, mas ninguém aparecera para abrir a loja.

— Mas Ania costuma chegar às sete em ponto para abrir as portas. — Molly ficou muito preocupada.

— Hoje ela não apareceu, Molly.

Estalando a língua com ar de desaprovação, Molly Carroll deixou o café da manhã pronto e foi correndo abrir a lavanderia. A loja dependia dos clientes da manhã, que sabiam que poderiam deixar um saco de roupa suja lá logo cedo e pegá-lo mais tarde, no mesmo dia. Faltar ao trabalho não era típico de Ania.

Hilary estava ouvindo as mensagens deixadas durante a noite na secretária eletrônica da clínica. Todas as ligações eram, basicamente, pedidos de desculpa. Uma mulher sentira dores no peito durante a noite e telefonara para a Emergência. Depois de medicada, porém, verificou-se que não era nada preocupante. Ela pedia desculpas por ter incomodado todo mundo. Um homem deve ter ligado para o número errado e se desdobrou em desculpas por não ter comparecido a um compromisso já agendado, mas avisou que da próxima vez não faltaria ao encontro. Havia também um recado de Ania, dizendo que ela estava passando por uma pequena crise. Pedia muitas desculpas por desaparecer sem avisar, mas garantiu que explicaria tudo em poucos dias. Tinha deixado as chaves da clínica num envelope, no restaurante que ficava sob o seu apartamento, e pediu para Johnny ir buscá-las.

Uma crise que ia durar alguns *dias*? Ania? Hilary ficou muito admirada.

Lidia e Tim não dormiram nem um segundo a noite toda. Para onde Ania poderia ter ido? Ela não dera nenhuma dica nos contatos que fez com os amigos.

— *Conheço* todas as pessoas de seu convívio — afirmou Lidia. — Tentei falar com cada uma delas, mas não fui bem-sucedida.

— E o padre Brian?

— Não soube de nenhuma notícia. Está perguntando a todos no centro paroquial, mas até agora nada.

— Ela não pode ter ido para o aeroporto. Era tarde da noite — disse Tim, basicamente para tranquilizar Carl Walsh, que parecia extremamente preocupado e dizia que a culpa era sua porque não estava presente para se encontrar com ela e lhe dar as boas-vindas na festa que ocorrera em sua casa. Lidia não entendeu direito os detalhes do que aconteceu na festa, mas se empenhou em acalmá-lo.

— A culpa não pode ser sua, Carl. Ela ficou muito contente por ter sido convidada. Sua mãe gostou do presente que ela levou?

— Nem me fale nesse presente! — exclamou Carl, angustiado. — Tem de haver *alguém* para quem ainda não nos lembramos de ligar!

Fiona foi contar a Declan sobre o desaparecimento de Ania. Os dois se sentaram à mesa da cozinha para comer algumas toranjas que Molly deixara como desjejum quando saiu correndo para a loja. Aquilo era mais saudável do que os dois ovos fritos, as linguiças e o pão passado na frigideira que ela teria insistido para que comessem se estivesse em casa.

Haviam conversado pelo telefone com Lidia, Carl, Hilary e o padre Brian. Havia a remota possibilidade de ela aparecer na clínica, mas todos chegaram à conclusão de que isso seria pouco provável. Ficaram alarmados quando Hilary lhes falou da mensagem deixada na secretária eletrônica.

— Não seria melhor procurarmos a polícia? — perguntou Fiona.

— Mas ela pediu a Lidia que não se preocupasse — argumentou Declan.

— Mas devia estar muito transtornada.

— Eu sei, Fiona, mas de que adianta pedir aos amigos que não se preocupem conosco e nos deixem em paz se não podemos confiar neles para fazer o que pedimos?

Fiona o fitou, surpresa.

— Que tipo de médico você pretende ser, Declan Carroll?

— Alguém que leva a sério os desejos dos seus pacientes.

— Até onde é capaz de ir para defender essa posição?

— Só o tempo dirá. O tempo e o conhecimento de que terei sempre uma esposa boa e sensata a meu lado para me dar apoio. O que planeja fazer no sábado? Pensei em procurarmos alianças. Estava imaginando se você não gostaria de um anel de opala.

— Você não deve gastar tanto dinheiro nisso, Declan, por favor. Eu me contento com qualquer coisa, sinceramente. Não preciso de uma aliança cara; apenas saber que você me ama já é o bastante.

— Mas a opala é a pedra associada ao seu aniversário. Achei que isso seria importante para você, mas vamos ver isso depois. Agora, precisamos é cuidar dos pacientes, é o nosso trabalho.

Ele era tão dedicado que Fiona sentiu os joelhos moles só de pensar. O que fizera para merecer todo aquele amor?

O padre Brian descobriu uma jovem do centro paroquial que vira Ania à espera do ônibus para o aeroporto.

— Mas à noite não saem voos para a Polônia — argumentou ele com a jovem.

— Ela deve ter ido antes para Londres — disse ela.

— Mas de Londres também só saem voos para a Polônia pela manhã. — O padre Brian não podia acreditar que Ania estivesse tão confusa a ponto de desaparecer em pleno ar.

— Então não sei, padre — lamentou a moça.

— Claro que não sabe. Desculpe. É que estou muito preocupado com ela, apenas isso.

— Pois então o senhor teria ficado ainda mais preocupado se a tivesse encontrado ontem à noite, padre. Ela parecia ter visto um fantasma ou algo ainda mais terrível.

Bobby Walsh entrou na cozinha para tomar o café da manhã.

— Eles não deixaram a casa impecavelmente limpa? — perguntou à esposa, satisfeito, enquanto se servia de chá e torradas.

— Sim — respondeu ela secamente.

— Onde está Carl?

— Saiu ontem à noite e ainda não voltou.

— Quer dizer que foi direto para a escola?

— Acho que não. Telefonaram de lá para saber dele. — Rosemary tomou seu café.

— Mas então... Onde ele pode estar? — Bobby ficou alarmado.

— Em um lugar qualquer, curtindo seu papel de tolo completo — disse Rosemary muito irritada e saindo de casa.

Ele a ouviu ligar o carro e sair. O veículo urrou e pareceu tão irritado quanto a dona.

De repente, Bobby Walsh se sentiu muito solitário naquela imensa casa à beira do mar.

Clara ergueu os olhos quando Hilary lhe trouxe uma xícara de café.

— Onde está Ania?

— Ninguém sabe — respondeu Hilary. — Deixou na secretária eletrônica um recado muito esquisito.

As duas ficaram intrigadas com a situação. Qualquer um na clínica poderia se sentir mal e faltar ao trabalho, mas não Ania. Ela teria ido se arrastando até a clínica, ainda que contando com apenas um fiapo de força no corpo.

— Você acha que é um caso de amor? — perguntou Clara.

— Bem... Ontem ela estava toda radiante. Ia às bodas de rubi de Bobby Walsh. Ela parece ter uma quedinha pelo filho dele, Carl.

— Desejo toda a sorte do mundo a ela quando tiver de aturar Rosemary, aquela mulher horrível.

— Não, ela estava muito empolgada com Rosemary, pois ela lhe enviou um convite para a festa. Ania comprou uma linda tigela de cristal vermelho para levar de presente ao casal.

— Então, talvez os Walsh saibam onde ela está.

— Não estou a fim de ligar para lá, não, Clara.

— Está bem, sua covarde. Deixe que eu ligo.

— Olá, Bobby. Aqui é Clara Casey, da clínica de cardiologia. Não, não, essa ligação nada tem a ver com seus exames, você está ótimo. É outra coisa completamente diferente. Gostaria de saber se você viu nossa Ania. Ela ia à sua casa ontem à noite para a festa das suas bodas de rubi... Não viu? Ora, mas tenho certeza de que ela foi à sua casa... Não, claro... De repente você não a encontrou em meio a tanta gente. Será que a sra. Walsh se lembra de tê-la visto? Ah, ela saiu? Tudo bem, desculpe tê-lo incomodado tão cedo, Bobby. Até a próxima semana, no horário de sempre. Sim, claro! Se tivermos alguma notícia dela, nós avisaremos.

Hilary a fitou com ar intrigado.

— Este Bobby Walsh devia ser canonizado ainda em vida — afirmou Clara. — Diz que lamenta muito, mas não viu a Ania ontem à noite. Gostaria de ter falado com ela. Ninguém lhe disse que ela estava na festa. Pediu para o avisarmos quando ela aparecer.

— *Se* ela aparecer — disse Hilary.

Fiona passava pela mesa quando o telefone tocou. Atendeu com ar distraído, ainda pensando no anel de opala e no que poderia ter acontecido com Ania. Era Rosemary Walsh do outro lado da linha.

— Clara...?

— Não, sra. Walsh. Aqui é Fiona.

— Desculpe... Na verdade, estou ligando para falar com Ania, a jovem polaca. — Soltou uma leve gargalhada para enfatizar a natureza inesperada daquela ligação.

— Pois é... Também estamos loucos à procura dela, sra. Walsh.

— Como assim? — A sra. Walsh pareceu alarmada.

— Ninguém a viu mais desde que foi trabalhar na sua cozinha ontem à noite.

— Ah... é verdade. É uma menina muito prestativa... Ela se ofereceu para ajudar na limpeza.

— Não se ofereceu, não! A senhora é que *pediu* que fosse trabalhar na cozinha. Ela foi à festa como *convidada*.

— Ora, mas isso tudo já foi esclarecido.

— Não foi, não! Ela não veio trabalhar. E deixou o apartamento onde mora. O padre Brian anda como um louco à procura dela. Carl está ligando para cá a cada cinco minutos para saber se temos notícias. Acho que a situação não está nem um pouco esclarecida.

— Por favor, tenha a bondade de não falar comigo nesse tom, Fiona.

— Não estou usando nenhum tom especial, sra. Walsh. Queria apenas avisá-la de que já chamamos a polícia, que vai chegar a qualquer momento. — Fiona sentiu um imenso prazer ao ouvir Rosemary Walsh suspirar de susto. A história da polícia chegando não era verdade, é claro. Mas valeu a pena inventar isso só para ouvir a sra. Walsh suspirando de pavor.

Quando o ônibus de Ania chegou à sua aldeia, ela saltou e foi direto para a loja da sra. Żak.

— Que surpresa, Ania! Sua mãe sabe que você está aqui?

— Não, sra. Żak... Por favor, posso fazer uma ligação rápida para a Irlanda do seu telefone?

— Pensei que você tivesse um celular, como todas as jovens de hoje.

— Eles são muito caros, sra. Żak. Pode deixar que lhe pago a ligação.

A sra. Żak ficou muito surpresa quando Ania começou a falar com alguém ao telefone num inglês perfeito. Não entendia nada do que a jovem dizia, mas lhe pareceu que falava com muita fluência e naturalidade. Diante dela estava a pequena Ania, que tinha medo de erguer os olhos para quem quer que fosse, até se envolver com Marek, aquele rapaz complicado. Vejam só como estava agora! Falava numa língua estrangeira como se fosse uma professora.

Ania falou com Clara.

— Desculpe ter feito algo tão inesperado como vir embora para a Polônia sem avisar. Cometi um erro terrível. Fiona não lhe contou?

— Contou, sim, Ania. Você não é a única a cometer erros com Rosemary Walsh. A vida dela é um longo rosário de erros.

— Mas deixei todo mundo envergonhado. Carl deve achar que sou uma idiota.

— Carl, na verdade, está muito preocupado com você, Ania. Está ligando sem parar para cá, querendo saber se já temos alguma notícia sua. Talvez seja melhor você se comunicar com ele, querida, pois certamente ficará muito aliviado por saber que você está bem.

— Não, não posso fazer isso. Por favor, Clara, peça à Fiona que faça isso por mim.

— E quando é que você volta?

— Acabei de chegar, Clara. Ainda não vi minha Mamusia. Não sei quando volto.

— Tudo bem, Ania. Não fique muito apreensiva por aí. Todos ficarão aliviados por saber que está tudo bem. Você tem muitos amigos aqui na Irlanda, querida, e todos ficaram muito preocupados com seu sumiço.

— Obrigada, Clara. Desculpe ter deixado você na mão. Sou uma péssima funcionária.

— Você é a melhor funcionária que temos aqui na clínica, Ania. E ficou conosco tantos meses!... Terá sempre um lugar para trabalhar quando precisar.

Duas grandes lágrimas escorreram pelo rosto de Ania. A sra. Żak olhou para ela por cima dos óculos. Aquela menina provavelmente estava grávida. Por que será que resolveu regressar para preocupar a mãe com uma novidade tão terrível?

A notícia de que Ania regressara à Polônia para descansar se espalhou rapidamente. Clara ligou primeiro para Carl e depois para Frank Ennis, do Conselho Administrativo. Avisou que iriam precisar de uma substituta em caráter temporário.

— Ela avisou com antecedência que voltaria para a Polônia?

— Não, Frank. Foi uma emergência. — Clara foi ríspida.

— Bem, Clara, não posso lhe arranjar uma substituta para ela de uma hora para outra. Mão de obra qualificada não nasce em árvores, sabia?

— Tudo bem, Frank. Devemos selecionar alguém então?

— Não. — Frank não queria que mais nada escapasse ao seu controle.

— Está bem, amanhã mesmo vamos procurar uma substituta temporária de Ania.

— Por quanto tempo? — perguntou Frank.

— Você será informado respondeu Clara, desligando.

— Na verdade, não estamos precisando assim com *tanta* urgência, Clara — disse Hilary. — Podemos nos revezar para assumir as funções dela.

— Onde estão sua solidariedade e seu sentido de autoestima, Hilary? — Clara estava perplexa. — Se Frank achar que podemos dar conta do recado sem Ania, ficaremos para sempre sozinhas, sem ninguém para nos ajudar. Estou apenas tentando garantir o seu emprego.

— Bobby?

— É você, Rosemary?

— Claro que sou eu. Está tudo bem por aí?

— Comigo, sim, mas não fiz outra coisa a manhã toda, a não ser atender o telefone, Rosemary. Aquela jovem polonesa Ania, da clínica, desapareceu. A última vez que a viram foi aqui em nossa casa.

— Isso não pode ser.

— Por que você não me contou que ela esteve aqui, Rosemary? Eu a acho muito simpática.

— Pois saiba que você não é o único, Bobby — respondeu a esposa.

— Como assim?

— Seu filho também anda interessado nela.

— Mas não estou interessado nela desse jeito, Rosemary.

— Não, não, claro que não. Desculpe... Eu pretendia pagar a ela pelo serviço, Bobby.

— Como assim? Pagar pelo quê?

— Pelo trabalho dela na cozinha.

— Ora, mas pensei que ela tivesse sido convidada. Foi o que a Clara e o Carl disseram também. E Fiona confirmou.

— E quando foi que todas essas pessoas lhe disseram isso, Bobby? — Rosemary parecia tensa e assustada.

— Pelo telefone. Agora de manhã.

— Será que ela fez alguma coisa impensadamente, Bobby? Algum ato de insanidade? Será que faria isso? — Rosemary ficou preocupada.

— Mas, Deus, por que diabos ela faria algo tão insensato?

Rosemary respirou aliviada. Eles não haviam lhe contado todos os detalhes.

— Você sabe como são esses europeus do leste, Bobby — explicou ela — São muito instáveis psicologicamente.

Declan foi até a biblioteca e pesquisou tudo relacionado a opalas. Alguns autores diziam que elas atraíam má sorte, mas a verdade é que o estigma da falta de sorte estava associado a todas as pedras preciosas. Ele descobriu uma lenda sobre o rei espanhol Alfonso, que deu uma para uma jovem que veio a falecer em seguida, e o mesmo aconteceu a todos que haviam recebido a mesma pedra. Declan, um homem com espírito prático, achou que essas mortes certamente aconteceriam com ou sem a opala. Naquela época, as pessoas tinham uma expectativa de vida muito curta. Não comentaria nada sobre esse assunto com Fiona.

Foi até uma joalheria e informou ao rapaz que o atendeu quanto poderia gastar. O joalheiro respondeu que iria preparar um orçamento e poderia recebê-lo no sábado.

A candidata a substituta de Ania era Amy Barry, filha de Peter, o farmacêutico. Clara a fitou com interesse. Amy levantou o rosto e olhou para ela através da sua franja escura.

— Ah, é você — disse ela a Clara sem demonstrar muito entusiasmo.

— É um prazer voltar a vê-la — disse Clara.

— Humm... Acho que não vou conseguir o emprego, pois você sabe que já trabalhei numa sex shop. Isso vai queimar meu filme.

— Por quê? — Clara parecia achar que ter trabalhado numa loja de fetiches era boa experiência para um cargo administrativo numa clínica de cardiologia.

— Por que você não quis se casar com meu pai, talvez? — perguntou Amy com algum interesse. — Ele era louco por você.

— Já estamos muito velhos para um compromisso sério, além de termos nossas manias, Amy. Seriam necessários muitos ajustes nas nossas rotinas. E o seu namoro, como vai?

— Bem, obrigada. Sabe, sempre gostei de você — disse Amy, recusando-se a mudar de assunto.

— E eu também gostava de você. — Clara sorriu bem descontraída.

— Mas não o suficiente para me dar um emprego? — Amy estava pronta para uma boa luta.

— Ora, mas é claro que você pode ficar com a vaga. Conte-me apenas por que motivo desistiu dos corpetes ousados e dos chicotes. Quero que saiba também, logo de cara, que, quando Ania voltar, teremos de dispensar você.

— A loja de corpetes e chicotes faliu, e já fui informada de que este é um emprego temporário. — Amy sorriu.

— Muito bem. Então pode começar agora mesmo.

— Que bom. Você tem alguma dica para me dar sobre o trabalho?

— Sim... Estamos todos unidos em uma profunda aversão a Frank Ennis, do Conselho Administrativo do hospital — disse Clara. — A partir de agora, você deve considerá-lo um inimigo natural desta clínica e não estará muito longe da verdade.

Carl Walsh tinha passado a noite na casa de Aidan e Nora Dunne. Eram uma boa companhia e não lhe fizeram nenhuma pergunta embaraçosa. Se, por acaso, chegaram a se questionar sobre o porquê de um homem cujos pais tinham uma bela mansão à beira-mar preferir dormir no sofá da sala de um apartamento apertado como o deles, guardaram essas perguntas para si. Havia muito afeto em pequenos ambientes como aquele, em comparação com o clima distante e gélido que sua mãe mantinha na mansão. Carl mal conseguia acreditar que pessoas tão diferentes morassem na mesma cidade.

Aidan e Nora planejavam para o domingo um almoço de comemoração do aniversário de Aidan. Mais uma vez, Carl ficou admirado por ver o pouco dinheiro que tinham e como a compra de cada coisa era considerada com muito cuidado antes de ser feita. Sentiu uma revolta íntima contra a ostentosa festa que acontecera na véspera em sua casa. Sua mãe não tinha um pingo de decência, só agora ele percebia. Até hoje ele estivera cego ao jeito de ser dela, achando que o pai precisava de urna vida calma e confortável. Chegou à conclusão de que só podia estar vivendo em negação, para não enxergar o que acontecia diante dos seus olhos. Alguém devia ter se colocado contra Rosemary Walsh há muito tempo.

— Você aceita nos acompanhar no almoço, Carl? — Nora era uma excelente anfitriã.

— Não, obrigado, Nora. Não sou uma boa companhia hoje e preciso voltar para casa, a fim de retirar minhas coisas. É melhor fazer isso no fim de semana.

— Talvez fosse aconselhável você fazer as pazes com seus pais. — Era a primeira vez que Nora mencionava o problema.

— Sempre estive em paz com meu pai — respondeu Carl.

— Sim, mas as mulheres são mais complicadas. Distorcemos as coisas. Temos uma percepção errônea do que acontece...

— *Você* não é assim — elogiou ele com simplicidade.

— Não, mas vejo que você está muito chateado e não gosto de vê-lo de baixo astral, Carl. — A voz de Nora era carinhosa e solidária.

— Sinto-me para baixo por ter sido tão burro. Conheci uma jovem maravilhosa e a deixei escapar pelos dedos.

— Ela gostava de você?

— Acho que sim, mas sou um completo estúpido. Faria tudo para voltar atrás, até o início da noite de ontem.

— E onde está ela agora, essa moça maravilhosa? — quis saber Nora.

— Numa aldeia do sul da Polônia. Ela não quer nem falar comigo.

— E quando ela volta?

— As pessoas estão achando que não vai voltar.

— Pois tenho a certeza de que ela volta, Carl. Você é um bom rapaz. Homens como você não são fáceis de encontrar.

— Não sou um bom rapaz, não, Nora. Sou um imbecil, isso sim!

— Uma vez ou outra na vida, todos nós fazemos papel de imbecil, pode acreditar. Só lamento que você esteja tão envolvido com essa jovem. Tinha muitas esperanças secretas e planos para você e para a filha de Aidan, do primeiro casamento dele. Mas... Tudo bem!

Ania subiu a ladeira com o coração pesado.

Não acreditava em nada do que Clara dissera. Na verdade, não imaginou que tanta gente fosse sentir sua falta. Contudo, agora estava de volta à sua casa, na sua terra, com uma sacola cheia de dinheiro para a mãe. Desde que foi para a Irlanda, não se passou nem um dia ou hora sem que Ania estivesse trabalhando em alguma coisa, mas tudo valeria a pena quando ela visse o rosto de Mamusia ao receber todo aquele dinheiro.

Torcia para que sua Mamusia não chorasse. Ania achava que, se ela mesma caísse no choro, não conseguiria mais parar.

Fiona e Declan se inclinaram sobre os anéis e experimentaram alguns deles no dedo dela.

Um tinha um entalhe fabuloso. O outro tinha cores marcantes por qualquer ângulo que se olhasse. Por fim, escolheram um que tinha três pequenas opalas enfileiradas.

— Esse foi o primeiro anel no qual seu olhar pousou; isso é sempre um bom sinal — informou o rapaz que vendia pedras preciosas na loja e era muito bom nisso. — Quando é o grande dia? — perguntou enquanto polia mais uma vez as opalas.

— Ainda vai levar séculos — disse Declan falando depressa.

— Será no fim do verão — retrucou Fiona.

— Muito bem, senhorita. Não o deixe escapar — brincou o jovem joalheiro, empolgado com tudo aquilo.

Foram almoçar no Quentins e mostraram o anel para Brenda, que lhes deu os parabéns e trouxe um cálice de champanhe.

Depois, telefonaram para os pais de Fiona e lhes contaram que já haviam comprado o anel de noivado. A alegria foi grande. Eles convidaram os Carroll para um jantar em sua casa, que seria trazido por um restaurante chinês naquele mesmo dia à noite. Fiona enviou e-mails para Tom e Elsa, na Califórnia. E também para David, na Inglaterra, e para Vonni, na Grécia.

Disse que estava muito feliz e queria que todos conhecessem Declan.

— Por que você mudou de ideia sobre a data? — quis saber Declan.

— Deve ter sido por causa da confusão que aconteceu com Carl e Ania. Não quero que nenhum mal-entendido ou desencontro desse tipo nos prejudique.

— Onde Carl está dormindo? — perguntou Declan.

— Não sei. O espantoso foi o tempo que ele levou para descobrir quem sua mãe era.

— Ele tentava manter as aparências de paz por causa da saúde do pai — disse Declan.

— Você sempre encontra o melhor nas pessoas e diz a coisa certa — elogiou Fiona, virando o dedo para admirar mais uma vez o lindo anel.

Querida Fiona,

É fantástico você estar de casamento marcado. Meus parabéns! É claro que eu adoraria comparecer à cerimônia. Será uma grande oportunidade para tirar férias.

Quando vendi a empresa do meu pai, minha mãe ficou muito chateada. Agora, porém, chegou à conclusão de que isso foi o melhor a fazer. Vou abrir uma empresa só minha para importação de cerâmica. Quando estiver aí, talvez descubra algumas coisas irlandesas bonitas. Espero que você me indique alguns lugares onde eu possa pesquisar isso.

Será fabuloso rever você e assistir ao seu casamento. Tomara que Vonni, Tom e Elsa também possam ir.

Beijos,
David

Fiona,

Só você mesmo conseguiria com que eu levasse minha velha carcaça de volta à Irlanda. Jurei para mim mesma que nunca mais colocaria os pés nessa terra, mas as coisas que você me conta sobre esse rapaz, Declan, me parecem boas demais, e não posso perder a bela oportunidade de conhecê-lo. Pedi a Andreas que fosse comigo, mas ele disse que não. Tudo bem, ele verá as fotos depois.

Os gêmeos me convidaram para ficar na casa deles com um casal. Muttie e sua esposa, Lizzie, são seus nomes. Essas pessoas existem mesmo? Também me disseram que estão montando um serviço de bufê, e esperam pegar a festa do seu casamento como um dos seus primeiros contratos. Não sei se você já sabia disso e achei melhor alertá-la.

Agora que decidi ir, estou muito entusiasmada.

Obrigada por manter contato comigo. Você é uma boa amiga.

Mil beijos,
Vonni

Querida Fiona,

Não podemos ir ao seu casamento por um motivo maravilhoso: estamos grávidos!

Elsa vai ter nosso bebê exatamente na semana do seu casamento. Durante muitos anos pensei que nunca conseguiríamos ter filhos, mas fizemos um tratamento com inseminação intrauterina e estamos à espera de uma menina, que vai nascer no mesmo dia em que você vai se casar. Gostaríamos muito de estar presentes, mas prometemos visitar vocês assim que nossa princesinha tiver idade suficiente para uma viagem tão longa.

Bill está empolgado com a notícia. Até Shirley está muito entusiasmada, e a vida não poderia estar melhor.

Passamos momentos maravilhosos naquele verão. Mal aguento imaginar que não vou poder reencontrar Andreas, Vonni e David. Por favor, tirem muitas fotos. Queremos ver e saber de todos os detalhes depois.

Beijos de nós dois,
Tom

Simon e Maud estavam começando a descobrir que trabalhar no ramo de bufês era muito extenuante.

— Acho que quando fizermos vinte e cinco anos já estaremos completamente acabados — disse Simon.

— Cathy e Tom conseguiram sobreviver — argumentou Maud, nem de longe preparada para desistir tão cedo.

— Sim, mas é porque eram loucos um pelo outro — resmungou Simon.

— Ora, e *nós* também nos damos muito bem.

— Sim, mas não estamos *apaixonados* como eles estavam. — Simon parecia realmente encucado com aquela questão.

— Escute, Simon... Quem sabe arranjaremos um namorado e uma namorada que sejam nossos sócios e pelos quais estaremos profundamente apaixonados? Isso faria as coisas funcionarem melhor na sua cabeça?

— Suponho que nos ajudaria a superar as maiores dificuldades, sem dúvida.

— Acho que precisamos atrair clientes. É esse o caminho que deveríamos trilhar. — Maud se mantinha muito firme.

— Fazendo o quê, por exemplo?

— A recepção do casamento da Fiona e do Declan. Podíamos sugerir um bufê com opções interessantes e lhes apresentar um orçamento.

— Mas onde é que organizaríamos a recepção em si, Maud? Não temos nenhum local próprio, nenhum ponto de referência para nosso trabalho, como Tom e Cathy costumam assim chamar.

— Podemos arranjar um. Quem sabe algum clube de tênis? Ou uma escola antiga? Tem de existir *algum lugar*, Simon.

— E se arranjarmos um local onde possamos trabalhar? — Simon parecia ansioso.

— Poderíamos passar para a parte seguinte, que é a do preparo de um cardápio. — Maud estava confiante.

— Olá, Brian?

— Alô, James!

— Você já está dirigindo o salão do centro paroquial como se fosse uma espécie de café, não é verdade?

— Sim, você sabe que sim.

— Então qual é o problema?

— Como assim, "qual é o problema"?

— Se a Secretaria de Saúde e a Vigilância Sanitária deram sinal verde para o lugar funcionar como café, o alvará também servirá para recepções e casamentos.

— E quanto ao álcool? — perguntou Brian.

— Mas você não vai vender nenhuma bebida alcoólica, Brian. Aliás, nem tem licença para isso.

— Então, é exatamente o que estou dizendo.

— Mas as pessoas encarregadas da festa não poderiam trazer a bebida?

— Acho que as coisas não funcionam desse jeito — disse o padre Brian.

— Ora, elas funcionam do jeito que quisermos que funcionem. Como podem acusar você se um grupo de poloneses resolver levar sua própria bebida?

— James, isso não vai dar certo.

— *Meu* conselho é tentar fazer desse jeito, com absoluta boa fé, e demonstrar total ignorância sobre o assunto *se alguém* levantar a lebre.

Molly Carroll disse que gostou muito dos pais de Fiona. Maureen e Sean Ryan e as duas irmãs de Fiona puseram Molly e Paddy à vontade: eram pessoas despretensiosas, sem arrogâncias nem melindres.

Molly achou estranho que os pais de Fiona não tivessem encomendado um assado ou algo diferente para conhecer os futuros sogros da filha, mas depois soube que só haviam recebido a notícia do noivado naquele dia mesmo, à tarde. E, verdade seja dita, a comida chinesa estava muito saborosa.

Todos concordaram em dar carta branca e entregar aos jovens Simon e Maud a responsabilidade pela organização do evento. Só Deus poderia saber que tipo de recepção ou festa eles tinham em mente.

Simon e Maud foram se encontrar com o padre Brian quando souberam que ele estava à procura de alguém para preparar uma recepção. Era a festa de batizado do filho de um casal de eslovacos.

— Tudo bem. Basta arrumarmos alguns petiscos de comida mediterrânea oriental — disse Simon.

— Vai ser fácil. Precisaremos de berinjela, pimentões assados, abobrinhas e muito azeite — concordou Maud.

— Tenho um problema com o álcool — disse o padre Flynn.

— Tudo bem, não se preocupe, padre — tranquilizou-o Simon.

— Nossa mãe também era assim. — Maud deu um tapinha carinhoso na mão dele.

— *Não eu*, seus manés — respondeu irritado o padre Brian. — Trata-se da lei, entendem? Existem normas severas sobre a venda de bebidas alcoólicas.

— Ah, entendi! — disse Simon. — Pensei que o senhor tivesse um problema de ordem pessoal. Podemos deixar a bebida por conta dos convidados, então. Não está bem assim?

— Sim, acho que desse jeito não infringiremos a lei.

— Ótimo, então. Podemos fornecer sucos de frutas e refrigerantes. Quanto às bebidas que os convidados colocarem sobre a mesa ou servirem por baixo dela, não será da nossa conta.

— Será que vai dar certo?

— Pelo que tenho ouvido em nossa área de atuação, as coisas funcionam assim por aqui — disse Maud, mais madura do que sugeria sua idade.

Quando voltavam do centro paroquial para casa, Simon disse de repente:

— É *aqui* que vamos organizar a festa de casamento de Fiona e Declan. Encontramos nosso espaço!

— Escute, Declan. Fiquei sabendo que você e Fiona vão se casar ainda este ano, não é? — perguntou Simon um pouco ansioso.

— Isso mesmo, Simon. Também já vieram me contar — brincou Declan.

— Eu queria saber se vai ser um casamento só no civil ou se vai haver uma cerimônia religiosa.

— Bem, faremos alguma coisa em uma igreja também para agradar a nossos pais.

— Que bom, mas... vai ser em qual igreja? — Simon parecia muito ansioso. Declan se perguntou se ele seria algum fanático religioso.

— Ahn... Bem, vai ser numa igreja normal, acho. Uma igreja católica, mas ainda não escolhemos o local.

— Então ainda não planejaram nada?

— Não, ainda não. Simon, posso saber qual a razão de todas essas perguntas?

— É que descobrimos um lugar fantástico onde você e Fiona poderão realizar a cerimônia e fazer a recepção.

— Descobriram?

— Isso mesmo.

— Por que será que estou começando a ter um mau pressentimento? — perguntou Declan.

— Não precisa se preocupar, não. É uma igreja de verdade, com padre e tudo que for de direito.

— E qual é a pegadinha?

— Não há pegadinha nenhuma.

— Sempre há. Vamos lá, pode contar.

— Vocês vão ter de levar as bebidas escondidas.

— Então você está sugerindo que me case num bar clandestino?

— Não, nada disso! — Simon ficou indignado.

— Então o que é?

— É um centro paroquial muito bonito, pertinho do rio Liffey. Fica ao lado de uma igreja. É frequentado por jovens irlandeses, poloneses, letões e lituanos. Achei que você gostaria.

— É, pode ser que nos agrade mesmo — refletiu Declan. — Por que tanto interesse? Você já fez a reserva do lugar ou algo assim?

— Mais ou menos — confessou Simon.

A mãe de Ania fora maravilhosa. Era tão bom ter Ania de novo em casa, não se cansava de dizer. O instante em que ela entrou pela porta, voltando para casa, foi uma surpresa inesquecível.

No entanto, sua mãe não pressionou para que ficasse de vez na Polônia. Tinha mais coragem do que Ania lembrava ou imaginava. Nada mudara nela. Toda a vida de Ania, porém, havia se modificado.

Mamusia lhe fez muitas perguntas sobre a Irlanda. Como ia Carl, o rapaz simpático que lhe ensinava inglês? Estava bem? Sim, estava bem. E a festa dos quarenta anos de casamento dos pais dele tinha sido boa? Sim, bem razoável, mas nada de fantástico.

Ania se sentou junto da mãe e lhe entregou o dinheiro pelo qual trabalhara tão duramente. Com ele, poderia bancar todas as modificações necessárias para transformar a pequena casa num lugar de negócios, e não numa empresa de fundo de quintal. Um dos cunhados de Ania faria as obras. Sua mãe podia começar agora mesmo se quisesse.

A luz do dia foi se desvanecendo, e começou a anoitecer. Mamusia fechou as cortinas e acendeu as lâmpadas. Ania continuou sentada ali, perguntando a si mesma qual a razão de ter ido embora. Seus dias agitados em Dublin teriam sido uma espécie de sonho? Subitamente se sentiu muito cansada. Ainda não dormira desde que saíra da casa de Carl no dia da festa. Ficara em pé a noite toda à espera do primeiro voo para Londres. Depois, passara um longo tempo esperando outro voo para a Polônia.

A mãe a viu sonolenta e lhe cobriu os joelhos com uma manta. Ela adormeceu profundamente e sonhou que Carl lhe enviara um grande ramo de flores com um cartão dizendo: "Eu te amo, Ania. Volte para mim."

Quando acordou, às quatro da manhã, o que sentiu foi uma tristeza profunda, porque tudo não passara de um sonho. E foi para a cama com lágrimas nos olhos.

— Você estava segura do que ia fazer quando se casou com papai? — perguntou Linda à mãe.

— Segura até mais do que deveria, como descobrimos depois — respondeu Clara.

— Não. O que quero saber é como você se sentiu quando juntaram os trapinhos?

— Não foi o que fizemos, Linda.

— Tudo bem, só quero saber como foi, honestamente.

— Então vamos lá... O que rolou foi o seguinte: eu gostava dele. Na verdade, estava caidinha pelo seu pai. Quando me disse "case comigo", tudo o que pensei foi que aquela era uma chance única de me livrar da minha mãe, que, como você bem sabe, é um porre de aturar. Não imaginei que as pessoas dissessem "eu te amo" sem estar falando sério e mergulhei de cabeça. Esse resumo está bom para você?

— Não muito bom. Nick e eu estamos pensando em alugar um apartamento, mas temos medo. Afinal, não precisamos escapar de ninguém desagradável em casa, nós dois temos mães razoáveis. Aliás, queria que você gostasse um pouco mais de Hilary.

— Mas *gosto* dela — disse Clara.

— Sim, mas superficialmente, de um jeito muito casual. Pensamos em arrumar um cantinho para nós dois, mas talvez isso exponha as fraquezas do nosso relacionamento.

— É muito sensato vocês refletirem sobre isso — disse Clara.

— Você me parece chateada ou preocupada com alguma coisa, Clara.

— Não, Linda, é só impressão. Passei mais um dia paradisíaco no trabalho. Ania fugiu para a Polônia porque a megera da mãe do namorado a tratou como empregada numa festa a que havia sido convidada. Frank Ennis colocou algumas brasas novas no inferno da minha vida. A filha lunática de Peter Barry apareceu à procura de emprego e lhe ofereci um lugar na clínica. Fiona e Declan decidiram se casar num centro paroquial para imigrantes ao lado do rio Liffey. Pensei que chegaria em casa e curtiria um prato de sopa quentinho e encontro você encucada, querendo discutir o sentido da vida. E você acha que estou chateada? Imagina!

— Até que você não é das piores, Clara — disse Linda olhando com seriedade para a mãe.

Aquilo era um grande elogio, sem dúvida.

Fiona e Barbara foram dar uma olhada no centro paroquial do padre Brian.

— É básico, não é? Básico *demais*, talvez — afirmou Barbara.

— Mas podemos melhorá-lo, temos condições para isso. É claro que não conseguiremos transformar este lugar num palácio de onde o Declan e eu vamos surgir do fundo do palco, envoltos numa nuvem de gelo seco... De qualquer modo, você sabe que não quero nada desse tipo. Só espero que a noite valha a pena para as pessoas que vêm de tão longe, os primos do interior, o David vindo da Inglaterra e a Vonni, da Grécia.

— Eles só querem ver você feliz e, talvez, beber e beliscar alguma coisa para comemorar a data. Vonni e David ficarão decepcionados se a festa não for com brilhos, luxos e luzes? — insistiu Barbara.

— Claro que não.

— O importante é: isso aqui serve para Declan?

— Barbara, você *conhece* Declan.

— Certo. Então, o mais importante agora é nos certificarmos de que os gêmeos não vão envenenar ninguém. Vamos deixar o padre Brian mais feliz reservando logo a data.

Rosemary ouviu vozes na cozinha quando voltou para casa. Bobby conversava com alguém. Por um instante ela se animou, achando que talvez fosse Carl. Aquele menino tolo não podia continuar com suas pirraças para sempre. Resolveu ser simpática e cortês com o filho. Ela se mostraria magnânima, sem ressentimentos pelo seu comportamento infantil. Contudo, não era o filho. Era Clara, a diretora mandona da clínica de cardiologia.

— Imagine só, a senhora ser recebida na cozinha, dra. Casey! — Rosemary parecia ressentida. O olhar que lançou a Bobby insinuava que mais tarde os dois conversariam seriamente sobre aquela gafe.

— Vim aqui porque Bobby não apareceu essa manhã para a consulta habitual. Como eu estava passando pelas redondezas, resolvi aparecer.

— Oh, a senhora conhece alguém por aqui?

— Não, sra. Walsh, mas estava preocupada. Fiquei apreensiva quando Bobby não apareceu. E, quando liguei para cá, ninguém atendeu.

— Ora, Bobby, por favor!

— Eu sei. Desculpe, querida, mas não consegui atender o telefone. Estava com muita falta de ar.

— Por acaso eu também estava à procura de um jardineiro chinês que presta serviços a um condomínio de apartamentos de luxo ali adiante. Nossa Ania, da clínica de cardiologia, continua desaparecida. Pensei que talvez ele tivesse notícias dela.

— Ele tinha? — perguntou Rosemary.

— Na verdade, não. Ele até comentou que deve algum dinheiro a ela, por seus serviços de jardinagem, e garantiu que há muito mais trabalho para ela, em caso de vir a necessitar.

— Mas, afinal, *onde* ela está?

— Na Polônia. Ficou aborrecida com algo aparentemente grave e partiu na mesma noite da festa de vocês.

— Ora, mas Rosemary teria pago a ela o combinado, não importa a quantia. Posso lhe garantir isso, doutora — disse Bobby de repente.

— Como assim? — Clara não entendeu o que ele falava.

— Cale a boca, Bobby — disse Rosemary.

— Não. Não me parece justo que todos achem que o que aconteceu foi culpa *sua*, querida — respondeu Bobby, o rosto muito vermelho, com vontade de resolver as coisas.

— Desculpem, mas vou embora — anunciou Clara. — Carl vai levá-lo à clínica amanhã, Bobby? — perguntou.

— Carl foi embora de casa — respondeu Bobby.

— Você poderia ir de táxi, então?

— Pode deixar que o levo — ofereceu-se Rosemary.

— Então fica combinado. A qualquer hora está bem, Bobby. Arranjamos sempre um jeito de encaixar você — disse Clara já saindo. Do lado de fora da mansão, parou e viu os iates no mar e a extensão purpúrea de Head of Howth do outro lado da baía. Aquela casa tinha tudo de bom, era um lugar em que certamente todos desejariam viver, mas não trouxera felicidade para nenhum dos seus três moradores. Um terrível desperdício.

Fiona estava no ônibus, a caminho da casa dos pais. Torcia para que eles ficassem entusiasmados com a ideia da festa no salão do centro paroquial. O bom de tudo aquilo era que poderiam marcar a data que quisessem, e o padre Brian disse que teria muito prazer em casá-los.

Alguém deixara um jornal no banco ao lado, e Fiona o folheou, distraída. Havia as fofocas habituais sobre celebridades; artistas do cinema que estavam visitando a Irlanda e notícias da seleção inglesa de futebol. Foi quando viu um pequeno parágrafo. Um jovem fora encontrado morto num apartamento da cidade, provavelmente por overdose. Não fora identificado, e as autoridades policiais pareciam ansiosas por encontrar alguém que o reconhecesse. Tinha entre vinte e cinco e trinta anos, baixa estatura, e a única pista era um relógio de pulso. Estava gravado com uma data e as palavras "Com todo amor, Fiona".

Shane?

Morto por overdose num apartamento em Dublin?

Fiona se sentiu enjoada. Levantou-se quase tropeçando e se dirigiu à saída do ônibus. Quando saltou, ainda agarrava o jornal com firmeza. Havia um número para contato, mas, puxa, ela não queria se envolver com aquilo. Há muitos meses, anos até, ela não pensava em Shane. Por que o traria de volta à sua vida agora?

Por que encontrar a mãe dele nessas circunstâncias? Mas também não poderia evitar a realidade.

Ele merecia um funeral digno, a mãe ao seu lado, alguém que o identificasse. Sentou-se num banco ao lado do ponto de ônibus e avaliou as opções. Poderia ligar para a polícia, informar o nome completo de Shane e seu endereço. Poderia entrar em contato com a mãe dele para avisá-la do que acontecera. Poderia até nada fazer. Se não tivesse visto aquele jornal por acaso, nem teria sabido do que acontecera.

É claro, porém, que sabia o que era o mais correto a ser feito. Telefonou para o número indicado no jornal.

— Acho que o morto é um homem chamado Shane O'Leary, policial — informou Fiona. — Se vocês ligarem para a delegacia de um lugar chamado Aghia Anna, na Grécia, certamente lhes informarão o telefone da central de polícia em Atenas, onde Shane foi fichado há três anos. Eles têm as impressões digitais dele e mais detalhes.

Ela ouviu o que disseram do outro lado da linha e respondeu:

— Quem sou eu? Ninguém. Realmente não sou ninguém importante para a solução desse caso. Liguei apenas para ajudá-los e talvez a mãe dele, se ainda estiver viva. Não, não tenho nada mais a declarar.

Desligou o telefone e esperou o ônibus seguinte.

Nessa noite, ao se deitar, Fiona percebeu que já não sentia mais nada pelo falecido Shane. Mal se lembrava do tempo em que estiveram juntos ou do motivo de tê-lo amado tanto. Era impossível se lembrar das razões que levariam alguém a amar outra pessoa tão perdidamente e sem ser correspondida. Aquilo era prova de que ela perdera completamente a sanidade por um bom período da sua vida.

Padre Brian Flynn mostrava seu centro paroquial com orgulho. Explicava a um jovem casal polonês que o primeiro matrimônio a ser celebrado ali aconteceria no fim de agosto; era o casamento de um jovem médico e uma enfermeira da clínica de cardiologia, e eles já tinham dado autorização para que esse casal de noivos e mais outro viessem à recepção para ver se gostavam do ambiente.

— Nossa, devem ser pessoas muito generosas. — O casal se mostrou surpreso.

— São boas pessoas, sim. E o serviço de bufê é maravilhoso. Vocês vão gostar muito.

— Tudo isso deve ser muito caro.

— Não, acho que não. As pessoas desse bufê prepararam um cardápio fabuloso para o batizado de uma criança eslovaca. Havia vegetais grelhados que ninguém conhecia, mas todos concordaram que estavam deliciosos.

— Podemos fazer uma decoração personalizada? O salão tem cortinas lindas, mas há poucos quadros.

— Tínhamos uma jovem polonesa encantadora chamada Ania. Ela trabalhava aqui conosco e fez as cortinas, mas infelizmente voltou para sua terra.

— Talvez esteja mais feliz lá — sugeriu o jovem casal.

— Talvez... — respondeu o padre Brian, que soubera de muitas novidades por intermédio de Johnny, Declan e Fiona. Onde quer que Ania estivesse, provavelmente não estaria mais feliz.

Naquele mesmo instante, em sua cidade, Ania fazia planos com Lech, um dos seus cunhados. Eles reformariam a casa para transformá-la numa loja para Mamusia. Mandariam instalar uma vitrine alta e comprida na parede da frente e colocariam dois vestidos prontos lá. Um amigo ficou de preparar a tabuleta da loja.

— Você deve ter trabalhado muito para conseguir todo esse dinheiro, Ania.

— Sim, mas Mamusia é merecedora de cada cêntimo. Eu a envergonhei.

— Isso só aconteceu na sua cabeça. — garantiu Lech. — Você não foi a única mulher a ser enganada por Marek. Ele está preso. Você sabia?

— Não, não soube de nada. — Ania ficou abismada por não sentir nada ao ouvir essa notícia. Não se sentiu aliviada nem preocupada, apenas indiferente.

Lech andava de um lado para o outro com uma fita metálica na mão, anotando tudo em um caderninho. Ania olhou para fora e rezou, silenciosamente, para que as coisas dessem certo. Torceu para que as senhoras elegantes do lugar, ao desejarem uma roupa nova bem-feita para a primavera, se dispusessem a subir a ladeira para contratar sua mãe. No dia em que isso acontecesse, tudo teria valido a pena. Até mesmo seus erros.

Enquanto observava, notou que alguém subia a ladeira. Era um homem com uma mochila nas costas. Parava de vez em quando para olhar de perto, como se procurasse um lugar específico. Ania olhou mais uma vez com atenção para ter certeza.

Era ele.

Era Carl.

Amy comentou que gostava muito de trabalhar na clínica, porque o ambiente era ótimo.

— Tomara que essa Ania *nunca mais* volte. Espero que conheça um polonês rico, que seja dono de uma dúzia de restaurantes, e fique por lá. Assim, posso continuar trabalhando aqui até morrer — disse ela a Clara.

— Eu não contaria muito com isso se fosse você, Amy — respondeu Clara. — Ouvi dizer que o namorado foi atrás dela na

Polônia. Não me admiro nem um pouco se ela de repente surgir por essa porta.

— As pessoas fazem um monte de coisas absurdas, por amor — afirmou Amy.

— Eu sei disso! Não é curioso? Você ainda está com aquele rapaz, Ben, o embalsamador simpático?

— Sim, já que perguntou, estamos juntos, sim. Engraçado você ainda se lembrar dele.

— Ora, é claro que me lembro. Gostava dele.

— Acho que você e ele trabalham, de certo modo, no mesmo ramo de atividade e têm muito em comum um com o outro — declarou Amy.

Se Clara ficou perturbada por alguém achar que a medicina e as artes do embalsamamento eram profissões afins, não deu a perceber.

— Seu pai se dá bem com ele?

— Acho que ele não sabe o tipo de conversa que pode levar com Ben. Morre de medo de que Ben comece a falar de cadáveres a qualquer momento, coisa que raramente faz. De qualquer modo, meu pai anda arrastando a asa para uma amiga sua ultimamente.

— Amiga minha?

— A sra. Esqueci-o-nome, do asilo Lilac Court.

— Claire Cotter? Está brincando!

— Ela não é horrível? — quis saber Amy, ansiosa.

— Não, é fantástica! Na verdade, é a mulher ideal para ele. — Clara ficou aliviada ao perceber que estava sendo sincera.

— Tudo bem, se você diz, acredito. Vou analisá-la com mais carinho.

Fiona ouvia com atenção enquanto Bobby contava que Carl havia pedido alguns dias de licença na escola. Ele torcia para que o filho estivesse bem.

— Sabe de uma coisa, Bobby? Nunca conheci ninguém que fosse mais correto e equilibrado do que Carl. Quem me dera ter tido um professor como ele nos meus tempos de escola.

— Provavelmente, pediu esse tempo de afastamento para decidir o que fazer da vida. Está na idade em que já devia ter sua própria casa. Assim como você, Fiona — atalhou Bobby admirando o anel de opala.

— Sim... Assim como eu — concordou Fiona num tom de voz estranhamente sereno.

— Vamos sair para comprar algumas roupas e acessórios para o casamento? — propôs a mãe de Fiona numa quinta-feira de agosto à noitinha.

— Eu adoraria ajudar a escolher alguma coisa para você, mamãe.

— Normalmente, a noiva *também* quer estar linda, sabia? — brincou a mãe.

— Ania vai fazer meu vestido. Já está tudo combinado.

— Mas ela não...

— Sim, ela não está aqui, mas voltará, isso eu sei — respondeu Fiona.

O fato é que Fiona recebera uma mensagem de texto que Ania lhe enviara por um celular emprestado:

"Mamusia e eu passamos muito tempo trocando ideias sobre o seu vestido de noiva. Sei que ele vai ficar lindo! Você confia em mim? Pode apostar que você vai ser noiva mais bonita de toda a Irlanda. Saudades, Ania."

Barbara se propôs a perder sete quilos para o casamento e já estava trabalhando para isso.

Era uma meta realista, dizia ela, enquanto comia um sanduíche de ovo com manteiga e maionese. Um quilo por semana era a perda de peso recomendada.

Molly Carroll e Maureen Ryan resolveram conhecer uma loja chamada Big Day, especializada em roupas para mães de noiva.

Elas se tornaram grandes amigas, e uma sempre lembrava à outra que não deviam deixar nada para resolver na última hora.

Os maridos sabiam que as longas conversas das duas não passavam de uma disputa para ver quem enlouquecia primeiro.

Naquele instante, discutiam sobre se deviam ou não tingir os sapatos, usar bolsas em tecidos na mesma padronagem da roupa ou contratar um maquiador para o grande dia.

Os gêmeos estavam extremamente empolgados. Pediram orientação a Cathy e a Tom.

— Por que acham que iríamos colaborar com a concorrência? — perguntou Tom com ar brincalhão.

Cathy sabia que nunca se devia brincar daquele jeito com Maud e Simon.

— Não se aflijam, a gente vai até o local para dar uma olhadinha — prometeu ela.

— Não somos concorrentes de vocês... — começou Simon.

— A verdade é que os noivos não teriam condições de contratar um bufê do mesmo nível do de vocês — concordou Maud.

— Isso mesmo. O noivo gastou todo o dinheiro num anel de opala. — Simon parecia censurar esse ato.

— Não sobrou nada para o bufê da recepção. — Maud queria deixar tudo em pratos limpos.

— Mostrem-nos o lugar e daremos as dicas sobre o que é necessário — disse Cathy, para dar um basta nas complicações sempre crescentes, típicas de uma conversa com Maud e Simon. — Mostrem-nos o salão e tragam um bloquinho de anotações — sugeriu.

Conni reservara a passagem para a Irlanda. Mostrou a reserva a Andreas.

— Venha comigo, meu velho amigo — sugeriu ela.

— Não. Se você não quer se casar *comigo*, por que razão eu atravessaria meio mundo para aparecer como seu acompanhante numa festa de casamento?

— Andreas, seria uma loucura nos casarmos. Preciso de você, meu amigo. Posso voltar a beber se você não estiver ao meu lado.

— Isso não vai acontecer. Você nunca bebeu quando estava na Irlanda, por que começaria agora?

— Posso ficar descontrolada.

— Não. Foi o meu país e os meus conterrâneos que fizeram você perder o controle. Está recuperada agora.

— A verdade é que nunca nos recuperamos por completo.

— Ora, mas você está mais perto disso do que qualquer outra pessoa que conheço — disse Andreas dando palmadinhas carinhosas na mão dela.

A mãe de David Fine ficou surpresa ao saber que o filho ia a um casamento na Irlanda.

— Essa é aquela moça que veio aqui quando descobriram qual era a doença do seu pai? — quis saber ela.

— Ela mesma, mãe... Fiona.

— Na época cheguei a achar que vocês dois gostavam um do outro.

— Pois é, mas não rolou nada. Ela estava apaixonada por um sujeito muito louco. Felizmente ela se afastou dele e superou tudo — explicou David.

— Então, ela não vai se casar com o tal maluco?

— Não. A última coisa em que *ele* pensaria na vida é se casar com alguém.

— E você acha que vai ser um casamento nos moldes da religião católica?

— Tenho quase certeza.

— Então você vai precisar de alguém que o ajude na hora da cerimônia, filho. Um amigo que indique o momento certo de ficar de pé, de sentar ou de se ajoelhar.

— Eu vejo os outros e imito o que fizerem — respondeu David, descontraído.

— Será que vamos ter um casamento sofisticado?

— Não faço ideia. Ela vai se casar com um médico de cabelos ruivos, muito simpático. Fiona me pareceu realmente empolgada.

— Claro que está entusiasmada — disse a mãe de David. — Afinal, fisgou um médico, certo?

— Devíamos enviar flores para o casamento — disse Elsa.

— Imagine só! Vonni vai voltar à Irlanda só para assistir à cerimônia — disse Tom.

— Gostaria tanto que fôssemos! Para onde você acha que devemos enviar as flores? — perguntou Elsa.

— Ela mencionou uma igreja perto do rio Liffey. Acho que a florista sabe onde é — respondeu Tom.

— É melhor as enviarmos para a casa dela.

— Ainda bem que ela está feliz — disse Tom. — Esse rapaz me parece um partido muito mais indicado.

— Qualquer um seria melhor do que Shane — disse Elsa.

Bobby Walsh sabia mais sobre o que acontecia à sua volta do que deixava transparecer, mas não entrou em confronto com Rosemary em nenhum momento. Em vez disso, tratou de alugar um apartamento para o filho. O lugar escolhido ficava perto do centro da cidade, e seria mais cômodo para Carl ir à escola onde dava aulas. E mais prático para Ania também. Bobby, aos poucos, montava um quebra-cabeça com as informações que pegava de várias pessoas, a partir do que elas falavam. E, principalmente, do que *não* falavam.

Johnny, da sala de ginástica, lhe contara a maior parte das coisas. A moça nova, que se vestia de forma exótica e era substituta de Ania, lhe revelou que a jovem polonesa voltara para casa magoada depois que uma megera a colocou para trabalhar como empregada numa festa para a qual ela comparecera como convidada.

Bobby se sentiu enrubescer de vergonha, mas ainda não era o momento adequado para confrontar Rosemary.

E Bobby sabia de uma coisa que mais ninguém tinha conhecimento: Carl e Ania *voltariam* para Dublin no sábado.

Ele enviara um e-mail para Carl contando do apartamento. O imóvel era mobiliado. Eles poderiam ir direto para lá quando voltassem. Seria deles por um ano, até decidirem um lugar definitivo.

Depois, Bobby lhes compraria uma bela casa. Decidiu vender a mansão imensa de frente para o mar. Havia muitas escadas e ambientes em vários níveis por lá. O corretor andava à procura de outra casa para ele. Não contara nada disso a Rosemary e só lhe diria no momento certo.

Esse momento seria sexta-feira.

Rosemary voltou para casa trazendo uma cavala comprada no mercado.

— Pensei em preparar a receita daquela sujeitinha — disse ela.

— Ela não é uma sujeitinha. Seu nome é Lavender. É uma pessoa muito prestativa, simpática e ensina os pacientes a se alimentarem de forma saudável.

— Tudo bem, tudo bem, foi só uma maneira de falar!

— Por sinal, nem um pouco adequada, na minha opinião — disse Bobby.

— Por favor, não venha pegar no meu pé por causa disso, Bobby. Tive um dia horrível.

— Eu também.

— *Você* teve um dia horrível? O que fez, afinal, o dia todo? Já nem sobe mais as escadas desta casa!

— Isso é verdade.

— Então me conte o que houve de tão horrível no seu dia. — Rosemary parecia muito contrariada.

— Andei catando o que me pareceu serem milhares de apartamentos pela internet até escolher o ideal para Carl. Depois, pensei em uma série de descrições para esta casa para quando for colocá-la à venda.

— Não diga tolices. Você não planeja vender esta casa!

— É exatamente o que *vou* fazer.

— Sem me consultar?

— Estava à sua espera, Rosemary, antes de ir adiante com o negócio. Agora que já contei, posso ligar para o corretor.

— Bobby, você ficou completamente maluco? Não pode sair procurando um apartamento para Carl sem mais nem menos. Você nem mesmo sabe onde ele está.

— Sei, sim, Rosemary. Carl está na Polônia.

— Onde?!... — Ela ficou mais pálida do que uma folha de papel.

— Lá mesmo.

— Foi atrás daquela vagabundinha. Não acredito! Isso não pode ser! Ele precisa cair na real.

— Ela não é vagabunda. É a namorada dele.

— Tudo bem, talvez não tenha me expressado direito.

Bobby ficou calado.

— E estou disposta a admitir isso para Carl, desde que ele retome o seu juízo normal — continuou ela.

Mais silêncio.

— Quer dizer que a pirraça dele já acabou?

— Não é pirraça nenhuma — disse Bobby lentamente.

— Mas... Por que você não comentou nem me consultou a respeito desses assuntos? — Ela olhou para ele atônita.

— Porque você não terá mais nenhum envolvimento nesses assuntos — disse Bobby.

— Mas... Por quê? — implorou Rosemary.

— Você deve saber muito bem o porquê a essa altura — respondeu o marido com tristeza no olhar.

Dois dias depois, Fiona leu no jornal que o jovem encontrado morto fora identificado como Shane O'Leary. O rapaz, segundo a notícia, havia ingerido uma dose letal de drogas e foi identificado pela mãe a partir de uma informação anônima recebida pela polícia. Seu pai morrera há alguns anos em um acidente de trabalho em uma obra.

O jovem O'Leary viajava por toda a Europa havia vários anos, mas a família não sabia que ele havia regressado à Irlanda. Era o mais velho de quatro filhos. O apartamento em que seu corpo foi encontrado ficava num prédio abandonado, mas que estava sendo restaurado. Ninguém sabia como o morto chegara ao local.

Fiona leu a pequena notícia tantas vezes que até perdeu a conta.

Ela nem sabia que Shane tinha irmãos mais novos. Ele não lhe contara que o pai morrera. Ele disse apenas que seu "velho" fora embora da Inglaterra depois de abandonar a família.

O que teria pensado sua mãe ao ver os policiais batendo à sua porta?

Os irmãos dele deviam ser jovens, talvez ainda na escola. Como teriam sentido a morte do irmão ausente?

Ficou espantada ao perceber que nenhuma dessas questões significava coisa alguma para ela. Não se importava com as respostas. Era como se estivesse lendo uma notícia que falasse de um completo estranho. No entanto, aquele fora o homem por quem deixara a própria casa para correr o mundo, ou seja, o homem cujo filho ela estava esperando, na época, com muita alegria.

Shane a agredira e ela acabou abortando. Mesmo assim, Fiona acreditava que ele ainda voltaria para ela, e eles passariam a vida juntos. Será que ela realmente vivera um período de insanidade naquela época de sua vida? Não poderia ter outra explicação.

Embora Fiona já não sentisse nada por Shane O'Leary, ainda guardava muitas perguntas que continuavam sem respostas.

Perguntas sobre si mesma. Como seria capaz de ter uma relação normal com qualquer outro homem? Girou o anel que trazia no dedo. Nada daquilo lhe parecia real.

Torceu para que nem a mãe nem Barbara lessem aquela notícia no jornal. Não queria falar do assunto nem voltar a pensar naquela situação.

Padre Brian decidiu não se deixar convencer por essa história de gente levando bebidas para o centro paroquial às escondidas como se o lugar fosse um foco de atividades clandestinas. Ou era responsável pelas funções que desempenhava ou não. Uma cerimônia de casamento era importante demais para deixar qualquer questão pendente.

Leu os termos do recente decreto sobre saúde pública. Bastava ele fazer uma solicitação ao serviço de Vigilância Sanitária da Secretaria de Saúde e eles lhe concederiam uma autorização, o que evitaria qualquer comportamento vexatório. No entanto, nem todo mundo concordava com ele.

Johnny informou que o preço das bebidas cairia pela metade se elas fossem compradas no supermercado. James disse que não dava para saber o resultado, já que trataria com aquele tipo de gente. Brian certamente seria atendido por burocratas infernais que o levariam à loucura.

Padre Brian tentou conversar sobre o assunto com Fiona, mas ela não pareceu interessada. Estava com a cabeça em outro lugar e olhava para ele sem vê-lo de verdade, como se focasse um ponto atrás dele, na parede. Não prestou atenção a nada do que o padre disse.

Molly e Maureen voltaram com roupas lindíssimas da loja Big Day. Foram boas compras, e as jovens que as atenderam foram muito simpáticas. Elas poderiam ter ficado ali o dia todo. Na verdade, faltou *pouco* para isso. Contudo, as roupas eram adequadas e poderiam ser usadas várias vezes, em diversas ocasiões. Como num batizado, talvez. Elas riam de empolgação, como duas colegiais.

Na Big Day, o proprietário comentou que elas estavam muito descontraídas em comparação com outras mães de noivas e de noivos. Lamentou que nem todas as clientes da loja fossem assim tão fáceis de agradar. Graças aos seus comentários, Maureen e Molly compraram ainda mais coisas e decidiram que aquele tinha sido o melhor dia de compras de suas vidas.

Por mais que tentassem, porém, não conseguiram fazer com que Fiona se interessasse pelos vestidos que compraram.

Ela parecia estar com a cabeça a milhares de quilômetros de Dublin.

Na segunda-feira, Ania apareceu na clínica.

Olhou durante muito tempo para Amy, que distribuía canecas com café para todos.

— Você deve ser Santa Ania, a jovem polonesa — disse Amy.

— E você é Amy, filha de Peter Barry — confirmou Ania.

— Isso mesmo. Você voltou. Isso significa que vou para a rua, certo?

— Não sou "Santa Ania". E estou muito feliz por ter a sorte de me aceitarem de volta.

— Ora, imagine! Todos aqui são apaixonados por você.

— Você gostou de trabalhar aqui?

— Sim. Gostei muito.

— Entrei pelo hospital agora de manhã. Eles estão precisando de pessoas para trabalhar no setor de emergência. Alguém que faça registros, anotações e deixe as enfermeiras livres para cuidar apenas dos pacientes.

— Esse setor faz parte do território dominado por Frank Ennis?

— Sim, ele tem um dedinho em todos os setores do hospital.

— Mas ele não é nosso inimigo natural? — perguntou Amy.

Ania riu com vontade.

— Acho que voltei bem a tempo. Você está tomando conta do pedaço, como se diz por aqui.

Ania e Carl nem queriam acreditar no novo apartamento que Bobby alugara para eles.

— Não podemos aceitar isso, papai — disse Carl com lágrimas nos olhos.

— Ora, mas para que trabalhei tanto a vida inteira se não puder, pelo menos, lhe dar um bom lugar onde morar? — retrucou Bobby, rindo com satisfação.

— Mas isso é muito caro. Ainda mais agora que o senhor vai ter que vender a casa e comprar outra. Não tem nada a ver pagar por esse apartamento.

— Poderemos pagar o aluguel, Bobby — garantiu Ania. — Basta arranjar mais uns trabalhos extras. Não é difícil.

— Não, minha filha, você deve continuar a mandar sua poupança para a sua mãe. Afinal, foi para isso que você veio para cá.

— Ah, ela está tão contente com tudo, Bobby. Queria que você visse como a casa dela está se transformando! Até minhas irmãs ficaram satisfeitas comigo, coisa que normalmente não acontece.

— Você conheceu toda a família de Ania, Carl?

— Sim. Eles me receberam muito bem. Pelo menos *acho* que gostaram de mim. Não entendia uma única palavra do que diziam!

— Eles adoraram você, Carl, pode ter certeza — assegurou Ania mais uma vez. — Gostaram muito mesmo.

Bobby pigarreou e disse:

— Rosemary lamenta muito por todo aquele mal-entendido, filho... — ele começou a dizer. Viu o rosto de Carl endurecer, mas Ania colocou a mão sobre o braço dele.

— Por favor, diga à sra. Walsh que já está tudo esquecido — afirmou Ania. — De certo modo, a atitude dela foi muito útil. Acabou nos obrigando a fazer o que queríamos e só faltava coragem.

— Não sei se a Rosemary quer se mudar daquela casa, mas vai ter de aceitar. Vai acabar se habituando à ideia. É muito generoso da sua parte, Ania, encarar as coisas de forma tão positiva.

— Tenho muitos motivos para ser otimista — disse ela.

— Carl, eu estava pensando... Será que você não...

— Não, meu pai, ainda não. Minha alma não é tão generosa quanto a de Ania.

— Mas você pode transformar sua alma, Carl — replicou ela.

— Sim, talvez... Um dia.

— Quem sabe antes disso, Carl, para que seu pai possa aproveitar mais dias de paz nesta época de tanto estresse.

— Talvez — repetiu Carl. Mas não tinha intenção de voltar a falar com a mãe.

Ania comprou num depósito de tecidos importados o material especial para o vestido de noiva de Fiona. Era uma seda indiana de um tom creme-amarelado. O vestido ficaria lindíssimo.

Fiona parecia uma estátua, com os braços levantados e esticados para que Ania tirasse as medidas e colocasse uma fileira de alfinetes que funcionariam como guia para o resultado final. Mal disse uma palavra durante a prova da roupa. Não perguntou nada a Ania sobre a viagem à Polônia nem sobre seu novo apartamento, nem mesmo o que Carl dissera ao voltar para casa ou se voltara para lá afinal.

Normalmente, Fiona era a primeira a querer saber de todos os detalhes.

Ela também não contou nada sobre o próprio casamento. Todo assunto que Ania puxava parecia morrer logo em seguida. Sim, era formidável a cerimônia de casamento ser realizada pelo padre Brian. Sim, o centro paroquial parecia o lugar ideal para uma recepção de casamento. Sim, era verdade, muitos dos amigos de Fiona viriam do exterior só para a festa. Certamente as duas mães estavam se divertindo como nunca com tudo aquilo.

Ania pousou a sua caixinha de alfinetes.

— Fiona, seja honesta comigo. Você quer que outra pessoa faça o seu vestido de noiva?

— Não, Ania, como você pode achar uma coisa dessas?

— Então o que está acontecendo?

Fiona olhou para a amiga com ar arrasado.

— Não posso me casar com o Declan — declarou subitamente. — Sou uma mulher com péssima noção de como julgar os homens. Não posso ir em frente com essa loucura. — Começou a chorar soluçando muito.

— E o que Declan acha disso? — perguntou Ania.

— Ele ainda não sabe — chorou Fiona.

— Ora, então você precisa comunicar a ele.

— Não consigo.

— Mas *precisa* fazer isso. Estou preparando um colete lindo para ele com detalhes no mesmo tecido do seu vestido. Ele precisa saber o que você sente, Fiona, pelo amor de Deus!

Carl convidara seus amigos Nora e Aidan Dunne para jantar no novo apartamento. Ania preparara um belo salmão. Carl lhe comprara algumas flores. A vida não podia ser melhor.

Os Dunne eram muito simpáticos e obviamente se amavam muito. Dava para perceber logo de cara, pela maneira como escutavam as histórias que o outro contava e como acariciavam as mãos um do outro. Aidan era paciente na clínica, e Ania tinha muito contato com eles, mas não fazia ideia da vida interessante que levavam. Ficou sentada conversando sem parar, muito animada, como se estivesse acostumada a receber convidados para jantar o tempo todo. Às nove horas em ponto, alguém tocou a campainha.

Ania foi atender. Quem poderia ser àquela hora da noite? Olhou pela pequena tela do interfone. Era a mãe de Carl.

— Desculpe por não ter ligado antes, mas sabia que Carl não iria querer me receber.

— Não se trata disso, sra. Walsh. É que esta noite estamos com convidados para jantar.

— É só um minutinho. É com você que quero falar. Nem precisa incomodar Carl.

— Talvez esse não seja um bom momento, sra. Walsh. — Ela viu Carl girando os olhos para o teto com impaciência.

— Diga a ela que vá embora — reagiu ele, articulando as palavras com os lábios.

Ania era educada demais para isso.

— Entre, sra. Walsh, mas só por alguns instantes. Desculpe. — Apertou o botão do interfone para o portão abrir.

Ania voltou para a mesa.

— Podemos oferecer a ela um cálice de vinho.

— Ela merece é um bom chute no traseiro! — reclamou Carl.

Ania sorriu para os convidados, como se pedisse desculpas.

— É uma longa história — explicou ela.

— Sabemos de tudo o que aconteceu — disse Nora. — Não seria melhor irmos embora?

— Não, por favor, não. Eu levo a mãe de Carl para outro aposento e converso com ela.

— Você não precisa fazer isso, Ania. O comportamento dela foi inaceitável.

— Você foi muito educado com a minha mãe, mesmo sem entender uma palavra do que ela dizia. Também serei educada com a sua.

Ania conduziu Rosemary Walsh para o quarto do casal, onde o vestido de noiva de Fiona estava pendurado na parede.

— Este vestido é para...?

— Para a Fiona.

— Ah, entendo. — Rosemary nem tentou disfarçar o alívio que sentiu.

— A senhora não quer ficar à vontade? — Ania se sentou na cama e apontou para uma cadeira.

— Uma cama de casal — observou Rosemary Walsh sem demonstrar nenhuma expressão.

— Isso mesmo. Eu lhe trouxe um cálice de vinho — ofereceu Ania.

— Obrigada, mas não quero vinho, não. Quero lhe dizer apenas que as palavras que lhe disse na noite da festa foram equivocadas. Não devia tê-las dito. Você era convidada de Carl, e eu sabia disso. Eu me portei de forma péssima.

— Deve ter tido suas razões, sra. Walsh.

— Não. Olhando para trás agora, não consigo imaginar que razões poderia ter. — Rosemary se sentia completamente perdida.

— Ora, mas então está tudo bem, sra. Walsh.

— Não, não está nada bem. Eu queria que você dissesse ao meu marido, Bobby, que ele não pode vender a nossa casa. Queria que você fosse morar lá com Carl para vocês me ajudarem a cuidar de Bobby, auxiliá-lo no banho, levá-lo para o andar de cima e tudo o mais.

— Acho que esse é um assunto que a senhora deve discutir com Bobby e com Carl, não comigo.

— Mas, se você dissesse que aceitaria isso e que ajudaria a cuidar dele, acho que todos concordariam.

— Não sei. Bobby está muito empolgado com a ideia de morar em outro lugar. Já nos mostrou folhetos e vários anúncios.

— Isso tudo é porque ele acha que Carl não estará perto dele. — Rosemary parecia quase suplicar.

— Bem, sra. Walsh... Acho que Carl se sente muito bem aqui, e Bobby está contente por estarmos neste apartamento. É por isso que não devo dizer nada que vá alterar essa situação.

Rosemary a fitou durante algum tempo com um olhar duro.

— Eles têm razão. Você é *realmente* inteligente. E esperta. Cometi um erro. Peço desculpas por isso também. Desculpe pelo que pode ter parecido indelicadeza, Ania.

— Foi tudo um mal-entendido, sra. Walsh. Já passou.

— Você é muito inteligente. Entendo isso agora. Pena que é tarde demais.

— Nunca é tarde demais.

— É, sim. Preciso ir embora agora, Ania.

— Tem certeza de que não quer um pouco de vinho?

— Não, obrigada, não quero.

Da sala da frente veio um som de risadas.

Rosemary olhou para a porta.

— Carl nunca levou amigos para jantar quando morava conosco lá em casa.

— Pois é. Talvez ele precisasse de um espaço só dele.

— Adeus, Ania.

— Adeus, sra. Walsh.

Fiona queria contar alguma coisa para Declan. Ele não precisava ser nenhum Einstein para perceber isso. Até mesmo Dimples parecia notar o que estava acontecendo. Permaneceu quietinho, examinando as patas sem fazer barulho. O pai de Declan, Paddy, saíra com Muttie e os amigos para ir ao pub.

A mãe dele, Molly, trocava abobrinhas pelo telefone com Maureen, mãe de Fiona.

— Declan?

— Há algo errado com você?

— Dá para sentir? — Ela pareceu aliviada.

— Certamente dá para saber que você está preocupada com alguma coisa.

— Não posso me casar com você — disse ela.

— Você conheceu outra pessoa? — Ele sorriu para ela com ar complacente.

— Você sabe que isso não é verdade.

— Então o problema é comigo? Você deixou de gostar de mim?

— Até parece que isso seria possível, dr. Declan Carroll.

— Qual é o problema, então, querida?

— É uma longa história — disse Fiona.

— Temos todo o tempo do mundo — respondeu Declan, cruzando os braços para escutar uma história muito complicada, da qual não entendeu quase nada, exceto que, por causa de uma percepção ruim sobre uma pessoa, na verdade uma falta *total* de percepção, Fiona resolveu que não se casaria com ninguém.

Nunca.

12

Fiona pensou que, provavelmente, a maioria dos casamentos só acontecera porque os noivos não queriam atrapalhar os preparativos. Talvez poucas pessoas se casassem porque realmente *deveriam* fazê-lo. Agora ela entendia isso de forma clara. Bastava ver quantas pessoas ela decepcionaria com essa decisão, nem se atrevia a pensar nos seus pais ou nos pais de Declan ou nas suas irmãs, que não poderiam mais ser madrinhas. Os traumas durariam mais de uma geração. Depois, ainda havia todos os primos, tias e tios dos dois lados, que já estavam preparando a roupa da festa e, em alguns casos, já haviam até enviado o presente de casamento. Todos ficariam decepcionados ou furiosos.

Vonni viria à Irlanda pela primeira vez em décadas. David viria da Inglaterra para sua primeira visita. Toda a equipe da clínica se mostrara entusiasmada e solidária. O padre Brian Flynn, que realizaria o primeiro casamento em seu centro paroquial perto do rio Liffey, se sentiria um tolo com o cancelamento. Os gêmeos Maud e Simon já haviam anunciado para quase toda a população de Dublin que aquele seria o início da carreira do bufê que montaram. Ficariam arrasados. Ania, que voltara a se sentir feliz, a sorrir, e fizera um maravilhoso vestido para Fiona, não veria a sua linda criação desfilando pela entrada principal da igreja.

Era fácil entender o motivo de tantas outras mulheres, ao longo dos anos, preferirem ceder e se casar em vez de entrar em rota de colisão com metade do planeta. Era evidente que essas mulheres não tiveram o mesmo discernimento que iluminou Fiona.

No dia em que leu a notícia do jornal que resumia a curta vida e a sórdida morte de Shane O'Leary, Fiona se deu conta de que, numa determinada época de sua vida, se sentira preparada para se casar com aquele homem. Esperava um filho dele. Ficou desolada quando perdeu a criança. Desejava *ardentemente* que ele a pedisse em casamento e em seguida que sugerisse que eles morassem à beira-mar, em Aghia Anna, para criar o filho lá.

Como poderia tomar qualquer decisão agora, diante dessa nova perspectiva de si mesma?

Partiria para longe dali, para algum lugar distante de todas as pessoas que havia decepcionado ou estava prestes a decepcionar. Sairia do país e tentaria se encontrar. Trabalharia em *qualquer coisa* que fosse digna, em vez de ser arrebatada por um projeto de futuro insano que assumiria vida própria e estava completamente fora de controle, com anéis de opala, recepções com bufê e estranhas decisões sobre quem discursaria e em qual momento.

Será que Declan realmente compreendeu que, definitivamente, estava tudo terminado entre eles e que o casamento não aconteceria mais? Ele permanecera calmo demais. Disse que faria tudo o que ela quisesse, é claro. Ficaria com o coração partido pelo resto da vida e nunca mais se casaria, assim como ela. Disse que, de certo modo, a vida de ambos se transformaria num desperdício gigantesco. Mesmo assim, se era isso o que ela queria, então ele aceitaria sua decisão sem problemas.

Nem quis ouvir falar em devolução do anel. Sugeriu que ela o transformasse num broche ou num pingente. E pediu uma semana antes de eles começarem a dar a triste notícia às pessoas.

— Uma semana? Mas todo mundo já está fazendo planos, Declan. *Precisamos* lhes contar agora.

— O problema é *comigo*, Fiona. Ainda não me habituei a fazer planos sem você na minha vida. Peço apenas uma semana — insistiu.

— Isso não é nenhuma armação maquiavélica para me fazer mudar de ideia, é?

— Não — disse ele com tristeza. — Se eu tivesse uma armação maquiavélica que funcionasse, pode crer que a colocaria em prática.

— Então está bem.

— Certo, e não contamos para ninguém. Ninguém *mesmo*.

— Mas eles vão continuar a fazer os preparativos...

— Deixe para lá. É só por uma semana. Depois contamos a todos. Combinado? Jura?

— Juro.

— Nem para a Barbara?

— Nem para a Barbara — concordou Fiona.

— Boa menina! — brincou ele.

Fiona reparou que ele não tentara discutir com ela nem fazê-la mudar de ideia argumentando que estava errada. Tudo o que pediu foi um tempo, uma semana, e ela poderia ficar com o anel de opala. No fundo do coração, ele já devia pressentir que a relação deles estava fadada ao fracasso.

Clara ficou surpresa ao ver Frank Ennis ao lado da sua mesa.

— Que prazer raro e inesperado! — disse ela com sarcasmo.

Ele foi direto ao assunto.

— Você pode me dar boas referências daquela jovem, Amy?

— Sim. Ela é ótima. Se tivéssemos uma vaga extra, nós lhe daríamos o emprego sem pestanejar.

— Então está bem. É que ela tem um jeito meio esquisito.

— É um grande erro julgar as pessoas só pela aparência, sabia? — Clara sorriu.

— Claro. Então a polonesa errante já voltou?

— Sim. Fico feliz em informar que a crise de Ania foi resolvida. Estamos muito satisfeitos por tê-la de volta.

— Ouvi dizer que vai acontecer um casamento por esses dias — disse Frank.

Clara se perguntou como ele teria descoberto essa notícia.

— É verdade. Declan e Fiona. Será um grande acontecimento. *Além desse*, temos um monte de romances se desenrolando por aqui ao mesmo tempo. Ania está com o filho de um dos nossos pacientes. Minha filha e o filho de Hilary se apaixonaram um pelo outro. Só falta eu arranjar um rapaz mais novo para podermos dizer que todos os nossos objetivos para este ano foram alcançados.

Ele tinha quase certeza de que ela estava brincando, mas não de todo.

— Pensei que você estivesse comprometida com o farmacêutico que tem uma loja no shopping.

— Ah, Frank, isso é notícia velha. Peter já são águas passadas em minha vida. Está saindo agora com a diretora da Lilac Court, a casa de repouso.

— Ora, que interessante! — Frank Ennis estava atônito.

— Como foi que você soube do casamento de Declan e Fiona? — quis saber Clara.

— Bom, acontece que fui convidado.

— *Convidado?* — Clara foi pega de surpresa. Fiona e Declan convidaram o inimigo comum para o casamento? Impossível!

— Bem, mais ou menos convidado. Sou o *acompanhante* de uma das pessoas que recebeu convite — explicou ele. — Uma prima da Fiona, que é assistente social. No convite dizia "extensivo a um acompanhante". Esse sou eu.

— Ora, ora, ora. — Clara, por um momento, se viu sem palavras.

Fiona e Declan morreriam de rir quando soubessem daquilo.

— Você vai ter de reservar uma dança para mim, Clara — disse Frank.

— Não quero pisar nos calos da prima de Fiona roubando o acompanhante dela — murmurou Clara de forma diplomática.

— Não seria o caso. Não estamos juntos nem nada desse tipo. Não existem compromissos entre nós. Só uma amizade casual. Para ela, creio que essa será apenas uma noite agradável.

— E será mesmo, Frank, isso eu lhe garanto.

— Pode me contar os seus planos para quando você for embora da clínica? — quis saber ele.

— Quando eu for embora...?

— Sim, quando o seu contrato terminar no fim do ano — insistiu ele.

Clara esquecera por completo que havia sido contratada apenas durante um ano, por insistência irredutível dela própria.

— Ah, é verdade... No fim do ano... — disse com um olhar vago.

— Certamente você tem planos. Um futuro para a sua carreira — disse Frank, muito interessado em saber.

— Você não acreditaria se eu lhe dissesse que não tenho nada planejado, acreditaria? — declarou ela sorrindo.

Tinha razão. Ele não acreditou mesmo. Clara Casey sem um plano de ação?

Nunca!

Clara deixou-se ficar sentada à mesa depois que Frank saiu. Que ano extraordinário tinha sido aquele.

A mulherzinha de Alan tinha engravidado. Ele pedira o divórcio a Clara e, depois, pediu para voltar para casa. Adi e Gerry planejavam sair em socorro das florestas tropicais. Linda passara por uma mudança completa de personalidade depois de conhecer Nick, filho de Hilary. Sem falar no episódio com Peter Barry, o farmacêutico, que queria se casar com ela.

Acima de tudo, porém, havia a clínica, que era o que mais a impressionava. A clínica e o trabalho feito ali eram maiores do que todos os eventos marcantes do ano. Eles *estavam* fazendo diferença. Estavam conseguindo manter as pessoas fora do hospital. Haviam restaurado a confiança e oferecido novas esperanças a pessoas com cardiopatias, e elas agora encaravam seu problema como parte do cotidiano.

Tudo aquilo valera muito a pena, e Clara não estava, nem de longe, pronta para partir.

Ania estava encarregada de coletar contribuições para o presente de casamento de Fiona e Declan. A princípio, ela se sentiu um pouco estranha: era uma situação difícil. Contudo, nada acontecera depois do desabafo de Fiona. Ninguém anunciou o cancelamento da cerimônia. Tudo parecia transcorrer sem problemas. As coisas dariam certo.

Não foi difícil conseguir as doações e arrumar um jeitinho para que todos assinassem o cartão. O problema era o que comprar para os noivos. Não havia lista de casamento em loja nenhuma nem dicas ou sugestões sobre cores para o novo apartamento que pretendiam comprar. No entanto, a quantia não parava de aumentar. Já havia o suficiente para Ania comprar um presente muito bom.

Ania trouxe o assunto à baila com toda naturalidade. Seria melhor um conjunto de taças de cristal ou Declan preferia copos mais simples? A prata andava fora de moda ou os jovens ainda gostavam do material? Seria aceitável comprar uma obra de arte para outra pessoa?

Declan derrubou o cuidadoso trabalho de detetive que Ania tentava realizar com uma boa gargalhada.

— Não queremos *nada* de ninguém, Ania, e se as pessoas realmente insistem em nos dar alguma coisa pode ser um CD, um livro ou uma jarra. *Por favor*, Ania, não queremos presentes extraordinários.

Ouvir isso não ajudou nem um pouco na busca.

Por outro lado, foi muito melhor do que o que Fiona disse na manhã seguinte.

Ania perguntou se, na opinião de Fiona, formas e travessas em aço inox seriam um bom presente, tentando insinuar que falava de travessas de forma genérica, como um presente para pessoas não definidas.

Os olhos de Fiona se encheram de lágrimas.

— Você tem uma lista de quem contribuiu e o valor com que cada um contribuiu, Ania? — perguntou ela inesperadamente.

Ania não soube o que dizer.

— Ahn... Be-bem... — gaguejou ela.

— É que você vai precisar saber quanto cada um deu para poder devolver a quantia certa às pessoas se, por acaso, não houver casamento.

— *Fiona!* — exclamou Ania.

— Não estou insinuando nada. Nada mesmo, lembre-se disso. Não disse nada, exceto que, caso vocês estejam realmente juntando dinheiro para alguma coisa, você deve sempre anotar quanto as pessoas deram. — Fiona se afastou para enxugar os olhos.

Ania percebeu que não devia dizer mais nada, mas foi difícil manter a discrição quando Carl começou a lhe perguntar que cor de terno deveria usar no casamento; quando as mães de Fiona e de Declan começaram a escolher modelos de bolero que Ania faria para acompanhar seus vestidos de noite; quando Maud e Simon passaram a ligar para ela quase todos os dias para falar da decoração das mesas ou quando Barbara começou a passar fome, seguindo uma dieta rigorosa para caber em um vestido azulão um número menor do que o dela.

Fiona e Declan talvez *não se casassem*, afinal. Será que ela não deveria avisar todas essas pessoas? Tudo isso lhe causava enxaqueca.

O padre Brian foi buscar Johnny na clínica de cardiologia. Iriam para o Sul em uma nova maratona. Ou “um leve passeio”, como Johnny chamava.

— Quer vir conosco, Declan? — sugeriu Johnny. — Vamos pegar o metrô de superfície até Bray para fazermos algumas corridas no calçadão. Vai ser ótimo para enchermos os pulmões com o ar fresco e limpo da beira do mar.

— Grande ideia! Isso me parece muito saudável — disse Declan. — Esperem que vou colocar meus tênis de caminhada.

— E depois vamos encher a pança com um monte de cervejas — acrescentou Brian.

— Por mim, está ótimo — concordou Declan.

— Depois da corrida, você poderá me explicar quais são os meus deveres como padrinho — acrescentou Johnny. — Não tenho muito certeza do que um padrinho faz...

— Mas vocês acham que conseguiremos encarar um estirão desses e depois subir as colinas? — resmungou Brian.

— Pare de reclamar, Brian, você sabe que isso lhe fará bem — disse Declan, satisfeito por terem mudado de assunto.

— Achei que vocês estariam muito ocupados mais tarde com os preparativos do casamento — disse Brian, na esperança de conseguir um aliado que pudesse desacelerar Johnny.

— Não, deixo essas coisas para as mulheres — declarou Declan. Não havia necessidade de contar a Brian e a Johnny que Fiona se recusava a vê-lo nos dias de semana à noite.

Ela lhe garantiu que continuava a manter sua parte no acordo, comportando-se como se nada tivesse mudado durante o dia; mas não havia sentido em sair à noite com Declan para tornar a conversar sobre o mesmo assunto, dissera ela, categórica, explicando como se sentia. Ele disse que lamentava muito. O que mais poderia dizer?

Fiona se ofereceu para levar Dimples para um longo passeio. Molly e Paddy concordaram, pois o cão estava ficando gordo.

Fiona e o enorme labrador partiram juntos. Dirigiram-se para o centro da cidade e depois seguiram na direção da Trinity College. Fiona se lembrou de uma excursão dos tempos de escola que a tinha levado à farmácia de Sweeney, a velha loja mencionada no livro *Ulisses*, de James Joyce, e que não parecia ter mudado nada nos últimos cem anos. Fez uma pequena pausa diante do hotel onde James Joyce conhecera Nora Barnacle. *Aquela*, sim, era uma paixão que não deveria ter funcionado, mas, no fim, acabou dando certo.

Fiona não sabia se a entrada de cães era permitida, mas também não perguntou. Dimples parecia tão à vontade em qualquer lugar que, provavelmente, ninguém os impediria.

Quando deu por si, observava os velhos prédios do tempo em que a rainha Elizabeth I ainda ocupava o trono da Inglaterra. Viu as filas de pessoas interessadas em ver o Livro de Kells, o famoso manuscrito feito por monges celtas há mais de mil anos. Imaginou os monges decorando com belas iluminuras as suas quase setecentas páginas em vez de cuidarem de outras coisas. Certamente não faziam mal a ninguém com sua arte, pelo contrário.

Fiona perguntou a si própria se corria o perigo de se tornar uma pessoa sem sal e embotada.

Ela e o cão tornaram a sair e passearam em torno da Merrion Square. Fiona mostrou ao animal os pontos mais marcantes do local: a casa onde vivera Oscar Wilde; a estátua deste mesmo escritor com a gravação de uma frase típica do seu espírito brilhante; os vidros em leque, em estilo georgiano, por cima das portas coloridas; as raspadeiras para os calçados; as curiosas maçanetas das portas. Fiona já vira tudo aquilo muitas vezes, mas agora as coisas lhe pareciam diferentes. Compreendeu que tentava guardar tudo aquilo em sua mente.

Na semana seguinte, quando ela e Declan anunciassem às pessoas que o casamento fora cancelado, Fiona pediria demissão da clínica, reconstruiria o melhor que conseguisse as cercas quebradas da sua vida e os sonhos despedaçados, e partiria para longe, o mais longe que conseguisse.

Percebeu, de súbito, o que fazia naquela noite: estava se despedindo de Dublin.

Um casal de norte-americanos idosos parou junto dela para admirar o cão.

— O nome dele é Dimples — informou Fiona com ar triste.

— Há quanto tempo você tem esse belo cão? — perguntaram afagando as orelhas dele.

— Não é meu. É do meu noivo. — Fiona olhou para o anel de opala e mordeu o lábio inferior.

— Ora, mas então é como se fosse seu. — A senhora procurou um pedaço de biscoito na bolsa e o entregou a Dimples, que adorou o presente e levantou a pata enorme para agradecer.

— Mais ou menos. — Fiona ouviu ela mesma dizer.

— Vocês vão morar num lugar onde não aceitam cães?

— Não. Na verdade, não vamos mais nos casar — afirmou Fiona e colocou tudo para fora antes de conseguir se impedir. Disse que era uma mulher sem noção do valor das coisas nem das pessoas. Afirmou que isso não era justo com o noivo e que ela teria de ir para longe, muito longe.

O casal, atônito, trocou olhares significativos.

— As pessoas não ficaram chateadas com essa situação? — perguntou o homem por fim.

— Ninguém sabe de nada até agora — respondeu Fiona, começando a chorar. — Ninguém sabe, exceto nós, eu e meu noivo. Ele me obrigou a fazer uma promessa ridícula de manter segredo sobre a minha decisão durante uma semana.

— E quanto tempo ainda resta para acabar esse prazo de uma semana? — A senhora americana pareceu muito interessada.

— Quatro dias e meio, mas nada mudou.

— Não, claro que não. Mas na verdade as coisas são muito simples, minha filha. Você acha que ele ama você?

— Sim. Oh, sim, ele me ama — afirmou Fiona entre lágrimas.

— E você ama esse homem? Se não o ama, realmente não deve se casar com ele. Mas, se o ama...

Brian Flynn não podia acreditar que dariam mais duas voltas antes de irem tomar cerveja. Achou que fosse morrer ali mesmo.

— Pode deixar que, se precisar, ressuscitaremos você — disse Johnny com uma careta para tranquilizá-lo.

— Isso é *bom* para você, Brian — disse Declan, um verdadeiro Judas Iscariotes, que, no fim das contas, se mostrava um adepto da prática de exercícios pesados daquele tipo.

Depois do suplício, foram tomar cerveja.

— Você está curiosamente calmo para um condenado — disse Johnny a Declan.

— É tudo fingimento — disse Declan com muita franqueza.

— E como Fiona está?

— Ah, como seria bom entender a cabeça de uma mulher.

— Geralmente elas são mais focadas do que nós. Sobretudo quando se trata de casamentos.

— Seria muito melhor se você fosse dar uma olhada em algumas dessas casas, Rosemary — implorou Bob Walsh.

— Para quê? Você não disse que compraria uma de qualquer maneira? O que significa para você a minha aprovação ou desaprovação?

— Quero uma casa de um andar só. Não consigo subir escadas, e ainda me restam muitos anos de vida.

— Sim, nós dois arrastando os chinelos num apartamento apertado? Não acho uma boa ideia.

— O que interessa não é estarmos juntos?

— Estamos juntos *aqui* — argumentou ela.

— Mas, na verdade, estou morando num escritório apertado, Rosemary. Não consigo subir as escadas nem para chegar ao saguão de entrada. Podemos escolher alguma coisa que agrade a *você*.

Ela não respondeu, continuou calada como uma criança amuada.

— Então, *terei* de escolher um lugar sozinho. Há um condomínio novo, muito bonito, sobre o qual já conversei com você. Tem até um pequeno jardim. Há um prédio com trinta apartamentos que acabou de entrar no mercado. Se oferecermos à imobiliária a opção de vender esta casa com exclusividade, certamente nos deixarão escolher um dos apartamentos em primeira locação. O apartamento térreo de esquina foi o de que gostei mais. Dá para ver o mar das janelas, e há uma piscina no condomínio.

— Onde fica esse lugar que deixou você tão empolgado?

Bobby citou um bairro elegante e notou que os olhos dela se abriram um pouco. Rosemary não teria dificuldade para vender a ideia da mudança para suas amigas esnobes. Se ele tratasse das coisas do jeito certo, tudo correria bem a partir de agora.

— É... Não custa nada dar uma olhada — concordou ela.

Hilary Hickey estava conversando com dois pintores. Eles tinham aparecido na clínica para retocar algumas das áreas mais negligenciadas do lugar. E foram lá por ordem de Frank Ennis, o que era nada menos do que espantoso. Depois, surpreendeu-se ainda mais ao ver Rosemary Walsh entrar sozinha na clínica de cardiologia. Aquele não era dia de consulta para Bobby. Hilary torceu para que a sra. Walsh não fosse até ali a fim de causar problemas. Felizmente, Ania estava na sua hora de almoço, o que impediria qualquer confronto.

— Será que alguém poderia me aconselhar sobre o estado do coração do Bobby? — perguntou Rosemary Walsh.

— Bem... Clara está no hospital.

— E não sendo a dra. Clara? — perguntou a sra. Walsh.

— Declan Carroll está aqui.

— Prefiro o dr. Carroll então.

A sra. Walsh parecia arrogante como sempre, mas tentou reajustar as feições para dar uma impressão de charme.

— Olá, dr. Declan — cumprimentou Rosemary. — O grande dia está chegando.

— Isso mesmo, sra. Walsh. Esperamos sua presença lá, com Bobby.

— Que tipo de *presente* vocês gostariam de receber? — Rosemary conseguia fazer com que a palavra *presente* parecesse estar em um nível inferior ao dela.

Declan lançou-lhe um sorriso leve.

— Só a presença de vocês já será suficiente, mas, se insiste, adoraríamos ganhar um CD, por exemplo, alguma música bonita que tivesse um significado especial para a senhora e para Bobby.

Ela olhou para ele com ar desanimado.

— Sabe o que é, doutor? Vim aqui, na verdade, para saber do coração de Bobby. Aumentaríamos sua expectativa de vida se morássemos num lugar com um andar só?

— A senhora sabe que sim, sra. Walsh, já falamos disso muitas vezes. Eu e Clara já lhe mostramos os resultados dos testes de esforço de Bobby. Ele pode fazer exercícios leves e, talvez, um pouco de natação com assistência especializada. Mas nada de escadas.

— Bom, então suponho que está tudo resolvido — soltou um enorme suspiro.

— O quê?

— Terei de desistir da minha bela casa junto ao mar e me mudar para um apartamento absurdamente pequeno. Bobby já está de olho num condomínio. — Ela citou o nome do empreendimento.

— Não me parece que um imóvel num condomínio desses seja um apartamento absurdamente pequeno, sra. Walsh — declarou Declan. — Quase todas as pessoas que vivem na Irlanda gostariam de ter dinheiro para comprar um apartamento lá.

— Mas não é nada em comparação com a casa à qual eu já estava tão habituada — disse ela com frieza. Depois, mudou subitamente de assunto. — Johnny poderá nos visitar para fazer os exercícios com Bobby? Quem sabe fortalecê-lo um pouco?

— Não. Johnny trabalha aqui e no hospital, mas ele poderá fornecer uma lista de exercícios recomendados ou indicar o contato de outros fisioterapeutas que a senhora queira contratar pessoalmente.

— Quer dizer que ele se recusa a atender um homem doente em casa?

— Não se trata disso. Johnny trabalha para a Secretaria de Saúde. A senhora e o sr. Walsh têm a sorte de poder pagar um fisioterapeuta particular. É claro que Johnny poderá listar os exercícios principais, e a senhora poderia executá-los com Bobby.

— O senhor está insinuando que *eu* deveria fazer exercícios?

Qualquer coisa estalou na cabeça de Declan. A tensão dos últimos dias, a necessidade de manter a fachada, a farsa de que estava tudo bem, quando tudo o que ele queria, em sua frustração, era uivar para a lua. Tudo desmoronou ao seu redor diante daquela mulher horrível.

— Ouça-me com atenção, sra. Walsh. Se eu achasse que poderia ajudar Fiona, minha noiva, a estender sua vida por mais tempo fazendo exercícios com ela, preparando-lhe refeições sem sal e sem gordura... Se eu pudesse dar a ela um único dia de vida a mais ao meu lado, certamente faria tudo o que estivesse ao meu alcance. Eu até plantaria bananeira e daria cambalhotas aqui no trabalho se achasse que isso poderia ajudá-la. Nora faria o mesmo por Aidan Dunne. A esposa de Lar, assim como outros parentes que vêm aqui, também se sentiriam felizes em ajudar as pessoas que amam. A senhora pode não se sentir assim, somos todos diferentes.

— Está me criticando, dr. Carroll?

— Não, sra. Walsh. Posso saber *exatamente* o que a senhora esperava que eu lhe dissesse quando veio me procurar? — Ele se virou de costas para que ela não o visse tremer de raiva e de contrariedade.

— Ora, por favor, dr. Carroll... — disse ela.

— Diga-me isso apenas: o que a senhora esperava como resposta?

Ela ficou tão admirada com o tom de voz do médico que lhe respondeu com franqueza:

— Acho que esperava que o senhor me dissesse que isso não tinha importância. Que Bobby melhoraria, não importa o lugar onde morasse. Que poderíamos continuar morando em nossa linda casa.

— Está falando sério? Era isso o que esperava ouvir? — Declan tremia.

— Sim, já que perguntou.

— Que a senhora receba o que merece, então, sra. Walsh — disse ele e lhe virou as costas mais uma vez. Fechou os olhos e tentou controlar a respiração. — Espero que a senhora tenha o que merece nesta vida — repetiu e saiu da sala transtornado. Dera alguns passos quando ouviu um estrondo terrível e gritos vindos da sala de onde acabara de sair.

Hilary já estava ao telefone, pedindo uma ambulância, quando Declan entrou correndo de volta na sala.

Ao sair, Rosemary forçara a passagem com violência junto das escadas onde os pintores trabalhavam e derrubou uma delas. A escada suportava uma prancha comprida, sobre a qual trabalhavam dois homens, que despencaram em meio a uma confusão de latas de tinta e madeira quebrada e caíram em cima de Rosemary Walsh.

Declan se ajoelhou ao lado deles. Será que aquilo tinha sido culpa dele? Onde estaria Ania? Aquele era um momento crucial, em que eles precisavam *muito* de alguém que falasse polonês.

— Ania! — gritou ele, mas sem resultado. Fiona apareceu na porta e percebeu tudo o que havia acontecido com uma rápida olhada.

— Ela está com um celular novo. Vou chamá-la — disse Fiona. Não demorou mais que alguns segundos, e Ania veio correndo da lanchonete do shopping.

— Como está Rosemary? — perguntou Fiona.

— Inconsciente, mas consegui achar a pulsação. Primeiro, quero tirar os homens daqui.

Ania chegou e se ajoelhou ao lado deles. Declan fazia as perguntas aos gritos, muito desesperado. Ania, segurando as mãos dos pintores, traduzia tudo rapidamente. Declan notou que a confiança voltou aos seus rostos assim que ouviram alguém falar a sua língua.

— Diga-lhes que está tudo bem — pediu ele.

— Já fiz isso — afirmou Ania.

Fiona sugeriu que Ania ficasse ao lado dos poloneses até a ambulância chegar. Ela tomou seu lugar, ajoelhando-se ao lado de Declan.

— Ela está respirando? — perguntou Ania.

— Pouco — disse Declan.

Ficaram ali olhando para Rosemary Walsh, que tinha o rosto retalhado por farpas de madeira e as pernas num ângulo estranho. Talvez tivesse fraturado a coluna, e não seria nada aconselhável movê-la. Declan examinou seu corpo de cima a baixo, apalpando tudo cuidadosamente.

— Braço quebrado, perna quebrada. O pescoço parece bem, mas não quero me arriscar a movê-la até os paramédicos chegarem com o material.

— O que você faria se não estivesse vindo uma ambulância? — perguntou Fiona.

— O que vou começar a fazer agora: manobras de ressuscitação.

— Mas...

— Ela está com a respiração muito fraca. Podemos perdê-la — explicou. E, diante de Hilary, Lavender, Ania, Fiona e dos dois rapazes poloneses que gemiam, o dr. Declan Carroll fez uma vigorosa respiração boca a boca em Rosemary Walsh, sem dúvida a pessoa mais desagradável que qualquer deles conhecera na vida.

Os paramédicos fizeram muitos elogios. "Se não fosse o jovem médico...", disseram, balançando as cabeças. Eles a levaram na mesma hora para a UTI. Estava muito ferida, mas sobreviveria. Alguém teria de dar a notícia aos parentes mais próximos.

— Eu conto a Carl — ofereceu Ania.

— E vou contar a Bobby — afirmou Declan.

Quando Clara chegou, Hilary já conversava com os agentes chamados para investigar o incidente e lhes contou com voz firme e clara que Rosemary Walsh tinha esbarrado em uma das escadas, o que motivou o acidente.

— Por que ela não viu a escada? — perguntou o jovem policial.

— Ela estava passando por um momento estressante — explicou Hilary diplomaticamente.

— Onde está Declan? — quis saber Clara.

— Foi à casa de Rosemary para dar a notícia ao Bobby.

— Por que Fiona não foi com ele? Eu a vi aqui quando entrei.

— Não faço ideia, Clara. Acho que está rolando algo estranho entre os dois. Tenho a leve sensação de que você e eu só vamos tirar a poeira dos nossos vestidos de noite para ir ao casamento dos nossos filhos, e não no grande dia de Declan e Fiona.

— É. Talvez você esteja certa. Uma pena... Eles parecem feitos um para o outro. E imagino que vamos perder Fiona também.

— Mas por quê? — perguntou Hilary. — Declan iria embora mesmo, para avançar na carreira. O contrato dele aqui está quase acabando.

— Fiona não vai querer permanecer na clínica se tudo entre eles tiver terminado. E certamente vai se mudar para outra cidade.

— Gostaria de saber o que provocou esse clima estranho entre eles — disse Hilary.

— Algo completamente sem importância. Geralmente é assim. Acho que nunca saberemos — disse Clara suspirando.

— Olá, Bobby — cumprimentou Declan ao entrar.

— Bom-dia, Declan, que prazer em vê-lo. Como você entrou? — Bobby estava no seu pequeno escritório.

— Entrei sem bater. Posso me sentar um instantinho perto de você? — Declan tinha apanhado as chaves da casa na bolsa de Rosemary.

— Minha mulher deixou destrancada a porta da rua? Isso nem parece coisa dela. — Bobby pareceu preocupado.

— Não, nada disso — explicou Declan, tentando tranquilizá-lo.

— Vou lhe preparar uma xícara de chá. — Bobby era sempre um anfitrião impecável.

— Deixe que eu mesmo preparo. Sei fazer um chá maravilhoso. — Preparou duas canecas de chá forte com muito açúcar.

— Não costumo usar açúcar — declarou Bobby.

— Hoje você precisa usar, Bobby. Rosemary sofreu um acidente. Já está perfeitamente bem, mas vai ter de ficar internada por algum tempo. Ania e Carl querem que você vá para a casa deles e fique lá durante esse período. Vim aqui para levá-lo.

Bobby empalideceu. As perguntas vieram como uma metralhadora giratória.

— Acredite em mim, Bobby. Ela vai ficar bem. Vou levá-lo para que a veja. Por favor, Bobby, beba o chá.

— Oh, pobre Rosemary. Onde foi que isso aconteceu? Foi um acidente de carro?

— Não, nada disso. Ela passava por um local estreito e esbarrou numa escada. Em cima, havia uma tábua com latas de tinta e dois pintores. Tudo desabou.

— Ela se machucou muito?

— Está com muitos arranhões e marcas roxas. Quebrou um braço e uma perna.

— *Não!*

— Está tudo sob controle. Está nas mãos de um excelente cirurgião, que vai operá-la amanhã.

— Rosemary numa sala de operações... Ela deve estar muito assustada.

— Está sedada e muito calma.

— Ela sabe que você veio me contar?

— Eu lhe contei, mas talvez ela não tenha escutado — disse Declan com sinceridade. — Bobby, diga-me onde estão suas coisas. Vou lhe preparar uma mala. Podemos nos encontrar com Carl e Ania no hospital.

— O Carl vai até o hospital para ver a mãe?

— Claro que sim.

— Oh, ela vai ficar muito satisfeita. Houve um pequeno mal-entendido entre eles.

— Isso já foi esquecido — disse Declan com ar de descontração.

Era melhor Bobby não saber da terrível batalha que Ania travava para convencer Carl a visitar a mãe. Ele estava resistindo o mais que podia.

Fiona estava sentada num bar, olhando a baía de Dublin. Era tão bela!

Declan costumava dizer que eles tinham sorte por morar em Dublin: uma cidade movimentada, com o mar apenas a dez minutos e a montanha a vinte, na direção oposta. Reparou que já estava pensando no passado: pensara "Declan *costumava* dizer". Dali a uma semana, ele realmente faria parte de seu passado. Ergueu os olhos e viu uma sombra parar do outro lado da mesa.

— Barbara! — assustou-se ela. — Que diabos você está fazendo aqui?

— Antigamente, numa situação como essa, você diria "Oi, Barbara, que legal você aparecer! Sente-se e vamos beber alguma coisa".

— Estamos a quinze quilômetros de Dublin. Você não está aqui por acaso.

— Tem razão, não é acaso mesmo. Eu segui você.

— Você fez o quê?

— O que você ouviu: segui você. Puxa, Fiona... Você quase não aparece mais no apartamento que dividia comigo. Não conversa com ninguém na clínica. Não tenho encontrado você na casa dos seus pais. Quase não vai mais à casa dos Carroll. Eu não tenho o direito de saber por onde anda a minha amiga e o que está errado com ela?

— Não há nada de errado comigo.

— É... Me engana que eu gosto!

— Sério, Barbara. Isso não é justo. Você é pior do que todos eles. Não consegue entender que só quero um tempo para mim mesma?

— Não consigo entender, não.

— Então devia aprender. É isso o que as pessoas esperam dos amigos: apoio e compreensão, não um trabalho de detetive nem alguém que as siga pelas ruas e até no trem.

— Conte-me tudo, Fiona.

— Não tenho nada para contar. Não posso.

— Por que não? Costumávamos contar tudo uma à outra. Eu contei a você sobre a primeira vez em que fui para a cama com alguém, um cara que ficou tão atrapalhado com os colchetes de pressão da minha roupa de baixo que quase desistiu. Você foi uma grande amiga e compreendeu meu constrangimento.

— Eu sei, mas isso é diferente.

— Você me contou tudo sobre o Shane, e eu compreendi. Por que não poderia compreender agora?

— Porque o problema continua sendo o Shane. Tudo tem a ver com o maldito Shane.

— Mas ele *morreu*, Fiona, e você já deve saber disso.

— E como foi que *você* soube?

— Li no jornal.

— E não me disse nada?

— Esperei que você comentasse alguma coisa comigo. Como isso não aconteceu, achei que você não queria que eu tocasse no assunto.

— Não senti *nada* quando soube da morte dele. Fui eu que identifiquei o corpo para as autoridades.

— Você foi até o necrotério para reconhecer o corpo? Por Deus, Fiona! — Barbara estava chocada.

— Não. Liguei para a polícia.

— E o que sentiu?

— Nada. Por ele, nadinha. Pouco me importava se Shane estava vivo ou morto.

O rosto bondoso de Barbara parecia ter sido atingido por um golpe.

— Senta logo aí, Barbara, pelo amor de Deus — convidou Fiona. — Já que está aqui, vamos tomar um *Irish Coffee* bem forte.

— Há semanas que não bebo *Irish Coffee*. Lembra o vestido azulão um tamanho menor? Preciso entrar nele.

— Esquece o maldito vestido azulão. Não vai haver casamento.

— Então quero um *brandy* duplo — disse Barbara.

— Mãe. A senhora está me ouvindo?

— É você, Carl?

— Sim, mãe. Escute... A senhora vai ficar boa.

— Lamento muito, Carl.

— Pelo quê? Foi um acidente.

— Sim. Mas lamento não ter morrido ali mesmo, na hora, para deixar vocês todos em paz, seguindo com suas vidas.

— Mãe, a senhora vai ficar boa. Estamos todos aliviados pelo prognóstico não ser tão ruim quanto imaginamos no início.

— Desculpe o que disse.

— Todos nós dizemos coisas que não sentimos. — Carl deu algumas palmadinhas carinhosas no braço dela.

— Não quis magoar você.

— Nem eu, mãe.

Rosemary fechou os olhos, cansada. Carl saiu do quarto.

Do lado de fora, o pai estava à espera, sentado numa cadeira de rodas empurrada por Ania.

— Obrigado, filho — disse Bobby com lágrimas nos olhos.

— Tudo bem, pai, isso é a pura verdade. Todos nós dizemos coisas que não sentimos — repetiu Carl, mas seu rosto exibiu uma expressão fria. Todos sabiam que Rosemary Walsh tinha dito exatamente o que sentia.

Declan estava engraxando os sapatos na cozinha de sua casa, em St. Jarlath's Crescent.

— Mãe, a senhora quer que engraxe seus sapatos também para aproveitar que estou cuidando dos meus?

— Não, Declan, mas você poderia me fazer um grande favor.

— O que é, mãe?

— Podia me contar o que está acontecendo entre você e Fiona.

— O que está acontecendo em que sentido?

— Ela veio aqui uma noite dessas e levou Dimples para passear. Andou uns quinze quilômetros por toda Dublin e quase morreu de tanto chorar.

— A senhora lhe perguntou por que chorava?

— Não quis fazer isso. Na hora, achei que você e ela tiveram algum desentendimento.

— Não. Nós não brigamos — garantiu ele com simplicidade.

— Você devia ter visto a pobrezinha, filho! Ela me entregou o Dimples e foi embora triste, caminhando pela calçada com o corpo curvado, como se estivesse com dores.

Declan colocou os sapatos de lado.

— Na segunda-feira tudo vai se resolver — disse, falando como um autômato.

— Declan, se existe alguma coisa para ser resolvida, por que esperar até segunda-feira? — perguntou Molly.

— Porque foi isso que combinamos.

Em Dunlaoghaire, as pessoas comuns de vidas comuns curtiam um belo fim de tarde de verão junto ao mar. Faziam caminhadas longas e saudáveis até o píer. Alguns entravam em seus veleiros e saíam pela baía, outros se espalhavam pelos pequenos restaurantes à beira do calçadão.

Apenas Barbara e Fiona pareciam imunes à suave atmosfera do verão.

— Conte tudo de novo — pediu Barbara. — Você não sente nada pelo Shane. Ama Declan, mas não pode se casar com ele por não confiar no próprio julgamento a respeito dos homens. Não é isso?

— Bem... Essa é uma maneira de colocar as coisas.

— Fiona, estou ouvindo você há mais de meia hora, quase no fim do segundo *brandy* duplo, e ainda não entendi o que está dizendo. Tentei resumir o babado completo. É mais ou menos isso que eu disse ou não?

— Basicamente, é isso mesmo.

— Então está confirmado: Você ficou completamente maluca — disse Barbara.

— Por quê? Fiz uma escolha errada no passado. Posso fazer outra. O que existe de tão difícil de compreender nessa história?

— Vejamos... Por onde começar?... — disse Barbara. — Talvez lembrando a você que Shane não passava de um perdedor reclamão? Um drogado que agrediu você? Que procurou fundo e achou a faceta de vítima numa mulher fragilizada e explorou isso? Esse era Shane. Declan é Declan. Louco por você, engraçado, bondoso, generoso, inteligente. Você nunca foi tão feliz, nunca teve um astral tão alto desde que o conheceu. Você se tornou capaz de enfrentar qualquer parada, Fiona, de fazer qualquer coisa! Ele transformou você numa mulher confiante. Puxa, por que será que estou dizendo tudo isso a você, como se fosse preciso vender uma boa imagem de Declan? Aposto que ele *nem sabe* dessas coisas.

— Eu tentei contar tudo, mas ele me disse que passado era passado. Acho que não compreendeu. Até me obrigou a prometer que não diria nada a ninguém até segunda-feira.

— Porque é uma pessoa normal, apenas isso. Quem poderia compreender as confusões da sua cabeça? — Barbara pediu a conta. — Você vai conversar com ele *agora mesmo*! — ordenou.

— Não! Ele disse segunda-feira. Foi isso que combinamos.

Barbara pegou o celular de Fiona e fez uma ligação.

— Oi, Declan, aqui é a Barbara. Fiona e eu estamos num pub em Dunlaoghaire. Você pode vir até aqui?

Fiona parecia uma criança culpada.

Barbara continuou, falando mais depressa:

— Escute, é muito importante que você saiba que Fiona não me contou *nada*. Eu adivinhei. Ela continua com um blá-blá-blá de que não pode me contar nem resolver nada até segunda-feira. Segunda-feira, imagine! Por Deus, Declan, até segunda-feira, todos nós poderemos estar mortos. Dá para você vir aqui o mais rápido possível? Vou tentar segurar a figura aqui até você chegar.

Barbara se levantou e observou Declan e Fiona se juntando aos grupos de pessoas comuns que caminhavam ao sol da tarde que acabava. Sabia que nenhum deles conseguia ver o mar ou os barquinhos que balançavam para cima e para baixo, nas ondas. Nem reparavam em quem passava. Não viam o homem que vendia balões de gás nem as crianças que tomavam enormes sorvetes de casquinha, mas caminhavam muito juntos e pareciam conversar. Barbara suspirou.

Tudo daria certo. Quando eles se encontraram ainda há pouco, no bar onde elas estavam, trocaram um longo olhar, mas sem dizer uma palavra. Aquilo era bom sinal.

Barbara resolveu voltar para casa a pé, pelo menos parte do caminho. Precisava se livrar das mais de trezentas calorias extras que ingerira tomando os drinques. Parecia que precisaria entrar mesmo no vestido azulão, afinal.

— Minhas pernas estão um pouco bambas — disse Fiona. — Podemos nos sentar?

Declan a levou até um banco de pedra. Os dois se sentaram, e ele segurou a mão dela.

— Você entendeu o que está acontecendo? — perguntou ela depois de alguns instantes.

— Não. Para ser franco, não faço a mínima ideia.

— Mas *contei* tudo. Expliquei a você durante horas.

— Não entendi as coisas direito.

— O achou que estivesse acontecendo? — perguntou ela.

— Uma crise de nervos — disse ele simplesmente

Houve longo silêncio.

— Eu não tenho esses *chiliques* — disse Fiona por fim.

— Ótimo, porque eu também não. Tenho certeza de que nosso casamento será maravilhoso.

— Mas não podemos nos casar. — Fiona falava num tor baixo e calmo.

— Por que não, exatamente?

— Porque uma vez tomei uma decisão muito errada, eu me apaixonei por um homem, adorei a ideia de me casar e vagar pelo mundo. Receio estar fazendo a mesma coisa agora.

— Mas não vamos vagar pelo mundo. Vamos nos fixar aqui em Dublin. Na semana que vem vamos dar uma entrada para comprar nosso apartamento.

— Não, Declan. Aconteceu muita coisa comigo.

— Isso tudo aconteceu depois que resolvemos nos casar?

— De certo modo, sim. Shane morreu.

— Shane?

— O carinha com quem fui para a Grécia. Lembra que tentei contar a história toda para você...?

— E eu disse que o que aconteceu no nosso passado não era importante.

— Mas *é*, Declan. É que nos molda.

— Então o meu molde deve ser muito fraco. Eu praticamente *não tenho* passado.

— E eu tive Shane.

— Esse cara de quem você gostava? Ficou abalada por ele ter morrido?

— Juro que não poderia ligar menos para a morte dele.

O rosto honesto de Declan mostrou que ele estava quase desistindo de entender aquilo tudo.

— Então o que essa história tem a ver conosco? Não temos um relacionamento complicado. Queremos as mesmas coisas ou, pelo menos, pensei que quiséssemos. Onde está a semelhança?

— Pode ser que eu esteja tomando uma decisão maluca novamente. Daqui a alguns anos, pode ser que não ligue a mínima para *você*. Sou desse jeito. Tenho uma personalidade louca.

— É função minha fazer com que você continue me amando — disse Declan.

— Ah, se as coisas fossem assim tão simples! Sou uma pessoa louca, perturbada, incapaz de tomar decisões certas. Por isso o melhor a fazer é nunca mais tomá-las.

— Agora você vai ter de me ajudar, Fiona. Estou tentando focar o problema. Juro que estou me concentrando, mas não consigo entender.

— Então vou contar a história toda mais uma vez — ofereceu ela.

— Mas dá para contar bem devagar para eu tentar chegar lá? *Por favor*, Fiona?

Ela conseguiu esboçar um sorriso.

— Está bem. Se eu atropelar os fatos, você me pede para desacelerar.

Contar a história com detalhes levou algum tempo. Mas a conversa que se seguiu levou muito mais tempo.

E, assim, tudo entrou nos eixos. Ninguém soube nem jamais saberá as coisas que foram contadas e desabafadas ali, à beira do mar. Não se sabe o que foi dito nem o que ficou acertado.

A noiva provou o lindo vestido com muita alegria. O colete para o noivo ficou pronto. O salão foi todo decorado. O padre Brian Flynn conseguiu a desejada autorização para servir bebidas alcoólicas. Os gêmeos levaram apetitosos menus à casa dos Carroll, para que decidissem de que gostavam e escolhessem uma combinação que agradasse a todos. As duas mães levaram os sapatos que usariam na cerimônia para o sapateiro colocá-los na forma, a fim de alargá-los um pouco e amaciá-los. Ania conseguiu extrair de Fiona a informação de que, se num *hipotético* casamento ela fosse a *hipotética* noiva, gostaria muito de ganhar copos de cristal ou uma tigela de vidro trabalhado. Ania foi correndo comprar os dois presentes, pois conseguira juntar dinheiro de sobra.

Declan sugeriu a Fiona que descobrisse onde ficava o túmulo de Shane.

— Isso é dar a Shane mais valor do que tinha — contrapôs ela.

— Mas você o amou durante algum tempo, Fiona. Ele merece uma espécie de despedida para você virar essa página de vez na sua vida — disse Declan.

A mãe de Shane não fazia ideia de quem era Fiona.

— Havia tantas moças — disse ela, ao telefone. — No fim das contas, para que você quer saber? — Mas informou a Fiona o número da sepultura do filho morto. Ela e Declan foram visitá-la. A lápide ainda não fora colocada. Havia apenas uma cruz simples e um número no túmulo. Fiona colocou algumas flores por cima.

— Lamento que você não tenha tido uma vida melhor — disse.

— Que você descanse em paz — declarou Declan.

Estranhamente, Fiona se sentiu melhor quando saíram do grande cemitério da cidade. Aquela era uma paz redentora.

Rosemary Walsh estava muito machucada e dolorida, mas se recuperava pouco a pouco.

Bobby ia visitá-la todos os dias. Ania se ofereceu para lavar as camisolas de dormir que ela usava no hospital, mas Carl foi contra e se mostrou inflexível.

— Você vai ser nora dela, não dama de companhia — disse ele.

— É, mas uma boa nora ficaria feliz por cuidar de uma sogra doente.

— Meu pai leva as camisolas para casa, e Emilia poderá lavá-las e passá-las. Ou então podem ir muito bem para a lavanderia.

— Mas isso não me custa nada — disse Ania.

— Para mim custaria muito, sim — disse Carl.

Ele ia visitar a mãe uma vez por semana, ao mesmo tempo que ajudava seu pai a organizar a mudança.

Em uma das suas visitas ao hospital, Carl levou um inventário do que eles tinham na grande casa com vista para a baía: móveis, quadros, cristais, elementos de decoração.

— A senhora só poderá levar um quinto destas coisas para a casa nova, mãe — avisou.

Ela começou a se queixar na mesma hora.

— Meu pai diz que não se importa com o que ele vai levar, mas sabe que bens materiais são muito importantes para a senhora, que juntou essas tralhas durante todos esses anos. Escolha o que quer levar, e eu me encarrego de que o restante seja transferido para outro lugar.

— Mas ainda não tenho certeza de que realmente estejamos *com vontade* de mudar de lá. Podíamos alugar um apartamento por algum tempo.

— Mãe, o papai já *comprou* um novo apartamento. Não é mais possível voltar para a casa antiga. Além do mais, a senhora também não vai mais poder subir e descer escadas agora. — Falava com distanciamento, como se os ferimentos dela não lhe interessassem nem remotamente.

— Você vai me odiar para sempre, Carl? — perguntou ela.

— Não, mãe. Não a odeio nem um pouco — afirmou ele com uma voz na qual não havia nem sombra de um tom tranquilizador.

Frank Ennis veio conversar com Clara a respeito do acidente.

— Devemos processar a sra. Walsh? — perguntou ele.

— Acho que não, Frank. A mulher podia ter quebrado todos os ossos do corpo. O marido tem uma grave insuficiência cardíaca. Isso não o ajudaria nem um pouco.

— Mas foi ela quem derrubou aquilo tudo.

— Eu sei, mas não foi de propósito.

— Isso não vem ao caso. Eles devem ter um bom seguro para cobrir nosso prejuízo.

— Nós também temos.

— Mas a culpa não foi nossa! Havia até sinalização no espaço de trabalho e cartazes alertando as pessoas. Fiz questão de verificar tudo.

— Deixe isso para lá, Frank, estamos bem-cobertos pela nossa seguradora, já verifiquei isso.

— Você não conhece a cláusula que oferece bonificação na renovação do seguro se não o utilizarmos? — perguntou Frank, balançando a cabeça.

— Não, e ainda bem que não conheço — respondeu Clara.

— O que vai vestir para o casamento? — perguntou ele de forma inesperada.

— Um vestido verde-musgo com um chapéu preto com faixa verde-musgo em volta.

— Parece que vai ficar lindo — disse ele.

— Não está mal. E quanto a você, Frank?

— Bom, o convite diz "esporte fino". Quem me dera saber o que isso significa.

— Acho que significa que você não deve comparecer de jeans — explicou Clara.

— Nunca faria isso — afirmou Frank muito sério. — Mas estava pensando em usar um blazer.

— Um blazer? Daqueles com botões de metal e costuras aparentes?

— Não. Ele é discreto, tem botões comuns revestidos de tecido — disse. Parecia inseguro.

Clara ficou comovida e, mesmo contra a vontade, decidiu ser simpática.

— Calças claras? — sugeriu ela.

— Exato. Cinza-claras, com uma camisa de colarinho e um lenço de pescoço.

— Meu Deus, Frank! Assim você vai colocar a concorrência no chinelo — disse ela.

Vonni chegou três dias antes do casamento. Parecia mais velha do que Fiona esperava. Talvez porque aquela fosse Vonni em território desconhecido. Se estivesse em Aghia Anna, junto das pessoas que conhecia, falando com todo mundo e cuidando dos seus afazeres, talvez ficasse mais descontraída, mas estava numa Irlanda totalmente mudada, uma capital que não visitava há muitos anos. Seus únicos amigos na cidade eram Fiona, Maud e Simon. Parecia desnorteada, coisa que Fiona nunca vira.

Fiona preparara tudo para que Vonni ficasse com Muttie e a mulher Lizzie na casa onde também moravam os gêmeos. Foi comovente ver o quanto estavam ansiosos para revê-la e loucos para lhe mostrar a cidade. Sentiam-se obviamente orgulhosos por ela estar presente na sua primeira recepção profissional para um casamento, com bufê organizado pela dupla.

Maud e Simon foram buscar Vonni no aeroporto e tagarelaram por todo o caminho até St. Jarlath's Crescent, onde Vonni conheceu Muttie e Lizzie e, depois, foi apresentada a Declan e aos seus pais. Por fim, encontrou-se com Fiona, que a levou para jantar fora a fim de colocarem os assuntos em dia.

Foram a um jantar no primeiro horário do Quentins. Vonni quase desmaiou com os preços. Nessa nova Irlanda era tudo caro demais, se comparado ao país que ela conhecera tempos atrás. Durante muito tempo, falaram com carinho de Tom, Elsa e do bebê. Quem poderia ter previsto tudo isso? Conversaram também sobre David, que agora fizera as pazes com a mãe e, finalmente, estava trabalhando naquilo de que mais gostava na vida. Mostraram-se surpresas por nenhuma mulher tê-lo fisgado até o momento. Ele seria o marido perfeito.

Depois, falaram sobre Andreas, que ficara em Aghia Anna. Vonni também contou sobre o irmão dele, Yorghis, e de como Adoni, o filho de Andreas, estava dando conta do negócio tão bem. Ia se casar com Maria, viúva de Manos, que morrera num acidente de barco.

— A Maria a quem David ensinou a dirigir! — lembrou Fiona.

— Essa mesma — confirmou Vonni.

Fiona tocou de leve no tema proibido que era o filho de Vonni. Uma expressão vazia se fixou no rosto da velha senhora. Pelo visto, nada mudara com relação a isso.

— Não quero parecer enxerida, Vonni. Só fiquei imaginando se teria havido alguma mudança.

— Nada de especial. Nada mesmo.

Mudaram de assunto, e Vonni mencionou sutilmente o tema encerrado de Shane.

— Ele chegou a regressar à Irlanda? — perguntou ela.

Fiona ficou em silêncio.

— Desculpe — disse Vonni. — Não devia ter falado nele.

— Não. Não tem problema. Na verdade, ele *voltou* à Irlanda, sim. Para morrer.

— Meu Deus misericordioso! — exclamou Vonni.

— Pois é. Ele morreu de overdose num quarto imundo.

— Que desperdício de uma vida tão jovem — lamentou Vonni.

— Sim, acho que sim.

— Você não ficou perturbada com isso?

— Não. Para ser franca, fiquei foi admirada por me sentir tão pouco perturbada.

— Essa parte da sua vida está encerrada. É por isso que já não tem o poder de perturbá-la.

— Sim, agora acredito nisso. Foi Declan quem me convenceu dessa verdade.

— Você contou a ele sobre Shane?

— Sim. Declan é um homem extraordinário.

— Você tem muita sorte, Fiona. Ele é especial, sim, é exatamente como você me descreveu por carta logo na semana em que o conheceu. Você vai ser muito feliz.

— Não mereço isso.

— Claro que merece! Teve muita coragem quando foi preciso. É bondosa para as pessoas. Não seja tão rápida para se desmerecer. Esse é um defeito que eu tenho.

— Você melhorou com o tempo?

— Sim. Acho que sim. Deixei de me culpar pelo fato de minha irmã não gostar de mim. A culpa já não é *minha.*

— Você não pretende visitá-la enquanto estiver aqui?

— Não. Acho que não temos nada a dizer uma à outra.

— Eu poderia ir até lá de trem com você amanhã — ofereceu-se ela.

— Dois dias antes do seu casamento? Você tem milhões de coisas para resolver, Fiona.

— Para ser franca, não tenho, não. Podemos almoçar com ela e voltar à noitinha.

— Não, Fiona, sério. É uma viagem muito longa para você chegar lá e aturar duas velhas olhando uma para a outra com ar de reprovação. Não. É melhor nós duas continuarmos assim.

Vou sempre enviar para ela os costumeiros cartões de Natal e as saudações nos aniversários.

— E ela continua...?

— Agora parou. Costumava me enviar cartões-postais de vários lugares só para se exibir, mostrando que já visitara Roma ou Nova York. Mas agora não se dá o trabalho nem de fazer isso.

Vonni parecia resignada, e Fiona mudou de assunto.

— Pronto. Agora, vamos levar você para dar uma volta por Dublin. Podemos experimentar um daqueles ônibus em que a gente entra e sai quando quer.

— Corrija-me se eu estiver errada, Fiona, mas não é isso que se faz em qualquer ônibus? A gente entra e sai deles quando quer?

— Não — disse Fiona rindo. — Esse é um ônibus de turismo. Ele faz um tour pela cidade. Podemos andar nele o dia inteiro se quisermos ou sair para visitar um lugar especial e depois pegar o ônibus seguinte. É um jeito ótimo de conhecer Dublin. Vou sugerir a David que faça o mesmo. Talvez possamos ir nós três juntos e mais os gêmeos se conseguirem uma folguinha nesses últimos dias antes do casamento.

— Fiona, quanto as pessoas *ganham* neste país para poder pagar estes preços absurdos? Olha só o que cobram por um café!

— Sim. Por que acha que estamos todos fugindo para Aghia Anna? — Fiona riu com vontade e deu palmadinhas na mão velha e enrugada que repousava sobre a mesa.

Quando David chegou no dia seguinte, Fiona se encontrou com ele e o levou ao apartamento de Barbara, onde ele ficaria.

— Ela não vai se importar?

— Nem um pouco. Este é o meu quarto quando durmo aqui. Tenho andado por outros lugares nas últimas semanas: às vezes, durmo na casa de Declan; às vezes, na casa dos meus pais, mas raramente aqui. Barbara vai ficar contente por ter companhia.

David a abraçou mais uma vez.

— Estou tão contente por ver você feliz... Ainda mais depois de tudo o que aconteceu.

— Eu também, David, e como! Vou levar você para fazer um passeio turístico por Dublin. Vamos nos encontrar com Vonni no ponto de partida do ônibus. E também com os gêmeos. Só que não vou nem tentar explicar quem eles são ou o jeito deles. Só vendo!

— Tudo isso me parece um sonho, Fiona. E o sol ainda brilha igualzinho ao dia em que nos despedimos de todos no café Midnight, em Aghia Anna — disse ele, pegando um bloquinho e um lápis para anotar os detalhes do passeio.

Fiona esquecera o quanto gostava de David. Era fabuloso ele ter conseguido vir para o casamento.

Os dois dias anteriores à cerimônia foram muito cheios para todos. Vonni foi convidada para ir, em companhia de Paddy Carroll, Muttie Scarlet e seu grupo de amigos, tomar uma cervejinha no pub. Explicou que não podia beber mais em razão de seus antigos excessos. Todos balançaram a cabeça com ar compenetrado, como se também pudessem ter sofrido o mesmo problema que ela em outras circunstâncias.

Barbara levara David a uma exposição de cerâmica, onde ele conheceu diversos artesãos que o convidaram para visitar vários locais na Irlanda.

Adi, filha de Clara, partira com Gerry para a América do Sul a fim de salvar uma floresta tropical. Linda, por outro lado, conseguiria que um importante programa de artes na TV fizesse uma matéria na qual Nick Hickey apareceu tocando sax-alto numa das noites de jazz oferecida pela loja de discos. Clara e Hilary estavam na plateia, é claro, quase explodindo de orgulho pelos dois.

Peter Barry e sua nova namorada, Claire Cotter, enviaram meia dúzia de guardanapos de linho como presente de casamento para Declan e Fiona e já haviam assistido a duas aulas de dança para não dar vexame na pista no grande dia.

Padre Brian Flynn convidara seu amigo polonês, o padre Tomasz, de Rossmore, para assistir ao casamento, na esperança de que ele pudesse enviar mais casais de imigrantes para lá e também para distraí-lo um pouco do poço de Santa Ana, local que o continuava empolgando a ponto de deixá-lo obcecado.

Os gêmeos haviam treinado e ensaiado tanto que tinham a certeza de que tudo funcionaria às mil maravilhas. Já estavam mais calmos.

Lavender analisou o cardápio do casamento e avisou aos seus pacientes que, se comessem o salmão defumado e qualquer dos tipos de saladas, tudo daria certo, sem restrições.

Johnny afirmou que não havia melhor exercício para o coração do que a dança e mostrou a alguns dos pacientes mais duros como deviam fazer para tornar os músculos absolutamente flexíveis. Teve de pedir uma gravata emprestada para desempenhar à altura o papel de padrinho.

Tim, o segurança, que ia ao casamento com Lidia, pensou consigo mesmo que aquele salão oferecia grandes riscos de incêndio e que os gêmeos provavelmente ateariam fogo ao lugar qualquer dia desses. Por via das dúvidas, instalou mais extintores de incêndio e forneceu muitos cobertores antifogo.

Ania entregara o vestido de noiva na casa dos pais de Fiona, bem como o colete a Declan e as novas cortinas ao padre Brian.

Preparou uma flor em seda verde-musgo para Clara colocar na roupa, fizera um arranjo de flores para as duas mães e também dois pequenos enfeites florais de lapela para Johnny e Carl.

— E você, que vestido vai usar? — perguntou Carl.

— Ainda não decidi — respondeu Ania.

— Sabe aquele vestido que você usou na noite da festa dos meus pais?

— Claro — disse ela em tom duvidoso.

— Não tive a chance de apreciá-lo devidamente.

— Agora não tem muita coisa para ver. As mangas tiveram de ser arrancadas. O vestido ficou com um aspecto meio triste.

— E você não pode fazer mangas novas para ele? — perguntou Carl.

— Precisaria de renda — respondeu ela.

— Então vamos sair para comprar essa renda.

— Renda nova? Comprada numa loja? — Ela ficou espantada com tanta extravagância.

— Isso mesmo — disse Carl com um jeito carinhoso.

Frank Ennis provou o seu novo blazer. Tinha medo de parecer um marinheiro maluco. Talvez aquela roupa não fosse uma boa ideia. Desejava ter recusado o convite alegando que, infelizmente, tinha outro compromisso. Certamente ele se sentiria meio deslocado, um peixe fora d'água.

Lar, Judy e a sra. Kitty Reilly se preparavam para o grande acontecimento. Kitty Reilly tinha sido informada recentemente sobre o poço de Santa Ana, em Rossmore, e rezava fervorosamente para que o local se transformasse numa nova Lourdes ou Fátima. Os filhos estavam muito impressionados por ela ter sido convidada para o casamento de um jovem médico. Tudo parecia estiloso e chique. Mostraram-se menos empolgados, porém, com a cerimônia em si e a recepção, em uma igreja para imigrantes que ficava em uma rua um pouco afastada do centro de Dublin, um lugar onde as pessoas se reuniam para degustar pratos estrangeiros de seus países de origem.

Toda a família Walsh iria. Carl empurraria a cadeira de rodas da mãe e Ania levaria Bobby em outra cadeira de rodas. Ania conhecia bem a igreja e o salão. Sabia exatamente onde eles ficariam instalados.

A mudança de casa já acontecera. Dentro de poucas semanas, Rosemary estaria também morando no novo apartamento. Só conseguira aquele dia de alta do hospital para comparecer ao casamento.

Ela parecia uma mulher diferente. Agradecia todas as sugestões em vez de encará-las com desdém.

Ania dissera que talvez ela quisesse vestir algo elegante e especial para a ocasião. Bobby pediu que ela escolhesse a roupa que pretendia usar e se ofereceu para pegá-la. Rosemary considerou essa oferta muito simpática da parte de Bobby e disse que gostaria de levar a saia comprida creme e a blusa de veludo marrom. Em seguida, eles se puseram a imaginar que presente deveriam mandar para os noivos, até que Carl implorou a Ania que perguntasse a Fiona o que queriam, e que desse a resposta o mais depressa possível, pois todos já estavam enlouquecendo de suspense.

Fiona disse que ela e Declan adorariam ganhar uma cesta de piquenique para poder passear até a ponta da península em Head of Howth ou se sentarem para passar uma tarde junto ao Killiney Strand. Rosemary ligou para as melhores lojas e encomendou a cesta de piquenique mais sofisticada que houvesse.

Quando o presente chegou, Fiona e Declan ficaram olhando para ele impressionados. Imaginaram uma embalagem térmica para conservar as cervejas geladas, mas o que chegou foi uma enorme cesta com correias de couro e fivelas de metal, um conjunto de talheres, *muitos* pratos, *muitos* copos e até guardanapos. De repente, eles mal podiam esperar para utilizar o presente em seu primeiro piquenique da vida de casados.

Quando chegou a manhã do casamento, Barbara e David já se haviam tornado grandes amigos. Foram ao cinema. Caminharam juntos pela beira do rio Liffey e apanharam o trem até a praia, onde Barbara lhe mostrou as casas de vários atores e cantores de música pop.

David parecia interessado em tudo, inclusive em Barbara.

Ela contou a ele sobre o vestido azulão e seu receio de que o zíper não fechasse na hora H.

— Quer que eu costure o vestido no seu corpo? Sei fazer isso — garantiu David.

— Você está falando sério?

— Muito sério. Posso dar uns pontos grandes, folgados, para que sobre bastante espaço para você respirar direito e até dançar.

— *Dançar*? David, se eu conseguir chegar até o altar pela nave central da igreja, não vou me mexer pelo resto do dia para não estragar a festa.

— Pois então espere até ver os pontos que sei fazer — prometeu David. — Você vai querer dançar até amanhecer.

As mães dos noivos se congratularam por seus filhos terem chegado até ali.

— Acho que foi a sua conversinha com Declan que deu resultado — disse Maureen.

— Não. Foi *sua* conversa com Fiona que lhe retribuiu o juízo.

— Molly queria elogiar a nova amiga na mesma medida.

— Não creio que eu tenha esse mérito, Molly. Lá em casa sempre morremos de medo da Fiona.

— Mas ela é a jovem mais doce e simpática que já conheci na vida — disse Molly, espantada. Não foi a primeira vez que a mãe de Fiona se viu refletindo sobre as diferentes facetas que cada um de nós exibe para diferentes pessoas.

Fiona acordou no dia do casamento e encontrou as irmãs paradas em pé ao lado de sua cama.

— Trouxemos ovos mexidos e torradas para você — anunciou Ciara.

— E suco de laranja que acabamos de preparar — disse Sinead.

— Muito obrigada. Vou sentir muitas saudades de vocês duas — agradeceu Fiona.

— Nunca preparamos um café da manhã completo como este — declarou Ciara, ansiosa.

— Não, isso não é verdade. Mesmo assim, foi muito gentil vocês me fazerem essa surpresa. Que horas Barbara chega?

— Ela já está lá embaixo tomando café com a mamãe. Nossa, está linda!

— Ela já está pronta?

— Sim. E chegou glamorosa. Disse que você não precisa se apressar, porque ainda é cedo. Tome uma ducha, que depois ela vem aqui para ajudar você a se vestir.

— Se eu comer muito disso que vocês me trouxeram, alguém vai precisar me costurar dentro do vestido.

— Parece que foi exatamente isso que seu amigo fez com Barbara. David costurou o vestido no corpo dela, porque o zíper não fechava. Pelo menos era isso o que ela estava contando para mamãe agora há pouco.

Fiona balançou a cabeça para os lados. As irmãs eram um pouco avoadas. Era comum entenderem as coisas da forma completamente errada.

Havia uma pequena multidão na porta da igreja quando Fiona chegou com o pai. O padre Flynn insistira para que todo mundo viesse assistir ao casamento. Havia até mesmo alguns fotógrafos e jornalistas querendo saber de onde eram os noivos e pareceram desapontados ao descobrir que eram de Dublin mesmo. Tinham esperança de que fosse algo mais exótico, talvez o casório de alguma celebridade.

— Obrigada por tudo, papai — agradeceu Fiona na porta da igreja.

— Nem consigo expressar o quanto eu e sua mãe nos sentimos felizes. Estou me lembrando daquele dia em que... — hesitou.

— Não vamos falar nem pensar nessas coisas, papai. Hoje, não — pediu Fiona.

— Como foi que você conseguiu ficar tão serena de repente? — sussurrou Barbara no seu ouvido.

— Como foi que *você* conseguiu entrar nesse vestido? — retribuiu Fiona.

— O David o costurou em volta do meu corpo agora de manhã. Ele é maravilhoso. Por que você nunca me contou isso?

— Eu contei! — reagiu Fiona ofendida. — Foi por isso que armei tudo para você deixá-lo dormir no meu antigo quarto.

— Meninas! — O pai falou com tom firme. — Chega de fofocas. A música já começou a tocar. Temos de entrar na igreja.

E, enquanto o sol brilhava por entre as janelas do espaço que fora, no passado, uma fábrica de biscoitos, Fiona ouviu a música encher o ar. Estava tão emocionada que não reconheceu o que estava tocando, embora ela mesma tivesse escolhido as músicas para a cerimônia. Percebeu apenas que todos se levantavam. O padre Brian acenou discretamente para ela do altar.

Estava tudo pronto.

Declan, já no altar, se virou para a frente. Num ritmo lento e maravilhoso, viu a jovem mais bonita do mundo vindo em sua direção. Ela estava resplandecente em um vestido de seda indiana e um buquê de rosas amarelas e brancas. O vestido era simples e clássico, deixando o tecido belíssimo falar por si. Parecia a criação de um mestre da alta-costura, porém, Declan sabia que ele fora feito por Ania, ajudada pela mãe.

A igreja estava lotada, mas Fiona não olhou em volta para ver quem estava lá: seguiu na direção de Declan, com um sorriso imenso e radiante no rosto. Dentro de mais alguns instantes, seria esposa dele.

Por alguns segundos, Declan fechou os olhos, maravilhado com tudo aquilo.

Hilary não se importou que a vissem chorar nem sequer enxugou o rosto.

Clara sentiu uma lágrima teimosa tentando escapar pelo canto do olho; para seu grande espanto, Frank Ennis lhe entregou um lenço.

Provavelmente havia mais de cinquenta cenas exatamente iguais a essa acontecendo por toda a igreja, mas Declan e Fiona nada repararam.

Não conseguiam tirar os olhos um do outro.

O padre Brian Flynn pedira apenas um favor: que os discursos não fossem longos. Alguém muito sensato lhe disse certa vez que, tratando-se de discursos em cerimônias, o segredo era curto e simples: ser breve e não poupar elogios. Ele disse isso especialmente ao pai de Fiona, que tinha jeito de quem poderia se alongar indefinidamente. Disse o mesmo a Johnny, que, no papel de padrinho, talvez achasse necessário fazer piadas de gosto duvidoso, mas ele percebeu algo no rosto do padre que o fez deixar de lado as ideias originais.

Mouth Mangan, o fotógrafo, cumpriu a promessa e foi notavelmente rápido. Não houve perdas de tempo nem esperas. O padre Brian ficou com o cartão dele para o caso de precisar novamente de seus serviços.

O salão estava lindíssimo. As enormes mesas do bufê tinham um aspecto absolutamente convidativo. Uma legião de amigos de Simon e Maud fazia aquilo que se chama "ganhar experiência": serviam as bebidas e ajudavam as pessoas a montar seus pratos.

Para onde quer que Fiona e Declan olhassem, viam amigos e gente que lhes desejava um belo futuro. Fiona se sentiu tão repleta de felicidade que conseguiu ser simpática até mesmo com Rosemary Walsh.

— Obrigada mais uma vez pela maravilhosa cesta de piquenique — disse. — É um presente *lindo* e muito generoso.

— Que bom que vocês gostaram. Você me escreveu uma carta de agradecimento tão linda!... Nós tentamos escolher o melhor. Achei peculiar esse pedido, e a única coisa que eu e o Bobby podíamos fazer era lhes dar a cesta mais bonita que encontrássemos.

— E conseguiram, sra. Walsh. É esplêndida! Quer que a apresente a alguém em especial? Minha mãe ou a mãe de Declan?

— Acho que agora não, minha querida. Mas estou curiosa... Quem é aquela senhora com o rosto cheio de rugas e uma saia colorida? Aquela que parece uma cigana?

— É Vonni — riu Fiona. — Ela veio da Grécia só para o casamento.

— Ela é cigana?

— Não. Tem uma loja de artesanato em Aghia Anna.

— É grega então?

— Não, é irlandesa mesmo.

— Céus! Ela certamente tem uma aparência muito interessante.

— Vou trazê-la aqui para apresentá-la à senhora — disse Fiona e foi até onde Vonni estava. Apertou-lhe o braço e murmurou: — No salão todo existe apenas uma pessoa venenosa, e ela disse que quer conhecer você. É aquela mulher que se portou tão mal com a Ania. Você se lembra da história que contei?

— Leve-me até ela — disse Vonni com os olhos brilhando.

— Pegue leve, Vonni — avisou Fiona.

— Vou ser suave como seda — prometeu Vonni.

Todos elogiaram os discursos, comentando que haviam sido curtos e calorosos. O que mais se poderia desejar?

A comida estava absolutamente deliciosa, e Fiona pediu uma salva de palmas para os organizadores do bufê, que estavam realizando seu primeiro trabalho. Faltavam só o bolo e a música para dançar.

Vonni cobriu Rosemary Walsh de amabilidades e quase a fez cair da cadeira de rodas de tanto espanto ao elogiar com muito entusiasmo os imigrantes, chamando-os de "novos irlandeses" e comentando que chegaram bem na hora em que os antigos celtas mais precisavam. Rosemary nunca tinha sido confrontada com um argumento tão forte e se viu concordando com tudo, apesar da hesitação.

Linda e Nick disseram às mães que não queriam roubar a cena do casamento de Fiona e Declan, mas estavam pensando em se casar naquela mesma igreja e iam fazer a recepção no mesmo salão.

— Vocês vão *se casar*? — exclamaram em uníssono Hilary e Clara, abrindo as bocas de espanto e alegria.

Elas tinham muitas esperanças e haviam tramado a união dos dois jovens, mas falar em casamento? Isso ultrapassava seus sonhos mais fantásticos.

Ania ficou de olho nas duas cadeiras de rodas para o caso de alguém precisar dela.

— Ania?

— Sim, sra. Walsh?

— Queria pedir uma coisa a você.

— Pode pedir.

— É meio esquisito.

— A senhora precisa ir ao toalete, sra. Walsh? Posso levá-la. — Ania se mostrava prestativa como sempre.

— Não, não, nada disso. É sobre o que disse a você e ao Carl. Estou *tão* arrependida!

— Mas já se passou tanto tempo. Faz séculos — brincou. — Já está tudo esquecido.

— O Carl não esqueceu. Seu rosto é frio e duro quando olha para mim. Ele é meu único filho. Se vocês se casarem, você vai ser minha única nora, e os filhos de vocês serão meus únicos netos. Não posso pensar que perdi tudo por causa das minhas observações estúpidas.

— Não, nada disso, pode acreditar em mim, sra. Walsh.

— Você não pode começar a me chamar de Rosemary?

— Não, isso seria muito difícil. Escute... Carl vai levar mais algum tempo para fazer as pazes com a senhora. Tem o ritmo dele. Eu não guardo rancores e estou sendo sincera. Serei sempre sua amiga. Amo muito seu filho. Espero fazê-lo feliz, mas não quero forçar a barra para que ele faça algo antes do tempo. É essa a expressão que se usa?

— É sim, Ania. Você é muito inteligente. E fui completamente cega.

— Sei bem do que a senhora precisa agora: de uma bela fatia do bolo de casamento. Vou buscar — ofereceu-se Ania.

Rosemary ficou observando Ania enquanto ela atravessava o salão em seu vestido elegante, cumprimentando várias pessoas enquanto caminhava. A sra. Walsh percebeu que há pouco tempo ela própria estava fazendo a mesma coisa na festa das suas bodas de rubi.

E agora se encontrava naquele estado.

Tom e Cathy Feather chegaram para ver como andavam seus pupilos quando o bolo estava sendo servido. Pelo jeito, a festa tinha sido um enorme sucesso. Os gêmeos seguiram à risca as dicas a respeito das sobras, que já estavam todas devidamente fechadas em sacos de plástico e guardadas no freezer.

O baile começava. Os noivos dançavam ao som da música "True Love".

Depois, entraram os pais, com as respectivas esposas. O padrinho convidaria a madrinha para dançar, mas ela já estava dançando com David. Então, Johnny convidou Ciara, uma das irmãs de Fiona. Depois, o tio de Declan chamou Hilary para dançar. Carl e Ania já estavam na pista de dança. Linda e

Nick dançavam coladinhos, planejando o casamento. Tim e Lidia dançavam ali perto. Também tinham planos em comum: comprariam e reformariam uma casinha na praia. Bobby estendeu o braço e deu a mão a Rosemary.

— A letra dessa canção descreve o que tenho para lhe oferecer, Rosemary, "verdadeiro amor para sempre". É isso o que sinto.

— Obrigada, Bobby querido — respondeu ela.

Havia muito tempo que ela não o chamava assim.

Clara ergueu os olhos quando Frank Ennis se aproximou dela. Ele parecia muito elegante, quase atrevido, com seu blazer.

— Você me prometeu uma dança — disse ele.

— Estou adorando você ter se lembrado disso.

— Você é a mulher mais elegante do salão, Clara — elogiou ele enquanto dançavam juntos.

Frank era mais leve e menos desajeitado do que ela imaginara.

— Obrigada. Você também não está nada mal. E quanto à sua acompanhante?

— Está tendo um caso de amor com uma garrafa de vinho — declarou Frank.

— Ótimo! Assim você não precisará ficar com remorsos. — Clara sorriu para ele.

— Você já está legalmente divorciada? — perguntou ele enquanto davam mais uma volta pela pista.

— Estarei. Muito em breve — respondeu ela.

— Excelente — reagiu ele.

— O que isso tem a ver com o Conselho Administrativo do hospital?

— Nada. Tem a ver comigo. Não vou mais estar com você no tıabalho, mas gostaria de vê-la socialmente.

— Não vai mais estar comigo no trabalho?

— Você não se lembra de que no mês que vem termina o seu contrato de um ano? — perguntou ele.

— Ora, mas que ideia, Frank! Eu *não vou* embora da clínica. Há muita coisa para fazer por lá. Há muitas batalhas para travar e vencer. Você sabe muito bem disso. Eu também sei.

Ele não disse mais nada. Enlaçou-a com mais força enquanto todos os funcionários da clínica de cardiologia, os muitos amigos e os conhecidos dançavam ao som de "Hey Jude".

Impresso no Brasil pelo
Sistema Cameron da Divisão Gráfica da
DISTRIBUIDORA RECORD DE SERVIÇOS DE IMPRENSA S.A.
Rua Argentina 171 – Rio de Janeiro, RJ – 20921-380 – Tel.: 2585-2000